Polina Daschkowa

Das Haus der bösen Mädchen

Polina Daschkowa

Das Haus der bösen Mädchen

Roman

Aus dem Russischen
von Ganna-Maria Braungardt

aufbau
AUFBAU VERLAGSGRUPPE

Die Orginalausgabe unter dem Titel
Питомник
erschien 2000 im Astrel-Verlag, Moskau.

ISBN 978-3-351-03241-8

Aufbau ist eine Marke der Aufbau Verlagsgruppe GmbH

1. Auflage 2008

Einbandgestaltung capa, Anke Fesel
Druck und Binden CPI – Clausen & Bosse, Leck
Printed in Germany

www.aufbau-verlag.de

»… denn von allen Gesetzen der Natur womöglich das Bemerkenswerteste ist das Überleben der Schwächsten.«

Wladimir Nabokov

Erstes Kapitel

Nach einem endlosen, matschigen Winter mit heftigen Schneefällen, nach Aprilfrösten und tristen Mairegen brach in Moskau endlich der Sommer an. Der Juni begann grell und heiß, jeder Sonnentag war ein Fest. Nachts tobten Gewitter, doch bei Sonnenaufgang war kein einziges Wölkchen mehr am Himmel, die Spatzen tschilpten aufgeregt, und glitzernde Tropfen fielen von den Bäumen.

Auf der von alten Linden gesäumten Terrasse eines teuren kleinen Cafés in einer stillen Straße in der Nähe des Taganka-Platzes standen zum ersten Mal in diesem Jahr drei Tische. Das Café öffnete erst mittags, und Punkt zwölf erschien der erste Gast – ein Mann in hellem Sommeranzug. Er wirkte krank und zerknittert, als hätte er die Nacht schlaflos verbracht und sich am Morgen nicht gewaschen. Er entschied sich für einen Tisch an der Umzäunung und ließ sich so schwer auf den Stuhl fallen, dass die zierlichen Aluminiumbeine sich bogen. Der Mann sah aus wie das Produkt eines Kinderspiels, bei dem der eine den Kopf zeichnet, dann das Blatt faltet, der nächste blind den Rumpf ergänzt, der dritte die Beine usw. Sein Kopf war zu groß für den dünnen Hals, die schmalen Schultern passten nicht zum gewichtigen Unterkörper, der seinerseits einen Gegensatz zu den Kranichbeinen und den breiten Plattfüßen Größe fünfundvierzig bildete. Das strohblonde Haar, obwohl dünn und weich, stand störrisch nach allen Seiten ab wie das nasse Gefieder eines Kükens. Das runde Gesicht mit der kleinen Nase und den großen schokoladenbraunen Augen hatte kindliche Proportionen bewahrt, und ohne den fast greisenhaften Bass hätte man den Mann für einen kränklichen, schläfrigen Jugendlichen halten können.

Die Schatten der zitternden Lindenblätter tanzten wie große Flecke auf dem Tischtuch, dem Anzug, dem Gesicht und den Händen des Gastes und erweckten den Anschein, als werde der Mann von Fieber geschüttelt. Ohne die Speisekarte aufzuschlagen, rief er barsch: »Kaffee!«

»Espresso? Capuccino? Orientalisch?«, fragte der Kellner höflich.

»Orientalisch. Stark und süß.«

Plötzlich fuhr der Mann hoch wie von der Tarantel gestochen und rief: »Lilja! Hier bin ich!«

Der Kellner drehte sich um. Eine Frau Mitte dreißig betrat die Terrasse, eine adrette kleine Blondine in einem weißrosa Kleid. Leichtfüßig kam sie heran, die schmalen Absätze ihrer weißen Schuhe klapperten, und sie roch nach Jasmin – der Kellner identifizierte das altmodische, aber angenehme Parfüm »Diorissimo«.

»Hallo«, sagte die Blondine, strich sorgfältig ihr Kleid glatt und setzte sich dem Mann gegenüber. Sie zog die hellen Augenbrauen zusammen, die Mundwinkel sanken herab, das angenehme rundliche Gesicht wirkte nun angespannt. Sie schien wenig erfreut über die Begegnung. Der Kellner kam erneut an den Tisch und sah die Frau fragend an.

»Lilja, was soll ich für dich bestellen?« Der Mann entblößte lächelnd seine großen nikotinbraunen Zähne.

»Ein Glas Wasser. Stilles.«

»Hier, das hab ich dir mitgebracht, damit du mal siehst, wo ich arbeite«, murmelte der Mann. Er kramte unbeholfen in seiner Ledertasche und förderte schließlich ein dickes Hochglanzmagazin zutage. Unter dem blutroten Titel »Blum« auf dem Umschlag räkelte sich ein nacktes, kahlköpfiges Mädchen in glänzendem Quecksilbergrau.

»Danke.« Die Frau blätterte das Magazin mechanisch durch und erstarrte plötzlich, die durchsichtigen hellgrauen

Augen auf den Mann gerichtet. Sie hielt ein dickes weißes Kuvert in der Hand, das zwischen den Seiten gelegen hatte. »Was ist das?«, fragte sie drohend.

»Machs auf, sieh nach.« Sein Gesicht verzog sich zu einem dümmlichen Lächeln.

Die Frau schaute in das Kuvert, warf es auf den Tisch und erhob sich abrupt.

»Das reicht, wir beide haben nichts zu besprechen.«

»Lilja, warte doch, was hast du denn?« Er griff erschrocken nach ihrer Hand. »Was stellst du dich so an, he? Sag bloß, du brauchst kein Geld?«

»Nimm das weg, wir werden schon beobachtet.« Sie blickte zum Kellner, der mit einer Flasche Mineralwasser auf einem Tablett kurz vor ihrem Tisch verharrte.

»Bitte setz dich, bitte. Siehst du denn nicht, wie schlecht es mir geht?«, klagte der Mann.

»Dir geht es immer schlecht«, erwiderte die Frau ärgerlich, setzte sich aber wieder. »Warum hast du mich hergebeten?« Sie starrte ihn unverwandt an, und die Anspannung ließ ihre Augen vollkommen durchsichtig wirken.

Er hustete und wurde puterrot. »Sei so gut und erklär mir: Warum darf ich nicht kommen?«, bellte er, griff nach der Serviette und schnäuzte sich geräuschvoll.

»Weil ich dich nicht einlade«, antwortete sie höflich lächelnd.

Der Mann schleuderte eine Schachtel Marlboro mit Menthol auf den Tisch und brauchte sehr lange, bis er endlich eine Zigarette herausgefischt und angezündet hatte.

»Ich will aber kommen«, sagte er, nahm einen langen Zug und blies den Rauch durch die Nase aus. »Was heißt, du lädst mich nicht ein? Wir sind doch erwachsene Menschen!«

»Du und erwachsen?« Sie lachte, und ihre kleinen weißen Zähnchen blinkten. »Du und erwachsen?«

»Da gibt es nichts zu lachen. Ich habe schon ein Geschenk gekauft, und überhaupt, du hast keinerlei Rechte, nach den Papieren bist du niemand.«

»Ach so?« Sie neigte den Kopf und hob die Brauen. »Tja, wenn du so anfängst – die echten Papiere liegen bei mir, sie sind unanfechtbar, und darin kommt dein Name nicht vor.« Lilja leerte ihr Wasserglas in einem Zug. »Wenn hier einer niemand ist, dann du, Oleg, nicht ich. Bedank dich bei deiner cleveren Mama. Das hat sie bestens arrangiert.«

»Meine Mutter lass aus dem Spiel.« Oleg mied ihren Blick und starrte in seine Kaffeetasse. »Um sie geht es jetzt nicht. Ich soll also nicht kommen, ja? Und weiter?«

»Weiter werde ich mich an offizielle Stellen wenden und die Fälschung der Papiere melden, und nicht nur das. Da ist noch etwas Ernsteres. Weit ernster.«

»Hör mal, kannst du dich nicht klar ausdrücken statt in albernen Andeutungen?«

»Vorerst nicht. Aber ich verspreche dir, meine unklaren Andeutungen werden bald glasklar sein.«

»Was ist eigentlich passiert? All die Jahre hast du geschwiegen, und jetzt explodierst du auf einmal – wieso? Zehn Jahre lang warst du mit der Situation durchaus zufrieden, und nun willst du dich, wie du sagst, an offizielle Stellen wenden. Ans Gericht etwa?«

»Genau, ans Gericht.«

»Was wirfst du uns denn vor?«

»Dir gar nichts. Aber deiner genialen Mutter habe ich etwas vorzuwerfen. Und zwar etwas sehr Ernstes, glaub mir.«

»He, was soll das? Erklär mir, was du willst, lass uns in Ruhe darüber reden, wir werden uns schon einigen.«

»Wir werden uns niemals einigen.« Lilja schüttelte ihr kurzes, gewelltes Haar. »Ich treffe mich nur mit dir, weil du mir leid tust. Aber dass du Bescheid weißt: Dieses Mitleid wird mich nicht von meinem Plan abbringen. So, Schluss jetzt.«

»Schluss?«, kreischte der Mann plötzlich. »Was haben wir dir getan? Zehn Jahre kein Wort des Vorwurfs, und nun auf einmal, aus heiterem Himmel …«

»Schrei nicht so, Oleg.« In ihren hellgrauen Augen blitzte Mitleid auf. »Du hast mir nichts getan, du bist vermutlich überhaupt zu keiner bewussten Handlung fähig. Aber deine Mutter … Egal, wie gesagt, lassen wir das lieber. Entschuldige, aber ich muss los.« Sie stand auf, maß ihn mit einem Blick von Kopf bis Fuß und sagte leise: »Du solltest etwas für deine Gesundheit tun, du siehst schlecht aus.«

»Warte!« Er packte ihren Arm und riss so heftig daran, dass sie beinahe gestürzt wäre. »Setz dich, du hast mir noch immer nicht erklärt, warum ich nicht kommen darf.«

»Kannst du dir nicht vorstellen, dass es mir wehtut, dich bei mir zu sehen? Stimmt, du hast nichts getan, aber dein Nichtstun war schlimmer als ein Verbrechen. Ich weiß, du warst noch hilfloser als Olga, aber sie ist tot, und du lebst. Komm nicht, ich bitte dich sehr.«

»Meine Schuld ist also, dass ich noch lebe, ja? Tut mir leid, aber diese Schuld werde ich tilgen. Gib mir noch zwanzig, dreißig Jahre.«

»Hör auf.« Lilja seufzte müde. »Musst du immer den Narren spielen?«

Er öffnete den Mund, schüttelte den Kopf, stemmte die Ellbogen auf den Tisch, richtete sich auf, seine hervorquellenden braunen Augen blitzten, er wollte etwas Wichtiges, Heftiges sagen, brachte es aber nicht heraus. Seine Augen erloschen – so langsam wie das Licht im Kino.

»Nimm wenigstens das Geschenk«, knurrte er und zog ein kleines rotes Etui aus der Tasche. »Es sind goldene Ohrringe, so was mag sie doch.«

»Danke. Aber sie hat keine Ohrlöcher, das gäbe also nur Enttäuschung statt Freude. Die Zeitschrift nehme ich mit. Was bedeutet übrigens ›Blum‹?«

»Nichts. Klingt einfach schön.«

»Sind Artikel von dir drin?«

»Nein. Wie gesagt, ich bin stellvertretender Chefredakteur, ich schreibe selten selbst«, erwiderte er mit abgehacktem mechanischem Bass und sah ihr zum ersten Mal in die Augen. »Lilja, deine Schwester hat sich vor zehn Jahren umgebracht. Daran ist niemand schuld. Ich verspreche dir, dass ich nicht mehr bei dir auftauchen werde, bis du mich selbst einlädst. Aber beantworte mir eine einzige Frage: Was hat sich geändert? Warum gibst du plötzlich jemandem die Schuld an ihrem Tod?«

Sie antwortete nicht, packte die Zeitschrift sorgfältig in eine Plastiktüte, stand auf und ging.

Der Kellner kam, um die Tasse mit dem erkalteten, unangerührten Kaffee abzuräumen, und hörte den Mann sagen: »Miststück … Zicke … Ich hasse sie …«

Früh um halb vier überfuhr ein Streifenwagen der Miliz in einer menschenleeren Gasse in einem als relativ ruhig geltenden Schlafbezirk um ein Haar eine Frau. Die Männer brauchten eine Pause. Eben hatte das Gewitter aufgehört, aber es regnete noch immer und war merklich kühler geworden. Im Wagen war es warm und gemütlich. Unterleutnant Teletschkin hatte eine Zweiliterthermoskanne mit starkem Kaffee dabei, Hauptmann Krasnow ein geräuchertes Hähnchen. Sie wollten in einem Hof parken und etwas essen.

Die Frau tauchte ganz plötzlich auf, wie aus dem Nichts. Der Fahrer konnte gerade noch bremsen. Die Frau erstarrte mitten auf der Fahrbahn und rührte sich nicht, reagierte weder auf das Kreischen der Bremsen noch auf die grellen, blendenden Scheinwerfer oder auf den Schrei des Fahrers. Sie war in ein weites, helles Gewand gehüllt und wirkte im leblosen Scheinwerferlicht und im zitternden Regenschleier wie ein Gespenst.

»Steig mal aus, Kolja, sieh nach, was los ist«, befahl Hauptmann Krasnow dem Unterleutnant.

»Die ist stoned oder besoffen«, knurrte Kolja. »Wegen so einer dummen Kuh raus in den Regen …« Als er näher heran war, entdeckte er, dass es ein Mädchen war, vielleicht fünfzehn, barfuß, in einer Art Kittel oder Nachthemd.

»Klar, die ist stoned«, wiederholte der Unterleutnant und fragte: »He, bist du lebensmüde oder was?«

»Ich habe Tante Lilja getötet«, sagte das Mädchen langsam, die irren Augen auf den Milizionär gerichtet. Sie hatte einen Sprachfehler und eine helle Kinderstimme.

»Was?«

»Zweite Kalugaer Straße acht, Block zwei, Wohnung vierzig.«

»Na schön, komm mit zum Wagen, wir klären das.« Er nahm ihren Arm, sie wehrte sich nicht, stieg folgsam ins Auto und wiederholte laut: »Ich habe Tante Lilja getötet.«

»Wie alt bist du?«, erkundigte sich Hauptmann Krasnow und verzog angeekelt das Gesicht. Das Mädchen roch merkwürdig. Zwiebeln, erriet der Hauptmann. Aber um so zu stinken, musste man ein ganzes Pfund davon essen.

»Vierzehn«, antwortete das Mädchen und setzte nach einer kurzen Pause hinzu: »Ljussja Kolomejez.«

»Also, wen hast du getötet, Ljussja Kolomejez?«

»Tante Lilja. Sie liegt da in der Küche und bewegt sich nicht mehr. Jemand muss die Schnelle Hilfe rufen, aber ich hab Angst vor Ärzten.«

»Wieso denn?«, fragte Teletschkin mit dümmlichem Lachen.

»Die geben Spritzen. Das tut weh«, antwortete das Mädchen und ergänzte nachdenklich: »Sie sind böse und tun einem gern weh.«

Der am Steuer sitzende Sergeant Surkow fing im Spiegel Krasnows Blick auf und verdrehte vielsagend die Augen.

»Wer ist denn Tante Lilja?«

»Na, meine Tante. Die Schwester von meiner Mama.«

»Und wo ist deine Mama?«

»Die ist tot«, erklärte das Mädchen und seufzte. »Schon lange, da war ich noch klein. Erst ist Mama gestorben, dann Oma. Ich hab nur noch Tante Lilja.«

»Hast du einen Vater?«

»Nö. Ich hab keinen. Nur Tante Lilja.«

»Und wieso hast du dann deine Tante getötet, deine einzige Verwandte?«, fragte Teletschkin und räusperte sich.

Das Mädchen schwieg.

In der Gasse stand nur alle paar Meter eine Straßenlaterne, das Auto tauchte immer wieder aus dem Dunkel ins Licht, das Gesicht des Mädchens leuchtete auf und verschwand wieder, und dem Unterleutnant war mulmig zumute. Er konnte das Mädchen nicht richtig sehen, und sie wirkte auf ihn wie ein Zombie.

Die Tür war offen. Überall brannte Licht. Es roch nach Sauberkeit, nach Lavendel und guter Seife. Eine ganz normale kleine Wohnung mit winzigem Flur und zwei hintereinander liegenden Zimmern. Von der Küchentür aus fiel der Blick auf zwei Füße in gemusterten Wollsocken.

»Entschuldigung, könnten Sie bitte die Schuhe ausziehen? Draußen ist es schmutzig«, sagte das Mädchen mit heller Stimme und trat sich die nackten Füße sorgfältig an der Fußmatte ab.

»Was?«, fragte Krasnow und entdeckte auf ihrer Stirn und ihrer Nase weiße Spuren einer dicken Salbe.

»Dort im Schrank sind Latschen. Bei Tante Lilja darf niemand mit Straßenschuhen in die Wohnung. Was sehen Sie mich so an? Ich hab mich mit einer Salbe gegen Pickel eingecremt.«

Sie sagte kein Wort weiter, ging ins Zimmer, setzte sich an den Tisch, faltete die Hände auf dem Schoß und starrte vor sich hin.

Die Tote war höchstens vierzig. Sie war gepflegt, blond, hatte ein glattes, regelmäßiges Gesicht und sah aus, als habe sie sich nur auf den Boden gesetzt, den Rücken an die Heizung gelehnt und die Beine ausgestreckt. Sie trug einen warmen Frottéebademantel und flauschige gemusterte Socken. Auf dem zartrosa weichen Stoff hatten sich dunkle Blutflecke ausgebreitet. Nach der Blutmenge zu urteilen, waren ihr mindestens ein Dutzend Messerstiche beigebracht worden. Auch die Tatwaffe lag da – ein langes Küchenmesser mit schwarzem Plastikgriff.

Der Fall schien simpel. Eine banale Beziehungstat. Ein schwachsinniges Mädchen tötet seine Tante und gesteht die Tat. Die Zeugen, ein älteres Ehepaar aus der Nachbarwohnung, seufzten lange, dann erzählten sie flüsternd, Ljussja sei Waise und von Geburt an behindert.

»Alles klar, keine Fragen«, bemerkte Krasnow tiefsinnig und seufzte. »Ein Traum von einer Leiche.«

Das Einsatzkommando erschien nach zwanzig Minuten. Ausgerechnet Ilja Borodin hatte Dienst. Er war berüchtigt dafür, auch die einfachsten Fälle zu verwirren und kompliziert zu machen. Der rundliche kleine Mann mit der leisen, monotonen Stimme trieb mit seiner intellektuellen Pedanterie selbst die geduldigsten Kriminalisten und Experten zur Verzweiflung.

Kaum über die Schwelle getreten, murmelte Borodin, für ein derartiges blutiges Gemetzel sei es hier viel zu sauber.

»Wieso?«, fragte der Spurensicherer erstaunt. »Hier ist doch jede Menge Blut. Aber die Tote trug einen dicken, weichen Bademantel, der hat fast alles aufgesaugt.«

»Das meine ich nicht«, erklärte der Untersuchungsführer mit dumpfer Stimme. »Die Tote ist eine normale Frau, ordentlich und sauber. Kaum anzunehmen, dass sie mit dubiosen Geschäften zu tun hatte. Ihr Lebensstandard lag offensichtlich unter dem Durchschnitt, soweit man heutzutage überhaupt noch von Durchschnitt sprechen kann. Raub ist so gut wie auszuschließen, Alkohol oder eine betrunkene Prügelei sind es mit Sicherheit.«

»Die Sache ist die«, flüsterte Unterleutnant Teletschkin ihm ins Ohr, »das Mädchen hier hat sie getötet, ihre Nichte. Sie hat die Tat gestanden. Sie ist behindert, debil oder so. Solche Menschen wissen nicht, was sie tun.«

»Warum flüstern Sie denn? Ist das Ihr erster gewaltsamer Tod?«, fragte Borodin mit leicht erhobener Stimme.

»Ja«, bekannte Teletschkin und sah sich zum ersten Mal aufmerksam und in Ruhe um in der Wohnung, in der er sich bereits seit einer halben Stunde befand. Die reinste Puppenstube – gemütlich und hübsch wie in einem Zeichentrickfilm. In der Küche weiße Möbel, weißes Linoleum, in den Zimmern blassgelbes Parkett, hellblaue Tapeten mit rosa Blümchen, Vorhänge mit Volands, die Bezüge des Sofas und der beiden Sessel aus dem gleichen Stoff wie die Vorhänge. Auf dem Sofa drei große Puppen in Rüschenkleidern, mit Hut und Schuhchen. Mitten im Zimmer ein runder Tisch, darauf ein zartrosa Tischtuch mit langen Fransen, auf dem Tisch eine Vase mit drei Tulpen und eine große Schachtel Pralinen mit einer Schleife darum.

»Hattet ihr Besuch?«, wandte sich Borodin an Ljussja.

Das Mädchen zuckte zusammen und schrie: »Nein!«

»Dann hat also jemand Geburtstag?«

»Nein, kein Geburtstag, keiner war hier.« Sie rutschte auf ihrem Stuhl hin und her und wurde tiefrot, wodurch die weißen Salbenflecke in ihrem Gesicht noch stärker auffielen.

»Wieso dann die Blumen und die Pralinen?«

»Einfach so.«

»Ich verstehe.« Borodin nickte. »Und wer hat die einfach so vorbeigebracht?«

»Niemand.« Das Mädchen senkte den Kopf und flocht einen Zopf aus den Fransen der Tischdecke.

»Ljussja, warum hast du deine Tante getötet?«, fragte Borodin sanft.

Keine Reaktion.

»Na schön, nehmen wir an, das weißt du selber nicht. Wohnst du bei deiner Tante, oder warst du nur zu Besuch bei ihr?«

Ljussja war mit dem ersten Zopf fertig und begann mit dem nächsten.

»Sie ist Waise«, flüsterte die Nachbarin, »sie lebt in einem Sonderschulinternat außerhalb von Moskau. Lilja hat sie früher immer dort besucht, aber seit kurzem hat sie das Mädchen in den Ferien und am Wochenende zu sich geholt. Wissen Sie, Lilja stand völlig allein, ihre Schwester, Ljussjas Mutter, ist tot, und das Mädchen ist behindert.« Die Nachbarin rückte näher an Borodin heran und flüsterte noch leiser: »Ljussjas Mutter war drogensüchtig, der Vater ist unbekannt. Mein Gott, was für eine Tragödie! Ja, ja, es stimmt schon: Keine gute Tat bleibt ungestraft. Lilja war ein guter, reiner Mensch, und sie hatte wirklich Talent. Alles Schöne, was Sie hier sehen, hat sie selbst gemacht – die Vorhänge, die Möbelbezüge, die Tischdecke …« Die Nachbarin schluchzte auf und schnäuzte sich laut. »Ich kann es noch gar nicht fassen – was für eine Tragödie!«

»Ja, ja«, murmelte Borodin, stand auf, ging zur Wand und klopfte mit den Fingerkuppen dagegen. »Sagen Sie, haben Sie irgendwelchen Lärm gehört?«

»Nein.« Die Nachbarin schüttelte den Kopf. »Ich habe einen sehr leichten Schlaf, und die Wände sind dünn. Wenn etwas gewesen wäre, hätte ich es bestimmt mitbekommen.«

»Sie haben also keine Schreie gehört oder das Poltern von Möbeln?«

»Gott behüte! Dann wären mein Mann und ich doch sofort zu Hilfe geeilt und hätten die Miliz gerufen. Wir verstanden uns sehr gut mit Lilja.«

»Ilja, kann ich Sie kurz sprechen?«, rief der Gerichtsmediziner aus der Küche.

»Entschuldigen Sie mich.« Borodin ging hinaus.

»Der Tod ist vor höchstens zwei Stunden eingetreten«, sagte der Pathologe, zündete sich eine Zigarette an und setzte sich auf einen Hocker. »Dieses Mädchen ist eine Bestie. Achtzehn Stichwunden am ganzen Körper, sechs davon in den Rücken. Sie hat sie erst getötet und dann zur Heizung geschleppt und hingesetzt.«

»Und das alles ganz leise, quasi auf Zehenspitzen«, sagte

Borodin. »Sonst hätte jemand was gehört, bei den Pappwänden hier.«

»Klar, Plattenbau.« Der Pathologe nickte und hielt Borodin die geöffnete Zigarettenschachtel hin. »Bedienen Sie sich.«

»Danke, ich rauche nicht.« Borodin hockte sich neben die Tote. »Eine hübsche Frau.«

Der Pathologe nickte. »Ja, nicht übel.«

»Jung, hübsch, allein. Häuslich, reinlich und mit einem Faible für Handarbeiten.« Borodin sah den Pathologen nachdenklich an. »Eine Frau, die Spitzendecken häkelt, ist bestimmt ruhig und ausgeglichen.«

»Vielleicht hat das ja die Nichte so aufgebracht«, mutmaßte der Pathologe.

»Achtzehn Messerstiche.« Borodin schüttelte den Kopf. »Klingt eher nach einem wilden Streit im Suff.«

»Klingt nach einem Psychopathen.« Der Pathologe lachte schief und blies einen Rauchkringel in die Luft. »Und wenn der erste Stich überraschend kam und ins Herz traf, dann hat sie auch nicht geschrien und sich nicht gewehrt.«

»Um das Herz auf Anhieb zu treffen, muss man genau wissen, wo es liegt«, knurrte Borodin. »Außerdem braucht er eine ruhige, starke Hand. Nein, was meinen Sie, warum hat das Opfer nicht geschrien und sich nicht gewehrt?«

»Das fragen Sie mich?« Der Pathologe hob die Brauen.

»Nein, mich selbst.« Borodin lächelte. »Die Nachbarn sagen, am Abend und in der Nacht sei es ruhig gewesen. Und es gibt keinerlei Kampfspuren.«

»Die Kleine hat ihrer lieben Tante erst Clonidin verabreicht und dann auf sie eingestochen«, bemerkte der Pathologe sarkastisch. »Ziemlich clever für eine Geisteskranke. Aber vielleicht simuliert sie ja nur? Obwohl – wer so oft zusticht, muss schon krank im Kopf sein, eine wahre Bestie. Echter Schwachsinn, das Ganze.«

Borodin nickte. »Schwachsinn, genau.«

Die Tote, Lilja Anatoljewna Kolomejez, hatte allein gelebt, war kinderlos und, wie aus dem Ausweis hervorging, nie verheiratet gewesen. Sie arbeitete als Designerin in einer Spielzeugfabrik. In einer Schachtel mit Papieren lag ein Totenschein – Olga Kolomejez, gestorben am 30. Juni 1989, Todesursache: Suizid. Und die Geburtsurkunde von Ljussja, Ljudmila Kolomejez. In der Spalte »Vater« war ein Strich. Interessant war das Geburtsdatum: 6. Juni 1985. Ljussja war also gestern fünfzehn geworden.

»Ljussja, wie alt bist du?«, fragte er, ohne auf eine Antwort zu hoffen. Doch das Mädchen sagte laut und deutlich: »Vierzehn.«

»Und wann hast du Geburtstag?«

»Ich weiß nicht.« Ihr Kopf sank zwischen die Schultern, ihr Gesicht war leer.

»Sie lügt«, flüsterte Unterleutnant Teletschkin Borodin ins Ohr. »Sie weiß ihre Adresse und ihr Geburtsjahr, sie weiß garantiert auch den Tag, und überhaupt ist sie weniger gestört, als sie uns weismachen will.«

Borodin sah ihn interessiert an, nickte schweigend und wandte sich wieder an Ljussja.

»Sag mal, hast du Zwiebeln gegessen?«

»Nein. Ich reib mir damit den Kopf ein, damit die Haare besser wachsen.«

»Wer hat dir denn das erzählt? Deine Tante?«

»Nein, die Krankenschwester bei Mama Isa.«

»Und wer ist Mama Isa?«

»Wer?«, fragte das Mädchen erschrocken zurück.

»Na, du hast doch eben gesagt: Mama Isa.«

»Das hab ich nicht gesagt, ich weiß nicht, fragen Sie Tante Lilja.« Ihre Augen huschten unruhig hin und her, ihre Lider flatterten, ihr Gesicht war tiefrot.

»Tante Lilja ist tot«, sagte Borodin sanft, »du sagst doch selbst, dass du sie getötet hast. Kannst du uns erzählen, wie du das gemacht hast?«

»Gar nicht.«

»Das heißt, du erinnerst dich nicht?«

»Doch.«

»Woran denn?«

»Ich habe Tante Lilja getötet. Ljussja ist böse.«

»Na komm, zeig mir mal, wie es war.«

Das Mädchen erstarrte, sie schien sogar den Atem anzuhalten.

»Komm mit in die Küche, Ljussja.«

»Nein. Ich habe Angst.«

»Aber vorm Töten hattest du keine Angst?«

»Nein!«, flüsterte Ljussja laut, lehnte sich kraftlos in den Stuhl zurück, schloss die Augen und flüsterte hastig: »Ich weiß nicht, bitte, nein... Das Blut... Ich habe Angst... Bitte nicht, das tut ihr weh...« Ihr Gesicht war nun weiß, ihre Lippen bewegten sich lautlos weiter.

Der Kriminaltechniker trat an den Tisch und griff nach der Pralinenschachtel, um Fingerabdrücke zu sichern. Ljussja zuckte zusammen wie von einem Stromschlag getroffen. Borodin zog die Brauen hoch und schüttelte den Kopf, der Techniker hob wortlos die Achseln und verschwand in der Küche. Im Zimmer herrschte Stille. Ljussja saß mit geschlossenen Augen da und bewegte lautlos die Lippen.

»Magst du Schokolade, Ljussja?«, fragte Borodin freundlich.

Sie zuckte erneut zusammen, öffnete die Augen und flocht wieder einen Zopf aus den Fransen der Tischdecke.

»Du hast Pralinen geschenkt bekommen und sie nicht einmal probiert.« Borodin langte nach der Schachtel.

»Nicht anfassen!«, rief Ljussja und errötete.

»Warum nicht?«

»Das sind meine! Die hab ich geschenkt gekriegt!«

»Von wem?«

»Von einem Mann.« Sie warf den Kopf zurück und strich sich kokett das Haar glatt.

»Wie heißt er?«

»Das sage ich nicht.«

»Er war gestern Abend hier und hat dir Blumen und Pralinen zum Geburtstag geschenkt, ja?«

Ljussja sprang plötzlich auf, riss die Arme hoch, als wollte sie sich auf Borodin stürzen, presste aber nur die Hände vor den Mund, sank zurück auf den Stuhl und erstarrte. Dann sagte sie kein Wort mehr.

Ein Team des psychiatrischen Notdienstes traf ein. Ljussja tat brav alles, was man ihr sagte, wusch sich und zog sich an. Ihre Sachen, weite helle Jeans und ein blaues T-Shirt, lagen ordentlich zusammengefaltet auf einem Stuhl im kleinen Zimmer, neben dem gemachten Bett. Ljussja beantwortete keine einzige Frage, als habe sie das Sprechen endgültig verlernt. Ihr Gesicht war bläulichblass, ihr Blick starr auf einen Punkt gerichtet, ihre Bewegungen waren schlaff und träge.

»Was können Sie über sie sagen?«, fragte Borodin die Psychiaterin, eine energische junge Frau, als diese im Treppenhaus eine Rauchpause machte.

»Sie ist debil – die leichteste Form geistiger Behinderung.« Die Ärztin zuckte die Achseln. »Im Prinzip durchaus zurechnungsfähig.«

»Könnte sie sich zu Unrecht selbst beschuldigen?«

»Das müssen Sie schon selbst herausfinden.«

Ljussja wurde weggebracht, die Tote hinausgetragen, die Wohnung weiter durchsucht.

Im Kleiderschrank, in der Kommode und auf dem kleinen Hängeboden herrschte perfekte Ordnung. Die Winterkleidung war in alte Bett- und Kissenbezüge eingenäht, die Sommerkleidung hing auf Bügeln im Schrank, zwischen den akkuraten Stapeln gestärkter Bettwäsche lagen Leinensäckchen mit getrocknetem Lavendel. Jedes Säckchen war mit einer geflochtenen Schnur zugebunden und mit zierlichen Stickereien versehen: Blümchen, Pilze oder Kirschen.

Den kleinen Bücherschrank füllten vor allem Handarbeitsbücher und Bände wie »Geschichte des russischen Spielzeugs«, »Kinder und die Welt der Kindheit im 19. Jahrhundert«, »Lexikon der Puppenmode«. In den unteren Fächern lagen Zeitschriftenstapel: »Verena«, »Burda Moden« und anderes zum Thema Handarbeit, Spitzenklöppelei, Puppen- und Kinderkleidung.

Eines gab es in der Wohnung nicht: Geld. Selbst die Handtasche der Toten, die sie vermutlich bei sich gehabt hatte, als sie das letzte Mal die Wohnung verließ, enthielt nicht eine Kopeke. Es gab keine Sparbücher, keine Kreditkarten. Kein einziges Schmuckstück, weder in der Wohnung noch an der Toten. Die Nachbarn wussten natürlich nicht, wie viel Geld in der Wohnung gewesen sein könnte, auch über eventuellen Schmuck konnten sie nichts sagen. Allerdings erinnerte sich die Nachbarin, dass Lilja teure goldene Ohrringe mit großen Saphiren besessen und angeblich stets getragen habe.

Die Schreibtischfächer enthielten Mappen mit Schnittmustern auf Pergamentpapier, Glückwunschkarten und zwei Fotoalben. Die steckte Borodin ein, um sie sich in Ruhe anzusehen. Irgendetwas ließ ihm keine Ruhe. Er setzte sich an den Schreibtisch, verfasste das Protokoll und hielt plötzlich inne, den Blick auf das raffinierte Muster der gehäkelten Tischdecke gerichtet.

Eine Frau mit einem Faible für Handarbeiten muss doch Wolle, Strick- und Häkelnadeln, Scheren und Stoffreste im Haus haben. In der Wohnung der Toten gab es eine teure Nähmaschine, aber keine einzige Garnrolle, keinen einzigen Wollfaden.

Blödsinn, sagte sich Borodin, angenommen, das schwachsinnige Mädchen hat in einem Zustand der Verwirrung seine Tante erstochen. Schön, so was kommt vor. Dann nimmt sie Geld und Schmuck, die Saphirohrringe womöglich aus den Ohren der Toten, dazu sämtliche Handarbeitsutensilien, bringt das alles weg, versteckt es, geht zurück, sieht die tote

Tante, bekommt einen Schreck und läuft wieder hinaus auf die Straße, und zwar barfuß und im Nachthemd? Blödsinn!

Borodin wollte nicht mit dem Auto ins Präsidium fahren, sondern lieber ein Stück laufen. Mit der Morgendämmerung hatte es aufgeklart, die Luft war weich und seidig wie Quellwasser. Nach der schlaflosen Nacht war ihm ein wenig schwindlig, aber er fühlte sich ausnehmend munter. Er war wütend, und das machte ihn immer munter.

Er liebte komplizierte, verworrene Fälle. Und dies war so ein Fall. Es würde schwer sein, zu beweisen, dass Ljussja den Mord nicht begangen hatte, er war ja selbst nicht hundertprozentig sicher. Es würde nicht leicht sein, den bewussten »Mann« zu finden – wenn es ihn wirklich gab, denn die Blumen und Pralinen konnte auch Lilja Kolomejez ihrer Nichte zum Geburtstag geschenkt haben.

Wütend war Borodin aber vor allem deshalb, weil ihm die stille, einsame junge Frau, die Puppenkleider entworfen, Spitzentischdecken gehäkelt und Blümchen auf Leinensäckchen mit getrocknetem Lavendel gestickt hatte, unendlich leid tat.

Tief in Gedanken, sah Borodin sich nicht um. Er kannte die Gegend – als er aus dem Haus kam, wusste er sofort, dass die Metro ganz in der Nähe war und er den Weg durch Höfe und kleine Gassen abkürzen konnte. In einem Hof stolperte er, stieß mit dem Knie gegen ein gewaltiges, aus der Erde ragendes Eisenrohr und wäre beinahe gestürzt. Hier wurden neue Rohrleitungen verlegt, man hatte den Asphalt aufgerissen, alles aufgebuddelt und es versäumt, die Baustelle zu umzäunen. Der Weg darum herum führte über einen Spielplatz. Humpelnd ging Borodin weiter. Ein unerträglicher Gestank drang ihm in die Nase. Auf dem Rand des Sandkastens saß ein Obdachlosenpärchen. Der Mann schlief, an die Schulter seiner Freundin gelehnt, und sie kramte konzentriert in einem kleinen truhenähnlichen Korb auf ihrem Schoß, wühlte in etwas Buntem, Weichem. Borodin erstarrte.

»Was kuckstn so?«, fragte die Obdachlose. »Geh weiter.«

In ihren schmutzigen, schwieligen Händen zitterte wie lebendig ein Knäuel zartrosa Wolle – aus dieser Wolle war die Tischdecke mit den langen Fransen in der Wohnung der Toten.

Zweites Kapitel

Die Redaktion der Zeitschrift »Blum« nahm die unterste Etage einer kleinen Villa in einer gemütlichen Gasse im Zentrum von Moskau ein. Ein flüchtiger Blick auf die Villa, den gepflegten grünen Hof und die dort geparkten ausländischen Wagen offenbarte, dass hier nicht die ärmsten Firmen und Organisationen residierten.

Trotz der harten Konkurrenz prosperierte das Hochglanzmagazin. Etwa siebzig der hundert Seiten waren mit Werbung gefüllt, die übrigen dreißig mit Fotoreportagen von angesagten Szene-Events, Artikeln über Sex, Interviews mit dubiosen Psychologen, die Dinge behaupteten wie: der Mutterliebe liege ein unbewusstes Inzeststreben zugrunde oder Arbeitseifer sei die Folge unterdrückter sexueller Instinkte. Ein paar Seiten enthielten spöttische Kritiken zu Neuem aus Film, Theater und Literatur sowie Notizen zur Avantgarde-Mode. Zum Dessert wurde Pikantes serviert: Ein bebilderter Bericht über das Nachtleben in einer bekannten Homosexuellen-Bar. Und als Sensation die Entdeckung eines neuen Virus, der die männliche Potenz angeblich ins Unermessliche steigert. Plus eine neckische Reportage von einer schwarzen Messe oder von einem echten Satanistensabbat auf einem Moskauer Vorortfriedhof.

Normalerweise herrschte nach der Fertigstellung einer Nummer, wenn sämtliches Material zum Druck nach Finnland abgeschickt war, in der Redaktion einige Tage lang selige Ruhe. Diese Zeit liebte der stellvertretende Chefredakteur Oleg Solodkin am meisten. Dann erschien er früher zur

Arbeit als sonst, gegen zehn, kochte sich einen starken Kaffee, schaltete den Computer ein, schob eine Beatles- oder Rolling-Stones-CD ins Laufwerk, rauchte Kette und versuchte, etwas Geniales zu schöpfen.

Oleg war vom ersten Tag an bei »Blum«, der Chefredakteur war ein Kommilitone von der Filmhochschule. Sie hatten das Magazin zusammen gegründet.

Oleg lebte in einer Fünfzimmerwohnung mit seiner Mutter und seiner Frau Xenia, die halb so alt war wie er und ihm vor drei Monaten eine Tochter geboren hatte. Außerdem besaßen sie eine solide winterfeste Datscha bei Moskau. Doch all das gehörte allein seiner energischen Mutter Galina. Das winzige Büro in der Redaktion war der einzige Ort, wo Oleg sich frei fühlte.

Am Donnerstag, dem 8. Juni um elf herrschte in Olegs geliebtem Büro eine so sanfte, frische Stille, dass er nicht einmal Musik einlegte. Er saß bereits über eine Stunde vor dem Computermonitor. Seine schmalen, trägen Finger lagen auf der Tastatur und zitterten merklich. Auf dem weißen Bildschirm stand in fetter Schrift: »Kreativität ist ein Akt seelischen Exhibitionismus. Nikolai Gogol ließ seine Nase künstlich verlängern, damit sie dem Zeugungsorgan ähnelte.«

Er brütete über einem Artikel zum Thema: »Alle Genies sind verrückt«, als das Haustelefon klingelte.

»Oleg Wassiljewitsch, hier sind zwei Mädchen, die wollen zu Ihnen«, sagte der Sicherheitsmann.

»Was für Mädchen?« Oleg verzog das Gesicht und wollte schon sagen, dass er nicht gestört zu werden wünsche, da verkündete der Sicherheitsmann spöttisch: »Zwei gleiche.«

Oleg wusste, wen er meinte. Siebzehnjährige Zwillinge, sehr hübsch. Er hatte sie vor einem halben Jahr kennengelernt und ihnen törichterweise seine Telefonnummer gegeben. Seitdem riefen sie regelmäßig an und waren schon mehrmals in der Redaktion erschienen, einfach so, zu Besuch. Einer der Hausfotografen des Magazins war auf sie aufmerksam geworden, hatte ihnen seine Visitenkarte in die Hand gedrückt und versprochen, sie aufs Titelblatt zu bringen.

»Okay, lass sie rein«, sagte er.

Kurz darauf war das winzige Büro von melodischem Lachen und dem Geruch eines starken süßen Parfüms erfüllt. Bevor die Mädchen den Hausherrn begrüßten oder zumindest beachteten, richteten sie ihr Haar und zogen sich vorm Spiegel die Lippen nach, setzten sich auf die Lehnen des einzigen Sessels, zündeten sich gleichzeitig eine Zigarette an und geruhten erst dann, im Chor zu zwitschern: »Hallo! Wie geht's?« Um daraufhin erneut zu kichern.

Sie waren hübsch und frech. Hochgewachsen, schlank, mit langem blondem Haar und regelmäßigen Puppengesichtern. Ihre absolute Ähnlichkeit verdoppelte den Effekt, und das wussten sie und verhielten sich, als sei ihre Anwesenheit ein großes, unverdientes Geschenk für jeden. Sie kleideten sich meist gleich, doch diesmal trugen sie Minikleidchen von verschiedener Farbe. Die eine in Weiß, die andere in Schwarz.

»Und, wo ist Ihr Fotograf?«, fragte das Mädchen in Weiß.

»Wieso gibt er uns eine Telefonnummer, unter der er nie zu erreichen ist?«, ergänzte das Mädchen in Schwarz.

»Ich habe eigentlich zu tun«, antwortete Oleg mürrisch, bemüht, die beiden nicht anzusehen.

»Dann rufen Sie den Fotografen zu Hause an. Auf der Visitenkarte steht nur die Telefonnummer der Redaktion und die vom Fotostudio. Keine Privatnummer.«

»Gut.« Oleg nickte. »Ich werde ihn anrufen. Aber jetzt habe ich keine Zeit.«

»Eine Nummer wählen dauert doch nicht ewig!«

Na schön, dachte Oleg gereizt, wenn dieser Idiot versprochen hat, sie auf die Titelseite zu bringen, soll er sich gefällig selbst mit ihnen rumärgern.

Er blätterte in seinem Notizbuch, schrieb die Privatnummer des Fotografen auf einen Zettel und reichte ihn den Mädchen.

»So, und jetzt geht, ich habe zu tun.«

»Oje, seine Hände zittern ja«, bemerkte die Weiße mitfühlend und griff nach dem Zettel. »Zu viel getrunken gestern?« Sie zwinkerte fröhlich und sah Oleg aus klaren, reinen, himmelblauen Augen an.

»Nein«. Die Schwarze schüttelte den Kopf. »Wodka – das ist viel zu grob. Oleg hat einen exquisiten Geschmack.«

»Ich vermute, Oleg als echter Aristokrat ist auf Koks oder Heroin«, sagte die Weiße.

»Schluss jetzt, Mädels, ich habe zu tun«, knurrte Oleg und starrte auf den Computerbildschirm. Das Zittern wurde immer stärker.

»Können wir den Fotografen nicht von hier aus anrufen?«, fragte die Schwarze.

»Nein. Ich habe zu tun.«

»Ach ja, ständig am Schreiben«, seufzte die Weiße. »Woran arbeiten Sie denn gerade?«

»Das geht dich nichts an.« Oleg spürte, dass sein Hemd unter den Achseln ganz nass war.

»Nein, wie grob.« Die Schwarze schüttelte traurig den Kopf. »Sie sind doch ein guter Mensch, Oleg, Sie sind so nett. Aber Sie haben wohl gerade Unannehmlichkeiten und sind deshalb so nervös? Wir helfen Ihnen gern, sich zu entspannen.« Sie schloss die Augen und fuhr sich langsam mit der Zunge über die Lippen.

»Geht ihr nun endlich?« Oleg ballte so heftig die Fäuste, dass die Fingernägel sich in die Handfläche bohrten. »Ich rufe gleich den Sicherheitsdienst, die schmeißen euch raus.«

»Was haben wir Ihnen denn getan?« Die Weiße lächelte entwaffnend. »Wir meinen es doch nur gut mit Ihnen.«

»Geht jetzt, bitte, geht«, stöhnte Oleg und setzte kaum hörbar hinzu: »Das ist unerträglich.«

»Können wir Nikolai von hier aus anrufen?«, fragte die Weiße mit gesenktem Kopf. »Nur ein kurzer Anruf, und wir sind wieder weg.«

Oleg griff wortlos zum Telefon, wählte die Privatnummer des Fotografen, lauschte eine Weile dem Amtszeichen, dachte schon, Nikolai sei nicht zu Hause, und wollte wieder auflegen, als sich eine hohe Stimme verschlafen meldete: »Hallo?«

»Hallo, Nikolai«, knurrte Oleg, »hast du den Zwillingen versprochen, ein Titelfoto von ihnen zu machen?«

»Oleg, ich schlafe noch«, verkündete Nikolai laut gähnend.

»Du schläfst, und die Mädchen sitzen hier und halten mich von der Arbeit ab. Du hast ihnen was versprochen, also kümmere dich um sie.« Er übergab den Hörer dem Mädchen in Weiß.

Die Zwillinge verabredeten sich mit dem Fotografen, dann verabschiedeten sie sich höflich von Oleg und gingen.

Als die Tür hinter ihnen zugefallen war, brauchte Oleg lange, um sich eine Zigarette anzuzünden, so heftig zitterten ihm die Hände. Nach einem ersten langen Zug machte er sich mit ein paar obszönen Beschimpfungen Luft, die nicht den beiden Mädchen galten, sondern ihm selbst, bewegte die Maus, um den Bildschirmschoner zu deaktivieren, und rang um den Beginn des Artikels über verrückte Genies. Doch sein Kopf war leer. Mindestens zehn Minuten saß er so da. In seinem Mundwinkel zitterte die erloschene Zigarette. Eine dicke Fliege setzte sich auf den Monitor.

Oleg spuckte den Zigarettenstummel auf den Fußboden, pustete auf die Fliege, und wieder tauchte der Bildschirmschoner auf – ein Ziegellabyrinth. Die Fliege drang mühelos durch das Glas in das Computerlabyrinth ein, kroch erst langsam, beinahe widerwillig, dann immer schneller. Oleg beobachtete, wie das unappetitliche Insekt mit den schillernden Flügeln zitterte und hektisch die dünnen Drahtbeinchen bewegte. Im Inneren des Computers ertönte ein widerliches Brummen. Das Labyrinth füllte sich mit fetten weißen Maden, sie krochen herum und verschmolzen zu weichen, eiförmigen Körpern. Oleg bewegte die Maus, das Labyrinth verschwand, doch statt Buchstaben glitten schwarze Fliegen über den Bildschirm.

»Nach einer Aussage des Dichters Jasykow erzählte Gogol einmal, er sei in Paris von berühmten Ärzten untersucht worden, und die hätten festgestellt, dass sein Magen verkehrtherum im Bauch liege«, tippte Oleg rasch, konnte das Geschriebene jedoch nicht lesen. Er sah nur fette Fliegen, keinen einzigen Buchstaben. Die Insekten gelangten direkt aus seinem Kopf in den Computer. Sein Schädel war voller Fliegen, sie summten unerträglich laut, krochen durch seine Gehirnwindungen und legten dort Eier. Ein heftiger, ziehender Schmerz sprengte seinen Kopf, lief durch Wirbelsäule und Rippen und ergriff rasch und unerbittlich von seinem gesamten Körper Besitz. Kein einziger Knochen war mehr ohne Schmerzen. Tränen spritzten ihm aus den Augen, eine Gänsehaut überzog seinen Körper, der Schüttelfrost wurde immer heftiger. Er wusste, dass dies Entzugserscheinungen waren.

Nichts war einfacher und angenehmer, als eine Entscheidung zu treffen. Wie oft hatte er das schon durchgemacht? Er hatte längst aufgehört zu zählen. Wie viele Ärzte hatten ihn schon mit Metadon versorgt, einem synthetischen Opiumersatz! Zwanzig Tage lang wurde der Entzug gedämpft durch eine armselige Simulation von Rausch, gestützt durch Psychotherapie und Autosuggestion.

»Ich bin ruhig, ich bin ganz ruhig«, murmelte Oleg, lehnte sich im Stuhl zurück und schloss die Augen. »Es geht mir gut, es geht mir ausgezeichnet, wie einem Gehängten in der Agonie des Todes, wie einem Psychopathen, der mit Elektroschocks behandelt wird. Ich werde aufhören und weiterleben. Ich habe Mama, die mich sehr liebt. Ich habe meine Frau Xenia, sie ist jung und schön. Ich habe meine Tochter Mascha, sie ist drei Monate alt. Ich bin sehr glücklich. Mein Vater hat nach einem Gespräch mit einem allwissenden Drogentherapeuten, der erklärte, ich hätte keine Chance, einen

Herzinfarkt erlitten. Mutter gibt mir die Schuld an Vaters Tod. Ich bin schuld. Ich bin auch an vielem anderem schuld, an Schrecklichem, nie wieder Gutzumachendem, aber daran kann ich nicht denken.

Außer dem Metadon hatte er eine Dosis LSD-25 bei sich. Eine kleine Ampulle mit einer durchsichtigen, geruch- und geschmacklosen Flüssigkeit. Ein magischer Tropfen Lebenswasser, durch geheimnisvolle Verwandlung gewonnen aus Mutterkorn. Das beste aller Psychodelika, besser als Heroin. Purpurner Nebel. Goldene Sonnenstrahlen. Orangerotes Leuchten. Er musste nur die Hand ausstrecken, in seine an der Stuhllehne hängende Tasche greifen, und in wenigen Minuten wäre die Welt erfüllt von wundervollem Licht und der Schmerz verschwunden, die unerträglichen Schuldgefühle würden verblassen, die Fliegen sich in Schmetterlinge verwandeln, das widerliche Summen in überirdische Musik, und er würde eine märchenhafte Reise in Zeit und Raum antreten.

Oleg verabschiedete sich von der Idee eines Artikels über verrückte Genies. Dafür brauchte man heftigen Neid auf die toten Genies und Verachtung für die lebenden Idioten, die diese Toten anbeteten. Bosheit und Frivolität. All das empfand Oleg, wenn er versuchte aufzuhören, wenn er auf Entzug war und dabei schier den Verstand verlor. Nun aber war er ruhig und glücklich.

Beim Anblick des Handarbeitskorbs stand Borodin eine Weile da wie angewurzelt und schaute in die verschiedenfarbigen Augen der Obdachlosen. Sie entlud sich in einem so deftigen obszönen Monolog, dass er die Hoffnung auf ein ruhiges, vertrauensvolles Gespräch augenblicklich fallenließ und zur Metro lief, um in uniformierter Begleitung wiederzukommen.

Nina Simakowa, genannt Sima, war auf dem Milizrevier gut bekannt. Bis vor kurzem hatte sie in dem Haus gewohnt, wo der Mord geschehen war. Ihre winzige Einzimmerwohnung war eine regelrechte Spelunke gewesen, in der rund um die Uhr ihre Saufkumpane lärmten, allen voran ein gewisser Iwan Rjurikow, genannt Rjurik, aus dem Nebenhaus. Vor einigen Jahren hatte Sima ihre Wohnung an Kaukasier verkauft und war zu Rjurik gezogen. Eine Zeitlang lebten sie in Frieden und Eintracht zusammen, doch als das Geld alle war, stritten sie sich erbittert. Sima wollte zurück nach Hause und konnte lange nicht begreifen, dass sie kein Zuhause mehr hatte. Sie belagerte das Milizrevier, schwor, die Kaukasier hätten sie falsch verstanden, sie habe ihre Wohnung gar nicht verkaufen, sondern nur für ein Jahr vermieten wollen. Schließlich ließ sie sich auf einem Treppenabsatz zwischen zwei Etagen in ihrem ehemaligen Haus nieder. Anfangs verhielt sie sich still; rührend zusammengerollt schlief sie auf einer Kindermatratze. Draußen herrschte ein strenger Winter, die Mieter bedauerten Sima, brachten ihr heißen Tee und etwas zu essen und luden sogar ein Fernsehteam ein. Sima hielt vor der Kamera eine flammende Rede: Ihre schlimme Lage sei das Ergebnis der kriminellen Verquickung von korrupten Bürokraten der Wohnungsverwaltung mit der kaukasischen Mafia. Nun im ganzen Land berühmt, wurde Sima übermütig, lud Gäste zu sich auf den Treppenabsatz ein, und da hatte die Geduld der Mieter ein Ende. Mit Hilfe der Miliz wurde Sima samt Matratze hinausgesetzt. Nach kurzem Umherziehen von Bahnhof zu Bahnhof kehrte sie wieder zurück, allerdings nicht ins Treppenhaus, sondern zu Rjurik. Doch ihr aufsehenerregendes Fernsehdebüt hatte eine seltsame Auswirkung auf ihr Wesen. Sie lechzte nun geradezu nach sozialem Kampf, sie wurde Stammgast bei Kundgebungen und Demonstrationen, egal welcher Art, Hauptsache, sie konnte nach Herzenslust herumschreien und im Mittelpunkt stehen.

»Das ist doch ein Genozid an den Menschenrechten, echt«, jammerte Sima laut, weinte und rieb sich die verschiedenfarbigen, von blauen Flecken gerahmten Augen mit den Fäusten. »Diese Pracht lag auf dem Müll, warum sollte ich so was Schönes verrotten lassen?«

»Hast du gesehen, wer den Korb weggeworfen hat?«, fragte Borodin zum dritten Mal.

»Ich hab nichts gesehen und weiß von nichts. Da hab ich arme Frau einmal im Leben Glück, und Sie wollen mir gleich einen Mord anhängen, Bürger Natschalnik! Sima hat im ganzen Leben keiner Fliege was zuleide getan, fragen Sie, wen Sie wollen, Sima würde ihr letztes Stück Brot mit einem streunenden Tier teilen, und du sagst so was! Wenn Sie's genau wissen wollen, ich glaube an Gott, warum also sollte ich mir eine solche Sünde auf die Seele laden? Ich leide hier schon genug, soll ich etwa auch im Jenseits leiden? Die letzte Zeit ist angebrochen, bald kommt das Jüngste Gericht, da muss man sich für alles verantworten! Ich bin doch nicht mein eigener Feind!«

»Stop – wie kommst du darauf, dass es um Mord geht?«, unterbrach Borodin.

»Na, weil du gleich losgerannt bist, die Bullen holen, du alter Bock!«, kreischte Sima. Die Tränen waren im Nu getrocknet, ihre Augen funkelten böse. »Ihr Schweine habts doch alle drauf abgesehn, die Schwachen zu kränken, die Zeitungen haben ganz recht! Das gibts nur in unsrer Scheißdemokratie, solche Gesetzlosigkeit gegen die Rechte des gequälten Individuums! Aber wartet nur, auch für euer Diktat wird sich ein Richter finden. Ich hab keine Angst! Ich habe nichts zu verlieren als meine Ketten, ich sage alles frei heraus, ihr sollt die reine Wahrheit hören von einem einfachen russischen Menschen proletarischer Herkunft!«

»Was meinst du denn mit Diktat, Sima?« fragte Borodin streng.

Sima zwinkerte verwirrt, hustete und erklärte kategorisch: »Halt mich nicht für blöd, ja! Diktat, das ist, wenn man Unschuldige festhält und mitnimmt!«

»Was soll dieser Ton, Simakowa?«, mischte sich der Revierchef ein. »Du hast wohl lange keine Nacht in der Zelle verbracht? Kannst du gleich haben, kein Problem.«

»Glaub bloß nicht, du kannst mich einschüchtern!« knurrte Sima und lief rot an. Der frische dunkelrote Fleck unter ihrem rechten Auge war nun kaum noch zu erkennen, dafür leuchtete ein alter gelbgrüner umso stärker. »Ich bin so schon durch und durch krank an den Nerven. Nichts als Hunger und Kälte, nichts Positives. Ein einziges ökonomisches Tschernobyl.«

»Du solltest weniger trinken und dich nicht dauernd auf Kundgebungen rumtreiben, wo du lauter schlaue Reden aufschnappst«, brummte der Revierchef. »Entschuldige dich und rede gefälligst wie ein normaler Mensch, stell meine Geduld nicht auf die Probe.«

»Schon gut, zum Teufel mit euch. Ich entschuldige mich, kommt nicht wieder vor.« Sima verzog den Mund zu einem mädchenhaft schüchternen Lächeln und entblößte ihr lückenhaftes Gebiss. Ihre Stimmung wechselte von einem Moment zum anderen, von tränenreicher, klagender Hysterie zu trockener Bosheit, dann erneut zur Klage; und nun lächelte Sima plötzlich, beinahe kokett. »Wenn Sie gut zu mir sind, sage ich alles.«

»In Ordnung, Sima.« Borodin nickte. »Also, im Guten: Woher weißt du von dem Mord?«

»Ich hab doch gesagt, ich füttere die streunenden Tiere, teile meinen letzten Bissen mit ihnen, mit Hunden und Katzen. Die Tiere spüren alles, besonders die Hunde. Haben Sie mal gehört, wie ein Hund nach einem Verstorbenen jault? Sie spüren einen Toten auf einen Kilometer, und ich genauso. Ich sag ja, ich bin quasi eine Hellseherin. Ich halte die Nase in die Luft und wittere das. Aber du, entschuldige, du bist doch anscheinend ein kultivierter Mann« – sie maß Borodin mit einem tadelnden Blick –, »warum fragst du nicht ganz ruhig, Sima, woher hast du den Korb mit der Wolle? Stattdessen starrst du mich an, als wär ich dir eine Pulle Wodka schuldig, und rennst weg. Ich hab gleich gewusst, dass du wiederkommst, ich habs gespürt, dass ich verschwinden sollte, aber ich wollte Rjurik nicht wecken, er hat so schön geschlafen an der frischen Luft, mein Süßer, so schön geschlafen hat er. He, Rjurik, sag ihnen, dass wir nichts gesehen haben, stimmt doch, oder?«

Rjurik hatte noch kein Wort gesagt. Es war ziemlich hinüber. Seine Augen waren verdreht, sein Kopf schwankte von einer Seite zur anderen, er bewegte träge die Lippen und gab merkwürdige Grunzlaute von sich. Als seine Freundin für einen Augenblick verstummte, waren sie als die alte Romanze »Steppe ringsumher« zu identifizieren, wobei Rjurik die Melodie ziemlich gut traf.

»He, Rjurikow, was soll das, gibst du hier ein Konzert? Hör auf zu brummen, du verhinderter Schaljapin.« Der Revierchef stieß ihn leicht gegen die Schulter. »Los, erzähl uns, wie die Sache war. Von Anfang an und schön der Reihe nach.«

»Ich brumme nicht!« Rjurik warf heftig den Kopf hoch. »Ich singe. Ich habe nämlich eine Musikschule besucht. Aber von wegen verhindert, da haben Sie recht, Bürger Natschalnik. Die Wahrheit nehm ich nicht übel. Hätt man mich nicht am Weiterlernen gehindert, hätt man mich aufs Konservatorium gelassen, dann wär ich heute genauso gut wie Pavarotti.«

»Was quatschtst du denn da!« Sima verzog das Gesicht und klopfte ihrem Freund auf die Schulter. »Pavarotti ist Tenor, und du bist Bass.«

»Mann, sind die Penner heutzutage gebildet, nicht zu fassen«, spottete der Reviermilizionär, »Sima ist Politikerin, Rjurik Opernsänger. So, Bürger, nun aber Schluss mit den Faxen. Jetzt antwortet ihr gefälligst auf unsere Fragen.«

»Was sollen wir denn antworten, wenn wir gar nichts gesehn haben?« Rjurik zuckte die Achseln. »Wir kommen heute früh zum Müllhaus, und da liegt ein Haufen Wolle rum und ein Korb. Das war alles.«

»Woher wusstet ihr von dem Mord?«

»Ich sage doch, ich hab eine göttliche Gabe, ich bin eine echte Hellseherin. Ich könnte Ihnen alles erzählen, was war und was sein wird und auch, wie das Herz zur Ruhe kommt – wenn Sie im Guten mit mir reden würden.«

»Red keinen Blödsinn, du dummes Huhn! Von wegen Hellseherin! Die Bullen warn da und ne Leiche wurde rausgetragen, das haben wir gesehn. Aber sonst nichts«, murmelte Rjurik hastig, senkte den Kopf und sang erneut vor sich hin.

»Lassen Sie uns doch gehen, liebe Herren Bürger«, bat Sima und schniefte kläglich.

»Also, mein süßes Pärchen«, sagte der Reviermilizionär nach einem Räuspern in amtlichem Ton, »noch seid ihr beide nur Zeugen, aber ihr habt Sachen aus der Wohnung der Toten bei euch. Du, Simakowa, kennst alle Mieter aus dem dritten Aufgang, und du auch, Rjurik. Ihr wusstet, dass in der Wohnung Nummer vierzig eine alleinstehende, schutzlose Frau lebte. Und da habt ihr euch zu einem Raubmord entschlossen.«

Borodin versuchte mit schmerzverzerrter Miene vergebens, das gegen das Rohr geprallte Bein auszustrecken. Das Knie tat unerträglich weh. Sie sollten die beiden Unglücksraben laufen lassen. Der Mörder hatte das Haus spätestens um halb zwei verlassen. Zum Durchsuchen der Handarbeitskorbs hatte er vielleicht fünfzehn Minuten gebraucht, dann war er verschwunden, und das Pärchen war erst im Morgengrauen gekommen. Mindestens drei Stunden später. Die beiden waren keine Zeugen.

»Na los, Sima, pack aus, ich hab die Nase voll!«, brüllte der Reviermilizionär und rückte der Erschrockenen dicht auf den Leib.

Sima zitterte, als hätte sie Schüttelfrost, nahm sich ohne zu fragen noch eine Zigarette aus der Schachtel, riss das Feuerzeug vom Tisch und rauchte gierig. Rjurik hatte sich wieder in sich selbst und seinen Gesang zurückgezogen. Er schaukelte vor und zurück, brummte vor sich hin und erinnerte an einen riesigen, nachdenklichen räudigen Kater.

»Oje, unsere schweren Sünden, oje, oje«, stöhnte Sima, »was für ein verfluchtes Jahr! Wenn man die Ziffern umdreht, wissen Sie, was dann rauskommt? Drei Sechsen, das Zeichen des Leibhaftigen. Er ist es gewesen, er selbst in seiner scheußlichen Person!«

»Wer?«, fragten Borodin und der Reviermilizionär im Chor.

»Das feuerspeiende Ungeheuer«, flüsterte Sima.

»Du machst dich über uns lustig, ja?«, erkundigte sich der Reviermilizionär einschmeichelnd.

»Wie ich ihn gesehn hab, wusste ich gleich, dass er eine unschuldige Seele holen will. Die Frau aus Wohnung vierzig, die war so nett und still, hier, ihre Schuhe hat sie mir geschenkt.« Sima streckte ein Bein aus und demonstrierte einen noch ganz passablen hellbraunen Lederschuh. »Und wenn ich auf der Treppe geschlafen hab, hat sie mir eine Decke gebracht und Tee und Brot mit Butter und Wurst. Eine herzensgute Frau, die netteste im ganzen Aufgang, immer mitfühlend. Ein mitfühlender Mensch ist für den Bastard schlimmer als Weihrauch.«

»Sima, du bist doch auch ein guter Mensch und hast eine reine Seele«, sagte Borodin nachdenklich und fing den erstaunten Blick des Reviermilizionärs auf, »du teilst dein letztes Stück Brot mit streunenden Tieren und tust keiner Fliege was zuleide, stimmts?«

»Das stimmt, und ob das stimmt, Bürger Natschalnik.« Sima senkte den Kopf und schluchzte laut auf. »Aber keiner weiß das zu schätzen, keiner versteht meine reine Seele.«

»Aber das feuerspeiende Ungeheuer, das spürt deine reine Seele, und deshalb wirst du das nächste Opfer sein, Sima.« Borodins Stimme klang dumpf und beängstigend, er rückte näher an Sima heran, schaute ihr direkt in die Augen und sagte, bemüht, nicht durch die Nase zu atmen: »Er hat dich doch gesehen, nicht? Genauso deutlich wie du ihn?«

»Ja!«, flüsterte Sima. »Er hat mich gesehen! Er wird mich holen!«

»Das wird er.« Borodin nickte. »«Wenn wir ihn nicht kriegen, dann wird er das bestimmt. Also, wie sah er aus?«

»Die Visage ganz schwarz, die Augen rot, und große Hauer«, rief Sima und schwankte auf ihrem Stuhl. »O nein, ich kann nicht mehr, ich habe Angst!«

»Damit du keine Angst zu haben brauchst, musst du uns helfen, Sima. Rette dein Leben, erzähl uns alles der Reihe nach. Wo hast du ihn gesehen?«

»Auf dem Hof, auf einer Bank. Er hat den Korb durchwühlt. Ich wollte leere Flaschen einsammeln, wie immer, da saß er da. Von hinten sah er ganz normal aus, hatte ein T-Shirt an, aber dann bin ich näher ran und hab ihn von der Seite gesehn und bin furchtbar erschrocken.«

»Wann war das?«

»In der Nacht.«

»Um welche Uhrzeit?«

»Wann schon! Um Mitternacht natürlich! Ich hab keine Armbanduhr, aber ich weiß genau, dass dieses Scheusal immer Punkt Mitternacht kommt.«

»Nein, dieses blöde Weib!« Rjurik wurde plötzlich munter. »Treibt sich sonstwo rum, trinkt ohne mich, dann kommt sie zurück und schreit, sie hätte auf dem Hof den Teufel gesehn, mit schwarzer Visage und roten Augen. Ich sag zu ihr, Sima, sag ich, das kommt vom Suff, echt, darauf sie: Wenn du mir nicht glaubst, komm mit, ich zeig ihn dir, da auf der Bank sitzt er und wühlt in einem Handarbeitskorb mit Wolle, wiehert und flucht. Blödes Weib, sag ich, was soll der Teufel mit Wolle? Aber sie meint: Er hat sie genommen, also wird er sie wohl für irgendwas brauchen. Er sucht was in den Wollknäueln. Ob ers gefunden hat oder nicht, weiß ich nicht, komm mit, sagt sie, wir sehn nach. Ich sag, wenn dus unbedingt wissen willst, sag ich, geh alleine, ich will schlafen. Jedenfalls, sie redet auf mich ein, komm mit, komm mit, sagt sie, allein hab ich Angst. Wir wollen grad los, da wirds plötzlich laut auf dem Hof. Mein Fenster geht direkt auf den dritten Aufgang raus, ich kuck also raus und seh, da steht ein Milizauto. Na, den Rest wissen Sie selber. Ich sag zu Sima, wir müssen warten, bis die Bullen weg sind.«

Sima wollte ihn mehrfach unterbrechen, doch er schnitt ihr jedes Mal grob das Wort ab, also schwieg sie, und er fuhr fort.

»Wir warten also ab, sehen aus dem Fenster, und da kommt der Leichenwagen. Volles Programm, Sanitäter, Bullen und alles, und sie tragen eine Leiche aus dem Haus. Sima, das blöde Weib, hätte beinahe losgeschrien, aber ich hab ihr zum Glück das Maul zugehalten. Bis das ganze Hin und Her vorbei war und die wieder weg warn, wars schon ganz hell, ich war furchtbar müde, aber sie gibt keine Ruhe und sagt, ich hab genau gesehn, da hat der Teufel gesessen, das war er, er hat jemanden umgebracht. Und ich weiß auch, wen, sagt sie. In Aufgang drei, Wohnung vierzig, die Frau, die in der Puppenfabrik gearbeitet hat, so eine Ruhige, Nette, Lilja hieß sie. Na, wir also hin zum Müllhaus, und da liegt ein Haufen von dieser Wolle rum. Sima hat alles eingesammelt und aufgerollt, und dann sind Sie gekommen, Bürger Natschalnik.«

»Sima, woher wusstest du, dass die Tote Lilja aus Wohnung vierzig war?«, fragte Borodin freundlich.

»Wegen der Wolle.« Sima schluchzte. »Das war ihr Korb.«

»Hast du den früher schon mal gesehen?«

»Ja, hab ich. Sie hat mich im Winter ein paarmal in ihre Wohnung gelassen, zum Duschen, so eine nette Frau war das. Und der Korb, der stand bei ihr auf dem Tisch.«

»Und du hast ihn gleich wiedererkannt?«

»Ja, hab ich. Weil er so schön ist und alt. Meine Großmutter hatte so einen, sie hat auch Wolle darin aufbewahrt, sie hat gern gestrickt.«

»Gut.« Borodin nickte. »Und nun versuch dich noch mal zu erinnern, wie der Mann aussah, der in dem Korb gewühlt hat.«

»Aber das war kein Mann!«, schrie Sima so laut, dass Rjurik von seinem Stuhl auffuhr und Borodin Ohrensausen bekam. »Wie oft soll ich das noch sagen! Das war kein Mensch! Schwarze Visage, riesige rote Augen, die Nase hing über der Oberlippe, und Hörner, echte Hörner, kapieren Sie das oder nicht? Er hat mich doch direkt angesehen, ich wär vor Angst beinahe gestorben und hab mich bekreuzigt, und er hat losgewiehert und wie wild geflucht. Klar?«

»Also schwarzes Gesicht, rote Augen, Hörner auf dem Kopf«, wiederholte Borodin. »Und die Haare?«

»Er hatte keine Haare. Er hatte eine Glatze, der ganze Kopf war schwarz und hat geglänzt, und obendrauf saßen Hörner, so kleine, rote.«

»Was meinst du, war er dick oder dünn?«

»Breite Schultern, aber nicht dick.«

»Ist er mal von der Bank aufgestanden?«

»Nein.«

»Du hast also nicht gesehen, wie groß er war?«

»Er kann jede Größe annehmen, ganz wie er will, so klein wie eine Maus oder so groß wie ein Elefant.«

»Du sagst, er hat wild geflucht. Wie klang seine Stimme?«

»Kreischend, hässlich.«

»Kreischend? Also hoch? Vielleicht eine Frauenstimme?«

»Weiß der Geier.« Sima winkte ab. »Ist doch egal! Er kann mit jeder beliebigen Stimme sprechen, ganz wie er will, ob Bass, Tenor oder hoher Sopran. Bei mir hat er gequiekt wie ein Schwein.«

»Aha, ich verstehe.« Borodin nickte. »Und von hinten, sagst du, sah er ganz normal aus?«

»Ja, ganz normal. Ein blaues T-Shirt.«

Borodin fiel ein, dass Ljussja ein blaues T-Shirt besaß, und er fragte traurig: »Und die Hörner? Waren die denn von hinten nicht zu sehen?«

»Ach, was weiß ich! Stell dir vor, du gehst friedlich deiner Wege, zum Container, leere Flaschen einsammeln, wie jeder normale Mensch, und da sitzt ein Bursche auf der Bank. Kuckst du dir den etwa genau an? Ich dachte, er hätte eben so eine Mütze auf.«

»Er trug also eine Maske.« Borodin seufzte erschöpft und sah den Reviermilizionär an. »Es gibt spezielle Läden, wo solche Horrormasken verkauft werden. Unser Mörder trug also eine Teufelsmaske mit Hörnern. Ein Witzbold.«

»Sie glauben mir nicht?«, kreischte Sima. »Sie denken, das bilde ich mir im Suff ein? O nein!« Sie schüttelte den Kopf. »Die letzte Zeit ist angebrochen. Er wird weiter töten, ohne Unterschied, alle nacheinander, Sünder und Gerechte. Und wenn ihr sämtliche Bullen auf die Beine bringt – den kriegt ihr nie!«

Drittes Kapitel

Die Zwillinge verließen die Villa der Redaktion des Magazins »Blum« und gingen in Richtung Alter Arbat. Sie hatten noch drei Stunden bis zu ihrem Treffen mit dem Fotografen Nikolai und besaßen insgesamt zehn Rubel – das reichte für zwei Piroggen mit Kohl oder für zwei Portionen Eis. Sie waren mit dem Sieben-Uhr-Zug aus Lobnja gekommen; sie hatten sehr früh aufstehen müssen und nicht gefrühstückt, und Solodkin hatte ihnen nicht einmal Kaffee angeboten.

Im Frühjahr waren sie siebzehn geworden. Nun konnten sie einmal in der Woche nach Moskau fahren und erhielten etwas Taschengeld. Sie bummelten gern durch die Stadt. Aufgewachsen in Sonderkinderheimen außerhalb der Stadt, hinter Betonmauern, ließen sie sich berauschen vom Geruch nach Benzin und heißem Asphalt, von Glanz und Lärm, vom bunten Treiben auf den Straßen der Stadt, von schicken Restaurants und Limousinen, von Männerblicken und von ihrem eigenen Spiegelbild in den Schaufenstern.

Selbst Kinder und Greise schauten sich nach ihnen um. Schicke ausländische Wagen bremsten neben ihnen. Ihre Beine,

Schultern und Rücken waren von bronzener Bräune, ihr langes hellblondes Haar wehte und glänzte in der Sonne. Sie waren beide hochgewachsen, einsachtzig plus acht Zentimeter Plateausohle, schlank wie afghanische Borsois, und sie sahen vollkommen gleich aus.

Geld besaßen sie nur sehr wenig, darum dachten sie unentwegt daran, bewunderten die Kleider in den Schaufenstern exklusiver Geschäfte, und ihre blauen Augen wurden noch durchsichtiger und leuchtender, und ihre Wangen färbten sich zartrot.

»Wir hätten bei Solodkin wenigstens Kippen schnorren sollen.« Ira seufzte und nahm eine Schachtel mit nur noch zwei Zigaretten aus der Tasche.

Die Mädchen blieben stehen und beobachteten durch einen efeubewachsenen Gitterzaun hindurch, wie in einer teuren Grillbar die Tische eingedeckt wurden. Schneeweiße gestärkte Tischdecken flogen auf, gepflegte Kellner mit Fliege schritten gemächlich einher, am Eingang warb ein grelles Schild für einen Business-Lunch für nur sechshundertfünfzig Rubel.

»Komm, kaufen wir uns wenigstens ein Eis«, stöhnte Sweta.

Ira schüttelte den Kopf. »Ich will kein Eis. Ich will einen Business-Lunch, auf einem weißen Tischtuch, und dass mich so ein geleckter Lakai bedient.«

»Einen Business-Lunch muss man sich verdienen«, bemerkte Sweta mit resigniertem Lachen.

»Klar, zum Beispiel die Wechselstube da drüben ausrauben. Hast du nicht zufällig eine Kanone in der Tasche? Mann, hab ich einen Knast, ich kann nicht mehr!« Ira verdrehte die Augen, so dass man nur noch das Weiße sah.

Sweta schaute sich um und entdeckte eine schwangere blinde Bettlerin. Die junge Frau stand ein paar Meter weiter, vorm Eingang der Grillbar. Über ihren Augen lag ein trüber, gallertartiger Schleier. Sie trug ein kariertes Männerjackett, darunter ein kniefreies geblümtes Batistkleid, das den gewaltigen Bauch eng umspannte. Die Bettlerin schwenkte die Arme und murmelte näselnd: »Gute Leute, gebt, was ihr könnt ...«

Sweta wandte sich zu ihrer Schwester um und sah, was sie erwartet hatte: Weiße Augen, heruntergezogene Mundwinkel, einen vorgereckten Bauch, in der warmen Luft herumrudernde Arme.

»Gute Leute, helft ...«, rief Ira klagend, das Näseln der Bettlerin perfekt kopierend, »ich kriege ein Kind, helft mir!«

»Hör auf!« schimpfte Sweta. »Hör sofort auf, die Leute sehen schon her!«

Tatsächlich – Frauen, die mit Matrjoschkas und Pawlowsker Tüchern handelten, Straßenmusikanten, Maler und Goldaufkäufer schauten bereits zu. Die Menge auf dem Arbat wusste das kleine Spektakel zu würdigen. Angespornt von der Aufmerksamkeit, geriet Ira noch mehr in Fahrt.

»Gebt mir tausend Dollar für meine hungrigen Kleinen! Seid ihr Menschen oder Unmenschen? Bitte, um Christi willen, tausend Dollar!«

Als Erste lachte eine Händlerin, dann die Musiker und Maler. Nur ein Goldaufkäufer verfolgte die Vorstellung mit versteinertem Gesicht. Ein paar Passanten blieben stehen, eine kleine Menschenmenge sammelte sich. Die echte Bettlerin hatte inzwischen ihr Näseln eingestellt, mit dem sicheren Griff einer Sehenden eine dunkle Brille aus der Jackettasche genommen und aufgesetzt und war zur nächsten Gasse gerannt.

»Ich war ein reines Mädchen, frisch wie eine Rose! Der gemeine Mistkerl, er hat mir meine heilige Reinheit geraubt! Ich könnte seinen Namen nennen, diesen Namen kennt jeder, aber dann würde er Killer auf mich ansetzen! Er hat einen hohen Posten und fürchtet sich vor Entlarvung! Leute, rettet meine Kinder! Ich bin von Geburt an blind, aber ihn, den Mistkerl, habe ich mit meinen Händen erkannt. Meine Kinder brauchen Vitamine, Eiweiß, Fett und Kohlehydrate, sonst kommen sie als böse kleine Debile zur Welt, und wenn sie groß sind, werden sie eine Gefahr für eure Kinder! Helft euren Kindern, Herrschaften, gebt einem armen schwangeren Mädchen tausend Dollar!«

Immer mehr Zuschauer sammelten sich, und einige griffen schon in die Tasche. Leider hatte Ira keinen Hut zur Hand, um ihn vor sich auf den Boden zu legen. Der Auftritt hätte ihr gut und gern dreißig Rubel eingebracht.

Nun drängte sich ein kleines Männchen mit Leinenmütze durch die Menge. Eine faltige Hand mit Trauerrändern unter den Nägeln krallte sich in Iras Kleid fest. Und aus der Gasse, in der das Vorbild von Iras glänzender Improvisation verschwunden war, näherten sich gemächlich zwei junge Gorillas in Shorts und Muskelshirts. Watschelnd folgte ihnen die Schwangere mit der dunklen Brille.

»Miliz! Weg mit der frechen Göre! Sie verspottet eine arme Frau! Sie verhöhnt menschliches Unglück! Verhaftet sie!« brüllte das Männchen mit der Schirmmütze speichelsprühend.

»Kom, Ira, wir hauen ab, schnell!« Sweta packte die Schwester am Arm und zerrte so heftig daran, dass sie beide beinahe gestürzt wären.

Von rechts kamen die Gorillas, die Beschützer der Bettlerin, von links zwei Milizionäre. Die Mädchen liefen in die Menge hinein, und Ira, die noch immer die Blinde mimte, prallte gegen einen müßigen Gaffer, einen älteren Ausländer. Er fing sie höflich auf, sie umarmte ihn und flüsterte: »Oh, Darling! Senkju! Ai law ju!«

Sweta war fassungslos. Statt endlich abzuhauen, knutschte ihre Schwester mit einem Ausländer rum! Die Sache konnte auf dem Milizrevier enden.

Jeder weiß, dass auf dem Arbat jeder Quadratzentimeter »verpachtet« ist. Nicht nur die Händler, Aufkäufer und Straßenmaler, auch die Bettler zahlen einen Tribut an die Miliz und haben ein kriminelles »Dach«. Iras unschuldige Vorstellung konnte unangenehme Folgen haben.

»Spinnst du!« Sweta riss die Schwester von dem Ausländer los. Die Milizionäre überprüften merkwürdigerweise zuerst den Ausweis des Männchens mit der Schirmmütze. Wahrscheinlich, weil er noch immer fluchte und den ganzen Arbat zusammenschrie.

Dieser Augenblick genügte den Schwestern, um in einer Seitengasse zu verschwinden.

»Hör mal, Ira, ich warne dich zum letzen Mal, wenn du deine dummen Scherze nicht lässt, dann…« Sie hatte keine Ahnung, was sie dann tun wollte, und das machte sie noch wütender. »Kapierst du überhaupt, wie das enden kann? Früher oder später erfahren unsere Leute, was du treibst, und lassen uns nicht mehr in die Stadt.«

»Schon gut, komm jetzt. Ich hab einen Mordshunger.«

Vor der Glastür eines kleinen, sichtlich teuren Lokals blieben sie stehen. Noch ehe Sweta etwas sagen konnte, griff ihre Schwester schon nach der Türklinke. Ein Glöckchen klingelte, sie standen in einem halbdunklen spiegelblanken Foyer, und eine gepflegte Dame in weißer Bluse und schwarzem Rock kam auf sie zu.

»Guten Tag, möchten Sie speisen oder nur einen Kaffee trinken?« Die Dame lächelte sie an, als wären sie liebe Verwandte. Sweta machte ein saures Gesicht. Sie war überzeugt, dass Ira nun endgültig übergeschnappt war.

»Nein, wir… Entschuldigen Sie«, murmelte sie, packte die Hand der Schwester und versuchte, sie aus dem sauteuren Laden zu ziehen.

»Wir möchten gern etwas essen«, verkündete Ira bescheiden und stieß der Schwester unauffällig, aber schmerzhaft den Ellbogen in die Seite.

»O mein Gott!« stöhnte Sweta, als sie am Tisch saßen. »Meinst du etwa, du kommst hier raus, bevor sie die Rechnung bringen? Was denkst du dir eigentlich?«

»Ich nehme das Hähnchenragout. Und du?« Ira sah von der Speisekarte auf und schaute die Schwester fragend an. »Vielleicht ein wenig roten Kaviar als Vorspeise? Ach nein, lieber schwarzen.«

»Hör auf, mich zu verarschen«, sagte Sweta langsam und fühlte, wie ihr Gesicht rot anlief. »Wir werden hier nicht rauskommen, wir landen bei der Miliz. Und die rufen dann in Lobnja an, Mama Isa kommt her und zahlt, und den Rest kannst du dir selber ausmalen. Ich hab Angst, Ira. Komm, lass uns aufstehen und gehen, bevor es zu spät ist. Wir entschuldigen uns, sagen, wir hätten das Geld zu Hause vergessen, und verschwinden.«

»Haben wir denn das Geld zu Hause vergessen?«

Ira klapperte mit den Wimpern, langte in ihre Tasche und zog ein dickes Bündel mit einem Gummi umschnürter Hundertrubelscheine hervor, schlug es gegen ihre Hand, zwinkerte und flüsterte: »Ich hab den amerikanischen alten Sack schließlich nicht umsonst abgeküsst. Für alles muss man zahlen. Er hat für meine Zärtlichkeit bezahlt.«

Sweta wurde schwindlig. Das Bündel enthielt mindest tausend Rubel. Ira steckte das Geld wieder weg. Ein Kellner mit Fliege trat an den Tisch und erwartete schweigend ihre Bestellung.

»Also, als Vorspeise bitte eine Fischplatte, Krabbensalat und eine Portion schwarzen Kaviar. Und als Hauptgericht – können Sie das Hähnchenragout empfehlen?«

Der Kellner nickte. Sweta betrachtete die Schwester mit einer Mischung aus Entsetzen und Bewunderung. Sie saßen zum ersten Mal in einem Restaurant, aber Ira benahm sich, als speiste sie jeden Tag in derartigen Etablissements.

»Sweta, nimmst du auch das Hähnchenragout?«

»Ich möchte das Kiewer Hähnchenkotelett«, flüsterte Sweta und schluckte krampfhaft.

Als sie neun Jahre alt war, hatte sie in der Heimbibliothek ein Kochbuch gefunden, es mitgenommen und unter ihrer

Matratze versteckt. Manchmal blätterte sie heimlich darin, schaute sich die bunten Bilder an und las die Beschreibungen der Speisen. Am meisten reizte sie das Kiewer Hähnchenkotelett mit der Papierrose außen drum und der schmelzenden Butter innen drin.

Die Vorspeisen wurden sofort serviert. Die Schwestern waren so hungrig, dass sie alles im Nu herunterschlangen. Vor dem Hauptgericht rauchten sie, und Sweta fragte flüsternd: »Und wenn er es gemerkt hätte?«

»Wenn ein normaler Typ von einem schönen Mädchen umarmt wird, bemerkt er gar nichts außer ihren Reizen«, erwiderte Ira lächelnd. »Ich hätte ihm auch die Brieftasche abnehmen können, die steckte in der Innentasche. Aber so blöd bin ich nicht. In der Brieftasche hat er bestimmt nur Kreditkarten, seinen Pass und Fotos der lieben Familie. Ein Ausländer ohne Pass, das ist schlimm. Aber so – zweihundert Dollar aus der Tasche geklaut, na und, das wird er überleben.«

»Wieso bist du gerade auf ihn gekommen?«

»Ich hab gesehen, wie er einen Packen Geld rausgeholt hat, er wollte eine Matrjoschka kaufen, hat es sich dann aber anders überlegt und das Geld wieder weggesteckt.«

»Schwör mir, dass es das erste und letzte Mal war.«

»Klar doch, Schwesterchen. Ich weiß, Stehlen ist nicht schön.«

Das Hauptgericht wurde gebracht. Das Hähnchenkotelett erfüllte alle Erwartungen, es sah genauso aus wie auf dem Bild in dem alten Kochbuch. Als Dessert bestellten die Mädchen Obstsalat, warmen Apfelkuchen und Kaffee, dann zahlten sie und gingen. Der Fotograf Nikolai wohnte ganz in der Nähe, und bis zum verabredeten Termin blieben noch vierzig Minuten.

Der Gerichtsmediziner erklärte in seinem Gutachten, der Tod von Lilja Kolomejez sei durch eine Stichwunde im Herzen eingetreten. Allerdings sei ihr diese Stichwunde, ebenso wie die übrigen, nicht mit dem breiten Küchenmesser beigebracht worden, das neben dem Leichnam auf dem Boden gelegen hatte. Die Klinge der Mordwaffe war schmal, vielleicht eine selbstgefertigte Ahle. Doch das sei nur eine Vermutung. Möglicherweise habe der Täter auch eine Art Dolch mit schmaler, rhombenförmiger Klinge benutzt.

Im Körper der Toten wurde kein Clonidin gefunden, keinerlei Drogen oder Gift, nichts, was das Opfer gehindert hätte, zu schreien oder sich zu wehren. Überhaupt war Lilja Kolomejez bei bester Gesundheit gewesen, hatte nicht geraucht und nicht getrunken.

»So gesunde Menschen trifft man heutzutage selten. Sie hätte noch fünfzig Jahre leben können«, sagte der Gerichtsmediziner mürrisch zu Borodin. »Aber was ist Ihnen eigentlich unklar?«

Er wollte nach Hause, er war müde, er dachte an die bevorstehenden zwei freien Tage und überlegte, ob er gleich heute auf die Datscha fahren oder den Abend lieber allein zu Hause verbringen sollte, auf der Couch vorm Fernseher, mit einem kalten Bier und einer Packung gesalzener Erdnüsse. Er verspürte wenig Lust, nach der langen, anstrengenden Arbeitswoche ohne Atempause sofort in seinen familiären Bienenstock zu geraten, auf die engen sechshundert Quadratmeter, wo er den Garten umgraben, irgendwas sägen und reparieren und sich mit seiner Schwiegermutter unterhalten musste. Er hatte schon endgültig entschieden, sich einen stillen, erholsamen Abend vorm Fernseher zu gönnen, als er im Flur vor dem Umkleideraum den Untersuchungsführer Borodin entdeckte, einen kleinen, dicken Mann mit gepflegten grauen Koteletten, in heller Hose und gestreiftem Baumwollhemd. Borodin hielt eine Mappe in der Hand und lächelte entschuldigend.

»Tut mir leid, ich weiß, Sie sind müde und wollen nach Hause. Ich werde Sie nicht lange aufhalten. Sie haben hier nicht erwähnt, ob Sie außer den Messerstichen noch andere Verletzungen festgestellt haben.«

»Richtig, das habe ich nicht«, knurrte der Pathologe, »außer den Messerstichen war da nichts. Ich habe Ihnen doch gerade erklärt, die Frau war vollkommen gesund und kräftig.«

»Sie war also sofort tot?«

»Was denn sonst, bei einem Messerstich ins Herz?«

»Das weiß ich nicht. Ich bin kein Experte. Der Experte sind Sie, darum frage ich Sie. Konnte sie noch schreien oder nicht? Verstehen Sie, das ist mir sehr wichtig.« Borodin stand sanft und entschuldigend lächelnd vor dem Pathologen, und der begriff, dass der Kriminalist keine Ruhe geben würde, bis er ihn vollkommen ausgequetscht hatte. »Kann sie geschrien oder sich gewehrt haben oder nicht?«, wiederholte Borodin hartnäckig.

»Natürlich kann sie das«, knurrte der Pathologe, »der Mensch schreit gewöhnlich und wehrt sich, wenn man ihn absticht.«

»Nein, ich meine, hatte sie genug Zeit, wenigstens ein paar Sekunden, oder war sie sofort tot?«

»Ja, eine Minute hatte sie bestimmt. Vielleicht auch mehr. Der Stich ins Herz war im Prinzip nicht tödlich, er hat nur die rechte Herzkammer getroffen, aber wenn man die Gesamtzahl der Messerstiche bedenkt, ist das Bild absolut klar. War das alles?«

»Fast.« Borodin nickte friedlich. »Aber stellen Sie sich dieses absolut klare Bild einmal vor, achtzehn Messerstiche. Das Opfer ist eine gesunde junge Frau, nicht betrunken, nicht unter Drogen. Kann so etwas in völliger Stille geschehen? Kann jemand sie ganz leise getötet haben?«

»Wieso?« Der Sachverständige verzog das Gesicht und schüttelte den Kopf.

»Die Wände in dem Haus sind sehr dünn, und die Nachbarn haben nichts gehört«, erklärte Borodin mit einem leichten Seufzen.

»Tja, ich weiß nicht, vielleicht haben sie ferngesehen, Radio gehört oder geschlafen. Was wollen Sie eigentlich von mir?«

»Ich möchte, dass wir uns gemeinsam noch einmal ansehen, ob der Körper der Toten wirklich keinerlei Spuren eines den Messerstichen vorangegangen betäubenden Schlags aufweist.«

»Schön, dann sehen wir uns das an«, sagte der Pathologe resignierend, »aber ich habe wirklich keine Ahnung, was das soll.«

Er rauchte am Fenster eine Zigarette, während Borodin Kopf und Hals der Toten untersuchte.

»Können Sie mal kurz herkommen, Kirill?«, rief Borodin leise. »Hier, sehen Sie sich das an. Was meinen Sie, was ist das?«

Er zeigte auf einen länglichen dunkelroten Fleck am Hals der Toten. Der Pathologe schwieg eine Weile, seufzte tief und sagte mit einem schiefen Blick zu Borodin: »Na ja, vermutlich ein Bluterguss.«

»Vermutlich oder sicher?«

»Hören Sie, ich verstehe nicht, verlangen Sie etwa ein neues Gutachten?« Der Pathologe hob die Stimme. »Dann beantragen Sie das in aller Form.«

»Nein, nein, ich verlange kein neues Gutachten.« Borodin schüttelte den Kopf und setzte nach kurzem Zögern hinzu: »Vorerst jedenfalls nicht. Im Moment brauche ich von Ihnen nur eine fachmännische Auskunft. Der Tathergang ist mir nicht ganz klar.«

»Auf die Frau wurde achtzehnmal mit einem Messer eingestochen. Reicht Ihnen das nicht?«

»Das reicht mir.« Borodin schenkte dem Pathologen ein warmes, strahlendes Lächeln. »Ich will bloß herausfinden, warum sie nicht geschrien und sich nicht gewehrt hat. Und nun haben wir beide sie uns noch einmal gründlich angesehen und einen Bluterguss entdeckt. Eine solche Spur könnte, wenn ich nicht irre, von einem Schlag mit einem stumpfen Gegenstand stammen, einer Handkante zum Beispiel. Hier« – er tippte mit dem Finger gegen seinen eigenen rosigen Hals – »verläuft die Schlagader.«

»Aber das könnte ebenso gut ein Muttermal sein«, knurrte der Pathologe, »oder glauben Sie, Ihre Schwachsinnige ist in Wirklichkeit Jean-Claude van Damme?«

»Wie bitte? Van Damme? Wer ist das?« Borodin beugte sich vor, legte den Kopf auf die Seite und sah nun aus wie ein sprechender alter Papagei. Der Pathologe musste lachen. Borodin zog erstaunt die Brauen hoch und flüsterte rasch: »Was für ein ansteckendes Lachen, Kirill. Ich verstehe, das sind die Nerven.«

Der Pathologe beruhigte sich, räusperte sich und fragte in vertraulichem Ton: »Verzeihung, Ilja, Sie machen sich über mich lustig, ja? Oder wissen Sie wirklich nicht, wer Jean-Claude van Damme ist?«

»Ein berühmter Sportler?«

»Ein Filmstar, der Held der tollsten amerikanischen Actionfilme.«

»Aha.« Borodin nickte zerstreut. »Das heißt, Sie meinen, den Schlag gegen die Schlagader hat jemand ausgeführt, der Karate beherrscht?«

»Ja, und zwar ziemlich gut. Im Prinzip kann ein solcher Schlag tödlich sein. Und überdies wäre die Todesursache schwer nachzuweisen. Aber wozu dann die achtzehn Messerstiche?«

»Sie schließen also nicht aus, dass die Stiche dem Opfer nach dem Tod beigebracht wurden?«

»Das lässt sich nicht genau feststellen, dazu ging das Ganze zu schnell. Hören Sie, Ihre Verdächtige ist schließlich eine Psychopathin. Sie hat ihre Tante ausgeknipst und dann auf sie eingestochen, bloß so, zum Vergnügen. Haben Sie übrigens die Mordwaffe gefunden?«

»Nein.«

»Donnerwetter!« Der Pathologe stieß einen Pfiff aus. »Und was sagen die Psychiater zu Ihrer Verdächtigen? Vielleicht spielt sie ja bloß Theater?«

»Danke«, sagte Borodin, »eine schöne Theorie. Nein, Simulation schließen die Psychiater aus. Das Mädchen ist wirklich von Geburt an behindert, sie ist debil.«

»Schade, schade.« Der Pathologe wiegte den Kopf. »Womöglich wird der Fall nie gelöst. Dabei sah alles so klar aus. Nun müssen Sie wohl nach einem Mörder mit Karate-Erfahrung suchen.«

Borodin nickte. »Ja, das müssen wir wohl.«

Viertes Kapitel

Oleg Solodkin hatte sich einen Schuss gesetzt, und die grausamen Zweifel ließen von ihm ab. Wozu sich quälen, dachte er fröhlich. Ja, ich bin drogensüchtig. Aber es ist doch eine Tatsache, dass alle Genies drogensüchtig waren. Byron hat Opium geraucht und war Epileptiker. Maupassant war morphiumabhängig. Edgar Allan Poe wurde im Drogenrausch in ein Armenkrankenhaus eingeliefert und starb dort an einer Gehirnblutung. Da war er vierzig, genau wie ich jetzt. In diesem Alter muss man entweder sterben oder noch mal bei Null anfangen.

Bei Null anzufangen war natürlich angenehmer. Er stellte sich vor, er habe nicht vierzig Jahre reales Leben hinter sich, sondern einen Film. Nach jedem »Aufhören«, nach schlimmem Entzug und Depressionen, träumte er wieder seinen süßen Kindertraum von einem genialen Film, der ihm helfen würde, von der Vergangenheit loszukommen und noch einmal bei Null anzufangen.

Er würde seine Kindheit verfilmen: Ein dicker kleiner Junge, gemästet mit fetten Delikatessen, gequält mit einer Französisch-Spezialschule und Musikunterricht. Die Handlung würde er unterlegen mit dem peinigenden Kreischen der Schülergeige. Seine Mutter hatte einen großen Musiker aus ihm machen wollen. Die kleine Geige war für ihn zu einem mystischen Wesen geworden. Wenn er sie in die Hand nahm, sie gegen die Wange presste und mit dem Bogen die straff gespannten Saiten berührte, wurde sein Kopf von Schmerzen überflutet und sein Herz von Hass. Dieses glatte, stromlinienförmige, lackglänzende Wesen gab in seinen Händen nur scheußliches Kreischen und Quietschen von sich. Oleg mutmaßte, dass der Hass gegenseitig war. In den Händen der Lehrerin ertönte seine Geige in süßem Gesang und überschlug sich vor Glück, wie ein kleiner Hund bei der Begegnung mit dem geliebten Herrn.

In der Musikschule bekam er umfangreiche Hausaufgaben auf, und selbst an unterrichtsfreien Tagen musste er stundenlang fiedeln. Seine Eltern verbrachten den ganzen Tag auf ihrer Arbeitsstelle, hatten ihn aber von allen Seiten eingekreist wie einen Wolf bei der Treibjagd. Im Gegenzug für kleine Gaben an die Liftfrauen erhielten sie erschöpfende Auskunft, wann er aus der Schule gekommen war, ob er das Haus noch einmal verlassen oder Besuch gehabt hatte. Sie beschenkten sämtliche Lehrer und baten eindringlich darum, ihren Jungen hart anzufassen, ihnen genau zu berichten, wie er seine Hausaufgaben erledigte, wie er sich verhielt und mit wem er befreundet war.

Er konnte nicht einfach Fußball spielen, sich mit anderen Jungen auf den umliegenden Höfen und Gassen herumtreiben, auf geheimnisvolle stinkende Dachböden steigen und dort rauchen, Portwein trinken und obszöne Witze erzählen. Er war ein dicker, plumper, schüchterner Junge mit Geige. Und wäre so gern ein sehniger, sportlicher Kerl gewesen, den jeder kannte, respektierte und fürchtete.

Mit zwölf fing er an, seiner Mutter Zigaretten zu stehlen, aber allein auf dem Balkon zu rauchen war langweilig. Im Schlafzimmer der Eltern übte er vorm Spiegel den lässig schlendernden Gang der Kriminellen, mit tief sitzender Hose und hochgekrempelten Hosenbeinen. Er schnitt Grimassen, kopierte den hochmütig abwesenden Gesichtsausdruck, mit dem seine Altersgenossen fluchten und durch die Zähne spuckten. Er malte sich mit einem Kugelschreiber Kreuze und Totenschädel auf die Brust und bearbeitete seine Fingerknöchel mit Sandpapier, damit sie aussahen, als hätte er jemandem einen Schlag in die Visage verpasst.

Der riesige dreiteilige Spiegel war der stumme Zeuge seiner verzweifelten einsamen Phantasien. Der Spiegel sah auch die beschämenden Minuten, wenn die Uhrzeiger auf acht zugingen und der Junge hektisch die Spucke vom hellen Läufer und die Kugelschreiberspuren von seinem Körper wischte, die blutig gescheuerten Fingerknöchel mit Eau de Cologne betupfte, nach der auf dem Elternbett abgelegten Geige griff, und, den Bogen wie wild über die Saiten führend, in sein Zimmer rannte. Die Mutter kam immer gegen acht nach Hause, und wenn sie hörte, dass der Junge übte, betrat sie die Wohnung mit einem Lächeln und war den ganzen Abend lieb zu ihrem Sohn.

Wenn sie Besuch hatten, kam früher oder später der Moment, da die Mutter wie nebenbei fragte: »Willst du uns nicht etwas vorspielen, Oleg?«

Er hasste sich dafür, dass er es nicht fertigbrachte, zu erwidern: »Nein, Mama.«

Er senkte bescheiden den Blick, nickte, nahm das verdammte glatte Holzding aus dem Kasten und stellte sich mit glühenden Ohren und nassen Achselhöhlen mitten ins Wohnzimmer. Die Gäste verstummten respektvoll und mit gerührtandächtigen Mienen. Auch bei den unerträglichen Tönen, die das kleine Ungeheuer in Olegs schweißigen Händen von sich gab, blieben sie ernst, hörten ergeben und geduldig zu, klatschten anschließend Beifall und bestätigten nickend: »Ja, ja, der Junge ist sehr musikalisch.«

In der siebten Klasse verbrannte er die Geige. In einer sorgfältig geplanten Aktion. Er hatte in der Kammer eine nur locker zugekorkte Flasche Petroleum gefunden, eine Plastiktüte darüber gestülpt, sie mit einem Gummi befestigt und das Ganze in Zeitungspapier eingewickelt.

Die Musikschule war drei Busstationen entfernt. Unterwegs trällerte er einen Beatles-Song vor sich hin. Er war glücklich, obwohl noch gar nichts geschehen war. Im Unterricht spielte er so hingebungsvoll wie noch nie, und die Lehrerin fragte verblüfft, warum er das nicht früher so hingekriegt hätte.

Nach Hause ging er zu Fuß. Er bog in eine menschenleere Gasse ein, kletterte über einen Zaun und stand auf einer verlassenen Baustelle.

Eine ganze Weile betrachtete er fasziniert die Flamme, die eifrig seinen hölzernen Feind verschlang. Noch nie hatte er etwas Schöneres gesehen. Er würde nie wieder eine Geige besitzen, er würde abnehmen, seine Muskeln trainieren, auf den Hof gehen und so werden, wie er immer sein wollte.

Gegen halb neun kam er nach Hause. Seine Mutter wurde bei seinem Anblick ganz blass. Seine Jacke war zerrissen und mit Blut und Kalk beschmiert. Auch im Gesicht und an den Händen hatte er Blutspuren. Er hielt der Mutter den verkohlten Deckel des Geigenkastens hin.

»Aber reg dich bitte nicht auf«, sagte er abgehackt, mit stockendem Atem, »sie waren zu zehnt. Sie haben mich auf eine Baustelle geschleppt, mich an Armen und Beinen festgehalten und meine Geige verbrannt. Sie waren nicht von unserem Hof. Ich habe sie vorher noch nie gesehen. Das waren Barbaren, richtige Barbaren.«

Als die Eltern ihm eine neue Geige kaufen wollten, zerdrückte er eine Träne, atmete schwer und flüsterte: »Nein, bitte nicht ... Ich kann nicht mehr spielen, ich könnte sie nicht in die Hand nehmen, ich würde immer das Feuer vor mir sehen und diese schrecklichen Visagen, und wie sie mich festhielten und mich zum Zuschauen zwangen ...«

Die Geschichte des Jungen mit der Geige faszinierte ihn so sehr, dass er sie aufschrieb. Es wurde eine kleine Erzählung. Er schilderte ein ungelenkes Wunderkind, das nur für die Musik lebt und weit entfernt ist von der groben Wirklichkeit. Anschaulich beschrieb er den Anführer der Bande, die Verfolgungsszene, den brutalen Angriff auf den jungen Musiker und das barbarische Ritual der Vernichtung des herrlichen Instruments. »Schau hin, schau hin, du Schwein!«, sagt der Anführer heiser und tritt das gefesselte Wunderkind in den Bauch. Der Widerschein des Feuers beleuchtet die vertierten Gesichter. Und die von Flammen umloderte Geige spielt plötzlich eine wunderschöne Melodie, das Allegro aus Mendelssohns Vierter Sinfonie.

Der Vater ließ die Erzählung von seiner Sekretärin in mehreren Exemplaren abtippen. Das Meisterwerk wurde einem Bekannten gezeigt, einem Mitglied des Schrifstellerverbands und recht bekanntem Romanautor. Der kommentierte die Erzählung mit einem beifälligen Knurren. Seitdem erzählte die Mutter allen Bekannten beiläufig, ihr Sohn habe eine große literarische Begabung offenbart. Als sie Oleg einmal vor Gästen fragte: »Willlst du uns nicht etwas vorlesen?«, senkte er bescheiden den Blick und sagte, das Geschriebene sei noch zu roh zum Vorlesen, und überhaupt arbeite er im Moment an einem Filmszenarium.

Er schrieb tatsächlich, und zwar an einem endlosen Stoff. Es war keine richtige Geschichte, eher eine Art Tagebuch, er beschrieb sich selbst und seine Umwelt, allerdings nicht realistisch, sondern so, wie er sie gern gehabt hätte.

Er wollte gern schlank, muskulös und vulgär sein, und eine solche Figur beschrieb er. Er wünschte sich, dass alle Mädchen seiner Klasse hinter ihm her wären, und auf den Seiten seines Tagebuchs waren sie es tatsächlich. Die jämmerlichen einsamen Vorstellungen vor dem Schlafzimmerspiegel der Eltern brauchte er nicht mehr. Auf dem Papier wurden seine geheimsten Träume Wirklichkeit.

Die Eltern kauften ihm eine Schreibmaschine. Anstelle der früheren Haushaltshilfe Swetlana, die einmal in der Woche geputzt hatte, wurde Raïssa engagiert, die täglich kam. Der Wohlstand der Familie wuchs, der Vater hatte einen neuen

Posten in seinem Amt bekommen, die Mutter leitete im Kulturministerium die Abteilung für internationale Beziehungen, das heißt, sie entschied, wer ins Ausland fahren durfte. Alle suchten ihre Freundschaft, in ihrem Haus traf sich die Creme des sowjetischen Films und Theaters.

Gleich nach der Schule begann Oleg Solodkin ein Studium an der Fakultät für Drehbuchautoren der Filmhochschule. Heldinnen seiner Phantasieprodukte waren jetzt die schönsten Mädchen, künftige Filmstars. Auf seinen Schreibmaschinenseiten bestürmten sie das Telefon des Helden, belagerten frierend seine Haustür und standen Schlange, um sich ihm hinzugeben. Und er ließ sich zu ihnen herab, beglückte sie mit seinen derben männlichen Umarmungen.

Oleg war mit seinen achtzehn Jahren noch immer unberührt; ein unerträglicher und beschämender Zustand. Er hasste seine Unschuld ebenso wie einst die Geige. Doch für sie konnte er kein rituelles Feuer anzünden, und er wusste nicht, was tun. Er gab Partys in seiner riesigen Wohnung, seine Kommilitonen und Kommilitoninnen kamen gern, darunter die hübschesten Mädchen, aber wenn sich nach dem gemeinsamen Essen und dem Tanzen bei gedämpftem Licht alle auf die Zimmer verteilten, saß er am Ende stets allein da. Dann folgte der graue Morgen voller Zigarettengestank und schmutzigem Geschirr. Oleg verkroch sich in seinem Zimmer, rauchte, bis ihm übel wurde, und beschrieb Brüste und Hintern. Auf dem Papier vergewaltigte er brutal jedes der Mädchen vom Vorabend, doch das war kein wirklicher Trost.

Im November mussten die Studenten des zweiten Jahrgangs zur Kartoffelernte in einen Kolchos bei Moskau. In den ungeheizten Baracken eines Pionierlagers tranken sie Portwein und erlebten rasche, leidenschaftliche Affären. Dort geschah es endlich.

Sie hieß Lena, studierte Schauspiel und konnte nur auf Charakterrollen hoffen. Sie war groß und schlaff, hatte ständig fettiges Haar, stets eine Papirossa im Mundwinkel, ein verschlafenes, zerknautschtes Gesicht und eine riesige, formlose Brust, die sie nie in einen BH hüllte. Bei einer der Portwein-und-Gitarren-Partys griff sie wortlos nach Olegs Hand und zog ihn in ein leeres Zimmer. Das Ganze ging in völligem Schweigen vor sich. Lena roch nach Schweiß, Tabak und Alkohol. Sie entkleidete ihn so geschickt wie eine Krankenschwester einen Gelähmten. Er begriff nicht sofort, dass jetzt, in diesem Augenblick, geschehen sollte, wovon er schon so lange und verzweifelt träumte und was er so ausführlich und auf dem Papier leidenschaftlich beschrieb. Allerdings spielte nicht er die Hauptrolle, sondern sie. Sie nahm ihn beinahe mit Gewalt, grob, herrisch und geübt.

Natürlich hatte er sich etwas anderes gewünscht. In seinem Jahrgang an der Drehbuchfakultät gab es eine gewisse Mascha, die er noch nie in den Strom seiner literarischen Offenbarungen getaucht hatte, die er nur hin und wieder während der Vorlesungen heimlich betrachtete: Ein kleines Gesicht mit hohen Backenknochen, ein großer, weicher Mund, leuchtende blaue Augen, hellbraunes glattes Haar – eigentlich nichts Besonderes, an der Schauspielfakultät gab es jede Menge echte Schönheiten. Doch wenn er Mascha heimlich beobachtete, während der Vorlesungen, in der Raucherecke oder in der Mensa, stockte ihm das Herz. Einmal brachte er den Mut auf, sie zu einer Party bei sich einzuladen. Sie lehnte höflich und gleichgültig ab.

Im Chor der Stimmen hinter der Wand vernahm Oleg Maschas Lachen, schloss die Augen und versuchte in Gedanken, die beiden Frauen gegeneinander auszutauschen – vergebens. Hinter der Wand lachte Mascha noch immer über einen Witz. Wieder hatte sie ihn abgewiesen, höflich und gleichgültig. Aber dafür war nun Lena stets zur Hand. Nach wie vor schwärmte er für Mascha, was er sogar vor sich selbst verheimlichte, und heiratete Lena.

Dann verfolgte ihn Maschas Bild viele Jahre lang, tauchte hin und wieder in der Menschenmenge auf und narrte ihn.

Manchmal betrachtete er, in seinem Zimmer eingeschlossen, die alten Fotos aus der Studienzeit und gestand sich verärgert ein, dass er das nur tat, um seine Erinnerung an das kleine Gesicht mit den hohen Wangenknochen und den hellen, von kohlrabenschwarzen Wimpern gerahmten Augen aufzufrischen.

Mascha wurde eine erfolgreiche Drehbuchautorin. Er entdeckte ihren Namen im Abspann einiger guter Filme, begegnete ihr bei Filmpremieren und wusste, dass sie geheiratet und zwei Kinder geboren hatte, einen Jungen und ein Mädchen. In seinem Telefonbuch stand eine Nummer, unter der er sie anrufen und ihre Stimme hören konnte, und manchmal tat er das und schwieg in den Hörer.

Von Lena ließ er sich bald scheiden, dann folgte eine ganze Reihe von Frauen. Er wusste über sie nur eines: Was sie lockte, waren die Fünfzimmerwohnung und seine hochgestellten Eltern. Für Oleg Solodkin selbst, den hässlichen, erfolg- und arbeitlosen Looser, interessierte sich niemand.

Nach dem Studium konnte er lange keinen rechten Platz im Leben finden. Er schrieb ein paar Drehbücher, aber es wurde nur langweiliger Mist. Hin und wieder verfasste und publizierte er Filmkritiken. Er war nach wie vor der Sohn der hochgeachteten Galina Solodkina, nicht mehr.

Fünftes Kapitel

In der Spielzeugfabrik, in der Lilja Kolomejez gearbeitet hatte, sprach man über sie mit Respekt und reagierte erschüttert auf die Nachricht von ihrem Tod.

Hauptmann Iwan Kossizki trank den Kaffee, den ihm die gesprächige junge Sekretärin Natascha angeboten hatte. Sie schien von allen befragten Kollegen am besten informiert zu sein, darum hörte er sich zwanzig Minuten lang geduldig an, warum man in Russland noch immer kein anständiges Spielzeug herstellen konnte; wie sie einmal für eine internationale Ausstellung eine Eisenbahn restauriert hatten, die bis 1917 dem kleinen Fürsten Trubezkoi gehört hatte und in dessen Lok sie ein Geheimfach mit einem Saphir von der Größe eines Taubeneis gefunden hatten; und wie traurig alle Versuche, eine russische Barbie zu produzieren, gescheitert waren.

»Dumm, wie wir waren, haben wir ein paar Werbeclips fürs Fernsehen machen lassen und ernteten dafür eine Plagiatsklage von der Firma Mattel. Es hätte beinahe einen internationalen Skandal gegeben, stellen Sie sich vor, unser kleiner Betrieb wurde auf eine Million Dollar verklagt. Lachhaft. Doch dann kam eine Anweisung aus dem Ministerium, und wir mussten die Produktion einstellen. Das war natürlich schlimm für Lilja Kolomejez. Sie hatte schon eine Kollektion von Kleidern entworfen, eine ganze Puppenwelt. Wissen Sie, es klingt vielleicht komisch, in dem Zusammenhang von Kunst zu reden, aber Lilja war wirklich eine Künstlerin.« Die Sekretärin seufzte. »Nein, ich kann es einfach nicht glauben, dass sie ermordet wurde. Das ist doch barbarisch. Sie hatte so viele Ideen und Pläne, so eine Designerin bekommen wir nie wieder. Eine seltene Kombination von Fleiß und Talent. Allerdings finde ich, man kann es auch übertreiben. Wenn man noch so jung und hübsch ist wie sie … Wie sie war …« Natascha holte ein Taschentuch hervor und schnäuzte sich geräuschvoll. »Nein, ich kann sie mir nicht tot vorstellen. Sie hat so vieles nicht geschafft, hatte keine Familie, keine Kinder, nur ihre Arbeit und keinerlei Privatleben.«

»Wirklich überhaupt keins?« Kossizki wiegte zweifelnd den Kopf.

»Vielleicht mal in ihrer Jugend, aber darüber weiß ich nichts. Sie war sehr verschlossen, so verschlossen, dass nicht einmal über sie getratscht wurde. Sie wurde einfach übersehen. Weil sie niemandem Details aus ihrem Privatleben mitteilte, dachten alle, sie hätte eben keins. Nur ihre Nichte, sonst niemanden. Anfang Juni ging Lilja in Urlaub, sie sagte, sie wolle mit ihrer Nichte für zehn Tage nach Bulgarien. Ach ja, Anfang Mai hatte sie eine Woche unbezahlten Urlaub, weil eine Freundin ihrer Mutter krank war.«

»Wissen Sie vielleicht ihren Namen?«

»Ich glaube, sie hieß Julia. Ihren Familiennamen hat Lilja nicht erwähnt, aber das ist jetzt auch egal. Die Alte ist gestorben. Sie hatte Krebs. Nach ihrem Tod war Lilja verändert, sie war sehr düster und weinte oft. Natürlich nicht vor anderen, aber man sah es an ihren Augen.«

»Trotzdem, wer könnte denn den Familiennamen dieser Frau wissen?«

»Fragen Sie in der Buchhaltung, die müssen noch irgendwelche Unterlagen haben, vielleicht eine Kopie der Sterbeurkunde. Lilja hat vom Betrieb eine Unterstützung für die Beerdigung bekommen.«

»Da werde ich unbedingt nachfragen.« Kossizki nickte. »Sagen Sie, hat die Nichte bei ihr gewohnt?«

»Nein. Lilja sagte, das Mädchen sei auf einem Internat außerhalb von Moskau, aber was das für ein Internat ist und wo genau es sich befindet, das erzählte sie nicht. Ich hab ein paarmal versucht, sie auszufragen, mein Sohn ist vier, und ich will mich beizeiten um eine gute Schule kümmern. Sie erklärte nur, es sei ein privates Internat, man nehme dort nur besonders begabte Kinder ab dreizehn mit Kenntnissen in zwei Fremdsprachen, Englisch und Französisch. Komisch – woher nahm sie bei unserem Gehalt das Geld für ein privates Internat?«

»Die Nichte hat also niemand je gesehen?«, vergewisserte sich Kossizki.

Natascha schüttelte den Kopf. »Nein, niemals. Ich wollte mal ein Foto von ihr sehen, da hat Lilja eins mitgebracht. Das Mädchen ist sehr hübsch und sieht Lilja ähnlich. Üppige goldblonde Locken, leuchtend blaue Augen und ein intelligentes Gesicht. Wir haben uns gewundert, warum Lilja nie Karten für Weihnachtsfeiern oder Kindervorstellungen wollte, die werden an unsere Mitarbeiter kostenlos verteilt. Aber Lilja nahm für ihre Nichte nie eine.«

Wahrscheinlich hat sie ihr ein Kinderfoto von sich gezeigt, dachte Kossizki mit einem traurigen Lächeln. Na ja, irgendwie verständlich.

»Ist denn bekannt, woran ihre Schwester gestorben ist?«, fragte er.

»Ich weiß nur, dass es vor zehn Jahren passierte. Da hab ich noch nicht hier gearbeitet. Es hieß, es sei ein Unfall gewesen. Mein Gott, warum wird ein einzelner Mensch nur von so viel Unglück heimgesucht?«

Jedes Mal, wenn die drei Monate alte Mascha eingeschlafen war, saß Xenia Solodkina ein paar Minuten lang reglos da, lauschte auf die Stille und redete sich zu, dass sie die anderthalb freien Stunden vernünftig nutzen müsse, also Chemie, Physik, Mathematik oder Englisch büffeln oder sich ein Anatomie- oder Biologielehrbuch vornehmen. Doch sie wollte am liebsten mit einer leichten Lektüre auf dem Sofa liegen, am Computer spielen, fernsehen, ein Video anschauen oder einfach nur schlafen.

Zusammen mit ihr und Oleg wohnte auch die treue Haushälterin Raïssa auf der Datscha. Wenn Xenia ihre Tochter ins Bett gebracht hatte, musste sie nicht Geschirr spülen, Essen kochen, Wäsche waschen oder saubermachen. Sie war von jeglicher Hausarbeit befreit, konnte also in Ruhe lernen, und wenn sie während Maschas Mittagsschlaf faulenzte, fühlte sie sich scheußlich und hatte Gewissensbisse.

Xenia hatte nach der zehnten Klasse die Aufnahmeprüfungen für die Medizinische Akademie knapp verhauen, und ihre Eltern besaßen nicht das Geld für einen kostenpflichtigen Studienplatz. In diesem Sommer war an Aufnahmeprüfungen nicht zu denken. Sie hatte geheiratet und Mascha bekommen. Aber sie war fest entschlossen, es im nächsten Jahr zu schaffen, und hatte sich hoch und heilig geschworen, Tag und Nacht zu büffeln. Wofür sie auch die besten Bedingungen hatte: die schweigsame, fleißige Raïssa, frische Luft, ein großes, ruhiges Haus und vor allem ein gesundes und ziemlich ruhiges Kind.

Aber sobald Mascha eingeschlafen war, wurde Xenia von unüberwindlicher Faulheit erfasst. Allein der Anblick des aufgeschlagenen Chemiebuches auf dem Schreibtisch bewirkte in ihr eine wattige Mattheit. Sie griff zu allen möglichen Ausflüchten: Wer konnte bei solcher Hitze lernen? Dreißig Grad im Schatten – wer dachte da an Chemie? Da zerschmolz einem ja das Gehirn. Wobei sie sogleich spöttisch dagegenhielt, dass Untätigkeit das Gehirn noch viel schneller zum Schmelzen brachte.

Doch heute hatte sie einen aktuellen, gewichtigen Grund, dem Chemielehrbuch die Couch im Esszimmer vorzuziehen und den Fernseher einzuschalten.

Ihr düsterer, komplizierter, unberechenbarer Mann Oleg nahm in letzter Zeit häufig die Videokamera mit nach Moskau. Wenn sie ihn fragte, was er denn filmen wolle, erwiderte er: »Das geht dich nichts an.«

Heute Morgen hatte sie den Adapter gefunden, mit dem man sich die Kassette aus der Kamera per Videorecorder ansehen konnte. Das ziemlich schwere kleine Gerät lag unterm Bett, und es steckte eine Kassette darin. Natürlich war Xenia neugierig, zu erfahren, was Oleg da aufgenommen hatte.

Das Haus war leer und still. Oleg war nach Moskau zur Arbeit gefahren und wollte erst am nächsten Tag zurück sein. Mascha schlief im Kinderwagen im Garten. Raïssa hatte sich in ihr separates kleines Haus zurückgezogen und ruhte ebenfalls. Xenia goss sich ein Glas Moosbeerenmost ein, setzte sich in den Schaukelstuhl im Esszimmer und schaltete das Videogerät ein.

Auf einem gepflegten grünen Rasen spielten fünf hübsche, fröhliche Halbwüchsige Ball, drei Mädchen und zwei Jungen. Die Mädchen in Badeanzügen, die Jungen in Badehosen. Sie rannten herum, tobten, neckten und schubsten sich gegenseitig. Am Rand des Rasens sonnte sich in einem Liegestuhl eine Frau um die vierzig mit einer Zeitschrift in der Hand. Breitkrempiger roter Hut, dunkle Brille, roter Badeanzug, langer, glatter Hals, lange, schlanke Beine. Hin und wieder sah sie von ihrer Lektüre auf, rief eines der Kinder heran, wischte ihm mit einem Taschentuch sorgsam das nasse Gesicht ab, legte ihm den Arm um den Hals und flüsterte ihm etwas ins Ohr. Das Ganze wirkte wie ein Werbeclip. Jedes der Kinder hätte zum Fotomodell getaugt, besonders zwei vollkommen gleich aussehende blonde Mädchen. Die Kinder wussten, dass sie gefilmt wurden, und produzierten sich entsprechend. Sie warfen verschmitzte, fröhliche Blicke in die Kamera, zwinkerten, schickten Luftküsse und schnitten lustige Grimassen. Die Kamera wackelte und bebte wie verrückt.

Xenia sah die zitternden Hände ihres Mannes vor sich und seine ganze unschöne Gestalt mit dem großen Kopf und den schmalen Schultern. Warum er das alles filmte, wer diese Kinder und die Frau in Rot waren und wo sich dieser von Birken gesäumte Rasen befand, wusste Xenia nicht. Ihr erster Gedanke war, ihr Mann wolle sich ein bisschen Geld verdienen mit verkappter Werbung – diese Idylle sah doch sehr nach bestellter Reportage aus. Aber mit einer Amateurkamera und mit derartig zitternden Händen drehte man keinen Fernsehbeitrag.

Im nächsten Augenblick erschien eine neue Figur im Bild. Ein seltsames, furchterregendes Geschöpf kam mit schweren, plumpen Schritten auf den Rasen gewatschelt. Es war in ein bodenlanges schwarzes Gewand gehüllt und hatte einen kahlen schwarzen Kopf mit kleinen roten Hörnern, riesige, runde rote Augen, ein rundes, rot umrahmtes Loch anstelle des Mundes und schiefe gelbe Hauer. Bei genauerem Hinsehen erkannte Xenia, dass es nur ein Kostüm war.

Auf dem Rasen trat Stille ein. Die Kinder erstarrten, die Frau in Rot erhob sich abrupt, ging zu der verkleideten Gestalt und fragte leise und barsch: »Was soll das? Wer hat dir das erlaubt?«

Unter dem Gewand kamen mollige weiße Hände hervor und zogen ungeschickt die Maske vom Kopf. Die Frau half dabei und hatte bald das ganze Kostüm in der Hand. Anstelle des Teufels stand nun ein kurzbeiniges, dickes Mädchen von vierzehn Jahren auf dem Rasen. Ein flaches, breites Gesicht mit unreiner, blassgrauer Haut; ein dümmliches, zaghaftes, aber gutmütiges Lächeln. Die engen weißen Shorts und das gestreifte Lycrashirt zwängten ihren formlosen, schlaffen Körper unvorteilhaft ein. Über ihren Ohren standen zwei dünne gelbblonde Zöpfe mit grellrosa Bommeln ab. Das Mädchen war mitten auf dem Rasen erstarrt und schaute erschrocken und verwirrt um sich. Sie bewegte die Lippen, und durch das Vogelgezwitscher und das verhaltene Kichern der anderen Kinder hörte man deutlich ihr hastiges Murmeln: »Ich tus nie wieder, Ehrenwort, ich tus nie wieder, Mama Isa, ich war ungezogen, ich tus nie wieder.«

Die Dame im roten Badeanzug verschwand mit dem Kostüm. In den Augen des Mädchens stand Panik. Sie rührte sich nicht von der Stelle und wusste nicht, was sie nun tun sollte. Da kam eines der hübschen Zwillingsmädchen ihr zu Hilfe.

»Lussja, Kleines, komm her!«, rief sie. »Komm her, ich tröste dich.«

Ein glückliches, dankbares Lächeln trat auf das flache graue Gesicht, und das Mädchen eilte auf den Ruf zu. Ein Ball flog ihr entgegen, sie streckte die Arme aus, um ihn zu fangen, schaffte es aber nicht, und der Ball prallte gegen ihre Brust. Ljussja schrie auf.

Auf dem Bildschirm bebte ihr erstauntes, verwirrtes Gesicht, das Mädchen versuchte zu begreifen, was es jetzt tun sollte. Sie wollte weinen, der Aufprall hatte wehgetan, aber sie wusste, das durfte sie nicht, also zwinkerte sie heftig, biss sich auf die Lippen und bemühte sich mit aller Kraft, zu lächeln.

Irgendetwas in den verschwommenen Zügen des Mädchens kam Xenia bekannt vor. Dieses unglückliche, geistig zurückgebliebene Kind erinnerte sie an jemanden, aber sie wusste nicht, an wen. Die hervorquellenden hellbraunen Augen, die runde kleine Knopfnase, das blonde Haar, dünn und weich wie Kükenflaum. Der große Kopf pendelte auf dem dünnen Hals hilflos hin und her. Der schüttere Pony zitterte im Wind und entblößte die qualvoll in Falten gelegte Stirn.

»Nicht weinen, Ljussja! Nein, nicht weinen! Komm zu mir, meine Kleine, komm her«, ertönte Olegs Stimme. Natürlich war das seine Stimme, da war sich Xenia sicher. Aber sie klang ganz anders. So redete er sonst mit niemandem. Normalerweise sprach er grob, abgehackt, und seine Stimme klang, als schlügen in seiner Kehle eiserne Gewichte gegeneinander. Doch dort auf der idyllischen Wiese, mit der Kamera in den zitternden Händen, war er ein ganz anderer Mensch, sanft, zärtlich, voller Liebe.

Das Gesicht des Mädchens kam näher, wurde größer; nun sah man alle ihre Pickel und die Feuchtigkeit in den großen, klaren Kinderaugen. Hinter ihrem Rücken ertönte Kreischen und Lachen, die gesunden, hübschen Kinder tobten weiter.

Schwarzweißer Schnee lief über den Bildschirm. Xenia trank ihren Most in einem Zug aus. Ihr Mund war ganz trocken. Ihr Herz schlug wie verrückt.

Sie wusste, dass Oleg vor ihr schon einmal verheiratet gewesen war, mit einer gewissen Lena. Sie hatten nicht lange zusammengelebt und sich im Guten getrennt. Aber sie hatten kein Kind gehabt. Danach hatte es weitere Frauen gegeben, aber Oleg sprach nie darüber, tat das Ganze mit groben, ungeschickten Scherzen ab.

»Das hat dich nicht zu interessieren«, lautete die schroffe Antwort der Schwiegermutter auf Xenias Frage nach Olegs

Vergangenheit. »Geh einfach davon aus, dass er vor dir niemanden hatte. Lena war eine unverschämte Schlampe. Er hat einiges durchgemacht mit Frauen, der Ärmste. Er ist so naiv, so hilflos, ein Glück, dass wir jetzt dich haben.«

»Und Kinder?«

»Was denn für Kinder? Gott behüte! Was für Kinder?«

Die schwachsinnige kleine Lussja hatte verblüffende Ähnlichkeit mit Oleg.

Nach dem Besuch im Leichenschauhaus empfand Borodin die abgasgeschwängerte, staubige Luft der Straße geradezu als erfrischend. Er atmete tief ein, kniff die Augen zusammen und versuchte, das bedrückende Gefühl von Verwirrung und Hilflosigkeit loszuwerden, das ihn seit drei Tagen beherrschte, seit er die gestickten Kirschen auf den winzigen Lavendelsäckchen in der Wohnung der ermordeten Lilja Kolomejez gesehen hatte.

Er ermittelte seit vielen Jahren in Mordfällen und war an den Anblick von Leichen gewöhnt, aber ein zufälliges Detail aus dem Alltag des Opfers verfolgte ihn manchmal lange.

Als Ilja Borodin, ein dünner, dunkelhaariger Zweiundzwanzigjähriger mit leuchtenden blauen Augen und breitem, strahlendem Lächeln, während seines Jurastudiums zum ersten Mal im Leichenschauhaus war, fiel er nicht in Ohnmacht und begann nicht zu stottern, wie einige seiner Kommilitonen. Natürlich wurde er blass und musste schlucken, aber mehr nicht. Er war darauf vorbereitet, dass der Tod, besonders ein gewaltsamer, schlimm aussieht. Doch wie ein Stromschlag durchfuhr es ihn, als er die himmelblauen Schleifen im dicken roten Haar eines toten siebenjährigen Mädchens sah. Ihm wurde schwindlig, und es kostete ihn eine ungeheure Anstrengung, die anderen nicht merken zu lassen, dass dem sonst so gelassenen Ilja Borodin schlecht geworden war. Manchmal träumte er von diesen Zöpfen mit den Schleifen, sah geschickte Frauenhände, die sie flochten, und das Mädchen, wie es in den Spiegel schaute, lächelte und Grimassen schnitt.

Beim Anblick der Lavendelsäckchen bei Lilja Kolomejez hatte er wieder an das rothaarige Mädchen mit den Zöpfen und den hellblauen Schleifen denken müssen.

Die Junidämmerung war in einen bläulich schillernden durchsichtigen Schleier gehüllt. Borodin lief gemächlich über einen weichen Teppich aus grauweißem Pappelflaum, kniff die Augen gegen die zwischen zwei weißen Neungeschossern untergehende Sonne zusammen und suchte nach einem wenigstens vorläufigen Resümee.

Seit dem Mord waren drei Tage vergangen. Das psychologische Täterprofil in Borodins Kopf stützte sich einzig auf das betrunkene Geschwafel der Obdachlosen Sima und seine eigenen Emotionen, nicht aber auf Fakten und gesunden Menschenverstand. Wie konnte man bei einem feuerspeienden Ungeheuer mit roten Hörnern und Quiekstimme von Fakten und gesundem Menschenverstand reden?

In den drei Tagen konnte nicht herausgefunden werden, wo genau Ljussja lebte und wer Mama Isa war. Offenbar gab es nirgends eine Patientenakte von Ljussja Kolomejez. Außer der Geburtsurkunde existierten keinerlei Papiere, und in keiner der Moskauer psychiatrischen Betreuungsstellen war sie erfasst. Von ihrer Geburt an bis zum heutigen Tag war sie bei ihrer Tante Lilja Kolomejez gemeldet.

Lilja hatte schon als Kind in dieser Wohnung gelebt, mit ihrer Mutter und ihrer Schwester Olga. Der Vater hatte die Familie verlassen, als die Mädchen noch klein waren. Die Mutter war ein halbes Jahr nach Olgas Selbstmord an Leukämie gestorben.

Das war alles an Informationen. Von Lussja selbst war nichts zu erfahren. Sie wiederholte beharrlich, sie habe Tante Lilja getötet, weil sie, Ljussja, böse sei. Manchmal weinte sie und bat um Zwiebeln, um sich den Kopf damit einzureiben; bei jeder Gelegenheit stand sie vorm Spiegel und betrachtete lange ihr

Gesicht, versuchte die Pickel abzukratzen und weinte. Fragen nach dem Mann, der sie mit Blumen und Pralinen besucht hatte, lösten bei ihr eine stille Panik aus, sie wurde rot, erschrak und verstummte, wobei sie krampfhaft am Gürtel ihres Krankenhauskittels nestelte.

In der Jugendabteilung der psychiatrischen Klinik war die vorläufige Diagnose »Oligophrenie im Stadium der Debilität« gestellt worden, das heißt, Ljussja litt an der leichtesten Form geistiger Behinderung.

»Sag mal, Oleg, drehst du jetzt Werbeclips?«, fragte Xenia leichthin, als ihr Mann auf die Datscha zurückkehrte.

Er war mit dem Taxi gekommen, wollte nichts essen, sank aufs Sofa und schlief vor den Abendnachrichten ein. Xenia saß im Schaukelstuhl neben ihm und stillte das Baby.

»Hm-hm?«, erwiderte er auf ihre Frage, ohne die Augen zu öffnen.

»Ich hab unterm Bett zufällig eine Kassette gefunden«, sagte Xenia etwas lauter. »Was sind denn das für Kinder?«

»Lass mich in Ruhe«, murmelte er und drehte sich zur Wand.

»Mach ich, wenn dus mir erzählt hast.«

Die Antwort war ein Schnarchen. Weiterzureden war sinnlos. Xenia seufzte, erhob sich und ging hinauf, um das Kind ins Bett zu bringen. Als sie weg war, schaltete Oleg den Fernseher aus und ging auf Socken hinaus in den vom Mondlicht beschienenen Garten. Im nassen Gras zirpten die Grillen. Oleg reckte sich mit knackenden Gelenken, legte den Kopf in den Nacken, schaute gleichgültig in den weiten, klaren, sternenübersäten Himmel und dachte mit gequälter Miene daran, wie sehr er das alles früher gemocht hatte – den nächtlichen Garten, den glitzernden Tau auf den dunklen Stachelbeersträuchern, den entfernten Chor der Frösche und den nahen, einsamen Gesang der Nachtigall. Jetzt empfand er die feuchte, frische Sommernacht als beleidigend, wie Gelächter auf einer Beerdigung.

Bist du jung, schön und erfolgreich, dann bist du dumm genug, zu glauben, dass die Sterne, Rosen und Nachtigallen nur für dich da sind und dich genauso lieben wie du sie. Bist du aber verbraucht, krank und dir selbst zuwider, fühlst du dich beim Anblick der Sterne endgültig beschissen. Du weißt, dass sie lügen, all diese süßen Töne und Gerüche. Wenn du morgen an einer Überdosis krepierst, trällert die Nachtigall genauso selbstvergessen, und die Sterne funkeln nicht blasser.

Solodkin hatte seit seiner Kindheit das Gefühl, ein fremdes, ihm widerstrebendes, unwürdiges Leben zu leben. Er wollte anders aussehen, anders denken und fühlen. Er wusste genau: Die Hölle – das sind die anderen Menschen und die äußeren Umstände. Es ist ein seelischer Zustand, und daran kannst du nichts ändern. Er mochte sich nicht, weder innerlich noch äußerlich, er konnte sich nicht leiden, und noch im reifen Alter wünschte er sich beim Einschlafen, von Ekel und Scham gepeinigt wie ein onanierender Halbwüchsiger, am nächsten Morgen als ein anderer Mensch aufzuwachen.

Die Erinnerung an seine ehemalige Kommilitonin Mascha wurde für ihn zu einer Art Bestätigung, dass das andere Leben existierte und er früher oder später aus der fremden Realität in seine wahre, eigene wechseln würde.

Einmal sah er Mascha im Fernsehen. Zusammen mit einem Filmteam sprach sie vor der Kamera über einen neuen, demnächst im Fernsehen ausgestrahlten Film. Aus dem rührenden Mädchen war eine hochmütige Dame geworden, sie war nun zwar schöner, aber der einstige Zauber war dahin. Oleg fühlte sich frei. Mascha existierte nicht mehr. Nur noch eine kalte, fremde Frau, die ihn irgendwie an seine Mutter erinnerte und also langweilig war und durch und durch falsch. Daraus folgte, dass es für ihn kein anderes Leben geben würde. Alles nur Trug, kindliche Illusion. Er musste hier und jetzt leben.

Aber hier und jetzt war es unerträglich öde.

Er verging vor Trübsal, bis er ein ausgezeichnetes Gegenmittel gefunden hatte. Es begann mit Marihuana. Auf das Marihuana folgte Kokain, dann ein Sud aus Mohnstroh.

Nach und nach wurde sein Leben zu einer Abfolge von »Trips« und »Cold Turkeys«, Streit mit den Eltern und erzwungenen Therapien nach den verschiedensten Methoden. Oleg zog sich in eine innere Wirklichkeit zurück, stand ständig unter Drogen, nahm zehn Kilo ab und schrieb einen verworrenen Roman über die Reise eines mysteriösen Ichs durch den eigenen Blutkreislauf.

Die Eltern brachten ihn gegen seinen Willen in eine geschlossene Klinik. Oleg wurde mit allen zugänglichen Methoden behandelt. Bei einem Routinegespräch mit den Eltern bemerkte der Arzt gereizt, es handle sich um einen sträflich vernachlässigten Fall, der Patient zeige keinerlei Willen, von der Drogenabhängigkeit loszukommen, und es gebe kaum Hoffnung auf einen glücklichen Ausgang. Das war für Olegs Vater der letzte Sargnagel. Noch im Sprechzimmer des Arztes erlitt er einen Herzanfall, und zwei Stunden später starb er auf der Intensivstation, ohne noch einmal das Bewusstsein erlangt zu haben.

Auf der Beerdigung des Vaters weinte Oleg zum ersten Mal und fasste zum ersten Mal den festen Entschluss, aufzuhören. Er ging zurück in die Klinik, machte die Therapie zu Ende und kam als ein neuer Mensch wieder raus, griesgrämig und gleichgültig gegen alles außer seiner Gesundheit.

Seine Mutter ging energisch daran, sein Leben zu managen. Sie brachte in Erfahrung, was seine einstigen Kommilitonen machten, mit denen er ihrer Ansicht nach befreundet war, lud die Erfolgreichsten und Zuverlässigsten ein, bewirtete sie großzügig und tat alles, damit Oleg nicht von Einsamkeit gepeinigt wurde, sondern von passenden Freunden umgeben war.

Die tragischen familiären Ereignisse hatten Galina nicht gehindert, sich flexibel den neuen wirtschaftlichen Verhältnissen anzupassen. Anfang der neunziger Jahre war aus der einstigen einflussreichen Ministeriumsangestellten eine geschäftsstüchtige Unternehmerin geworden, und bald machte sie das erste richtige Geld. Einen Teil davon investierte sie in die neugegründete Jugendzeitschrift »Blum«, die ein ehemaliger Kommilitone von Oleg herausgab. Dafür bekam Oleg den ruhigen, respektablen Posten des stellvertretenden Chefredakteurs.

Fast ein Jahr hielt er ohne Drogen durch, dann rauchte er auf einer Party Marihuana und landete bald wieder bei härterem Stoff. Wieder machte er eine Therapie, schaffte es ein halbes Jahr ohne Drogen, wurde erneut rückfällig – ein Teufelskreis ohne Ende.

Im letzten Frühjahr rutschte er nach einer weiteren Therapie auf einer Bananenschale aus und brach sich ein Bein. Der Bruch war kompliziert. Oleg lag in einem Einzelzimmer und litt. Starke Schmerzmittel waren ihm versagt, und schwache halfen nicht. Die Schmerzen war zermürbend, Oleg verlor fast den Verstand, sein Bewusstsein trübte sich, er wünschte sich nichts so sehr wie eine Morphiumspritze und bot seine letzte Kraft auf, diesen Gedanken zu unterdrücken.

Als er eines frühen Morgens aus seinem trüben, qualvollen Dämmerzustand erwachte und die Augen öffnete, wusste er, dass er nun endgültig den Verstand verloren hatte. Er halluzinierte: In seinem Zimmer stand Mascha. Sein gescheitertes anderes Leben. Und das Verblüffendste: Sie sah nicht aus wie die erfolgreiche kühle Dame von neununddreißig, sondern genauso wie damals, im ersten Studienjahr. Sie trug einen weißen Krankenhauskittel und ein tief ins Gesicht gezogenes Häubchen. Sie schaute ihn aus durchsichtigen blauen Augen an, schlug die schwarzen Wimpern auf und sagte: »Na, aufgewacht? Guten Morgen!« Oleg vernahm Klappern, Wasserplätschern und hörte einen nassen Lappen auf den Boden klatschen. Die Halluzination wischte den Fußboden. Oleg drehte den Kopf in ihre Richtung.

»Störe ich?«, fragte sie lächelnd.

»Wer sind Sie? Wieso …«, flüsterte er mit trockenen Lippen.

»Ich bin die Stationshilfe. Aber regen Sie sich nicht auf, ich wische nur rasch und bin gleich wieder weg.«

»Nein. Nicht.«

»Was? Nicht wischen?« Sie erstarrte mit dem Schrubber in der Hand. »Gleich ist Visite. Ich krieg einen Heidenärger, wenn der Fußboden nicht sauber ist. Sie sind schließlich Privatpatient, einer von den Reichen. Ich mache wirklich ganz schnell und leise, ehrlich.«

»Nicht weggehen«, murmelte Oleg kaum hörbar und setzte lauter und ruhiger hinzu: »Wie heißt du?«

»Xenia.«

»Wie alt bist du?«

»Achtzehn.«

Klar, das war nicht Mascha. Kein Grund durchzudrehen. Einfach eine hübsche Stationshilfe, eine Putzfrau, eine Rotznase. Oleg schloss die Augen, um noch ein wenig zu dösen, und verspürte erstaunt eine fast vergessene Hitze in der Brust.

Xenia wischte den Boden und verschwand im Bad. Oleg hörte, wie sie das Schmutzwasser ausgoss. Als sie mit Schrubber und leerem Eimer wiederkam, fragte er sie, ob sie ihm beim Waschen helfen könne.

»Die Schwester kommt doch gleich, ich muss noch fünf Zimmer wischen bis zur Visite.«

»Das ist überhaupt nicht schwer. Sie müssen nur mein Bein losmachen, mir auf die Krücke helfen und mich ins Bad bringen.«

Sie blickte zur Uhr, zuckte die Achseln und sagte: »Na gut.«

Während er sich wusch und die Zähne putzte, saß sie auf dem Wannenrand. Im Spiegel sah er ihre hellen, spöttischen Augen und ihre geraden, breiten Brauen, die genauso pechschwarz waren wie ihre Wimpern. Und den weißen Rand des Häubchens auf der Stirn.

»Warum arbeitest du als Stationshilfe?«, fragte er, als er sich den Mund gespült hatte.

»Ich hab die Aufnahmeprüfung fürs Medizinstudium verhauen.«

Sie brachte ihn zurück zum Bett, half ihm beim Hinlegen und ging. Danach starrte er eine ganze Weile an die Decke und bemerkte nicht sofort, dass sein Bein kaum noch schmerzte.

Seitdem wartete er – jeden Tag, jede Stunde. Schon von weitem erkannte er ihre schnellen, leichten Schritte. Beim Klappern des Eimers und dem Klatschen des nassen Lappens auf dem Boden stockte ihm das Herz.

Seine Mutter besuchte ihn täglich; sie bemerkte den fieberhaften Glanz in seinen Augen, argwöhnte, jemand vom Personal versorge ihn heimlich mit Drogen, ging der Sache nach und entdeckte bald den wahren Grund. Oleg fragte fast jeden, der ins Zimmer kam, ob Xenia heute Dienst habe, und ließ ihr ausrichten, sie solle ihn besuchen kommen. Selbst dem behandelnden Arzt erklärte er mit dümmlichem Lächeln, es gebe hier eine Stationshilfe mit erstaunlichen Fähigkeiten; sobald sie in sein Zimmer käme, fühle er sich erheblich besser.

Olegs Mutter Galina holte weitere Erkundigungen ein. Bereits nach drei Tagen wusste sie alles über das Mädchen und war von dem Ergebnis sehr erbaut. Die junge Stationshilfe stammte aus Moskau, aus einer armen Akademikerfamilie. Sie rauchte nicht, trank nicht, besuchte keine Diskotheken, benutzte keine Kosmetik, war höflich, fleißig und kerngesund.

Einen Tag vor Olegs Entlassung machte Galina Xenias Bekanntschaft. Das Mädchen gefiel ihr. Da sie wusste, wie schüchtern und tolpatschig ihr Sohn war, ergriff sie selbst die Initiative. Sie lud das Mädchen zu sich nach Hause ein – sie besäße einige wertvolle medizinische Bücher aus dem vorigen Jahrhundert. Der erste Besuch war ein steifes Teetrinken zu dritt. Dann folgte eine Einladung ins Theater, zu einem äußerst populären neuen Stück (eine Karte kostete soviel, wie Xenia im ganzen Monat verdiente.) Galina, eine wahre Meisterin im Knüpfen des feinen Gewebes menschlicher Beziehungen, beförderte und festigte die gegenseitige Freundschaft so mühelos und geschickt, dass Xenias Schicksalsfaden, noch ehe sie sich besann, schon fest in das fremde Muster eingewoben war.

Oleg war seiner Mutter zum ersten Mal im Leben dankbar für ihre Einmischung. Er wusste nicht, wie er sich dem Mädchen nähern sollte, und ahnte, dass er all seine früheren Misserfolge seiner Unentschlossenheit verdankte – er hatte nie selbst die Wahl getroffen, sondern war immer erwählt worden. Xenia war seine letzte Chance. An ihrer Seite fühlte er sich jünger, gesünder, glücklicher. Er war sich sicher, dass er keine Drogen mehr nehmen und noch einmal ganz von vorn anfangen würde.

Das Ganze endete, wie es sich gehört, mit einer schönen, aufwendigen Hochzeit: Lincoln-Limousine, Gaultier-Kleid, Blumenmeer, schickes Restaurant, zahlreiche prominente Gäste und eine zehntägige Reise in die französischen Alpen.

Und nun, nach einem knappen Jahr, war die schöne und kluge Xenia, sein wahr gewordener Traum, Oleg genauso fremd und gleichgültig wie diese Sommernacht, und ihre bezaubernde drei Monate alte Tochter Mascha machte ihm keine Freude.

Sechstes Kapitel

Hauptmann Kossizki hatte lange keine Gemeinschaftswohnung mehr gesehen und gedacht, die gebe es in Moskau gar nicht mehr. Doch Julia Lastotschkina hatte in einer klassischen Gemeinschaftswohnung in einem Haus aus der Mitte des vorigen Jahrhunderts in der Nähe der Metrostation Kropotkinskaja gelebt. Nach ihrem Tod im Mai dieses Jahres war ihr Zimmer an die Nachbarn gefallen, denn Julia hatte keine Angehörigen gehabt.

Ein ungepflegter alter Mann in gestreiftem Pyjama, eine Papirossa im zahnlosen Mund, öffnete die Tür und verschwand wortlos im Dunkel des Flurs. Kossizki, nach dem hellen Sonnenlicht draußen so gut wie blind, tastete sich zur Küche vor, von wo Stimmen und Geschirrklappern tönten, und stolperte über einen riesigen Kater. Der Kater sprang kreischend beiseite und warf einen Hocker mit einer Schüssel voll nasser Wäsche um. Der Hauptmann machte ein paar unsichere Schritte, blieb mit dem Schuh an einem Damenunterrock hängen und stürzte quasi auf allen vieren rückwärts in die Küche, mit einem Bein hilflos in der nassen Spitzenunterwäsche gefangen.

In der Küche trat Stille ein, Kossizki richtete sich auf und sah die drei alten Frauen an.

»Was soll das, Bürger?«, fragte eine Dame in geblümter Kittelschürze, einen Schaumlöffel wie eine Pistole auf den Hauptmann gerichtet.

Kossizki zeigte seinen Ausweis und fragte, mit wem er über die verstorbene Julia Lastotschkina sprechen könne.

Zehn Minuten später, als die Neugier der Nachbarn einigermaßen befriedigt war, saß er in dem behaglichen, sauberen Zimmer der geblümten Dame, trank Tee mit Johannisbeerkonfitüre und lauschte einem ausführlichen Bericht, demzufolge Julia in Wirklichkeit keineswegs Krebs gehabt hatte. Die Nachbarn, auf ihr Zimmer spekulierend, hätten sie vergiftet und die Ärzte bestochen, damit das Ganze glaubwürdig aussah, aber nun sei ja endlich zu hoffen, dass die Gerechtigkeit doch noch triumphieren würde, die Nachbarn ihre verdiente Strafe bekämen und das Zimmer endlich demjenigen zufalle, dem es am meisten zustand, nämlich ihr, der geblümten Dame, denn sie kümmere sich seit vielen Jahren um die Ordnung in der Wohnung, kämpfe für sparsamen Stromverbrauch und für Sauberkeit im gemeinsamen Sanitärbereich. Wenn sie nicht wäre, würde hier eines Tages alles in die Luft fliegen, denn die Prochorowa drehe nie das Gas ab, und die Gnobenko lasse immer die Milch überkochen.

»Sagen Sie, bekam die Lastotschkina manchmal Besuch?«, fragte Kossizki rasch in eine Pause hinein.

»Aber ja, diese Lilja war dauernd hier, die Tochter ihrer Schulfreundin. So eine Blonde mit kurzen Haaren. Sie brachte ihr immer Obst mit und Pralinen, ›Tante Lilja, Tante Lilja‹«, zischte die Dame mit hoher, falscher Stimme und scheinheiliger, zuckersüßer Miene. »Aber das hat ihr nichts genützt. Ach, war die dann wütend, diese Lilja, sie hat das ganze Zimmer auf den Kopf gestellt, konnte nicht fassen, dass all ihre Mühe umsonst war und es kein Testament gab.«

»Verzeihung, ich verstehe nicht«, sagte der Hauptmann.

»Was gibts da zu verstehen.« Die Dame runzelte die Brauen. »Zehn Quadratmeter Wohnraum findet man nicht auf der Straße.«

Als Nächstes sprach der Hauptmann mit einem mageren Mann um die vierzig mit runder Halbglatze und einem Pferdeschwanz im Nacken. Er schaute zur Tür herein, schüttelte den Kopf und sagte in hohem, brüchigem Falsett: »Susanna Iwanowna, Sie sollten sich schämen, so zu lügen, Sie glauben doch an Gott! Man hört durch die Wand jedes Wort«, erklärte er dem Hauptmann, »und bei diesen Gemeinheiten faulen einem die Ohren ab.«

Unter dem gellenden Geschimpfe der geblümten Dame entfernte sich Kossizki zusammen mit dem Mann. Der stellte sich als Fjodor vor, bekannte mit gesenkter Stimme, er heiße eigentlich Ferdinand Lunz, und bot ihm einen Wodka an.

»Nein? Sind Sie sicher? Also, ich trinke einen, wenn Sie gestatten.« Er goss sich aus einer Flasche auf einem Hocker mitten im Zimmer ein Glas voll.

Außer dem Hocker und einer Matratze in der Ecke gab es keinerlei Möbel. Der Hauptmann setzte sich aufs Fensterbrett, der Hausherr neben dem Hocker auf den Fußboden.

»Ich ziehe um«, erklärte Ferdinand, »ich heirate und verlasse endlich dieses Wanzennest. Sagen Sie, warum interessieren Sie sich plötzlich für die Verstorbene?«

»Ich interessiere mich für jeden, der Lilja Kolomejez kannte. Kannten Sie sie auch?«

»Was ist denn passiert?« Über das magere, unrasierte Gesicht huschte ein Schatten.

»Sie wurde ermordet.«

»Wer? Lilja? Nein, Moment, Sie irren sich, Hauptmann. Das kann nicht sein.«

»Lilja Kolomejez wurde vor drei Tagen tot in ihrer Wohnung aufgefunden. Achtzehn Messerstiche. Ich bitte Sie, mir ausführlich zu erzählen, wann und unter welchen Umständen Sie sie das letzte Mal gesehen und worüber Sie gesprochen haben. Alles, woran Sie sich erinnern.«

»Achtzehn Messerstiche ... Mein Gott ...« Ferdinand schlang die Arme um seine Knie und barg sein Gesicht darin. Kossizki sah seine Schultern beben. »Verzeihen Sie«, sagte Ferdinand heiser, »ich muss erst zu mir kommen.«

»Bitte, ich habe keine Eile.« Kossizki öffnete das Fenster, zündete sich eine Zigarette an und schaute hinaus. Ist er wirklich so sensibel, dachte er, während er zwei Federball spielende junge Mädchen auf einer kleinen Wiese beobachtete. Oder hatte er was mit der Ermordeten? Er schluchzt wie ein kleines Kind.

»So.« Ferdinand hob den Kopf, zog gierig noch einmal an seiner Zigarette und drückte sie aus. »Ich bitte nochmals um Entschuldigung. Das kam so überraschend. Das ist ja entsetzlich.«

»Sie müssen sich nicht entschuldigen.« Der Hauptmann zuckte die Achseln. »Also, woran erinnern Sie sich?«

»Ich weiß gar nicht, wo ich anfangen soll. Es waren zwei Schwestern, Lilja und Olga. Olga interessiert Sie bestimmt nicht, sie hat sich vor zehn Jahren umgebracht.«

»Können Sie mir auch etwas über sie erzählen?«

»Einiges schon. Aber wozu? Die Wunde ist lange verheilt, warum erneut darin herumstochern?«

»War es denn eine Wunde?«, fragte Kossizki leise.

»Na ja, wenn eine junge Frau einfach so aus dem Fenster springt und ein vierjähriges Kind hinterlässt, ist das doch schrecklich und tut weh.«

»Einfach so? Nahm Olga Kolomejez nicht Drogen?«

»Klar, das musste ja kommen.« Ferdinand seufzte. »Ja, sie hat eine Zeitlang gefixt. Sie ist seit zehn Jahren tot, aber das Etikett ›drogensüchtig‹ wird sie nie los. Das ist ungerecht.«

»Sie wollen sagen, sie hatte aufgehört?«, erkundigte sich Kossizki.

»Aber ja! Julia hat sie da rausgeholt. Olga wohnte manchmal hier, zwei, drei Tage die Woche. Das letzte Mal, kurz vor ihrem Tod, sogar fast einen Monat. Das war im Sommer 89. Olga lernte für die Aufnahmeprüfungen an der pädagogischen Hochschule.«

»Warum konnte sie das denn nicht zu Hause tun?«

»Sie wohnte mit Lilja und Tante Manja in einer sehr kleinen Wohnung, und ihre Kleine war gerade vier. Ich weiß nicht, ob Sie das wissen – das Kind kam wegen der Drogen behindert zur Welt. Lilja und Tante Manja kümmerten sich um die Kleine und schickten Olga her, damit sie in Ruhe lernen konnte.«

»Und, hat sie die Prüfungen geschafft?«

»Ja, für ein Abendstudium. Sie war überglücklich. Mit dreißig die Aufnahmeprüfung bestehen, wenn du alles, was du in der Schule gelernt hast, längst vergessen und zudem eine Drogenkarriere hinter dir hast, das ist schließlich kein Pappenstiel! Und eine Woche später ist sie aus dem Fenster gesprungen.«

»Sie erinnern sich ja ziemlich genau«, bemerkte Kossizki. »War nie vom Vater des Kindes die Rede?«

»Nein, nie. Die Klatschtanten in unserer Gemeinschaftswohnung haben Olga natürlich mit Fragen gelöchert, aber nichts herausbekommen. Es gab da einen Mann, mit dem Olga zwei Jahre zusammengelebt hatte. Aber ich weiß nicht einmal seinen Namen. Wahrscheinlich war das Kind von ihm. Genau wie die Drogen. Als Olga sich umgebracht hatte, behaupteten alle, daran seien die Drogen schuld, als hätten sie vergessen, dass sie zu dem Zeitpunkt schon anderthalb Jahre clean war. Lilja war natürlich völlig fertig. Sie war nur noch ein Schatten. Und Tante Manja, eine starke Frau, wurde richtig krank und starb bald darauf. Lilja stand plötzlich vollkommen allein da, mit einem behinderten Kind. Sie konnte nicht anders handeln.« Ferdinand erhob sich und ging im Zimmer auf und ab. Seine mageren Schultern hingen herab, die zerschlissenen Filzpantoffeln hingen lose an seinen dünnen nackten Füßen, und er stolperte dauernd.

»Wovon reden Sie?«, fragte der Hauptmann vorsichtig.

»Wenn Sie den Mord an Lilja untersuchen, müssten Sie das eigentlich schon wissen«, verkündete er in raschem, pfeifendem Flüsterton und trat dicht vor Kossizki, »ich kann es Ihnen nicht sagen. Ich habe es geschworen, verstehen Sie?«

Kossizki nickte. »Ich verstehe. Aber wenn diese Information etwas zu tun hat …«

»Nein!«, rief Ferdinand. »Diese Information kann nichts mit dem Mord zu tun haben! Bitte glauben Sie mir das«, fügte er ruhiger hinzu.

Der Hauptmann beschloss, das Thema vorerst fallenzulassen, damit sich sein nervöses Gegenüber entspannte. Ein Schwur war natürlich eine ernste Sache, aber ein Mord war noch ernster, und früher oder später würde der arme Ferdinand doch damit rausrücken müssen, was Lilja so Schlimmes getan hatte.

»Nun regen Sie sich doch nicht so auf«, beschwichtigte ihn der Hauptmann. »Erzählen Sie mir von den Schwestern. Wie waren sie?«

»Sie waren verschieden«, erwiderte Ferdinand scharf und irgendwie herausfordernd. »Äußerlich waren sie sich sehr ähnlich, aber nur auf den ersten Blick. Lilja war stärker, härter, vernünftiger. Nicht, weil sie die Ältere war. Sie war eben zielstrebig, zuverlässig. Sie wusste von klein auf, was sie wollte. Olga dagegen schwebte in den Wolken, ihre Augen waren immer verschleiert, schon bevor sie Drogen nahm.«

»Wenn ich Sie richtig verstehe, kannten Sie die Schwestern seit ihrer Kindheit?«

»Aber ja. Ich bin in dieser Wohnung geboren, und sie waren oft hier. Also, ganz von vorn: Es waren einmal drei Mädchen – Genja, Manja und Julia, Freundinnen von frühester Kindheit bis zum Tod. Genja war meine Mutter, Genrietta Lunz. Sie ist vor drei Jahren gestorben. Gehirnblutung. Manja war die Mutter von Lilja und Olga, und Julia, das war Julia Lastotschkina. Sie hatte keine Kinder, sie hatte überhaupt nichts außer ihrer Arbeit und dem Zimmer in diesem Wanzennest hier. Sie unterrichtete ihr Leben lang Französisch an einer Spezialschule und brachte die Sprache auch mir und den Mädchen bei. Heute kommt mir unser Leben damals vor wie ein Märchen. Sie hat für uns drei so wundervolle Kinderfeste ausgerichtet, das hilft mir bis heute überleben. Allerdings weiß ich nicht, ob es mir auch jetzt helfen wird. Wissen Sie, ich war hoffnungslos verliebt in Lilja. Jetzt heirate ich eine wunderbare, warmherzige, liebe Frau, aber irgendwie nur aus Trotz gegen Lilja. Und nun erfahre ich, dass sie tot ist.«

So ist das also, dachte Kossizki, er hat sie geliebt. Leidenschaftlich und unglücklich.

»Wann haben Sie Lilja das letzte Mal gesehen?«

»Im Mai. Am fünfzehnten haben wir Julia beerdigt, danach war die Totenfeier in ihrer Schule. Anschließend kam Lilja mit hierher. Julias Sachen und Papiere mussten gesichtet werden, und das konnte niemand tun außer uns. Wir saßen die ganze Nacht daran, es waren sehr viele Briefe, alte Fotos und Glückwunschkarten. Es klingt herzlos, aber diese Nacht war eine der glücklichsten in meinem Leben. Warum sehen Sie mich so an?«, schrie er plötzlich. »Woran Sie denken, das ist nicht passiert, das kam gar nicht in Frage!«

»Woher wissen Sie, woran ich denke?«, fragte Kossizki erstaunt.

»Ich kenne doch die Menschen.« Ferdinand zündete sich erneut eine Zigarette an und schwieg eine Weile, stumpf vor sich hin blickend. »Ich habe Lilja sehr geliebt und nicht gewagt, sie zu berühren, wir haben uns nur alte Fotos angesehen und uns an unsere Kindheit erinnert. Gegen vier Uhr früh gingen wir in die Küche, Kaffee kochen. Lilja fror nach der schlaflosen Nacht und zog Olgas alte Strickjacke an. Einige von Olgas Sachen waren noch hier, Tante Julia bewahrte sie zur Erinnerung im Schrank auf. Ich kochte Kaffee, Lilja saß am Tisch, wir redeten über irgendwas, auf einmal verstummte sie mitten im Wort. Ich passte auf, dass der Kaffee nicht überkochte, und drehte mich nicht sofort um, sondern erst nach einer Weile. Ich weiß nicht, was passiert war, aber ihr Gesicht... Das werde ich nie vergessen. In ihren Augen spiegelte sich Entsetzen, sie schaute mich an und schien mich gar nicht zu sehen. Ich fragte natürlich, was los sei, aber sie antwortete nicht. Sie saß zusammengekrümmt da, in die Strickjacke gehüllt, die Hand auf die Tasche gepresst, und zitterte. Ich schenkte Kaffee ein, sie griff nach der Tasse, doch ihre Hand zitterte so, dass alles auf den Tisch floss. So sehr ich auch versuchte herauszufinden, was passiert war, sie sagte es mir nicht, nur ›entschuldige Fjodor, geh schlafen, ich muss eine Weile allein sein‹. Dann ging sie in das Zimmer von Tante Julia. Das ist alles. Danach habe ich sie nicht mehr gesehen. Als ich am Morgen aufwachte und bei ihr anklopfte, war sie schon weg. Den Schlüssel hatte sie bei den Nachbarn abgegeben.«

»Und danach haben Sie sie auch nicht mehr angerufen?«

»Doch, natürlich.« Er wurde rot, holte krampfhaft Luft, und seine Stimme klang nun abgehackt und heiser.

»Sie hat behauptet, es sei alles in Ordnung, und versprochen vorbeizukommen. Ich fragte noch einmal, was in der Nacht los gewesen sei, aber sie sagte nur: ›Nichts weiter, das war nur eine verzögerte Reaktion auf den Tod von Tante Julia.‹ Nach der Aufregung der Beerdigung sei ihr auf einmal klargeworden, dass Tante Julia nicht mehr ist. Klingt ganz glaubhaft. Aber ich bin mir nicht sicher, ob das stimmt.«

Ich glaube, du schwindelst auch, mein Lieber, dachte Kossizki und sagte freundlich: »Warum? So etwas kommt wirklich vor. Eine verzögerte Reaktion. Psychologisch durchaus verständlich.«

»Mag sein. Aber nicht bei Lilja.« Er schüttelte den Kopf. »Wissen Sie, sie war ein sehr praktischer Mensch. So heftig hätte sie höchstens auf etwas ganz Überraschendes reagiert, der Tod von Tante Julia aber war eine vollendete Tatsache. Lilja war eine Woche lang ständig im Krankenhaus gewesen und hatte sich um Julia gekümmert, sie war also vorbereitet.«

»Sie sagten, sie habe eine alte Strickjacke von Olga getragen und die Hand auf die Tasche gepresst. Vielleicht hat sie darin etwas gefunden?«

»Was hätte sie denn darin finden sollen? Schlimmstenfalls eine Ampulle mit Drogen. Nehmen wir an, es war so. Dann wären natürlich schmerzliche Erinnerungen hochgekommen, aber es war mehr als das, sie hatte einen Schock, verstehen Sie? Einen waschechten Schock.«

»Vielleicht hat sie einen Zettel gefunden, ihn gelesen und verschwinden lassen, während Sie Kaffee kochten? Sie standen ja mit dem Rücken zu ihr.«

»Einen Zettel?« Er runzelte die Stirn. »Ja, schon möglich, einen Zettel von Olga. Quasi aus dem Jenseits. Entschuldigen Sie, ich bin sehr erschöpft.«

»Danke.« Kossizki reichte ihm seine Visitenkarte. »Wenn Ihnen noch etwas einfällt, rufen Sie mich unbedingt an.«

Ferdinand nickte. »Unbedingt.«

Der Hauptmann drückte seine schlaffe Hand und fragte rasch und leise: » Ach ja, das hätte ich beinahe vergessen. Wissen Sie zufällig die Adresse des Internats, in dem Ljussja lebt?«

»Nein, keine Ahnung.«

»Das Mädchen ist im Krankenhaus, es geht ihr ziemlich schlecht, und wir haben noch nicht herausgefunden, wo sie lebt. Zum Zeitpunkt des Mordes befand sie sich bei Lilja, sie ist auch dort gemeldet, aber die Nachbarn sagen, sie habe nicht ständig dort gewohnt.«

»Darüber weiß ich nichts. Auf Wiedersehen.« Seine Stimme klang erneut dumpf und abgehackt, und seine Augen huschten unstet umher.

»Entschuldigen Sie, Ferdinand, noch eine letzte Frage«, sagte der Hauptmann rasch, seinen Blick suchend. »Haben Sie vielleicht geschworen, nicht darüber zu sprechen, dass Lilja das Mädchen in ein Internat gegeben hat?«

»Aber Hauptmann! Ich heiße Fjodor! Fjodor!« Er wandte sich um, seine Augen huschten noch immer umher. »Ja, Lilja hat mich gebeten, nie mit jemandem über ihre Entscheidung zu sprechen. Auf Wiedersehen.«

»Danke, Fjodor. Was Ihren Namen angeht – entschuldigen Sie.« Kossizki lächelte. »Ehrlich gesagt, ich finde ihn nicht seltsam und schon gar nicht komisch. Apropos Namen. Wenn Sie die Schwestern so gut kannten, haben Sie nie den Namen des Mannes gehört, mit dem Olga zwei Jahre zusammengelebt hat?«

»Olgas Tochter hat keinen Vater«, erwiderte Ferdinand scharf. »Auf Wiedersehen. Entschuldigen Sie, ich muss eine Weile allein sein.«

Damit schlug er die Zimmertür dem verblüfften Hauptmann vor der Nase zu.

Unterleutnant Nikolai Teletschkin trank in einem Straßencafé an der Metrostation lauwarmes Bier und aß eine fettige

Pastete. In seiner Tasche steckte ein von seiner jungen Frau Aljona geschriebener Einkaufszettel für den Markt. Kolja hatte keine Eile, es zog ihn nicht nach Hause. Die schwangere Aljona war launisch und verlangte von ihrem Mann vollkommen Unmögliches: Dass ihre Übelkeit aufhörte, dass er ein höheres Gehalt bekam und keine Nachtdienste mehr machen musste, dass die boshafte Vermieterin ihrer Einzimmerwohnung nicht einmal in der Woche vorbeikam und überall herumschnüffelte.

Gegenüber vom Café, vor dem Metroeingang, lungerte eine Gruppe Obdachloser herum – aufgedunsene Gesichter und verfilztes Haar, in dem es vermutlich von Ungeziefer wimmelte. Die Passanten machten einen großen Bogen um sie. Vor dem Telefon gleich neben den Obdachlosen stand ein junger Mann und kramte in seinen Taschen lange nach einem Chip. Obwohl es in der Nähe noch drei weitere Telefone gab, hatte er ausgerechnet das neben den Obdachlosen gewählt. Er fand keinen Chip, ging aber nicht zum Kiosk und kaufte sich einen, sondern blieb einfach stehen. Er hatte ein Bandanatuch mit weißen Totenköpfen auf schwarzem Grund um den Kopf geschlungen und trug enge schwarze Jeans und ein schwarzes T-Shirt mit einem Bild auf der Brust. Totenschädel und Hakenkreuz, soweit Nikolai erkennen konnte. An seiner Schulter baumelte eine kleine Sporttasche.

Plötzlich wurde der träge Straßenlärm wie von einem Tsunami von Hardrockwellen übertönt, vom Hit der Saison. »Liebe ist so schizophren, ich will immer mit dir gehn, lass mir von dir den Kopf verdrehn, ja, Liebe ist so schizophren.« Aus der Gruppe der Obdachlosen löste sich eine magere Gestalt in einem zerrissenen, weit ausgeschnittenen Glitzerkleid und begann direkt vor dem Café zu tanzen, zwei Schritte vom Tisch des jungen Milizionärs entfernt. Sie wackelte mit dem Hintern, schüttelte ihren mageren Busen, stampfte mit den Füßen auf, schwenkte die Arme und sang laut und heiser mit: »Ja, Liebe ist so schizophren.«

Nikolai zündete sich eine Zigarette an und beobachtete den verrückten Tanz mit leicht angewiderter Neugier. Aus den Augenwinkeln bemerkte er, dass er nicht der einzige Zuschauer war. Auch der Bursche in Schwarz sah zu, er war sogar näher herangekommen und rauchte ebenfalls. Nikolai registrierte die weißblaue Schachtel Parlament und das Zippo-Feuerzeug. Ziemlich teure Utensilien für einen jungen Mann.

Die Passanten beschleunigten ihre Schritte, um rasch an der Vorstellung vorbeizueilen. Die Obdachlosen schauten eine Weile zu und klatschten Beifall, dann gingen sie gelangweilt auseinander. Doch der Bursche mit dem Bandanatuch blieb stehen, und nicht einmal die dunkle Brille konnte verbergen, dass er die Obdachlose unverwandt ansah. Er stand nur zwei Schritte von Nikolai entfernt, fast direkt hinter ihm. Nikolai blickte sich mehrmals um und bemerkte die schwarzen Nappalederschuhe, die überhaupt nicht zu den Jeans, dem T-Shirt und dem Tuch passten. Die Schnürsenkel waren merkwürdigerweise weiß.

Was reimst du dir da zusammen, Unterleutnant, verspottete sich Nikolai im Stillen. An dem Burschen ist absolut nichts Merkwürdiges. Er steht einfach da und schaut zu, aus reiner Langeweile. Vielleicht wartet er auf jemanden.

Die betrunkene Frau hatte sich inzwischen tanzend Nikolais Tisch genähert. Sie hielt ihn wohl für einen aufmerksamen Zuschauer und widmete nun ihm ihre Vorstellung. Sie streckte ihm die Hände mit den Trauerrändern unter den Fingernägeln entgegen, legte schmachtend den Kopf in den Nacken, entblößte den zahnlosen Mund, schüttelte die Schultern wie eine Zigeunerin, ließ sich schließlich auf den Stuhl gegenüber fallen und langte nach Nikolais Zigarettenschachtel auf dem Tisch. Da begriff er plötzlich, warum er den betrunkenen Tanz so lange beobachtet hatte, warum der Bursche in Schwarz ihn so beunruhigte und welche Verbindung es zwischen diesen beiden unangenehmen Erscheinungen womöglich gab.

Vor einigen Tagen hatte er nach dem Nachtdienst vor dem Reviereingang geraucht und die im ganzen Viertel bekannte Obdachlose Sima mit ihrem Lebensgefährten Rjurik herauskommen sehen und kurz darauf von dem Handarbeitskorb aus der Wohnung der Ermordeten und dem Teufel mit den roten Hörnern erfahren.

Inzwischen wusste das ganze Revier, dass Sima das zweifelhafte Glück hatte, die einzige Zeugin in dem Mordfall zu sein, und von Untersuchungsführer Borodin vernommen wurde. Ihre Aussagen klangen so seltsam, dass der Revierchef sie herumerzählte wie einen Witz.

Nikolai war schon als kleiner Junge neugierig und voller Eifer gewesen. Er wäre nicht zur Miliz gegangen, hätte er nicht davon geträumt, eines Tages ein schreckliches, verzwicktes Verbrechen aufzuklären, einen blutrünstigen Psychopathen zu stellen und dadurch berühmt zu werden. Seit er seine erste gewaltsam zu Tode gekommene Leiche gesehen hatte, war in seinem Kopf unabhängig von seinem Willen ein völlig neuer Mechanismus in Gang gesetzt worden. Nikolai dachte nur noch an diesen seltsamen Mord, an das verrückte Mädchen Ljussja, und versuchte sich vorzustellen, wie sie nach dem Messer griff und damit auf den einzigen Menschen einstach, der ihr nahestand. Hatte sie die Stiche gezählt oder nicht? Warum waren es genau achtzehn?

Und wenn sie es doch nicht getan hatte? Aber wenn jemand die Blumen und die Pralinen gebracht hatte, warum trug Lilja Kolomejez dann noch ihren Bademantel? War der Besucher überraschend gekommen und hatte sich sofort auf sie gestürzt? Sie konnte nicht einmal mehr schreien. Doch warum hatte Ljussja nicht geschrien? Für achtzehn Messerstiche braucht man Zeit. Ljussja muss begriffen haben, was da passierte.

Wenn das so weitergeht, fang ich noch an zu spinnen, dachte Nikolai wehmütig und hielt der Obdachlosen seinen Bierkrug hin.

Sima trank gierig und rief, die Musik übertönend: »Krieg ich auch was zu futtern?«

Nikolai schob ihr wortlos seinen Teller mit der halben Pastete hin. Die Musik brach ebenso abrupt ab, wie sie begonnen hatte, und plötzlich war es erstaunlich still. Sima wischte sich mit der Hand den Mund ab, griff nach dem Zigarettenstummel und wollte gehen, doch Nikolai lächelte freundlich und fragte: »Na, Sima, war der Teufel noch mal da?«

»Was für ein Teufel? Was quatschst du da, Junge?«, flüsterte Sima mit weit aufgerissenen Augen und bekreuzigte sich rasch mit der zitternden Hand, die den Zigarettenstummel hielt. »Du meinst wohl, weil ich so eine bin, mußt du dich nicht genieren?«

»Ich rede von dem mit den roten Hörnern«, beharrte Teletschkin.

Sima starrte ihn ein paar Sekunden lang mit ihren verschiedenfarbigen Augen verzweifelt an, sprang schließlich auf und rannte davon, nachdem sie die Schachtel Chesterfield mit noch zehn Zigaretten darin vom Tisch gegriffen hatte.

Nun war Nikolais Laune endgültig verdorben. Er hätte längst mit den Einkäufen zu Hause sein müssen. Der Bursche in Schwarz war auch verschwunden. Nikolai stand auf, ging aber statt zum Markt in die andere Richtung, zu dem Abrisshaus, in dem Sima wohnte.

Auf dem Spielplatz, neben den Müllcontainern, blieb er stehen. Genau hier hatte Sima den Teufel gesehen.

Das ist doch alles Blödsinn! Lilja Kolomejez wurde von ihrer verrückten Nichte ermordet. Sie ist eben verrückt. Es gibt keinen Psychopathen. Die achtzehn Messerstiche haben nichts zu bedeuten. Dreimal sechs sind achtzehn. Drei Sechsen sind das Zeichen Satans. Alles Quatsch – das debile Mädchen hat einfach auf die Tante eingestochen, ohne die Stiche zu zählen.

Nikolai setzte sich auf die Bank. Es war schwül, es würde ein Gewitter geben. Nikolai langte in die Tasche nach seinen

Zigaretten, dann fiel ihm ein, dass Sima die Schachtel mitgenommen hatte. Er wollte schon wieder gehen, als er den Burschen in Schwarz entdeckte. Er trug nun keine Brille. Seine hellbraunen Augen glitten gleichgültig über das Gesicht des Milizionärs.

»Hätten Sie vielleicht eine Zigarette?«, fragte Nikolai automatisch.

Der Mann erstarrte, sein eben noch leerer, gleichgültiger Blick wurde aufmerksam und scharf und bildete einen unangenehmen Kontrast zu seinem Lächeln. Er zog die schmalen Lippen auseinander und entblößte eine gerade Reihe kräftiger, gelblicher Zähne. Nikolai mutmaßte plötzlich, dass er wesentlich älter war, als er wirkte.

Der Mann holte eine zerknautschte Schachtel Parlament aus der Tasche und hielt sie Nikolai hin. Mit dem Zippo-Feuerzeug gab er Nikolai Feuer und zündete sich selbst eine Zigarette an.

»Danke, Alter. Ich war nämlich grad ein Bierchen trinken, und da hat so eine besoffene Idiotin mir die Zigaretten vom Tisch geklaut.«

Der Mann grunzte etwas Unverständliches, nickte und ging rasch seiner Wege, ohne sich umzudrehen. Nikolai blieb eine Weile stehen, rauchte und schaute ihm nach.

Vielleicht hat er ja auf jemanden gewartet, der hier wohnt? Warum soll er ausgerechnet was von Sima wollen? Nikolai sah zur Uhr, stieß einen Pfiff aus, lief zum Markt und redete sich unterwegs zu, diese dumme Geschichte zu vergessen.

Während er von Marktstand zu Marktstand ging, vergaß er immer wieder, was er kaufen sollte, und schaute dauernd auf seinen Zettel, bis er ihn zusammen mit zwei Fünfzigerscheinen fallen ließ. Er musste auf dem Boden herumkriechen, zwischen lauter fremden Beinen – widerlich. Auf einem der Geldscheine stand ein schwarzer Nappalederschuh mit weißem Schnürsenkel. Nikolai hob den Kopf. Die hellbraunen Augen sahen ihn an. Der Mann hatte das Bandanatuch abgenommen, sein stumpfes blondes Haar war kurz und dünn. Der ist doch mindestens vierzig, dachte Nikolai erstaunt.

Der Mann tauchte in der Menge unter und verschwand.

Siebtes Kapitel

Ljussja erwachte vom Schmerz. Der Vollmond erfüllte das Krankenzimmer mit kaltem rauchigem Licht. Der Raum drehte sich, schneller und schneller. Ljussja wusste nicht, dass das von ihrem Kopf kam. Ihr war noch nie schwindelig gewesen. Sie versuchte sich zu trösten, indem sie sich sagte, das alles sei nur ein böser Traum. Sie hatte oft böse Träume. Tante Lilja sagte dann immer: Steh auf und wasch dich mit kaltem Wasser. Im Zimmer gab es kein Waschbecken, Ljussja musste also durch den menschenleeren, von flackernden blauen Lampen erleuchteten Flur gehen. Sie hatte diesen Weg schon mehrmals nachts zurückgelegt, wenn sie, in kalten Schweiß gebadet, von einem bösen Traum erwacht war, und sie wusste, dass es dort auf dem blauen Flur noch schlimmer war als im Traum. Nachts drang aus den geschlossenen Türen der kleinen Krankenzimmer Schluchzen und Stöhnen, Ljussja hörte den schweren Atem ihrer unbekannten Nachbarn, hörte, wie sie sich herumwälzten; mancher war am Bett festgebunden, mancher hatte sich eingenässt, und der Morgen würde mit dem Geschrei der Schwestern beginnen.

Ljussja spürte andere Menschen sogar durch die Wände hindurch, und wenn sie krank und unglücklich waren, ging es Ljussja schlecht.

Sie kniff die Augen zusammen, richtete sich im Bett auf und begriff plötzlich, dass sie nicht geträumt hatte. Das Zimmer drehte sich wirklich, und auch ihr Bauch tat wirklich weh. Das Krankenhausnachthemd und das Laken waren dunkelrot. Die Wäsche wurde schmutzig, sogar die Matratze, und die konnte man nicht waschen. Dafür würde man sie schrecklich ausschimpfen.

Das Blut hörte nicht auf zu fließen. Ljussja versuchte, aus dem Bett zu kriechen, damit es auf den Boden floss – den konnte man wischen. Aber ihr war schwindlig, ihre Beine waren watteweich, und Ljussja schrie laut.

Sie durfte nicht schreien, sie wusste, auf ihr Schreien würden Ärzte kommen, böse werden und ihr eine Spritze geben.

Sie musste aufhören und stillliegen, aber sie schrie immer weiter. Die Nachtschwester kam herein und wollte ihr die Decke herunterziehen. Ljussja hatte sie sich über den Kopf gezogen, sich in der stickigen, warmen Dunkelheit verkrochen.

»Was soll denn das! Hör auf!«, schimpfte die Schwester.

Zwei Pfleger kamen herein. Sie rissen Ljussja die Decke herunter und entdeckten das Blut. Die Schwester schrie auf und brüllte Ljussja an. Sie glaubte, Ljussja hätte sich etwas angetan.

»Sie hätte nachts fixiert werden müssen!« kreischte die Schwester, warf das blutige Laken auf den Boden und suchte unter der Matratze nach einer Glasscherbe oder Ähnlichem, womit Ljussja sich verletzt haben konnte.

»Wozu sind solche Missgeburten bloß auf der Welt?«, knurrte sie, an die Pfleger gewandt.

Ljussja verstand den Sinn dieser Worte nicht, sie hörte sie nicht einmal, weil sie so laut schrie, sah aber die Bosheit und den Ekel in den Augen der Schwester und schrie deshalb noch verzweifelter.

Schlimmer als die Spritzen, schlimmer als jeder Schmerz war es für Ljussja, wenn andere schlecht von ihr dachten. In ihrer Vorstellung waren die bösen Gedanken anderer etwas ganz Konkretes, das man spüren und riechen konnte. Böse Gedanken rochen nach faulen Eiern und saurem Erbrochenem.

»Die blutet ja wie ein Schwein.« Der Pfleger schüttelte den Kopf. »Verdammte Scheiße! Ich wollte mich grade hinlegen, nun kann ich mir wegen der Sauerei hier die ganze Nacht um die Ohren schlagen.«

»Was ist eigentlich passiert?«, erkundigte sich der zweite Pfleger phlegmatisch. »Wo kommt denn das Blut her?«

Endlich erschien der diensthabende Arzt. Die Nadel drang so schnell ein, dass Ljussja es nicht einmal spürte. Sie wurde hochgehoben und auf eine Trage gelegt. Für einen kurzen Moment sah sie sich selbst von außen, das dicke, zerzauste Mädchen auf der Trage. Das Gesicht des Mädchens war blass, die Augen waren geschlossen, von der Schläfe rann kalter Schweiß auf die Wange herab. Alle hassten dieses Mädchen – die Pfleger, die Krankenschwester, der Arzt, der ihr die Spritze gegeben hatte, und auch Ljussja hasste es.

Die Trage wurde auf die Straße hinausgerollt, in ein Auto geschoben, und eine Sirene heulte auf. Ljussja sah wie aus der Ferne das flackernde Blaulicht, das breite rote Gesicht des Sanitäters, das belegte Brot und die Bierbüchse in seiner Hand, und sie hörte gedämpfte Stimmen und Lachen. Das alles betraf sie nicht mehr. Sie befand sich nicht in einem Rettungswagen, sondern saß mit ihrem Rucksack am Tor des Kinderheims und wartete auf Tante Lilja.

Die Sonne scheint ihr ins Gesicht, Vögel singen, Ljussja pflückt eine Pusteblume und bläst mit aller Kraft darauf. Winzig kleine Fallschirme steigen auf und schweben langsam durch die heiße Luft; Ljussja streckt die Hand aus, um sie zu fangen, kitzelnd landen sie darauf, sie bläst sie erneut fort und lacht. Es riecht nach trockener, sonnenwarmer Kamille, Ljussja hat keine Schmerzen, niemand schimpft mit ihr, und da erscheint schon die schlanke Gestalt von Tante Lilja am Tor. Tante Lilja kommt den Weg entlang, um Ljussja abzuholen, aber sie läuft und läuft und kommt nicht näher. Ljussja ist warm, in ihrer Brust bebt und klingelt es sanft, als habe sich ein fröhliches Kristallglöckchen darin niedergelassen.

Beim Ausladen der Trage ließen die Sanitäter Ljussja beinahe fallen.

»Geht das nicht behutsamer?«, schimpfte jemand, und die Stimme klang fast wie die von Tante Lilja. »Das ist schließlich ein Kind, kein Sack Lumpen.«

Ljussja wurde hochgehoben und wieder hingelegt. Sie war fast wach, fürchtete sich aber, die Augen zu öffnen. Sie spürte die Berührung von eiskaltem Metall und Gummihänden, unterschied deutlich leise Stimmen, den intensiven Geruch nach Chlor, Kaliumpermanganat, einem frischen Rasierwasser, Zigaretten und Seife, und in der rötlichen Dämmerung hinter ihren zusammengekniffenen Lidern erschien das ärgerliche Gesicht von Tante Lilja und daneben ein zweites Gesicht: braune Augen, kräftige große Zähne und ein fröhliches Lächeln.

Er lächelt, spricht leise und höflich, doch die Tante ist trotzdem wütend und will ihn wegschicken. Ljussja freut sich so, dass er gekommen ist, mit Blumen und Pralinen, um ihr zum Geburtstag zu gratulieren. Sie selbst hat ihm die Tür geöffnet, und die Tante ist aus dem Bad gekommen und hat geschimpft. Ljussja versteht nicht, warum, aber sie fühlt sich trotzdem wohl. Wenn er bei ihr ist, fühlt sie sich immer wohl, egal, was er sagt oder tut. Sie macht immer, was er sagt, und denkt genauso und will nichts davon wissen, dass es auch anders sein könnte.

Sie bekam eine Vollnarkose und sank in eine tiefe, undurchdringliche Finsternis. Das Letzte, was sie sah, waren eine dünne, rhombenförmige Klinge und riesige dunkle Blutflecke, die sich auf flauschigem rosa Stoff ausbreiteten.

Der Tee war ausgezeichnet, aber er schmeckte Borodin nicht. Er stand vom Tisch auf, goss den Tee ins Spülbecken, wusch die Tasse aus, stellte sie in den Trockenständer und ging in sein Zimmer. Seine Mutter seufzte tief und sagte kein Wort.

Borodin war ein alter Junggeselle, er lebte mit seiner Mutter Lydia zusammen in einer Wohnung, und darüber, welchen

Eindruck er auf Frauen machte, hatte er lange nicht mehr nachgedacht. Doch seit kurzem stand er plötzlich länger vorm Spiegel und fragte seine Mutter eines Tages düster: »Was meinst du, kann eine schöne Frau sich in ein fettes Ungeheuer verlieben?«

»Was ist denn passiert?« Lydia zuckte zusammen und starrte ihn durch ihre Brille erschrocken an.

»Nichts. War nur eine Frage. Was meinst du, vielleicht sollte ich Gymnastik machen oder morgens joggen?«

»Ilja, was ist los?« Lydia legte ihr Buch beiseite, trat zu ihrem Sohn, fasste nach seinen Schultern und drehte ihn zu sich um. »Sieh mir in die Augen.«

»Mach ich doch.«

Borodin sprach seit Jahren nur von seiner Arbeit und dachte an nichts anderes. Er schien vergessen zu haben, dass es Frauen auf der Welt gab, und in den Spiegel schaute er nur beim Rasieren. Ihren Freundinnen gegenüber beklagte Lydia den schwierigen Charakter ihres Sohnes, seine Verschlossenheit, und erklärte, ihr Junge sei ein totaler Workaholic geworden und sollte mal jemanden kennenlernen. Das sei doch nichts, so ganz ohne Privatleben! Außerdem bedauere sie, dass sie nie Enkel haben würde.

Aber das war nicht ganz aufrichtig. Im Grunde ihres Herzens hatte sie schreckliche Angst davor, dass eines Tages eine fremde Frau in ihren ruhigen, geordneten Alltag eindringen und alles auf den Kopf stellen würde.

Vor einiger Zeit hatte ihr Sohn eine unglückliche Liebe erlebt; nach dieser langen, qualvollen Geschichte hatte er resigniert, an Gewicht zugelegt und sich in einen alten Mann verwandelt. Lydia fürchtete eine Wiederholung und glaubte nicht, dass es auf der Welt eine Frau gab, die ihren Sohn wirklich zu schätzen wusste. Er war nicht mehr jung, nicht reich und nicht schön. Er war ein kluger, gütiger, anständiger Mensch und ein Profi auf seinem Gebiet – aber wen interessierte so etwas heutzutage?

»Wer ist denn die schöne Frau?«, fragte Lydia mehrmals vorsichtig.

»Niemand, Mama. Niemand«, erwiderte Borodin jedes Mal gereizt, drehte sich um und ging, eine Romanze vor sich hin summend, in sein Zimmer.

Lydia beschloss, ihn nicht länger mit Fragen zu löchern. Früher oder später würde er es ihr selbst erzählen oder einfach eine fremde Frau mitbringen – dagegen wäre sie dann machtlos.

Doch vielleicht gibt es sie ja gar nicht, diese Frau, dachte Lydia voller Hoffnung. Aber abnehmen sollte Ilja trotzdem. Erstens schadet überflüssiges Gewicht der Gesundheit, und zweitens sieht er deshalb mit seinen fünfzig aus wie sechzig.

Also buk Lydia keine köstlichen Piroggen mehr, sondern raspelte Gemüse. Zur Arbeit gab sie ihrem Sohn nun keine Piroggen, Buletten und Schinkenbrote mehr mit, sondern kalorienarme Cracker, Plastikgefäße mit Möhren-Rote-Bete-Salat, Backpflaumen, getrocknete Aprikosen und einen Apfel.

In zwei Wochen nahm er drei Kilo ab und wirkte sofort jünger. Lydia fand, ohne seine altmodischen Koteletten wäre er direkt attraktiv.

Jedes Mal, wenn das Telefon klingelte, war Lydia voller Angst und Hoffnung auf eine angenehme Frauenstimme gefasst. Sie war überzeugt, sie würde es spüren, wenn sie mit derjenigen sprach, die ihr Sohn als »schöne Frau« bezeichnet hatte. Doch es kamen nur dienstliche Anrufe. Natürlich, sie beachtet ihn überhaupt nicht! Nur eine kluge, sensible Frau kann meinen Sohn richtig würdigen, dachte Lydia seufzend, als ihr Sohn wortlos vom Tisch aufstand, den Tee ins Spülbecken goss und in sein Zimmer ging,

Sie schaltete den Fernseher ein und zappte sich durch die Sender, doch es liefen nur verkrampfte Talkshows und grässliche Actionfilme. Sie schaltete den Fernseher wieder aus und ging zu ihrem Sohn. Seine Zimmertür war offen. Sie sah seinen gebeugten Rücken hinterm Schreibtisch und sprach ihn mit gespielter Munterkeit an: »Ilja, kommst du mit einem Fall nicht weiter? Früher hast du mir immer alles erzählt, und diesmal weiß ich nicht einmal, was du gerade bearbeitest.«

»Achtzehn Messerstiche und eine debile Waise mit Selbstanzeige.«

»Das ist es also!« Lydia nickte. »Und ich dachte, du wärst unglücklich verliebt.«

»Wieso unglücklich?« Borodin lächelte. »Du meinst, ich könnte mich nur unglücklich verlieben?«

»Nicht doch, Ilja!«, widersprach Lydia erschrocken. »Das meine ich überhaupt nicht. Du bist ein attraktiver Mann, besonders, nachdem du abgenommen hast. Wenn du dich noch von deinen Koteletten à la siebziger Jahre trennen würdest... Oh, entschuldige, ich wollte dich nicht beleidigen.«

»Schon gut, ich bin nicht beleidigt.« Borodin erhob sich rasch, ging zum Schrank, hielt das Gesicht dicht vor den Spiegel, drehte den Kopf hin und her, strich sich über die Wangen und sagte nachdenklich: »Du hast recht, weg mit den Koteletten. Dann ist das Rasieren einfacher, und überhaupt... Vielleicht sollte ich mir einen Schnurrbart stehenlassen oder einen Vollbart? Sag mal, Mama, was meinst du, kann es sein, dass ein behindertes Kind nirgends medizinisch erfasst ist?«

»Nein«, erwiderte Lydia energisch, »ausgeschlossen. Eine debile Waise, sagst du?«

»Genau. Ein Mädchen, Ljussja, fünfzehn Jahre alt. Debil.«

»Solche Kinder leben meist in speziellen Heimen. Davon gibt es in Moskau nicht viele.«

»Ganz richtig. Doch in keinem davon war je eine Ljussja Kolomejez registriert. Außerdem gibt es ein paar private, familiäre Heime, doch auch dort hat niemand je von dem Mädchen gehört. Als würde sie überhaupt nicht existieren. Tja – von wegen unglücklich verliebt.«

Das Telefon klingelte. Borodin sah auf die Uhr und rannte so eilig in die Küche, dass Lydia das Herz stockte.

»Ja!«, hörte sie ihren Sohn ziemlich laut sagen. »Ja, Jewgenija … O mein Gott! Warum haben Sie mich nicht sofort angerufen? Ach ja, ich verstehe. Doch, wir sollten uns auf jeden Fall treffen, wenn es Ihnen nichts ausmacht … Ja, danke, ich komme sofort zu Ihnen, wenn Sie nichts dagegen haben. Gut, ich verstehe.«

Er warf den Hörer auf die Gabel und ging ins Zimmer, um sich anzuziehen.

»Ist etwas passiert?«, erkundigte sich Lydia vorsichtig. »Wo willst du denn so spät noch hin?«

»Meine debile Waise hatte eine Fehlgeburt«, erklärte Borodin mit einem nervösen Lachen. »Das Mädchen, gerade fünfzehn geworden, war in der achten Woche schwanger. Und in ihrem Blut wurde ein starkes Halluzinogen nachgewiesen.«

Als er die Tür hinter sich geschlossen hatte, räumte Lydia rasch die Reste des Abendessens ab, spülte das Geschirr und ging dann mit einem Staubtuch ins Zimmer ihres Sohnes. Auf seinem Schreibtisch entdeckte sie ein dickes Hochglanzmagazin. Auf dem Umschlag mit dem Titel »Blum« räkelte sich ein nacktes, kahlköpfiges Mädchen in Quecksilbergrau.

»Ist das ein Foto oder eine Computergrafik?«, murmelte Lydia. »Ob irgendjemand dieses Geschöpf wirklich schön findet?«

Sie blätterte in der Zeitschrift. Sie stieß auf einen Artikel darüber, wie man Eingang in die Kreise der Reichen findet. Erstens: Orte besuchen, wo sich Berühmtheiten aufhalten, beobachten, wie sie sich kleiden, und sie kopieren, in Gesprächen beiläufig berühmte Namen einstreuen, als seien es alte Bekannte. Zweitens: saubere, gepflegte Hände. Drittens: teure Kleinigkeiten wie Feuerzeug, Kugelschreiber, Notizbuch. Viertens: Immer fünf Minuten zu spät kommen, nicht mehr und nicht weniger. Fünftens las Lydia nicht mehr; sie blätterte stirnrunzelnd weiter. »Armer Ilja, was für einen unglaublichen Informationsmüll er sich antun muss«, knurrte sie und legte das Magazin beiseite.

Die Arbeit ihres Sohnes war nahezu das Wichtigste in ihrem Leben. Sie versäumte keine Gelegenheit, einen Blick in das unheimliche und geheimnisvolle Labyrinth seiner Ermittlungen zu werfen. Sie selbst war promovierte Kunsthistorikerin; hin und wieder musste sie die Urheberschaft namenloser Gemälde herausfinden, Gutachten erstellen und Fälschungen entlarven – darin ähnelte ihre Arbeit der ihres Sohnes. Sie liebte Denkaufgaben, und es gab für sie keine größere Freude als den aufmerksamen, konzentrierten Blick ihres Sohnes, wenn sie ihm beim Abendessen beiläufig einen hilfreichen Rat gab.

Lydia spürte, dass ihr Sohn sich im Augenblick in einer Sackgasse befand. Die Zeitschrift hatte offenbar irgendwie mit seinen Ermittlungen zu tun. Lydia blätterte erneut darin, sah sich die Seiten aufmerksamer an und entdeckte schließlich ganz am Ende ein kleines, von Ilja stammendes Bleistiftkreuz neben einem Namen in der Liste der redaktionellen Mitarbeiter, dem des stellvertretenden Chefredakteurs Oleg Solodkin.

Außer dem Magazin lag auf dem Schreibtisch ein Notizbuch mit sandfarbenem Umschlag. Lydia blätterte es langsam durch und stieß unter »S« auf denselben Namen: Oleg Solodkin.

Sie blieb eine Weile reglos am Schreibtisch sitzen. In ihrem Kopf kreiste der Name Oleg Solodkin. Es ist quälend, wenn einem ein Name bekannt vorkommt, man aber nicht mehr weiß, woher. Lydia wurde nervös, strengte ihr Gedächtnis an, sprang schließlich auf und rannte in ihr Zimmer. Sie nahm ein halbes Dutzend alter Notizbücher aus der Schublade und sah in allen unter »S« nach, fand jedoch keinen Solodkin.

Jewgenija Rudenko, Psychiaterin im Serbski-Institut, wartete auf einer Parkbank in der Nähe der Klinik auf Borodin.

Sie konnte ihm über Ljussjas Zustand nichts Neues sagen, sie hatte ihm am Telefon bereits alles mitgeteilt, aber Borodin wollte sich trotzdem unbedingt mit ihr treffen, und sie hatte eingewilligt, vor allem, weil sie seine Sorge gut verstand. Wenn Ljussja nicht die Mörderin war, lief der wahre Täter noch frei herum – ein intelligenter, gerissener, schwer zu fassender Verbrecher. Obgleich Jewgenija in ihrem Leben schon einige Monster und moralische Krüppel gesehen hatte, wurde ihr beim Gedanken an diesen Jemand ganz kalt im Bauch. Sie spürte, dass dies erst der Anfang war, dass es weitere Opfer geben würde.

Sie ertappte sich ständig bei dem Gedanken, wie bequem es wäre, wenn die Ermittlungen ergeben würden, dass die achtzehn Messerstiche dem Opfer von dem psychisch kranken Mädchen beigebracht wurden. Dann wäre alles ganz einfach und logisch. Jugendliche mit angeborener Intelligenzminderung neigen häufig zu unmotivierten Wutanfällen. Sie kann durchaus wütend auf die Tante gewesen sein, weil diese sie nicht zu sich nahm – wer weiß, wie es ihr in dem Internat ging, das übrigens noch immer nicht ermittelt worden war und bei dessen Erwähnung Ljussja sofort verstummte. Vielleicht war sie dort sehr schlecht behandelt und gehänselt worden, und die Tante war der einzige Mensch gewesen, der ihre Lage hätte ändern können. Womöglich war ein heftiger Streit der Auslöser für ihre Aggression gewesen. Ljussja hatte von der Tante verlangt, sie zu sich zu nehmen, die Tante hatte sich geweigert, und das Mädchen war ausgerastet.

Ja, ganz simpel und logisch. Genauso hatte der Mörder kalkuliert, als er Ljussja dazu brachte, die Schuld auf sich zu nehmen.

Die von Jewgenija geleitete Expertenkommission hatte bislang noch keine Möglichkeit gehabt, Ljussjas Krankenakte einzusehen. Bis auf ihre Geburtsurkunde existierte kein einziges Dokument, und es gab keinen einzigen Erwachsenen, der etwas Konkretes über Ljussja Kolomejez mitteilen konnte.

Die erfahrenen Jugendpsychiater waren ratlos. Sie hatten eine dicke, verschreckte, stille Jugendliche vor sich. Auffällig waren ihre Plumpheit und ihre pubertätsbedingte Hässlichkeit, gravierende körperliche Mängel waren jedoch nicht festzustellen. Schädelform und -größe entsprachen der Norm, ebenso die Körperproportionen; ihre Sprache war deutlich und normal. Die vom Arzt des psychiatrischen Notdienstes schnell hingeworfene Diagnose «Oligophrenie im Stadium der Debilität« weckte nun ernsthafte Zweifel. Die Testergebnisse belegten, dass Ljussja ein normales Kind war, fähig zu abstraktem und bildhaftem Denken. Das ist bei Oligophrenie ausgeschlossen.

Natürlich war das Mädchen in der Entwicklung zurückgeblieben. Mit ihren fünfzehn Jahren las sie stockend wie eine Erstklässlerin, doch das konnte auch eine Folge pädagogischer Vernachlässigung und schlechten, unqualifizierten Unterrichts sein. Auf die Frage, wer ihr das Lesen beigebracht habe, hatte Ljussja ohne Zögern geantwortet: »Tante Lilja.«

»Und wer noch?«

»Jetzt keiner mehr.«

»Und früher?«

»Das weiß ich nicht mehr.«

»Na schön, aber du gehst doch zur Schule?«

»Manchmal.«

»Und wie bist du in der Schule?«

»Schlecht.«

»Warum? Macht dir das Lernen keinen Spaß?«

»Ich bin begriffsstutzig. Weil ich krank bin.«

»Was hast du denn?«

»Was Angeborenes.«

»Woher weißt du, dass du krank bist?«

»Na, weil ich Spritzen kriege, und überhaupt …

»Wer gibt dir die Spritzen?«

»Die Ärzte. Sie sind böse. Sie tun anderen gern weh.«

»Wo war das? Im Krankenhaus?«

Ljussja zwinkerte nervös, öffnete den Mund und wollte etwas sagen, brachte aber nur ein hastiges, heiseres Keuchen hervor.

»Gibt Mama Isa dir Spritzen?«

Doktor Rudenko hatte auf Borodins Bitte hin mehrfach versucht, das Gespräch auf die rätselhafte Mama Isa zu bringen, doch Ljussja reagierte darauf jedes Mal mit einer emotionalen Starre. Sie verstummte, nestelte nervös an irgendetwas herum, senkte den Kopf und wich Blicken aus.

In der seit dem Mord inzwischen vergangenen Zeit hatte sich nichts geklärt, im Gegenteil, alles war noch verworrener geworden.

Borodin entdeckte von weitem die einsame Gestalt auf der Bank und beschleunigte seine Schritte. Er hatte sich schon einen Begrüßungssatz zurechtgelegt: »Sie sehen großartig aus, Jewgenija«, fand dann aber, das klinge wie ein abgedroschenes Kompliment. Ich werde sie einfach begrüßen und ihr die Hand geben, sagte er sich ärgerlich. Guten Abend, Jewgenija. Entschuldigen Sie, ich bin ein wenig zu spät... Nein, Unsinn, ich bin überhaupt nicht zu spät. Sie ist früher gekommen. Warum wohl? Na darum, du alter Idiot, weil es von ihrem Institut bis hierher nur zehn Minuten sind und ihr Arbeitstag seit einer Stunde zu Ende ist, und statt eine überflüssige Dreiviertelstunde in ihrer traurigen Einrichtung zu verbringen, ist sie früher in der Park gekommen, um an der frischen Luft ein wenig auszuspannen. Es ist schließlich ein herrlicher Abend. Was denkst du denn? Dass sie es eilig hatte, dich zu sehen? Übrigens weißt du nicht einmal, ob sie womöglich verheiratet ist. Sie trägt keinen Ring, aber das hat nichts zu bedeuten. Ach was, komm zu dir, schau mal in den Spiegel! Du bist alt, dick und schwerfällig. Das ist doch einfach lächerlich.

Jewgenija sah auf die Uhr, nahm Zigaretten aus der Tasche und zündete sich eine an. Sie hatte Borodin noch nicht bemerkt, und er wäre am liebsten stehengeblieben, um ihr Profil zu bewundern, ihren langen Hals und das glatte hellblonde Haar.

Zu strenges Gesicht, zu strenge Frisur. Kurzgeschnittene, unlackierte Fingernägel. Sie arbeitet viel und denkt ausschließlich an ihre Arbeit. Eine hervorragende Fachkraft, die beste in der Jugendpsychiatrie, wie es heißt. Natürlich ist sie verheiratet, räsonierte Borodin schonungslos, eine alleinstehende Frau in ihrem Alter verhält sich anders. Die kuckt entweder begierig oder beleidigt, meist beides, schminkt sich auffallend, toupiert sich das Haar wie ein Sahnebaiser oder legt überhaupt keinen Wert auf ihr Äußeres, und auch das natürlich, um aufzufallen. Schluss jetzt, das ist wirklich lächerlich. Dies hier ist schließlich kein Rendezvous; und außerdem – sie raucht, und ich kann Tabakqualm nicht ausstehen.

Als er Jewgenija schließlich erreicht hatte, fand er das Ganze nicht mehr lächerlich, sich selbst noch gar nicht so alt und auch nicht sehr dick und ihre Zigarette ganz leicht – ja, der Rauch roch sogar angenehm. Und überhaupt, es war herrliches Wetter, seine liebste Tageszeit, die Dämmerung, seine liebste Jahreszeit, Sommer, und Doktor Rudenko war schön, sogar sehr schön, und überdies klug. Das strenge Gesicht und die strenge Frisur zeugten vor allem von gutem Geschmack, Klugheit und gesundem Menschenverstand und keineswegs davon, dass sie verheiratet war. Und was spielte das letztendlich für eine Rolle? Er war schließlich ein vernünftiger Mann, konnte sich nüchtern beurteilen und wusste sehr gut, dass eine so schöne Frau sich niemals für ein angejahrtes Scheusal wie Oberleutnant Borodin interessieren würde …

»Guten Abend, Jewgenija.« Er griff ungeschickt nach ihrer Hand – nach der linken, denn in der rechten hielt sie die Zigarette – und wollte sie küssen, konnte sich aber nicht dazu entschließen; es wurde ein feierlicher Händedruck, und Borodin errötete und schimpfte sich zum wiederholten Mal an diesem Abend einen Idioten.

»Guten Abend, Ilja.« Sie lächelte und rückte ein Stück zur Seite, damit er sich neben sie setzen konnte.

»Entschuldigen Sie, dass ich Ihre Zeit in Anspruch nehme. Sie wollen sicher rasch nach Hause, zu Ihrer Familie«, sagte er nach einem Räuspern, »und ich belästige Sie mit meiner Hartnäckigkeit.«

»Nicht doch, Ilja, ich habe es nicht eilig.« Sie lächelte wieder und schüttelte den Kopf. »Mein Sohn hat Prüfungen, er wohnt zur Zeit bei einem Freund, sie lernen in einer Gruppe zusammen, sie behaupten, das sei effektiver. Ich versuche das zu glauben. Und Ihre Hartnäckigkeit kann ich gut verstehen. Was mit Ljussja letzte Woche passiert ist, bestätigt indirekt, dass jemand sie manipuliert hat und wir es mit einer falschen Selbstbezichtigung zu tun haben.«

»Ja? Warum glauben Sie das?« Er hätte gern gefragt, wie alt ihr Sohn sei, wagte es aber nicht.

»Weil Ljussja schwanger war. Also gibt es den Mann, von dem sie spricht, offenbar wirklich. Und Ljussja ist in ihn verliebt.«

»Verliebt?« Borodin zuckte die Achseln. »Sie kann auch vergewaltigt worden sein, das muss nicht unbedingt etwas mit dem Mord zu tun haben.«

»Jugendliche von der psychischen Konstitution dieses Mädchens sind äußerst leicht beeinflussbar und grenzenlos ergeben. Wenn Ljussja so einen Angebeteten hatte und er ihr befohlen hat, den Mord auf sich zu nehmen, dann haben wir kaum eine Chance herauszufinden, wer er ist, und seine Schuld festzustellen.« Sie wollte noch etwas sagen, stand aber unvermittelt auf, schaute auf Borodin herunter, lächelte und sagte ruhig und sanft: »Wissen Sie was, ich habe Hunger, es war ein turbulenter Tag, ich bin nicht einmal zum Mittagessen gekommen. Hier in der Nähe ist ein ganz gutes Lokal. Kommen Sie, ich lade Sie zum Abendessen ein.«

»Nein, nein, ich lade Sie ein.« Borodin erhob sich energisch und nahm ihren Arm.

Jewgenija trug ein leichtes Sommerkleid aus farbiger Seide. Borodin registrierte dankbar, dass ihre Sandalen flache Sohlen hatten. Er war einen halben Kopf kleiner als sie, und mit Absätzen wäre der Größenunterschied noch mehr aufgefallen.

»Sagen Sie, Jewgenija, hat sich die ursprüngliche Diagnose eigentlich bestätigt?«, fragte Borodin.

»Es gibt keine Diagnose.«

»Was soll das heißen?« Borodin blieb abrupt stehen, zwinkerte verwirrt und sagte ziemlich laut: »Sie meinen, das Mädchen ist psychisch gesund?«

»Wissen Sie, Ilja« – auch Doktor Rudenko war nun stehen geblieben –, »ein gewissenhafter Arzt kann kaum eine klare Grenze ziehen zwischen gesunder Dummheit, grober pädagogischer Vernachlässigung und krankheitsbedingter geistiger Zurückgebliebenheit. Debilität ist in gewisser Weise eben diese Grenze, genauer gesagt, das schwarze Loch, in das man guten Gewissens jede unklare Form angeborener intellektueller, emotionaler und moralischer Defizite werfen kann.«

»Ja, ja, ich verstehe, darüber habe ich gelesen, aber trotzdem – Ljussja Kolomejez ist doch nicht normal.«

»Wer ist schon normal?« Jewgenija zuckte die Achseln. »Wir beide? Stellen Sie sich das Leben eines Heimkindes vor und vergleichen Sie es mit Ihrer eigenen Kindheit. Klammern Sie einfach für einen Augenblick alles Schöne aus und lassen Sie nur das Allerschlimmste übrig.«

Borodin nahm erneut Jewgenijas Arm, und sie gingen weiter.

»Sie schließen also nicht aus, dass das merkwürdige Verhalten des Mädchens lediglich durch Schock verursacht wurde? Oder sie überhaupt nur simuliert?«

»Warum sollte sie simulieren, wenn sie den Mord gesteht? Und ein Schock – der steht auch uns beiden bald bevor. Das spüren Sie ebenso wie ich. Sie sind wegen dieses Mordes nervös, weil Sie bisher keinerlei konkrete Anhaltspunkte haben, sondern nur ein Gefühl von Gefahr. Ob Ljussja von Geburt an behindert ist oder nicht, spielt keine Rolle. Sie hat nicht getötet, darum geht es. So, wir sind da.«

Hinter einem niedrigen Zaun standen unter Pappeln zwei Tische vor dem Lokal, und beide waren frei. Jewgenija bestellte ein Schweineschnitzel mit Bratkartoffeln, was Borodin sehr verblüffte, denn er hatte geglaubt, eine solche Figur wäre nur bei strengster Diät zu halten. Er selbst begnügte sich mit einem Salat.

Als der Kellner gegangen war, entstand ein verlegenes Schweigen. Borodin verspürte plötzlich keine Lust mehr, mit Jewgenija über Ljussja Kolomejez und den Mord zu reden. Das war ihm seit Jahren nicht mehr passiert. Normalerweise konnte er, wenn er an einem komplizierten Fall arbeitete, nur daran denken und nur darüber sprechen. Nun aber lag ihm die vollkommen unangebrachte Frage auf der Zunge: Sind Sie verheiratet, Jewgenija?

Dass er sie so anstarrte, ließ sie im Übrigen völlig unbeeindruckt. Sie hatte sich zurückgelehnt und rauchte – Doktor Rudenko entspannte einfach.

»Ist Ihre Arbeit sehr anstrengend?«, fragte Borodin, um das Schweigen zu brechen.

»Unterschiedlich. Manchmal bin ich so erschöpft, dass ich mich nur mühsam nach Hause schleppe.«

»Leben Sie mit Ihrem Sohn allein?«

Sie nickte.

»Wie alt ist er?«

»Zwanzig.«

»Zwanzigjährige sind für mich ein Buch mit sieben Siegeln«, sagte Borodin lächelnd. »Ich erinnere mich gut an mich selbst mit zwanzig, aber mir scheint, zwischen meiner Generation und der heutigen liegen Welten, als seien nicht dreißig Jahre vergangen, sondern dreitausend.«

»Ach was, sie sind im Grunde ganz genauso, es gibt heute nur mehr Verlockungen und mehr Illusionen. Aber sonst ist es das Gleiche. Sie sind erst fünfzig, Ilja?«

»Haben Sie mich für älter gehalten?«

»Offen gestanden ja. Entschuldigen Sie, ich wollte Sie nicht kränken. Es ist bloß – ich bin fünfundvierzig, das heißt, Sie sind gar nicht viel älter.«

Das Essen wurde serviert, und sie aßen eine Weile schweigend. Borodin war doch ein wenig gekränkt. Sagte sich aber sofort, wenn sie aus Höflichkeit geschwindelt hätte, er sähe jünger aus, wäre das noch kränkender gewesen.

Jewgenija wurde mit ihrem riesigen knusprigen Schnitzel ziemlich rasch fertig. Ihr Gesicht war nun rosig, ihre Augen glänzten, sie zündete sich eine Zigarette an und sagte fröhlich: »So, nun sieht die Welt schon ganz anders aus. Wenn ich Hunger habe, dann funktioniert mein Kopf nämlich schlecht. Jetzt bin ich satt und kann in Ruhe Ihre Fragen beantworten.«

»Wunderbar.« Borodin nickte. »Was meinen Sie, könnte Ljussja Karate beherrschen?«

»Klar, und außerdem Judo und Jiujitsu«, erwiderte Jewgenija leise und todernst. »Ljussja Kolomejez ist der typische CIA-Schläfer.«

»Ich weiß, die Frage klingt idiotisch. Aber am Hals der Ermordeten wurde die Spur eines Schlages mit einem stumpfen Gegenstand gefunden. Der Schlag könnte tödlich gewesen sein und wurde vermutlich von jemandem ausgeführt, der Karate beherrscht.«

»Das heißt, er hat Lilja Kolomejez erst betäubt oder getötet und dann achtzehn Mal auf sie eingestochen?«, fragte Doktor Rudenko nach langem Schweigen leise.

»Genau. Und zwar mit einem ganz speziellen Messer mit rhombenförmiger Klinge. Die Tatwaffe wurde noch nicht gefunden.«

Der Kellner brachte den Kaffee. Jewgenija rührte lange in ihrer Tasse.

»Finden Sie nicht, dass dieser Mord etwas Rituelles hat?«

»Ja, daran habe ich auch schon gedacht. Eine solche Anzahl von Messerstichen weist entweder auf einen Psychopathen hin oder auf den Anhänger einer Sekte, was im Grunde dasselbe ist. Aber ein Verrückter hätte Ljussja kaum dazu bringen können, die Schuld auf sich zu nehmen. Doch wenn es ein Ritualmord war, warum dann der Raub? Der Täter hat die Wohnung gründlich ausgeräumt, wir haben keine Kopeke gefunden und kein einziges Schmuckstück. Und vor allem – er hat einen Handarbeitskorb mitgenommen und zwischen den Wollknäueln herumgewühlt, auf einer Bank auf dem Hof des Opfers. Dabei trug er eine Teufelsmaske.«

»Entschuldigen Sie – was?«, fragte Jewgenija mit einem nervösen Lachen.

»Na, es gibt doch solche Horrormasken – Vampire, Totenschädel, Hexen, Teufel. Ich war in einem Laden, er heißt ›Halloween‹, und habe da sogar etwas gekauft.« Borodin öffnete seine große altmodische Aktentasche, kramte darin herum, zog etwas Schwarzrotes in einer Plastiktüte hervor, packte es aus, drehte es hin und her und streifte es sich rasch über den Kopf.

Anstelle des netten Borodin saß nun ein schwarzes Ungeheuer mit roten Hörnern vor Jewgenija.

»Ich bitte Sie, Ilja, nehmen Sie das ab!«, stöhnte Jewgenija. »Das ist ja gräßlich!«

Borodin packte die Maske bei den Hörnern, riss sie sich vom Kopf und strich rasch sein Haar glatt.

»Wir könnten versuchen, Ljussja die Maske zu zeigen. Aber was würde uns ihre Reaktion bringen? Angenommen, sie schreit, fängt an zu weinen, na und? Sie wird uns trotzdem nichts Vernünftiges sagen.«

»Sie waren schon optimistischer«, bemerkte Jewgenija. »Sie haben den Fall im Stillen wohl bereits abgehakt?«

»Nein.« Borodin griff nach seiner Brieftasche, zählte siebenhundert Rubel ab und legte nach kurzem Überlegen noch zwei Zehner dazu. »Aber es gibt einfach zu viele Sackgassen. Verstehen Sie, wir haben nichts, absolut nichts, als wäre Ljussja vom Himmel gefallen.«

»Aber sie ist doch bei ihrer Tante gemeldet. Vielleicht hat sie ja ständig dort gewohnt?«

»Nein, nein, nein.« Borodin schüttelte den Kopf. »Lilja Kolomejez hat viel Zeit mit ihrer Arbeit verbracht, und ein solches Kind braucht Aufsicht und Pflege, und auch die Nachbarn sagen, das Mädchen sei erst vor kurzem aufgetaucht. Außerdem haben Sie selbst doch von pädagogischer Vernachlässigung gesprochen.«

»Nun, der Begriff ist relativ. Bei Ljussja ist wirklich alles sehr merkwürdig. Irgendetwas an ihr lässt mich daran zweifeln, dass sie wirklich Waise ist und ihre Kindheit im Heim verbracht hat.«

Sie standen auf und liefen zur Metro.

»Bei diesem Mädchen ist alles irgendwie anders. Sie zeigt keinerlei Aggression, sie liebt alle, hat mit allen Mitgefühl, und das ist nicht gespielt. Sie ist sozusagen nicht von dieser Welt, und mir ist schleierhaft, wie ein solches Wesen unter den gräßlichen Bedingungen eines staatlichen Kinderheims überlebt haben soll. Ich würde sogar sagen, sie wirkt wie ein ausgesprochenes Hauskind, so zutraulich, offen und sanft.«

»Aber Waisenkinder sind manchmal auch so«, erwiderte Borodin unsicher.

»Selten. Und wenn sie geistig zurückgeblieben sind, so gut wie nie. Ein kranker Verstand ist selbstsüchtig. Er wird schwer mit dem Leben fertig, er ist auf sich selbst fixiert und kennt kein Mitgefühl. Ljussja dagegen spürt die geringsten Stimmungsschwankungen bei anderen, und das sieht man ihr an. Mir ist schon bei unserem ersten Gespräch aufgefallen, dass Ljussja nicht lügen kann, sie wiederholt gewissenhaft Wort für Wort, was man ihr eingeredet hat, und verschweigt vermutlich, was sie verschweigen soll. Besonders bemerkenswert ist dabei, dass sie nicht nur die fremden Worte wiederholt, sondern auch die fremde Intonation. Wenn sie sagt: ›Ich habe Tante Lilja getötet‹, dann verändern sich ihre Stimme und ihr Gesichtsausdruck. Ich weiß, das hilft uns nicht weiter. Aus Ljussjas Gesichtsausdruck lässt sich kein Phantombild des Täters gewinnen.«

Sie waren schon in der Metrostation. Auf der Rolltreppe stand Borodin eine Stufe tiefer. Er sah Jewgenija von unten herauf an und platzte plötzlich heraus: »Darf ich Sie noch zu mir einladen?«

Sie schaute rasch auf die Uhr und murmelte: »Wie dumm, sie ist stehengeblieben. Die Batterie. Wie spät ist es?«

»Halb elf«, antwortete Borodin und spürte, dass er errötete. »Ja, ich weiß, es ist schon spät, Sie müssen morgen zur Arbeit, und ich auch.«

»Ja, ich muss morgen wirklich sehr früh aufstehen. Gute Nacht, Ilja. Rufen Sie an, wenn Sie noch Fragen haben. Mein Zug!«

Sie sprang in die sich bereits schließende Tür, die Metro fuhr ab, und Borodin sah zu, wie die weißen Lichter im dunklen Tunnel verschwanden.

Achtes Kapitel

In der Trauerhalle des Krematoriums waren nur wenige Personen versammelt: einige Kollegen aus der Spielzeugfabrik, angeführt von der Sekretärin Natascha, die Nachbarn, Liljas uralte Zeichenlehrerin und Ferdinand Lunz. In dem schwarzen Anzug mit dem kragenlosen Jackett und dem schwarzen Rollkragenpulli sah er aus wie ein Missionar. Er blieb am längsten vor dem Sarg stehen und betrachtete die Tote lange unverwandt. Bevor er seinen Strauß aus sechs großen zartrosa Rosen ablegte, presste er die Lippen auf die Hand der Toten und verharrte einige Sekunden reglos. Hauptmann Kossizki trat näher heran und vernahm ein pfeifendes Flüstern: »Es hat alles sein Gutes, Lilja, siehst du, jetzt bist du vollkommen frei. Verzeih mir, wenn du kannst.«

Unter den Klängen von Mozarts Requiem und dem leisen Schluchzen von Natascha und einer älteren Nachbarin sank der Sarg langsam ins Dunkel. Dann gab es eine peinliche Unterbrechung, weil die nächste, sehr zahlreiche Trauergemeinde bereits unaufgefordert in den Saal drängte. Es waren vor allem kräftige, stiernackige Männer in teuren, gutsitzenden Anzügen. Kossizki erkannte einige einschlägige Kriminelle. Plötzlich ertönten im entstandenen Gedränge verzweifelte, hohe Schreie: »Wo wollt ihr hin, ihr Schweine? Könnt ihr nicht warten? Raus hier! Ich hasse euch! Klar doch, schlagt mich, ja, das könnt ihr! Unmenschen! Dreckskerle!«

Der Hauptmann drängelte sich durch die Menge und sah, dass zwei finstere Gestalten den sich windenden Ferdinand festhielten.

»Der Mann ist außer sich«, sagte Kossizki leise. »Kommen Sie, Fjodor, Sie müssen an die frische Luft.«

Die Kriminellen ignorierten den Hauptmann und verdrehten dem bleichen Ferdinand professionell die Arme.

»Bastarde! Unmenschen! Selbst hier sieht man eure Visagen!«, kreischte Ferdinand. »Könnt ihr nicht warten mit eurem Toten? Nei-ein, das könnt ihr nicht. Wir sind ja für euch nur Dreck, Müll, nicht bloß im Leben, nein, sogar im Tod!«

»Hältst du jetzt endlich die Fresse?«, erkundigte sich einer der Kriminellen träge und verzog den Mund, als wollte er ausspucken, besann sich jedoch, als ihm einfiel, wo er sich befand.

Die Menge vor der Tür trat auseinander, und ein prächtiger Sarg wurde hereingetragen. Darin lag, ganz in Blumen gebettet, ein junger, ziemlich bekannter Mann – der dreißigjährige Anführer einer der größten kriminellen Vereinigungen Moskaus, Valeri Krutikow, Spitzname Jump. Beim Anblick des Sarges verstummte Ferdinand, die Kriminellen lockerten ihren Griff, der Hauptmann übernahm den Schreihals und führte ihn langsam aus der Halle. Einer der Kriminellen wollte hinterher, doch ein gesetzter Grauhaariger hielt ihn mit kurzen Worten zurück.

In dem Grauhaarigen erkannte Kossizki einen namhaften Unternehmer, der verdächtigt wurde, in mehrere aufsehenerregende Auftragsmorde verwickelt zu sein.

»Danke«, knurrte Ferdinand, als sie endlich draußen waren. »Aber das wäre nicht nötig gewesen. Das hätte ich auch allein geschafft. Ja, was sehen Sie mich so an? Ich hab drei Jahre Karate trainiert. Vor langer Zeit, in meiner frühen Jugend. Aber manches kann ich noch.«

»Sie wollten sich mit denen prügeln?«, fragte der Hauptmann mit verhaltenem Spott.

»Ja, und? Aufgeschoben ist nicht aufgehoben. Das lassen diese Bestien bestimmt nicht auf sich beruhen. Sie werden mich finden, da bin ich sicher, die vergessen und verzeihen nichts.« Er kniff die kurzsichtigen Augen zusammen. »Die Sonne scheint so hell, es ist so ein herrlicher, warmer Tag, aber ich mag überhaupt nicht mehr weiterleben.«

»Warum haben Sie das getan?«, fragte der Hauptmann.

»Nur so.« Ferdinand zuckte die Achseln. »Wissen Sie zufällig, wen diese Scheusale da begraben?«

»Zufällig ja. Den Anführer einer großen kriminellen Bande. Spitzname Jump.«

»Geschieht ihm recht. Den haben bestimmt die eigenen Leute umgelegt. Ein Auftragsmord, oder?«

»Mord ja«, bestätigte der Hauptmann, »aber kein Auftragsmord. Seine Geliebte hat ihn erstochen. Aus Eifersucht.«

»Oho!« Ferdinand stieß einen Pfiff aus. »Erzählen Sie. Oder ist das noch Ermittlungsgeheimnis?«

»Da gibts kein Geheimnis. Jump hat in einem Restaurant außerhalb der Stadt mit einer Schönheitskönigin getanzt, seine Geliebte fand, dass ihr Liebster die Schöne zu zärtlich umarmt, lief in die Küche, griff sich ein Fleischmesser, stach es Jump vor den Augen von zwei Dutzend Leuten in den Rücken und traf genau ins Herz.«

»Toll!« Ferdinand klopfte sich auf die Schenkel. »Poetisch ausgedrückt: Auch Bastarde können lieben.«

»Sie meinen, Mord sei ein Ausdruck von Liebe?«, fragte der Hauptmann.

»Ihr höchster Ausdruck, der Gipfel der Leidenschaft. Stellen Sie sich vor, welche Stürme im Herzen des Mädchens tobten, welches Feuer in ihrem Blut loderte! Das ist Shakespeare! Lady Macbeth!«

»Fahren Sie mit zur Totenfeier?«, fragte der Hauptmann.

»Wozu?«

»Und haben Sie vor, Ljussja zu besuchen?« Er drehte sich abrupt um und fing Ferdinands beinahe panischen Blick auf.

»Warum fragen Sie das?«, erkundigte sich Ferdinand scharf und kickte eine Bananenschale weg.

»Wenn Ihnen etwas an Lilja lag, dann kann Ihnen das Schicksal des Mädchens doch nicht gleichgültig sein. Sie hat nun schließlich niemanden mehr, überhaupt niemanden, Sie sind vielleicht der einzige Mensch, der…« Er sprach nicht zu Ende, denn Ferdinand war plötzlich losgerannt und verschwunden. Kossizki blickte der kleinen schwarzen Gestalt erstaunt nach.

Am frühen Morgen wurden aus einem Fenster des Abrisshauses in der Kalugaer Gasse plötzlich Gegenstände geworfen. Die Ärmel ausgebreitet wie Flügel, schwebte ein schwarzes Kleid auf den Asphalt herab. Ihm folgte, in einer dünnen Daunenwolke, ein schmutziges Kissen ohne Bezug, danach klatschte ein dicker Packen verschnürter Zeitungen auf. Eine bunte Kittelschürze entfaltete sich in der Luft wie ein riesiger Schmetterling und legte sich behutsam über den ganzen Haufen. Darauf krachte sogleich ein Hocker, dem ein Bein fehlte, gefolgt von drei Schreibtischschüben samt Inhalt: leeren Flaschen und Bierdosen. Anschließend glitt eine dreckstarrende gestreifte Matratze vom Fensterbrett, nach ihr segelte eine zu einem Klumpen geballte Steppdecke herunter. In sicherer Entfernung standen, den Kopf in die Höhe gereckt, der Hauswart in einer braunen Weste und die Chefin der Wohnungsverwaltung, eine füllige, mürrische Dame in einem ausgeschnittenen Sommerkleid.

Aus dem Nachbaraufgang kam ein Junge mit einem Hund, blieb stehen, stieß einen Pfiff aus und schüttelte den Kopf.

»Was ist denn das, ein Poltergeist?« fragte er nachdenklich, eher an seine marmorweiße Dogge gewandt als an den Hauswart und die Dame. Die Dogge bellte eindrucksvoll und zog ihren Herrn um die Ecke, zur Hundewiese.

Dann kam ein kleines Hutzelweiblein mit einem Kinderhut auf dem Kopf und einer karierten Tasche in der Hand heraus, stöhnte auf und blieb wie angewurzelt stehen. In diesem Augenblick fiel ein kleiner brauner Sessel aus dem Fenster.

»Was stehen Sie hier herum und gaffen, Sie müssen die Miliz rufen!« bemerkte die Alte, hob den Kopf und versuchte, den Mann am Fenster zu erkennen.

Indessen flogen weitere Gegenstände herunter. Ein Haufen graugelber Damenunterwäsche, der Deckel eines vorsintflutlichen Koffers mit Blechbeschlägen, in dem Fotos von jungen Katzen und Frauen klebten, das Gerippe einer Stehlampe, Gläser, Messer und Gabeln und als Letztes ein Aluminiumtopf, aus dem eine Ratte heraussprang. Sie war von dem Flug im Topf so durcheinander, dass sie der Dame von der Wohnungsverwaltung direkt vor die Füße lief. Die schrie auf, sprang zur Seite und kam endlich zu sich.

»Bleib hier stehen!«, befahl sie dem Hauswart und ging in ihr Büro, um das Milizrevier anzurufen.

Die Miliz erschien erst nach einer halben Stunde. Der kleine Jeep fuhr auf den Hof und landete mit der Stoßstange in einem Haufen schmutziger Lumpen.

»Ach, hier wohnt doch Sima«, sagte einer der Milizionäre. »Die den Teufel gesehen hat.«

»Ja, und nun ist er da und holt sie«, erwiderte der zweite spöttisch.

»Sie ist immerhin Zeugin in einem Mordfall«, erinnerte der dritte.

»Klar, und was für eine!«

Die Wohnungstür war nur mit einem rostigen Haken verschlossen und ließ sich mit einem leichten Schulterstoß mühelos öffnen. Mitten im leeren Zimmer lag auf dem Fußboden eine Frau in einer Blutpfütze. Neben ihr saß, die Knie angezogen, ein Mann und wiegte sich vor und zurück.

»Na, Rjurik, jetzt hast du also im Suff deine Lebensgefährtin umgebracht?« Einer der Milizionäre stieß den Mann mit dem Fuß an. »Los, steh auf und erzähl uns, wie's gewesen ist.«

Rjurik schlug die tränennassen Augen auf und flüsterte heiser: »Das war ich nicht!«

»Wer denn sonst?«

»Ich weiß nicht. Als ich kam, lag sie schon da! Genauso wars, als ich kam! Ich hab sie nicht umgebracht! Das war schon so!« Das Flüstern steigerte sich zum Schreien, Rjurik sprang auf, blickte gehetzt um sich, entdeckte in einer Ecke einen Lumpen, rannte hin, vermutlich, um ihn ebenfalls aus dem Fenster zu schleudern, doch er wurde festgehalten und in Handschellen gelegt. Er heulte, schlug um sich und beteuerte immer wieder, er habe Sima nicht ermordet, sie habe schon so dagelegen, als er kam.

»Hör auf zu schreien, pack schon aus, dann gehts dir gleich besser«, sagte ein Milizionär zu ihm. »Du bist doch gebildet, du weißt, ein freimütiges Geständnis mildert das Urteil; und wenn du dich anständig benimmst, nehmen wirs sogar als Selbstanzeige auf.«

Aber Rjurik brüllte weiter, er habe Sima nicht ermordet, er sei erst vor kurzem nach Hause gekommen, und da sei sie schon tot gewesen.

»Ich hab sie geliebt, die dumme Gans, ich hab mit ihr zusammengelebt, und sie tut mir so was an … So was …«

»Na also, das klingt doch schon nach einem Motiv, erzähl mal, was hat sie dir denn angetan? Hat sie dich betrogen?«

»Nichts hat sie getan! Gar nichts!« Rjurik sprühte Speichel.

»Moment mal, du hast doch grade gesagt: Sie tut mir so was an! So was Schlimmes. Komm schon, pack aus, was hat sie dir angetan?«

»Sie ist tot, kapierst du das, sie ist tot, das hat sie mir angetan, das dumme Weib! Was Schlimmeres gibts doch nicht.«

»Sie ist tot, weil du sie erstochen hast.«

»Ich hab sie nicht umgebracht! Ich habs nicht getan!«

Rjurik wollte trotz aller Überredungsversuche nicht freimütig gestehen, dass er seine Lebensgefährtin ermordet habe. Bei seinem Geschrei und seiner Hysterie verlor der Hauptmann die Nerven und versetzte ihm mehrere Schläge in den Bauch. Rjurik krümmte sich und verstummte.

Die Einsatzgruppe traf ein, der Gerichtsmediziner erklärte, der Tod sei vor mindestens fünf Stunden eingetreten, und zwar infolge zahlreicher Messerstiche. Die Tatwaffe wurde nicht gefunden; die Milizionäre vermuteten, sie läge in dem Haufen unterm Fenster. Rjurik fiel beinahe die Treppe hinunter, die Milizionäre mussten ihn stützen – er konnte kaum die Beine bewegen, und sein Kopf pendelte kraftlos hin und her. Der Hauptmann musterte ihn aufmerksam, als sie ins Auto stiegen. Rjurik war aschgrau im Gesicht, seine Augen waren rot, auf seinen Lippen lag rosa Schaum. Der Hauptmann drehte sich um und wischte die unangenehmen Mutmaßungen beiseite. Die paar Schläge, na und! Der kommt schon wieder zu sich. Der Hauptmann hatte Erfahrung, er kannte sich aus mit der Anatomie und schlug mit Verstand zu, so, dass keine lebenswichtigen Organe verletzt wurden.

Neuntes Kapitel

Xenia Solodkina, warf ohne hinzusehen, in den Rucksack, was ihr gerade in die Hände fiel: Shorts mit defektem Reißverschluss, schmutzige hellblaue Söckchen, eine leere Tube Babycreme, einen neuen, noch nie getragenen Tennisrock. Ihr zitterten die Hände, ihr Blick verschwamm vor Tränen. Von einem schneidenden Schmerz in der Hand kam sie zu sich – sie versuchte, die dünne Sehne mit dem Preisschild vom Rock zu reißen. Sie kippte den Rucksack auf dem Sofa aus und erstarrte mitten im Zimmer.

Die drei Monate alte Mascha lag in ihrem Bettchen.

Ein Blick auf die schlafende Tochter ließ Xenias Tränen trocknen und ihre Hände aufhören zu zittern. Xenia holte tief Luft und zog die oberste Kommodenschublade auf. Sie enthielt Babyjäckchen, Strampler und Mützen. Alles gut und teuer. Sie nahm nur das Notwendigste.

In dem riesigen Haus herrschte Totenstille.

Aus der Küche drang der Geruch nach gebratenen Zwiebeln herauf. Die Haushälterin Raïssa kochte Essen, das niemand außer ihr selbst anrühren würde.

Nachdem Xenia gepackt hatte, schlüpfte sie in Turnschuhe und zog eine leichte weiße Windjacke über. In der Innentasche steckte Geld, achthundert Dollar und zweitausend Rubel. Vorsichtig, um Mascha nicht zu wecken, wechselte sie die Pampers und zog ihr einen leichten Baumwollanzug an. Mascha erwachte erst, als sie in der Bauchtrage saß, nahm das aber gelassen hin, lächelte und ließ sich sogar einen Sonnenhut aufsetzen und die Bänder unterm Kinn zuschnüren. Xenia schaute sich ein letztes Mal im Zimmer um, sah sich im ovalen Spiegel über der Kommode, strich sich das Haar glatt, drehte sich um, ging hinaus und schloss leise die Tür hinter sich.

Die Treppe führte in das große Esszimmer: Dunkel getäfelte Wände, ein runder Tisch, ein Kamin, ein Flügel, auf dem seit zwanzig Jahren niemand mehr gespielt hatte, ein antikes Sofa mit einem Berg verschiedenfarbiger kleiner Kissen, vier Korbschaukelstühle mit bunten Strickdecken. Alles sauber und behaglich. Keine Spur mehr von der nächtlichen Orgie. Raïssa war eine gute Haushälterin.

Xenia blickte durch den Türspalt in die Küche. Auf dem Herd stand eine zischende Pfanne mit Deckel. Raïssa war nicht da, vermutlich war sie auf der Toilette oder zu den Nachbarn gelaufen, eine Kleinigkeit borgen. In der Hängematte im Garten lag Oleg, unbequem zusammengekrümmt, und schlief. Auf der Veranda klingelte leise ein Handy. Xenia lief rasch um das Haus herum und verließ das Grundstück durch die Pforte, die an der Rückseite des Hauses hinter Johannisbeersträuchern versteckt lag und zu einem zugewachsenen Teich am Rand der Siedlung führte.

Der Boden um den Teich herum war sumpfig und selbst bei der momentan herrschenden Hitze noch feucht. Mückenschwärme umkreisten Xenia, Brennnesseln schlugen gegen ihre nackten Beine. Ihr schläfriges Kind festhaltend, lief sie sehr rasch, rannte schließlich und wurde erst langsamer, als sie die Chaussee erreicht hatte.

Vom nächstgelegenen Dorf bis zur Bahnstation verkehrte ein Linienbus, doch an der Haltestelle drängten sich die Leute, und Xenia beschloss, lieber zu laufen. Den Weg kannte sie nicht, sie kam immer mit dem Auto auf die Datscha. Wie alle Bewohner der Datschasiedlung hatten die Solodkins längst vergessen, dass es so etwas wie Vorortzüge gab. Die benutzten nur die Dienstboten. Von Raïssa wusste Xenia, dass man zu Fuß bis zur Bahnstation anderthalb Stunden brauchte und am Wasserturm von der Chaussee auf einen Feldweg einbiegen musste. Weiter ging es am Fluss entlang, durch das Dorf Sykowka, dann übers Feld. Der Bahnhof sei nicht zu verfehlen, man höre die Züge schon von weitem, außerdem stünde dort ein alter Feuerwachturm, den sehe man, sobald man Sykowka passiert habe.

Von der Bahnstation her zog eine dunkle Wolke herauf, dicht und graulila wie ein riesiger blauer Fleck.

Das Gewitter überraschte Xenia auf offenem Feld. Es gab nirgends einen Unterschlupf. Sie konnte Mascha nur mit ihrer Windjacke schützen. Xenia rannte fast, der Rucksack schlug schmerzhaft gegen ihren Rücken, in ihren Turnschuhen quietschte Wasser.

»Eine Erkältung hätte uns gerade noch gefehlt«, murmelte sie, leckte sich Regentropfen von den Lippen und wischte Mascha mit der Hand das nasse Gesicht ab.

Sie merkte gar nicht, dass sie fast nie in der ersten Person an sich dachte. Im fünften Schwangerschaftsmonat, als sie die heftigen, starken Bewegungen ihres Kindes spürte, hatte sie zum ersten Mal »wir« gesagt. Später wurde ihr das zur Gewohnheit.

Geschickt sprang sie über eine Pfütze.

Sobald Xenia den Bahnsteig erreicht hatte, hörte der Regen auf, die Wolken wurden dünner und lösten sich in durchsichtige Federwölkchen auf. Die Sonne hatte die Wipfel des Waldes am Horizont noch nicht erreicht, sie hing am Rand einer dünnen Wolke, als wollte sie jeden Augenblick herunterfallen.

Im leeren Zug holte Xenia einen trockenen Strampler und ein Jäckchen aus dem Rucksack, breitete eine weiche Flanellwindel auf der Bank aus und zog Mascha um. Dann streifte sie ungeniert ihr T-Shirt ab und zog ein trockenes an, schlüpfte aus den Schuhen, streckte die nackten Beine aus, setzte sich bequem hin und stillte Mascha. Bald schlief Mascha ein und schmatzte noch im Schlaf weiter. Xenia zog einen dünnen amerikanischen Fantasyband in grellem Umschlag aus ihrem Rucksack und döste unversehens ein.

Auf dem Bahnhof in Moskau nahm sie ein Taxi. Der Fahrer, ein älterer, gesprächiger Mann, erkundigte sich als Erstes nach Xenias Alter. Daran war sie gewöhnt. Manchmal wurde sie gefragt, ob das Baby in der Trage ihr Brüderchen oder ihr Schwesterchen sei.

»Recht so«, bemerkte der Taxifahrer, »lieber früh Kinder kriegen, dann hat man das ganze Leben noch vor sich.«

»Hier bitte rechts, dann wieder rechts, auf den Hof.«

Als sie gegangen war, sah der Fahrer ihr nach und bezweifelte, dass sie wirklich schon neunzehn war.

»Das Komische ist: Er hat kein Alibi«, sagte Kossizki düster und nahm einen Schluck starken, süßen Tee.

Borodin trommelte auf der Tischplatte herum und schüttelte den Kopf.

»Hast du das gründlich überprüft?«

»Na ja, soweit möglich. Die Nachbarn in der Gemeinschaftswohnung haben ihn am sechsten Juni gegen sieben Uhr abends das letzte Mal gesehen. Er verließ die Wohnung mit den Worten, er wolle zu Klara, also zu seiner künftigen Frau, und dort übernachten. Und wissen Sie, was das Interessante daran ist? Die Nachbarn versichern, er habe früher nie mitgeteilt, wohin er gehe. Und nun tut er das plötzlich, obwohl ihn niemand gefragt hat. Klara war gar nicht in Moskau, sie hat zwei Tage auf der Datscha einer Freundin verbracht. Es ist also ungewiss, wo Ferdinand den Abend und die Nacht verbracht hat.«

»Und was sagt er selbst?«

»Er behauptet, er hätte bei Klara übernachtet. Die Nachbarn haben ihn weder gesehen noch gehört. Es ist zwar keine Gemeinschaftswohnung, aber die Wände sind dünn. Und noch ein interessantes Detail: Er war noch nie in Klaras Abwesenheit in deren Wohnung. Natürlich hat er einen Schlüssel, aber angeblich kann er sich nicht allein dort aufhalten. Sagt jedenfalls Klara.«

»Als sie zurückkam, fand sie also in ihrer Wohnung keinerlei Spuren seiner Anwesenheit vor?«, vergewisserte sich Borodin.

»Keine, bis auf ihn selbst. Sie kam am siebten gegen ein Uhr mittags nach Hause. Er schlief, was sie wunderte. Er steht normalerweise sehr früh auf. Klara glaubte sogar, ihr Liebster sei krank. Er sah wirklich schlecht aus, als hätte er die ganze Nacht nicht geschlafen.«

»Nicht geschlafen«, wiederholte Borodin nachdenklich. »Was hat er denn gemacht?«

»Nichts. Er wurde von Schlaflosigkeit gepeinigt. Und zwar interessanterweise bei völliger Dunkelheit.«

»Woher weißt du das?«

»Ein Nachbar war in der Nacht mit seinem Hund draußen, und er behauptet, die Fenster der Wohnung seien dunkel gewesen.«

»Wieso hat der Nachbar denn zu den Fenstern geschaut?«

»Weil er Kopfschmerzen hatte und hoffte, dass vielleicht außer ihm noch jemand um drei Uhr nachts nicht schläft und ihm mit einer Aspirin aushelfen könnte.«

»Ich sehe schon, Iwan, du möchtest diesen Ferdinand liebend gern hinter Gitter bringen.« Borodin schüttelte den Kopf. »Was hat er dir bloß getan, he?«

»Er hat eine Frau ermordet. Eine nette, freundliche, hübsche und begabte junge Frau.«

»Und wann ist dir das aufgegangen?«

»Im Krematorium. Da wurde gerade Jump beerdigt, und Ferdinand ist vollkommen ausgerastet und hat behauptet, Mord sei der höchste Ausdruck von Liebe.«

»Du verdächtigst ihn also, weil er spinnt?« Borodin lächelte. »Oder aufgrund spontaner persönlicher Antipathie?«

»Sie werden bald selbst sehen, dass ich recht habe.« Kossizki seufzte. »Das hat nichts mit Antipathie zu tun, obwohl er wirklich ein unangenehmer Typ ist. Wissen Sie, wie alt seine Klara ist? Fünfzig. Und er ist vierzig. Klar, kommt alles vor. Aber Sie sollten diese Klara mal sehen: Zwei Meter groß und rund zweihundert Kilo schwer. Und er ist klein und dürr. Dafür hat sie eine passable Wohnung. Zwei Zimmer und eine große Küche.«

»Entsetzlich!« Borodin schlug die Hände zusammen. »Dieser Ferdinand heiratet auch noch aus Berechnung. Ein ausgemachter Schurke!«

»Sparen Sie sich Ihre Ironie. Jawohl, er heiratet aus purer Berechnung. Klara kann nämlich obendrein keinen ganzen Satz bilden, sie hat gerade mal acht Klassen, sie ist Anstreicherin auf dem Bau. Und er hat Biologie studiert und promoviert. Allerdings arbeitet er zur Zeit nicht in seinem Beruf, sondern verdient sich sein Geld mit allem Möglichen; mal übersetzt er einen erotischen Roman aus dem Französischen, dann arbeitet er bei der Wohnungsverwaltung als Elektriker oder in einer Brigade, die Einbauschränke montiert.«

»Was ist daran schlecht?« Borodin schob Kossizki eine Plastikbox mit Möhrensalat hin. »Iss wenigstens ein bisschen davon, mir ist schon ganz übel von so viel Gemüse.«

»Danke. Ich verabscheue Möhren seit meiner Geburt«, knurrte der Hauptmann und zündete sich eine Zigarette an. »Seinen Beruf hat Lunz wegen seiner krankhaften Eitelkeit aufgegeben. Er ist ein Mann der Extreme. Entweder alles – Berühmtheit und Nobelpreis – oder nichts. Erotische Romane und Einbauschränke.«

»Hat er dir das erzählt?«

»Nein, natürlich nicht. Er hat gesagt, vom Gehalt eines wissenschaftlichen Mitarbeiters könne er nicht leben. Aber seine ehemaligen Kollegen am Lehrstuhl haben sich genauer darüber ausgelassen.«

»Mochten die Kollegen ihn nicht?«

»Den mag niemand. Bis auf die gutherzige Riesin Klara. Sie hat ihn quasi adoptiert, den armen Kleinen. Und er hat alles genau kalkuliert. Sie hat eine Wohnung, sie kocht gut, verdient nicht schlecht und ist ein einfaches, gutmütiges, arbeitsames Weib – sie wird ihn hegen und pflegen, das verkannte Genie.«

»Hör auf, Iwan.« Borodin runzelte die Stirn. »Du widersprichst dir selber. Du zeichnest das psychologische Porträt eines Mannes, der vollkommen unfähig ist zu einem derartig irrsinnigen Mord.«

»Wieso irrsinnig?« Kossizki sprang auf und lief in dem kleinen Büro auf und ab. »Stellen Sie sich vor, er war viele Jahre hinter Lilja her, das war eine Art Manie, die Zurückweisung verletzte sein Selbstwertgefühl, führte zu schweren Komplexen, nahm ihm die Luft …«

»Moment, Moment!« Borodin hob beschwichtigend die Hand. »Setz dich erst mal hin und beruhige dich. Dein Rumgetigere macht mich ganz nervös. Aus dir spricht nicht der gesunde Menschenverstand, sondern persönliche Abneigung, das weißt du ganz genau. Selbst wenn Lunz ein unangenehmer Mensch ist – du bist Profi, Iwan, also reiß dich gefälligst zusammen.«

»Stimmt, er macht mich wütend.« Iwan sank auf einen Stuhl und trank den restlichen erkalteten Tee in einem Zug aus. »Aber außer meinen Emotionen haben wir auch Fakten. Ein Motiv und das fehlende Alibi. Wissen Sie, was er mir bei unserer letzten Begegnung geboten hat? Ich wollte von ihm wissen, warum er wortlos weggerannt ist, als ich ihn gefragt habe, ob er Ljussja besuchen wird. Er hat geantwortet, ihm würde übel, wenn man das debile Mädchen nur erwähne. Eigentlich habe sie alle auf dem Gewissen. Erst ihre Mutter Olga, denn einen anderen Grund für ihren Selbstmord als das behinderte Kind habe sie nicht gehabt. Dann Tante Manja, die den Tod der geliebten jüngsten Tochter nicht verwinden konnte. Und anschließend habe das kranke Mädchen zehn Jahre lang Lilja allmählich zugrunde gerichtet. Lilja habe Ljussja ihr ganzes Leben geopfert und sich mit Schuldvorwürfen gemartert; der physische Tod, selbst ein so brutaler, sei für Lilja letztendlich eine Erlösung gewesen. Und am Sarg hat er gemurmelt: Nun bist du frei, Lilja, verzeih mir, wenn du kannst.«

»Ach, Iwan, wie kannst du diesen ganzen Blödsinn nur wiederholen, noch dazu in vollem Ernst«, sagte Borodin.

»Und wenn er nun dasselbe dem Kind eingeredet hat? Kein Wunder, dass sie dann immer wieder behauptet: ›Ich habe Tante Lilja getötet.‹«

»Jetzt sag nur noch, Lilja sei von ihm schwanger gewesen«, spottete Borodin. »Weißt du, wie sie auf die Frage nach Fjodor reagiert hat? Ja, den kenne ich, hat sie gesagt. Aus einem Zeichentrickfilm.«

»Haben Sie ihr ein Foto von ihm gezeigt?«

»Selbstverständlich! Sie hat gefragt: ›Wer ist das?‹«

»Ljussja ist keine brauchbare Zeugin«, knurrte der Hauptmann.

»Entschuldige, andere haben wir vorerst nicht. Übrigens, dein Ferdinand kommt heute zu mir, ich hab ihn vorgeladen.« Borodin sah auf die Uhr. »In vierzig Minuten.«

»Ausgezeichnet. Ich bitte Sie hiermit offiziell um die Ausstellung eines Haftbefehls. Er muss sofort festgenommen werden. Er ist unberechenbar, womöglich flieht er oder begeht einen weiteren Mord.«

»Und mit welcher Begründung bitte? Was können wir ihm denn vorhalten außer deiner persönlichen Abneigung? Überleg doch mal, wenn Ferdinand Lilja Kolomejez tatsächlich in einem Anfall von Leidenschaft getötet hat, dann hätte er wohl kaum die Wohnung leer geräumt. Und warum sollte ein Shakespearescher Held wie er in einem Handarbeitskorb wühlen und im Müllhaus Wollknäuel auseinanderreißen?«

»Vielleicht waren die Handarbeitssachen für ihn eine Art Symbol?«, mutmaßte Kossizki hastig. »Liljas Selbstständigkeit war ihm viele Jahre ein Dorn im Auge. Jeder, der sie kannte, sagt, sie habe sich ausschließlich für ihre Arbeit interessiert. Und den Raub hat er einfach zur Ablenkung inszeniert.«

»Zu ordentlich für ein Ablenkungsmanöver. Wenn er alles verwüstet hätte …«

»Er ist schließlich intelligent!«, rief Kossizki. »Ja, er ist schlau und gerissen, der Hundesohn! Er hat uns einen ordentlichen Einbrecher vorgespielt, hat sogar die Fingerabdrücke beseitigt. Und vergessen Sie das Karate nicht. Er hat drei Jahre trainiert, zwar ohne besonderen Erfolg, aber die Grundlagen beherrscht er noch.«

Der Piepser an Kossizkis Gürtel meldete sich, der Hauptmann sprang auf, las die Nachricht und griff zum Telefon.

»Natascha? Guten Tag. Hier Kossizki. Ja... Sehr gut, nein, das merke ich mir. Das ist in der Nähe der Taganka, glaube ich. Und wann? Wunderbar, vielen Dank ... Der Betriebsausweis von Lilja Kolomejez wurde an die Spielzeugfabrik geschickt«, teilte er Borodin mit, nachdem er aufgelegt hatte. »Eine Putzfrau hat ihn in einem Café gefunden, zwei Tage vor dem Mord. Ich fahre gleich hin.« Er wandte sich zur Tür, drehte sich auf der Schwelle noch einmal um und sagte sehr langsam: »Aber dieser Lunz muss verhaftet werden. Hier und jetzt.«

»Da bin ich mir keineswegs sicher. Komm, setz dich noch mal; zehn Minuten, länger halt ich dich nicht auf.« Borodin nahm eine Mappe aus der Schreibtischlade, schlug sie auf, kramte in den Papieren und reichte Iwan eine in einer Plastikhülle steckende herausgerissene Heftseite. »Hier, wirf mal einen Blick darauf.«

»Lika, wenn Du wüsstest, wie dringend ich mit Dir sprechen muss. Ich begehe schon wieder eine Dummheit und Gemeinheit«, las Iwan, die unsichere, hastige Schrift mühsam entziffernd, »ich treffe mich wieder mit dieser Frau, hinter Deinem und Mamas Rücken. Sie bietet mir Geld an. Damit ich endgültig aus dem Leben ihres Sohnes verschwinde. Als würde ich ihn dauernd anrufen und ihm vor der Haustür auflauern. Sie möchte nach wie vor zu gern einen Schuldigen finden! Wenn ich das Geld ablehne, wird sie mich einfach umbringen. Aber ich werde ihr verdammtes Geld nehmen. Betrachten wir es als Alimente. Ljussja hat keinen Wintermantel, Mama läuft in kaputten Stiefeln herum. Ich möchte, dass Du Bescheid weißt. Wenn mir etwas Schlimmes zustoßen sollte, dann denk dran, das war nicht ich. Es gibt nur eine Person, die ein Interesse daran hat. Aber ihr werdet nichts beweisen können. Das ist alles, Schwesterchen. Ich habe meine Seele erleichtert und Dir alles ehrlich erzählt, nun zerreiße ich diesen Brief.«

»Aber sie hat ihn nicht zerrissen.« Iwan schüttelte den Kopf. »Vielleicht ist das eine Fälschung? Vielleicht hat Ferdinand ihn geschrieben, um den Verdacht von sich abzulenken?«

»Ich habe ihn in einem Fotoalbum in der Wohnung der Ermordeten gefunden. Die Graphologen sind sich sicher, dass Olga ihn geschrieben hat, es gibt genügend Schriftmuster von ihr. So, das wars, Iwan. Du fährst jetzt in das Café, in dem das Opfer den Betriebsausweis verloren hat, ja? Viel Glück.«

Zehntes Kapitel

Die Haushälterin Raïssa wollte mitteilen, dass das Essen fertig war, obwohl sie wusste, dass niemand etwas davon anrühren würde. Olegs neue Frau Xenia ernährte sich nur von Obst und Käse, und Oleg ließ man nach der gestrigen Party lieber in Ruhe. Er würde erst am Abend Appetit bekommen, frühestens gegen zehn. Raïssa ging hinaus vor die Tür, blieb eine Weile auf der Treppe stehen, die Arme vor der Brust verschränkt, und betrachtete nachdenklich den formlosen Körper in der Hängematte.

»Fläzt sich rum wie ein Schwein«, murmelte sie und seufzte. »Ich habs satt. Ich kündige, Ehrenwort.«

Das sagte sie jedes Mal, wenn sie Oleg so sah, aber sie arbeitete nun schon fünfundzwanzig Jahre bei den Solodkins, in diesem Jahr hätte sie Jubiläum feiern können.

Sie erinnerte sich an Oleg als düsteren dicken Jugendlichen mit ungesundem, aufgedunsenem Gesicht und tiefer Bassstimme. Er war launisch, frech und unglaublich gefräßig gewesen. Wenn er Besuch hatte, kannte die Schweinerei keine Grenzen. Die schicke Wohnung verwandelte sich innerhalb weniger Stunden in einen Saustall. Die Eltern verließen seelenruhig das Haus. Sie verwöhnten den Jungen so sehr, dass sich Raïssa Sorgen machte: Was würde einmal aus ihm werden?

Die Solodkins bezahlten ihre Haushälterin sehr gut und hatten ihr dank guter Beziehungen zur Stadtverwaltung eine Zweizimmerwohnung in einem Neubau besorgt, so dass Raïssa mit Mann und Tochter aus der Gemeinschaftswohnung ausziehen konnte. Zu Fest- und Feiertagen wurde Raïssa mit teuren Geschenken bedacht und außerdem von Galina Solodkina hin und wieder mit passablen abgelegten Kleidungsstücken versorgt. Also duldete sie schweigend und beseitigte brav den Dreck des kleinen Ferkels, das vor ihren Augen zu einem großen Schwein heranwuchs.

Gleich nach dem Schulabschluss begann Oleg ein Studium an der Fakultät für Drehbuchautoren der Filmhochschule. Die Verhandlungen mit den entscheidenden Leuten der Hochschulleitung wurden auf der Datscha der Solodkins geführt. Raïssa wusste, was das für Gäste waren. Während sie Lachs und Stör auf Tellern arrangierte und ein Spanferkel mit Knoblauch einrieb, lauschte sie den Gesprächen im Esszimmer und fragte sich, wozu es überhaupt Aufnahmeprüfungen gab, wenn es so einfach war. Die Filmhochschule wurde dem Jungen auf dem silbernen Tablett serviert.

Im dritten Studienjahr verliebte sich Oleg. Er wurde plötzlich gesprächig. Als er eines Tages nach Hause kam und Fischsuppe aß, erzählte er Raïssa ausführlich von seiner irrsinnigen Liebe zu einer gewissen Lena von der Schauspielfakultät.

»Verstehst du, sie macht mich total verrückt«, brummte er, den Blick auf den Teller gesenkt und mechanisch die Suppe löffelnd. »Sie ist natürlich keine Schönheit. Aber ich krieg am ganzen Körper eine Gänsehaut, wenn ich sie sehe. Besonders mag ich ihren Geruch. Sie riecht nicht nach Parfüm, sie riecht nach Frau. Sogar jetzt, wenn ich von ihr rede, krampft sich mein Magen zusammen.«

»Ist dir schlecht?«, erkundigte sich Raïssa besorgt. Sie hatte den Fisch auf dem Markt gekauft, und da sie einen Schnupfen hatte, war ihr möglicherweise entgangen, dass er nicht mehr frisch war.

»Nein, mir ist nicht schlecht. Im Gegenteil. Ich werde sie heiraten.«

Und das tat er. Die Eltern nahmen es erstaunlich gelassen, als hätte sich nichts verändert. Raïssa beobachtete das Ganze lange schweigend, bis sie es nicht mehr aushielt und Olegs Mutter vorsichtig fragte, ob es ihr nichts ausmache, sich jeden Morgen anzusehen, wie das riesenhafte fremde Mädchen mit ungewaschenen Haaren im Nachthemd durch die Wohnung lief, stinkende Papirossy rauchte, sich laut und grob mit Oleg zankte, die übrigen Familienmitglieder total ignorierte, aber dennoch ihre Nase in alles steckte.

Galina zuckte die Achseln. »Wir melden sie ja nicht bei uns an. In einem halben Jahr ist sie wieder weg.«

»Wieso?«, fragte Raïssa erstaunt.

»Wenn ich mich jetzt einmische, dauert die Ehe womöglich noch Jahre. Die geringste Bemerkung von mir gegen sie oder ihn, und ich mache mich zu ihrer beider Feindin. Nichts schweißt so sehr zusammen wie ein gemeinsamer Feind.«

Die weise Solodkina behielt recht. Nach genau einem halben Jahr zog Lena aus und verschwand spurlos, als hätte es sie nie gegeben. Dann kamen und gingen andere, und Raïssa zog es vor, alles zu ignorieren. Entweder sie kündigte gleich, oder sie tat, als wäre sie taubstumm. Ihr Mann war inzwischen in Rente gegangen, der Schwiegersohn trank, eine Enkelin war geboren worden, und sie alle wollten essen, und darum musste sich Raïssa mit Händen und Füßen an ihre Stelle klammern. Schließlich fand eine Fünfzigjährige ohne jede Ausbildung nicht ohne weiteres eine anständige, hochbezahlte Arbeit.

Xenia war erst seit kurzem im Haus. Nachdem es lange so ausgesehen hatte, als würde Oleg nie wieder heiraten, hatte sich doch noch ein Dummchen gefunden. In den ersten Tagen hätte Raïssa ihr am liebsten wenigstens angedeutet, wo sie hier gelandet war, was es hieß, in diesem Haus Schwiegertochter zu sein, doch dann sagte sie sich vernünftigerweise: Was geht mich das an? Sie war hier eine Fremde, eine Angestellte. Außerdem war Xenia keineswegs ein Dummchen. Und Galina schien wie ausgewechselt, sie hatte offenbar einen Narren gefressen an der dürren Kleinen. Sie kleidete sie in teuren Läden ein und nahm sie zu Empfängen mit. Allein, ohne Oleg. Wenn seine Mutter Gäste hatte, stellte er sich krank und verkroch sich in seinem Zimmer.

Fünf Monate nach der Hochzeit brachte Xenia ein Mädchen zur Welt. Die Solodkins wirkten vor Glück wie verjüngt. Das Mädchen war wirklich süß und vor allem gesund.

Glück gehabt, dachte Raïssa.

Ende April war das Baby einen Monat alt geworden, und die ganze Familie war auf die Datscha umgezogen; Raïssa fuhr an ihren freien Tagen nach Moskau. Im Juni reiste Galina nach Südfrankreich, wo sie jeden Sommer Urlaub machte. Sie wollte auch Xenia und die kleine Mascha mitnehmen, aber die Schwiegertochter hatte eingewandt, das Kind sei noch zu klein, wer weiß, wie es den Flug und den Klimawechsel verkraften würde, und außerdem müsse sich Oleg schließlich an seine Tochter gewöhnen.

Raïssa fand das dumm von ihr. Kein Klimawechsel konnte so schädlich und gefährlich sein wie das, was sich hier auf der Datscha abspielte.

»Nur gut, dass das Kind noch nichts versteht«, knurrte Raïssa. »Das ist kein Mann, das ist ein Vieh. Macht das Haus hier zum Puff, lädt Nutten ein, und das vor seiner jungen Frau und dem Baby, und ich darf hinterher den Dreck wegräumen.«

Es war still im Haus. Oleg schlief noch immer in der Hängematte; die Sonne schien ihm direkt ins Gesicht, doch nach der wilden Party in der Nacht konnte ihn nichts aufwecken. Die große antike Uhr im Esszimmer schlug vier. Raïssa fuhr auf – in zehn Minuten begann ihre Lieblingsserie im Fernsehen. Sie weckte Oleg nicht, ging wieder ins Haus, trat an die Treppe und rief: »Xenia! Das Essen ist fertig!«

Keine Antwort.

Dann eben nicht, dachte Raïssa, deckte den Tisch, füllte sich Suppe in einen schönen Teller aus dem Service und etwas Salat in eine Kristallschale, nahm ein Glas und die Flasche mit ihrem geliebten süßen Wein aus dem Büfett und schaltete den Fernseher ein. Mitten in der spannendsten Szene klingelte Olegs Handy. Normalerweise nahm Raïssa die Anrufe entgegen, nun aber langte sie nur nach dem Telefon und schaltete es aus.

Der Himmel war ganz schwarz geworden, in der Ferne grollte Donner, große Regentropfen trommelten aufs Dach. Raïssa dachte daran, hinauszugehen und Oleg zu wecken, stand sogar auf, setzte sich aber wieder hin. Oleg würde schon von allein aufwachen. Und wenn nicht – halb so schlimm. Die Hängematte war von einem breiten, stabilen Dach geschützt. Und überhaupt – sie war schließlich nicht sein Kindermädchen!

Sie spülte das Geschirr, kochte frischen Tee, sah das Fernsehprogramm in der Zeitung durch und entdeckte, dass im ersten Programm gleich eine Sendung mit ihrem Lieblingssatiriker lief. Sie trank eine Tasse Tee mit Erdbeerwarenje, schenkte sich Wein nach und schlief unversehens im Schaukelstuhl ein.

Als sie erwachte, war es dunkel. Die Wanduhr schlug heiser und gemächlich zehn. Nirgends brannte Licht, nur das Esszimmer war vom blassen Schein des Fernsehschirms erleuchtet. Es lief ein amerikanisches Vorkriegsmelodram.

Raïssa räumte den Tisch ab und ging hinaus in den Garten. Der Himmel war klar, rötlich schien der Vollmond. In der

Hängematte schimmerte eine zusammengekrümmte schwarze Silhouette, die eher aussah wie ein Haufen Lumpen als wie ein Mensch.

»O Gott«, flüsterte Raïssa, rannte ins Haus, stapfte mit schweren Schritten die Treppe hinauf und öffnete die Tür. Im Zimmer war es dunkel. Mit gedämpfter Stimme rief sie: »Xenia!«

Niemand antwortete.

Ein paar Sekunden lang verharrte sie unentschlossen auf der Schwelle, ihr Herz pochte immer heftiger, das Atmen fiel ihr schwer. Ein leichter Wind bewegte die Gardine, ein breiter Mondstrahl fiel auf das leere Kinderbett. Keuchend lief Raïssa zurück, stolperte über die Schwelle vor der obersten Treppenstufe, verlor das Gleichgewicht und rollte kopfüber hinunter.

»Ja, ich erinnere mich gut an diese Frau.« Der Kellner nickte, nachdem er einen kurzen Blick auf das Foto von Lilja Kolomejez geworfen hatte. »Sie trug ein rosa Kleid und roch nach dem Parfüm ›Diorissimo‹. Ist ihr was passiert?«

»Warum fragen Sie das?«

»Weil Sie von der Miliz sind.« Der Kellner betrachtete Kossizki mit solcher Neugier, als hätte er noch nie einen Milizionär gesehen. »Und weil ich fast sicher war, dass ihr irgendwas zustoßen wird.«

»Kannten Sie sie?«, fragte Kossizki erstaunt.

»Nein, überhaupt nicht.« Der Kellner machte ein listiges, geheimnisvolles Gesicht. »Aber es stimmt doch, oder?«

»Was?«

»Dass die Frau, die auf unserer Toilette ihren Betriebsausweis verloren hat, ernsthaft in Schwierigkeiten ist. Richtig?«

»Schwierigkeiten ist gut. Na, dann erzählen Sie mal, woran Sie sich erinnern.«

»Das war am fünften Juni kurz nach zwölf. Wir hatten gerade aufgemacht. Erst kam der Mann im weißen Anzug, kurz darauf sie. Sie waren verabredet, aber ich würde nicht sagen, dass sie sehr erfreut waren, sich zu sehen. Ihre Unterhaltung dauerte etwa eine halbe Stunde und war ziemlich heftig. Ich habe nur Bruchstücke davon mitgekriegt. Die Frau wollte mehrmals aufstehen und gehen, aber er ließ sie nicht weg. Ich hatte den Eindruck, dass es um ein Kind ging. Die übliche banale Geschichte, wissen Sie. Geschiedene Eheleute, sie lässt ihn das Kind nicht sehen. Etwas in der Art. Komisch nur, dass sie ihm mit Gericht drohte. Vielleicht wegen der Alimente?«

»Moment, das erzählen Sie bitte mal genauer.«

»Das kann ich nicht.« Der Kellner schüttelte den Kopf. »Erstens habe ich nicht die Angewohnheit, die Gespräche unserer Gäste zu belauschen, und zweitens verstummten sie sofort, wenn ich an den Tisch trat. Obwohl, es ging wohl nicht um Alimente. Da war irgendwas anderes. Er hat ihr eine Zeitschrift mitgebracht, ein dickes Hochglanzmagazin. Den Titel konnte ich nicht erkennen, aber er sagte: ›Hier, das hab ich dir mitgebracht, damit du siehst, wo ich arbeite.‹ Sie blätterte darin und fand einen Umschlag mit Geld.«

»Woher wissen Sie das?«

»Ich hab gesehen, wie sie hineinschaute. Es waren Dollarscheine, ein hübsches Sümmchen. Aber sie zählte sie gar nicht, sondern reagierte sehr seltsam.«

»Nämlich?«

»Sie rief empört: Steck das sofort weg! Wir haben nichts zu bereden! Dann sprang sie auf und wollte gehen.«

»Was ist daran seltsam?«

»Na hören Sie mal!« Der Kellner kniff die Augen zusammen und legte den Kopf schief. »Wer verzichtet denn heutzutage auf Geld? Ein Bestechungsversuch war das bestimmt nicht, so wirkte das Verhältnis der beiden nicht. Das war irgendwas Familiäres. Sie sprach schlecht über seine Mutter, ich glaube, sie wollte nicht ihn verklagen, sondern seine Mutter. Wenn Sie mich fragen – dass er ihr Geld angeboten hat, kann doch nur heißen, dass er Dreck am Stecken hat. Jedenfalls – er wollte ihr Geld geben, aber sie hats nicht genommen, war sogar beleidigt. Vielleicht wars ihr zu wenig?« Der Kellner zwinkerte. »Ach ja, er hat dauernd gefragt, was denn passiert sei, warum sie zehn Jahre lang zufrieden war und nun auf einmal klagen wolle. Getrennt haben sie sich auch sehr seltsam. Sie sagte immer wieder: Du tust mir leid, aber trotzdem – komm nicht mehr. Und er saß da und murmelte ihr hinterher: ›Miststück, Zicke, ich hasse sie …‹ Und machte dabei ein entsprechendes Gesicht.«

»Nämlich?«

»Sehr böse.« Der Kellner kniff die Augen zusammen. »Jedenfalls, sie konnten sich nicht einigen. Die Frau ging zur Toilette und heulte dort vorm Spiegel eine Weile. Aber das wissen Sie schon, Sie haben ja mit unserer Putzfrau Marussja gesprochen.«

»Wie sah er aus?«, fragte Kossizki.

»Um die vierzig, vielleicht etwas älter«, begann der Kellner und überlegte, »ungefähr eins achtzig groß. Nicht dünn, aber auch nicht dick, so mittel. Helles, sehr schütteres Haar.«

»Glatze?«

»Nein. Die Haare waren nur sehr dünn, wie Kükenflaum. Große dunkelbraune, hervorquellende Augen. Kleine Nase, so eine Knöpfchennase, wissen Sie. Das Gesicht groß und rund. Der Kopf war überhaupt ziemlich groß, aber der Hals dünn wie bei einem Rachitiskind. Dicke Lippen… Ja, was noch? Er war teuer, aber nachlässig gekleidet. Weißer Sommeranzug, unter dem Jackett ein blaues T-Shirt. Sehr tiefe Stimme, ein richtiger Bass. Und ein ruiniertes Nervenkostüm. Er sah überhaupt ziemlich ungesund aus. Seine Hände zitterten, obwohl er nicht betrunken war. Das hätte ich am Geruch gemerkt.«

»Vielleicht Drogen?«

»Gut möglich. Aber was ist denn nun mit der Frau? Das haben Sie mir gar nicht gesagt.«

»Sie wurde ermordet«, brummte Kossizki. »Achtzehn Messerstiche.«

Der Kellner stieß einen leisen Pfiff aus und schüttelte den Kopf.

»Na, die muss ihn ja sehr genervt haben.«

Nein, der Mann, mit dem sich Lilja im Café getroffen hat, ist nicht der Mörder. Er ist wahrscheinlich der Vater des Mädchens. Aus den Gesprächsfetzen zu schließen, ist das Schicksal des Mädchens ihm nicht gleichgültig. Wir müssen ihn finden. Es gibt eine Verbindung zwischen dem Brief, den Lilja in der Tasche der alten Strickjacke gefunden hat, und dieser Begegnung. Stop! Also hat Lunz nicht gelogen? Sie hat den Zettel gefunden und war schockiert. Natürlich, so etwas kann durchaus einen Schock auslösen – nach zehn Jahren plötzlich zu erfahren, dass der Tod der Schwester kein Selbstmord war. Dass da jemand nachgeholfen hat. Eine gewisse Frau, deren Namen sie nicht nennt. In dem Brief ist die Rede von Geld. Auch der Mann im Café hatte Lilja Geld angeboten. Wollte sich jemand von den beiden Schwestern loskaufen?

Kossizki blieb abrupt stehen. Ganz von selbst entstand eine neue, überraschende Hypothese, die ihm viel glaubwürdiger und einleuchtender erschien als die, Ferdinand Lunz für den Täter zu halten.

Der schmächtige Mann zögerte an der Schwelle des Büros und schloss sehr langsam und vorsichtig die Tür, als habe er eine Heidenangst vor jedem lauten Geräusch. Aber die Tür knallte dennoch zu, und der Mann zuckte zusammen und entschuldigte sich.

»Guten Tag, Ferdinand, kommen Sie herein, setzen Sie sich.« Borodin lächelte aufmunternd.

Während er das schmale Gesicht mit der Höckernase und dem durchscheinenden, irgendwie unpassenden Bärtchen betrachtete, versuchte er, sich diesen komplexbeladenen überalterten Jungen am Tatort vorzustellen, ein Messer mit rhombenförmiger Klinge in der Hand – kein sehr überzeugendes Bild.

»Entschuldigen Sie«, murmelte der Besucher und platzierte sich ungeschickt auf der Stuhlkante. »Nennen Sie mich doch bitte Fjodor, wenn es Ihnen nichts ausmacht.«

»In Ordnung, Fjodor.« Borodin nickte. »Versuchen Sie sich bitte zu erinnern, wie Sie den Abend und die Nacht vom sechsten zum siebten Juni verbrachten.«

»Die Nacht, in der Lilja ermordet wurde?« Ferdinand lächelte verstehend. »Ihr braver Hauptmann hat mich also mit Vergnügen in den Kreis der Verdächtigen eingereiht. Bei welcher Uhrzeit soll ich anfangen?« Er rutschte auf dem Stuhl hin und her und holte Zigaretten aus der Tasche. »Sie erlauben?«

»Aber bitte. Beginnen Sie um sechs Uhr.«

Ferdinand zündete sich eine Zigarette an, sah sich nach einem Aschenbecher um und schien ein wenig beruhigt, als er einen entdeckt hatte.

»Gegen sechs kam mein Nachbar Wladimir Gnobenko vorbei und wollte zwanzig Rubel von mir. Ich gab sie ihm nicht, denn Gnobenko ist ein starker Trinker, und seine Frau hat mich gebeten, ihm kein Geld zu geben. Mein Zimmer ist faktisch leer, also sah Gnobenko die Wodkaflasche sofort. Sie war noch mehr als halbvoll.«

»Sie trinken auch?«

»Manchmal, aber nicht viel. Ihr Hauptmann hat mich bestimmt für einen Alkoholiker gehalten. Im Übrigen ist es mir egal, was Ihr Hauptmann meint. Also, am Abend des sechsten Juni versuchte ich, Gnobenko loszuwerden. Er war an diesem Abend besonders aufdringlich. Der Wodka, den ich ihm anbot, genügte ihm nicht, er war auf Kommunikation aus. Da konnte ich nur eins tun: Verschwinden. Er wollte mich begleiten, aber er hat mächtigen Respekt vor meiner künftigen Frau Klara. Sie ist groß und kräftig, hat eine laute

Stimme und kann Trinker nicht ausstehen. Ich erklärte Gnobenko also, ich ginge zu Klara übernachten. Das musste ich mehrmals wiederholen, denn er kriegte nichts mehr mit und wollte mich unbedingt begleiten. Gegen sieben war ich endlich draußen. Es regnete, ich war erkältet, und obwohl ich wusste, dass Klara nicht in Moskau war, ging ich zu ihr. Das war der einzige Ort, wo ich hin konnte. Den restlichen Abend, die Nacht und den nächsten Morgen verbrachte ich in ihrer Wohnung. Was wollen Sie noch wissen?« Sein Gesicht hatte plötzlich einen neuen, hochmütigen Ausdruck angenommen.

»Kann das jemand bestätigen?«

»Ich habe Lilja nicht getötet«, sagte Ferdinand. »Ich habe kein Alibi, aber ich bin keineswegs verpflichtet, mich zu rechtfertigen. Nur wer schuldig ist, rechtfertigt sich. Es ist nicht schwer zu erraten, dass Ihr Hauptmann im Krematorium auf diese dumme Idee gekommen ist. Ich bin ihm unsympathisch, und er möchte mir zu gern diesen schrecklichen Mord anhängen. Sagen Sie, haben Sie den Brief gefunden?«, fragte er ohne jeglichen Übergang, so dass Borodin nicht gleich verstand, was er meinte.

»Ja, das haben wir«, antwortete er nach einem Räuspern. »Warum interessiert Sie das?«

»Als ob Sie das nicht wüssten.« Ferdinand kniff unschön die kleinen hellen Augen zusammen. »Sie sind doch wohl ein bisschen klüger als Hauptmann Kossizki.«

»Lassen Sie den Hauptmann aus dem Spiel.« Borodin spürte eine ebenso unerklärliche wie unüberwindliche Gereiztheit in sich aufsteigen. »Nein, ich verstehe nicht, warum der Brief Sie interessiert«, sagte er langsam und zwang sich zu einem Lächeln.

»Weil ich Lilja noch nie in einem solchen Zustand erlebt habe«, murmelte Ferdinand verärgert. »Noch nie im Leben. Und wir kennen uns faktisch seit unserer Geburt. Ich habe mich immer für alles interessiert, was Lilja betraf. Für absolut alles. Ich war acht, als sie die Windpocken hatte, und las in der Bibliothek in einem medizinischen Fachbuch alles über diese Krankheit. Mit zwölf, als sie nähen und stricken lernte, wusste ich, wo man Modezeitschriften mit Schnittmustern aus Polen und dem Baltikum bekam. Mit vierzehn strickte sie mir einen Schal, blau mit grauen Streifen. Wenn es mir sehr schlecht geht, wickele ich mir den um den Hals. Und Sie fragen, warum mich der Zettel interessiert, wegen dem Lilja umgebracht wurde?«

»Warum glauben Sie, dass sie wegen dieses Briefes ermordet wurde?«, fragte Borodin rasch, ohne sein Gegenüber anzusehen. »Sie wissen doch überhaupt nicht, was drin steht.«

»Ich kenne Lilja einfach zu gut. Ich kannte sie ...« Er zog die Schultern zusammen, als fröstele er. »Verdammt, ich kann nicht in der Vergangenheit von ihr sprechen. Lilja war ein Tatmensch. Im Gegensatz zu ihrer Schwester konnte sie nichts einfach passiv hinnehmen. Die Information, die einen solchen Schock auslöste, hat sie ganz bestimmt veranlasst, etwas zu unternehmen, vielleicht etwas Gefährliches.«

Borodin zog wortlos die Schreibtischlade auf und nahm die durchsichtige Plastikhülle heraus. Ferdinand studierte den Brief gründlich, dann legte er ihn auf den Schreibtisch und fingerte konzentriert nach einer Zigarette.

Borodin stand auf und öffnete das Fenster, und als er zurückkam, weinte Lunz. Große Tränen rannen über die eingefallenen Wangen und liefen in den schütteren Bart. Die Augen waren weit geöffnet und starr auf einen Punkt gerichtet.

»Warum nur, warum?«, murmelte er. »Hätte sie ihn nicht einfach zerreißen und wegwerfen können?«

Borodin schwieg. Als Lunz sich etwas beruhigt hatte, sagte er nachdenklich: »Ich verstehe nur eines nicht: Warum wissen Sie, obwohl Sie so viel wissen, so wenig?«

»Zum Beispiel?« Lunz fuhr auf und zwinkerte heftig. »Was weiß ich denn nicht?«

»Das Wichtigste. Um wen geht es in dem Brief?«

»Olga meint ihre verhinderte Schwiegermutter, wen sonst? Wahrscheinlich herrschte zwischen den beiden Frauen eine tödliche Feindschaft. Gut möglich, dass die eine der anderen beim Sterben geholfen hat. Übrigens wollte Lilja vor zehn Jahren, als die Tragödie geschah, nicht an Selbstmord glauben, doch alle um sie herum, auch Ihr bescheidener Diener, versuchten sie zu überzeugen, dass niemand an Olgas Tod schuld war. Und nun findet sie diesen Brief. Das Weitere kann ich mir gut vorstellen. Sie versucht, die Wahrheit zu ergründen, und wie das endete, wissen wir.«

»Sie wollen also sagen, der Mörder wurde von der Frau beauftragt, die in dem Brief erwähnt wird?« Borodin lehnte sich in seinen Sessel zurück. »Ist das nicht etwas zu kompliziert für einen Auftragsmord? Achtzehn Messerstiche ...«

»Ja, wahrscheinlich haben Sie recht.« Ferdinand nickte gleichgültig. »Lilja wurde von einem wildfremden Psychopathen getötet.« Er presste die Lippen zusammen und schwieg eine Weile. Sein Gesicht wirkte wie erstarrt, er dachte besorgt über etwas nach und rief plötzlich mit lauter Fistelstimme: »Beantworten Sie mir bitte eine Frage: Wurde sie vergewaltigt?«

»Nein.« Borodin schüttelte den Kopf. »Sie wurde zuerst mit einem Handkantenschlag betäubt. Vermutlich von jemandem, der Karate beherrscht. Sie können doch auch Karate und wissen, dass ein Hieb gegen die Schlagader tödlich sein kann. Ich verstehe nur nicht, wieso dann noch die achtzehn Messerstiche.« Er versuchte, Ferdinands ausweichenden Blick einzufangen. »Und warum Lilja einem wildfremden Psychopathen die Tür geöffnet hat.«

»Nein, sie hat bestimmt keinem Fremden aufgemacht.« Lunz nickte ergeben. »Sie war sehr vorsichtig. Wahrscheinlich hat das verrückte Mädchen ihn eingelassen.«

»Aber wie hat der Fremde Ljussja dazu gebracht, die Schuld auf sich zu nehmen?«, murmelte Borodin nachdenklich. »Das

Mädchen behauptet noch immer steif und fest, sie habe ihre Tante getötet – wie ein Zombie. Das kann nur jemand erreicht haben, den sie sehr gut kannte, dem sie vertraute – der Mann, von dem sie schwanger war. Sie hatte nämlich im Krankenhaus eine Fehlgeburt. Übrigens, wissen Sie etwas über das Internat, in dem Ljussja lebte?«

»Nur, dass es irgendwo außerhalb von Moskau ist. Lilja fuhr immer mit der Vorortbahn hin. Mehr weiß ich nicht.«

»Von welchem Bahnof?«

»Vom Kiewer«, sagte er rasch, ohne mit der Wimper zu zucken.

»Vielleicht fällt Ihnen ja noch etwas ein?«

Ferdinand schüttelte wortlos den Kopf.

»Wie oft fuhr sie dorthin? In welcher Stimmung kam sie zurück?«

»Oft, glaube ich. Und was die Stimmung angeht …« Er verdrehte die Augen und nestelte an seinem schmutzigen Taschentuch herum. »Ihre Stimmung war übel. Von Mal zu Mal schlimmer. In letzter Zeit erkannte ich, wenn ich sie anrief, schon an ihrer Stimme, dass sie gerade von dort zurückgekehrt war. Aber das lag vielleicht an ihren übertriebenen Schuldgefühlen. Sie betrachtete sich fast als Verräterin.«

»Sagen Sie, hat Olga Kolomejez jemals von Suizid gesprochen?«

»Wovon? Ach so, ja, ich verstehe. Sie hat nicht nur davon gesprochen. Sie hat das Thema regelrecht kultiviert, besonders in der Pubertät. Die Wand über ihrem Bett hat sie vollgehängt mit Bildern von Marina Zwetajewa, Jessenin und Majakowski, aber nicht, weil sie so für Lyrik schwärmte, sondern weil die sich alle umgebracht haben. Das war ihr einziges Kriterium. In der achten Klasse hat sie ein ungeheuerliches Spektakel inszeniert, übrigens auch mit einem Fenstersprung. Und wissen Sie, weshalb? Wegen Jeans! Sie wollte unbedingt echte amerikanische Markenjeans haben. Sie schrieb einen Abschiedsbrief, schuld an ihrem Tod sei ihre Mutter, weil sie ihre jüngste Tochter nicht liebe; sie pappte die pathetische Botschaft mit Klebeband an den Kühlschrank und stieg aufs Fensterbrett, als drei Leute in der Küche waren, darunter auch Ihr ergebener Diener. Sie wurde natürlich heruntergeholt. Später gab es da noch eine unglückliche Liebesgeschichte. Sie war unsterblich verliebt in einen Klassenkameraden. Sie schrieb mit Lippenstift an den Spiegel: ›Ich sterbe, weil ich einen Schuft mit einem Herzen aus Stein liebe!‹ Lilja fand sie mit einer Rasierklinge in der Hand auf dem Wannenrand. Aber das alles bestätigt nur, dass jemand bei ihrem Fenstersprung nachgeholfen hat. Wer ständig mit Selbstmord droht, macht nie Ernst, der will nur Aufmerksamkeit erregen, will, dass alle ihn bedauern, sich um ihn kümmern und so weiter. Ich weiß nicht, ob sie selber gesprungen ist oder nicht, einerseits ja, anderseits nein, und überhaupt, das Ganze ist zehn Jahre her, wie es wirklich war, lässt sich heute nicht mehr feststellen. Es lebt keiner mehr, der etwas dazu sagen könnte.« Ferdinand sprach immer undeutlicher, als sei er plötzlich furchtbar müde. Die Erregung war der Apathie gewichen.

»Ich sehe, Sie sind wirklich erschöpft«, sagte Borodin sanft, »ich denke, für heute ist es genug. Ich habe Verständnis für Ihren Zustand, Sie haben eine Frau verloren, die Ihnen sehr viel bedeutete. Seien Sie so gut und lesen Sie sich das Protokoll durch.«

Borodin beobachtete, wie Ferdinands Augen gleichgültig über die Zeilen huschten.

»Ja, alles in Ordnung«, sagte er und gab das Papier zurück.

»Bitte hier, unter ›Nach meinen Worten wahrheitsgemäß aufgezeichnet‹ Unterschrift und Datum. Und das hier bitte noch ausfüllen.«

»Was ist das? Eine Verpflichtung, nicht zu verreisen?«

»Nur eine Formalität«, beruhigte ihn Borodin. »Sie wollen doch Moskau ohnehin in nächster Zeit nicht verlassen?

Wir müssen uns jederzeit mit Ihnen in Verbindung setzen können.«

»Ich laufe schon nicht weg. Ich wüsste nicht, warum und wohin.«

Elftes Kapitel

Das Bad in der Stadtwohnung der Solodkins hatte die Anmutung einer Unterwasserwelt: Türkisfarbene Fliesen mit verschlungenen Algen und zarten Wasserlilien; Türkis- und Malachitintarsien an Schranktüren und am Rahmen des ovalen Spiegels; zierliche Seepferdchen, Tintenfische und Krabben. Auf den vergoldeten Wasserhähnen blitzten blaue und grüne Zirkonitsteine.

Mascha badete gern, sie lachte und strampelte fröhlich mit den Beinen. Xenia drehte sie vom Rücken auf den Bauch, redete zärtlich auf sie ein, sah aber anstelle des schicken Whirlpools die schrundige Sitzwanne im Haus ihrer Eltern vor sich und den dicken Gummischlauch, der auf den Wasserhahn gezogen wurde, weil die Dusche meist kaputt war. Über der Wanne baumelte ständig Wäsche, und es roch nach Kernseife.

Sie kniff die Augen zusammen, schüttelte den Kopf, um das Bild der eigenen verhassten Kindheit zu verscheuchen, und zwang sich zu einem fröhlichen Lächeln.

»So, mein Sonnenschein, das ist genug. Gleich gibts was zu essen, und dann gehst du schlafen.« Sie wickelte Mascha in ein flauschiges grünes Handtuch und erstarrte plötzlich, das Kind an die Brust gedrückt und die Nase auf dem warmen, feuchten Köpfchen.

Sie hatte sich angewöhnt, Mascha alles zu erzählen, was sie als Nächstes machen würden, und das waren lauter angenehme Dinge: Stillen, Spazierengehen und Schlafen in dem Bettchen, das aussah wie die Wiege einer Märchenprinzessin. Jede Kleinigkeit, die das Kind umgab, war nahezu ein

Kunstwerk, und jede Minute war ein kleines Fest. Maschas Babyzeit bildete ein strahlendes Mosaik und sollte ihr als behaglicher Paradiesgarten in Erinnerung bleiben, in dem es stets warm, hell und sauber war, wo es nach Blumen duftete, wo handzahme Vögel mit süßer Stimme sangen und alle Fische golden waren und sprechen konnten. Und wo vor allem die Mama ständig um sie war – stark, ruhig und verlässlich.

Hör auf, befahl sich Xenia, aber sie hatte keine Kraft mehr. Tränen rannen ihr über die Wangen, Mascha schob sofort die Unterlippe vor und begann zu weinen.

Ich kann nicht mehr, ich kann nicht mehr – Xenia war machtlos gegen diesen Ausruf in ihrem Kopf und verzweifelte noch mehr, weil sie sich deshalb heftige Vorwürfe machte. Durch den Stress kann die Milch ausbleiben, und selbst wenn nicht, überträgt sich die Nervosität der Mutter auf das Kind. Du hast ruhig und lebensfroh zu sein, nur dann ist dein Kind psychisch gerüstet für sein ganzes Leben.

Nach anderthalb Stunden war alles Notwendige erledigt. Mascha schlief fest in ihrem hübschen Bettchen; Xenia saß in einem langen T-Shirt eine Weile auf dem Küchensofa, die nackten Beine angezogen, und starrte vor sich hin, auf die Tür des Geschirrschrankes, auf das farbenfrohe Glasmosaik.

Nein, Xenia, das ist kein Glas, das sind Plättchen aus echtem Bergkristall. Eine schöne Einrichtung erfreut nicht nur das Auge, sie wirkt auch wohltuend auf das Unterbewusstsein. Wer von schönen, teuren Dingen umgeben ist, fühlt sich stark und sicher. Dinge haben nicht nur eine funktionale, sondern auch eine repräsentative Bedeutung. Die Steine auf den Wasserhähnen, die Fläschchen und Döschen auf dem Regal unterm Spiegel, die Haarbürste, der Kugelschreiber, das Feuerzeug und die Uhr – all das verrät viel mehr über einen Menschen als Worte und sogar Taten.

Galina Solodkina plauderte gern mit ihrer Schwiegertochter. Das heißt, sie plauderte, und Xenia machte ein kluges

Gesicht und nickte. Galina verfügte über einen großen Vorrat an belehrenden Monologen. Ihr Sohn hörte ihr nie zu, aber nun konnte sie sich frei entfalten. Xenia war für Galina wie feuchter Ton, den sie nur in die richtige Form bringen musste, um dann dem einzigartigen Kunstwerk Leben einzuhauchen.

Sie brachte ihrer Schwiegertochter bei, wie man lief, redete, sich frisierte, Kleider in teuren Boutiquen und Lebensmittel auf dem Markt auswählte, wie man ein Kind kleidete und vor allem, wie man Oleg richtig behandelte.

Oleg ist manchmal ein bisschen seltsam, wie alle kreativen Menschen. Er ist ganz in sich selbst versunken, in seine Gedanken und Phantasien, in seinen schöpferischen Prozess sozusagen. Ja, er hat eine ganze Reihe von Krankheiten – Bluthochdruck, Hirndruckstörungen und schwache Nerven. Er hat sich einfach nie geschont, und die viele geistige Arbeit zehrt eben an den Nerven. Darum muss er nun Medikamente nehmen, und einige Präparate haben leider unangenehme Nebenwirkungen.

Das Wort »Drogen« war bei den Solodkins tabu. Das, was Oleg haufenweise einnahm und sich in die Venen spritzte, hieß »Präparate«. Galina ignorierte den langjährigen Drogenkonsum ihres einzigen Sohnes hartnäckig. Xenia hätte das auch gern getan, aber Oleg versuchte immer wieder, sie ebenfalls an die Nadel zu bringen, indem er erklärte, sonst würden sie sich nie richtig verstehen.

Am Abend zuvor hatte er Besuch gehabt, den Fotografen Nikolai und zwei vollkommen identisch aussehende blonde Mädchen. Xenia kannte die beiden aus dem Video, sie hatten sich unter Aufsicht der eleganten Dame mit dem roten Hut auf der sonnigen Wiese amüsiert.

Die Mädchen hatten einen Striptease mit Musik veranstaltet, erst im Esszimmer, dann auf der Veranda. Nikolai hatte sie in verschiedenen Posen fotografiert, bis früh um vier hatte die Musik gedröhnt, und Mascha hatte geweint und nicht einschlafen können. Ab und zu waren sie zu Xenia nach oben gekommen und hatten sie belästigt.

»Wieso machst du so ein saures Gesicht? Entspann dich, amüsier dich, Kleines! Du weißt einfach nicht, was ein echter Kick ist. Komm, einen kleinen Druck, und du bist ein anderer Mensch.«

Xenia bat sie zu gehen und keinen Lärm zu machen. Sie entschuldigten sich mit höhnischer Höflichkeit und gingen. Dann dröhnte die psychedelische Musik noch lauter herauf. Mascha, erschöpft vom Weinen, war auf Xenias Arm eingeschlafen. Xenia saß da, rührte sich nicht, fühlte, wie ihr Kind im Schlaf zitterte, und wusste nicht, was sie tun sollte.

Nach einer halben Stunde kamen die beiden Mädchen wieder hoch, zusammen mit Oleg, der bereits vollkommen weggetreten war. Vor Xenias Augen umarmten sie ihn, rollten schmachtend mit den Augen und flüsterten ihm Anzüglichkeiten ins Ohr. Mascha wachte auf und fing an zu weinen, Oleg entriss Xenia das Kind und schüttelte es, den besorgten Vater parodierend. Eines der Mädchen kroch auf allen Vieren zu Xenia, jammerte: »Uah, uah, Mamotschka, gib mir die Brust!«, und umklammerte Xenias Beine, weil sie Oleg das Kind wegnehmen wollte. Das andere Mädchen sprang auf einen antiken Schachtisch, stieß einen Stapel sauberer Babysachen herunter und knöpfte sich langsam die Bluse auf.

Xenia hätte schwören können, dass die Mädchen nicht gefixt und aussschließlich Saft und Wasser getrunken hatten. Sie sah ihre Augen – sie waren dreist und vollkommen nüchtern. Zu schreien: »Aufhören! Verschwindet!« war sinnlos. Oleg hatte genug von der Rolle des komischen Papas und warf Mascha achtlos auf das Sofa. Ihre Lippen waren vom Schreien schon ganz blau; Xenia presste das Kind an sich und schaukelte es auf dem Arm.

Endlich verließen die Mädchen das Zimmer und nahmen auch Oleg mit. Draußen begann bereits ein klarer, warmer

Morgen, und die Vögel sangen. Xenia war furchtbar müde. Im Halbschlaf hörte sie einen Motor brummen, eine fremde Männerstimme, Türenschlagen, das Knirschen von Kies unterm Fenster und Mädchenlachen. Dann wurde es endlich ganz still, bis auf das freudige Vogelzwitschern. Xenia wollte eigentlich aufstehen, hinuntergehen, sich die Zähne putzen, sich dann ausziehen und ins Bett gehen. Aber sie hatte nicht mehr die Kraft, die Augen zu öffnen.

»Verdammt, wo ist denn deine Vene?«

Sie kämpfte sich durch eine zähe Schicht Schlaf, sprang auf und warf dabei den Schaukelstuhl um. Die Morgensonne brannte in den Augen, und außer dem Umstürzen des leeren Korbstuhls ertönte ein weiteres Geräusch, dumpf und weich. Sie sah den nackten Oleg auf dem Boden liegen. In der Hand hielt er eine mit einer trüben Flüssigkeit gefüllte Spritze.

»Drehst du jetzt völlig durch!«, rief Xenia flüsternd, entriss ihm die Spritze und schleuderte sie quer durchs Zimmer.

Oleg antwortete mit einer heiseren Schimpfkanonade, kroch grinsend und knurrend zum Sofa und tastete mit der Hand darunter umher.

Xenia beobachtete ihn schweigend, die Arme um die bebenden Schultern geschlungen. Endlich hatte er die Spritze gefunden, wischte die Nadel an seiner Unterhose ab und versuchte aufzustehen, schaffte es aber nicht und blieb vor dem Sofa sitzen.

»Hör mal, Xenia, nur einen kleinen Druck, probiers doch wenigstens mal«, sagte er mit matter Stimme ganz friedlich. »Komm, sei ein Mensch, nur einen Druck, ja?«

»Oleg, geh schlafen, du bist total hinüber.«

»Ich bin voll gut drauf! Was ist, drückst du jetzt oder nicht? Nein? Na schön« – er seufzte gedehnt –, »dann eben ich.«

Seine Hände zitterten heftig, er traf die Vene nicht, verlor die Geduld und brüllte: »Was glotzt du so, dumme Kuh! Hilf mir!«

»Kannst du mal aufhören zu schreien? Du weckst das Kind auf.«

Er hatte sich schon die Nadel in den Arm gejagt, leerte mit geschlossenen Augen langsam die Spritze und murmelte: »Was für ein Kind? Ich habe kein Kind.«

Dann zog er die Spritze heraus, blieb eine Weile mit zusammengekniffenen Augen sitzen, öffnete schließlich die Augen, sah Xenia von unten herauf an und sagte mit gebleckten Zähnen langsam: »Was solls, Schluss mit der Lügerei. Ich weiß Bescheid.«

Er konnte es nicht wissen. Außer Xenia und dem Arzt in der Entbindungsklinik konnte niemand Bescheid wissen.

»Wen willst du hier verschaukeln? Ich bin schließlich Arzt, seit fünfzehn Jahren Geburtshelfer. Der Fötus ist vollkommen ausgereift, und daß heißt: vierzig Wochen. Vierzig, nicht sechsunddreißig.«

»Aber nein! Ich weiß genau, wann es passiert ist!«

»Ja, ja, schon gut, mach dir keine Sorgen, ich verstehe. Das hättest du doch gleich sagen können.«

Oleg hatte sich nun doch aufgerappelt. Schwankend ging er zu Xenia, packte sie am Kragen ihres T-Shirts und keuchte: »Meinst du, ich kann mich nicht erinnern? Ich erinnere mich ganz genau, meine Kleine. Dass Mascha meine Tochter ist, kannst du meinetwegen meiner auf Enkel versessenen Mutter erzählen. Aber nicht mir, klar?«

Nein, ist sie entzückend, ein Wunder, einfach ein Wunder! Sie sieht aus wie ich, als ich klein war. Weißt du, Oleg war ja auch ein Achtmonatskind, unterentwickelt, das erste Jahr war sehr schwierig. Erstaunlich – die Kleine sieht überhaupt nicht unterentwickelt aus. Die Ärzte sagen einhellig, sie sei gesund und kräftig. Mein Gott, und diese Augen, diese Fingerchen, dieses süße kleine Gesicht! Der reinste Engel. Ich danke dir für dieses Enkelkind, mein Sonnenschein. Ich wusste immer, dass du ein kluges Mädchen bist. Weißt du schon, wie wir sie nennen wollen? Ja, Mascha gefällt mir und Oleg auch gut.«

Galina war überzeugt: Mit einem jungen, gesunden Mädchen gab es eine Chance, ein gesundes Enkelkind zu bekommen. Sie hatte panische Angst davor, im Alter mit Oleg allein zu sein.

Sie war eine energische Person und gewohnt, zu erreichen, was sie sich vornahm.

Früher oder später kriegt er mich an die Nadel, dachte Xenia, während sie sich das Haar bürstete. Und was macht Galina dann? Erst wird sie versuchen, mich wieder clean zu bekommen, wie sie es bei ihm versucht hat. Und schließlich wird sie mich rauswerfen oder in die Psychiatrie stecken, juristisch alles wasserdicht regeln und Mascha allein großziehen.

Ich könnte zurück zu den Eltern, in die schäbige kleine Wohnung, zurück in die Armut aus Prinzip, und mir jeden Tag hochtrabende Reden anhören, dass das Wichtigste im Leben geistige Werte seien, Geld dagegen den Menschen zu einem niederen, geistlosen Wesen macht, zum Tier. Für Mascha würde das bedeuten: Keine Pampers, keine schönen Spielsachen und Kleider mehr, keine französischen Ferienorte, kein elitäres Gymnasium, wo man von der zweiten Klasse an zwei Fremdsprachen lernt, kein Studium in Oxford oder Cambridge. Und fürs ganze Leben ein instinktiver Widerwille gegen die sogenannten »geistigen Werte«. Damit wird sie nicht Bücher, Musik und Gemälde verbinden, sondern gestopfte Socken und den Gestank nach Kernseife.

Im Nebenzimmer ertönte leises Weinen. Als spürte Mascha, woran ihre Mutter gerade dachte.

Zwölftes Kapitel

Borodin war sehr erstaunt, als er feststellte, dass es bereits elf Uhr abends und seine Mutter noch immer nicht zu Hause war. Normalerweise rief sie an, wenn sie später kam.

Um halb zwölf machte er sich ernsthaft Sorgen. Er blätterte im Telefonbuch und versuchte sich zu erinnern, wer von ihren Freundinnen im Moment in Moskau und wer auf der Datscha war.

Er zögerte, zu früh in Panik zu verfallen und die alten Damen mitten in der Nacht zu beunruhigen. Ihn quälte der Gedanke, dass seine Mutter vielleicht gekränkt war. In letzter Zeit hatte er kaum mit ihr geredet, er reagierte meist gereizt und verkroch sich am liebsten in seinem Zimmer. Er wusste genau, woran das lag. Genauer gesagt, an wem. Natürlich an Jewgenija Rudenko.

Noch war nichts passiert, und dabei würde es wohl auch bleiben. Was er für Jewgenija empfand, war für niemanden außer ihm selbst von Belang. Er hoffte nicht auf Gegenseitigkeit und wollte das mit sich allein abmachen – seine Mutter aber war daran gewöhnt, dass es zwischen ihnen keinerlei Geheimnisse gab.

Um Viertel vor zwölf griff er zum Telefon. Doch in diesem Augenblick klingelte es an der Tür.

Lydia kam herein, in einem eleganten milchkaffeefarbenen Sommerkostüm, auf dem Kopf einen Strohhut mit einem Band in der Farbe des Kostüms, einen weißen Seidenschal lässig um den Hals geschlungen und ein weißes Lacktäschchen in der Hand. Und in ebenfalls weißen Lackschuhen mit bequemem Absatz. Sie roch nach einem leichten Parfüm, ihre Lippen waren blass geschminkt. Borodin wusste, dass das Kostüm an die zwanzig Jahre alt war, ebenso wie Hut und Schuhe, aber seine Mutter sah darin umwerfend aus. Er stieß einen leisen Pfiff aus, wiegte den Kopf, küsste die Mutter auf die kühle Wange und sagte: »Na, Mamotschka, scheint ja was Ernstes zu sein …«

»Was Ernstes?« Sie nahm vorsichtig den Hut ab und schüttelte das kurzgeschnittene schneeweiße Haar. »Du denkst doch nicht etwa, ich hätte in meinem Alter ein Rendezvous gehabt?«

»Doch«, gestand Borodin, hockte sich hin und half der Mutter, die Schuhe auszuziehen, »genau das denke ich schon den ganzen Abend.«

»Ach, entschuldige, entschuldige.« Sie küsste ihn auf den Scheitel. »Hast du schon gegessen?«

»Nur Tee getrunken. Und du?«

»Ich war im Restaurant. Einmal in zehn Jahren kann ich mir das doch erlauben, oder? Zumal wir uns die Rechnung geteilt haben. Es war gar nicht so teuer.«

»Aber Mama, du musst dich doch nicht rechtfertigen.« Borodin lächelte. »Erzähl mir lieber, in welchem Restaurant du warst und mit wem.«

»Ich zieh mich erst mal um, dann setzen wir uns hin, essen was, und ich erzähl dir alles«, versprach Lydia und verschwand in ihrem Zimmer. Ihre Augen blitzten listig und geheimnisvoll.

»Du hast Hunger?«, fragte er durch die Tür hindurch. »Ich denke, du warst im Restaurant?«

»Ja, stell dir vor. Da hab ich vor allem geredet.«

Er deckte den Tisch, wärmte die gebratene Makrele auf und schnitt Gurke und Tomaten auf. Lydia kam im Hauskleid aus ihrem Zimmer. Erschöpft ließ sie sich auf einen Stuhl sinken und seufzte vielsagend. Borodin begriff, dass seine Mutter darauf brannte, ihm etwas Wichtiges und Interessantes zu erzählen.

»Schieß los, Mama, ich bin ganz Ohr.«

»Nein« – sie schürzte die Lippen –, »erst wird gegessen. Berufliches bespricht man am besten beim Tee.«

»Aha, Berufliches also?« Borodin lächelte und neigte den Kopf zur Seite.

»Nicht direkt beruflich, aber sehr wichtig. Ich habe eine Überraschung für dich, Ilja. Nein, für mich bitte keinen Fisch, nur ein bisschen Salat, das genügt. Aber du iss ruhig, lass dir Zeit.«

Borodin machte sich über den Fisch her.

Lydia seufzte, stand auf, räumte ein wenig herum, bis sie es schließlich nicht mehr aushielt und aufgeregt sagte: »Also gut, hör zu. Aber unterbrich mich bitte nicht, sonst vergesse ich womöglich etwas Wichtiges.«

»Klar, Mama. Ich bin ganz Ohr.«

»Du wirst es nicht glauben, Ilja, ich bin fast verrückt geworden. Dieser Name ging mir die ganze Zeit im Kopf herum und ließ mir keine Ruhe. Ich wusste genau, dass ich jemandem mit diesem Namen schon einmal begegnet bin. Ich habe sämtliche alten Telefonbücher durchgeblättert – vergebens. Aber gegen Morgen durchfuhr es mich dann wie ein Blitz. Ich hatte ja nur unter ›S‹ nachgesehen. Ich habe mich so über mich geärgert, dass ich noch im Morgengrauen aufstand und sämtliche Bücher noch einmal der Reihe nach durchblätterte. Und weißt du, wo ich den verfluchten Namen gefunden habe? Unter ›K‹. Und was meinst du, warum? Weil Galina Solodkina im Ministerium für Kultur angestellt war.«

»Warte, Mama«, unterbrach Borodin, »einen Moment. Was für eine Galina Solodkina? Wovon redest du?«

»Du sollst mich doch nicht unterbrechen. Hab Geduld.«

»Entschuldige.« Borodin stand auf, um den Tisch abzuräumen, aber seine Mutter gebot ihm energisch Einhalt.

»Mach keine Hektik. Ich räume hinterher ab. Setz dich hin und hör zu.«

»Schon gut, Mama, schon gut.« Borodin setzte sich gehorsam wieder.

»Also weiter. Als ich die Dame unter ›K‹ gefunden hatte, fiel mir sofort alles wieder ein. So um 1980 hatte eine Gruppe von Kunsthistorikern eine Einladung zu einer Konferenz an der Sorbonne bekommen. Damals ließ man die Leute nur ungern ins Ausland, besonders in kapitalistische Länder, und einige von uns hatten Schwierigkeiten, darunter auch ich. Und da hat Alewtina – erinnerst du dich an Alewtina?«

Borodin nickte, wollte etwas sagen, besann sich aber und hob sich seine Fragen für später auf.

»Alewtina hatte überall nützliche Bekannte, und sie regelte alles mit Hilfe dieser Dame aus dem Kulturministerium. Verstehst du jetzt endlich, Ilja?« Sie machte ein ernstes Gesicht und verkündete feierlich: »Der stellvertretende Chefredakteur der Jugendzeitschrift ist der einzige Sohn dieser Galina Solodkina, die im Kulturministerium für Auslandsreisen zuständig war.«

»Aha.« Borodin nickte. »Und weiter?«

»Weißt du, Alewtina ist eine herzensgute Seele, aber eine unglaubliche Klatschbase. Und darum habe ich sie heute ins Restaurant eingeladen. Sie weiß alles über die Familie Solodkin!«

»Möchtest du noch Tee?«, fragte Borodin nach einer langen Pause leise.

»Ja, gern. Halt, nicht so viel Sud! Dann kann ich nicht einschlafen. Nun sieh mich bitte nicht so an, Ilja. Ich weiß, das war nicht schön von mir. Ich habe unerlaubt meine Nase in den Fall gesteckt, der dich im Moment so zermürbt. Ich habe in dem scheußlichen Magazin auf deinem Schreibtisch geblättert, dann in dem Notizbuch, und bin natürlich auf deine Kreuzchen gestoßen. Ich weiß, du hast mich nicht darum gebeten, doch ich konnte mich einfach nicht beherrschen. Aber gib zu, es hat sich gelohnt!«

»Also, noch verstehe ich nicht ganz«, sagte Borodin nach einem Räuspern. »Was ist denn das Ergebnis?«

»Ja, richtig. Natürlich verstehst du noch nicht, die Hauptsache fehlt ja noch. Alewtinas Mann Michail ist Kinderpsychiater. Und vor einigen Jahren hat sich Galina Solodkina an ihn gewandt mit der Bitte, ihr ein gutes privates Kinderheim für ein geistig zurückgebliebenes vierjähriges Kind zu empfehlen. Michail wollte sich das Kind erst einmal ansehen, er nahm die Bitte sehr ernst, weißt du, aber die Solodkina erklärte, das sei nicht nötig, das Mädchen sei Waise, sie kümmere sich nur aus Mitleid um sie und wolle das Kind in gute Hände geben. Eine Empfehlung genüge vollkommen. Und

Michail hat sich für sie erkundigt. Ja, das ist eigentlich alles. Na, wie ist das?«

»Was?« Borodin hob die Brauen.

»Wie findest du diese Neuigkeiten? Du hast doch gesagt, du hast eine debile Waise mit Selbstanzeige und ohne Papiere. Vielleicht ist sie das ja?«

»Sag mal, Mama, wieso stand die Nummer der Solodkina eigentlich in deinem Telefonbuch?«

»Na ja, Alewtina hat mich damals mit der Dame bekannt gemacht, für alle Fälle, falls ich mal Probleme mit einer Auslandsreise hätte und überhaupt. Die Solodkina gehörte zu den sogenannten nützlichen Leuten. Ist das denn so wichtig?«

»Ich weiß noch nicht, was hier wichtig ist und was nicht«, sagte Borodin nachdenklich. »Ich müsste mich mal mit Michail treffen.«

»Aber Ilja, hast du das vergessen – er ist doch vor vier Jahren gestorben.« Lydia seufzte. »Wir beide waren auf der Beerdigung.«

»Ach ja, richtig. Du hast gesagt, Alewtina weiß alles über die Solodkins. Was hat sie denn noch erzählt?«

»Eine Menge. Aber ich glaube, der Rest hat nichts mit dem Fall zu tun.«

»Erinnere dich trotzdem. Oder nein, ich rede am besten selbst mit Alewtina.«

»Bloß nicht!« Lydia hob abwehrend die Hände. »Ich habe doch so getan, als würde ich sie aus purer Neugier über die Solodkina ausfragen. Ich habe eine Art nostalgisches Theater inszeniert, aus Anlass des fünfzigsten Jubiläums unseres Universitätsabschlusses. Wir haben geplaudert, wie das Leben so gelaufen ist, ich habe von der Frankreichreise angefangen und bin dann auf die Solodkina gekommen. Und sie hat halb im Scherz gesagt, sie fühle sich ein bisschen unwohl, wenn sie mit mir über diese Dame spricht.«

»Interessant. Wieso denn?«

»Na, weil mein Sohn Kriminalist ist. Die Solodkina ist jetzt Geschäftsfrau, und wo Geschäfte gemacht werden, riecht es meist nach Kriminalität. Du weißt doch, unsere Generation ist misstrauisch und verängstigt. Alewtina war hin- und hergerissen. Einerseits wollte sie schrecklich gern ein bisschen tratschen, andererseits hatte sie Angst, aus Versehen gefährliche fremde Geheimnisse zu verraten. Die Solodkina handelt nämlich mit Antiquitäten, und das ist ein besonders kriminelles Milieu. Ihre Firma heißt ›Galateja‹, sie ist die Geschäftsführerin. Sie ist äußerst wohlhabend. Und Witwe, ihr Mann ist an einem Herzinfarkt gestorben. Und der Sohn ist ziemlich sonderbar. Er ist so um die vierzig, Alewtina hat ihn ein paarmal gesehen und sagt, er wirkt schwerkrank. Äußerlich abstoßend und unangenehm. Sie hat es noch drastischer ausgedrückt: Er wirkt irgendwie degeneriert.«

»Wie meint sie das – degeneriert?«

»Ach, ich weiß nicht, Alewtina neigt zu Übertreibungen. Vielleicht steht es gar nicht so schlimm um Oleg. Immerhin ist er stellvertretender Chefredakteur dieses teuren Hochglanzmagazins und hat an der Filmhochschule studiert. Vor kurzem hat er geheiratet, das Mädchen ist halb so alt wie er. Alewtina war auf der Hochzeit.«

»Ist Alewtina denn so eng befreundet mit der Solodkina?«

»Die Solodkina nutzt Alewtina als Beraterin. Alewtina ist zwar eine Klatschbase, aber immerhin Doktor der Kunstgeschichte.«

»Antiquitäten«, sagte Borodin gedehnt. »Interessant … Aber sag mal, von dem Mädchen, das die Solodkina in einem Heim unterbringen wollte, war nicht weiter die Rede?«

»Nein. Aber eines ist interessant. Weißt du, warum sich Alewtina so gut an diese Geschichte erinnert? Weil sie die Solodkina später ein paarmal gefragt hat, wie es dem Mädchen geht, ob sie ein Heim für sie gefunden hat, aber die Madam tat, als hätte sie die Sache vergessen.«

»Wieso? Vielleicht hat sie es wirklich vergessen?«

»Du bist komisch, Ilja.« Lydia schüttelte den Kopf. »Erstens vergessen Leute wie die Solodkina ihre guten Taten nie. Sie verausgaben sich für eine Kopeke und machen Wind für eine Million Dollar, spreizen sich vor Fernsehkameras und erzählen, wie gut, wie mitfühlend und großzügig sie sind, dass sie Kinderheime unterstützen und Geld für Suppenküchen spenden.«

»Nun übertreibst du aber«, knurrte Borodin. In seinem Kopf formierte sich eine interessante Kette von Zusammenhängen. Ihm war gerade eingefallen, dass die Firma »Galateja« dem bekannten Moskauer Kriminellenboss Pnyrja gehörte. Der hartgesottene Kriminelle wurde im Alter immer sentimentaler, machte auf Wohltätigkeit und unterstützte Waisenhäuser. Welche genau, ob nur eins oder mehrere, wusste Borodin nicht. Aber das war leicht zu ermitteln.

Lydia war inzwischen aufgestanden und räumte den Tisch ab.

»Gebs Gott, dass meine Informationen dir nützen«, murmelte sie gähnend, »wenn mir noch etwas einfällt, erzähle ich es dir auf jeden Fall, aber erst morgen. Jetzt fallen mir die Augen zu, tut mir leid.«

»Ja, geh schlafen, Mama, ich räume auf und wasche ab.«

Allein in der Küche, blieb Borodin noch eine Weile reglos sitzen. Er musste seine Gedanken sammeln und die von seiner Mutter erhaltenen Informationen irgendwie ordnen.

Die Zeitschrift mit dem quecksilbernen nackten Mädchen auf dem Umschlag hatte er ganz mechanisch aus der Wohnung der Toten mitgenommen. Er konnte sich nicht vorstellen, dass Lilja Kolomejez sich die Ausgabe dieses Hochglanzmagazin selbst gekauft hatte. Wozu? Was sollte sie daran interessiert haben? Übrigens war es auch nicht billig, für den Preis hätte Lilja sich mehrere Nummern ihrer geliebten »Burda-Moden« oder etwas anderes Nützliches kaufen können.

Als er im Impressum der Zeitschrift und in Liljas Telefonbuch einen übereinstimmenden Namen gefunden hatte, wäre er vor Freude fast in die Luft gesprungen. Dieser Zufall erschien ihm vielversprechend. Lilja musste die Zeitschrift von Solodkin bekommen haben, was bedeutete, dass er vor kurzem bei ihr zu Hause war oder sie sich irgendwo getroffen hatten. Vielleicht konnte er von diesem Solodkin etwas über die Tote und ihre Nichte erfahren. Womöglich wusste er etwas über die geheimnisvolle Mama Isa und die Waldschule?

Borodin machte sich an den Abwasch und stellte im Kopf verschiedene Hypothesen auf. Galina Solodkina hatte offenbar mit dem Kriminellen Pnyrja zu tun. Er unterstützte Waisenhäuser. Die Solodkina hatte vor zehn Jahren einen Platz für eine geistig zurückgebliebene Vierjährige gesucht. Ljussja Kolomejez war gerade fünfzehn geworden. Das Alter stimmte. Aber wie viele solche Waisen gab es? Woraus ließ sich schließen, dass es sich genau um dieses Kind handelte?

Ich muss auf jeden Fall sofort herausfinden, welche Waisenhäuser Pnyrja unterstützt, und mich vor allem mit Oleg Solodkin treffen, entschied Borodin. Für den Anfang wäre es interessant, wie er auf die Nachricht von dem Mord reagiert und ob er ein Alibi hat.

Ein Schälchen aus durchsichtigem, angeblich unzerbrechlichem Glas rutschte durch das Gitter des Trockenständers und zersplitterte.

Ein schlechtes Zeichen, dachte Borodin, während er Handfeger und Kehrschaufel holte, das bringt kein Glück. Jewgenija hat recht, man hat das heftige, dumpfe Gefühl von Gefahr, aber die Informationen sind zu diffus und verworren. Irgendwas sagt mir, dass ich mich beeilen muss, bevor es weitere Tote gibt. Die Zeit läuft, und die Ermittlungen treten auf der Stelle. Unsere Suche nach dieser Waldschule geht ins Leere, weil keinerlei Papiere von Ljussja existieren. Dafür hat offenbar jemand gesorgt. Aber warum?

Dreizehntes Kapitel

Wieder zu sich gekommen, lag Raïssa lange reglos da und schaute an die Holzdecke. Ihr Herz schmerzte, jeder Herzschlag bewirkte ein heftiges Pulsieren in der linken Schulter. Das war so beängstigend, dass Raïssa fast vergaß, warum sie gestürzt war, und für alle Fälle laut nach Xenia rief. Ihr einsamer, wehmütiger Schrei verhallte ungehört, sie musste sich eingestehen, dass keine Menschenseele da war, und sich wieder an alles erinnern, auch an die formlose Gestalt in der Hängematte. Vor allem musste sie sich erst einmal zum Büfett schleppen, ein paar Tropfen Baldrian nehmen und eine Nitroglyzerintablette. Und dann den Notarzt rufen.

Stöhnend und sich an alles klammernd, woran ihre Hände Halt fanden, bewegte sie sich langsam zum Esszimmer, warf den Schaukelstuhl um und ertastete endlich den Lichtschalter. Sie drückte darauf – keine Reaktion. Der Strom in der Siedlung war wieder einmal zur Nacht abgeschaltet worden.

Die Medizin fand sie sofort, dann griff sie zum Mobiltelefon. Sie wusste, welche Taste man zum Einschalten drücken musste, erinnerte sich aber nicht an den Pincode. Eine ganze Weile drückte sie wahllos alle Tasten. Sie bezweifelte, dass sie genug Kraft hatte, zu den Nachbarn zu gehen. Irgendwo in der Nähe heulte ein Hund.

Sie ging mit einer Taschenlampe hinaus in den Garten. Für die zwanzig Meter auf dem von Stachelbeersträuchern gesäumten Asphaltweg von der Haustreppe bis zur Hängematte brauchte sie zehn Minuten. Von der Plane über der Hängematte tropfte noch immer Wasser. Raïssa war so schwindlig, dass sie das Gleichgewicht verlor und sich reflexhaft an Olegs Schulter klammerte. Die Hängematte geriet ins Schaukeln, und Raïssa ließ die Taschenlampe ins hohe Gebüsch fallen. Sie ging sofort aus. Nun konnte Raïssa nur noch eines tun: Laut um Hilfe rufen. Doch darauf antworteten lediglich einige Hunde, deren Bellen in Heulen überging. Raïssa wurde das ganze entsetzliche Ausmaß ihrer Lage bewusst. Sie war vollkommen allein, sie hatte Herzschmerzen, ihr war schwindlig, und neben ihr lag der tote Oleg.

»Geschieht ihm recht!«, flüsterte sie, mühsam die kalten Lippen bewegend. »Das ist der Preis! Ich habe immer gewusst, dass er eines Tages für Olga bezahlen muss!«

Zum ersten Mal sprach Raïssa diesen Namen laut aus. Jahrelang hatte sie sich untersagt, daran zu denken, doch nun stand ihr plötzlich wieder vor Augen, was in dieser verhassten Familie vor fünfzehn Jahren geschehen war.

Ein Jahr nach der Scheidung von Lena hatte Oleg wieder ein Mädchen ins Haus gebracht – Olga. Sie hatte üppige blonde Locken, runde hellblaue Augen, zartrote Wangen und eine leise Kinderstimme. Doch die älteren Solodkins verhielten sich, als gebe es keinen Unterschied zwischen der unverschämten, schlampigen Lena und der stillen Schönheit Olga. Galina wiederholte immer wieder mit zusammengekniffenen Augen – vor Verachtung oder wegen des Zigarettenrauchs: »Was verbindet unseren Jungen schon mit diesem Püppchen?«

Diesmal gab es keine Hochzeit. Olga lebte einfach mit Oleg zusammen. Sie liebte ihn vollkommen selbstlos. Tagelang wusch und bügelte sie seine Sachen, räumte ihm alles hinterher und putzte unermüdlich ihr gemeinsames Zimmer. Raïssa atmete erleichtert auf – nun konnte sie sich ganz auf die Versorgung der älteren Solodkins konzentrieren und betrat Olegs Zimmer nicht einmal mehr. Im Haus gab es genug zu tun, die Solodkins empfingen oft wichtige Gäste – Staatsbeamte und Ausländer. Die Wohnung musste stets blitzen, und das Essen hatte auf dem Niveau der teuersten Restaurants zu sein.

Als Raïssa erfuhr, dass Olga ein Kind erwartete, freute sie sich sehr. Das Mädchen schien wie geschaffen für die Mutterschaft. Allerdings war die Haushälterin die Einzige, die auf die Nachricht vom Familienzuwachs freudig reagierte.

Eines Tages hörte Raïssa zufällig ein Gespräch der Hausherren mit an. Es war spät am Abend, sie hatte gerade nach einem Essen mit wichtigen Gästen aufgeräumt. Die Speisen waren besonders aufwendig gewesen – Pilzpasteten, gefüllte Avocado und als Dessert ein dreischichtiges Blancmanger. Am späten Abend war Raïssa so erschöpft, dass sie sich beim Anziehen im Flur auf den Hocker vorm Spiegel setzte, um vor dem Heimweg kurz zu verschnaufen. Die Küchentür stand einen Spalt offen, und von dort vernahm Raïssa die Stimme der Hausherrin.

»Madam Kirjuschina hat übrigens den Bauch bemerkt.« Sie klang so entsetzt und schneidend, als hätte diese Kirjuschina, die Gattin eines der Gäste, nicht die Schwangerschaft von Olegs Freundin entdeckt, sondern etwas höchst Peinliches, Unanständiges.

»Wie denn das?«, fragte Solodkin rasch und erschrocken. »Sie haben doch ihr Zimmer nicht verlassen.«

»Sie ist selber zu ihnen rein. Du kennst doch die Kirjuschina, die muss in alles ihre Nase stecken. Sie wollte unbedingt Oleg sehen und seine Freundin kennenlernen. Ich konnte ihr das schließlich nicht verbieten.«

»Hat sie außer dem Bauch sonst noch was bemerkt?«

»Ich glaube nicht. Wie sollte sie darauf kommen ...«

Mein Gott, dachte Raïssa, wovon reden sie?

»Kann man wirklich nichts dagegen machen?«, fragte Solodkin besorgt.

»Zu spät. Sie ist schon im siebten Monat.«

»Na gut, aber was ist mit einer künstlichen Frühgeburt? Ich könnte das arrangieren, niemand würde davon erfahren.«

»Wir können sie doch nicht mit Gewalt ins Krankenhaus bringen.«

Das ist es also, sie wollen keine Enkel, sie wollen Olga nicht in ihre elitäre Familie aufnehmen. Scheusale, dachte Raïssa empört, Unmenschen!

»Und wenn wir noch mal mit Oleg reden? Er muss doch begreifen, was für eine Last das ist«, sagte Solodkin und seufzte schwer.

»Mach dir keine Hoffnungen, Wassja. Er ist im Moment kaum imstande, irgendetwas zu begreifen.«

»Übertreibst du da nicht? Ist es wirklich schon so schlimm?«

»Schlimmer gehts nicht.«

»Und du hältst einen glücklichen Ausgang wirklich für ausgeschlossen? Ich meine, das Kind …«

»Das wäre schon ein großer Zufall. Ein fantastischer Glücksfall, die Chancen stehen eins zu tausend. Doch wir sollten nicht auf ein Wunder hoffen. Allerdings gibt es ja angeborene Krankheiten, mit denen ein Kind lebensunfähig ist.« Galina lachte sonderbar dumpf. »Das wäre das Beste für uns alle.«

»Was redest du denn da«, rief Solodkin, »so etwas darf man nicht sagen.«

»Natürlich nicht, Wassja.« Wieder das kurze, dumpfe Auflachen, dann klickte ein Feuerzeug, und es war lange still. Bis Solodkin heiser hustete.

»Was sollen wir denn tun? Was denn, Galina? Uns einfach damit abfinden und abwarten?«

»Ich weiß es nicht. Ich weiß es nicht. Darüber hätten wir uns früher Gedanken machen müssen. Mit Reden können wir beide jedenfalls nichts mehr ändern.«

Am nächsten Morgen stieß Raïssa auf der Treppe mit Oleg zusammen. Er wollte zur Hochschule und hatte es eilig. Raïssa musterte ihn aufmerksam und stellte fest, dass er schmaler geworden war und seine Augen ungesund glänzten. Sie wartete, bis die Hausherren zur Arbeit gegangen waren, und warf einen vorsichtigen Blick in Olegs Zimmer. Olga schlief noch. Im Zimmer herrschte perfekte Ordnung, nur vor dem Bett stand ein leerer, innen ganz schwarzer Topf auf dem Fußboden. Raïssa wollte ihn mitnehmen und abwaschen, aber Olga wachte auf, sprang aus dem Bett, griff nach dem Topf und rief mit seltsam heiserer Stimme: »Was soll das?«

»Schlaf weiter, Kind. Ich wasch ihn ab«, murmelte Raïssa verwirrt.

»Nicht nötig! Das mach ich selber!«

Später, in der Küche, erklärte sie Raïssa schuldbewusst, sie sei von klein auf gewohnt, ihre Sachen selbst aufzuräumen, und es sei ihr peinlich, bedient zu werden. Im Gegensatz zu den Solodkins erklärte sie stets alles, was sie tat, und entschuldigte sich ständig, auch wenn es dafür keinen Anlass gab.

Eine Woche später hätte Raïssa beinahe einen Herzschlag erlitten. Sie waren zu zweit in der Wohnung. Olga wusch im Bad einen teuren Kaschmirpullover von Oleg, als Raïssa sie schreien hörte. Sie rannte ins Bad. Das Mädchen zitterte und schaute entsetzt in die Waschschüssel, die auf einem Brett auf der Badewanne stand.

»Er ist runtergefallen«, murmelte Olga. »Ich hätte einen Stromschlag kriegen können.«

In der Waschschüssel, auf dem Pullover, lag der Föhn, den Galina jeden Morgen benutzte.

Raïssa begriff: Wenn sich der Föhn zufällig eingeschaltet hätte, was leicht hätte passieren können, denn der Stecker befand sich in der Steckdose, wäre Olga durch einen Stromschlag getötet worden. Im Übrigen dachte sich Raïssa damals nichts weiter. Sie registrierte nur flüchtig, dass Galina noch nie zuvor vergessen hatte, den Stecker zu ziehen. Aber vielleicht war sie ja in Eile gewesen … Und woher sollte sie vorher gewusst haben, dass Olga einen Pullover waschen würde?

Eine weitere Woche später kam Oleg ins Kankenhaus. Galina erklärte Raïssa, er habe Magenprobleme. Olga saß tagelang bei ihm. Abends ging Galina zu ihr ins Zimmer, schloss die Tür hinter sich, und Raïssa hörte Olga schluchzen. Galinas Worte konnte Raïssa nicht hören, denn sie sprach sehr leise.

Als Raïssa eines Tages vorsichtig die Tür öffnete, sah sie Olga auf dem Fensterbrett stehen. Das Fenster stand weit offen – im neunten Stock. Raïssa huschte auf Zehenspitzen rasch zu Olga und umklammerte ihre Beine. Zum Glück war das Fensterbrett ziemlich breit.

»Lass los!«, schrie Olga, drehte sich aber um und ließ sich vom Fensterbrett auf den Fußboden gleiten.

Raïssa schloss schnell das Fenster, setzte sich neben Olga, legte den Arm um sie, streichelte sie und fragte immer wieder: »Was hast du denn? Na, was hast du denn? Komm, erzähls mir.«

»Sie hasst mich«, sagte Olga. »Sie wird mich so oder so umbringen. Also tu ichs lieber selber.«

Raïssa erschauerte, als sie in Olgas heiße, trockene Augen blickte. Zum ersten Mal wagte sie, Olegs Vater auf seiner Arbeitsstelle anzurufen. Er hörte sie an, schwieg lange, atmete schwer in den Hörer und sagte schließlich: »Du solltest mal Urlaub machen, Raïssa. Du arbeitest zu viel. Ich besorge dir gleich heute einen Platz in einem Ferienheim unseres Ministeriums. Olga wollte bloß die Gardine festmachen, da hatten sich ein paar Clips gelöst.«

»Nein, nein! Sie stand auf dem Fensterbrett, hochschwanger, und das Fenster war sperrangelweit offen«, murmelte Raïssa hastig in den Hörer, verstummte aber sofort, weil ihr einfiel, dass sich tatsächlich einige Clips gelöst hatten, die sie selbst eigentlich hatte befestigen wollen, aber Olga hatte gesagt: »Lass nur, das mache ich selbst.«

»Willst du allein fahren oder mit deinem Mann?«, fragte Solodkin.

»Ich würde gern meine Tochter mitnehmen«, antwortete Raïssa mechanisch.

Es war April, sie konnte tatsächlich Erholung gebrauchen, und im Grünen war es jetzt sehr schön.

Als sie aus dem Urlaub zurückkam, war Olga nicht mehr da.

»Sie haben sich getrennt«, erklärte Galina, »ich wusste von Anfang an, dass es so kommen würde, die beiden sind zu verschieden. Es geht ihr nicht schlecht. Sie hat eine eigene Bleibe und eine ältere Schwester. Finanziell werden wir sie natürlich unterstützen.«

Nach einigen Monaten, im Juni, entschloss sich Raïssa zu fragen, ob Olga einen Jungen oder ein Mädchen geboren habe.

»Ein Mädchen«, antwortete Galina.

Raïssa fand die Solodkins schrecklich herzlos, stellte sich aber aus Angst um ihre Stelle taubstumm. Die Solodkins taten, als existierten Olga und das kleine Mädchen, ihr Enkelkind, gar nicht. Bald darauf starb Solodkin an einem Herzinfarkt. Oleg war immer häufiger und schwerer krank, und Raïssa war überzeugt, das sei die Strafe. Er würde nie mehr gesund und glücklich sein. Aber sie wünschte ihm nicht den Tod; den Tod wünschte sie niemandem.

Der Mond kam hinter einer Wolke hervor, schwaches, dunstiges Licht fiel auf Olegs Gesicht, und Raïssa meinte plötzlich, seine Lider zittern zu sehen. Sie erhob sich schwerfällig. Die Hunde auf den Nachbargrundstücken heulten nicht mehr, es war ganz still, nur die Blätter raschelten, und außerdem glaubte Raïssa noch ein weiteres, ganz schwaches Geräusch zu vernehmen. Entschlossen berührte sie Oleg, denn ihr fiel ein, dass sie nicht einmal seinen Puls gefühlt hatte, also beugte sie sich zu ihm hinunter und tastete nach seinem Arm.

Oleg hatte noch Puls. Matt und stockend, aber immerhin. Und das seltsame Geräusch war ein leises, heiseres Schnarchen. Raïssa rüttelte mit aller Kraft an Olegs Schulter, sie verstand nicht, wie er so fest und so lange schlafen konnte. Im donnernden Gewitter, im strömenden Regen, unter dem Geheul der Hunde und ihrem eigenen Geschrei hatte er geschlafen wie ein Toter. Aber er lebte, Gott sei Dank, er lebte!

»Oleg!«, schrie sie ihm so laut sie konnte ins Ohr.

»Ja? Was ist?«, reagierte er heiser.

»Du schläfst seit fast vierundzwangig Stunden! Du hast mich zu Tode erschreckt! Wir müssen den Notarzt rufen!«

»Wozu?«

»Das ist doch nicht normal, so lange zu schlafen.«

»Doch.«

»Weißt du, dass Xenia mit dem Kind weg ist?«

»Hmhm.«

»O Gott, was seid ihr nur für Menschen, wirklich! Na schön, steh auf, komm ins Haus.«

Raïssa hielt ihm die Schulter hin, damit er sich darauf stützen konnte, er wälzte sich schwerfällig darauf, schaffte es mit ihrer Hilfe gerade so bis zur Veranda, ließ sich dort aufs Sofa fallen und schlief erneut ein.

Vierzehntes Kapitel

Am frühen Morgen stieß Borodin bei der Durchsicht der Meldungen von der vergangenen Nacht sofort auf den Mord in der Kalugaer Gasse. Angeblich war die Simakowa von ihrem volltrunkenen Lebensgefährten Rjurikow getötet worden.

»Zahlreiche Messerstiche«, murmelte Borodin vor sich hin.

Ihm fiel sofort ein, wie gereizt Rjurik immer wieder gesagt hatte »dummes Weib«. Er seufzte und ging Wasser in den Elektrokocher füllen.

Schon wieder Mord aus Leidenschaft? Aus Eifersucht? Oder nach der banalen Formel: Von der Liebe zum Hass ist es nur ein Schritt? Rjurik hatte seine Frau satt, und deshalb das Blutbad? Oder weil seine Kumpels gehöhnt hatten, etwa: Hast uns gegen ein Weib eingetauscht? Alkoholiker haben oft ein krankhaft gestörtes Selbstwertgefühl.

Aber wenn man bedenkt, dass Simka meine einzige Zeugin war, klingt die Hypothese »tödliche Leidenschaft« kaum überzeugend. Achtzehn Messerstiche. Ströme von Blut. Ein Ritual, eine Show. Auch beim Mord an Lilja Kolomejez hatte es ein Element von Maskerade gegeben – die Teufelsmaske. Aber nein, das war Unsinn. Simka hat das Gesicht des Täters gar nicht gesehen. Außerdem muss er doch wissen, dass sie bereits ausgesagt hat. Stop. Warum muss er das wissen? Und wenn Simka den Teufel mit den roten Hörnern nur erfunden hat?

»Ja, vielleicht hat sie ihn erfunden«, murmelte er, als er mit dem Wasserkocher in sein Büro zurückkehrte, »oder sie hat ihn sich eingebildet. Wer so viel trinkt, sieht schon mal böse Geister.«

Borodin griff mechanisch zum Telefon und wählte Solodkins Dienstnummer. In der Redaktion ging niemand ran. Aber es war auch erst neun, vermutlich fing der Arbeitstag dort später an. Er rief bei Solodkin zu Hause an, lauschte eine ganze Weile dem Amtszeichen und wollte schon auflegen, als eine helle Stimme gereizt sagte: »Ja! Hallo!« Ganz in der Nähe weinte herzzerreißend ein Baby.

»Guten Morgen, könnte ich bitte Oleg Solodkin sprechen?«

»Er ist auf der Datscha!«

»Xenia Michailowna?«, fragte Borodin rasch, bevor sie auflegen konnte.

»Ja. Aber ich kann jetzt nicht sprechen, mein Kind weint.«

»Das höre ich. Wann darf ich Sie noch einmal anrufen?«

»Sie wollen doch Oleg sprechen, ich gebe Ihnen seine Handynummer.« Sie diktierte sie und legte auf. Borodin versuchte es sofort unter dieser Nummer, vernahm aber nur eine Automatenstimme: »Der Teilnehmer ist zur Zeit nicht erreichbar.«

»Nicht erreichbar, nicht erreichbar«, murmelte Borodin wütend. »Ob ich einen Mitarbeiter zur Datscha schicke? Oder selbst hinfahre? Oder treffe ich mich lieber erst mit der jungen Frau? Und wieso ist sie eigentlich bei der Hitze mit dem Kind in Moskau, wenn er auf der Datscha ist?«

Der Revierchef sah Unterleutnant Teletschkin mit runden Augen an und schwieg qualvoll lange.

»Was mischst du dich da ein?«, fragte der Chef müde. »Hörst du dir eigentlich mal selber zu? Die Obdachlose Simka hat vor der Metro getanzt, und du hast bemerkt, dass sie von einem Jungen mit Hakenkreuz beobachtet wird, und dann bist du diesem Jungen auf dem Weg zu Simkas Haus begegnet, und daraus schließt du wachsamer Ordnungshüter, dass sich in unserem Revier ein Serienmörder rumtreibt?«

»Erstens war das kein Junge, sondern ein erwachsener Mann von fünfunddreißig oder vierzig.«

»Gut. Was spielt das für eine Rolle?«

»Eine große. Warum läuft er so rum? Verstehen Sie doch, er hat uns beobachtet. Er ist erst Simka gefolgt, dann mir«, beharrte Kolja. »Er stand dicht neben unserem Tisch, er kann gehört haben, worüber Simka und ich sprachen. Und dann auf dem Markt ist er mir ganz offen gefolgt.«

»Hör mal, Kolja, du leidest an Verfolgungswahn, du solltest mal zum Doktor. Wie kommst du darauf, dass der Mann deinetwegen auf dem Markt war?«

»Warum denn sonst?«, fragte Kolja mürrisch.

»Himmeldonnerwetter!« Der Chef verdrehte vielsagend die Augen. »Zum Einkaufen – Gemüse, Seife und Zahnpasta! Da ist nämlich alles wesentlich billiger als im Laden. Hör auf mit deinen Privatermittlungen oder kündige bei der Miliz und werde Privatdetektiv. Ehrlich, du gehst mir gewaltig auf die Nerven. Streng gefälligst deinen Dickschädel an, bevor du dumme Schlüsse ziehst!«

»Ich habe überhaupt keine Schlüsse gezogen«, knurrte Kolja, »ich habe nur gefragt, wie viele Messerstiche es waren.«

»Mann, du nervst, Teletschkin.« Der Chef seufzte leise, lief plötzlich rot an und brüllte: »Wozu willst du das wissen, he? Du hältst dich wohl für besonders schlau, ja?« Er schlug so heftig mit der Faust auf den Tisch, dass die Papiere darauf aufhüpften. Der Diensthabende steckte den Kopf zur Tür herein, der Chef verzog das Gesicht, winkte ab und blaffte: »Alles in Ordnung!«

Die Tür wurde geschlossen. Der Chef schnaufte geräuschvoll, atmete durch und sagte schließlich ganz ruhig, geradezu freundlich: »Erklärs mir, Teletschkin, rein menschlich. Warum tust du das? Weil du so furchtbar ehrenhaft bist? Weil du allen beweisen willst, dass du als Einziger hier selbstlos gegen das Verbrechen kämpfst und wir anderen nur korrupte Sesselfurzer sind?«

»Ich möchte nur wissen, mit wie vielen Messerstichen die Simakowa getötet wurde«, antwortete Kolja dumpf.

»Soso«, erwiderte der Chef ebenso dumpf, »du willst es einfach wissen, nur so, sonst nichts.« Er lehnte sich zurück und trommelte mit den Fingern auf der Tischplatte herum.

»Verstehen Sie, Genosse Major, die Tote in der Kalugaer, also diese Frau, Lilja Kolomejez ... Das war mein erster gewaltsamer Tod; außerdem die vielen Messerstiche und das debile Mädchen ... Also, ich kann mir nicht vorstellen, dass das Mädchen den einzigen Menschen getötet hat, der ihr nahestand, das will mir einfach nicht in den Kopf.«

»Verstehe.« Der Chef nickte. »Ich erinnere mich auch bis heute an meine ersten Leichen. Es waren gleich drei. Eine Großmutter, ein Großvater und ein zwölfjähriger Junge. Alle drei mit durchgeschnittener Kehle. Mir ist alles hochgekommen, ich habs knapp bis zum Klo geschafft. Aber dann hab ich mich dran gewöhnt. Man darf sich nichts zu sehr zu Herzen nehmen, Kolja, das ist die Hauptsache, sonst dreht man eines Tages durch. Verstanden?«

Kolja nickte. »Jawohl, Genosse Major.«

»Na also. Das wars, Unterleutnant. Du kannst gehen.«

»Darf ich noch eine letzte Frage stellen?«

»Na los, frag schon.«

Errötend und mit gesenktem Kopf fragte Kolja ganz leise: »Wie viele Messerstiche waren es denn nun bei der Simakowa?«

»Hergott, du machst mich fertig, echt!« Der Chef lachte schief. »Ich weiß es nicht, ich hab mich mit dem Fall nicht beschäftigt, ich weiß es nicht und Punkt. Und dich hat das auch nicht zu interessieren.«

»Danke, Genosse Major.« Kolja nickte ergeben. »Kann ich jetzt gehen?«

»Nein!«, brüllte der Chef. »Setz dich hin und hör mir zu! Die Simakowa wurde von ihrem Lebensgefährten Rjurikow getötet. Eine klare Beziehungstat, die nichts mit irgendwelchen anderen Mordfällen zu tun hat. Serienmörder, mein lieber Kolja, die sind was für Bücher und fürs Kino. Im eigenen Revier wünsche ich solche Dreckskerle nicht einmal meinem schlimmsten Feind. Und ich rate dir eins: Wag ja nicht, mit Borodin Kontakt aufzunehmen!«

Kolja hatte Mühe, sich zu beherrschen. Er wollte natürlich nicht auf eigene Faust ermitteln, aber er sah zwischen den beiden Morden einen Zusammenhang und war überzeugt, dass der Typ mit dem Bandanatuch nicht wegen billiger Zahnpasta auf dem Markt gewesen war. Kolja hatte ihn später nämlich noch einmal gesehen – vor seiner Haustür. Ohne Tuch, mit dunkler Brille und einer khakifarbenen Windjacke über dem T-Shirt.

Ob er mich auch umbringen will, fragte sich Kolja spöttisch. Schon möglich… Ich bin der Einzige, der sein Gesicht kennt. Simka hat nur die Maske gesehen, trotzdem hat er sie getötet. Aber vielleicht war ers doch nicht, und ich mache mir unnütz einen Kopf? Warum sollte er sie umbringen, wenn sie sein Gesicht gar nicht gesehen hat? Schwachsinn, einfach Schwachsinn. Kolja wiederholte dieses Wort im Stillen, bis er auf der Treppe zum Revier mit Unterleutnant Dulow zusammenstieß, der zu der Einsatzgruppe am Fundort der toten Simakowa gehört hatte.

»Haste mal ne Kippe, Kolja?«, fragte Dulow.

»Klar.« Kolja zog eine angebrochene Schachtel Chesterfield aus der Tasche, hielt sie Dulow hin, zündete sich selbst eine Zigarette an und fragte nachdenklich: »Sag mal, Sanja, machen Leichen dir auch so zu schaffen?«

»Kommt ganz drauf an.« Dulow zuckte die Achseln. »Wenns ein Kind ist, dann ja, dann bin ich ziemlich fertig. Im Mai zum Beispiel, da hatten wir so einen Fall. Ein Neugeborenes im Müll. Ich war auf dem Heimweg vom Nachtdienst, hundemüde. Auf dem Hof kommt mir die Hauswartsfrau entgegen, ein junges Mädchen, kreischt, kriegt kein vernünftiges Wort raus und hält mir mit weit aufgerissenen Augen ein oranges Bündel hin. Ich sag, was brüllst du denn so, ist da ne Bombe drin oder was, sag ich, bloß im Scherz, damit sie sich beruhigt. Wieso hast du sie in deine Weste eingewickelt? Meinst du, dann rummst es nicht so heftig? Aber sie heult wie verrückt und stammelt nur: Nehmen Sie, nehmen Sie's mir ab, ich kann nicht mehr. Und ich sag, wenn du nicht mehr kannst, legs doch ab. Na, jedenfalls, sie hebt die Weste ein Stück an, und ich seh: meine Güte, ein Baby! Tot natürlich, klar. Das Miststück, das das getan hat, wurde nie gefunden. Wenn ich wüsste, wer das war, ich würd sie mit eigenen Händen erwürgen.«

Teletschkin hörte diese Geschichte wohl schon zum zehnten Mal, aber er ließ Dulow ausreden, seufzte am Ende und sagte: »Ja, wirklich furchtbar. Aber ich hab noch was Schlimmeres erlebt. Stell dir vor, ein Mädchen hat seine eigene Tante ermordet, mit achtzehn Messerstichen. Eine Leiche mit achtzehn Messerstichen – so was hast du bestimmt noch nie gesehen.«

»Ha, von wegen! Erst gestern hatten wir einen Mordfall, sag bloß, du hast nichts davon gehört? Ein Penner hat seine Alte umgelegt, auch mit achtzehn Messerstichen. Als hätten sie sich abgesprochen, echt. Und dieser Penner Rjurikow, der will absolut nicht gestehen. Er hat gebrüllt, er wär die ganze Nacht nicht dagewesen, als er heimkam, wär seine Alte schon tot gewesen. Der Gerichtsmediziner sagt, der Tod ist um drei Uhr früh eingetreten. Und mit dem Rausschmeißen der Sachen hat er um acht angefangen. Wahrscheinlich war er total besoffen, als er sie erstochen hat, dann ist er aufgewacht, hat die Leiche entdeckt und natürlich total durchgedreht.«

»Und die Zeugen?«, erkundigte sich Kolja automatisch.

»Was für Scheißzeugen denn?«

»Wurde die Mordwaffe gefunden?«

»Wozu da noch groß suchen? Dieser Spinner war völlig von der Rolle, er hat sämtliches Zeug aus seiner Höhle aus dem Fenster geschmissen, aus dem zweiten Stock, auch ein paar Messer, fünf Stück waren in dem Haufen. Eine stinknormale Beziehungstat, nichts Besonderes. Wenn du mich fragst, diese Bastarde sollten sich am besten alle gegenseitig umbringen, dann wär die Luft bald sauberer. Die verpesten doch ganz Moskau, diese Penner.«

Ich Idiot, beschimpfte sich Kolja, als er sich von Dulow verabschiedete. Wieso bin ich mit meinen Fragen zum Chef gelaufen, statt mir gleich Dulow oder einen anderen aus der Einsatzgruppe zu greifen und wie nebenbei auszufragen? Aber ich musste ja unbedingt den Major auf einen möglichen Zusammenhang zwischen den beiden Morden hinweisen! Ich bescheuerter Idealist!

Kolja wusste genau, was los war. Der Revierchef war nicht deshalb so sauer, weil ihn die Aussicht, in seinem Revier einen Serienmörder zu jagen, so schreckte – um derartige Kapitalverbrechen kümmerten sich ohnehin höhere Instanzen. Aber Rjurikow war in der U-Haft plötzlich gestorben. Fast alle im Revier wussten, dass Hauptmann Krasnow den Tatverdächtigen bei der Verhaftung heftig vermöbelt hatte, und die durch die Schläge erlittenen inneren Verletzungen waren die einzige mögliche Todesursache. Das konnte unangenehme Folgen haben, und zwar nicht nur für den Hauptmann, sondern auch für den Chef und für das ganze Revier.

Unterleutnant Teletschkin durchquerte mehrere Höfe, setzte sich auf eine Bank, rauchte eine Zigarette und gestand sich ehrlich ein, dass er Angst um seine schwangere Frau hatte. Aljona ging gern spätabends spazieren, wenn die Hitze nachließ.

Nein, im Ernst, gut möglich, dass er mich auch umbringen will, dachte Kolja eher gereizt als ängstlich. Na schön, soll er es nur versuchen, der Bastard, soll ers nur versuchen!

Er erhob sich abrupt, trat die Zigarettenkippe aus und ging zum nächstgelegenen Telefon, um Untersuchungsführer Borodin anzurufen.

Fünfzehntes Kapitel

»Du sollst dich nicht oben ohne sonnen«, sagte Sweta belehrend, »das ist schädlich. Zieh dir sofort was über.«

»Lass mich in Ruhe«, knurrte Ira, »erstens sind wir hier nicht im Süden, und zweitens sieht es ohne weiße Streifen viel besser aus.«

Sie lagen im hohen Gras auf einer Lichtung an einem kleinen, mit silbriger Entengrütze bedeckten Teich. Die Sonne stand im Zenit und bedachte sie mit trockener weißer Glut. Im Teich quakten die Frösche, im Wald knarrten leise die Stämme hundertjähriger Eichen, ganz in der Nähe rief ein Kuckuck – hastig und warnend, als wollte er ein Unglück melden. Ira streckte die Hand aus, riss einen Grashalm ab und kaute darauf herum.

»Lass das!« Sweta setzte sich auf. »Gewöhn dir das endlich ab. Du bist keine Kuh!«

»Mann, du nervst!« Ira stieß ihre Schwester gegen die Schulter, die fiel rücklings ins Gras, sprang aber sofort auf und revanchierte sich. Die Mädchen rangelten miteinander, rollten durchs Gras und fielen schließlich in den Teich.

Sweta tauchte ihre Schwester unter und hielt ihren Kopf einige Sekunden unter Wasser, als wäre sie nicht bei Sinnen. Ira wehrte sich mit aller Kraft und traf schließlich mit der Handkante Swetas Handgelenk. Der Griff lockerte sich, Ira tauchte auf und schrie keuchend und hustend: »Spinnst du? Ich wär beinah ertrunken! Idiotin!«

»Entschuldige.« Sweta zitterte, in ihren Augen stand Panik. »Das war ganz schrecklich eben, verstehst du, es war wie ein Krampf, ich wollte loslassen, aber ich konnte nicht. Entschuldige.«

Sie klopfte ihrer Schwester auf den Rücken, und Ira hörte auf zu husten.

Ohne Hast schwammen die beiden zur Mitte des Teichs.

Aus dem Eichenwald näherte sich ein mittelgroßer Mann. Er war ziemlich schlank, aber breitschultrig. Er hatte seine Leinenmütze so tief herabgezogen, dass der Schirm das Gesicht bis zum Kinn beschattete. Er war barfuß, nackt bis zum Gürtel und trug eine gefleckte Tarnhose. Auf seiner haarlosen weißen Brust baumelte ein kleiner käferförmiger Anhänger aus dunklem Stein an einer dicken Goldkette. Bei dem Handtuch mit den Sachen der Mädchen angelangt, blieb er eine Weile stehen, die platten weißen Füße breit gegrätscht, die Hände in den Hosentaschen und den Blick auf die beiden Köpfe gerichtet, die langsam auf das gegenüberliegende Teichufer zu schwammen.

»Was meinst du, ob sie uns auch nicht bescheißen?«, fragte Sweta leise.

»Red keinen Quatsch!« Ira drehte sich auf den Rücken, streckte sich mit ausgebreiteten Armen aus und hielt ihr Gesicht in die Sonne. »Warum sollten sie uns bescheißen?«

Der Mann am Ufer hatte sich ins Gras gesetzt und durchsuchte die Sachen der Mädchen.

»Komm, wir schwimmen zurück«, sagte Sweta. »Mir ist irgendwie nicht gut.«

»Vielleicht ein Sonnenstich?«

»Nein, das ist es nicht.« Sweta drehte sich um, entdeckte den Mann, der in ihren Sachen wühlte, reagierte darauf jedoch vollkommen gelassen und sagte nur zu ihrer noch immer auf dem Rücken liegenden Schwester: »Da ist er schon.«

»Was, schon?« Ira drehte sich widerwillig um. »Ich dachte, wir könnten uns noch in Ruhe sonnen. He, was soll das!«, rief sie so laut, dass es Sweta in den Ohren dröhnte. »Hände weg von unseren Sachen, kannst du nicht warten? Gut, dass wir ihn bemerkt haben«, sagte sie mit einem nervösen Lachen zu ihrer Schwester. »Sonst hätt er sie sich einfach geschnappt und wär abgehaun. Aber jetzt sag mir noch, warum dir schlecht ist.«

»Weil mir übel wird von dem Kaninchenblut und den ganzen Schweinereien, ich halte diese nächtlichen Orgien nicht mehr aus. Noch eine solche Nacht, und ich sterbe oder drehe endgültig durch. Weißt du, was mir den Rest gegeben hat? Als Solodkin mit seiner Videokamera auftauchte. Ich hab auf einmal gehofft, dass er von der Miliz ist oder vom FSB und dass unsere schmutzige Familie endlich auffliegt. Egal, was uns dann blüht – Kinderheim, Jugendknast oder die Straße, Hauptsache, kein Kaninchenblut mehr und kein Sex auf dem Altar mit dem Kirchentuch.«

»Hör auf zu jammern«, zischte Ira, »er könnte uns hören.«

»Als ich kapiert hab, dass Solodkin kein Bulle ist, sondern bloß ein Junkie, der uns unbedingt filmen will, war ich total fertig. Nur eins begreif ich nicht – wieso erlaubt Mama Isa ihm das?«

»Mama Isa lässt sich für ihr Leben gern filmen. Ist dir noch nie aufgefallen, wie gern sie mit Journalisten redet, was sie für ein Gesicht macht, wenn sie irgendwo ein Foto von sich gedruckt sieht und einen Artikel über ihre aufopferungsvolle Mütterlichkeit liest?«

»Und sie hat vor nichts Angst, diese Schlange«, hauchte Sweta leise.

»Wovor auch? Sie hat ein todsicheres ›Dach‹, und unsere Diskotheken hat außerdem noch nie jemand gefilmt.«

»Schwarze Messen«, sagte Sweta hastig, »so heißt das.«

»Schluss damit, sei still!«, befahl Ira.

Sie standen jetzt, das Wasser reichte ihnen bis zur Hüfte.

»Na, Mädels, genug geschwommen?«, rief der Mann ihnen vom Ufer aus zu. »Ihr müsstet euch mal sehen!«

Die Mädchen waren mit braunem Schlamm bedeckt, die langen Haare hingen schwer herab. Der Mann warf ein Schlüsselbund auf seiner Hand hoch, zog an einer Zigarette und stieß den Rauch durch die Nase aus. Sweta ließ sich wortlos ins Gras fallen. Ira setzte sich neben den Mann und bediente sich aus seiner Zigarettenschachtel.

»Kannst du mir mal erklären, wieso du ohne Erlaubnis in unserer Tasche rumwühlst?«

»Ich dachte, ihr würdet vielleicht ertrinken.« Er zog eine tragische Grimasse, dann lachte er. Sein Lachen klang hoch und ging in Kreischen über. »Wie wollt ihr diesen Dreck abspülen? Hier gibts keine Dusche«, sagte er, noch immer lachend, und versetzte Ira einen Hieb auf die nackte Brust. Sie parierte mit einem Fausthieb gegen seine Schulter, er holte aus, ließ dann aber den Arm sinken und knurrte leise: »Okay, ich lass dich vorerst noch am Leben, ich kümmere mich später um dich.«

»Du Guter, du hast also gehofft, wir würden im Sumpf ertrinken, und du könntest die Schlüssel umsonst haben? Hast du übrigens bedacht, dass die Wohnung eine Alarmanlage hat?«

»Jede Alarmanlage lässt sich abschalten.« Seine Miene drückte nun dumpfe Drohung aus. »Überhaupt, tut nicht so cool, ein Wort von mir, und ihr werdet nirgends genommen. Klar? Also vergesst nicht, mit wem ihr redet, ihr kleinen Flittchen.«

»Du zahl erstmal«, meldete sich Sweta, »dann kannst du rumlabern.«

Ira raffte schweigend Kleider, Handtuch und andere Kleinigkeiten zusammen, warf sie in die Tasche, stand auf und sagte laut: »Komm, Schwesterchen, wir müssen.«

Sweta sprang auf wie eine Sprungfeder, und beide liefen los in Richtung Wald.

»Stehenbleiben, ihr Flittchen!« Der Mann erhob sich widerwillig, holte sie mit einem einzigen Sprung ein und krallte sich so in Swetas Arm fest, dass sie aufschrie. »Erst erzählt ihr mir alles, dann könnt ihr abhaun.«

»Lass los!« Sweta zuckte mit dem Arm, und er ließ los. »Erst die Bezahlung, dann reden wir.«

»Wofür denn?« Er kniff die Augen zusammen. »Ihr habt euren Spaß gehabt, habt euren Hintern geschwenkt, das reicht doch. Na schön, Mädels. Heute Abend kriegt ihr, was euch zusteht.«

»Okay, wenn wir es haben, dann erzählen wir dir, wie das mit der Alarmanlage ist.« Ira bleckte die Zähne. »Und jetzt hau ab, verstanden?«

»He, wieso seid ihr auf einmal so mutig? Ihr meint wohl, weil man euch einen Job versprochen hat, könnt ihr euch alles erlauben? Ich bin immer noch euer Lehrer!«

»Unser Lehrer!« Ira stöhnte und griff sich an den Bauch. »Hilfe, ich kann nicht mehr, ein verdienter Lehrer des Volkes! Vielleicht zeigst du uns noch deine Pokale, deine Urkunden und Medaillen, du Supersportler!«

»Das lass gefälligst aus dem Spiel«, zischte der Mann leise, »das geht dich einen Dreck an, du Flittchen, und wenn ich so was noch mal von dir höre, dann reiß ich dich in Stücke, klar?«

Die Brille verbarg seine Augen, aber die Mädchen wussten, dass die braunen Augen nun gelb und trüb waren wie Galle. Ira holte ihr T-Shirt aus der Tasche und zog es rasch über, weil sie sich unter diesem unsichtbaren gelben Blick plötzlich schutzlos fühlte.

Direkt über ihnen kreischte plötzlich hysterisch eine Krähe. Sweta zuckte zusammen und sprang zur Seite, und etwas Kleines, Rosagraues fiel ihr vor die Füße. Sie hockte sich hin und entdeckte im Gras ein Krähenjunges. Sie nahm es vorsichtig in die Hand, und kaum hatte sie sich aufgerichtet, als die Krähe sich mit heiserem Schrei auf sie stürzte.

Sweta sah ihre runden lila Augen und die langgliedrigen Füße mit den krummen schwarzen Krallen dicht vor sich.

»Hau ab, hau ab!« Ira schlug energisch mit der Tasche nach der Krähe. »Sweta, lass es sofort fallen!«

Sweta holte aus und schleuderte das zitternde warme Bündel so weit wie möglich von sich, zum Teich. Die Krähe stürzte ihm mit einem furchterregenden, beinahe menschlichen Schrei nach. Ira packte ihre Schwester an der Hand und zog sie mit sich, ohne auf die aus der Tasche gefallenen Sachen zu achten.

Die Krähe schimpfte ihnen kreischend hinterher, der Gelbäugige lachte schallend. Im nächsten Moment hatte er sie eingeholt und verstellte ihnen den Weg.

»Na, Kleine, Mitleid gehabt mit dem Vögelchen?« Er grinste schief und starrte Sweta durch die Brille hindurch an. »Hab ich mir doch gedacht, dass du so eine bist. Der Mutterinstinkt, meine Lieben, ist eine große Sache. Bloß eure Mutter, die Nutte, hatte keinen, aber bei der übrigen Tierwelt funktioniert er einwandfrei! Hier habt ihr euer Honorar, erstickt dran!«

Er zog die Faust aus der Tasche und öffnete sie. Auf seiner Hand lag ein Paar goldene Ohrringe mit großen, von kleinen Brillanten umringten Saphiren. Ein paar Sekunden lang starrten die Mädchen sie schweigend an, dann fragte Ira verächtlich: »Was ist denn das für ein billiger Tand?«

»Selber Tand. Das sind Gold, Saphire und Brillanten. Könnt ihr verticken, bringt bestimmt fünfhundert Dollar.«

»Die hab ich irgendwo schon mal …«, hob Sweta langsam an, aber Ira trat ihr heftig auf den Fuß, nahm ohne hinzusehen die Ohrringe an sich, schloss die Faust darum und bleckte die Zähne.

»Warum nicht gleich so! Wozu das endlose Rumgeeire! Also, kannst du dir die Adresse merken, oder willst du sie dir aufschreiben?«

»Ich merk sie mir. Was ist mit der Alarmanlage?«

»Sie ist abgeschaltet, keine Angst. Du kannst ruhig hingehen. Die Haustür muss man mit einer speziellen Karte öffnen, die haben wir nicht gekriegt, tut uns leid. Aber wenn du einen flachen Schlüssel mit Spucke nass machst und in den Magnetschlitz steckst, kommst du auch rein.«

»Ist todsicher niemand da?«

»Kein Mensch. Aber pass auf, dass du keine Spuren hinterlässt, sonst sind wir die Dummen.«

Er drehte sich wortlos um und ging in Richtung Dorf.

»Zeig mal her«, flüsterte Sweta. Ira öffnete die Faust, Sweta musterte die Ohrringe lange und gründlich, sah schließlich auf und sagte: »Ich weiß, wo ich die schon mal gesehen hab. Genauer, bei wem.«

»Denkst du, ich weiß das nicht?« Ira lächelte. »Aber das Thema ist tabu, selbst für uns beide. Wir müssen sie gut verstecken und vergessen. Verstanden?«

Sweta antwortete nicht. Sie schaute zum Teich, wo die Krähe im Gras herumhüpfte, aufflog, wieder landete und immer wieder heiser und hoffnungslos schrie.

Anhaltend klingelte das Telefon im leeren Büro. Schließlich sprang der Anrufbeantworter an. Borodin verließ gerade das Gebäude.

Nach ein paar Häuserblocks bog er in einen stillen Hof ein und setzte sich auf eine Bank. Er war etwas zu früh gekommen und hoffte sehr, dass die Person, die ihn herbestellt hatte, sich nicht verspäten würde. Der Hof war menschenleer. Borodin legte den Kopf in den Nacken und beobachtete, wie sich der Himmel bleischwer zusammenzog. Alles ringsum hielt vor dem Gewitter den Atem an. Kein Windhauch, kein Geräusch, selbst die Autos auf der großen, belebten Straße schienen alle stehengeblieben und den Motor ausgeschaltet zu haben.

Dumpf grollte der erste Donner. Zwischen den Häusern zuckte ein Blitz, und gleich darauf folgte der nächste Donnerschlag, mächtig und ohrenbetäubend. Ein heftiger Windstoß fuhr in die Kronen der Linden. Borodin schaute sich nach einem Unterschlupf um, da vernahm er hinter sich eine vertraute Stimme: »Ilja! Entschuldigen Sie, ich bin ein bisschen spät. Kommen Sie schnell zum Auto, bevor es anfängt zu gießen.«

»Hallo, Warja. Ich dachte schon, du kommst nicht.«

»Habe ich Sie je versetzt?«

Das Mädchen griff energisch nach Borodins Arm.

Auf der Straße suchte er nach Warjas Renault, doch sie führte ihn zu einem nagelneuen schneeweißen VW und öffnete die Tür.

»Du hast ein neues Auto«, bemerkte Borodin, »und überhaupt gehts dir offenbar gut. Was macht das Studium?«

»Geht so.« Sie schüttelte das schwere, glänzende schwarze Haar und setzte sich auf den Fahrersitz. »Fahren wir frühstücken? Sie haben mich geweckt, ich hab noch gar nichts gegessen.«

»In Ordnung.« Borodin nickte. Der Volkswagen raste mit überhöhter Geschwindigkeit durch den Regen.

»Du fährst zu schnell, meine Schöne«, knurrte Borodin.

»Die Straße ist doch leer.« Warja lächelte. »Und ich bin sehr hungrig. Übrigens – Sie haben abgenommen.«

»Ach, sieht man das?«

»Und ob! Sie werden von Tag zu Tag jünger. Aus dem molligen Alten schlüpft ein recht attraktiver Mann. Nun müssen Sie sich nur noch die albernen Koteletten abrasieren. Die stehen Ihnen überhaupt nicht und machen Sie nur älter.«

»Ich rasier sie ab«, versprach Borodin, »du hast recht. Obwohl das ziemlich taktlos von dir ist.«

»Pardon.« Warja lachte auf. »Ich bin einfach nervös.«

»Warum denn?«

»Erklär ich Ihnen später. So, wir sind da.«

Sie parkte den Wagen vor einem Restaurant. Es erschien Borodin zu elegant für ein Frühstück. Warja bemerkte seine

Miene und sagte mit einem leisen Seufzen: »Keine Angst, ich lade Sie ein.«

»Danke, meine Liebe. Aber wir zahlen lieber getrennt.«

»Schon gut, Herr Untersuchungsführer, für mich ist das ein Klacks, für Sie dagegen eine beträchtliche Summe. Sie nehmen keine Schmiergelder, und von dem, was der Staat Ihnen zahlt, kann man keine großen Sprünge machen.«

Ein junger Mann in roter Livree kam mit einem Schirm in der Hand aus dem Haus geeilt und riss mit einem professionellen Lächeln den Wagenschlag auf.

»Guten Morgen, herzlich willkommen.«

Sie setzten sich in dem vollkommen leeren Saal an einen Fenstertisch. Borodin studierte lange besorgt die Speisekarte. Die meisten Speisen waren ihm fremd, und er fürchtete, sich zu blamieren.

»Ich hätte gern einen Moosbeerensaft, Avocado mit Krabben und einen französischen Salat«, sagte Warja zum Kellner und wandte sich an Borodin: »Ich rate Ihnen, dasselbe zu nehmen. Wenig Kalorien, viel Vitamine und vor allem sehr lecker.«

»Ja, gut.« Borodin nickte. »Ich nehme die Avocado mit Krabben.«

»Was gibt es für ein Problem?«, fragte Warja leise, als der Kellner gegangen war.

»Vielleicht erzählst du mir erstmal von deinem Problem?« Borodin lächelte herzlich. »Ich sehe dir doch an, dass etwas passiert ist.«

»Rührend, direkt wie ein Papa.« Warja zuckte mit den Schultern. Sie nestelte nervös an einer kurzen dicken Kette aus verschiedenfarbigen Steinen herum, und Borodin fiel auf, dass sie in der ganzen Zeit noch nicht geraucht hatte, ja, sie hatte nicht einmal eine Zigarettenschachtel auf den Tisch gelegt. Normalerweise rauchte Warja Bogdanowa eine nach der anderen, besonders, wenn sie sich mit Borodin traf.

»Was ist das – ein Rosenkranz?«, fragte er.

»So was Ähnliches – ein afrikanischer Talisman. Schützt vorm bösen Blick. Wer weiß – vielleicht findet irgendwer plötzlich, dass es mir zu gut geht, und will mir den Spaß verderben?«

»Nanu« – Borodin schüttelte den Kopf –, »du warst doch noch nie abergläubisch. Und so nervös warst du früher auch nicht.«

»Sie benutzen mich, halten mich an der langen Leine – sie könnten mit einem Schlag mein ganzes Leben zerstören. Nennen wir die Dinge doch beim Namen.«

Es musste wirklich etwas passiert sein – ihre Stimme klang hysterisch, ihre sonst so ruhigen, spöttischen blauen Augen schauten Borodin verschreckt, ja, gehetzt an.

Der Kellner brachte den Saft, und Warja zuckte merklich zusammen, als er ihr das Glas hinstellte.

»Hören Sie, Ilja, wir haben beide wenig Zeit. Also – warum wollten Sie mich sprechen?«

»Ich habe eine ganz einfache Frage, Warja.« Borodin trank einen Schluck Saft. »Kannst du mir sagen, welche Kinderheime unser gemeinsamer Freund unterstützt?«

»Ach, darum geht es also.« Warja lächelte, sichtlich erleichtert. »Das weiß ich nicht genau, aber ich kann es herausfinden. Verraten Sie mir auch, warum Sie das wissen wollen?«

»Mach ich. Vor einigen Tagen wurde eine Frau getötet. Achtzehn Messerstiche. Meine einzige vorläufige Verdächtige ist eine debile Fünfzehnjährige, die Nichte der Ermordeten. Sie behauptet, sie hätte ihre Tante erstochen, aber ich habe begründete Zweifel. Das Mädchen ist Waise und hatte niemanden außer ihrer Tante. Und das Merkwürdigste: Wir können nicht herausfinden, wo das Kind wohnt. In den Aussagen der Nachbarn und Kollegen der Ermordeten ist von einer Waldschule die Rede, in der das Mädchen gelebt haben soll, aber ein Mädchen dieses Namens ist nirgendwo gemeldet.«

»Ja, das ist schlimm.« Warja nickte. »Aber ich verstehe nicht, was unser gemeinsamer Freund damit zu tun hat.«

»Das ist nicht so einfach zu erklären. Erkundige dich nach den Kinderheimen, dann erzähle ich es dir vielleicht.«

Die Avocado und der Salat wurden gebracht.

»Sie müssen sie auslöffeln«, riet Warja, als sie sah, wie Borodin ungeschickt versuchte, die Avocado zu zerschneiden. »Haben Sie etwa noch nie eine Avocado gegessen?«

»Nein«, bekannte Borodin.

Er schürfte mit dem silbernen Löffel etwas Avocadofleisch heraus, schob es sich zusammen mit einigen rosa Krabben in den Mund und schloss die Augen.

»Na, schmeckts?«, fragte Warja, die ihn gespannt beobachtete.

Borodin nickte. »Sehr.«

»Sie Glücklicher.« Sie seufzte traurig. »Mir schmeckt nichts mehr. Als Kind mochte ich Schlagsahne für mein Leben gern. Ich hab sie nur ein- oder zweimal probiert, und das war herrlich. Heute könnte ich jeden Tag Berge davon essen, aber es macht mir keine Freude mehr. Genauso wenig wie Avocado mit Krabben. Aber es ist gesund, also esse ich es.«

»Du Ärmste.« Borodin schüttelte den Kopf. »Du bist wirklich arm dran. Weißt du, als ich noch studierte, da hielt einmal ein berühmter Auslandsjournalist bei uns einen Vortrag. Damals erschien uns das Ausland wie ein Märchen, und jemand, der sich oft dort aufhielt, erregte zugleich glühenden Neid und heilige Ehrfurcht. Er stand also in der Aula vor dem Mikro und erzählte einigen Hunderten Studenten, dass im Westen in Wirklichkeit alles schlecht sei, einfach schrecklich, das Leben dort sei sehr schwer, und wir sollten in unseren jungen Köpfen keine dummen Illusionen hegen. Die Menschen in den Ländern des entwickelten Kapitalismus seien in Wahrheit sehr unglücklich. Irgendwer rief aus dem Saal: ›Unglücklich – wieso denn?‹ – ›Ganz einfach!‹ Der Redner breitete die Arme aus. ›Versteht ihr das nicht? Sie erleben nie die Freude über die ersten Radieschen, die erste grüne Gurke, die ersten frischen Erdbeeren.‹ – ›Aber da gibt es doch in jedem Laden das ganze Jahr über frisches Obst und Gemüse!‹, – ›Na eben‹, erwiderte der Journalist, ›und darum erleben sie nie die Freude über die ersten Radieschen!‹«

»Witzig«, sagte Warja ohne die Spur eines Lächelns, »und im Grunde vollkommen richtig. Sie sind also einem Serienmörder auf der Spur, Ilja?«

Die Frage kam ohne jeden Übergang, im selben nachdenklichen Ton.

»Wie kommst du auf Serienmörder?« Borodin hob die Brauen.

»Ein normaler Mensch würde wohl kaum achtzehn Mal mit dem Messer zustechen. Aber die Kinderheime, die unser gemeinsamer Freund betreut – ich bezweifle, dass es dort geistig Behinderte gibt. Der Alte tut nichts uneigennützig, schon gar nicht, wenns Geld kostet. Er denkt immer an seinen Nutzen.«

»Debile werden ausgezeichnete Vollstrecker, Wachleute und Gorillas, und die Mädchen Prostituierte. Das meinst du doch mit Nutzen, oder?«

»Ja, schon. Obwohl, er wird im Alter sentimental. Das wird ihn eines Tages zugrunde richten.« Sie verstummte, nestelte an ihrer Kette und fügte ganz leise hinzu: »Nein – schon sehr bald.«

»Was ist passiert, Warja?«, fragte Borodin ebenso leise und versuchte, ihr in die Augen zu sehen. Aber sie wandte sich ab. Er hatte sogar den Eindruck, sie würde gleich anfangen zu weinen.

»Mein Gott, was wollen Sie von mir?«, murmelte sie. »Was soll ich mit Ihrem Mitgefühl?«

»Schon gut.« Borodin zuckte die Achseln. »Du musst es mir nicht erzählen, wenn du nicht willst.«

»Sie können mir doch sowieso nicht helfen!« Sie schrie fast und zuckte heftig zusammen, als sie bemerkte, dass der Kellner hinter ihr stand. »Bitte zwei Tee, aber keine Beutel«, sagte sie zu ihm.

Der Kellner nickte. »Selbstverständlich. Was für Tee möchten Sie?«

Borodin bat um schwarzen, Warja entschied sich für Kamillentee.

»Du rauchst nicht mehr und trinkst keinen Kaffee«, bemerkte Borodin sanft, als der Kellner gegangen war.

»Nein. Ich denke jetzt an meine Gesundheit.«

»Prima, das war längst Zeit. Nur an deine eigene Gesundheit oder…?«

»Ja, ja!« Sie verzog gereizt das Gesicht. »Sie habens erraten, Sie sind ja schließlich Kriminalist.«

»Gratuliere. Was wird es, und wann ist es so weit?«

»Im Januar. Ob Junge oder Mädchen, weiß ich nicht.«

»Aber du weißt, dass man sich in der Schwangerschaft nicht aufregen darf? Schau dich mal an, du bist hochgradig nervös und böse. Du musst von innen her leuchten, du hast dir doch immer ein Kind gewünscht.«

»Ich habe Angst«, flüsterte sie, »große Angst.«

»Was denn, vor der Geburt?«

»Quatsch.« Sie winkte ab. »Vor der Geburt hab ich überhaupt keine Angst.«

»Wovor dann?«

»Wie gesagt, unser gemeinsamer Freund wird alt und sentimental. Er geht neuerdings in die Kirche. Das ist natürlich seine Privatsache, aber das Rudel spürt, dass der Anführer schwach wird, und lauert auf eine Gelegenheit, ihn zu zerfleischen.«

»Gibt es einen realen Nachfolger?«

»Mindestens fünf.« Warja lachte schief. »Einer besser als der andere.«

»Na, dann stehts ja nicht so schlimm. Es gibt immerhin die Chance, dass sie sich gegenseitig die Kehle durchbeißen. Und außerdem betrifft dich das doch gar nicht.«

»Hören Sie auf. Sie müssen mich nicht trösten. Sie wissen genau, dass mich das betrifft, und wie! Wenn der Alte abserviert wird, ist es aus mit meinem Malzew. Und mit mir auch. Der Alte passt auf, dass uns keiner ein Haar krümmt, an mir hat er sogar einen Narren gefressen. Aber die Neuen, die kennen keine Skrupel, die werden sich die Sammlung einfach schnappen.«

»Sie wissen von der Sammlung?«, fragte Borodin leise. »Alle fünf?«

Warja warf ihre Kette ein Stück hoch, fing sie wieder auf, betrachtete die Steine eine Weile mit zusammengekniffenen Augen und flüsterte schließlich: »Wirklich gefährlich ist nur einer von ihnen, die anderen sind grüne Jungs. Aber einer, der weiß Bescheid. Und natürlich vertraut der Alte ausgerechnet ihm wie sich selbst.«

»Tja, so ist das meistens«, sagte Borodin nachdenklich und fragte nach einer kurzen Pause beiläufig: »Sagt dir der Firmenname ›Galateja‹ was?«

Warja wurde blass, die Hand mit der Tasse zuckte, heißer Tee schwappte darauf, Warja stellte die Tasse vorsichtig ab und führte die Hand zum Mund.

»Ja. Die kenne ich. An- und Verkauf von Antiquitäten. Mehr weiß ich nicht. So, und nun Schluss für heute. Um die Kinderheime kümmere ich mich.« Sie richtete sich auf, winkte dem Kellner und bat um die Rechnung. Borodin wollte ihr zweihundert Rubel zustecken, doch sie wehrte ab.

Das Gewitter war vorbei. Der Himmel war wieder klar, von den Bäumen fielen Tropfen, der nasse Asphalt glänzte in der Sonne tiefschwarz.

»Kann ich Sie mitnehmen?«, fragte Warja.

»Danke, ich gehe lieber zu Fuß. Die Luft ist herrlich. Du solltest übrigens auch viel spazieren gehen.«

»Hmhm, mach ich.«

Die Autorür klappte, und der schneeweiße VW fuhr los und entfernte sich schnell.

Sechzehntes Kapitel

Kolja Teletschkin überquerte den weiten Platz, als die ersten Regentropfen fielen. Er wollte zur Metro, um mit den Obdachlosen zu reden, die sich vor der Markthalle rumtrieben. Angenommen, Rjurik hatte die Wahrheit gesagt, dann wussten seine Freunde vielleicht, wo er in der Nacht gewesen war.

Wozu braucht ein Toter noch ein Alibi, fragte sich Teletschkin sarkastisch. Gib Ruhe, misch dich nicht in Dinge, die dich nichts angehen, denk an deine Frau, an das Kind und an deine Mutter und deine Großmutter.

Der Himmel über ihm erbebte unter einem Donnerschlag. Ein heftiger Regenguss strömte herab, Teletschkin schaffte es gerade so bis zur Metro. In der Eingangshalle drängten sich die Leute, und Teletschkin zwängte sich langsam zu den Obdachlosen durch.

Es waren zwei. Ein alter Mann in einem zerschlissenen Unterhemd und fadenscheinigen speckigen langen Pluderhosen schlief friedlich auf einer Zeitung. Neben ihm saß eine noch nicht alte, aber sehr verlebte, fast glatzköpfige Frau mit rotem Trinkergesicht. Ihre farblosen Augen mit den geschwollenen Lidern starrten vor sich hin, und sie wiegte sich kaum merklich vor und zurück.

Teletschkin war in Uniform. Die Frau kroch in sich zusammen, hob schützend die Arme über den Kopf und jammerte leise: »Tu uns nichts, Natschalnik, bitte tu uns nichts, nein?«

»Keiner will euch was tun«, beruhigte Teletschkin sie. »Kennt ihr Rjurik und Simka?«

»Wieso?«, meldete sich der Alte. Er hatte gar nicht geschlafen, blieb aber liegen, richtete sich nur ein wenig auf dem Ellbogen auf.

»Wann habt ihr sie das letzte Mal gesehen?«

»Was ist denn passiert?«

Sie wissen es noch nicht, dachte Teletschkin. Umso besser.

»Vorletzte Nacht hat einer die Räder von meinem Wagen abgeschraubt. Ein Mann will Rjurik in der Nähe gesehen haben.«

»Das war er nicht!«, sagte der Alte überzeugt, setzte sich auf und rieb sich die entzündeten Augen.

»Sonntagabend, so gegen zwölf, kam eine Lieferung Fleisch und Fisch für den Markt. Das haben wir abgeladen, also ich, Rjurik, Wassja Kulik und noch ein paar Kumpels. Rjurik hat also dein Auto nicht angerührt. Und überhaupt keiner von uns, kapiert? Echt mal! Such deinen Dieb woanders. Wir sind anständige Leute, wir verdienen uns unser Brot mit unserer Hände Arbeit.«

»Hat sich am Sonntag vielleicht irgendwer bei euch nach Rjurik und Simka erkundigt?«

»Warum willst du das wissen?« Der Alte starrte Teletschkin misstrauisch an. »Dein Auto hat keiner von uns angerührt, das sag ich dir hundert pro, echt mal. Ende der Durchsage.«

»Am Sonntagvormittag hat Simka hier eine Show veranstaltet, im Kiosk lief Musik, und sie hat dazu getanzt.« Teletschkin seufzte mutlos. »Und da trieb sich ein Kerl in Schwarz rum, mit Hakenkreuz und Totenschädeln.«

»Tuch aufm Kopf«, sagte die Frau abwesend, »schwarze Brille.«

»Mit solchen Punkfaschisten reden wir nicht, die hassen uns und wir sie«, blaffte der Alte. »Das sind doch Bestien, echt mal, die machen vor nichts halt. In Sokolniki, da haben letzten Sommer solche Kerle mit Totenschädeln, auf Motorrädern, in der Nacht Zigeuner umgebracht, nicht mal die Babys haben sie verschont, die Schweine!« Der Alte schrie so laut, dass viele Köpfe sich nach ihm umdrehten. Wieder meinte Kolja, die hellbraunen Augen zu sehen.

»Hör auf zu brüllen«, herrschte er den Alten an. »Wir sind hinter ihm her, klar? Er ist ein gefährlicher Krimineller, also mach schon, antworte auf meine Frage: Hat er mit euch gesprochen oder nicht?«

»Melde gehorsamst: nein!« brüllte der Alte, sich auf seine Armeezeit besinnend.

Inzwischen war das Gewitter vorbei, die Menge strömte wieder hinaus auf die Straße, mit ihr auch Teletschkin. Da nur eine der fünf Türen geöffnet war, entstand am Ausgang Gedränge.

Er hat gehört, wie sie über den Nachtjob redeten, sagte sich Teletschkin. Aber woher wusste er, dass Simka bei Rjurik wohnt? Hat er das auch gehört? Quatsch, er ist einfach hin, hat gesehen, dass sie allein ist, und sie getötet. Mach die Sache nicht unnötig kompliziert.

Wieder an der frischen Luft, überlegte Teletschkin, was er noch tun könnte, ob es Sinn hatte, noch einmal zu dem bewussten Haus zu gehen und mit den Nachbarn des unglückseligen Pärchens zu reden, oder ob er lieber nach Hause gehen und auf den Anruf von Borodin warten sollte.

Er stand am Fußgängerübergang. Offenbar war die Ampel kaputt, sie blieb ewig rot, und es sammelte sich eine beachtliche Menschenmenge. Unter den Rädern der Autos, die mit unverminderter Geschwindigkeit vorbeirauschten, spritzten Schmutzwasserfontänen hervor, und die Menge wich zurück. Endlich wurde Grün, und der Strom der Autos erstarb widerwillig, auch mitten auf dem Übergang. Die Fußgänger lavierten sich drängelnd und schubsend zwischen den Wagen durch. Jemand versetzte Teletschkin von hinten einen heftigen Stoß. Eine junge Frau mit einem kleinen Kind an der Hand lief dicht an ihm vorbei. Teletschkin fluchte, lief ein paar Schritte und verspürte plötzlich einen dumpfen Schmerz im Rücken. Beim nächsten Schritt wurde der Schmerz heftiger, und er bekam einen trockenen Mund. Durch einen schweren, zähen Nebel hindurch sah er, wie die Ampel auf Gelb schaltete. Die Autos hupten wie wild. Teletschkins Beine gaben nach, ihm wurde schwarz vor Augen, er wusste nicht, ob er noch laufen konnte, ob er das sichere Trottoir erreichen würde oder ob seine Bewegungen chaotisch und ins Nichts gerichtet waren. Lautes Bremsenkreischen explodierte in seinem Kopf, und dann blieb nur noch der Schmerz, so groß wie das ganze Universum.

Ljussja empfing Doktor Jewgenija Rudenko mit der schüchternen Frage: »Kommt Tante Lilja mich abholen?«

Die Ärztin setzte sich auf den Bettrand und strich dem Mädchen über das hellblonde, strähnige Haar.

»Ich muss mir die Haare waschen und sie mit Zwiebeln einreiben«, sagte Ljussja mit einem leisen Seufzen und nestelte am Saum ihres Lakens herum.

»Wie geht es dir?«

»Gut.«

»Tut dir der Bauch weh?«

»Ein bisschen. Was ist eine Fehlgeburt?«

Doktor Rudenko blickte einige Skunden schweigend in die hervorquellenden hellbraunen Augen – sie waren zu aufmerksam und zu traurig für ein geistig behindertes Kind. Sie ließ Ljussjas Frage unbeantwortet und legte ihr eine mit einer rosa Schleife umwickelte Schachtel Pralinen aufs Bett.

»Hier, das soll ich dir geben.«

Ljussja wurde rot, dann blass, Tränen stiegen ihr in die Augen, aber es kamen keine Worte, nur ein langgezogenes Seufzen.

»Ein junger Mann hat vor dem Krankenhaus auf mich gewartet und gefragt, ob ich Ljussja kenne. Ich hab gesagt, ja, die kenne ich, ich will gerade zu ihr.«

»Und dann?«, hauchte Ljussja und strich mit den Fingerspitzen vorsichtig über die Pralinenschachtel. »Was hat er noch gesagt?«

»Er hat gefragt, wie es dir geht. Er lässt dich von Mama Isa grüßen. Er sagt, du bist ein gutes Mädchen, du hast keine Schuld. Du hast Tante Lilja nicht getötet. Du kannst jetzt erzählen, wie es wirklich war. Alles, woran du dich erinnerst, kannst du erzählen.«

»Das hat er zu Ihnen gesagt?«, fragte Ljussja, krampfhaft schluckend.

»Natürlich. Oder weiß etwa sonst noch jemand davon?«

»Nein ... Keiner. Und wo ist Tante Lilja?« Das Mädchen atmete plötzlich hastig und schwer, Tränen rannen ihr übers Gesicht, ihre Schultern bebten. »Rufen Sie sie an, sie soll mich nach Hause holen, bitte, ich will nicht zu Mama Isa!«

Die Pralinenschachtel fiel zu Boden, aber das bemerkte Ljussja nicht. Sie hatte einen richtigen hysterischen Anfall. Jewgenija saß neben ihr und streichelte ihr Haar. Ljussja weinte und jammerte, sie schien ganz in sich versunken, in schreckliche, unerträgliche Erinnerungen.

»Nein, nicht! Du tust ihr weh, bitte, lass sie! Ich gebe alles raus, ich weiß, wo es ist, aber tu ihr nicht weh!«

Jewgenija bedauerte, dass sie kein Diktiergerät zur Hand hatte. Sie versuchte, sich jedes Wort einzuprägen. Ljussjas Gestammel mochte wie Fieberwahn wirken, enthielt aber wertvolle Informationen.

»Tante Lilja! Meine liebe, gute, bitte, mach die Augen auf! Warum hört sie mich nicht? Nein, ich habe sie nicht getötet ... Ich weiß nicht ... Mir war schlecht ... Ich erinnere mich nicht ... Warum ich? Verzeih mir, Ruslan ... Wird sie wieder gesund? Ja, ich verstehe, wenn ich sage, dass ich sie getötet habe, wird sie wieder gesund. Ich habe Tante Lilja getötet ... Ich habe sie getötet ... Geh nicht weg, Ruslan, hilf ihr ...« Dann folgte ein grässlicher, unterdrückter Schrei. Ljussja verdrehte die Augen und sank aufs Bett.

Jewgenija wischte ihr mit einem Papiertaschentuch das Gesicht ab, beugte sich zu ihr hinunter und fragte leise: »Hat Ruslan dich geschlagen?«

»Mein Hals tut weh«, flüsterte das Mädchen mit geschlossenen Augen.

»Jetzt auch?«

»Rufen Sie Tante Lilja.« Sie riss die hellbraunen Augen weit auf und starrte die Ärztin an. Ihr Blick war verschreckt und ohne eine Spur von Irrsinn. »Ich habe alles getan, was ich sollte, damit Tante Lilja wieder gesund wird. Sie soll herkommen.«

»Wer hat dir denn gesagt, was du tun sollst?«

»Der gute Loa.«

»Wer ist das?«

»Das ist ein guter Geist, der die Toten wieder lebendig macht. Wenn ein Mensch stirbt, ist das nur wie Einschlafen, und dann wacht er auf und ist jung, gesund und stark, und er lebt sehr lange und wird nie krank. Wenn man auf Loa hört, ist er gut und macht einen Toten wieder lebendig, wenn man ihn darum bittet.« Das alles erklärte sie in raschem, pfeifendem Flüsterton, klar und ohne Stocken, wie auswendig gelernt.

»Wie sieht er denn aus, dieser Loa?«, erkundigte sich Jewgenija vorsichtig.

»Gar nicht. Man kann ihn nicht sehen.«

»Wie kann man dann mit ihm reden?«

»Er kriecht manchmal in einen Menschen und spricht durch ihn.«

»Er ist also in dich gekrochen?«

»Nein, in mich nicht, ich bin böse und dumm. Loa liebt die Gesunden und Klugen, die Sport treiben. Den Ruslan, den mag er sehr, Ruslan ist so schön und stark. Sie haben ihn ja gesehen, er hat Ihnen die Pralinen für mich gegeben.«

»Ja, natürlich. Loa ist also in Ruslan gekrochen, hat Tante Lilja getötet und dir aufgetragen zu sagen, dass du sie getötet hast«, sagte Jewgenija langsam und spürte, wie ihre Hände kalt wurden und es ihr eiskalt über den Rücken lief.

»Loa ist gut, aber streng«, sagte Ljussja nachdenklich, »er tut immer das Beste für den Menschen. Es sieht nur so aus, als ob er tötet. In Wirklichkeit ist das eine Prüfung für die Menschen. Ich zum Beispiel, ich bin dumm, darum musste ich diese Prüfung bestehen und allen sagen, dass ich Tante Lilja getötet habe. Aber nun bin ich gereinigt. Nun ist das böse Blut aus mir raus, und ich werde gut.«

»Ist aus Tante Lilja auch das böse Blut raus?«

»Natürlich.« Ljussja lächelte breit und freudig, »aber das dürfen Sie niemandem erzählen.«

»Gut, ich erzähle es niemandem«, versprach Doktor Rudenko und fragte unvermittelt: »Erinnerst du dich an deine Mama?«

»Ich will nicht zu Mama Isa«, erwiderte das Mädchen lebhaft, »ich will nie wieder dorthin. Dort bekomme ich Spritzen. Und im Keller ist es unheimlich, da sind böse Ungeheuer. Sie haben der Puppe den Kopf abgerissen, ich habe geweint, und sie haben gelacht. Bitte rufen Sie Tante Lilja an, sie soll mich abholen.«

»Bei Mama Isa im Keller wohnen Ungeheuer?«

»Ja. Vampire, Hexen, Teufel und Tote. Ich hab Angst, ich will nicht dahin.«

»Und wer hat der Puppe den Kopf abgerissen?«

»Baka«, flüsterte Ljussja und presste sich erschrocken die Hand auf den Mund.

»Wer ist das?«

»Ein böser Geist, ein Wolfsmensch.«

»Und warum hat er das getan?«

»Er wollte jemanden töten.«

»Wen?«

»Das weiß ich nicht, die Puppe war der Mensch, den sie töten wollten. Das haben sie gespielt.«

»Wer?«

»Alle Kinder.«

»Die Kinder bei Mama Isa?«

»Nein! Ich will nicht zu Mama Isa!«

Ljussja erstarrte plötzlich mit offenem Mund, blickte ein paar Sekunden an Jewgenija vorbei, und in ihren Augen stand Entsetzen, als sehe sie hinter der Ärztin etwas Grässliches.

»Bitte erzählen Sie keinem von Loa«, flüsterte sie, und als sei mit diesem Flüstern die letzte Luft aus ihr gewichen, sank sie aufs Kissen, und ihr Gesicht wurde blass und gleichgültig.

»Kennst du deinen Familiennamen, Ljussja?«

»Ljussja Kolomejez, geboren 1985.«

»Und wie heißt Mama Isa mit Familiennamen?«

»Ich bin müde, ich schlafe gleich ein, ich bin ganz artig«, murmelte das Mädchen.

»Mama Isa hat dich adoptiert und dir ihren Familiennamen gegeben« – Jewgenija nahm Ljussjas Hand –, »du musst ihn mir sagen, niemand wird dich dafür ausschimpfen.«

»Ich bin Ljussja Kolomejez, ich will keinen anderen Namen, ich will nach Hause, rufen Sie Tante Lilja an …«

»Gut. Wie heißt Ruslan weiter?«

»Loa hat keinen Familiennamen. Er braucht keinen.«

»Ist Mama Isa auch Loa?«

»Ruslan ist Loa Baron Samadi, Mama Isa ist Loa Maman Brigitte.«

»Sind sie Mann und Frau?«

»Nein.«

»Hat Mama Isa einen anderen Mann?«

»Nicht mehr. Er ist gestorben.«

»Wann?«

»Letztes Jahr.«

»Wie hieß er?«

»Papa Wassili.«

»Woran ist er denn gestorben?«

»Er war lange krank. Er lag im Bett, er konnte sich nicht mehr bewegen und wollte immer nur essen. Und dann ist er gestorben. Ich will schlafen.«

»Du kannst gleich schlafen. Sag mir nur noch: Erinnerst du dich an deine richtige Mama?«

»Ja. Ich erinnere mich an Mama. Sie hat helle Locken, wie Tante Lilja.«

»Sie ist gestorben. War das auch eine von Loas Prüfungen?«

»Nein. Sie hat sich selbst getötet. Sie ist aus dem Fenster auf die Straße gesprungen.«

»Hast du das gesehen, oder hat dir das jemand erzählt?«

»Ich hab geschlafen, ich erinnere mich an nichts. Darf ich jetzt schlafen? Wecken Sie mich, wenn Tante Lilja kommt, ja?«

Sie schlief augenblicklich ein. Jewgenija blieb noch eine Weile auf ihrem Bett sitzen, den Kopf tief gesenkt, und lauschte dem leisen, unruhigen Schnaufen des Mädchens.

Das kann sie sich nicht alles ausgedacht haben. Sie spricht von Dingen, die sie kennt, die sie mit eigenen Augen gesehen hat. Anscheinend von einem Psychopathen, von einer ganzen Gruppe von Psychopathen, dachte Doktor Rudenko. Heutzutage gibt es ja die ungeheuerlichsten Sekten. Satanisten, Anhänger schwarzer Magie. Aber wie ist das Mädchen da hinein geraten? Bis jetzt hat sie stur wiederholt, sie hätte die Tante getötet. Nun sagt sie etwas ganz anderes. Wahrscheinlich die Wahrheit. Die Idee mit den Pralinen hat funktioniert.

Schließlich verließ Jewgenija das Krankenzimmer, ging in ihr Büro, schloss die Tür und schrieb alles auf, bemüht, kein Wort auszulassen.

Ein gepanzerter schwarzer Jeep jagte die Hauptstraße der Moskauer Vorstadt Lobnja entlang, alle anderen Autos drückten sich panisch an den Straßenrand, die Fußgänger wichen zurück und folgten dem schwarzen Wagen mit empörten und erschrockenen Blicken. An der Stadtgrenze sprang ein junger Verkehrsposten auf die Chaussee, wurde aber rechtzeitig von seinem älteren Kollegen zurückgehalten.

»Merk dir den Wagen und rühr ihn niemals an«, sagte der Ältere leise und düster zu dem Jüngeren.

Indessen bog der Jeep auf einen Nebenweg ein, passierte einen malerischen Eichenwald, hinter dem eine Siedlung von

Sommerhäusern verborgen lag, fuhr an einer hohen Mauer entlang, hielt vor einem eisernen Tor und hupte kurz. Mit schwerem Rasseln öffnete sich das Tor. Dahinter lagen ein von jungen Birken gesäumter gepflegter grüner Rasen und ein einstöckiger roter Backsteinbau. Ein etwa fünfzehnjähriges Mädchen in einer Trainingshose mit ausgebeulten Knien und einem verwaschenen T-Shirt schloss das Tor und blieb mit auf der Brust gekreuzten Armen vor dem Jeep stehen.

Flink wie ein Ball hüpfte ein muskelbepackter, kahlgeschorener kurzbeiniger Mann in einem leichten weißen Anzug aus dem Auto, gemächlich gefolgt von einem Mann um die dreißig in hellblauen Jeans, zerknittertem schwarzrot kariertem Hemd und mit dunkler Sonnenbrille.

»Jemand da?«, wandte sich der Kurzbeinige an das Mädchen.

»Erstens guten Tag.« Das Mädchen blies sich den roten Pony aus der Stirn. »Zweitens, ihr habt euch nicht vorher angemeldet, also ist keiner da. Nur ich und Ira und Sweta.«

»Wo sind die anderen?«, erkundigte sich der Schwarzrote und streckte knackend die Glieder.

»Mama Isa ist in Moskau, bei ihrer Kosmetikerin, wo die anderen sind, weiß ich nicht.«

»Wann kommt sie zurück?«

»Heut Abend, hat sie gesagt, gegen sieben.«

»Und wo ist Ruslan?«

»Ich hab doch gesagt, das weiß ich nicht. Er legt mir keine Rechenschaft ab.«

»Werd nicht frech!« Der Kurzbeinige boxte das Mädchen leicht gegen die Schulter. »Wo sind die Zwillinge?«

»In ihrem Zimmer. Und wer sind Sie?« Das Mädchen maß den Schwarzroten mit einem langen, abschätzigen Blick. »Nehmen Sie mal die Brille ab, ich erkenne Sie gar nicht.«

Der Schwarzrote wollte etwas sagen, doch der Kurzbeinige kam ihm zuvor. »Wenn du frech wirst, verpass ich dir eine«, sagte er und versetzte dem Mädchen einen heftigen Schlag auf den Rücken, so dass sie aufschrie und husten musste.

Die Besucher gingen zum Haus, das Mädchen hinterher, doch der Kurzbeinige stoppte sie mit einer Geste. Plötzlich packte sie seinen Arm, riss überraschend so heftig daran, dass er sich gerade noch auf den Beinen halten konnte, und flüsterte ihm hastig ins Ohr: »Bitte red mit ihm, Gulliver, ich flehe dich an, ich tue für dich, was du willst!«

»Schieb ab!« Der Kurzbeinige riss sich los.

»He, was ist los, kommst du endlich?«, trieb der Schwarzrote zur Eile.

Sie schlugen dem Mädchen die Tür vor der Nase zu.

Langsam, die mageren Hüften schwingend, ging sie zum Jeep. Darin saß ein weiterer Muskelprotz, ebenfalls kahlgeschoren, mit einem glänzenden roten, an rohes Rinderfilet erinnernden Gesicht dösend am Lenkrad.

Das Mädchen öffnete die Beifahrertür, stieg ins Auto und setzte sich neben den Chauffeur. Der öffnete die geschwollenen kleinen Augen, gähnte herzhaft und fragte: »Was gibts, Larissa?«

»Sei ein Kumpel, Mitjai, sag Pjotr, er soll mich auch in dem Klub unterbringen, ich bin genauso gut wie Ira und Sweta!« Sie berührte sein mächtiges Knie. Von ihren bis aufs Blut abgekauten Fingernägeln blätterte schwarzer Lack.

»Keine Ahnung, wovon du redest!« Der Chauffeur grinste schief.

»Das weißt du ganz genau, stell dich nicht so dumm. Ira und Sweta gehen in ein Bordell, für die fängt endlich das wahre Leben an, mit viel Kohle und schicken Klamotten. Das will ich auch. Ich halts hier nicht mehr aus. Hier, kuck mal!« Sie hob ihr T-Shirt an und entblößte ihren eingefallenen Bauch und die hervortretenden Rippen. Der Chauffeur riskierte einen schrägen Blick und entdeckte drei in die Haut eingeritzte rote, entzündete Sechsen.

»Haste dir ein Tattoo machen wollen oder was?«, fragte er und schnalzte mit der Zunge.

»Ich bin doch nicht bescheuert.« Das Mädchen schüttelte den Kopf. »Das war Ruslan. Tut höllisch weh. Sag mal, Mitjai, hast du eine Freundin?«

»Zieh dein T-Shirt wieder runter, dumme Gans!« Der Chauffeur verzog angewidert das Gesicht. »Und überhaupt – raus aus dem Wagen!«

»Gib mir wenigstens was zu rauchen, du mieser Feigling!«, rief das Mädchen, mit Mühe die Tränen zurückhaltend. »Ihr tut bloß alle so cool, aber in Wirklichkeit seid ihr Feiglinge, Waschlappen! Ich möchte dich mal bei unserer Disko sehen! Weißt du, was da los ist? Komm, sei ein Kumpel, nimm mich mit zu dir, ich werde dich lieben wie…« Die letzten Worte flüsterte sie kaum hörbar, an den dumpfen, kahlgeschorenen Hinterkopf gewandt. Ihre runden grünen Augen füllten sich mit Tränen, die spitze kleine Nase voller Sommersprossen färbte sich rot, die Lippen bebten. Der Chauffeur drehte sich abrupt um und fuhr sie an: »Für den Feigling verpass ich dir gleich eine!«

»Mach doch!« Das Mädchen nickte und schniefte. »Mach mich am besten gleich alle.« Plötzlich lachte sie heiser und krampfhaft. »Allein bring ich das irgendwie nicht fertig, aber wenn mir einer helfen würde…«

»Hau endlich ab, du bist ja völlig durchgeknallt!« Der Chauffeur beugte sich über sie und öffnete die Beifahrertür. »Lass dich bei mir nicht mehr blicken!«

»Feigling!«, schrie das Mädchen ihm ins Gesicht, griff nach seiner halbvollen Zigarettenschachtel und sprang aus dem Auto.

Der Chauffeur fluchte träge, gähnte dann herzhaft, lehnte sich in den weichen Sitz zurück, um gleich darauf laut zu schnarchen.

Die rothaarige Larissa lief um das Haus herum und verharrte vor einer hohen, ans Dach gelehnten Holzleiter. Im ersten Stock stand ein Fenster weit offen, und von dort drangen gedämpfte Stimmen. Ohne lange zu überlegen, kletterte Larissa leichtfüßig und lautlos wie eine Katze die Leiter hoch.

»Trotzdem, wem bringt das was?«, hörte sie eine der Zwillinge sagen.

»Wer zu viel weiß, wird früh alt«, antwortete ein unangenehmer Tenor, der dem Schwarzweißen gehörte. »Also dann, Mädels, wir müssen. Habt ihr alles verstanden?«

»Was haben wir für Garantien?«, fragte Ira zweifelnd.

»Ihr selbst seid eure wichtigste Garantie. Eure gute Arbeit und euer Schweigen. Good bye, Schätzchen. Ich komme euch in Pjotrs Klub mal besuchen.«

Larissa begriff, dass sie über ihrem nutzlosen Geplänkel mit dem Chauffeur das Wichtigste verpasst hatte. Die Tür wurde zugeschlagen. Larissa hoffte, Ira und Sweta würden nun den Besuch von Gulliver und dem unbekannten Schwarzroten erörtern, aber sie schwiegen. Länger auf der Leiter zu bleiben war sinnlos, die beiden hätten sie bemerken können. Larissa kletterte rasch hinunter, ging zur Mauer, holte die Zigaretten aus der Hosentasche und wollte sich eine anzünden, hatte aber kein Feuerzeug.

»Was machst du denn hier?« Eine der Zwillinge beugte sich aus dem Fenster. Larissa konnte die beiden nicht unterscheiden und rief darum aufs Geratewohl: »He, Ira, sei ein Kumpel, wirf mir ein Feuerzeug runter.«

Der Kopf verschwand, und kurz darauf landete eine Schachtel Streichhölzer vor Larissas Füßen.

Sweta schlug das Fenster zu und setzte sich zu Ira aufs Bett.

»Mir scheint, Larissa hat gelauscht«, flüsterte sie, »draußen steht eine Leiter, ich glaube, sie ist grade erst runtergeklettert.«

»Na, wenn sie alles gehört hat, wird sie schön die Klappe halten.« Ira bleckte die Zähne. »Schließlich hängt sie am Leben. Und wenn sie nur einen Teil mitgekriegt hat, wird sie daraus nicht schlau.«

»Meinst du?«

»Ich bin sicher. Nun mach doch nicht schon vorher Panik! Überleg lieber, wofür wir die Kohle ausgeben wollen!« Ira umarmte ihre Schwester und küsste sie auf die Wange. »Wir könnten Klamotten davon kaufen, wir könnten uns aber auch ein Bankkonto einrichten. He, das ist eine tolle Idee! Wir legen uns Kreditkarten zu.«

»Hör auf!«, schrie Sweta flüsternd. »Erstmal müssen wir das Geld haben. Und dann denk dran, wofür wir es kriegen. Schöne Träume! Bankkonto! Kreditkarten! Mann, Hauptsache, wir beide kommen da mit heiler Haut raus!«

Siebzehntes Kapitel

Der Mann, der am Vormittag angerufen hatte, meldete sich nicht wieder. Xenia wählte mehrmals Olegs Mobilnummer, aber das Telefon war abgeschaltet.

»Na schön«, sagte sie seufzend und legte auf. »Umso besser.«

Mascha hatte gut gegessen und war sofort eingeschlafen, ohne Tränen und langes Schaukeln. Während ihres Mittagsschlafs las Xenia ein wenig in einem Biologielehrbuch, schlenderte dann durch die leere Wohnung, lauschte auf das Ticken der antiken Uhr und den entfernten Lärm der Twerskaja.

»Wie schön man hier leben könnte«, sagte sie, vor dem Spiegel stehend, laut. »Wäre ich in einer solchen Wohnung geboren worden, wäre ich bestimmt ein ganz anderer Mensch. Ich hätte mich von klein auf geborgen gefühlt und hätte niemanden geliebt außer mir selbst. Ich wäre ein klassisches eiskaltes Biest geworden. Darauf stehen die Männer. Und Mitja hätte mich nie verlassen, auch er ist ja verrückt nach solchen Frauen.«

Kaum hatte sie den letzten Satz gesagt, als das unsichere Gefühl von Glück und Ruhe auch schon einen Riss bekam und ein schwarzer, eisiger Wind ihr durchs Gemüt fuhr.

Mitja und sie waren von der ersten Klasse an befreundet gewesen. Die Mädchen hatten sie beneidet, denn Mitja Kolzow galt als attraktivster Junge der Klasse.

Die Mädchen waren untereinander dauernd tödlich verzankt, um sich dann unter Schluchzen und stürmischen Umarmungen wieder zu versöhnen. Ihre Welt erinnerte an einen winzigen totalitären Staat mit häufig wechselnden Diktatoren, mit Verschwörungen, Umstürzen, Geheimagenten, Denunziationen und sogar öffentlichen Hinrichtungen. Xenia hielt sich abseits, und wenn ein Mädchen den Versuch unternahm, sie ins gesellschaftliche Leben einzubeziehen, indem es ihr ins Ohr flüsterte: »Weißt du, was die Mädchen gestern im Werkunterricht über dich gesagt haben?«, antwortete sie: »Nein, und ich wills auch gar nicht wissen.«

Mitja und sie wohnten in benachbarten Aufgängen und gingen nach dem Unterricht stets zusammen nach Hause. Die Eltern beider Kinder arbeiteten bis zum späten Abend, und die beiden verbrachten viel Zeit zusammen, mal bei ihm, mal bei ihr zu Hause, machten Hausaufgaben, sahen fern oder saßen nebeneinander auf dem Sofa und lasen. In der Pubertät spielten die Mädchen der Klasse verrückt. Nicht alle natürlich, aber die kleine Gruppe, die das Sagen hatte, beeinflusste die Übrigen, Normalen.

Sie vermaßen bei allen Mädchen der Klasse Nase, Taille, Beinlänge und Brustumfang, fertigten Tabellen und Grafiken an und ermittelten die Schönste, die Zweit-, die Drittschönste und so weiter. Das Interesse für diese äußeren Parameter wurde zu einer regelrechten Massenpsychose. Xenia ließ sich als Einzige nicht in den Tabellen erfassen, sie verweigerte sich der Vermessung, bis diese eines Tages, in der achten Klasse, gewaltsam vorgenommen wurde. Natascha Trazuk, eine Vorreiterin der Massenpsychose, hielt sie nach dem

Sportunterricht im Umkleideraum fest. Unter Gekicher und dummen Sprüchen wurde Xenia gefesselt, mit einem Schal geknebelt und mit einem Bandmaß vermessen. Als alle Maße erfasst und verglichen waren, klopfte Natascha ihr gönnerhaft auf die Schulter und verkündete: »Ich habs ja gewusst. Du hast wohl gedacht, du wärst die Schönste, wie?«

Von den fünfzehn Mädchen der Klasse lag sie nach deren Tabelle auf dem letzten Platz.

»Und wer ist die Erste?«, fragte Mitja, als sie ihm auf dem Heimweg von der Schule davon erzählte.

»Natascha natürlich«.

»Aha, alles klar.« Mitja lachte. »Ein heißes Weib, der Traum jedes romantischen Mannes. Im Anglerladen gibts Würmer, ich werd hundert Gramm kaufen und sie ihr in den Kragen schütten.«

»Auf keinen Fall!«, rief Xenia erschrocken.

»Warum nicht?«

»Weil ich Mitleid hab.«

»Mit wem? Mit diesem Nilpferd?«

»Nein, mit den Würmern.«

Es war Ende Februar, ein trüber, dunkler Tag mit knietiefen Pfützen. Männer in orangen Westen stapften über die Häuserdächer und schlugen riesige Eiszapfen ab. Xenia und Mitja gingen sehr langsam und bogen sich vor Lachen. Sie waren total durchnässt und froren, liefen aber noch immer durch die umliegenden Höfe und konnten sich nicht entschließen, nach Hause zu gehen. Lachend küssten sie sich unversehens, zum ersten Mal richtig, auf den Mund, und danach trauten sie sich nicht, zusammen zu einem von ihnen nach Hause zu gehen, mochten sich aber auch nicht trennen.

Nach der zehnten Klasse wollten beide an der Medizinischen Akademie studieren. Zusammen bereiteten sie sich auf die Aufnahmeprüfungen vor. Mitja bestand, Xenia fehlten ein paar Punkte. Nach den Prüfungen fuhr Mitja mit seinen

Eltern nach Zypern. Xenia blieb in Moskau, das Geld ihrer Eltern reichte knapp zum Leben.

Xenia suchte sich eine Stelle als Stationshilfe in einem Krankenhaus. Die Arbeit war anstrengend, sie war ständig müde und spürte durch die Müdigkeit hindurch immer deutlicher, wie ihr entglitt, wofür sie gelebt hatte – ihre glückliche, reine Kinderliebe. Mitja hatte nie Zeit. Wenn sie anrief, erklärte er meist kühl und kurz angebunden, er habe furchtbar viel zu tun. Irgendwann stellte sie fest, dass er selbst sie seit September kein einziges Mal angerufen hatte.

Als er wieder einmal sagte, er sei beschäftigt und könne sich am Abend nicht mit ihr treffen, fiel ihr ein, dass er noch ein Buch von ihr hatte, und sie bat ihn mit heiterer Stimme, es zurückzugeben.

»Gut, ich brings vorbei«, versprach er.

»Nein, ich komme lieber heute Abend bei dir vorbei«, platzte sie heraus.

Seine Eltern waren nicht zu Hause. Er hielt ihr gleich an der Tür das Buch hin. Sie fragte mit gequältem Lächeln, ob er ihr nicht einen Tee anbieten wolle.

»Ja, klar … Aber, weißt du, ich kriege noch Besuch. Ich erwarte jeden Moment einen Anruf.«

»Keine Angst, wenn der Anruf kommt, bin ich sofort weg.«

Als er ihr Tee eingoss, zitterten seine Hände. Er schielte immer wieder zur Uhr und zum Telefon. Sie wollte ihn zum Reden bringen und stellte Fragen, doch seine Antworten blieben knapp. Es entstanden lange, unerträgliche Pausen, und Xenia wollte eigentlich aufstehen und gehen, konnte sich aber nicht von seinem Anblick lösen und fragte ihn schließlich kurz entschlossen: »Mitja, hast du jemanden?«

Etwas Dümmeres hätte ihr nicht einfallen können. Er verzog angewidert das Gesicht, wurde rot und sagte mit unangenehmer, hoher Stimme: »Bitte jetzt bloß keine Beziehungsdebatte!«

Genau in diesem Augenblick schrillte das Telefon. Mitja rannte ins Nebenzimmer, warf unterwegs einen Stuhl um und knallte die Tür zu. Xenia wusste, dass sie nun eigentlich gehen müsste, verschwinden, ohne sich zu verabschieden, blieb aber wie angewurzelt auf der Küchenbank sitzen und trank mit hastigen kleinen Schlucken den dünnen Tee. Mitja kam hereingeschlichen wie ein geprügelter Hund, ließ sich auf einen Hocker fallen und zündete sich eine Zigarette an. Er sah so unglücklich aus, dass Xenia aufstand und ihm über den Kopf strich.

»Was ist, Mitja, kommt sie nicht?«

»Nein.«

»Aber sie hat immerhin angerufen«, versuchte Xenia ihn zu trösten, »sie hat angerufen und Bescheid gesagt. Jedem kann mal was dazwischenkommen.«

Er legte die Zigarette beiseite, barg sein Gesicht an ihrer Brust und murmelte: »Ach Xenia, warum bist du nur so gut?«

Sie küsste ihn auf den Kopf, wich zurück, lächelte sanft und sagte: »Schluss jetzt, Mitja. Ich gehe.«

Er riss sie, ohne aufzustehen, so heftig an sich, dass sie auf seinen Schoß fiel, und kurz darauf lagen sie in seinem Zimmer auf der quietschenden schmalen Liege.

Sie wünschte sich so sehr, dass er wenigstens ein Wort sagte, aber er schwieg und schien es eilig zu haben. So weit waren sie noch nie gegangen, sie hatten sich sonst nur geküsst und umarmt. Nun aber, als alles zu Ende schien, zog er sie aus, hastig und geschäftig, als wollte er sich an ihr für irgendetwas rächen.

Hinterher lagen sie nebeneinander, starrten an die Decke, und Xenia hielt das Schweigen nicht mehr aus und fragte: »Ist sie hübsch?«

»Wer?«, fragte er zurück, drehte sich um und beugte sein gerötetes, schweißnasses Gesicht über Xenia.

»Na die, die heute nicht gekommen ist.«

»Ja, sehr. Aber das solltest du lieber nicht fragen. Merk dir, stell einen Mann nie zur Rede, mach ihm niemals Vorwürfe. Das bringt ihn zur Raserei, verstanden?«

»Mache ich dir denn Vorwürfe, Mitja?«

Er antwortete mit einem hässlichen Auflachen, sprang federnd vom Bett, verließ das Zimmer und warf die Tür zu. Xenia zog sich hastig und unbeholfen an, strich sich das zerzauste Haar glatt, ging hinaus und sah ihn in einem gestreiften Bademantel in der Küche sitzen und rauchen.

»Hast du verstanden?«, fragte er, den Blick von ihr abgewandt. »Niemals Vorwürfe oder Anklagen. Sei unbekümmert, heiter und hochmütig, keine traurigen Blicke und kein Klammern. Sei ein kaltes, rätselhaftes Biest. Aber das schaffst du sowieso nicht.«

Xenia schaute ihn noch ein paar Sekunden lang an und spürte, dass ihr Blick natürlich traurig und flehend war und dass gleich Tränen fließen würden.

Am nächsten Tag rief er an – sie hätte ihr Buch vergessen. Am Vormittag, als sie nach dem Nachtdienst im Krankenhaus noch schlief, kam er vorbei. Ihre Eltern waren nicht da, und das Ganze wiederholte sich, aber weniger hastig und grob.

Etwa einen Monat lang trafen sie sich fast jeden Abend. Jedesmal, wenn Xenia Worte auf der Zunge lagen wie: »Mitja, hat sie dich verlassen? Was, wenn sie zurückkommt?«, brach sie in lautes Lachen aus. Lachen ersetzte auch alle anderen, ihr wichtigen Worte: »Mitja, ich liebe dich sehr, verlass mich nicht, ich sterbe ohne dich.«

»Wir kennen uns seit der ersten Klasse, aber so viel gelacht hast du noch nie«, sagte er erstaunt.

Wenn sie bei ihm zu Hause waren und das Telefon klingelte, hüpfte ihr das Herz in die Kehle. Mitja rannte hin und warf unterwegs alles um. Anschließend sah sie ihm ins Gesicht und seufzte innerlich erleichtert: Uff, noch einmal gutgegangen.

Schließlich fand sie, dass man nicht jeden Abend zu Hause hocken konnte, das war langweilig, außerdem machte das verdammte Telefon sie verrückt.

Sie lieh sich von einer Kollegin Geld und kaufte die teuersten Kinokarten für die Abendvorstellung, für einen amerikanischen Actionfilm mit Spezialeffekten, von dem ganz Moskau sprach. Mitja verabredete sich mit ihr am Puschkindenkmal, fünf Minuten vor Beginn der Vorstellung.

Es goss in Strömen, Xenia hatte natürlich keinen Schirm dabei und wartete anderthalb Stunden. Als sie schließlich völlig durchgefroren war, rief sie ihn von einer Telefonzelle aus an.

»Er ist nicht da«, erklärte Mitjas Mutter, »und er kommt erst sehr spät wieder. Soll ich ihm etwas ausrichten?«

Xenia glaubte im Hintergrund ein fremdes, melodisches Frauenlachen zu vernehmen und Mitjas zärtlich schnurrende Stimme. Seine Mutter hatte den Hörer nicht richtig aufgelegt, und Xenia hörte statt des Amtszeichens die gereizten Worte: »He, das nächste Mal zwingst du mich nicht zum Lügen, sieh selber zu, wie du mit deinen Mädchen klarkommst!«

Im Krankenhaus ging Xenia nach ihrem Dienst in die Gynäkologie, um mit einer Ärztin, die sie kannte, über eine Abtreibung zu sprechen, doch als sie eben den Mund aufmachen wollte, strömte eine Gruppe Studenten herein, Erstsemester der Medizinischen Akademie. Sofort entdeckte sie unter ihnen Mitja und neben ihm eine auffällige große Brünette mit Brillantohrringen, rief: »Hallo!«, winkte Mitja zu und rannte weg. Als sie anschließend in dem von Spatzengetschilp erfüllten Krankenhauspark saß wie auf einem Friedhof, überlegte sie plötzlich, dass es ihr gar nicht wegen Mitja und der fatalen Brünetten so schlechtging. Es tat ihr leid, sich von dem winzigen Wesen zu trennen, das sie bereits liebte – ja, das kleine Wesen liebte sie, so hilflos, so erniedrigt, egal, wie sie war, das kleine Wesen liebte sie einfach.

An diesem Tag wurde Oleg Solodkin aus dem Krankenhaus entlassen, und seine Mutter Galina kam, um Xenia kennenzulernen.

Ist doch bestens, dachte Xenia, während sie Olegs verliebte Blicke auffing und seine elegante Mutter freundlich anlächelte, ist doch wunderbar.

Achtzehntes Kapitel

»Kommen Sie bitte herein.«

Der Besucher betrachtete durch seine dunkle Brille hindurch unauffällig die Hausherrin. Die Dame war an die fünfzig, wirkte aber bedeutend jünger. Groß und kräftig, mit strahlend blauen Augen und üppigen weizenblonden Locken und Grübchen auf den runden roten Wangen, strahlte Isolda Gesundheit und Optimismus aus. Alles an ihr passte zusammen und war solide – die breiten Schultern, der majestätische Busen, der massive Hintern, die glänzenden, vollen Lippen, die ebenmäßigen perlweißen Zähne. Zu totalitären Zeiten hatten solche Gestalten die Agitationstafeln geziert, in der bürgerlichen Demokratie waren sie perfekte Werbeträger für Margarine und Waschpulver.

Der Besucher, Korrespondent der französischen Elternzeitschrift »Les enfants« folgte der Hausherrin ins Wohnzimmer, das nach der grellen Sonne draußen fast dunkel wirkte. Der Journalist sah sich verwirrt um; die Gastgeberin bot ihm sofort einen der riesigen Ledersessel neben einem kleinen Tisch an und erkundigte sich mit liebenswürdigem Lächeln, was er trinken wolle – Tee, Kaffee oder ein Glas trockenen Weißwein. Offenkundig empfing die Dame häufig Journalisten, auch aus dem Ausland. Sein Anruf mit der Bitte um ein Interview hatte sie nicht im Geringsten erstaunt. Sie war gern bereit, über ihr einzigartiges Werk zu reden.

»Danke, ich hätte gern ein Glas Wasser, wenn das möglich

ist«, antwortete der Journalist lächelnd und setzte hinzu: »Es ist sehr heiß heute.«

»Okay.« Isolda klatschte in die Hände und rief in vollem, operntauglichem Kontraalt: »Larissa!«

Auf den Ruf erschien ein spindeldürres, etwa fünfzehnjähriges Mädchen mit zerzaustem rotem Haar.

»Komm her, meine Kleine, mach dich bekannt. Das ist ein Journalist von einer französischen Zeitschrift, Herr ...« Die Hausherrin wandte sich mit schuldbewusstem Lächeln zu ihrem Gast um.

»Pierre Germont«, sagte dieser eilfertig.

»Ach, entschuldigen Sie, ich habe ein Gedächtnis wie ein kleines Kind. Richtig, Monsieur Germont«, sagte die Dame langsam, als schmecke sie dem ausländischen Namen nach, »und das ist meine kleine Larissa.« Zärtlich zauste sie die roten Strähnen.

»Tach«, quiekte das Mädchen und schürzte verächtlich die Lippen. »Sie sehen gar nicht aus wie ein Ausländer.«

»Kleines, bring uns bitte kaltes Mineralwasser. Und zwei Gläser silwuplä.«

»Sofort!« Das Mädchen vollführte eine schroffe Kehrtwendung auf den Hacken und entfernte sich mit schaukelndem Gang, die Hände in den Taschen der tief herabhängenden Jeans, in den dunklen Flur.

»Sie sprechen so gut Russisch, Pierre«, zwitscherte die Hausherrin und sah den Gast erwartungsvoll an. »Ohne jeden Akzent – einfach erstaunlich. Nur Ihr ›R‹ verrät den Franzosen. Ich habe in der Schule Französisch gelernt, aber das französische ›R‹ ist mir nie gelungen.«

»Meine Großmutter war Russin«, erklärte der Gast mit leisem Seufzen. »Also, Isolda, fangen wir an?« Er holte ein Diktiergerät hervor, überprüfte die Kassette, drückte auf »Aufnahme« und sagte leise: »Un, deux, trois ...«

»Einen Augenblick noch. Ich habe nicht ganz verstanden – von wem haben Sie meine Telefonnummer?«

»Habe ich Ihnen das nicht gesagt?« Der Journalist hob die Brauen und neigte den Kopf ein wenig zur Seite.

»Ich habs vergessen. Mein Kleinmädchengedächtnis.«

»Ich verstehe Ihre Vorsicht.« Er lächelte breit. »Ich habe Ihre Nummer von der Redaktion der ›Femme‹. Aufgrund des Artikels in diesem Magazin bin ich überhaupt hier. Ich las von der bemerkenswerten russischen Frau, die sechs Waisenkinder adoptiert hat, und beschloss, Sie zu besuchen.«

»Fünf«, korrigierte ihn Isolda, »zwei Kinder sind meine eigenen. Der Älteste, Anatoli, er ist schon zwanzig, und die Jüngste, Ljussja, sie ist vor kurzem fünfzehn geworden.«

Gemächlich schlurfend erschien das rothaarige Mädchen und blieb, mit der Schulter gegen den Türrahmen gelehnt, auf der Schwelle stehen.

»Was ist das für ein Benehmen, Kleines?« Isolda schüttelte tadelnd den Kopf. »Du wolltest uns doch Mineralwasser holen.«

»Sofort!«

Im Rückwärtsgang verschwand das Mädchen im dunklen Flur, wobei ihre Augen und die riesigen falschen Steine in ihren Ohren aufblitzten. Dröhnend wurde die Kühlschranktür zugeschlagen, Gläser klirrten, und im nächsten Moment war das Mädchen wieder da und stellte Wasser und Gläser auf den Tisch.

»Danke, mein Sonnenschein.« Isolda versetzte ihr einen Klaps auf den Po. »Und nun geh ein bisschen raus. Tja, Larissa ist wohl das Schwierigste meiner Kinder«, sagte sie nachdenklich, als sie mit dem Journalisten allein war. »Sie lebte bis zum fünften Lebensjahr bei ihrer Mutter. Die Frau war ein wahres Ungeheuer! Sie kettete das Kind mit einer Hundekette an die Heizung, hielt es bei Wasser und Brot und prügelte es ständig. So etwas vergisst man lange nicht. Es braucht sehr viel Liebe, damit die in früher Kindheit erlittenen Wunden verheilen.«

»Darf ich jetzt mitschneiden?«, fragte der Journalist vorsichtig.

»Ach ja – bitte.« Die Hausherrin öffnete die Flasche und schenkte Wasser ein. »Nein, warten Sie. Ich habe eine Bitte.« Sie stand abrupt auf, ging zu den Bücherregalen und zog eine dicke, farbenprächtige Nummer des Magazins »Femme« unter einem Stapel hervor. »Könnten Sie bitte den Artikel über unsere Familie kurz überfliegen und mir in zwei Worten sagen, was drinsteht? Mein Französisch ist ein bisschen eingerostet, aber ich möchte doch gern wissen, was man über mich schreibt.« Lächelnd reichte sie ihm das Magazin.

Auf Französisch vor sich hin murmelnd, betrachtete der Journalist die Hochglanzfotos. Die glückliche Familie am Tisch. Weißes Tischtuch, Rosen in einer Kristallvase, eine Torte mit Kerzen. Sportliche Betätigung: Schlanke Kinder in Turnhosen und T-Shirts im glitzernden Schnee. Ein behagliches Klassenzimmer. An der Wand Puschkin, Tolstoi, Einstein, eine riesige Weltkarte, in der Ecke das obligate Skelett. Zwei hübsche Zwillingsschwestern Kopf an Kopf vorm Computer. Kampfsportunterricht in der Turnhalle. Kimonos. Ein männlich wirkender breitschultriger Lehrer zeigt einem dünnen Jungen einen Griff.

»Soll ich Ihnen alles wörtlich übersetzen?«, fragte der Journalist.

»Nein, nein, nur in groben Zügen.«

»Hier heißt es, dass in Russland die Tradition der Adoption von Waisenkindern wiederbelebt wird; zu Sowjetzeiten sei das nicht möglich gewesen. Die Menschen, die verlassenen Kindern ein Zuhause geben wollen, stehen vor großen Schwierigkeiten. Aber Isolda Kusnezowa klagt nie über Schwierigkeiten. Nach dem Studium an der Woronesher Pädagogischen Hochschule arbeitete sie in ihrer Heimatstadt als Kindergärtnerin, dann heiratete sie, zog zu ihrem Mann nach Moskau und fand eine Stelle in einem Heim für Waisenkinder, zusammen mit ihrem Mann. Madame Kusnezowa erzählt, das Gefühl der Ungerechtigkeit, das Mitleid mit den verlassenen, unglücklichen Kindern habe ihr den Schlaf geraubt. Weiter geht es in wörtlicher Rede. »Irgendetwas war mit mir geschehen. Ich konnte nicht mehr schlafen. Ich dachte an die Kinder, sorgte mich um jedes Einzelne wie um mein eigenes und begriff schließlich, dass ich nicht ruhig weiterleben kann, wenn ich nicht etwas für diese Kinder tue.« Der Journalist brach ab, trank einen Schluck Wasser und fragte: »Und, sind das Ihre Worte?«

Über Isoldas Gesicht huschte ein Schatten. Eben noch hatte sie mit sichtlichem Behagen der Übersetzung des Artikels über sich gelauscht, doch nun fühlte sie sich auf einmal unbehaglich. Ihr Blick wurde stechend und eiskalt. Sie ließ eine lange Pause verstreichen und schaute den Journalisten unverwandt an. Er lächelte erstaunt.

»Ist etwas falsch? Sie wirken verstimmt?«

»Ich? Nein, keineswegs, es ist alles richtig. Westliche Journalisten sind im Gegensatz zu unseren eigenen korrekt und genau.«

»Na wunderbar, beginnen wir doch unser Gespräch gleich damit. Wenn Sie gestatten, schalte ich jetzt das Diktiergerät ein. Über das Verhältnis der russischen Medien zu Ihnen wird im Artikel nichts gesagt. Oder soll ich weiter übersetzen?«

»Nein, nein, Sie können Ihr Gerät einschalten.«

»Wunderbar. Also, Madame Kusnezowa – was haben die Journalisten Ihnen getan?«

»Eigentlich nichts Schlechtes. Im Gegenteil. 1989 haben Presse und Fernsehen mir sehr geholfen bei meinem Kampf gegen unsere Bürokratie. Dank einiger Veröffentlichungen in Zeitungen und Fernsehen konnten mein Mann und ich den dornigen Weg durch diverse Instanzen bewältigen. Aber das ist eine langweilige Geschichte. Ich spreche nicht gern über gelöste Probleme.«

»Ich beneide Sie, das ist eine glückliche Eigenschaft. Aber gibt es denn noch ungelöste Probleme?«

»Oh, nur die ewigen Probleme. Wie in jeder Familie. Liebe, Freundschaft, Schule, das Verhältnis zwischen den Kindern.«

»Wie ich weiß, haben Sie vor einem Jahr Ihren Mann verloren. Seitdem ist es für Sie vermutlich wesentlich schwerer geworden.«

»Darüber möchte ich nicht sprechen.«

»Natürlich, entschuldigen Sie. Lebt zur Zeit außer Ihnen noch ein weiterer Erwachsener im Haus?«

»Ich bekomme Unterstützung von unserem Sportlehrer Ruslan. Er ist von Anfang an bei uns, seit 1989. Ich halte die physische Erziehung der Kinder für äußerst wichtig. Unser Motto lautete: In einem gesunden Köper wohnt ein gesunder Geist. Ich möchte erreichen, dass meine Kinder nicht nur gesund sind, sondern auch für sich einstehen können. Ruslan ist Meister des Sports im Boxen, russischer Meister im Leichtgewicht. Wegen einer Verletzung musste er den Sport aufgeben und unterrichtet seitdem. Nach dem Tod meines Mannes zog er zu uns und ist mir eine große Hilfe.«

»Ich würde ihn gern kennenlernen und mit ihm sprechen.«

»Er ist zur Zeit in Moskau, bei seiner Mutter.«

»Könnten Sie mir nicht seine Telefonnummer geben? Ich würde ihm gern ein paar Fragen stellen.«

»Ich bedaure, aber die Telefonnummer kann ich Ihnen nicht geben. In ein paar Tagen ist Ruslan zurück, dann können Sie gern wiederkommen.«

»Danke für die Einladung, das mache ich unbedingt. Sagen Sie, wie war das Verhältnis zwischen ihren eigenen und den Adoptivkindern ganz zu Anfang?«

»Natürlich war es anfangs schwierig. Aber es gibt ein probates Mittel: Liebe. Ich habe die Kinder, meine eigenen wie die adoptierten, von Anfang an zu Liebe und Freundschaft erzogen. Einer für alle, alle für einen – das ist unsere Devise.«

»Könnte ich mit einem der Kinder sprechen? Ich würde Ihrer jüngsten Tochter gern ein paar Fragen stellen. Ljussja heißt sie, nicht?«

»Warum gerade ihr?«

»Sie ist ein Mädchen, zudem die Jüngste und deshalb vermutlich am sensibelsten. Ich wüsste gern, wie sie sich in einer so großen Familie fühlt und wie die anderen Kinder zu ihr stehen.«

»Ljussja fühlt sich ausgezeichnet«, erklärte Isolda barsch, »das Verhältnis aller Kinder untereinander in unserem Kollektiv ist gut und freundschaftlich.« Sie durchbohrte die Nasenwurzel des Journalisten mit einem eisigen Blick, schaute dann demonstrativ zur Uhr und erhob sich. »Haben Sie noch Fragen?«

»Ich habe noch viele Fragen.« Der Journalist seufzte. »Aber ich sehe, Ihre Zeit ist knapp. Danke.« Er schaltete das Diktiergerät ab und packte es in seine Tasche.

Isolda begleitete ihn zum Eisentor, öffnete es und fragte mit Margarinereklamelächeln: »In welchem Hotel wohnen Sie?«

»Es heißt Or-rljonok«

»Gibt es dort ein Telefon?«

»Ja, natürlich ... Ich weiß die Nummer nicht auswendig, aber ich hab sie irgendwo, einen Moment ...« Er kramte in seiner Tasche, dann in den Hosentaschen, und zuckte schließlich die Achseln.

»Die Hitze macht mich total kaputt, ich vergesse einfach alles, ich glaube, ich habe die Visitenkarte des Hotels nicht mitgenommen. Aber ich habe natürlich meine dabei.« Er reichte ihr eine Visitenkarte, auf der auf Französisch stand: Pierre Germont.

Isoldas Schulkenntnisse reichten aus, um das französische Wort »correspondant« und den Namen der Zeitschrift »Les enfants« zu entziffern. Und darunter, wo normalerweise die Adresse steht, in kleiner Schrift: »Paris«.

»Entschuldigung, könnten Sie vielleicht das Fenster öffnen?«, fragte Borodin nach kurzem Husten den Chef des Milizreviers.

»Das geht nicht auf. Es klemmt«, antwortete der Chef und zündete sich die nächste Zigarette an.

»Wie können Sie in einem so verrauchten Raum arbeiten?« Borodin schüttelte den Kopf. »Man kriegt ja gar keine Luft.«

»Ist Ihnen nicht gut?« Der Major verzog die wulstigen Lippen zu einem Lächeln. »Klar, in Ihrem Alter hat man schon diverse Zipperlein.«

»Schon gut, Major«, seufzte Borodin, »ich weiß, Ihnen wäre es am liebsten, wenn ich wieder ginge und Sie in Ruhe ließe. Sie stecken in ernsthaften Schwierigkeiten, aber keineswegs meinetwegen.«

»Selbstverständlich nicht Ihretwegen.« Der Major starrte mit seinen hervorquellenden Augen durch Borodin hindurch, zog mehrmals nervös an seiner Zigarette und bemerkte schließlich mit einem vielsagenden Seufzer: »Schwierigkeiten ist gelinde gesagt. Das ist ein Unglück, ein richtiges Unglück. Der Junge tut mir leid, er ist noch so jung, hat noch das ganze Leben vor sich, und er hinterlässt eine schwangere Frau. Wie sie allein mit dem Kind klarkommen soll in dieser schwierigen Zeit, ist mir ein Rätsel.«

»Entschuldigen Sie«, sagte Borodin einschmeichelnd, »wann haben Sie das letzte Mal im Krankenhaus angerufen?«

»Ich hab keine Zeit zum Telefonieren.« Der Major winkte ab. »Wozu auch? Die Jungs habens mir gemeldet... Schlimm, schlimm – der arme Junge! Aber wir kümmern uns natürlich um die Beerdigung und sorgen für die nötige Form, von wegen, in Ausübung seiner Pflicht und so weiter. Obwohl das, unter uns gesagt, nicht stimmt. Sein Dienst war am Morgen zu Ende, er war auf dem Heimweg, vielleicht hatte er auch was getrunken, zur Entspannung nach dem Nachtdienst. Wer tut das nicht mal? Aber wir werden selbstverständlich alles Nötige veranlassen, damit die Witwe wenigstens eine Rente bekommt.«

»Sehr großzügig von Ihnen. Sagen Sie, worüber hat Unterleutnant Teletschkin heute Morgen mit Ihnen gesprochen?«

»Heute Morgen?« Die Augen des Majors huschten unruhig hin und her. »Ach ja, er war kurz bei mir, buchstäblich eine Stunde vor dem Unfall.«

»Wovor bitte?« Borodin hob leicht die Brauen.

»Bevor er unters Auto geriet, als er bei Rot die Fahrbahn überquerte«, präzisierte der Major, Silbe für Silbe betonend, drückte die Zigarette aus und zündete sich sofort die nächste an.

»Ach ja, natürlich.« Borodin wandte sich vom Qualm ab, warf dem Major einen schrägen Blick zu und sagte im selben Ton, Silbe für Silbe: »Seien Sie so gut und versuchen Sie sich zu erinnern, worüber sie mit Unterleutnant Teletschkin heute Morgen in Ihrem Büro gesprochen haben.«

»Darf ich erfahren, warum Sie das interessiert?« Der Major hustete und riss an seinem Hemdkragen, als beenge der ihn.

»Wenn Sie erlauben, werde ich das später tun. Also, können Sie meine Frage beantworten oder nicht?«

»Ehrlich gesagt, ich erinnere mich nicht genau. Es war ein schwerer Tag, ich krieg nicht mehr alles zusammen. Ich wühle hier schließlich tief in der Scheiße. Jeder dritte Jugendliche in meinem Revier ist drogensüchtig. Und dann hab ich noch den Markt, also Taschendiebe, Hochstapler, Trickbetrüger – kurz, jede Menge Scheiße. Wann wird in diesem Land bloß endlich Ordnung herrschen?«

»Wem sagen Sie das!« Borodin seufzte, ließ eine mitfühlende Pause verstreichen und fragte dann mit honigsüßer Stimme: »Sie erinnern sich also an kein einziges Wort eines Gesprächs, das fünfundzwanzig Minuten dauerte?«

»Woher wissen Sie, wie lange es dauerte?« Der Major wurde rot und hob die Stimme.

»Ich weiß gar nichts.« Borodin lächelte breit. »Das war nur eine Vermutung, aber ich sehe Ihnen an, dass sie stimmt.«

»Ach, Sie können in Gesichtern lesen?«, fragte der Major spöttisch.

»Manchmal«, gestand Borodin bescheiden und mit einem ebenfalls spöttischen Lachen. »Aber man muss kein großer Psychologe sein, um zu bemerken, wie ungern Sie über Ihr Gespräch mit dem Unterleutnant reden wollen.«

Der Blick des Majors wurde bösartig; er starrte auf Borodins Nasenwurzel, kniff die Lippen zusammen, und Schweißperlen traten ihm auf die Stirn.

»Meinen Sie nicht, Genosse Untersuchungsführer«, sagte er leise und einschmeichelnd, »dass Sie sich da in fremde Angelegenheiten einmischen?«

»Das meine ich nicht.« Borodin schüttelte den Kopf. »Meine Fragen an Sie haben mit dem Fall zu tun, der mich augenblicklich beschäftigt. Glauben Sie mir, das ist keine müßige Neugier. Und was Ihr Gespräch mit Teletschkin angeht, muss ich gestehen, dass es mir dabei weit mehr um Ihre Reaktion ging als um den Inhalt des Gesprächs. Schön, ich will Sie nicht weiter beanspruchen, es ist spät, Sie sind müde, und ich auch. Dürfte ich eine Kopie des Gutachtens über den Tod des Bürgers Rjurikow sehen?«

»Sie meinen den Penner, der seine Lebensgefährtin erstochen hat?« Der Major kniff die Augen zusammen. »Das kann ich Ihnen auch so sagen: Alkoholvergiftung.«

»Ich würde trotzdem gern einen Blick auf das Dokument werfen. Wenn es Ihnen nichts ausmacht.«

»Bitte, meinetwegen.« Der Major riss eine Schreibtischlade auf, kramte darin, zog eine graue Aktenmappe heraus, öffnete sie und entnahm ihr den Totenschein.

»Darf ich das mitnehmen?«

»Selbstverständlich. Kann ich Ihnen sonst noch irgendwie behilflich sein, Genosse Untersuchungsführer?«

»Eigentlich nicht.« Borodin stand auf. »Alles Gute, Major. Aber rufen Sie trotzdem mal im Krankenhaus an, wo Ihr Mitarbeiter Nikolai Teletschkin liegt, und wenn es Ihre Zeit wirklich nicht erlaubt, beauftragen Sie jemand anderen damit. Für alle Fälle.«

»Wieso, gibt es etwas Neues?«, erkundigte sich der Major, unverhohlen gähnend. »Heute Vormittag hieß es, sein Zustand sei kritisch.«

Bevor Borodin darauf antworten konnte, ertönten draußen Gepolter und der verzweifelte Schrei einer Frau: »Lass mich rein, sag ich! Du musst mich nicht festhalten! Ich bin von selber gekommen, ich laufe schon nicht weg!«

»Und ich sag, du darfst da nicht rein!«, brüllte ein empörter Bass.

»Wo ist der Chef?«

»Ich sag dir doch, er ist nicht da! Hau ab, ich sags dir im Guten!«

Der Major ging zur Tür und riss sie auf. Draußen stand eine glatzköpfige Frau in einem zerrissenen Kleid.

»Ha!«, rief die Frau. »Ich wusste doch, dass du lügst! Er ist da!« Und dann fuhr sie in jammerndem Klageton fort: »Ich bin von mir aus gekommen, Bürger Natschalnik, ich will eine Aussage machen, ich hab nämlich mit eigenen Augen gesehn, wie euer kleiner Leutnant angestochen wurde.«

»Was soll das Gequatsche, dummes Weib«, zischte der Major leise, »raus hier, aber schnell!«

»Aber ich will aussagen! Ich bin eine Zeugin!«, murmelte die Frau verwirrt.

»Raus!«, wiederholte der Major und wollte die Tür schließen. »Kolesnikow, schafff sie weg!«

»Augenblick«, meldete sich Borodin, »sie will eine Aussage machen. Warum werfen Sie sie raus? Was soll das?«

»Jetzt reichts aber«, brüllte der Major, »alles hat seine Grenzen, Genosse Untersuchungsführer. Sie überschreiten Ihre Kompetenzen. Hier bin ich der Chef, und ich verbitte mir …«

Borodin schüttelte traurig den Kopf. »Sie haben recht, Major, alles hat seine Grenzen. Dass Sie Ihren Unterleutnant vor der Zeit begraben und sich nicht einmal die Mühe machen, sich nach seinem Befinden zu erkundigen, mag noch angehen. Aber dass Sie als Revierchef noch immer nicht wissen, dass das, was Ihrem Mitarbeiter in Ihrem Revier zugestoßen ist, keineswegs ein Unfall war …«

»Was denn?«, schnaubte der Major. »Was ist ihm denn zugestoßen? Klären Sie mich auf, seien Sie so freundlich!«

»Ein Mordanschlag. Eine Stichwunde«, erwiderte Borodin knapp. »Wo kann ich mit der Zeugin sprechen?«

»Kolesnikow, bring sie in Zimmer sieben!« Der Major sah Borodin so hasserfüllt an, dass seine Augen zu glühen schienen. Borodin lächelte liebenswürdig.

»Wer sind Sie denn?«, fragte die Frau, als er mit ihr in einem winzigen Raum mit einem zerschrammten Schreibtisch, vergittertem Fenster und einem ebenso riesigen Ventilator wie im Zimmer des Chefs saß.

Borodin stellte sich vor und bat die Frau, sich auszuweisen.

»Kann ich nicht«, seufzte sie. »Ich hatte mal einen Ausweis, aber den hab ich versiebt. Oder er wurde mir geklaut. Einen neuen kann ich mir nicht machen lassen, ich hab das Geld für die Strafe nicht. Aber schreiben Sie ruhig auf: Botscharowa, Marina Gennadjewna, geboren 1972.«

Borodin hob erstaunt die Brauen, als sie ihr Geburtsjahr nannte. Er hatte sie für mindestens fünfzig gehalten.

»Sagen Sie mir erstmal – wie gehts dem kleinen Leutnant?«

»Er lebt.« Borodin lächelte.

»Na Gott sei Dank. Er ist noch so jung und bestimmt ein guter Mensch, das sieht man gleich, und so hartnäckig.«

»Wieso hartnäckig?«

»Na ja, weil er nicht lockerlässt.«

»Wobei ließ er nicht locker?«

»Na, er hat nach dem Mörder gefragt und nicht eher Ruhe gegeben, bis er uns alles aus der Nase gezogen hatte. Nosdrja und ich, wir hatten eigentlich keine Lust, mit dem Bullen zu reden – pardon.«

»Moment, Marina – von welchem Mörder reden Sie?«

»Wissen Sie das denn nicht?« Sie kniff die Augen zusammen. »Von dem, der Simka umgebracht und den Mord Rjurik in die Schuhe geschoben hat. Ach, hab ich geheult, als ich das erfahren hab!« Sie schniefte laut, und ihre Augen wurden nass. »Simka war nämlich kein schlechter Mensch. Klar war sie eine Angeberin, Hauptsache, sie hatte ihren Auftritt, konnte über irgendwelchen mystischen Quatsch labern; die hat sich Sachen ausgedacht – zum Totlachen. Sie meinte, sie hätte eine göttliche Gabe, sie könnte jeden Menschen durchschauen, sie brauchte einen nur anzusehen, sein Gesicht würde ihr sein ganzes Wesen verraten. Der eine wär in Wirklichkeit ein Schwein mit fetter Schnauze, der nächste eine Ratte oder im Gegenteil ein Engel oder ein himmlisches Vögelchen. Und dann gibts angeblich welche, bei denen schimmert das Schwarze durch die Haut, die haben Hörner auf dem Kopf und einen Schwanz unter der Hose. Lauter solche Sachen hat sie erzählt.«

»Zum Beispiel von Teufeln?«, fragte Borodin rasch. »Und wann hat sie das letzte Mal davon gesprochen?«

»Na, ständig, über den Revierchef zum Beispiel, der mich eben so angebrüllt hat« – Marina schielte zur Tür und senkte die Stimme –, »über den hat Simka gesagt, der wär ein Teufel. Und vor kurzem hatte sie sich am Müllplatz mit einem Kerl in der Wolle, und der war in Wirklichkeit auch ein Teufel, hat sie gesagt. Und hat als Beweis einen frischen blauen Fleck demonstriert. Ich hab ihn bei den Hörnern gepackt, den Unhold, sagt sie, und er hat mir mit der Faust eins verpasst. Nosdrja und ich haben uns halb totgelacht. Und sie war beleidigt deswegen, aber dann war alles vergessen, und sie hat getanzt. Da haben Nosdrja und ich die Ärmste übrigens das letzte Mal gesehen. Heute Morgen, als der kleine Leutnant in der Metro zu uns kam, wussten wir beide noch nichts von Simka und von Rjurik. Sagen Sie, stimmt das, dass die ihn hier zu Tode geprügelt haben?«

»Wie?« Borodin schüttelte den Kopf, als wolle er wieder zu sich kommen. »Nein, das stimmt nicht. Er ist von selbst gestorben.«

»Vielleicht besser so«, bemerkte Marina mit eingekniffenen Lippen. »Hat er endlich ausgelitten.«

»Der Unterleutnant kam also heute während des Gewitters zu Ihnen in die Metro«, erinnerte Borodin.

»Ja, genau, er hat nach Rjurik gefragt, angeblich hätte irgendwer gesehn, dass Rjurik die Reifen von seinem Wagen abgeschraubt hat. Wir haben ihm erklärt, dass Rjurik das nicht gewesen sein kann, weil er mit Nosdrja zusammen die ganze Nacht auf dem Markt Kisten abgeladen hat. Wir haben eine Weile geredet, dann war das Gewitter vorbei, die Massen strömten aus der Metro, da hatte ich irgendwie ein komisches Gefühl. Als hätte ich in der Menge wen entdeckt, als wir mit dem Leutnant redeten, aber ich wusste nicht, wen. Mir wurde direkt schwummrig. Nosdrja wollte mit mir zum Hotdogstand, Brötchen schnorren, aber ich konnte nicht, ich hatte keine Kraft, ich sag also zu ihm, geh allein, ich setz mich in den Hof hinter der Post, da ist es schön ruhig und grün. Und wie ich über den Platz laufe, seh ich den kleinen Leutnant von hinten, und auf einmal schwankt er. Ich kuck genau hin – lieber Himmel, da ist auf seiner Jacke ein dunkler Fleck, zwischen den Schulterblättern. Ich dachte noch, er hätte sich vielleicht irgendwo schmutzig gemacht. Da kam Gelb, die Autos hupten, und ich bin schnell rüber auf die andere Seite, an dem kleinen Leutnant vorbei, den hab ich glatt vergessen – ich hab nämlich Angst vor Autos. Kaum war ich drüben, gabs ein Hupen und Quietschen, und eine Frau schrie wie am Spieß. Und der kleine Leutnant lag auf der Fahrbahn, zwei Schritte vorm Gehweg. Ich dachte, ich muss selber gleich sterben, und bin weggerannt, so schnell ich konnte, in den Hof, hab mich auf den Rasen fallenlassen und gedacht, nein, das erzähl ich niemandem, ich hänge schließlich auch am Leben, aber dann hab ich begriffen, wenn ichs nicht erzähle, wird mich das mein Leben lang quälen. Sogar meine Narbe fing an zu jucken. Stellen Sie sich vor, seit fünf Jahren ist die Stelle vernarbt, und nun juckt sie auf einmal wie verrückt.« Sie beugte sich über den Tisch, hielt Borodin ihr aufgedunsenes rotes Gesicht hin, pikte mit dem Finger auf die durch eine gewölbte krumme Narbe entstellte Wange und flüsterte kaum hörbar: »Ich hab ihn nämlich erkannt, Bürger Untersuchungsführer …«

Neunzehntes Kapitel

Die Nacht war hell und schwül. Der riesige Hof in einer der stillen Gassen im Zentrum Moskaus lag in tiefem Schlaf. Nicht einmal die Pappelblätter regten sich, selbst die Katzen hatten sich verkrochen. Der unnatürlich große rotstichige Mond gab zu viel Licht – fahles, entzündetes, beunruhigendes Licht. Doch selbst bei dieser absoluten Stille waren die Schritte des einsamen nächtlichen Passanten nicht zu hören. Die weichen Turnschuhe glitten völlig lautlos über den Asphalt.

Der Mann kam aus dem unbeleuchteten Torweg, überquerte rasch den Hof und verschwand in einem der Eingänge des hufeisenförmigen Zwölfgeschossers, dessen Fassade auf die Straße und dessen Eingänge auf den Hof hinaus gingen.

Er benutzte nicht den Lift, schaute auf die Uhr, registrierte die Stellung des Sekundenzeigers und rannte die Treppe hinauf. Die zehnte Etage erreichte er in vier Minuten und zweiundvierzig Sekunden. Vor der gesuchten Tür blieb er stehen und fühlte seinen Puls. Ausgezeichnet. Sechzig Schläge pro Minute. Er zog Chirurgenhandschuhe an und lauschte auf die Stille hinter den benachbarten Türen. Die meisten Mieter waren auf ihren Datschas oder machten Urlaub im Ausland. Es war Juni, zudem Wochenende.

Im dunklen Flur schaltete er eine kleine Taschenlampe ein. Der schmale Strahl tastete die Wand ab und hielt am Stromzähler inne. Daneben war die Alarmanlage installiert. Er wunderte sich nicht, als er entdeckte, dass sie abgeschaltet war. Wahrscheinlich hatte der junge Solodkin die Wohnung als Letzter verlassen, und der konnte nicht nur die Alarmanlage vergessen, sondern selbst seinen eigenen Kopf.

In der Küche summte leise der Kühlschrank, im Bad tropfte ein Wasserhahn – mit aufdringlicher Regelmäßigkeit zerhackten die fallenden Tropfen die schwüle Stille der leeren Wohnung. Der Mann blickte hinter die angelehnte Tür des nächstgelegenen Zimmers, stellte fest, dass dies das Arbeitszimmer war, ging hinein, schloss lautlos die Tür, ließ die Jalousien herunter, zog die schweren Samtvorhänge zu, schaltete das Licht ein und untersuchte den antiken Eichenschreibtisch. Zwei der sechs Schubladen waren verschlossen. Rasch sichtete er den Inhalt der vier offenen. Nichts von Interesse. Papiere, drei Plastikmappen mit Presseausschnitten, ein Fotoalbum mit Familienschnappschüssen, alte Telefonbücher und Kalender, eine flache Schachtel mit Visitenkarten. Den Schlüssel für die verschlossenen Fächer entdeckte er bald. Die Hausherrin war nicht besonders einfallsreich – sie hatte ihn in den Marmorbehälter für Stifte auf dem Schreibtisch geworfen.

Er hatte Glück. Gleich im ersten Fach fand er einen dicken Packen Dollarscheine. Im zweiten einen weiteren, etwas dünneren, außerdem ein mit kleinen Brillanten verziertes antikes Zigarettenetui.

Der nächste, hinter dem Arbeitszimmer liegende Raum war das Schlafzimmer der Hausherrin. Auf dem Toilettentisch stand eine hübsche Lackschatulle mit einem raffinierten Schloss. Er zog ein Klappmesser aus der Tasche. Die zwanzig Zentimeter lange, blitzende schmale Klinge war von ungewöhnlicher Rhombenform. Das Schloss gab nach. Eine angenehme, leise Melodie ertönte.

Offensichtlich liebte die Hausherrin große Brillanten. Er hätte gern alles mitgenommen, hielt sich aber zurück und nahm nur, was ihm am wertvollsten erschien. Drei Ringe mit riesigen Steinen – zwei davon eindeutig antik, einer modern und grob, aber beim Anblick des Steins darin gingen ihm die

Augen über. Einen mit Diamanten besetzten Platinanhänger in Form eines Notenschlüssels und dazu passende Ohrringe.

Die Hände schwitzten in den Handschuhen und juckten. Außerdem hatte er Durst. Er beschloss, eine kleine Pause zu machen, sich zu waschen und einen Schluck Wasser zu trinken. Er löschte das Licht und glitt lautlos ins Bad, betrachtete die Einrichtung in Türkis und Malachit, die vergoldeten Wasserhähne mit den glitzernden blauen und grünen Steinen, und flüsterte: »Meine Fresse, diese Schweine!«, und spie einen saftigen Batzen in die zartblaue Wanne.

Nachdem er mühsam die Handschuhe abgezogen hatte, warf er sie aufs Regal und drehte den Wasserhahn auf. Die Seife roch nach frischen Maiglöckchen. Schnaufend vor Wonne, erwog er zu duschen, verwarf die verlockende Idee jedoch. Durch das Wasserrauschen hindurch glaubte er merkwürdige Laute zu vernehmen. Als miaue ganz in der Nähe klagend eine Katze. Er wusste genau, dass die Solodkins keine Haustiere hielten. Aber vielleicht kam das Miauen ja aus der Nachbarwohnung. Im Bad nimmt man Geräusche bekanntlich verstärkt wahr. Zur Aufmunterung fluchte er kurz, dann hörte er deutliches Kinderweinen, Schritte und eine verschlafene Frauenstimme.

»Wer wird denn da gleich weinen, Mascha! Eine volle Windel – na und! Das kann jedem mal passieren!«

Im nächsten Augenblick stand ein etwa fünfzehnjähriges Mädchen mit einem Baby auf dem Arm auf der Schwelle.

Xenia hatte, seit ihr Kind geboren war, ein neues Organ entwickelt, eine Art drittes Auge oder eine zusätzliche Drüse, die ein Alarmhormon produzierte. Einen aktiven Ausstoß dieses Hormons bewirkten sehr schnell fahrende Autos, kochende Wasserkessel, Steckdosen, spitze und scharfe Gegenstände, kleine, auf den ersten Blick harmlose Dinge wie Münzen, Knöpfe, Nähnadeln, Perlen und Büroklammern. Als sie einen unbekannten Mann in hellblauen Jeans und dunkelblauem T-Shirt, mit nassem Gesicht und zusammengekniffenen Augen im Bad stehen sah, verspürte sie ein heftiges Pulsieren im Magen. In Sekundenbruchteilen schossen ihr mehrere vernünftige, tröstliche Erklärungen durch den Kopf. Er war lautlos hereingekommen, also hatte er einen Wohnungsschlüssel und eine Magnetkarte für den Hauseingang. Das Türschloss war ziemlich raffiniert, ein nagelneues deutsches Modell. Vermutlich war er einer von Olegs zahlreichen Bekannten und hatte den Schlüssel von Oleg bekommen. Würde ein Einbrecher sich etwa waschen? Er war unbewaffnet und sah ganz anständig aus. Sie sollte ihn erst einmal fragen, wer er war und was er hier machte, bevor sie erschrak.

Doch die tröstlichen Erklärungen lösten sich in Nichts auf. Xenia spürte, nicht nur im Magen, sondern am ganzen Leib, dass der nächtliche Besucher Gefahr bedeutete, wie ein Auto mit betrunkenem Fahrer, wie ein kochender Wasserkessel auf der Tischkante. Ihre linke Hand langte automatisch auf das Regal neben der Tür, nach dem französischen Deospray. Sie brauchte nur eine Sekunde, um es zu greifen, den Deckel abzunehmen und dem Mann einen heftigen Stoß in die zusammengekniffenen Augen zu sprühen. Er schrie dumpf auf und schlug reflexartig die Hände vors Gesicht. Mascha, die sie sich unter den Arm geklemmt hatte, brüllte ohrenbetäubend.

Noch ehe der Mann zur Besinnung gekommen war, schlug die Badtür schon zu und wurde von außen abgeschlossen. Das Schloss war simpel und von innen leicht zu öffnen, aber der Lichtschalter für das Bad war außen, und im nächsten Augenblick stand der nächtliche Besucher im Dunkeln.

Xenia griff nach Handy und Schlüssel, rannte ins Treppenhaus hinaus, schloss die Tür von außen ab und wählte die Miliz-Notrufnummer 02.

Eine Verständigung war praktisch unmöglich. Mascha schrie wie am Spieß. Die Frauenstimme am anderen Ende der Leitung fragte mehrmals, was denn passiert sei, ehe sie sich endlich nach der Adresse erkundigte und Xenia die Nummer des zuständigen Reviers diktierte. Mascha brüllte empört, denn sie verstand nicht, was los war und warum Mama sie nicht von der vollen Windel befreite. Xenia drückte auf den Fahrstuhlknopf und klingelte, während sie wartete, vorsichtshalber bei allen Nachbarn, doch wie erwartet reagierte niemand.

Im Lift hatte das Handy keinen Empfang. Die Nummer des Milizreviers vor sich hin murmelnd wie eine Beschwörungsformel, rannte Xenia aus dem Haus, setzte sich auf eine Bank und wählte endlich.

»Mach erst mal die Musik aus, Mädchen«, verlangte eine Männerstimme.

»Das ist keine Musik, mein Kind weint!«, schrie Xenia in den Hörer und spürte, dass sie gleich selbst losheulen würde.

»Dann legen Sie es kurz ab, ich kann Sie nicht verstehen.«

»Das geht nicht. Bitte, schicken Sie schnell einen Einsatzwagen her. Es ist dringend, ich bin hier ganz allein auf dem Hof. Er kann jeden Moment herauskommen, er hat einen Wohnungsschlüssel.«

»Wieso hat er einen Schlüssel?«, erkundigte sich der Diensthabende kühl.

Das Gespräch dauerte mindestens drei Minuten, der Diensthabende unterzog Xenia einem regelrechten Verhör und wiederholte mehrfach wütend, bei dem Lärm könne er nichts verstehen. Schließlich versprach er ärgerlich, einen Einsatzwagen zu schicken.

Kaum hatte aufgelegt, da verspürte Xenia einen erneuten Anfall von Panik. Der nächtliche Besucher hatte sich längst aufgerappelt, das Bad verlassen und würde jeden Augenblick aus der Haustür kommen. Es wurde schon hell, er würde sie auf dem menschenleeren Hof sofort entdecken, und wer weiß, was in seinem Einbrecherhirn vorging. Sie rannte zum Spielplatz. Neben Schaukel und Sandkasten stand dort eine ziemlich wacklige Holzkonstruktion aus Rutsche, Treppe und einem kleinen Häuschen dazwischen. Xenia jagte die lückenhafte Treppe hinauf, wobei sie einen Pantoffel verlor, und sah im selben Augenblick die Haustür aufgehen. Auf dem schmutzigen Holzboden hockend, gab sie Mascha die Brust. Aber das Kind lehnte empört ab. Ein anständiges Kind trinkt nicht mit schmutzigem Po, und das versuchte die drei Monate alte Mascha ihrer begriffsstutzigen Mama, die, statt sie sauberzumachen und umzuziehen, mit ihr in den Hof gelaufen und auf die Rutsche geklettert war, lautstark klarzumachen.

»Sei still, Maschenka, bitte, bitte«, murmelte Xenia, während sie durch ein winziges Fenster beobachtete, wie der Mann an der Haustür stehenblieb und den Hof absuchte.

Erschöpft vom eigenen Geschrei, wurde Mascha leiser, schluchzte krampfhaft und sah ihre Mama aus tränennassen Augen gekränkt an. Der nächtliche Besucher stand noch immer an der Haustür, anstatt abzuhauen, stand da und schaute sich um, auf der Suche nach Xenia – wohl kaum, um sich bei ihr zu entschuldigen und zu erklären, warum er in eine fremde Wohnung eingedrungen war. Ringsum war weiter keine Menschenseele. Der Hof war wie ausgestorben. Xenia schien es, als halte der Blick des Fremden bei dem Holzhäuschen inne, und echter, brennender Schmerz zog ihr Inneres zusammen, so dass sie kaum noch Luft bekam. Ihr war, als schauten sie einander direkt in die Augen; zwischen ihnen lagen höchstens fünfzig Meter. Er trug eine kleine Sporttasche über der Schulter und hielt in der rechten Hand etwas, das aussah wie eine Pistole.

»Unsinn, Mascha, Einbrecher haben keine Waffe«, flüsterte Xenia und schüttelte bekräftigend den Kopf.

Mascha hörte auf zu schluchzen und gähnte herzhaft.

»Er ist doch kein Idiot«, flüsterte Xenia weiter, »er muss doch wissen, dass ich längst die Miliz angerufen habe und dass gleich ein Einsatzwagen hier ist. Und dann machen wir beide eine Zeugenaussage. So, Schluss jetzt, er muss los. Hörst du, du musst los, du Schwachkopf, nun mach schon, bitte, nun geh doch …«

Vielleicht hatte der letzte Satz etwas zu panisch geklungen, denn anstatt einzuschlafen, verzog Mascha bedrohlich den Mund. Normalerweise ging ihrem Schreien eine feierliche, vielsagende Pause voraus. Sie dauerte etwa eine Minute. Xenia sah den Mann ruhig und entschlossen auf die Rutsche zukommen, und nun erkannte sie deutlich, dass er tatsächlich eine Pistole in der Hand hielt.

Mascha brüllte los, und ganz in der Nähe heulte eine Sirene auf. Der Mann mit der Pistole erstarrte und rannte dann direkt auf die Rutsche zu. Als er die Treppe erreichte, verlor Xenia ihn aus dem Blick, aber sie spürte ihn und drehte sich mit dem Gesicht zur Bretterwand, Mascha mit ihrem Körper schützend. Das Häuschen schwankte. Xenia spürte das trockene Knacken mehr, als dass sie es hörte.

Sie wusste nicht, wie lange das Ganze dauerte. Das Heulen der Sirene verstummte allmählich. Nun war nur noch Maschas Weinen zu hören. Der Mann mit der Pistole war weg. Xenia schaute vorsichtig hinaus. Der Hof war leer. Xenia fühlte, dass sie nicht aufstehen konnte – eine scheußliche, zitternde, geleeartige Schwäche hatte sie erfasst. Sie begriff, dass die Sirene nicht die des Milizautos gewesen war, jedenfalls nicht die des Wagens, auf den sie wartete. Wahrscheinlich nur ein zufällig vorbeifahrender Krankenwagen, der über den Hof in die Nachbargasse gerast war. Sie musste sich entscheiden, was besser war – in ihrem unsicheren hölzernen Versteck zu bleiben und auf den versprochenen Einsatzwagen zu warten oder rauszukriechen, zum Haus zu rennen, in die Wohnung zu laufen, sich einzuriegeln und dort zu warten.

Sie schaute vorsichtig durch die Türöffnung zur Treppe. Von den drei verbliebenen Stufen waren zwei durchgebrochen.

»Das war also das Knacken. Und wie kommen wir nun runter, Mascha? Müssen wir wohl springen.«

Mascha fest an sich gepresst, sprang Xenia vorsichtig hinunter in den weichen Sand. Den Weg vom Spielplatz bis zur

Haustür legte sie in einer Minute zurück, und erst im Lift entdeckte sie, dass sie sich beim Springen einen Ellbogen am Geländer zerschrammt und sich einen Splitter in den Fuß gerammt hatte.

Zwanzigstes Kapitel

Borodin hörte der kahlköpfigen Obdachlosen zu, ohne sie zu unterbrechen.

Marina Botscharowas Geschichte war simpel und schrecklich. Als sie vierzehn geworden war, fuhr sie, ein hübsches, lebhaftes Mädchen, auf der Suche nach Spaß und Abenteuern zusammen mit mehreren Freundinnen häufig von ihrer langweiligen Vorortsiedlung Katuar nach Moskau. Das Geld war knapp, die Versuchungen zahlreich. Sie schlenderten durchs Stadtzentrum, gingen in Diskos und fuhren zurück nach Hause. Sie wünschten sich sehnlichst, einen Moskauer Jungen kennenzulernen, einen Studenten, und träumten von der großen Liebe. Ihre Vorstellungen bezogen sie aus Filmen: Cocktails in einer halbdunklen Bar, Musik von Adriano Celentano oder Joe Dassin, Tanz Wange an Wange. Anschließend ein Spaziergang zu zweit durch die geheimnisvolle nächtliche Stadt, Arm in Arm; er erzählt ihr, wie einsam er ist und dass er sein ganzes Leben nur auf sie gewartet hat, sie küssen sich auf dem Twerskoi-Boulevard – der Rest war unwichtig. Hauptsache, es lief ab wie im Kino, voller Romantik.

Moskau, geschäftig, gleichgültig und taub für die schlichten Mädchenträume, jagte an ihnen vorbei, bespritzte sie mit Straßendreck, stieß ihnen spitze Ellbogen in den Leib, atmete ihnen Alkoholdunst ins Gesicht, bedachte sie mit Flüchen und spöttischen, hochmütigen Blicken, beleidigender als Schmutz und Obszönitäten. Nirgends ein Hauch von Liebe, im Gegenteil, es roch nach Tristesse, Müll, Mörtel und schmutzigen öffentlichen Toiletten.

Eines Tages beschloss Marina, in der großen Stadt lieber allein nach ihrer großen schönen Liebe zu suchen. Auf ein einzelnes Mädchen würde bestimmt jemand anbeißen. Also fuhr sie ohne ein Wort zu den Freundinnen eines Tages mitten in der Woche allein in die Hauptstadt. Bescheiden gekleidet, ohne Glitzer und Glimmer, schlicht und alltäglich: enge Jeans und ein kurzärmliges Baumwollshirt. Schon in der Vorortbahn spürte sie ganz andere Blicke auf sich ruhen als sonst – echte männliche Blicke, die interessiert ihre große runde Brust unter dem dünnen T-Shirt abtasteten und über ihre vollen roten Lippen glitten.

Als sie sich in den Spiegeln eines Kaufhauses kritisch musterte, fand sie, dass sie in dieser bescheidenen Aufmachung viel wirkungsvoller aussah. Und tatsächlich – ihr dreistündiger Spaziergang war von Erfolg gekrönt. In einer Teestube auf dem Gogol-Boulevard setzte sich ein sympathischer junger Mann zu ihr: kurzes dunkles Haar, kluge braune Augen. Mit der runden Brille und dem sauber gestutzten Schnurrbart erinnerte er Marina an einen Schauspieler, dessen Name ihr nicht einfiel. Der junge Mann lud sie zu armenischem Kognak ein und bestellte ihr Schnittchen mit Lachs und schwarzem Kaviar. Der Lachs war unglaublich salzig und der Kaviar hart und trocken wie Sand, aber Marina wurde zum ersten Mal so schick eingeladen und trank zur Feier des Tages zweihundert Gramm Kognak. Erst schwindelte sie, sie wohne in Moskau, ihre Mutter sei Buchhalterin in einem großen Kaufhaus und ihr Vater Werkdirektor, doch dann gestand sie ihrem neuen Bekannten die Wahrheit.

Sie erzählte von der Siedlung Katuar, von ihrer Mutter, die Invalidenrentnerin war und rund um die Uhr trank, von ihrem Vater, der wegen Diebstahls irgendwelcher Traktorersatzteile im Gefängnis saß, davon, dass niemand auf der Welt sie brauchte und keiner sie vermissen würde, wenn ihr etwas zustieße.

Der Mann hörte ihr mit aufrichtigem Mitgefühl zu, streichelte ihre Hand und ihre Wange. Er hieß Tolik, war dreiundzwanzig und sagte, er studiere an einer Hochschule.

Sie verließen die Teestube zusammen, sahen sich in einem Programmkino eine alte französische Komödie an und küssten sich in der letzten Reihe. Marina war von dem Kognak und den langen, nassen Küssen ganz benommen. Tolik erbot sich, sie zu begleiten, und führte sie durch endlose dunkle Durchgangshöfe, hin und wieder blieben sie stehen und küssten sich. Dann gingen sie in einen stinkenden Hausflur, stiegen die Treppe hoch, Tolik sagte etwas von Geld fürs Taxi, schloss eine schrundige Tür auf und führte Marina durch einen langen, halbdunklen Flur. In einem ärmlichen kleinen Zimmer lag eine Matratze auf dem Boden – Marina hätte sich am liebsten sofort hingelegt und wäre eingeschlafen. Tolik machte Musik an, erklärte, er wolle Kaffee kochen, schenkte ihr jedoch statt Kaffee Wodka ein, der sie endgültig betäubte. Mühelos warf Tolik sie auf die Matratze.

Ohne etwas anderes zu spüren als betrunkene Übelkeit und Schmerzen im Unterleib, schlief Marina ein. Als sie erwachte, war nicht mehr Tolik bei ihr, sondern ein fetter, behaarter Kaukasier um die fünfzig. Sie wollte schreien, doch der Mann presste ihr seine schweißnasse Hand auf den Mund, und ein anderer packte ihre Arme und presste die Handgelenke zusammen – Tolik.

Bevor der Kaukasier ging, legte er Geld hin. Tolik gab Marina die Hälfte und beglückwünschte sie zu ihrer ersten mit ehrlicher Arbeit verdienten Kohle. Am selben Tag kamen noch zwei kahlgeschorene picklige Jungen und vergnügten sich mit ihr erst nacheinander, dann gemeinsam. Wieder gab Tolik ihr die Hälfte des Geldes.

Sie konnte nicht genau erklären, vor allem sich selbst nicht, warum sie nicht weggelaufen war aus der schmutzigen Gemeinschaftswohnung. Sie hätte die Gelegenheit gehabt. Aber erst war ihr einfach schwindlig und die Beine knickten ihr vor Schwäche ein, dann verwirrte sie das an nur einem einzigen Tag verdiente Geld, und überdies fand sie ihr ganzes bisheriges Leben, die triste Siedlung, wo die Jungen mit zehn anfingen zu trinken, die Schule, das Zuhause, die ewig betrunkene kranke Mutter, den ständigen Hunger, die Langeweile und Ausweglosigkeit weit schlimmer als diese Wohnung mit der Matratze und dem fröhlichen schnurrbärtigen Tolik.

Hauptsache, ich fange nicht an zu trinken und hänge nicht an der Nadel, dachte Marina, jeder verdient sein Geld, wie er kann. Wenn ich genug zusammen habe, kaufe ich mir eine Wohnung, und dann heirate ich vielleicht einen guten Mann. Moskau ist nicht Katuar, hier kann man sich mühelos vor seiner schlimmen Vergangenheit verstecken. Aber fürs Erste braucht man Geld, sonst ist man verloren.

Nach einer Woche fuhr sie nach Katuar, erklärte ihrer Mutter, sie gehe jetzt auf die Berufsschule, ließ ihr fünfzig Rubel da, packte ihre Sachen und ging zurück zu Tolik.

Einige Monate lebte sie in seinem Zimmer in der Gemeinschaftswohnung, und er sorgte für Kunden. Auch in den übrigen zehn Zimmern lebten Mädchen, aber erfahrenere als sie. Marina war knapp fünfzehn, wirkte jedoch älter.

Allmählich konnte sie die Gesichter, Stimmen und Gerüche nicht mehr unterscheiden, war ständig erschöpft und fühlte absolut nichts. Sie mied Alkohol und Drogen. Alle anderen in diesem Bordell tranken und fixten, es war schwer, da nicht mitzumachen, aber Marina schaffte es. Sie hatte einen schlichten und tröstlichen Plan: Sie sparte für eine Wohnung, dann würde sie sich von diesem grässlichen Leben trennen.

Doch ähnliche Pläne hegten fast alle Mädchen. Die Zeit verging, aber die nötige Summe wollte nicht zusammenkommen. Marina dünkte sich klüger als die anderen, trug ihr Geld zur Sparkasse und behielt nur einen kleinen Rest für laufende Ausgaben.

Nach einem halben Jahr machte die Miliz eine Razzia in der Gemeinschaftswohnung, und die Höhle wurde geschlossen.

Dann folgten andere Bordelle, andere Zuhälter und Kunden. Marina blieb fest, trank kaum und nahm keine Drogen. 1988 hatte sie eine ansehnliche Summe auf dem Sparbuch, doch dann kam die erste Geldentwertung, und ihr blieb nichts als die bittere Erinnerung. Marina arbeitete nun auf der Twerskaja. Das war riskanter, brachte aber mehr Geld, manchmal sogar Valuta. Und genau das wurde Marina zum Verhängnis. Eines Tages beschloss sie, fünfzig Dollar vor ihrem Zuhälter zu verstecken, und wurde von ihrer Partnerin verpfiffen. Ob nun aus diesem oder einem anderen Grund – jedenfalls wurden bei der nächsten Razzia bei Marina fünf Päckchen Heroin gefunden.

Die drei Jahre Haft waren eine Art Atempause. Marina nähte blaue Arbeitskittel, betätigte sich in einer Laienspielgruppe und schlief und erwachte leichten Herzens, weil es ringsum keine Männer gab, Kunden oder Zuhälter, die sie hasste. Wegen guter Führung wurde sie vorzeitig entlassen. Entschlossen, nicht zu dem verhassten Gewerbe zurückzukehren, ging sie wieder nach Katuar, doch in ihrer Wohnung lebten inzwischen Fremde. Ihre Mutter war gestorben und der Vater nach der Entlassung einfach ferngeblieben. Sie konnte nur zurück auf die Twerskaja.

Im Januar 1995 war Marina auf ihrem Posten an der Metrostation »Majakowskaja« in der Reihe geduldig wartender Gefährtinnen so durchgefroren, dass sie selbst über den scheußlichsten Kunden froh gewesen wäre, Hauptsache, er nahm sie mit ins Warme. Autos hielten, Männerköpfe schauten aus den Wagenfenstern, Augen glitten langsam über Beine in dünnen Strumpfhosen und Gesichter, die unter dem Make-up ganz blaugefroren waren. Das Geschäft lief schlecht. Die Kälte ließ die Mädchen wenig verlockend aussehen. Marina hatte Glück. Ein bescheidener grauer Shiguli hielt, ein ziemlich normal aussehender Mann schaute heraus, winkte Marina heran, einigte sich mit dem herbeigeeilten Zuhälter über den Preis für die Nacht, und Marina schlüpfte in den warmen Wagen.

Während der ganzen Fahrt sagte er kein Wort. Aus der Musikanlage dröhnte Hardrock. Er fragte Marina weder nach ihrem Namen, noch nannte er seinen. Aber das war ihr gleichgültig. Nach einer langen Fahrt hielten sie in Tuschino vor einem neuen Zwölfgeschosser und gingen schweigend hinein. Im Lift musterte sie sein ganz normales, ja sympathisches Gesicht. Er wirkte wie höchstens fünfundzwanzig.

Sie betraten eine winzige Einzimmerwohnung. Es roch nach indischen Düften, an den Wänden hingen düstere rotschwarze Tapeten und furchteinflößende afrikanische Masken.

»Geh dich duschen, wasch dir das ganze Make-up ab«, befahl er, »und zieh die Sachen an, die auf der Waschmaschine liegen.«

Im schwarz gefliesten Bad lag ein ordentlicher Kleiderstapel. Marina entfaltetete ihn und schrie leise auf. Ein langes schwarzes Kleid aus grobem Stoff, ein schwarzes Tuch, eine schwarze Mütze, die aussah wie eine Zwiebelkuppel. Klingend fiel etwas auf den Fliesenboden – Marina bückte sich und hob ein großes silbernes orthodoxes Kreuz an einer dicken Kette auf.

Was dann geschah, als sie das düstere Zimmer betrat, daran dachte sie lieber nicht zurück. Unter ihren Kunden waren schon mal Verrückte, die sie zwangen, ein Hundehalsband aus Metall zu tragen, Handschellen oder Beinfesseln oder die ihr eine Peitsche in die Hand drückten, sich auspeitschen ließen und daraus Lust zogen; manchmal musste Marina auch eine alte Schuluniform anziehen – braunes Kleid, schwarze Schürze, rotes Halstuch. Aber weit häufiger waren die üblichen Unannehmlichkeiten. Ein Kunde nahm sie mit, und in der Wohnung waren plötzlich mehrere Kerle, die alle bedient werden mussten.

Mit einem echten Sadisten hatte Marina noch nie zu tun gehabt und stets gehofft, dass das auch so bliebe.

Er warf sie auf den Boden, klebte ihr blitzschnell den Mund mit einem Pflaster zu und trat wortlos mit den Füßen auf sie ein. Als sie sich zu wehren versuchte, schlug er ihr einen schweren, dumpfen Gegenstand auf den Kopf, und ein rosa Nebel verschleierte ihre Augen. Er unterbrach sich nur kurz, um die Kassette umzudrehen, dann machte er weiter. Er schlug sie, vergewaltigte sie, schlug sie erneut, drückte Zigaretten auf ihrem Körper aus – bei all dem sagte er kein einziges Wort und schaute ihr aufmerksam in die Augen. Wie lange das dauerte, wusste sie nicht. Irgendwann riss er das Pflaster ab, schob ihr einen Metalltrichter in den Mund und goss Wodka hinein. Marina verschluckte sich, hustete, er hob sie hoch, schüttelte sie und warf sie wieder zu Boden wie eine Stoffpuppe. Das Letzte, was sie spürte, war ein grässlicher Schmerz, der ihr die Wange zerriss.

Als sie wieder zu sich kam, war es vollkommen still und dunkel. Sie hörte Wasser aus einem Hahn tropfen und ganz in der Nähe hin und wieder ein Auto vorbeifahren. Sie konnte nicht aufstehen, kroch durchs Zimmer und stellte bald fest, dass sie in der Wohnung allein war. Ihr Körper war ein Klumpen heftigen, pulsierenden Schmerzes, besonders weh taten Bauch und Wange. Ein Telefon gab es in der Wohnung nicht. Die Tür war von außen abgeschlossen, und vor dem Fenster erstreckte sich ein verschneites Brachland.

Sie trank Wasser aus dem Hahn und betrachtete die schlimme Wunde auf der Wange. Das halbe Gesicht war rot und geschwollen. Damit die Wunde nicht eiterte, musste sie desinfiziert werden, doch in der Wohnung fand sich kein Jod, nicht einmal Wodka. Überhaupt nichts. Nur nackte Möbel – ein Tisch, zwei Stühle, eine Liege, ein paar Bücher, ein rußgeschwärzter Teekessel und ein paar leere Gläser in der Küche. Das Tonbandgerät, von dem Hardrock gedröhnt hatte, war mitsamt den Kassetten verschwunden. Marina war überzeugt, dass der Hausherr bald zurückkommen und das Ganze von vorn beginnen würde. Sie öffnete die Balkontür. Sie hoffte, die Nachbarn um Hilfe rufen zu können, begriff aber bald, dass das sinnlos war. Weder rechts noch links von ihr brannte Licht. Sie ging zurück ins Zimmer, taumelnd vor Schwäche, drehte sämtliche Wasserhähne auf – über der Wanne, dem Waschbecken und über der Spüle, drückte die Stöpsel rein und wartete.

Auf der nackten Liege verlor sie mehrmals das Bewusstsein, hörte, wenn sie wieder zu sich kam, das Wasser rauschen und sank erneut in ohnmachtsähnlichen Schlaf. Irgendwann wurde heftig an der Tür geklingelt, und sie zwang sich aufzustehen. Das Wasser reichte ihr bis zum Knöchel. Marina ging zur Tür, nahm ihre letzte Kraft zusammen und schrie dem Klingelnden zu, er solle die Tür aufbrechen und die Miliz und einen Krankenwagen rufen, sonst würde sie sterben.

Im Krankenhaus kam ein Untersuchungsführer an ihr Bett und erklärte, nach dem Sadisten würde gefahndet. Später stellte sich heraus, dass nicht er die Wohnung gemietet hatte, sondern ein anderer, der spurlos verschwunden war. Den Mann, den Marina beschrieb, hatten die Wohnungsinhaber nie gesehen, sie kannten nicht einmal seinen Namen.

Marina lag ziemlich lange im Krankenhaus, sie wurde mehrfach operiert, mit Medikamenten vollgestopft und schließlich als Invalidin entlassen – die Narbe im Gesicht blieb ihr für immer. Sie wusste nicht wohin; auf der Twerskaja war sie nun nicht mehr gefragt. Sie landete auf einem Abstellgleis auf dem Sawjolowoer Bahnhof, dort ließen die Streckenwärter in ungenutzten Waggons für wenig Geld Prostituierte mit anspruchslosen Kunden, meist Dienstreisenden, ihr Gewerbe ausüben. Oft zitterte sie vor Angst, meinte in der Bahnhofsmenge das braunäugige, sympathisch wirkende Gesicht mit dem stoppelkurzen hellen Haar zu sehen. Um zu vergessen, begann sie zu trinken. Eines Tages traf sie einen alten Mann mit Spitznamen Nosdrja, der nahm sie mit in seine wanzenverseuchte Behausung. So lebte sie von Flasche zu Flasche, bis das Ungeheuer mit den aufmerksamen braunen Augen und dem hellen Haar erneut aus dem Vergessen auftauchte.

»Ich hab ihn erkannt«, wiederholte sie und wischte sich mit ihrer roten Faust eine Träne ab, »er wird weiter töten.«

Einundzwanzigstes Kapitel

Kolja Teletschkin öffnete die Augen. Ein riesiger rosa Mond schaute zum Fenster herein und lächelte. Kolja hörte die Blätter rascheln, den alten Mann auf dem Nachbarbett schwer atmen und jemanden im Flur herumgehen und leise reden.

Er horchte eine Weile in sich hinein und atmete gierig die Kühle der Moskauer Nacht ein.

Die Wunde am rechten Schulterblatt schmerzte, aber dieser Schmerz war ein Glück. Tote haben keine Schmerzen. Sanft glitten Kolja schlichte, glückliche Gedanken durch den Kopf – dass er am Leben war und in nur einem Monat sein Kind sehen würde, seinen Sohn. Und wie gut es war, dass man niemandem, weder Mutter und Großmutter noch Aljona etwas von der Stichwunde gesagt hatte. Sie dachten, er habe nur einen kleinen Verkehrsunfall gehabt, sei leicht angefahren worden.

Er hatte Glück gehabt. Die Klinge war fünf Millimeter neben dem Herzen eingedrungen und hatte kein lebenswichtiges Organ verletzt. Das Auto, vor dem er auf die Fahrbahn gefallen war, hatte ihn nicht angefahren, der Fahrer hatte buchstäblich einen Zentimeter vor Kolja halten können und per Handy sofort einen Krankenwagen gerufen.

Kolja war zu sich gekommen, als man ihn auf die Trage legte und noch nichts von seiner Verletzung wusste – die Stichwunde wurde erst im Unfallkrankenhaus entdeckt. Der Erste, der ihn schon auf der Intensivstation besuchte, war Untersuchungsführer Borodin gewesen. Er hatte bei Kolja zu Hause angerufen, nachdem er dessen Nachricht auf seinem Anrufbeantworter abgehört hatte, und nur Aljona erreicht. Sie war vollkommen aufgelöst und wollte gerade ins

Krankenhaus. Der Revierchef hatte sie benachrichtigt, und dieser Idiot hatte ihr alles in den schwärzesten Farben geschildert.

Borodin hatte sich fast eine Stunde mit Kolja unterhalten und ihm versprochen, seine Frau, seine Mutter und seine Großmutter zu beruhigen – sie saßen allesamt im Krankenhauspark und machten sich Sorgen. Außerdem wollte sich Borodin dafür einsetzen, dass Kolja, sobald er wieder gesund sei, in das Ermittlerteam einbezogen wurde, das an diesem Fall arbeitete.

»Ehrlich gesagt, sehen meine Vorgesetzten bis jetzt kein Material für eine Anklage«, bekannte Borodin, »aber ich denke, nach der Geschichte mit dir sieht die Sache anders aus. Trotzdem hoffe ich, dass wir ihn fassen, bevor du wieder gesund bist.«

Das Mondlicht wurde blasser und kühler. Der Himmel im Osten hellte sich auf, leise zwitscherten die ersten Vögel. Eine Schwester kam herein, gab dem alten Mann eine Spritze, blickte auf den schlafenden Kolja, seufzte und murmelte: »Gott sei Dank, der Junge hat Glück gehabt. Ein Stück weiter links, und der Stich wäre ins Herz gegangen, ein Stück weiter rechts, und die Wirbelsäule hätte was abgekriegt. Oder das Auto hätte ihn überfahren können, aber er hat Glück gehabt – Gott sei Dank.«

Die Tür stand weit offen. Xenias Herz machte einen schmerzhaften Satz; ihr schien, der Weißblonde sei in der Wohnung, habe sich mit seiner Pistole versteckt und warte auf sie. Sie meinte sogar Geräusche zu hören – Rascheln, Atmen, Dielenknarren.

He, nicht durchdrehen, ermahnte sie sich.

Sie schloss sämtliche Türen zu und legte den Riegel vor, wusch endlich Mascha, brachte sie ins Bett und schaukelte sie, aber die Kleine dachte nicht mehr an Schlaf. Es war schon fast Morgen. Mascha jammerte, Tag und Nacht waren durcheinander geraten, und nach all der Aufregung konnte sie sich nun nicht beruhigen. Als sie endlich eingeschlafen war, klingelte es an der Tür, doch kaum entfernte sich Xenia vom Bett, ertönte erneut leises Weinen.

»Also, was war los bei Ihnen?«

Sie waren zu dritt, einer in Uniform, zwei Männer in Zivil, aber mit typischen Milizionärsgesichtern.

»Augenblick.« Xenia lief in Maschas Zimmer und kehrte mit ihr auf dem Arm zurück. Die drei Männer sahen sich mit professionellem Blick im Flur um.

Xenia begann zu erzählen, stockend und verworren. Mascha rieb ihr Gesicht an ihrer Brust und schluchzte leise.

»Sie haben also nicht gehört, wie er in die Wohnung eingedrungen ist. Das Baby wurde wach, Sie gingen ins Bad und entdeckten dort einen unbekannten Mann, der sich wusch. Aber wieso wusch er sich? Wenn er eingebrochen ist, um zu stehlen, warum sollte er sich dann waschen?«

»Das hat mich auch erst gewundert, aber andererseits dachte er schließlich, es wäre niemand in der Wohnung, darum hatte er es nicht besonders eilig.«

»Woher wissen Sie, dass er dachte, es wäre niemand in der Wohnung? Hat er Ihnen das gesagt?«

»Natürlich nicht.« Xenia verzog das Gesicht. Die seltsamen Fragen verwirrten sie, aber sie glaubte, die Milizionäre wollten sich nur ein klares Bild machen. »Er hat natürlich gar nichts zu mir gesagt. Ich habe ihm ein Spray ins Gesicht gesprüht.«

»Sie gingen also mit einem K.o.-Gas ins Bad?«

»Aber nein! Ich griff nach einem Deospray auf dem Regal. Er wollte mich töten, verstehen Sie das denn nicht!«

»Aber Sie sagten doch gerade, er hätte gedacht, es wäre niemand in der Wohnung. Das passt nicht zusammen, Fräulein, das passt überhaupt nicht zusammen.«

»Ach, was weiß ich, was er dachte!« Xenia wurde wütend. »Ich hab ihm das Deo ins Gesicht gesprüht, die Badtür von außen abgeschlossen, das Licht ausgeschaltet und bin aus der Wohnung gerannt. Und dann hab ich gesehen, wie er aus dem Haus kam, mit einer Pistole in der Hand. Wir hatten uns auf der Rutsche versteckt, er entdeckte uns und kam mit der Pistole direkt auf uns zu. Er war schon auf der Treppe, aber die Stufen brachen durch, und dann hat eine Sirene ihn verscheucht.«

»Moment« – der Milizionär runzelte die Stirn –, »zu der Pistole kommen wir noch. Haben Sie überprüft, ob etwas fehlt?«

»Nein, dazu bin ich noch nicht gekommen.«

»Na, Sie sind ja komisch, junge Frau.« Der Mann in Zivil, der die seltsamen Fragen stellte, lachte schief. »Normale Menschen sehen in einer solchen Situation als Erstes nach, was gestohlen wurde. Legen Sie mal das Kind hin und überprüfen Sie, ob etwas fehlt oder nicht. Vor allem Geld und Schmuck.«

Xenia gehorchte und legte Mascha ins Bett. Natürlich ertönte sofort ein erschöpftes, schwaches, aber empörtes Weinen.

»Gleich, meine Kleine, ich komme gleich wieder.« Sie ging ins Zimmer ihrer Schwiegermutter und schaute sich um. Es schien alles unverändert. Wo Galina das Geld aufbewahrte, war ihr ohnehin unbekannt, und die Schmuckschatulle stand auf dem Toilettentisch. Xenia wusste, dass sie zahlreiche Ringe, Ohrringe und andere Schmuckstücke mit wertvollen Steinen enthielt, sie wusste sogar, dass die Schatulle ein raffiniertes Schloss hatte. Nach einem flüchtigen Gedanken an Fingerabdrücke versuchte sie vorsichtig, die Schatulle zu öffnen. Der Deckel gab mühelos nach. Edelsteine glitzerten. Auf den ersten Blick konnte Xenia nicht feststellen, ob etwas fehlte und was. Die Schatulle war fast voll. Doch das Schloss war wohl aufgebrochen worden, denn die ordentliche Schwiegermutter hatte es bei ihrer Abreise bestimmt nicht offen gelassen.

Xenia ging zurück in den Flur, wo die drei Männer gemächlich rauchten und achtlos aufs Parkett aschten, und sagte über das Geld und den Schmuck, was sie darüber sagen konnte. Aus dem Zimmer drang Maschas klagendes Weinen.

»Entschuldigen Sie, ich muss Sie hochnehmen, ich kann nicht denken, wenn sie weint. Aber gehen Sie doch bitte hier hinein, ins Wohnzimmer.« Sie lief Mascha holen, wickelte sie hastig in eine Decke und ging wieder zu den Milizionären. Sie saßen in den Sesseln um den kleinen Tisch.

»Der Einbrecher hatte also einen Schlüssel?«, fragte der Mann in Zivil, der Älteste und vermutlich Ranghöchste.

»Sieht so aus.« Xenia nickte.

»Außer Ihnen und Ihrem Kind wohnen hier noch Ihr Mann und Ihre Schwiegermutter?«

»Ja.«

»Wo sind sie im Augenblick?«

»Meine Schwiegermutter macht Urlaub in Frankreich, mein Mann ist auf der Datscha.«

»Kennen Sie alle Bekannten Ihres Mannes?«

»Nein, nicht alle. Wir sind erst seit einem Jahr verheiratet.«

»Verstehe. Sie leben also zusammen. Wie ist denn das Verhältnis zu Ihrer Schwiegermutter?«

»Normal. Aber was tut das jetzt zur Sache?«

»War nur eine Frage. Wie alt ist Ihr Mann?«

»Vierzig.«

»Aha, interessant. Warum sind Sie mit dem Kind eigentlich nicht auf der Datscha? Bei der Hitze in der Stadt?«

»Ich musste mit meiner Tochter zum Arzt«, log Xenia, krampfhaft schluckend. »Aber ich verstehe nicht ganz, wieso fragen Sie nach unserem Alter und unserer Beziehung?«, erkundigte sie sich leise, doch der Milizionär ignorierte das und fragte nachdenklich: »Was meinen Sie, kann dieser Mann nicht einfach ein Bekannter Ihres Mannes gewesen sein, dem er einen Schlüssel gegeben hatte, ohne Ihnen etwas davon zu sagen?«

»Das dachte ich zuerst auch«, antwortete sie, wandte sich ab und gab Mascha die Brust. Der Anblick des eingefallenen, blassen kleinen Gesichts und der roten Augen tat ihr weh. Sie bebte innerlich, und ihr Kopf funktionierte schlecht.

»Und Sie haben nicht versucht, erst einmal mit dem Mann zu reden? Vielleicht war es wirklich nur ein Missverständnis? Sie sagten, Sie hätten ihm Deospray ins Gesicht gesprüht. Das ist übrigens nicht ganz harmlos«, setzte der ältere Mann in Zivil das Verhör fort.

Vielleicht war er auch noch gar nicht so alt, höchstens vierzig, doch sein Gesicht wirkte verlebt, wenn nicht versoffen. Die beiden anderen erschienen ihr wesentlich angenehmer, aber sie schwiegen.

»Was sollte ich denn machen?« Xenia zwinkerte verwirrt. »Ich habe gespürt, dass er gefährlich ist.«

»So so, das haben Sie also gespürt, ja?« Über das aufgedunsene Gesicht huschte sarkastischer Spott, von dem Xenia ganz übel wurde.

»Ich war allein mit meinem Kind«, sagte sie langsam und deutlich, bemüht, dem Milizionär in die Augen zu sehen, »und ich entdeckte mitten in der Nacht einen fremden Mann in der Wohnung. Hätte ich ihm etwa einen Tee anbieten sollen?«

»Ja, ja, schon gut. Regen Sie sich doch nicht so auf. Sagen Sie, hat jemand aus Ihrer Familie vielleicht einmal die Wohnungsschlüssel verloren?«, meldete sich der zweite Mann in Zivil. Er schien friedlicher gestimmt, und Xenia entschied, sich möglichst nur noch an ihn zu wenden.

»Ich weiß nicht, ich bestimmt nicht, meine Schwiegermutter auch kaum, aber mein Mann … Er ist sehr zerstreut, er arbeitet sehr viel.«

»Ach, wo muss man denn arbeiten, um so viel Kohle zu verdienen?«, murmelte der Ältere. »Ist ja eine tolle Wohnung. Wer so reich ist, sollte einen Wachdienst engagieren. Haben Sie wenigstens eine Alarmanlage?«

»Ja. Aber als ich kam, habe ich sie abgeschaltet. Entschuldigen Sie, aber was soll das, von wegen viel Kohle und tolle Wohnung?«, empörte sich Xenia. »Mein Mann verdient nicht übermäßig viel, er ist stellvertretender Chefredakteur der Zeitschrift ›Blum‹. Aber meine Schwiegermutter betreibt einen Antiquitätenhandel.«

»Ah ja, klar. Antiquitäten! Also, wo waren wir stehengeblieben? Bei den Schlüsseln? Sehen Sie, Sie wissen nicht einmal, ob jemand von Ihnen mal Schlüssel verloren hat. Vermutlich haben Sie auch noch eine Haushälterin?«

»Ja. Na und? Sie haben wohl generell etwas gegen wohlhabende Menschen?« Xenia versuchte, dem Milizionär möglichst hochmütig ins Gesicht zu lächeln, spürte aber, dass es ein klägliches Lächeln wurde.

»Hör mal, Mädchen, reiß hier den Mund nicht zu weit auf. Wer weiß, vielleicht hast du dir das Ganze ja bloß ausgedacht.« Er zwinkerte schmierig. »Deine Schwiegermutter hat doch bestimmt einen Haufen Kohle und Klunker, aber sie ist geizig, und du willst auch mal was haben, nicht? Also hast du dir was zurückgelegt, für alle Fälle. Dein Mann ist vierzig, du bist bestimmt nicht seine Erste, Frauen kommen und gehen. Wer weiß, was das Leben noch bringt? Ist doch so, oder?« Er zwinkerte erneut. »Also hast du den Mann mit der Pistole im Bad erfunden, die Miliz gerufen, damits glaubwürdiger aussieht, und nun lügst du uns hier die Hucke voll.«

»Was bitte sind Klunker?«, erkundigte sich Xenia nach einem langen, verblüfften Schweigen mit unschuldiger Stimme.

»Nun tu bloß nicht so, solche wie dich kennen wir.«

»Was habe ich Ihnen nur getan?« Xenia konnte sich nicht mehr beherrschen und schluchzte laut auf. Mascha, inzwischen gesättigt auf ihrem Arm eingeschlafen, zuckte zusammen, öffnete die Augen und verzog den Mund zum Weinen. »Sch-sch«, sagte Xenia zu ihr, »in Wirklichkeit sind diese Onkel gar nicht so böse, sie sind nur müde und werden sehr schlecht bezahlt.«

»Schluss jetzt mit dem Theater, Bürgerin Solodkina«, brüllte der Ältere, »und stell uns nicht als die Bösen hin! Ihre Geschichte ist einfach durch und durch unglaubwurdig, verstehen Sie das oder nicht? Von wegen Pistole!« Er lief dunkelrot an, hob die Stimme, wechselte vom »Du« zum »Sie« und umgekehrt, was ihn als heimlichen Psychopathen auswies.

»Mein Gott, warum soll ich mir das ausgedacht haben, wozu? Er hätte uns um ein Haar getötet, er war mit einer Pistole hinter uns her!«

»Vielleicht haben Sie sich das alles nur eingebildet?« Der Uniformierte lächelte. »Ich sehe, Sie sind sehr nervös und haben eine reiche Phantasie. Wer weiß, was der Mann in der Hand hatte? Ein Handy, ein Feuerzeug ...«

»Ich hab mir gar nichts eingebildet! Wenn er näher gekommen wäre, würden wir jetzt nicht mehr leben. Und überhaupt – ich verstehe nicht, warum Sie so mit mir reden! Meine Tochter hat die ganze Nacht nicht geschlafen, Sie sehen ja, sie ist ganz blass, sie hat einen richtigen Schock erlitten, genau wie ich, und ich stille nebenbei bemerkt noch.«

Sie spürte, dass sie das Falsche sagte, aber sie hatte sich kaum in der Gewalt, sie konnte nur mit Mühe die Tränen zurückhalten, ihr Mund war wie ausgetrocknet, und ihr Herz schlug immer schneller.

»Na schön, Sie stillende Mutter, sehen Sie trotzdem genau nach, ob etwas verschwunden ist. Sie haben hier jede Menge Bilder und Kleinplastiken, die Wohnung ist das reinste Museum. Da reicht eine Alarmanlage nicht, da braucht man einen Wachschutz. Sie müssen auch uns verstehen. Wissen Sie, was man unter Anzeichen für eine Straftat versteht?«

»Ich ahne es.« Xenia seufzte. »Sie wollen sagen, wenn aus der Wohnung nichts fehlt, gibt es keine Anzeichen für eine Straftat? Aber wenn ein Fremder rechtswidrig in eine Wohnung eindringt, ist das kein Anzeichen? Und die Pistole? Wissen Sie was, ich werde schriflich Anzeige erstatten.«

»Und was wollen Sie anzeigen?«

Xenia begriff langsam, was los war. Die drei Männer hatten absolut keine Lust, etwas zu tun. Sie waren einfach faul, das war alles. Aus Filmen und Büchern wusste sie: Wurde erst einmal ein Strafverfahren eingeleitet, musste der Fall bearbeitet werden, und wurde er innerhalb einer bestimmten Frist nicht aufgeklärt, bekamen die Ermittler Ärger. Außerdem hatte der Anblick fremden Reichtums bei ihnen durchaus verständliche simple Gefühle ausgelöst.

»Ich möchte anzeigen, dass ein mit einer Pistole bewaffneter Fremder in meine Wohnung eingedrungen ist und versucht hat, mich zu töten«, sagte sie so ruhig und fest wie möglich. »Und dass Ihr Mitarbeiter hier« – sie wies mit einem Kopfnicken auf den Älteren –, »apropos, nennen Sie mir bitte Ihren Namen und Ihren Dienstgrad.«

»Hauptmann Smatschny«, knurrte der Ältere und lief erneut rot an, »du kannst dich beschweren, so viel du lustig bist, aber pass auf, dass es dir nicht hinterher leid tut. Ich lass mich doch nicht von jeder Rotznase belehren«, setzte er kaum hörbar hinzu und machte ein Gesicht, als wollte er auf das glänzende Eichenparkett spucken, hielt sich aber zurück.

»Ihr Mitarbeiter Hauptmann Smatschny beleidigt mich.«

Der Uniformierte schüttelte den Kopf. »Sie sind doch ein kluges Mädchen, niemand hier hat Sie beleidigt. Wir beide können bezeugen, dass Hauptmann Smatschny Sie in keiner Weise beleidigt hat. Dieser Einsatz erscheint uns nur merkwürdig. In der Wohnung gibt es keinerlei Anzeichen für einen Einbruch oder Raub, Sie leben und sind unversehrt, Ihr Kind ebenfalls. Wissen Sie, wie häufig falscher Alarm ist, wie oft wir gerufen werden, weil jemand meint, er sei überfallen worden, und dann stellt sich raus, er hat sich das Ganze nur eingebildet, oder Schlimmeres … Also, beruhigen wir uns und machen wir kein Theater.«

»Ich mache kein Theater. Ich habe lediglich die Miliz gerufen, weil ich überfallen wurde. Ist das etwa ein Verbrechen?

Und wenn Sie sofort gekommen wären und nicht erst nach anderthalb Stunden, hätten Sie ihn bestimmt gekriegt.«

»Xenia«, flötete der junge Mann in Zivil mit zuckersüßer Stimme, »nun beruhigen wir uns doch mal. Sagen Sie lieber – wann kommt Ihr Mann nach Moskau zurück?«

»Das weiß ich nicht«, knurrte Xenia.

»Wieso das? Haben Sie sich gestritten?«

»Nein. Ich weiß es eben einfach nicht.«

»Gibt es auf der Datscha Telefon?«

»Ja. Wieso?«

»Weil Sie Ihren Mann anrufen sollten.«

»Nein! Er ist krank! Er arbeitet, er schreibt an einem Artikel, er darf nicht gestört werden.«

»Was denn nun – ist er krank oder arbeitet er?« Der junge Mann in Zivil kniff die Augen zusammen und neigte den Kopf zur Seite. »Entschuldigen Sie, aber die Situation scheint mir wirklich seltsam. Das Verhältnis zwischen Ihnen und Ihrem Mann ist offenkundig kompliziert, das zu Ihrer Schwiegermutter vermutlich ebenfalls. Vielleicht wollen Sie sich einfach an ihnen rächen?«

Vielleicht sollte ich Sie schmieren, dachte Xenia. Aber erstens, wie viel gibt man? Und zweitens, wenn es zu wenig ist, verhaften sie mich womöglich. Das täten sie bestimmt mit Vergnügen. Mein Gott, was ist das für ein Irrsinn? Ich bin keine Verbrecherin, ich habe nichts getan, warum behandeln sie mich so?

»Sie haben also nicht die Absicht, den Täter zu suchen, meine Herren Milizionäre? Für Sie wäre es bequemer, wenn ich mir das Ganze ausgedacht hätte? Schön, das überlasse ich Ihrem Gewissen. Vielen Dank, dass Sie gekommen sind. Auch für den guten Rat. Ich werde meiner Schwiegermutter sagen, dass sie einen Wachschutz engagieren soll. Keine Sorge, ich werde mich nirgendwo beschweren.«

Eine Weile herrschte Stille. Xenia stand mit dem Baby auf dem Arm mitten im Zimmer. Die drei Milizionäre saßen in

Sesseln und sahen sie schweigend an. Da verlor sie doch die Beherrschung, Tränen liefen ihr aus den Augen, sie barg ihr Gesicht in Maschas Decke und murmelte gepresst: »Bitte gehen Sie, bitte.«

Die Männer erhoben sich wie auf Kommando und gingen wortlos in den Flur. Als die Tür hinter ihnen zugefallen war, heulte Xenia sich aus, beruhigte sich und legte sich schlafen, Mascha neben sich. Sie schliefen lange, bis zwei Uhr nachmittags, und erwachten von hartnäckigem Türklingeln.

Die drei Milizionäre fuhren schweigend im Lift hinunter und traten auf die Straße, und erst als sie ins Auto stiegen, brach einer das Schweigen.

»Warum bist du so über das arme Mädchen hergefallen?«, fragte Oberleutnant Prochorow, der Uniformierte, Hauptmann Smatschny. »Sie ist immerhin eine junge Mutter und stillt noch. Vielleicht hat sie ja nicht gelogen.«

»Vielleicht.« Smatschny nickte. »Aber ich kann diese Reichen nun mal nicht ausstehen.«

Zweiundzwanzigstes Kapitel

Warja Bogdanowa rief Borodin kurz nach ein Uhr nachts an.

»Notieren Sie die Adresse«, sagte sie nach einer Entschuldigung für die späte Störung.

Es war eine Moskauer Adresse. Noch während des Telefonats zog Borodin die Schublade auf, nahm die Liste der von seinen Ermittlern bereits überprüften Kinderheime heraus und entdeckte darauf sofort das Internat für Waisenkinder mit Entwicklungsstörungen, dessen Adresse Warja ihm diktiert hatte.

»Was denn, nur das eine?«

»Jedenfalls habe ich nur von dem einen erfahren. Er hat dafür mehrere Computer angeschafft und ein Auto hingeschickt mit Spielsachen und Süßigkeiten. Komisch – was sollen zurückgebliebene Kinder mit Computern?«

»Keine weiteren Informationen?«

»Anscheinend nicht.«

»Du klingst nach Zweifel.«

»Das ist die Müdigkeit.«

»Ach ja, du solltest jetzt möglichst viel schlafen.«

»Hmhm. Gute Nacht.«

»Warte, leg noch nicht auf. Vielleicht erzählst du mir, warum du auf meine Frage nach der Firma ›Galateja‹ so merkwürdig reagiert hast?«

»Vielleicht. Aber nicht am Telefon.«

»Hast du Angst, du wirst abgehört?«

»Nein. Aber ich bin mir noch nicht sicher.«

»Willst du noch lange überlegen?«

»Das weiß ich nicht. Wieso beißen Sie sich so an dieser Firma fest?«

»Weil du so reagierst, Warja. Hättest du mir gleich in Ruhe alles erklärt, würde ich dich jetzt nicht löchern. Aber du bist erschrocken und blass geworden und hast das Thema gewechselt. Ich kenne dich, Mädchen. Du bist eine hervorragende Schauspielerin, und wenn du deine Gefühle nicht im Griff hast, müssen sie sehr heftig sein. Also will ich wissen, warum du auf den Namen dieser Antiquitätenfirma so heftig reagierst.«

»Ich wollte Sie einfach nicht mit überflüssigen Informationen belasten, Sie suchen schließlich einen Psychopathen. Was hat das mit Antiquitäten zu tun?«

»Vielleicht wirklich nichts. Aber mich interessieren Galina Solodkina und ihr Sohn Oleg, und zwar, so seltsam das klingt, im Zusammenhang mit diesem Psychopathen.«

»Ach was.« Warja stieß einen leisen Pfiff aus, schwieg ein paar Sekunden lang und sagte plötzlich mit übermütiger, ein wenig heiserer Stimme: »Wissen Sie was, wir sollten uns dringend treffen. Das ist wirklich nichts fürs Telefon.«

»Ich bin bereit.«

»Wie wärs jetzt gleich?«, fragte sie fröhlich. »Wenn Sie wollen, hole ich Sie ab. Ich leide sowieso unter Schlaflosigkeit, und Malzew ist nicht in Moskau.«

»Schlaflosigkeit, soso«, erwiderte Borodin spöttisch. »Eben hast du noch gesagt, du seist müde.«

»Ich hab geschwindelt.«

»Warum?«

»Ach, ich kann doch nicht auf einen Schlag sämtliche schlechten Gewohnheiten ablegen. Mit dem Rauchen hab ich aufgehört, starken Kaffee trinke ich auch nicht mehr – bleibt nur noch das Schwindeln. Also, soll ich nun kommen oder nicht?«

»Willst du mich wieder ins Restaurant einladen?«

»Wenn Sie möchten, gern.«

»Ach nein. Lass uns lieber bescheiden in deinem Auto sitzen.«

»Oder vielleicht in Ihrer Küche? Das wäre gemütlicher.«

»Ja, warum nicht«, murmelte Borodin verwirrt.

»Ausgezeichnet. In einer halben Stunde bin ich da.«

Borodin erstarrte mit dem tutenden Hörer in der Hand. Warja hatte nicht nach seiner Adresse gefragt. Sie konnte sie nicht wissen. Er hoffte, sie würde sich besinnen und vom Auto aus per Handy noch einmal anrufen. Doch das Telefon blieb stumm. Borodin setzte sich an den sauberen Küchentisch, griff nach der erstbesten Zeitung und las konzentriert einen idiotischen Artikel über energetische Vampire.

Woher kennt sie meine Adresse, überlegte Borodin, während seine Augen über die Zeilen glitten. Was will sie damit? Und warum hält sie es nicht für nötig, das vor mir zu verheimlichen?

Warja Bogdanowa dachte immer erst nach, bevor sie redete. Sie war sehr emotional, ließ sich aber nicht von ihren Emotionen leiten. Eine einmal getroffene Entscheidung änderte sie nur selten. Wenn sie log, wusste sie immer, warum, und verhedderte sich nie in ihren Schwindeleien. Borodin kannte sie seit fünf Jahren. Sie war eines der Opfer im Fall des Sexualpsychopathen Tenajan gewesen.

Tenajan sprach auf der Straße minderjährige Mädchen an, gab sich als Filmregisseur aus, versprach ihnen eine Filmrolle, lud sie zum Casting zu sich nach Hause ein, träufelte ihnen ein Schlafmittel in den Kaffee, vergewaltigte sie und behielt sie einige Tage bei sich, um sich mit ihnen zu vergnügen. Wenn er sie satt hatte, füllte er sie mit Psychopharmaka ab, schaffte sie irgendwohin und ließ sie dort sterben. Warja hatte wie durch ein Wunder überlebt, sich gemerkt, wo sich die Wohnung befand, und die Kriminalisten hingeführt. Der Psychopath war auf frischer Tat gestellt worden.

Die siebzehnjährige Warja, die einzige Zeugin, verhielt sich vor Gericht erstaunlich ruhig und mutig und sagte klar und ohne Emotionen aus. Später, als sie von Boulevardjournalisten gejagt wurde, versuchte sie sich umzubringen, stürzte sich in die eiskalte Moskwa, wurde durch einen glücklichen Zufall von einem Hauptmann der Miliz gerettet, verliebte sich in ihren Retter und lebte rund ein Jahr mit ihm zusammen.

Der Hauptmann, ein brutaler, nichtswürdiger Kerl, stand auf der Gehaltsliste eines Kriminellen mit Namen Pnyrja. Der sah Warja eines schönen Tages bei dem Hauptmann zu Hause und beschloss, sie für seine Zwecke zu benutzen. Zentrales Objekt seiner Begierde war die antike Schmucksammlung eines einflussreichen Staatsbeamten, des stellvertretenden Finanzministers Dmitri Malzew.

Der Kriminelle wollte den stellvertretetenden Minister nicht einfach ausrauben. Das war zu schwierig, zu riskant und vor allem unvernünftig. Zudem wurde die Sammlung ständig durch neue Objekte komplettiert, eins teurer und schöner als das andere. Pnyrja beschloss, jemanden in Malzews engste Umgebung einzuschleusen, und die beste Kandidatin dafür war Warja.

Der Hauptmann beugte sich Pnyrjas Willen; er erinnerte Warja daran, dass er ihr das Leben gerettet hatte, und nun sei sie an der Reihe, ihre Schuld zu begleichen. Er kaufte ihr teure Klamotten, fuhr sie mit seinem Wagen in ein Ferienheim bei Moskau und zeigte ihr auf der Karte, welche Strecke sie jeden Morgen joggen sollte, um mit Malzew, einem fanatischen Jogger, zusammenzutreffen.

Malzew hatte sich gerade von seiner zweiten Frau getrennt und lebte allein. Er war sechsundfünfzig, aber noch sehr vital, voller Kraft und Energie. Als er eines Tages im Wald auf die junge Schöne mit den leuchtend blauen Augen und dem schwarzen, seidig glänzenden Haar traf, ahnte er nichts Böses.

Seit diesem Tag waren dreieinhalb Jahre vergangen. Malzew hatte Warja geheiratet, liebte sie abgöttisch und schlug ihr keinen Wunsch ab. Warja duldete Malzews Zärtlichkeiten anfangs nur, doch nach und nach gewöhnte sie sich an ihn, und aus Dankbarkeit wurde Anhänglichkeit. Womöglich liebte sie ihn auf ihre Art sogar und hätte durchaus glücklich werden und ihr Leben genießen können, hätte sie nicht ständig mit Pnyrja Kontakt halten und ihm ausführlich über Malzew Bericht erstatten müssen. Für den Kriminellen war der einflussreiche Mann eine Art Sparschwein. Warja wusste: Sobald Pnyrja meinte, das Sparschwein sei voll, würde er es zertrümmern. Zum Glück hatte er damit keine Eile. Er betrachtete die Sammlung bereits als sein Eigentum, war sich sicher, dass die Schätze ihm nicht davonlaufen konnten und dass die Zeit für ihn arbeitete – mochte der stellvertretetende Minister ruhig noch einige wertvolle Objekte in seinen Safe legen.

Sollte Malzew von der wahren Funktion seiner schönen jungen Frau erfahren, würde er sich augenblicklich von ihr trennen. Doch das war nur halb so schlimm. Aber Pnyrja verzieh keine Fehler, und wer ihm nicht mehr nützte, verschwand.

Pnyrja lebte allein, wie es sich für einen Kriminellen der alten Schule gehört. Der kinderlose Mann wurde im Alter sentimental und hegte für die kluge, schöne und charmante Warja beinahe väterliche Gefühle. Das machte das Ganze noch gefährlicher. Es war allgemein bekannt, dass Pnyrja diejenigen am grausamsten bestrafte, denen er vertraut hatte; deren Versagen betrachtete er als persönlichen Verrat.

Mit diesem Haken hatte Borodin Warja geködert. Die Gelegenheit dazu hatte sich ergeben, weil Warja zwei Menschenleben auf dem Gewissen hatte. Sie hatte zwar niemanden getötet, sondern lediglich einen halbverrückten alten Juwelier und seine Frau Banditen ausgeliefert, doch am Ende war das alte Pärchen tot, und ein riesiger wertvoller Brillant, hinter dem viele Leute her waren, für den sie ihr Leben und ihre Freiheit aufs Spiel setzten, befand sich im Besitz von Pnyrja.

Warja war jetzt zweiundzwanzig. Sie studierte an der Universität der Künste, lebte mit Malzew in seinem riesigen Haus vor der Stadt, und niemand ahnte, dass sie gezwungen war, für den Kriminellen Pnyrja ihren Mann zu bespitzeln und für Untersuchungsführer Borodin den Kriminellen Pnyrja.

Pnyrjas Reich war groß, seine Beziehungen umfassten faktisch die gesamte kriminelle Welt, und dank Warja erfuhr Borodin viel Interessantes.

Trotzdem – woher hat das Mädchen meine Adresse, fragte sich Borodin gereizt, während er die Zeitung umblätterte. Bei all ihrem Charme darf ich nicht vergessen, mit wem sie zusammenlebt und mit wem sie Kontakt hat.

Er hörte Schritte im Flur und erschrak. Seine Mutter schaute zur Küche herein, rieb sich verschlafen die Augen und fragte: »Warum schläfst du denn noch nicht?«

»Ich warte.«

»Auf wen?«

»Auf Besuch. Geh wieder schlafen, Mama.«

»Es ist zwei Uhr nachts. Was für ein Besuch? Eine Frau?«

»Ja. Jung und hübsch.«

»Dann ziehe ich mich rasch an und mache etwas zu essen«, sagte Lydia aufgeregt. »Aber wie du aussiehst! In diesem Aufzug, das gehört sich doch nicht! Zieh dich sofort um!«

Borodin trug eine alte, ausgeblichene Jeans mit Hosenträgern, ein verwaschenes blaues T-Shirt und Pantoffeln an den nackten Füßen.

»Mama, geh schlafen, bitte. Es ist ganz und gar nicht, was du denkst. Der Besuch ist rein dienstlich. Du kennst sie übrigens. Warja Bogdanowa.«

»Warja?« Lydia machte große Augen. »Was hat sie denn mit deinen achtzehn Messerstichen zu tun?«

»Mama, bitte!«, flehte Borodin.

»Aber ich muss sie doch wenigstens begrüßen. Augenblick!«

Lydia hatte Warja, das arme Opfer des Psychopathen, einmal im Krankenhaus besucht und sie später in der Universität der Künste wiedergetroffen, wo Lydia jedes Jahr Vorlesungen zur russischen Porträtmalerei des ausgehenden 19. Jahrhunderts hielt.

»Sag bloß, das Mädchen steckt schon wieder in einer scheußlichen Geschichte?«, fragte Lydia, als sie im Hauskleid, gewaschen und gekämmt, in die Küche kam. Sie holte eine Schale mit Schokoladenkeksen aus dem Schrank, schaltete den Wasserkocher ein, und in diesem Augenblick klingelte es.

»Sag mal, Mama, hast du Warja unsere Adresse gegeben?«, fragte Borodin rasch.

»Ja, natürlich.«

»Wozu?«

»Was heißt, wozu? Sie hat mich darum gebeten, also hab ich sie ihr gegeben.«

»Warum hat sie dich darum gebeten?«

Aber Lydia hatte bereits den Hörer der Klingelanlage abgenommen und sagte: »Ja, Warja, komm rein.«

Wieder in der Küche, spülte sie die Teekanne mit heißem Wasser aus und sah ihren Sohn an.

»Sei nicht so misstrauisch. Warja hat dir eine Geburtstagskarte geschickt. Erinnerst du dich?«

Es klingelte an der Tür, und Borodin ging öffnen.

»Na, Sie sehen ja lustig aus!«, rief Warja und kam herein. »Wie Karlsson, mit diesen Hosenträgern. Guten Abend!«

Lydia küsste sie, sagte, sie sehe großartig aus, schenkte Warja und Borodin Tee ein und ging wieder schlafen.

»Galina Solodkina ist eine hochinteressante Person«, sagte Warja nachdenklich, als sie allein waren. »Im Grunde muss ich mich bei ihr bedanken. Ohne sie wäre ich noch immer ahnungslos. Ganz ehrlich, Ilja – haben Sie gegen die Dame etwas in der Hand? Hat sie irgendwie mit dem brutalen Mord zu tun?«

»Das weiß ich noch nicht. Wenn, dann nur ganz am Rande.«

»Schon klar, sie persönlich würde keinem ein Haar krümmen, aber einen Mord in Auftrag geben – das traue ich ihr durchaus zu.«

Warjas Augen wurden ganz schmal und ihre Lippen weiß. Sie warf das Haar aus der Stirn, trank einen Schluck Tee und schwieg eine Weile, die Wimpern gesenkt und ihr afrikanisches Amulett in der Hand drehend.

»Das hat sie mir übrigens geschenkt.« Sie warf die kurze Kette aus großen rosa, fliederfarbenen, hellblauen und grünen Steinen in die Luft. »Ein schönes Stück, nicht? Galina denkt, ich schlafe mit dem Alten, darum sucht sie meine Freundschaft. Ich habe nicht versucht, ihr das auszureden.«

»Moment, Warja, bitte der Reihe nach. Erstens – wann und wie hast du sie kennengelernt?«

»Im Mai, in Sotschi.«

»Du warst bei dem Jubiläum?« Borodin wurde ganz heiß. »Warum hast du mir nichts davon erzählt?«

»Sie wissen doch sowieso alles«, erwiderte Warja spöttisch, »denken Sie, ich weiß mehr?«

Im Mai hatte in Sotschi ein Ereignis stattgefunden, über das noch heute bei den Sicherheitsorganen, im Innenministerium, in der Staatsanwaltschaft und beim FSB gesprochen wurde. Der Kriminelle Pnyrja war siebzig geworden, und dieses Jubiläum wurde in Sotschi eine ganze Woche lang gefeiert, mit den prominentesten Kriminellen aus Russland und dem nahen Ausland. Die märchenhaft luxuriösen Bankette, die Ströme von Kognak und Champagner, die Berge von Kaviar, die gewaltigen Störe, Spanferkel, die vielen Mercedes und Jeeps, die schönen Frauen aller Coleur, die Lobeshymnen, die erhabenen Glückwünsche – das alles stieg dem alten Kriminellen endgültig zu Kopf. Er fühlte sich unsterblich, und seine Wachsamkeit erlahmte.

Auf Pnyrjas Empfehlung sollte bei der Jubiläumsfeier ein junger Krimineller mit Spitznamen Shmaka gekrönt werden. Die Zeremonie war schon beendet, als einer der Anwesenden, Kurilski, ein älterer Krimineller aus dem Fernen Osten, per Handy die Information bekam, dass Shmaka im Lager vergewaltigt worden sei.

Nach den Gesetzen der Kriminellen darf man mit einem derart Erniedrigten nicht an einem Tisch sitzen oder ihn gar berühren. Ganz zu schweigen von einer Krönung, der höchsten Zeremonie in Kriminellenkreisen. Dreiundvierzig berühmte, angesehene Kriminelle hatten sich also auf einen Schlag freiwillig selbst erniedrigt.

Derartige beschämende Geschichten sind selten und bleiben der ehrlichen Bruderschaft lange in Erinnerung. Natürlich war jedem klar, dass Pnyrja nichts dafür konnte, aber die Sache war auf seiner Feier und auf seine Empfehlung geschehen.

»Ich war nicht dort.« Borodin schüttelte den Kopf. »Darum weißt du natürlich wesentlich mehr.«

»Ich weiß, ehrlich gesagt, gar nicht, warum der Alte mich unbedingt dabeihaben wollte. Wissen Sie, in letzter Zeit kann er einfach nicht mehr ohne mich leben. Er sagt, ich strahle eine positive Energie aus. Er beurteilt nämlich neuerdings alle Leute nach energetischen Gesichtspunkten, als Energiespender oder Vampire. Jeden, dem er begegnet, sieht er sich genau an, sucht nach seiner Aura. Und danach beurteilt er, ob derjenige ein Vampir ist oder nicht.«

»Ein was?«

»Ein Energievampir.«

»Ist das dein Ernst?«, fragte Borodin und sah sie an. »Ich weiß wirklich nie genau, wann du Witze machst und wann nicht.«

»Das ist mein voller Ernst. Er ist wirklich verrückt geworden. Einerseits schwört er auf die Kirche, den Popen und alte Betschwestern, andererseits glaubt er an Hellseher und Parapsychologie. Früher kannte er solche Wörter überhaupt nicht, aber neuerdings ist er aufgeklärt.« Sie blinzelte böse. »Übrigens eine großartige Methode, jemanden zu manipulieren. Aber ich dumme Gans hab nicht gleich gemerkt, was los ist, erst, als ich die Solodkina kennenlernte.«

»Wer hat ihn denn aufgeklärt?«, fragte Borodin leise.

»Pjotr. Sein Sicherheitschef. Er ist bei ihm jetzt nämlich auch für die energetische Sicherheit verantwortlich. Er hat die Solodkina angeschleppt. Und wissen Sie, als was? Da kommen Sie nie drauf!«

»Moment«, unterbrach Borodin, »die Firma ›Galateja‹ gehörte doch sowieso Pnyrja, sie müssen sich also schon früher gekannt haben.«

»Aber nun sind sie sich nähergekommen. Pjotr hat ihm eingeredet, die Madam sei Expertin für die Energetik von Edelsteinen.«

»Weiß er von der Sammlung?«

»Selbstverständlich! Nicht nur das, er begehrt sie wie eine Frau. Er ist verrückt nach ihr, verzehrt sich danach.« Warja lachte unfroh. »Und die Solodkina ist Expertin in Sachen Antiquitätenexport, sie hat Beziehungen zum Kulturministerium. Verstehen Sie nun, warum die beiden neuerdings so eng befreundet sind?«

»Du übertreibst, liebe Warja.«

»Schön wärs.« Sie seufzte. »Aber das Wichtigste kommt noch.«

»Du willst sagen, Pjotr hat die Komödie in Sotschi inszeniert, um Pnyrja bloßzustellen? Hast du Beweise, oder sind das nur Vermutungen?«

Warja schwieg lange und drehte ihr Amulett hin und her. Borodin sah, dass ihre Augen nass waren – das kannte er von ihr nicht. Dass die starke, harte, furchtlose Warja weinte – undenkbar!

»Hast du Hunger?«, fragte Borodin, stand auf und schaute in den Kühlschrank. »Ich zum Beispiel krieg in der Nacht immer Fressattacken. Tagsüber bin ich auf Diät, und nachts hab ich dann Hunger. Na, wie wärs, Warja?«

»Essen Sie nur, ich mag nicht.« Sie schluchzte auf. »Entschuldigen Sie, Ilja. Ich war noch nie hysterisch. Das nervt mich selbst. Verstehen Sie, ich habe zufällig gehört, wie Pjotr sich mit dem Mann absprach, der Kurilski angerufen hat. Ich war nachts noch baden und bin an einen wilden Strand geschwommen, und da trafen sich die beiden. Dieser Shmaka ist im Lager gar nicht vergewaltigt worden. Pjotr hat mit einem Mann, dem Shmaka im Wege war, ein Abkommen zum beiderseitigen Vorteil getroffen. Sie wissen ja, Shmaka wurde anschließend getötet, noch dort in Sotschi.«

»Haben Sie dich gesehen?«

»Ich habe am Strand ein Hotelhandtuch vergessen, und Pjotr brachte es mir am Morgen ins Zimmer. Ich hab natürlich behauptet, es sei nicht meins.«

»Und wenn du das Ganze einfach Pnyrja erzählst?«

»Er vertraut Pjotr wie sich selbst. Er wird ihn zu sich rufen, um die Sache zu klären, und danach sind meine Tage gezählt. Ich könnte ja etwas unternehmen, wenn ich nicht solche Angst hätte. Aber wissen Sie, eine Schwangerschaft verändert den Charakter total. Man wird schrecklich sensibel, und das Gehirn funktioniert wesentlich schlechter. Es gibt nur eine einzige reale Möglichkeit: Pjotr über die Solodkina zu kompromittieren. Wenn sich herausstellt, dass die Madam mit jemandem zu tun hat, der eine unschuldige Frau mit achtzehn Messerstichen getötet und einem behinderten Mädchen die Schuld in die Schuhe geschoben hat – das würde dem Alten kaum gefallen, in seinem jetzigen Gemütszustand.«

»Das ist zu vage, Warja.« Borodin schüttelte den Kopf. »So, ich mach mal die Pilze mit Kartoffeln warm.« Er nahm eine Pfanne aus dem Kühlschrank und stellte sie auf den Herd. »Komm, leiste mir Gesellschaft, ich esse nicht gern allein.«

»Danke.« Warja lächelte unter Tränen. »Ich weiß, das ist alles zu vage und unsicher, aber etwas anderes fällt mir im Moment nicht ein. Ich kann doch nicht einfach sagen: Pnyrja, mein Lieber, dein Sicherheitschef ist ein Schwein, er will dich langsam aber sicher irre machen. Nach der Geschichte mit Shmaka meinen sowieso schon einige, Pnyrja sei zu alt und nicht mehr ganz dicht, und manche sind noch immer ziemlich sauer. Und das ist gefährlich. Pjotr will den Alten bis aufs Letzte aussaugen und ihn dann unauffällig aus dem Weg räumen.«

»Klar kannst du nicht direkt sagen, dass sein Sicherheitschef einen Umsturz plant, das wäre zu riskant.« Borodin nickte. »Aber was ändert es, wenn die Solodkina mit dem Mord zu tun hat?« Er schnitt Brot und Salzgurken auf und stellte zwei Teller auf den Tisch. »Ist natürlich keine Avacodo mit Krabben, aber auch nicht übel.«

»Danke, Ilja. Ich fühle mich so wohl bei Ihnen.«

Eine Weile aßen sie schweigend. Warja hatte sich beruhigt, ihre Wangen bekamen wieder Farbe.

»Sobald Pjotr sich der Sammlung annimmt, wird er Malzew aus dem Weg räumen und mich auch. Das steht für mich fest. Und was die Solodkina angeht – da hoffe ich einfach auf ein Wunder.«

»Was weißt du über ihren Sohn?«

»Er ist vierzig, arbeitet bei einem angesagten Jugendmagazin, ist mit einer Neunzehnjährigen verheiratet, hat eine drei Monate alte Tochter, Mascha. Die Solodkina liebt Schwiegertochter und Enkelin abgöttisch und redet dauernd von ihnen. Über ihren Sohn dagegen schweigt sie sich aus.«

»Du meinst, es gibt Probleme mit ihm?«

»Ich bin sicher. Ich hab ein paarmal nach ihm gefragt, da veränderten sich sofort ihre Stimme und ihr Gesichtsausdruck, als hätte sich ein Schatten darübergelegt.«

»Interessant«, murmelte Borodin, »sehr interessant. Was für Probleme könnten das sein? Aber wer weiß, vielleicht irrst du dich auch, Warja. Durchaus möglich, dass sie von Schwiegertochter und Enkelin deshalb so begeistert ist, weil sie die noch nicht lange hat. Der Sohn ist vierzig, und sie ist jetzt erst Großmutter geworden. Wahrscheinlich hat sie lange darauf gewartet.«

»Wahrscheinlich.« Warja nickte zerstreut. »Sagen Sie, warum interessieren Sie sich plötzlich mehr für die Familie der Solodkina als für ihre Geschäfte?«

»Weil ich das seltsame Gefühl habe, dass es nichts mit ihren Geschäften zu tun hat, sollte sie oder ihr Sohn in den Mord verwickelt sein. Weißt du was, erwähn doch gelegentlich mal in ihrer Gegenwart die achtzehn Messerstiche und das behinderte Mädchen, das den Mord an seiner Tante gestanden hat. Sag, du hättest die Geschichte in der Zeitung gelesen oder einen Bericht darüber im Fernsehen gesehen. Und pass auf, wie sie reagiert.«

»Das würde ich gern tun«, sagte Warja spöttisch, »aber leider macht Madam gerade Urlaub in Frankreich.«

»Schade. Und den Sohn und die Schwiegertochter kennst du nicht?«

»Nein, wie gesagt. Aber warum schicken Sie nicht einfach Ihre Ermittler zu ihnen?«

»Erstens habe ich keine ausreichenden Gründe dafür, und

zweitens will ich sie nicht aufschrecken. Ich glaube, wenn sie in die Morde verwickelt sind, dann ziemlich ernsthaft.«

»Die Morde? Es sind mehrere?«

»Zwei. Und ein Mordversuch an einem Milizionär.«

»Warten Sie, ich habe eine Idee! Die Solodkina wollte mir ein Buch über die Voodoo-Religion leihen. In Sotschi gabs nämlich ein Voodoo-Casino, mit afrikanischen Masken an den Wänden und riesigen Fotos von Schamanen und Zombies. Ich hab mich mit Madam darüber gestritten, ich fand das alles schrecklich, und sie erklärte, das sei eine sehr lebensfrohe, humane Religion und man solle sich kein Urteil erlauben über Dinge, die man nicht kennt. Sie besitze ein großartiges, seriöses Buch darüber. Also, ich habe plötzlich das dringende Bedürfnis, dieses seriöse Voodoo-Buch zu lesen, und kann nicht warten, bis sie aus dem Urlaub zurück ist – ich werde ihren Sohn anrufen.«

»Warum nicht – versuchs.« Borodin nickte ohne große Begeisterung. »Warte, einen Augenblick.« Er verließ die Küche und kam mit einem kleinen Blatt festen Papiers zurück. »Hier, Warja, nimm das für alle Fälle an dich. Das ist eine Beschreibung des vermutlichen Täters. Sie ist fünf Jahre alt, aber der Mann soll sich inzwischen nicht sehr verändert haben.«

Dreiundzwanzigstes Kapitel

Die Klingel schrillte in Xenias Kopf. Mühsam öffnete sie die Augen. Mascha lag neben ihr und schlief ruhig und fest. Ihr Gesichtchen war rosig, die bläuliche Färbung um die Lippen war verschwunden. Durch einen schmalen Vorhangspalt fiel grelles Sonnenlicht. Xenia wollte niemanden sehen. Sie glaubte, Oleg sei von der Datscha zurück, und rechnete mit einer erneuten unschönen Szene.

Vorsichtig, um das Kind nicht zu wecken, glitt sie aus dem Bett, zog einen Bademantel über und lief barfuß in den Flur.

Bevor sie fragte, wer da sei, schaute sie durch den Türspion, konnte aber nichts sehen. Das Klingeln war inzwischen verstummt, wahrscheinlich hatte der draußen Wartende Xenias Schritte gehört. Xenia blickte noch einmal durch den Türspion, um zu begreifen, warum er plötzlich blind und es im Treppenhaus so dunkel war.

Kaugummi!, erriet sie in Erinnerung an einen vor kurzem gesehenen Thriller. Irgendwer hat Kaugummi auf den Türspion geklebt, genau wie der Serienmörder Dick Brittow, bevor er an der Tür seiner Opfer klingelte.

Einige Minuten lang lauschte Xenia angestrengt auf die Stille vor der Tür. Das ist keinesfalls Oleg. Er würde jetzt Krach schlagen, brüllen und klopfen. Der Riegel ist vorgelegt, wir sind also in Sicherheit.

Erneut schrillte die Klingel.

»Aufmachen, Miliz!«, brüllte eine Männerstimme.

Xenia atmete erleichtert auf.

Sie haben ihren Fehler eingesehen und sind zurückgekommen, dachte sie erfreut und wollte schon nach der Verriegelung greifen, rief aber plötzlich zu ihrer eigenen Überraschung: »Machen Sie bitte den Kaugummi vom Türspion und zeigen Sie mir Ihren Ausweis!«

Ein paar Sekunden blieb es still, dann sagte die Stimme laut: »Bürgerin Solodkina, öffne sofort die Tür!«

»Nein! Wie heißen Sie?«

»Major Kusnezow!«

»Oho, Major. Warum nicht gleich Oberst? Na schön, Herr General, einen Augenblick. Ich rufe auf dem Revier an und frage nach, wer Sie sind. Sie kriegen dich sowieso, du Bastard!«

Die Antwort war wildes Fluchen. Xenia konnte sich nur auf den Boden setzen und sich die Ohren zuhalten. Was jetzt? Noch einmal die Miliz rufen? Sie sah schon das verschlafene Gesicht von Hauptmann Smatschny vor sich, seinen angewiderten, hasserfüllten Blick. Nein, ich rufe nicht an. Die helfen mir sowieso nicht. Bis sie hier sind, ist er weg, und dann sagen sie wieder, ich wäre entweder verrückt oder hätte mir das Ganze ausgedacht. Ich muss die Nachbarn anrufen, vielleicht ist ja jemand zu Hause. Wenn ja, dann müssten sie doch sein Gebrüll hören und ihn durch ihren Türspion sehen. Sollen sie die Miliz benachrichtigen, ihnen wird man glauben.

Xenia rannte in die Küche, wo ein dickes Telefonbuch mit den Nummern sämtlicher Etagennachbarn lag, blätterte darin und merkte, dass sie die Familiennamen der Nachbarn nicht wusste, nur ihre Vor- und Vatersnamen. Draußen war es inzwischen still geworden.

Ist er weg?, fragte sich Xenia misstrauisch, während sie mechanisch die dicht beschriebenen Seiten durchsah. Genau in diesem Moment klingelte das Telefon. Sie sprang überrascht auf und griff nach dem Hörer.

»Guten Morgen«, meldete sich eine ruhige, tiefe Frauenstimme, »sagen Sie bitte, ist Galina schon aus Frankreich zurück?«

»Nein. Sie kommt in fünf Tagen wieder, nächsten Mittwoch.«

»Wirklich? Ich dachte, schon früher. Sie sind bestimmt Xenia?«

»Ja.«

»Sehr angenehm. Ich heiße Warja, Sie kennen mich nicht, aber Galina hat mir viel von Ihnen und Mascha erzählt. Und wo ist Oleg? Wie geht es ihm?«

»Er ist auf der Datscha. Es geht ihm gut. Danke.«

»Entschuldigen Sie, sind Sie heute zu Hause?«

»Ich? Ja, natürlich, wieso?«

»Wissen Sie, Galina hat vor ihrer Abreise versprochen, mir ein Buch zu leihen, aber wir haben uns nicht mehr gesehen. Ich brauche das Buch jetzt dringend – wenn Sie nichts dagegen haben, würde ich gern vorbeikommen.«

»Ja … Das heißt, ich weiß nicht recht … Was denn für ein Buch?«

»›Die Geheimnisse des Voodoo‹, an den Autor erinnere ich mich leider nicht.«

Der Klang einer normalen menschlichen Stimme wirkte auf Xenia beruhigend, aber das Denken fiel ihr noch immer schwer.

»Ich sehe gleich mal nach, einen Augenblick bitte«, antwortete sie, ging mit dem Hörer in der Hand in Galinas Arbeitszimmer und sah die Bücherregale durch. Die vielen Bücher waren streng geordnet; Okkultismus, Parapsychologie und Astrologie füllten ein ganzes Regal. Dort entdeckte Xenia einen dünnen roten Band mit dem verschnörkelt geschriebenen Titel: »Die Geheimnisse des Voodoo«.

»Ja, es ist da«, hauchte sie in den Hörer, »kommen Sie her. Wissen Sie die Adresse?«

»Ja. Ich bin in einer halben Stunde da.«

Als Xenia aufgelegt hatte, schlich sie auf Zehenspitzen zur Tür. Es schien noch immer still. Doch selbst wenn der Mörder gegangen war – er würde auf jeden Fall wiederkommen.

Mein Gott, wofür, stöhnte sie im Stillen, und ihre Kehle krampfte sich zusammen. Ich habe das alles natürlich verdient, weil ich einen Mann geheiratet habe, der mir zuwider ist, weil ich ihm vorgemacht habe, mein Kind sei von ihm, und weil ich nun einen unverdienten Luxus genieße. Ich habe mich selbst in die Falle gejagt. Aber Mascha ist doch völlig unschuldig!

Im Esszimmer schlug heiser die Wanduhr, und Xenia fiel ein, dass gleich diese Warja wegen des Buches kommen würde. Solange Mascha noch schlief, sollte sie also rasch duschen und sich zurechtmachen. Im Bad zuckte sie zusammen. Im Spiegel glaubte sie ein kantiges Gesicht und zusammengekniffene Augen zu sehen. Sie überlegte plötzlich, dass sie sich das Gesicht kaum eingeprägt hatte und es nicht einmal richtig beschreiben könnte. Sie konnte nur vage Angaben machen: Körperbau, blaue Jeans, weiße Turnschuhe, helles, stoppelkurzes Haar.

Du darfst dich nicht so gehenlassen, ermahnte sich Xenia streng. Er ist nicht gekommen, um dich zu töten, du bist ihm scheißegal. Woher sollte er wissen, dass du von der Datscha abgehauen bist? Du hast doch selber zu den Milizionären gesagt, er hätte gedacht, es wäre niemand in der Wohnung. Es ist alles ganz simpel. Er ist eingebrochen, um irgendwas Bestimmtes von Galina zu stehlen. Das hat garantiert mit ihren Geschäften zu tun. Ich habe ihn gestört, er ist wütend geworden und ausgerastet, hat mit der Pistole rumgefuchtelt und ist noch mal zurückgekommen. Das zeugt nicht von Logik, sondern von schlechten Nerven. Nicht mir brennen die Sicherungen durch, sondern ihm. Ich bin völlig okay.

Xenia trocknete sich ab, hob ihren Bademantel vom Boden auf und entdeckte unter dem Waschbecken plötzlich einen schmalen schwarzen Gegenstand. Sie nahm ihn in die Hand und begriff nicht gleich, was das war.

»Iwan, wenn du jetzt erklärst, dass ihr im Spülkasten in der Wohnung von Ferdinands Braut kein in Plastikfolie gewickeltes Messer mit rhombenförmiger Klinge gefunden habt, dann zwinge ich dich, den ganzen Möhrensalat aufzuessen.«

Borodin drehte sich in seinem Sessel herum, holte eine Plastikbox hervor und stellte sie vor Hauptmann Kossizki auf den Tisch. »Also, wo ist die Mordwaffe?«

»Das ist nicht witzig«, murmelte Kossizki finster und zerknautschte eine Zigarette. »Schön, ich esse den Salat, obwohl mir von Möhren übel wird. Aber die Haussuchung war trotzdem nicht umsonst.«

»Hier!« Borodin grinste schadenfroh, öffnete die Box und drückte dem Hauptmann eine Plastikgabel in die Hand. »Das ist sehr gesund. Guten Appetit.«

»Vielleicht hören Sie mir erst mal zu?« Kossizki schielte voller Abscheu auf die Möhren. »Sie denken doch, die Haussuchung hätte nichts gebracht, überhaupt nichts. Aber das stimmt nicht.«

»Sag bloß, Drogen?« Borodin hob die Achseln. »Oder ein Sack TNT?«

Kossizki klackte mit dem Feuerzeug, nahm einen tiefen Zug und sagte ganz langsam: »Kar-ten.«

»Bitte, was?« Borodin neigte den Kopf zur Seite.

»Visitenkarten, mit einem französischen Namen und einer Pariser Adresse.«

»Aha, alles klar. Ferdinand ist ein französischer Spion«, flüsterte Borodin und stieß einen leisen Pfiff aus. »Donnerwetter, gratuliere. Wir müssen sofort das FSB informieren. Ich habe da einen guten Bekannten, Oberstleutnant Swiridow, sein Metier ist zwar die Terrorismusbekämpfung, aber da kann es ja durchaus eine Verbindung geben.«

»Ja, ich weiß, das klingt lächerlich, aber es sind eine Menge Visitenkarten, fünfzig Stück. Alle gleich. Die hat er extra drucken lassen. Wozu wohl? Um sich als französischer Journalist auszugeben. Soviel habe ich kapiert, obwohl ich kein Französisch gelernt hab, sondern Deutsch. Warum gleich fünfzig Stück? Weil man ja schlecht nur drei Stück drucken lassen kann. Ich bin sicher, gebraucht hat er nur eine einzige. Und wissen Sie, wie die Zeitschrift heißt, für die der Korrespondent Pierre Germont arbeitet?« Der Hauptmann machte eine Pause und sagte triumphierend: »›Les enfants‹!«

»Das heißt ›Kinder‹.« Borodin stützte die Ellbogen auf den Tisch, faltete die Hände und legte sein Kinn darauf. »Und, gibt es diese Zeitschrift wirklich?«

»Das spielt keine Rolle. Was meinen Sie, warum ist das Internat für diesen Irren ein besonderes Reizthema?«

»Weil seine angebetete Lilja sich Vorwürfe gemacht hat, dass sie die Nichte in fremde Hände gegeben hat.« Borodin zuckte die Achseln. »Das ist doch sonnenklar.«

»Mir nicht.« Kossizki senkte den Kopf und schaute Borodin von unten herauf an. »Angenommen, wir beide hätten die Adresse dieses Internats schließlich herausgefunden. Was hätten wir unternommen?«

»Na ja, für den Anfang hätte ich dich mit irgendeiner erfundenen Geschichte hingeschickt.«

»Richtig.« Kossizki nickte. »Und was wäre dafur optimal?«

»Tja, ich weiß nicht. Journalist ...«

»Genau!« Kossizki hob den Zeigefinger. »Aber wir können uns für den Fall einer Überprüfung allseitig absichern, Ferdinand kann das nicht. Tante Julia hat ihm Französisch beigebracht. Er macht Übersetzungen, also liegt die Idee nahe, sich als französischer Journalist auszugeben.«

»Klar, wenn du ihn schon nicht als Mörder drankriegen kannst, dann wenigstens als Konkurrenten«, knurrte Borodin. »Hör mal, du hast doch selber gesagt, Ferdinand ist intelligent. Meinst du wirklich, er will den Täter auf eigene Faust bestrafen? Er hat keine Waffe, er ist schwach und kränklich.«

»Was die Waffe angeht, so wissen Sie so gut wie ich: Sich eine Kanone zu besorgen ist heutzutage kein Problem. Und was den Verstand angeht, so sind in diesem Fall die Emotionen eben stärker. Wissen Sie, wenn jemand der Frau, die ich liebe, etwas Derartiges antun würde« – Kossizki verzog das Gesicht –, »dann wäre ich bestimmt imstande ... Wir müssen ihn noch einmal vernehmen.«

»Er wird nichts sagen.« Borodin schüttelte den Kopf. »Du hast wahrscheinlich recht. Er will auf eigene Faust handeln. Er war bei der Vernehmung sehr nervös, aber er hat indirekt versucht, mich zu überzeugen, dass der Mord mit Ereignissen von vor zehn Jahren zu tun hat. Was im Grunde durchaus logisch ist. Was haben wir in dieser Richtung? Die Zeitschrift im Haus der Toten, die ihr Oleg Solodkin im Café gegeben hat. Vor zehn Jahren hat sich seine Mutter Galina nach Unterbringungsmöglichkeiten für eine geistig behinderte Vierjährige erkundigt. Ihre eigene Enkelin? Na schön, sie betrachtete Ljussja nicht als ihre Enkelin, denn sie hasste Olga. Sie hat also erst Olga getötet und dann für das Kind gesorgt?«

Kossizki winkte ab. »Ach was, sie hat sie nicht getötet. Ich habe weder Olga noch diese Solodkina je gesehen, aber sie sind beide Frauen. Wenn Gift im Spiel wäre, eine Kugel, ein Messer oder ein Autounfall, dann würde ich es glauben. Aber mir vorzustellen, dass eine Frau eine andere packt und aus dem Fenster wirft... Nein, entschuldigen Sie, aber das riecht nach unseriösem Kriminalroman.«

»Und trotzdem wird manchmal auch auf diese Weise getötet«, entgegnete Borodin unsicher. »Olga neigte zu demonstrativen Selbstmordversuchen. Angenommen, sie hatten einen heftigen, erbitterten Streit. Olga in ihrer Hysterie will die Solodkina erschrecken, reißt das Fenster auf, klettert aufs Fensterbrett ...«

»Und die Solodkina stößt sie runter?« Kossizki sprang auf und lief im Zimmer auf und ab. »Na schön, das wäre möglich. Aber wie hat sie es geschafft, unbemerkt zu bleiben? Es gab doch bestimmt eine Ermittlung, die Nachbarn wurden befragt. Wir müssen uns die Akte aus dem Archiv holen.«

»Setz dich, Iwan, dein Hin- und Hergetigere nervt. Ich habe schon alles durchgesehen, was es über diesen Selbstmordfall gibt. Die Leiche wurde am dreizehnten Juni um sechs Uhr früh gefunden. Laut pathologischem Gutachten war der Tod fünf Stunden zuvor eingetreten, also gegen ein Uhr. Olga Kolomejez war mit ihrem Kind allein in der Wohnung, ihre Mutter und ihre Schwester waren bei Julia Lastotschkina zu Besuch, sie hatte Geburtstag. Sie übernachteten auch dort. Olga blieb zu Hause, weil sie Halsschmerzen hatte. Sie wusste, dass Mutter und Schwester erst am nächsten Morgen zurückkommen würden. Sie war an diesem Abend mit niemandem verabredet und erwartete keinen Besuch. Auch die Nachbarn haben laut Protokoll niemanden gesehen. Drogen wurden in ihrem Blut nicht festgestellt.«

»Keiner hat einen Schrei oder den Fall gehört?« Kossizki lief noch immer hin und her, blieb nun stehen, griff nach dem

Wasserkocher, goss sich ein Glas abgekochtes kaltes Wasser ein und leerte es in einem Zug.

»Laut Protokoll nein. He, wieso trinkst du Wasser? Mach den Kessel an, lass uns lieber Tee trinken.«

»Er hat also recht?«, fragte Kossizki seufzend. »Ist kaum noch Wasser drin, ich geh frisches holen«, sagte er und öffnete die Tür. »Trotzdem, die Solodkina hat was mit dem Mord zu tun, das ist Lilja nach zehn Jahren endgültig klar geworden, und sie wollte etwas unternehmen. Deshalb das Treffen im Café. Sie hat Oleg Solodkin indirekt gewarnt. Der Kellner hat ausgesagt, sie habe sehr schlecht von seiner Mutter gesprochen, ihn dagegen bedauert. Solodkin hat seiner Mutter von dem Gespräch erzählt, die hat sofort kapiert, was Sache ist … Aber ich kann mir nicht vorstellen, dass eine so wohlhabende, kluge Dame einen irren Psychopathen als Mörder engagiert. Und wo hat sie den so schnell aufgetrieben?«

Kossizki ging mit dem Wasserkocher hinaus, kam zurückgerannt und rief schon an der Schwelle: »Sie hat ihn schon früher gekannt und wusste, dass er ein Psychopath ist! Das kam ihr sehr zupass! Das Ganze war eine Inszenierung, jawohl!« Er schaltete den Wasserkocher ein, setzte sich und zündete sich eine Zigarette an. »Und nun die Hauptfrage: Wo hat sie so einen Typ her? Und wieso hat er in den Handarbeitssachen gewühlt?«

»Weißt du was, Iwan, wir trinken jetzt erst mal Tee, und dann fährst du zu Solodkin auf die Datscha. Er ist bestimmt dort.«

»Und Ferdinand?«

»Den lasse ich überwachen, damit deine liebe Seele Ruhe hat.«

Vierundzwanzigstes Kapitel

»Entschuldigung, könnten Sie bitte den Kaugummi vom Türspion abmachen?« bat eine erschrockene Kinderstimme hinter der Tür.

»Ich versuchs«, antwortete Warja, zückte ein Papiertaschentuch und rieb damit an der erstarrten weißen Masse herum. »Wissen Sie, dazu bräuchte ich Spiritus oder Kölnisch Wasser. Ach, Moment, ich glaube, ich habe welches dabei.«

Es dauerte eine ganze Weile, bis das Glas wieder sauber war, und gleich darauf klackten Schlösser. Vor Warja stand ein dünnes, blasses Geschöpf in Shorts und T-Shirt mit einem hübschen drei Monate alten Baby auf dem Arm.

»Ist Ihnen vor der Haustür irgendwer aufgefallen?«, fragte das Mädchen in hastigem, pfeifendem Flüsterton statt einer Begrüßung. »Aber kommen Sie doch bitte herein.« Sie streckte rasch den Kopf hinaus ins Treppenhaus, schlug sofort die Tür zu, schloss ab und sicherte auch den Türriegel.

»Wer hätte mir denn auffallen sollen?«

»Ach, niemand Konkretes. Entschuldigen Sie, das war eine dumme Frage.«

Als Warja vor einer halben Stunde erfahren hatte, dass Oleg auf der Datscha war, hatte sie kurz überlegt, ob sie nicht dorthin fahren sollte. Ein Gespräch mit seiner jungen Frau würde kaum viel bringen. Doch das Voodoo-Buch war in der Stadtwohnung, und Warja fiel kein Vorwand ein, um Oleg auf der Datscha aufzusuchen. Nach der Bitte, den Kaugummi vom Türspion zu lösen, hatte sie das Gefühl, doch nicht umsonst gekommen zu sein – irgendwas war hier faul.

»Ach, ist die süß!« Warja strich über Maschas hellblondes Haar. »Sie sieht Ihnen sehr ähnlich. Nein, wie sie lächelt! Sagen Sie, haben Sie vor irgendetwas Angst, Xenia? Brauchen Sie vielleicht Hilfe? Galina sagt, sie seien noch ein richtiges Kind, und ich glaube, sie hat recht. Wenn ich nicht wüsste, dass Sie neunzehn sind, hätte ich Sie auf höchstens vierzehn geschätzt. Also, was ist los? Wer hat Ihnen Kaugummi auf den Türspion geklebt? Wer hätte vor der Haustür stehen sollen?«

»Nein, nein, es ist alles in Ordnung. Ich lese bloß gerade ein Psychiatrielehrbuch und entdecke naturgemäß bei mir selber gleich sämtliche Manien, Phobien und Psychosen. Im Augenblick zum Beispiel leide ich unter waschechtem Verfolgungswahn.« Sie lachte gekünstelt, was ihr selbst peinlich war. »Ich hole Ihnen das Buch, Sie haben es bestimmt eilig?«

»Darf ich mir mal die Hände waschen?«

»Natürlich. Das Bad ist dort. Möchten Sie vielleicht einen Tee?«

»Danke, sehr gern.« Warja lächelte.

»Wenn Sie zehn Minuten warten können? Ich muss erst Mascha stillen.«

Im Bad entdeckte Warja auf dem Regal überm Waschbecken einen seltsamen Gegenstand, eine Art zusammenklappbares Rasiermesser, sehr wertvoll, mit einem Ebenholzgriff mit feinen Intarsien aus Gold und Perlmutt. Warja nahm es vorsichtig in die Hand und betrachtete die eigentümlichen Symbole, die an assyrisch-babylonische Keilschrift erinnerten. Das Griffende zierte ein kunstvoller Totenschädel aus gelblichem Elfenbein, in den Augenhöhlen funkelten winzige rote Steine, möglicherweise Rubine. Warja berührte den Schädel und schrie überrascht auf. Mit einem leichten Knacken sprang eine helle stählerne Klinge heraus, rhombenförmig wie ein Dolch. Warja wollte sie wieder hineinschieben, aber die Spitze war so scharf, dass sie fürchtete, sich zu verletzen. Sie drückte noch einmal auf den Totenschädel, und die Klinge verschwand wieder.

Was hat diese wertvolle Antiquität im Bad zu suchen? Sie werden sich wohl kaum damit die Fingernägel reinigen, dachte sie, legte das Messer wieder zurück und verließ das Bad.

Xenia saß im Wohnzimmer auf dem Sofa, das Baby schlief auf ihrem Arm.

»Ich lege sie gleich hin und koche Tee«, flüsterte sie.

»Keine Hast, ich habs nicht eilig.« Warja setzte sich in einen Sessel. »Uff, was für ein verrückter Tag. Hier bei Ihnen ist es schön, so ruhig.«

Sie wäre sehr hübsch, sogar schön ohne diesen panisch gehetzten Ausdruck in den Augen. Eine stillende Mutter sollte Ruhe und Glück ausstrahlen. Sie hat ein wunderbares, gesundes Kind, eine herrliche Wohnung; wie ihr Mann ist, weiß ich nicht, aber ihre Schwiegermutter liebt sie abgöttisch. Was fehlt ihr also, überlegte Warja. Und warum ist sie mit dem Kind allein von der Datscha zurückgekommen?

»Xenia, warum sind Sie nicht auf der Datscha?«

»Ich musste mit Mascha zum Arzt.«

»Ach, ist sie krank?«

»Nein, nein, nur eine Impfung. Augenblick, ich bin gleich wieder da.« Sie stand auf und ging auf Zehenspitzen hinaus.

Warja betrachtete die Wände voller Bilder. Polenow, Wrubel, Chagall. Womöglich Originale, zumindest ausgezeichnete Reproduktionen. Antike Möbel, englisches Porzellan in einem Mahagonischrank. Jede Menge wunderschöne, teure Nippes, wie in einem Antiquitätensalon.

»Ich hab Teewasser aufgesetzt«, verkündete Xenia. »Hier ist das Buch, das Sie haben wollten.« Xenia legte das Buch mit dem blutroten Einband auf den Couchtisch. »Interessieren Sie sich dafür?«

»Nicht besonders. Ich studiere an der Universität der Künste, ich schreibe eine Belegarbeit über den Einfluss des afro-asiatischen Mystizismus auf die Postmoderne des ausgehenden zwanzigsten Jahrhunderts.«

»Ah, ich verstehe.« Xenia nickte abwesend. »Kommen Sie, wir gehen in die Küche, Tee trinken. Ich habe ehrlich gesagt noch nicht gefrühstückt. Möchten Sie etwas essen?«

»Da sag ich nicht nein. Ich helfe Ihnen. Es ist bestimmt sehr anstrengend für Sie mit dem Baby. Ach, wollen wir uns nicht duzen?«

»Klar.« Endlich lächelte Xenia. »Es ist Obst da, Joghurt und Käse. Magst du Käsetoast?«

»Gern. Bleibst du jetzt länger in Moskau?«

»Ich weiß nicht.« Xenia stellte Tassen auf den Tisch, und Warja entdeckte an ihrem rechten Mittelfinger eine frische, ziemlich tiefe Schnittwunde.

Sie hat also vor kurzem mit dem Messer hantiert. Wahrscheinlich hatte sie es zum ersten Mal in der Hand. Ich hätte mich ja auch beinahe geschnitten, dachte Warja.

»Ach, sag mal, auf dem Badregal liegt ein Klappmesser, ein sehr wertvolles, antikes Stück. Das sollte man doch bestimmt nicht im Bad aufbewahren, wo es so feucht ist.«

Xenia erstarrte, schaute Warja einige Sekunden erschrocken an und fragte schließlich betont sorglos: »Verstehst du was von Antiquitäten? Kannst du mir sagen, was das für ein Messer ist?«

»Deine Schwiegermutter versteht mehr davon«, erwiderte Warja lächelnd. »Aber warum liegt das Ding bei euch im Bad rum?«

»Ich weiß es nicht.« Xenia zwinkerte verwirrt. »Ich habe keine Ahnung, woher es kommt.«

»Interessant. Und wer den Kaugummi auf den Türspion geklebt hat, weißt du auch nicht?«

»Wahrscheinlich ein Dummejungenstreich«, sagte Xenia rasch und schluckte krampfhaft. »Wie viele Toasts willst du?«

Kaum anzunehmen, dass in diesem vornehmen Haus mitten im heißen Sommer auch nur ein einziger Junge geblieben ist, dachte Warja. Und warum konnte Xenia die Tür nicht selber öffnen und den Kaugummi abmachen?

»Zwei«, sagte sie lächelnd und runzelte plötzlich die Stirn. »He, dein Finger blutet ja. Hast du ein Pflaster?«

»Ja.« Xenia ging ins Bad. In diesem Augenblick klingelte das Telefon. Es stand direkt neben Warja. Nach kurzem Zögern nahm sie ab.

»Xenia? Wo bist du abgeblieben? Ich rufe von den Nachbarn an, es ist der reinste Albtraum, er schläft und schläft, ich dachte schon, er ist tot«, ratterte eine aufgeregte Frauenstimme. »Erst hat er fast vierundzwanzig Stunden in der Hängematte geschlafen, dann hat er sich im Esszimmer hingelegt. Er ist ein paarmal zum Pinkeln aufgestanden, und nun schläft er wieder. Und ich hab gleich Probleme mit dem Herzen gekriegt; du bist mit dem Kind einfach verschwunden, ohne mir Bescheid zu sagen. Nun antworte mir doch, was soll ich tun? Ich bin schließlich nicht die Hausherrin, außerdem muss ich dringend mal nach Moskau, aber ich kann ihn ja nicht allein im Haus lassen, wie? Hallo, Xenia, hörst du mich?«

»Hier ist nicht Xenia, ich hole sie gleich«, sagte Warja.

»Ach!«, tönte es erschrocken aus dem Hörer. »Wer ist denn da?«

»Ich heiße Warja, ich bin eine Bekannte von Galina. Da kommt Xenia schon.« Warja gab ihr den Hörer.

»Ja, ich bins. Warten Sie, Raïssa, nun schreien Sie doch nicht so, ich verstehe kein Wort. Na und, soll er schlafen. Nein, rufen Sie keinen Arzt, machen Sie sich keine Sorgen, er ist einfach müde, das kommt bei ihm vor. Vielleicht hat er ja in der Nacht gearbeitet und schläft sich am Tag aus. Ja, natürlich weiß ich das: viermal die Drei, und dann den blauen Knopf drücken. Das Ladegerät liegt in der obersten Kommodenschublade. Können Sie noch einen Tag dableiben? Ich muss mit Mascha in die Poliklinik, eine Überweisung für die Impfungen holen, und unser Arzt hat nur donnerstags Sprechstunde. Ich rufe Sie heute Abend an.«

Sie legte auf und verdrehte vielsagend die Augen.

»Sie spinnt.«

»Wer?«

»Unsere Haushälterin. Sie hat Probleme mit Oleg. Es gefällt ihr nicht, dass er die ganze Zeit schläft.«

»Vielleicht ist er ja tatsächlich krank? Ist doch wirklich seltsam, wenn einer tagelang schläft.«

»Genau, er ist krank!« Xenia lachte böse auf. »Na klar! Ich weiß sogar, was er hat. Narkolepsie, eine Art Schlafkrankheit.« Sie sank auf einen Stuhl, presste die Hände an die Schläfen und murmelte: »Ich kann nicht mehr. Ich gehe weg, auch wenn ich nicht weiß, wohin.«

»Oleg ist ein Junkie?«, fragte Warja leise.

Xenia nickte wortlos und zog die Toasts aus dem Ofen.

»Bei Narkolepsie schläft man viel, dabei können die Gliedmaßen vollkommen taub werden.« Xenias Augen funkelten kalt. »Ich glaube, man kann sogar im Schlaf sterben. Das wünsche ich ihm natürlich nicht. Iss den Toast, er schmeckt nur, solange er heiß ist.«

Eine Weile aßen sie schweigend, schließlich sagte Xenia: »Entschuldige. Ich sehe dich heute zum ersten Mal und lasse mich vor dir so gehen. Tut mir leid. Und erzähl das bitte niemandem.«

Warja nickte. »In Ordnung.«

»Vor allem nicht Galina. Sie hält das mit aller Macht geheim, sogar vor sich selber. Sie ist ein guter Mensch, sie liebt ihren Sohn irrsinnig. Aber sie hat eine seltsame Macke: Sie fürchtet die öffentliche Meinung weit mehr als die Realität. Verstehst du? Manchmal glaube ich, sie würde seinen Tod leichter verwinden, als wenn es herauskäme. Es darf um Gottes willen niemand erfahren, dass der Sohn der erfolgreichen Galina Solodkina ein Junkie ist. Das wäre für sie eine Katastrophe.«

»Hängt er schon lange an der Nadel?«

»Wenn du mich fragst – sein ganzes Leben.«

»Entschuldige, aber wie konntest du es dann riskieren, ein Kind von ihm zu kriegen?«

»Tja...« Xenia zuckte die Achseln. »Noch Tee?«

»Danke. Der Toast ist ausgezeichnet. Hör mal, du solltest das Messer trotzdem nicht im Bad liegenlassen. Das ist ein sehr wertvolles Stück. Sieht aus wie eine antike Waffe. Überhaupt ist eure Wohnung das reinste Museum.«

»Stimmt. Hier sind überall Antiquitäten. Warum nicht auch eine antike Waffe?«

Das Baby weinte, und Xenia stand rasch auf.

»Tja, sie ist schon wieder wach. Vergiss das Buch nicht. Es liegt im Esszimmer auf dem Couchtisch. Es war sehr nett, dich kennenzulernen.«

»Ich hab dir in der Küche meine Telefonnummer hingelegt«, sagte Warja, schon im Flur. »Falls du mal Hilfe brauchst, so allein mit dem Baby.«

»Danke.« Xenia lächelte.

Als sie draußen war, hörte sie, wie Xenia wieder zuschloss. Auf dem Hof sah sie sich um. Eine alte Frau mit Strohhut führte ein Bologneserhündchen aus, ein dicker junger Glatzkopf bastelte an einem grellroten Ford, ein drahtiger weißblonder Bursche mit dunkler Brille saß auf der Lehne einer kaputten Bank gegenüber dem Hauseingang. Selbst von weitem sah Warja, dass seine schneeweißen Turnschuhe nagelneu waren. Warja blickte sich einige Sekunden um, gegen die grelle Sonne blinzelnd, stieg in ihr Auto, setzte sich ans Steuer, schaltete die Zündung ein, doch statt loszufahren, würgte sie den Motor ab, stieg wieder aus, blickte sich noch einmal auf dem Hof um und ging entschlossen auf den Burschen mit den weißen Turnschuhen zu.

»Entschuldigen Sie, würden Sie mich bitte anschieben?«, wandte sie sich lächelnd an ihn. »Mein Auto ist noch ganz neu, aber irgendwie säuft der Motor dauernd ab.«

Der Bursche musterte sie durch die Brille hindurch eindringlich, spuckte aus und brachte heiser hervor: »Nein.«

»Aber was soll ich denn jetzt machen?« Warja schaute sich hilflos um. »Ich bin furchtbar spät dran. Sie können mir also nicht helfen? Na schön… Junger Mann!« rief sie aus vollem Hals dem Dicken mit dem Ford zu und drehte sich so heftig um, dass ihre kleine Schultertasche das Gesicht des Weißblonden traf und ihm die Brille herunterriss. Er sprang auf und fluchte leise und wütend. »Oh, entschuldigen Sie bitte,

Entschuldigung«, plapperte Warja und sah ihm ins Gesicht. »Ich hoffe, die Brille ist nicht kaputt?«

»Hau ab, Miststück«, zischte der Weißblonde. »Hau ab, ich bring dich um!«

»Psychopath!« fauchte Warja. »Ich hab mich doch entschuldigt. Und deine Brille ist auch noch ganz. Junger Mann!« Sie lief zu dem roten Ford. Dessen glatzköpfiger Besitzer stand vor dem offenen Kofferraum, wischte sich die Hände ab und sah Warja an. »Könnten Sie bitte mein Auto anschieben?«, bat sie ihn mit einem sanften Lächeln.

»Aber gern. Was ist denn passiert?«

Der Dicke war nicht nur bereit, das Auto anzuschieben, er wollte sogar in den Motor kriechen, um nachzusehen, was an einem so nagelneuen, schicken Auto kaputt sein konnte.

»Nein, nein, der Motor ist bestimmt in Ordnung. Es liegt an mir. Die Technik mag mich nicht.«

Der Dicke sah dem schneeweißen VW eine ganze Weile schweigend nach und überlegte, warum er nie Glück hatte. Wenn ihm mal ein wirklich hübsches Mädchen begegnete, schaffte er es nie, ein Gespräch mit ihr anzuknüpfen, sie um ihre Telefonnummer zu bitten, sie näher kennenzulernen.

Warja fuhr nach ein paar Häuserblocks rechts ran, nahm das Phantombild heraus, das Borodin ihr gegeben hatte, und überflog die Beschreibung: Größe 1,70 bis 1,75 m durchschnittlicher Körperbau, helles Haar, braune Augen, ovales Gesicht, gerade Nase.

Ljussja hatte sich die Decke über den Kopf gezogen, um die Schüsse und die grässlichen Schreie nicht zu hören, von denen ihr innerlich eiskalt wurde. Ein Mann mit nacktem Oberkörper, Pferdeschwanz und farbigen Tätowierungen auf den mächtigen Schultern mähte mit einer Maschinenpistole Kinder und Frauen nieder wie Gras. Seine Freundin, eine braune Schöne mit sonnengebleichten langen Haaren, erledigte mit einer Pistole die Übrigen, die sich verkriechen wollten. Das alles geschah an einem späten Abend in einer Raststätte irgendwo im Süden Amerikas, wo das ganze Jahr Sommer ist, riesige Kakteen wachsen und alle in Shorts rumlaufen.

Mama Isa erklärte, der Film sei goldrichtig, wahrhaftig und offen, ohne Rührseligkit. Seine Helden lebten nicht nach den verlogenen, faulen Gesetzen der sogenannten christlichen Moral, von denen längst jedem speiübel werde, sondern nach ihren ureigenen gesunden Instinkten. Darum seien sie so toll; ihnen gelinge alles, sie hätten immer Glück.

Ljussja erinnerte sich an jedes Wort von Mama Isa, verstand aber den Sinn nicht. Der Film über das Mörderpärchen lief in ihrem Kopf häufig ab, klar und deutlich. Am Ende gab es eine Szene, die Ljussja jedes Mal aufs Neue erschütterte.

Während des Blutbads in der Raststätte versteckt sich ein achtjähriger Junge in dem riesigen Kühlschrank in der Küche. Die Gangster wollen schon gehen, überprüfen aber noch einmal, ob wirklich alle tot sind, treten die Körper mit Füßen und reißen Witze. Der Mann dreht mit der Schuhspitze den Kopf eines dunkelhaarigen toten Mädchens um und sagt: »Hübsches Ding, kuck dir mal die Titten an!« Seine Freundin gibt ihm eine Ohrfeige, schießt dem toten Mädchen ins Gesicht und sagt: »Na los, fick sie!«

Neben dem Körper eines älteren, sehr dicken Mannes ruft der Mörder: »He, hier kriegen ja die Würmer einen Haufen tollen Speck zu fressen!«

Der Junge sitzt die ganze Zeit im Kühlschrank. Die Tränen auf seinen Wangen sind eiskalt, er kriegt keine Luft mehr und öffnet vorsichtig die Tür einen Spalt.

Das Pärchen bleibt auf der Schwelle noch einmal stehen, um sich zu küssen. Ihre Lippen kleben aneinander wie Gummisauger.

»Sitz still, bitte, bitte, sitz still!«, flehte Ljussja den Jungen an.

Aber er zittert so heftig, dass die Flaschen im Kühlschrank klirren, eine fällt auf den Fliesenboden. Die Gangster lösen sich voneinander, rennen in die Küche und reißen die Kühlschranktür auf. Die Frau droht dem Jungen mit dem Zeigefinger, lächelt freundlich, sagt: »Na, wer will denn hier Erwachsene reinlegen?« und schießt ihn in den Kopf.

Ljussja starb jedes Mal mit dem Jungen. Und hoffte bei jeder Vorführung, die Flasche werde nicht rausfallen, die Gangster würden das Lokal verlassen, in ihrem schmutzigen offenen Wagen davonrasen, und der Junge würde aus dem Kühlschrank klettern, den mondbeschienenen weißen Weg entlangrennen, seine Eltern treffen, die Besitzer des Cafés, die in Wirklichkeit nicht erschossen wurden, sondern nur verwundet, und alles würde gut ausgehen.

Es gab noch viele andere Filme, vermutlich noch schlimmere. Plumpe Ungeheuer mit Spinnenbeinen verschlangen Menschen, rissen ihnen die Köpfe ab, saugten die Augen aus; elegante Vampire schlugen ihre Reißzähne in die zarten Hälse schöner Frauen; halbverweste Leichen stiegen aus ihren Gräbern und bildeten eine gemächliche Prozession, die Arme ausgestreckt und die nassen, bleichen Münder offen. Hinter der gläsernen Mattscheibe krochen Würmer und Spinnen herum, wanden sich Schlangen, brachen krachend Knochen, zerplatzte Haut. Wie große rote Schneeflocken schwebten Fetzen von Menschenfleisch über einem explodierten Schulbus. Und jenseits davon, auf dem Teppich im gemütlichen Wohnzimmer des Vorstadthauses, saßen die adoptierten Zöglinge von Mama Isa, knabberten Pistazien und Sonnenblumenkerne und tranken Dosencola. Sieben Paar Augen blickten wie gebannt auf den Bildschirm.

Die Videothek füllte einen großen Bücherschrank und wurde ständig durch Neues ergänzt. Das Hauptkriterium für die Auswahl lautete: Nur keine Rührseligkeit. Folgte der Filmheld seinen gesunden Instinkten, war er ein Vorbild, er wurde bewundert und später imitiert, im Spiel wurde die Filmgeschichte weitererzählt. Erlaubte sich aber ein auf den ersten Blick guter Held Mitleid mit einem anderen oder spiegelte sein Gesicht auch nur einen Anflug von Gedanken, Trauer oder Zweifel, ja irgendeines menschlichen Gefühls, wurde er bestraft.

Zweimal im Monat, bei Vollmond, fand im geräumigen Keller des Hauses die Diskothek statt. Zuvor wurde eine lebensgroße Nachbildung des bloßgestellten Filmhelden angefertigt, meist eine große Plastikpuppe. Sie wurde geschminkt, mit dickem, leicht gesalzenem Kirschsaft gefüllt, und sämtliche Ritzen wurden sorgfältig mit Knete abgedichtet, damit der Saft nicht herausfloss. Die so präparierte Puppe wurde auf einen Zinktisch gelegt, auf den mit Ölfarbe ein Kreuz gemalt war. Die Teilnehmer der Zeremonie trugen schwarze Gewänder auf dem nackten Körper und Masken. Um halb zwölf wurde die Kellertür verriegelt; dicke Altarkerzen brannten, und es lief afrikanische rituelle Musik – Trommelwirbel und Schamanengeheul. Die verkleideten Jugendlichen tanzten um den Tisch herum und sangen die Schamanenflüche mit. Mit besonderen Dolchen wurde achtzehn Mal in die Puppe gestochen und der herauslaufende Saft mit einem besonderen Silberbecher aufgefangen, der herumgereicht wurde, damit jeder einen Schluck daraus trank. Dann wurden der Puppe Arme, Beine und Kopf abgerissen. Anschließend folgten andere Spiele.

Manchmal spielten sie Vampir, saugten sich gegenseitig am Hals, rollten über den Betonfußboden, dann wurden die Toten zu Zombies, knurrten, heulten, prügelten sich und betatschten einander. Zum Schluss rissen sich alle die Masken und Gewänder herunter, tanzten wie wild, sanken paarweise auf den nun mit einem schweren bestickten Tuch bedeckten Tisch, stöhnten und wanden sich.

Die beiden Erwachsenen, Mama Isa und Ruslan, waren bei jeder Diskothek anwesend. Mama Isa war Maman Brigitte, eine der Hauptgottheiten des Voodoo. Vor jedem neuen Akt des Spektakels knieten alle vor ihr nieder, beteten zu ihr und küssten ihr die Füße. Ruslan war Baron Samedi, der Anführer beim Ritual der Zerfleischung der Opferpuppe. Er stach achtzehn Mal mit dem Dolch in den Plastikkörper.

Alles, was im Keller gesagt und getan wurde, war streng geheim. Ljussja erschrak sogar, wenn sie nur davon träumte. Mama Isa sagte, der gute Loa und der böse Baka kontrollierten die Träume. Außerhalb des Kellers wurde niemals über die Diskotheken gesprochen. Am Morgen joggten alle im Wald und machten anschließend draußen Gymnastik. Bei jedem Wetter, selbst bei grimmigem Frost, schwammen sie im Pool. Dann gab es Frühstück. Nach dem Frühstück begann der Unterricht. Die Lehrer kamen ins Haus. Am Ende jedes Quartals legten Mama Isas Zöglinge in der Schule von Lobnja die obligaten Prüfungen ab und bekamen immer beste Noten. Ljussja wurde hin und wieder von Mama Isa unterrichtet, nach Lehrbüchern für die Hilfsschule. Manchmal übte Ruslan mit ihr kämpfen, aber anders als mit den anderen. Er rief sie zu sich ins Zimmer, schloss die Tür und sagte immer das Gleiche: »Na, dann will ich dir mal ein Paar Griffe zeigen, aber zieh dich aus, nackt ist es bequemer.«

Sie zog sich aus, sie war ein folgsames Mädchen und wollte nicht, dass er böse wurde. Er warf sie auf die Matte, als wäre sie eine Stoffpuppe. Der harte Filz kratzte auf der Haut. Ruslan flüsterte heiser immer wieder: »Still, ganz still …« Aber sie wollte gar nicht schreien. Nur anfangs tat es weh, beim allerersten Mal, später wartete sie mit stockendem Herzen darauf, dass er sie wieder zu sich rief, die Tür schloss und ihr befahl, sich auszuziehen.

Manchmal musste sie das Gleiche auch mit Tolik und Wowka tun, aber mit ihnen war es ganz anders. Danach war sie immer sehr erschöpft, denn gleich zwei auf einmal – das war schwer und peinlich. Mit Ruslan dagegen, das war richtige Liebe. Er brauchte Ljussja nur anzusehen, sie zu berühren, und ihr wurde ganz heiß. Sie schmolz süß und langsam dahin wie ein Stück Schokolade im Mund.

Sie schaute vorsichtig unter der Decke hervor und streichelte die Zellophanhülle der noch immer unangebrochenen Pralinenschachtel auf ihrem Nachttisch.

Fünfundzwanzigstes Kapitel

Die Zwilinge Ira und Sweta liefen die Twerskaja entlang und genossen ihr Spiegelbild in den Schaufenstern. Diesmal waren sie vollkommen gleich angezogen: Stretch-Minirock, T-Shirt mit Spaghettiträgern und Sandalen auf hohen, weichen Plateausohlen. Lautlos öffneten sich die Glastüren einer Einkaufsgalerie. Die Schwestern fuhren mit der Rolltreppe hinauf in die zweite Etage. Dort war es leer und kalt, die Klimaanlage lief auf Hochtouren, in den teuren Boutiquen langweilten sich Verkäuferinnen und Wachleute. Die Preise hier waren so hoch, dass selbst Nachlässe von sechzig Prozent keine Käufer anlockten. Hierher kam man nur zum Schauen, nur selten waren unter den normalen Neugierigen Verrückte, die bereit waren, fünfhundert Dollar für ein Baumwollshirt und tausend für ein zerknittertes Leinenjackett hinzublättern, genauer gesagt, für das Markenetikett, für ein paar Buchstaben auf einem winzigen Stück Futterseide.

»Stop«, sagte Ira, »hier ist es.«

In der auf antik getrimmten Boutique mit Gipsstuck und beigefarbenen Plüschsesseln stand kein Wachmann. In einer Ecke saß eine einsame junge Verkäuferin, über ein Buch gebeugt. Die Türglocke klingelte melodisch. Die Verkäuferin fuhr auf und riss sich von ihrem Liebesroman los.

»Guten Tag. Kann ich Ihnen behilflich sein?«

»Nein, danke.« Sweta lächelte.

»Wir haben gerade eine neue Kollektion hereinbekommen, sehen Sie, hier, ganz entzückende Abendkleider in hochmodischem Schnitt. Probieren Sie die doch mal an.«

Sie nahm mehrere Kleidungsstücke vom Ständer und begleitete die Schwestern zur Anprobekabine. Der schwere Vorhang wurde zugezogen, und die Verkäuferin kehrte an ihren Tisch, zu ihrem Buch zurück. Die Mädchen hatten sie an der aufregendsten Stelle unterbrochen, und sie hoffte, das Kapitel zu Ende lesen zu können, während die beiden sich im Spiegel betrachteten. Natürlich war Lesen am Arbeitsplatz streng untersagt, aber der Geschäftsführer war Mittag essen gegangen und der Wachmann eine rauchen – sie musste sich also keinen Zwang antun. Außerdem bedrängte man die Kunden lieber nicht. Sollten sich die Mädchen erst einmal ausgiebig bewundern, wer weiß, vielleicht kauften sie ja dann etwas. Sie sahen jedenfalls vielversprechend aus. Womöglich waren sie Fotomodelle, Models oder die Geliebten eines wohlhabenden Mannes.

Als Erste kam Sweta heraus, in einer silbrigen, netzartigen Tunika, betrachtete sich im riesigen Spiegel und bat die Verkäuferin nachzusehen, was da unter den Armen zwickte; dann erschien Ira in einem schwarzen Kleid mit entblößten Schultern und weit schwingendem Rock und verlangte einen Handspiegel, um zu sehen, wie es hinten saß. Anschließend verschwanden beide wieder und tauchten nach einer Weile in einem anderen Modell auf.

»Die bitte nicht wegräumen«, bat Sweta, »wir probieren sie noch mal an.«

Die Verkäuferin lächelte. »Aber gern.«

Nach zehn Minuten hatte sie das Gefühl, doppelt zu sehen, ihr war direkt ein wenig schwindlig vom ständigen Hin und Her der beiden vollkommen gleichen Gesichter. Die Zwillinge waren so quicklebendig und quirlig, dass die Verkäuferin kaum hinterherkam. Offenbar wollten die beiden Hübschen sämtliche Modelle in der Boutique anprobieren.

»Kuck mal, wie gefalle ich dir in diesem zerrissenen Strumpf?«, fragte Ira, als sie in einem langen, eng anliegenden Kleid aus himmelblauem Stretchsamt aus der Kabine schwebte. An den Hüften, auf dem Bauch und auf dem Rücken waren geometrische Löcher.

»Das ist von Chanel«, bemerkte die Verkäuferin leise, »aus der neuesten Kollektion. Dreiundvierzigtausend«, verkündete sie leise, mit gesenktem Kopf.

Sie arbeitete erst seit zwei Monaten in der Boutique und hatte sich noch nicht an die astronomischen Preise gewöhnt; sie schien sich zu genieren, diese Zahlen laut auszusprechen, als sage sie etwas Obszönes.

»Ganz schön teuer, fast zweitausend Dollar ...«, sagte Sweta gedehnt.

»Das ist schließlich Chanel, nicht wahr«, rechtfertigte sich die Verkäuferin und griff zum Taschenrechner, »tausendachthundertfünfzig nach aktuellem Kurs. Wenn Sie sich definitiv entscheiden, setze ich mich mit dem Geschäftsführer in Verbindung, wir könnten Ihnen einen Nachlass von zehn Prozent anbieten.«

»Vielleicht einigen wir uns auf tausendfünfhundert?«, fragte Sweta geschäftig.

»Ich versuchs.« Die Verkäuferin lächelte und wählte die Handynummer des Geschäftsführers. Er erlaubte ihr, das Chanel-Kleid für tausendfünfhundert Dollar zu verkaufen.

»Mir gefällt so selten mal was, und außerdem, es ist ja praktisch für uns beide ...«, rief Ira aus der Kabine.

»Wo ist hier eine Wechselstube?«, fragte Sweta, als ihre Schwester wieder herauskam.

Die Verkäuferin atmete erleichtert auf. Wenn sie das sündhaft teure Kleid tatsächlich verkaufen konnte, war der Tag erfolgreich gelaufen. Es war eine winzige Größe, nur für blutjunge, dürre Dinger gemacht, und gelinde gesagt ziemlich extravagant. Die Verkäuferin fürchtete, die Mädchen könnten es sich anders überlegen und verschwinden, und war bereit, auch Dollar anzunehmen, doch da kam eine unsympathische Dame mittleren Alters herein und mit ihr der Wachmann. Der Geschäftsführer schärfte der Verkäuferin jeden Morgen ein, dass sie auf gar keinen Fall Dollar annehmen dürfe, nur Rubel.

»Die Wechselstube ist im Erdgeschoss. Ich warte auf euch, Mädels.«

Die beiden lächelten und verließen die Boutique. Die Verkäuferin raffte den Kleiderhaufen aus der Kabine, konnte die Sachen aber nicht sofort wieder an ihren Platz hängen. Die neue Kundin verlangte hartnäckig nach Aufmerksamkeit. Die Verkäuferin wählte also erst einmal mehrere leichte Jacketts und Blusen für sie aus. Die Dame verschwand in der Kabine, kam aber gleich wieder heraus.

»Schauen Sie, hier hat jemand eine Tasche stehengelassen.«

Sie hielt eine kleine grellrote Tasche aus künstlichem Lackleder mit einer dicken Kette aus Goldimitat in der Hand. Die Verkäuferin überlegte, dass dieses billige Ding kaum den hübschen Zwillingen gehören konnte, außerdem waren die beiden vor ihren Augen mit weißen Ledertaschen in der Hand hinausgegangen. Vergebens versuchte sie sich zu erinnern, wer vor den beiden in der Kabine gewesen war. Besser, sie schaute in die Tasche – vielleicht enthielt sie Papiere, einen Ausweis, ein Notizbuch …

Die Verkäuferin nahm die Tasche in die Hand und öffnete den Schnappverschluss. Eine Explosion ließ auf der ganzen Etage Schaufensterscheiben und Spiegel zu Bruch gehen; fünfundvierzig Personen wurden verletzt, vier Personen getötet. Die drei, die sich unmittelbar am Ort der Explosion befunden hatten, wurden buchstäblich in Stücke gerissen. Im benachbarten Antiquitätengeschäft fiel ein riesiger Bronzeleuchter einem Kunden auf den Kopf; die Schädelverletzungen waren tödlich.

In dem kleinen Restaurant auf dem Kusnezki-Prospekt spielte leise Musik. Der bejahrte Pianist war vor einer Stunde zu dieser unüblichen Zeit mitten am Tag herbeibeordert worden, um für einen seltenen und hochgeschätzten Gast zu spielen. Das gewünschte Repertoire war klar: simple, gefühlvolle Schlager der Sechziger und ein bisschen Kriminellenfolklore.

Bevor der Gast erschien, untersuchten zwei seiner Leibwächter gründlich den Saal und die anderen Räume. Dann stieg er aus seinem gepanzerten Jeep – ein kleiner, hagerer, gebeugter Mann. Er atmete schwer und wischte sich mit einem Taschentuch den blassen, vollkommen kahlen Schädel. Auf seinen entblößten Armen mit dem dichten grauen Haarwuchs zeugten Narben von entfernten Tätowierungen. Freundlich begrüßte er alle, vom Oberkellner bis zum Garderobier, dem Pianisten drückte er sogar die Hand.

»Tja, Michalytsch, weißt du, mein Neffe aus Woronesh ist zu Besuch«, erklärte er dem Pianisten vertraulich, »mein Neffe Gena, der Sohn meiner Schwester Galina. Verwandtes Fleisch und Blut. In zwanzig Minuten ist er hier, dann tu mir den Gefallen und spiel, wenn er reinkommt, gleich den ›Violetten Nebel‹. Den mag er.«

»Kein Problem.« Der Pianist nickte und glitt mit den Fingern flink über die Tasten.

»Aber jetzt spiel mir erstmal ›Aus dem Kittchen von Odessa‹.«

Der Pianist spielte und sang. Er hatte einen weichen Bariton, nicht sehr kräftig, aber gefühlvoll.

Der siebzigjährige Wladimir Ponomarjow, in Kriminellenkreisen bekannt als Pnyrja, setzte sich in einen Sessel und schloss die Augen. Der Oberkellner und zwei weitere Kellner verharrten neben seinem Tisch; keiner wagte, den Gast zu stören.

Pnyrja wurde im Alter immer sentimentaler. Er sah sich alte sowjetische Filme an und weinte dabei; er hatte stets Kleingeld für Bettler in der Tasche, nötigte seinen Chauffeur, unterwegs anzuhalten, ließ die dunkel getönte gepanzerte Scheibe herunter und reichte die milde Gabe eigenhändig hinaus. Besonders rührten ihn die adretten, kultivierten alten Frauen, die selbstgefertigte Socken, Handschuhe und Spitzenkragen verkauften. Wenn er eine solche Handarbeitskünstlerin aus dem Fenster seines Jeeps entdeckte, gab er ihr schon mal hundert oder zweihundert Rubel, redete mit ihr, seufzte, nannte die alte Frau »Mütterchen« und zerdrückte häufig, zu häufig, eine Träne.

Außerdem hatte er sich neuerdings der Wohltätigkeit verschrieben, er erkundigte sich nach Kinderheimen, wählte eines für behinderte Waisenkinder aus und ließ teure Computer mit Spielkonsolen und Lernprogrammen dorthin bringen sowie drei Fernseher samt Videorecordern. Zweimal fuhr er persönlich hin, und eines der Begleitfahrzeuge im Konvoi war bis obenhin vollgestopft mit Kinderkleidung, Spielzeug und Süßigkeiten.

Kamerad, sei ein Freund und erzähl meiner Mutter,
ihr lieber Sohn ist gefallen im Krieg,
in der Hand einen Säbel und eine Granate,
auf den Lippen ein fröhliches Lied.

In klagendem Falsett sang Pnyrja laut und falsch mit. Tränen rannen ihm über die eingefallenen Wangen. Die Kellner warteten geduldig. Die kraftvollen Akkorde nach der letzten Strophe wurden von einem seltsamen dumpfen Krachen ganz in der Nähe begleitet.

»Was war das?«, fragte ein Kellner flüsternd den anderen. Der schaute finster drein und zuckte die Achseln. Pnyrjas Leibwächter wechselten besorgte Blicke. Auf das Krachen folgte Sirenengeheul.

»Kolja, schau mal raus, sieh nach, was da los ist.« Pnyrja runzelte die Stirn, nickte dem Pianisten freundlich zu und bat ihn mit einem Seufzen: »Und jetzt noch Wyssozki, ›Auf Kameradengräbern…‹ Kannst du das noch?«

Der Oberkellner nutzte die Unterbrechung und fragte, was denn der Gast essen wolle und was für seinen Neffen zubereitet werden solle.

»Das soll Gena selber sagen, wenn er kommt. Und ich esse mit ihm. Bring mir erst mal einen Saft.«

Der Pianist trank einen Schluck Mineralwasser, hustete sich frei, setzte einen Ton tiefer an und imitierte die brüchige, heisere Stimme des berühmten Barden. Pnyrja schloss erneut die Augen, doch diesmal konnte er das Lied nicht zu Ende anhören. Der Leibwächter Kolja kam zurück und teilte mit, in der Einkaufsgalerie auf dem Puschkinplatz habe es eine Explosion gegeben.

»Ein kleiner Scherz der Tschetschenen«, sagte Pnyrja gutmütig, lief jedoch plötzlich rot an, sprang so heftig auf, dass er den Stuhl umschleuderte, packte Kolja am Revers, sah ihn von unten herauf an und flüsterte: »Dort ist Gena!«

Im ersten Augenblick reagierte niemand, Kolja warf einen verwirrten Blick zu Sewa, dem zweiten Leibwächter, doch der zuckte nur verständnislos die Achseln.

»Gena, mein Neffe, ist einkaufen gegangen! Und wo soll er schon sein, wenn nicht in der Galerie am Puschkinplatz! Die hab ich ihm doch selber empfohlen! Ich wollte mitgehen, aber es ist so furchtbar heiß, und ich kann Geschäfte nicht ausstehen. Aber ich wollte eigentlich mit. Ja, das wollte ich, doch dann war ich zu faul und hab ihn allein losgeschickt…«

»Aber da gibts zwei Galerien«, bemerkte der Oberkellner vorsichtig und stellte ein hohes Glas mit eiskaltem Orangensaft auf den Tisch. »Es ist ja noch gar nicht raus, in welcher der beiden die Explosion stattgefunden hat und wo sich Ihr Neffe zu der Zeit befand.«

»Ruf an! Sie sollen je zwei Notarztwagen in jede Galerie schicken!«

Der Kellner wählte die 03 und erfuhr, dass bereits mehrere Teams zum Ort der Explosion unterwegs waren.

»Zu spät«, murmelte Pnyrja und erstarrte mitten im Saal, verwirrt und hilflos um sich blickend. Seine Hände zitterten. Er wirkte wie ein kläglicher, zu Tode erschrockener kranker Greis. So hatte ihn niemand je gesehen, und das schickte sich auch nicht. Alle Anwesenden wandten sich verlegen ab.

Die Grausamkeit und Hinterhältigkeit des alten Kriminellen waren legendär. Seine Sentimentalität täuschte niemanden. Er konnte über eine bettelarme Oma Tränen vergießen, an Waisenkinder Schokolade verteilen, und zur gleichen Zeit montierte ein Profikiller auf seinen Befehl einen Sprengsatz an ein Auto, mit dem die Familie eines starrköpfigen Geschäftsmannes, der sich weigerte, einen bestimmten Prozentsatz seines Gewinns an Seine Hoheit Pnyrja zu entrichten, auf die Datscha fahren wollte. Es hieß, Leuten, die nicht auf seine Bedingungen eingingen oder ihm im Wege waren, löse er persönlich die Zunge. Entblößte Stromkabel, heiße Bügeleisen, Nadeln unter die Fingernägel – auf solche Dinge verstand sich Pnyrja, und er liebte sie. Die Verhöre in einem Betonbunker bei Moskau waren laut Augenzeugenberichten von besonderer, geradezu pathologischer Raffinesse.

Als Erster kam der Pianist zu sich. Er stand auf, ging zu dem Alten und legte ihm den Arm um die Schultern.

»He, nicht doch!«, sprach er Pnyrja an und sah ihm in die Augen. »Es ist gar nicht gesagt, dass er da war. Das ist nicht gesagt, hörst du?«

»Ich fühle es«, krächzte Pnyrja, »ich hänge zu sehr an ihm, ich liebe ihn zu sehr, ich hab doch keine eigenen.«

»Nun beerdige ihn nicht schon vor der Zeit!« Der Pianist schüttelte den Kopf. »Schick die Jungs hin, sie sollen sich erkundigen. Hat er ein Handy dabei?«

»Ja, hat er, und die Jungs schick ich auch hin. Aber es ist ohnehin alles klar, ich fühle es. Die Explosion war kein Zufall. Die galt mir.«

»Wer sollte denn…?«, fragte der Pianist flüsternd.

»Da kommen viele in Frage.«

»Wer wusste, dass du in die Einkaufsgalerie wolltest?«, erkundigte sich der Pianist. »Denk nach – wer hat das gehört, weiß aber nicht, dass du nicht mitgegangen bist?«

»Prima, Michalytsch!« Pnyrja richtete sich auf, seine tiefliegenden Augen bekamen einen bedrohlichen trockenen Glanz, er griff nach dem Handy auf dem Tisch, und während er eine Nummer wählte, fuhr er die Leibwächter an: »He, was steht ihr da wie angewurzelt? Sewa, du gehst dorthin, und du, Kolja, überprüfst den Wagen und siehst dir hier alles noch einmal genau an. Und ruf sofort Pjotr her.«

»Aber...« Der Leibwächter zwinkerte verwirrt. »Pjotr ist in Spanien, im Urlaub. Er ist erst gestern geflogen.«

»Er soll zurückkommen!«, brüllte Pnyrja so laut, dass das Geschirr klirrte. »Dass er mir heute Abend hier ist!«

Das Handy des Neffen war abgeschaltet. Dafür meldete sich Pnyrjas Sicherheitschef Pjotr sofort. Der Leibwächter übergab Pnyrja den Hörer. Nach den Hintergrundgeräuschen zu urteilen, war Pjotr gerade am Strand.

»In Ordnung, ich nehme den nächsten Flug«, antwortete er widerspruchslos und ohne Fragen zu stellen.

Pnyrja warf das Telefon auf den Tisch und sah zur Uhr. Jetzt, in dieser Minute, sollte sein Neffe zum Essen im Restaurant sein. Pnyrja trank seinen Orangensaft in einem Zug aus. Er wünschte, er hätte seine verfluchte Intuition abschalten können, aber Jahrzehnte eines Kriminellenlebens mit Haftstrafen, Hungerstreiks bis zu vierzig Tagen, Schießereien, Verrat, Bergen von Leichen Verbündeter und Gegner gehen an niemandem spurlos vorüber.

Ein paar Minuten später quietschten draußen Bremsen. Zwei muskelbepackte junge Männer stürmten herein. Ihre Gesichter und ihre weißen Hemden waren dunkel von Blut und Ruß.

Während der Explosion hatten die beiden Leibwächter, denen das kostbare Leben von Pnyrjas Neffen Gena anvertraut war, in einer Bar der Galerie Bier getrunken. Gena hatte sie weggeschickt – die Fürsorge seines Onkels genierte ihn.

»Macht mal Pause, Jungs«, hatte er im Antiquitätengeschäft zu ihnen gesagt, zehn Minuten vor der Explosion.

»Hier ist kein Mensch, und überhaupt – wer soll was von mir wollen?«

Der bescheidene Ingenieur aus Woronesh wollte seiner schönen jungen Frau eine Freude machen und ihr etwas Echtes, Antikes aus Moskau mitbringen. Sein Onkel hatte ihm einen Haufen Geld für Einkäufe in die Hand gedrückt. Gena wollte ganz in Ruhe, ohne Hast ein Schmuckstück für seine Frau aussuchen – eine komplizierte, ja intime Angelegenheit. Und mit den Jungs ständig im Rücken konnte er sich nicht richtig konzentrieren.

»In der dritten Etage ist eine Bar, trinkt ein kühles Bier«, hatte er zu den Leibwächtern gesagt.

Die beiden waren sofort nach der Explosion zu Gena geeilt. Ringsum herrschten Panik, Geschrei und Qualm. Starrsinnig versuchten sie es mit künstlicher Beatmung, als ginge es um ihr eigenes Leben. Aber es war zu spät.

Als Pnyrja Genas Leibwächter kommen sah, sagte er kein Wort. Er barg seinen kahlen Kopf in den Händen und jaulte leise auf wie ein geprügelter Hund.

Die Schwestern bogen sich vor Lachen. Sie versuchten sich zu beruhigen, aber sobald sie sich ansahen, überkam sie eine neue Lachwelle. Sie liefen die Bolschaja-Bronnaja-Straße entlang und klammerten sich aneinander, um nicht hinzufallen.

An den Patriarchenteichen verschnauften sie. Am oberen Ende des Boulevards war ein Stand, an dem gegrillte Würstchen mit Pommes verkauft wurden. Daneben stand ein einzelner Tisch. Die Sonnenseite war wenig belebt, in der Nähe des Imbissstands saß lediglich ein älterer Mann auf einer Bank und las Zeitung.

Sie bestellten Würstchen, kauften sich zwei Dosen Cola, ließen sich gleichzeitig auf die erhitzten Plastikstühle fallen, zogen die gleiche Grimasse und stöhnten, öffneten die Dosen mit der warmen Cola und setzten sie an die Lippen. Sweta warf eine Schachtel Zigaretten auf den Tisch.

»Ira, gib mir mal dein Ronson, mein Zippo ist leer.«

»So schnell? Warum füllst du es nicht nach?«

Ira kramte in ihrer Tasche nach dem Feuerzeug.

»Ich schätze, du hast es schon verloren«, spottete Sweta und sah zu, wie ihre Schwester Kosmetiktäschchen, Haarbürste, K.-o.-Spray, eine leere Parfümflasche, eine zusammengeknüllte Chipstüte, mehrere leere Plastiktüten und eine noch verpackte Strumpfhose hervorholte. »Na, ist es weg? So ein tolles Feuerzeug – wenn man dir schon mal was Teures kauft! Ach, das Muttchen winkt schon, unsere Würstchen sind fertig.«

Sweta bedachte die Schwester mit einem nachsichtigen, zärtlichen Lächeln, erstarrte aber plötzlich und runzelte die Stirn. Aus der Tasche lugte hellblauer, seidiger Samt. »Bist du total durchgeknallt?«, fragte sie nur mit den Lippen.

»Ach, Sweta, es wär doch schade drum gewesen.« Ira zwinkerte ihr mit einem schuldbewussten Achselzucken zu. »Es ist so schön, und es steht mir, und dir auch. So was könnten wir uns doch im Leben nicht leisten, tausendfünfhundert Dollar … Es wär sowieso hin gewesen … He, Sweta, was hast du denn? Wir haben doch echt nichts zum Ausgehen.«

»Ausgehen – wohin denn? Überleg dir, was du sagst! Steck es in eine Tüte und schmeiß es weg.«

»Auf keinen Fall!« Ira schüttelte den Kopf.

»He, Mädels, holt ihr nun eure Würstchen oder was?«, rief die Verkäuferin.

»Ja doch!«, blaffte Sweta, sah ihre Schwester noch einmal drohend an und ging zum Stand.

Als sie zurückkam, hatte Ira ihre Tasche fest umklammert und schaute die Schwester ergeben an.

Schweigend versuchten sie die dicke rosa Würstchenhaut mit der Gabel zu zerteilen, legten schließlich die Gabeln beiseite und aßen mit den Händen. Sie waren sehr hungrig, stopften sich gierig den Mund voll und beschmierten sich mit Ketchup. Als Ira das Brot herunterfiel, hob sie es vom Asphalt auf und aß es.

Der dicke Mann auf der Bank beobachtete sie voller Neugier. Die hübschen Zwillinge waren ihm gleich aufgefallen, und er staunte nicht schlecht, als er sie essen sah wie hungrige Straßenkinder.

Nachdem die beiden in Windeseile Würstchen und Pommes verputzt hatten, lehnten sie sich zufrieden zurück und zündeten sich eine Zigarette an.

»Hör mal, Sweta, ich werf es nicht weg, ja?«, sagte Ira mit weinerlicher Stimme. »Das bring ich einfach nicht fertig!

»Doch!« Sweta schüttelte energisch ihr Haar. »Vergiss dieses Kleid. So ein Risiko dürfen wir nicht eingehen.«

»Aber Sweta«, schluchzte Ira, »es ist doch keiner mehr da. Wer sollte das erfahren? Ich will ja damit gar nicht durch Moskau spazieren, ich weiß schon ...«

»Wie klug von dir«, spottete Sweta. »Und was willst du damit, wenn du es sowieso nirgends anziehen kannst?«

»Ich wills eben haben! Eine Frau sollte wenigstens ein Chanel-Kleid besitzen, sonst ist sie keine richtige Frau.« Ira schniefte, Tränen traten ihr in die Augen. »Echt mal, Sweta, das haben wir uns verdient, so ein Kleid, eins für uns beide. Wir können es zu Hause anziehen, nur, wenn keiner da ist, uns einfach im Spiegel bewundern. Nun schau es dir doch mal an!« Sie drückte ihre Zigarette aus, öffnete ihre Tasche und zog behutsam das himmelblaue, schwerelose, seidigsamtige Wunder heraus, streichelte zärtlich den Stoff und hielt ihn sich an die Wange.

»Pack das sofort weg!«, verlangte Sweta streng.

Ira steckte das Kleid folgsam wieder weg und richtete ihren klagenden, flehenden Blick wie hypnotisierend auf die Schwester.

»Na schön, hör auf zu jammern«, sagte Sweta nach einer langen Pause seufzend. »Behalt es eben, ist ja wirklich schade, so was Schönes wegzuwerfen. Aber wehe, du ziehst es bei uns an. Irgendwer petzt das sofort Mama Isa, und was dann los ist, weißt du selber.«

»Hältst du mich für total bescheuert?« Ira kicherte froh.

Der Dicke auf der Bank, den Blick weiterhin auf die Zeitung gerichtet, lauschte dem Gespräch der beiden und freute sich über die Abwechslung. Von den skandalösen Enthüllungen über einen hohen Staatsbeamten, drei fette Spalten, bezahlt vom Rivalen des Entlarvten, wurde ihm bloß übel. Borodin hatte sich schon so oft geschworen, keine Zeitung mehr zu lesen, kaufte aber auf dem Weg zur Arbeit jeden Morgen wieder eine Portion Presseerzeugnisse und verschlang angewidert Zeile für Zeile, sich vor sich selbst damit rechtfertigend, dass er über die aktuellen politischen Ereignisse auf dem Laufenden sein müsse.

»Ich werds gut verstecken – das findet keine Ratte.« Ira schnäuzte sich in die Serviette. »Und wenn alles vorbei ist, wirst du mir dankbar sein, wer weiß, was wir noch vor uns haben – dann besitzen wir wenigstens ein anständiges Kleid.«

»Aber wenn sie uns erwischen, können wir was erleben!« Sweta lachte nervös.

»Sei still, du Nervensäge!« Ira hielt ihrer Schwester den Mund zu. »Denk lieber daran, dass wir nicht mehr lange aushalten müssen. Und dann fängt das wahre Leben an.«

»Das kann ich nicht.« Sweta stieß Iras Hand von sich und schüttelte den Kopf. »Ich hab Angst, Ira, ich hab die ganze Zeit Angst, und du auch …«

»Ja, ja, na und? Hör mal – vielleicht verduften wir gleich dorthin?«

Sweta schüttelte wortlos den Kopf und tippte sich an die Stirn.

Borodin, ganz darauf konzentriert, das Gehörte zu verdauen, bemerkte nicht, dass sich eine elegante schlanke Dame zu ihm setzte. Er nahm sie erst wahr, als sie leise sagte: »Guten Tag, Ilja. Entschuldigen Sie, ich bin ein bisschen zu spät, ich habe Sie bei dieser Hitze warten lassen.«

»Guten Tag, Jewgenija!« Er lächelte, stand rasch auf, griff nach ihrer Hand und wollte sie küssen, konnte sich aber wie immer nicht dazu entschließen und beschränkte sich auf einen nüchternen Händedruck.

»Ich habe jede Menge Informationen«, sagte Jewgenija Rudenko. »Es klingt vielleicht total verrückt, aber ich glaube, ich weiß den Namen des Mörders.«

»Was Sie nicht sagen!« Borodin lächelte erfreut, aber irgendwie abwesend, und Doktor Rudenko war ein wenig gekränkt.

»Er heißt Ruslan. Mit großer Wahrscheinlichkeit gehört er zu einer Art satanistischer Sekte mit einer wilden Mischung aus Vampiren, Hexen und Voodoo-Gottheiten.«

»Wieso denn nicht?«, versuchte Ira indessen ihre Schwester zu überreden. »Sag bloß, du möchtest nicht gern sehen, was da jetzt los ist? Komm schon, Sweta! Nur ganz kurz! Wir gehen einfach dran vorbei, auf der anderen Straßenseite.«

»Hör auf.« Sweta sah auf die Uhr. »Schluss jetzt, wir müssen. Unser Zug geht in einer Stunde.«

»Och, Sweta, komm mit, ja?« Ira sprang so heftig auf, dass ihr die Tasche vom Schoß fiel.

»Bleib stehen, du Unglücksrabe!«, stöhnte Sweta und rannte der Schwester hinterher.

Borodin sah ihnen besorgt nach, packte Jewgenijas Hand und murmelte: »Kommen Sie, wir gehen ein bisschen spazieren, wir reden unterwegs.« Er wollte unbedingt wissen, wohin die Zwillinge liefen.

»Ilja, haben Sie überhaupt gehört, was ich gesagt habe?«

»Ich habe Ihnen aufmerksam zugehört. Sie sagten, er heißt Ruslan, und dann noch etwas von Vampiren, Hexen und Voodoo.«

»Ich weiß, das klingt total verrückt, aber ich habe gleich nach dem Gespräch mit Ljussja alles aufgeschrieben, das müssen Sie unbedingt lesen.«

»Ja, natürlich … Danke …«

Er rannte fast, Jewgenija kam kaum hinterher.

»Warum rennen Sie denn so, wir wollten doch nur spazieren gehen.«

»Reine Gewohnheit, ich laufe gern.« Er nahm ihren Arm. »Nur noch bis zum Puschkinplatz, dann gehen wir gemächlich.«

»Was ist denn los auf dem Puschkinplatz?«

»Ich hoffe, nichts.«

Sechsundzwanzigstes Kapitel

»Die Datscha von Solodkin ist klasse«, sagte Sweta plötzlich mitten im Lauf. »Wie gefällt dir eigentlich seine Frau?«

»Gar nicht. Er kriegt sie sowieso früher oder später an die Nadel.«

»Sag mal, ist Ljussja wirklich seine Tochter?«

»Na klar. Erstens sieht sie ihm echt ähnlich, und zweitens kommt er schließlich nicht wegen uns mit seiner Videokamera ins Heim. Idioten haben überhaupt immer Glück, und Missgeburten und Debile besonders. Ist dir das noch nie aufgefallen?« Ira lachte laut, ließ ihre Augen hervorquellen, zog die Lippen auseinander, drückte mit einem Finger ihre Nase platt und sah für einen Moment ein bisschen aus wie Ljussja.

»Warum nimmt er sie dann nicht zu sich? Und wieso ist er erst jetzt aufgetaucht?«

»Ein plötzlicher Anfall von Vatergefühlen, schlechtes Gewissen, vielleicht hat er auch nur einen Knacks weg von den Drogen. Weiß der Geier.« Ira winkte ab. »Ich begreife überhaupt nicht, warum es solche wie Ljussja überhaupt gibt auf der Welt.«

Dasselbe hatte sie vor sieben Jahren gesagt, als sie und Sweta in das Heim gekommen waren und Ljussa zum ersten Mal gesehen hatten – ein gedrungenes, dickes Mädchen mit flachem Gesicht und dümmlichen runden Augen. Sie lächelte die ganze Zeit und wollte allen gefallen und mit allen befreundet sein. An die Zwillinge hängte sie sich ganz besonders, sie folgte ihnen auf Schritt und Tritt, nervte sie mit Geschichten über ihre Tante, die Zauberin, die in flauschigen Wollknäueln märchenhafte Schätze aufbewahrte, Goldmünzen und Edelsteine. Die Zwillinge mussten die Idiotin wie eine Schwester behandeln. Sie durften sie nicht ärgern, sonst wurden sie womöglich in den Karzer gesperrt, einen feuchten dunklen Keller unterm Schuppen.

Aber Ljussja musste man einfach ärgern. Sie strömte die besondere, unvergleichliche, verlockende süße Aura des Opfers aus. Kann sich etwa ein Hai beherrschen, wenn er Blut wittert? Kann ein Jagdhund darauf verzichten, angeschossenes Wild zu verfolgen?

Mit dreizehn war Ljussja noch hässlicher geworden, ihr Gesicht war voller Pubertätspickel. Die Schwestern bogen sich insgeheim vor Lachen, wenn Ljussja vorm Spiegel stand, endlos ihre Pickel mit irgendeiner Salbe eincremte und sich an ihren kläglichen dünnen Haaren zu schaffen machte.

Die Schwestern hatten zum sechzehnten Geburtstag eine Flasche teuren französischen Haarbalsam geschenkt bekommen. Eines Tages beobachteten sie Ljussja, wie sie ihn heimlich benutzte. Hätte sie gefragt, würden sie es ihr vielleicht erlaubt haben, aber sie genierte sich, und das war widerlich. Die Schwestern opferten ein bisschen Geld, kauften eine Tube duftendes französisches Enthaarungsgel (»entfernt unerwünschten Haarwuchs sanft und effektiv«), füllten den Haarbalsam in ein Mayonnaiseglas um und das Enthaarungsgel in die Balsamflasche.

Sie bemühten sich, Ljussja nicht anzusehen, als sie mit einem Handtuch um den Kopf aus der Dusche kam. Sie platzten fast vor Lachen und husteten heiser, als hätten sie Bronchitis. Am schlimmsten war der Augenblick, als Ljussja das Handtuch abwickelte und ihren kläglichen Flaum kämmte. Die Schwestern fürchteten, an ihrem Lachen zu ersticken.

Ganze Haarbüschel blieben in der Bürste und an Ljussjas Händen hängen, fielen ihr auf die Schultern. Mit zitternden Fingern tastete Ljussja ihren Kopf ab, bekam immer mehr ausgeätzte Haarbüschel zu fassen und betrachtete sie erschüttert.

Das französische Gel erwies sich allerdings als nicht sehr effektiv. Ljussja war nur stellenweise kahl, als hätte sie die Räude. Genau diese Diagnose stellte Sweta, als sie, hustend und unter Tränen, die hysterisch brüllende Ljussja mütterlich tröstete.

»Ach, unser armer Unglücksrabe! Siehst du, sogar ich heule, so leid tut es mir um deine schönen Haare! Ira heult auch. Was machen wir denn jetzt? Wir haben dich ja gewarnt, du sollst keine streunenden Katzen anfassen«, sagte sie, während sie die an verbranntes Werg erinnernden Haare von dem Schränkchen unterm Spiegel auf ein Kehrblech fegte. »Du hast bestimmt auch uns angesteckt, alle hier im Haus. Man darf nicht nur an sich denken, Ljussja.«

Erst ein paar Stunden später konnten sie ihrem Lachen freien Lauf lassen, als man die zitternde, bleiche Ljussja in die Krankenstation gesteckt und sie beide nach Lobnja geschickt hatte, die Feldscherin holen. Es war elf Uhr abends, eiskalt, und es regnete in Strömen. Sie liefen zusammen unter einem Schirm, tauchten genüsslich in die aufkommenden Lachwellen und waren davon vollkommen erschöpft, als sie bei der Feldscherin anlangten.

Sie holten die Feldscherin aus dem Bett und erzählten ihr mit Tränen in den Augen, dass ihrer lieben Schwester ein Unglück zugestoßen sei. Ira hatte einen Schluckauf, und die Alte ließ sie ein Glas Wasser in einem Zug austrinken.

Natürlich stellte die Feldscherin bei Ljussja keine Räude fest, und als sie hörte, dass die Haare nach Benutzung eines ausländischen Pflegebalsams ausgefallen waren, hielt sie einen Vortrag über die Schädlichkeit ausländischer Kosmetika. Damit die Haare schneller wieder wuchsen, empfahl sie Ljussja, den Kopf mit geriebener roher Zwiebel einzureiben.

Ljussja befolgte den Rat. Die Haare wuchsen rasch nach, aber noch schneller wuchs der Hass der Heimbewohner. Die Kinder hielten sich demonstrativ die Nase zu oder deuteten Brechreiz an, sobald Ljussja den Klassenraum, das Esszimmer oder das Spielzimmer betrat. Der Spitzname »Stinktier« wurde nur geflüstert, wenn kein Erwachsener in der Nähe war. Die Heimordnung verbot Schimpfworte, also erklärten die Kinder höflich, das Mädchen röche sehr schlecht, man halte es in ihrer Nähe nicht aus. Die starken Kinder brauchten ein Opfer, und die Erwachsenen erlaubten ihren Zöglingen, sich ein wenig auszutoben. Allerdings achteten sie strikt darauf, dass sie nicht zu weit gingen, und als Ljussja erste Anzeichen einer reaktiven Psychose erkennen ließ, bat man sie freundlich, auf die Zwiebelbehandlung zu verzichten, denn den anderen missfalle ihr Geruch. Sie entschuldigte sich stürmisch, stahl aber weiterhin Zwiebeln aus der Küche.

Hin und wieder wurde Ljussja von ihrer Tante Lilja Kolomejez besucht. Dann sprang sie schwerfällig wie ein Bär herum, umarmte und küsste die Tante unablässig und rannte mit dem Schrei »Meine Tante Lilja ist da! Meine liebe, gute Tante!« durchs ganze Haus.

Als Tante Lilja eine Woche nach der Enthaarungsgeschichte ihre unglückliche Nichte besuchte, schlug sie gewaltig Krach, ließ Ljussja ihre Sachen packen und verhörte nacheinander alle im Haus, fragte jeden: »Wer hat das getan?«

Mama Isa bat Lilja zu sich ins Büro, hinter verschlossenen Türen redeten sie eine halbe Stunde miteinander, und anschließend verließ die Tante das Haus zusammen mit Ljussja. Nach zehn Tagen kam Ljussja zurück, mit kurzgeschnittenem Haar und weniger Pickeln. Von da an holte die Tante sie ziemlich oft zu sich, fast jedes Wochenende.

Die Zwillinge kochten innerlich, wenn sie sahen, welchen Wind die Erwachsenen um diese Missgeburt machten. Sie hätten ihr halbes Leben dafür gegeben, wenn sie eine solche Tante gehabt hätten und wenigstens hin und wieder von

Mama Isa weggekommen wären. Aber das gestanden sie niemandem, nicht einmal einander.

Eines Tages kam in einem Mercedes eine schicke ältere Dame voller Brillanten angerauscht. Angeblich eine Sponsorin. Sie wollte als Erstes die kleine Idiotin kennenlernen, als gäbe es bei Mama Isa keine anderen Kinder. Danach tauchte dieser komische Solodkin auf. Er quatschte was von wegen Film und filmte alles, was er sah, Szenen aus dem Familienleben des Kinderheims. Seine Hände zitterten so heftig, dass man um die teure Videokamera fürchten musste. Und auch er hing wie eine Klette an Ljussja, redete mit ihr und strich ihr über den Kopf. Und für sie, die hübschen, klugen Zwillinge, interessierte sich kein Mensch.

Auf dem Puschkinplatz angekommen, blieben sie vor McDonald's stehen. Gegenüber, rechts vom Puschkindenkmal, hatte die Miliz die Straße abgesperrt; Feuerwehr und Notarztwagen standen da.

»Und, hast du genug gesehen?«, fragte Sweta. »Schluss jetzt, ab in die Metro.« Sie zog ihre Schwester am Arm.

»He, geil, oder?«, rief Ira fröhlich, und die beiden verschwanden in der Metro.

Borodin trat zu einem Milizionär an der Absperrung, zeigte seinen Dienstausweis und fragte, was los sei.

»In einem Geschäft in der Galerie ist ein Sprengsatz explodiert«, erklärte der junge Sergeant.

Borodin schaute sich verwirrt um, als suche er in der Menge nach jemandem.

»Ilja«, flüsterte Jewgenija ihm ins Ohr, »glauben Sie, die beiden Mädchen, die Zwillinge, hätten etwas mit der Bombe zu tun? Wir sind doch den beiden hinterhergerannt, oder?«

»Ich weiß es nicht. Ich habe ihr Gespräch mit angehört. Sie haben unsere legendäre ›Mama Isa‹ erwähnt und noch so einiges. Ich weiß nicht, mir schwirrt der Kopf.«

»Vielleicht haben Sie sich die ›Mama Isa‹ nur eingebildet? Sie denken die ganze Zeit daran …«

»Ich muss mit jemandem von der Einsatzgruppe sprechen. Warten Sie bitte auf der Bank vorm Denkmal auf mich, es dauert nicht lange.«

In der Einkaufsgalerie waren Spurensicherer vom FSB zugange. Borodin entdeckte sofort einen Bekannten, Oberstleutnant Swiridow, einen hochgewachsenen, attraktiven Grauhaarigen mit schwarzen Augenbrauen und Schnurrbart.

»Ilja, was machen Sie denn hier?«, fragte Swiridow erstaunt.

»Sagen Sie bitte, geschah die Explosion in einem Geschäft für exklusive Damenkleidung?«

»Ja, aber woher wissen Sie das?«

»Ist noch jemand von den Mitarbeitern der Galerie da?«

»In der zweiten Etage machen ein paar Leute ihre Aussagen. Aber erklären Sie mir doch, worum es geht, Ilja.«

»Später, Fjodor, später. Erst muss ich mit den Zeugen sprechen. Ist ein Mitarbeiter des Geschäfts dabei, in dem die Explosion stattfand?«

»Der Geschäftsführer. Er war zu der Zeit gerade essen.«

»Ausgezeichnet!«

Der Oberstleutnant brachte Borodin zu einem Tisch in der Bar im zweiten Geschoss, verschwand wieder und kam nach ein paar Minuten mit einem blassen jungen Mann in einem teuren hellen Anzug zurück.

»Ich hab doch schon alles erzählt«, sagte der junge Mann heiser, langte in seine Tasche und holte eine zerknautschte Schachtel Parlament hervor. Seine Hände zitterten, auf seiner Stirn glänzten Schweißperlen. »Ich kann nicht länger hierbleiben, mir ist schlecht. Der ganze Stress …«

»Mein Kollege möchte Ihnen nur ein paar Fragen stellen, dann können Sie nach Hause gehen«, beruhigte ihn der Oberstleutnant.

»Sagen Sie, wurden in Ihrem Geschäft Abendkleider von Chanel verkauft?«

Der junge Mann hustete heftig, Tränen spritzten ihm aus den Augen, er drückte die Zigarette aus, schnäuzte sich lautstark in ein Papiertaschentuch und sagte mit brüchiger, unglücklicher Stimme: »Ja, wir haben vor kurzem eine neue Kollektion hereinbekommen. Wieso?«

»Handelte es sich wirklich um Chanel?« Erstaunt registrierte Borodin, dass die Augen des Geschäftsführers unruhig umherhuschten und er häufig zwinkerte.

»Was soll die Frage?« Der junge Mann wollte eine neue Zigarette hervorholen, bekam sie aber nicht richtig zu fassen und schleuderte die Schachtel so energisch von sich, dass sie zu Boden fiel, beugte sich hinunter, um sie aufzuheben, und stieß sich beim Aufrichten heftig den Kopf an der Tischkante.

»Warum sind Sie so nervös?«, fragte der Oberstleutnant sanft.

»Wären Sie an meiner Stelle etwa nicht nervös?« Der Geschäftsführer lachte böse. »Mich hat nur ein Wunder gerettet, ich hätte ebenso gut während der Explosion im Geschäft sein können. Jawohl! Vielleicht galt der Anschlag ja überhaupt mir – Sie haben keine Ahnung, wie hart die Konkurrenz bei uns ist!«

Swiridow schüttelte den Kopf. »Aber darüber haben wir doch schon gesprochen, Eduard. Das war kein geplanter Auftragsmord, das war ein Terroranschlag.«

»Ich an Ihrer Stelle würde mich freuen, dass ich noch lebe«, bemerkte Borodin. »Also, waren es nun echte Chanel-Modelle? Direkt aus Paris?«

»Ich begreife nicht, was das mit dem Anschlag zu tun hat.«

»Na schön.« Borodin seufzte. »Die Herkunft der Kleider interessiert mich in der Tat nicht sonderlich. Ob Sie die Sachen aus Paris bekommen haben, aus Peking, aus Hongkong oder aus der Konfektionsfabrik ›Roter Proletarier‹ ist mir herzlich egal. Jedenfalls waren Chanel-Labels drin, ja?«

»Ja doch, ja«, rief der Geschäftsführer verärgert.

»Sehr schön.« Borodin nickte befriedigt. »Nun seien Sie doch nicht so nervös. Erinnern Sie sich vielleicht, ob ein Kleid aus himmelblauem dünnem Samt dabei war?«

Der Geschäftsführer schwieg eine Weile und starrte mit glasigen Augen vor sich hin, bevor er langsam und beinahe ruhig sagte: »Seien Sie so gut und erklären Sie mir bitte, was ein blaues Samtkleid mit der Explosion zu tun hat. Was soll die blöde Fragerei?«

»Herr Radtschenko, mäßigen Sie sich bitte.« Der Oberstleutnant zog drohend die kohlschwarzen Brauen zusammen. »Und antworten Sie klar und deutlich. Also – enthielt die Kollektion ein blaues Samtkleid?«

»Das kann ich schwer sagen«, erwiderte der Geschäftsführer und machte ein hochmütiges Gesicht, aber seine Hände zitterten immer stärker.

»Darf ich fragen, warum? Sie erinnern sich nicht genau an die einzelnen Teile der Kollektion?«

»Ich verstehe wirklich nicht, warum Sie sich an solchen Kleinigkeiten festhaken.« Radtschenko presste die Lippen zusammen und schaute beiseite. »Was haben Sie nur mit diesem Kleid?«

»Wir haken deshalb so nach, weil Sie, Herr Geschäftsführer, der Antwort ausweichen.« Borodin lächelte freundlich. »Die Frage ist wirklich ohne besonderen Belang, aber Sie reagieren darauf so heftig, und das weckt natürlich unser Interesse.«

Dem Gesicht des Geschäftsführers mit den farblosen Augenbrauen und den unangenehm schmalen Lippen war anzusehen, welche komplizierten Prozesse in seinem Kopf abliefen. Es kostete ihn gewaltige Anstrengung, sich zu beruhigen und in normalem Ton leise zu sagen: »Ich kann Ihnen die Frage nicht beantworten, weil das Kleid verkauft wurde. Es wurde verkauft, verstehen Sie? Also war es wohl nicht mehr im Geschäft.«

»Wurde es heute verkauft?«

»Was spielt das für eine Rolle? Was spielt das jetzt noch für eine Rolle?«

»Antworten Sie bitte auf die Frage. Wurde das blaue Samtkleid heute verkauft?«

»Ja, heute«, blaffte Radtschenko.

»Wer hat es gekauft und wann genau?«

»Keine Ahnung.«

»Aber Eduard«, sagte Oberstleutnant Swiridow einschmeichelnd, »Sie haben doch selbst ausgesagt, dass Sie heute Vormittag die ganze Zeit im Geschäft waren. Sie haben nicht so viele Kunden, und das Kleid war ein teures Stück. Und daran erinnern Sie sich nicht?«

»Ich war nicht da.« Radtschenko bedachte den Oberstleutnant mit einem hasserfüllten Blick.

»Woher wissen Sie dann, dass es verkauft wurde?« Swiridow lächelte liebenswürdig.

»Die Verkäuferin hat mich auf dem Handy angerufen und gefragt, ob sie für das Kleid einen Nachlass gewähren kann.«

»Der Preis betrug tausendfünfhundert Dollar?«, fragte Borodin rasch.

»Ja, genau. Es war ein schönes Modell, aber mit geringer Verkaufschance.«

»Eine sehr kleine Größe? Für eine große, sehr schlanke Frau?«, vergewisserte sich Borodin erfreut.

»Richtig ... Aber woher ...?«

»Das tut nichts zur Sache. Wann hat die Verkäuferin Sie angerufen?«

»Das weiß ich nicht mehr.«

»Wie das?«, mischte sich der Oberstleutnant ein. »Wieso wissen Sie das nicht? Sie waren essen gegangen, also hat die Verkäuferin Sie während Ihrer Mittagspause angerufen.«

»Ich weiß es nicht mehr«, flüsterte Radtschenko erbleichend. »Mir ist nicht gut, ich erinnere mich an gar nichts.«

Sie entließen den totenblassen Geschäftsführer, und er wankte davon.

»Fjodor, die beiden sitzen gerade im Vorortzug in Richtung Sawjolowo oder sind noch auf dem Bahnhof«, sagte Borodin heiser und aufgeregt. »Zwei Mädchen, Zwillingsschwestern, sehen aus wie siebzehn. Ich habe sie vor einer halben Stunde an den Patriarchenteichen gesehen und ihr Gespräch mit angehört. Eine der beiden hatte das fragliche Kleid aus blauem Samt in der Tasche. Von den Patriarchenteichen sind sie hierher gelaufen, zum Puschkinplatz, um sich das Resultat anzusehen, und dann mussten sie zur Metro zum Sawjolowoer Bahnhof.«

Swiridow wählte auf seinem Handy eine Nummer und gab es Borodin. Der beschrieb die Zwillinge ausführlich und fügte hinzu, dass die eine Ira hieß und die andere Sweta.

Sie erreichten den Bahnhof genau zwischen zwei Zügen, mussten aber nicht auf die nächste Bahn warten. An der Kasse trat ein kleiner, kahlgeschorener junger Mann in Boxershirt und halblangen Satinshorts auf sie zu. Seine nackte Schulter zierte eine Tätowierung: ein mit roten Rosen umkränzter Totenschädel.

»Hallo, Gulliver!«, rief Ira erstaunt. »Was machst du denn hier?«

»Ich suche euch«, verkündete er mit hoher, beinahe weiblicher Stimme. »Los, ab zum Auto, verdammt.«

»Was ist denn passiert?«, fragte Sweta. »Wir waren doch erst für morgen verabredet.«

»Ihr kommt jetzt sofort mit, Erklärungen im Auto.«

Er packte Iras Hand, und im selben Augenblick stand ein zweiter Mann neben Sweta, größer und schlanker als der erste, ebenfalls in T-Shirt und Shorts und mit der gleichen Tätowierung auf der Schulter. Mit stahlharten Fingern presste er Swetas Handgelenk zusammen. Die Mädchen hatten ihn noch nie gesehen.

»Wer ist das, Gulliver?«, fragte Ira.

»Kalb«, antwortete Gulliver knapp.

»Hör mal, Kalb, du tust mir weh!« Sweta versuchte, sich seinem Griff zu entwinden.

»Wir sollen euch mit dem Auto nach Lobnja bringen.«

»Wer sagt das? Wieso?«

»Mensch, Sweta, nun reg dich doch nicht so auf, echt, ist doch bequemer, als mit dem Zug zu zuckeln. Er hat extra angerufen und angeordnet, dass wir euch auf dem Bahnhof abfangen sollen.«

Auf dem kostenlosen Parkplatz vorm Bahnhof wartete ein schwarzer Jeep. Die Mädchen setzten sich auf die Rückbank, die Männer rechts und links von ihnen. Das Auto verließ den Parkplatz und verschwand bald im Verkehrsstrom auf der Chaussee.

Kurz darauf kamen zwei Milizionäre angerannt und stürzten zu einem lila Lada, in dem ein älterer Mann saß und Zeitung las.

»Haben Sie zwei Mädchen gesehen?«, fragten die Milizionäre durch das offene Wagenfenster. »Sie sehen völlig gleich aus, groß und schlank, mit langen Haaren.«

»Wie – völlig gleich?« Der Mann zwinkerte erschrocken.

»Zwillinge. Etwa siebzehn Jahre. Sehr hübsch, wie Fotomodelle.«

»Ich glaub, die hab ich gesehen.« Der Besitzer des Lada nickte wichtigtuerisch. »Zusammen mit zwei Kriminellen in kurzen Hosen.«

»Und?«, riefen die Milizionäre erfreut. »Haben Sie gesehen, in was für ein Auto sie gestiegen sind?«

»Was für ein Auto?« Der Zeuge dachte lange nach, runzelte die Stirn und erklärte schließlich unsicher: »Ein sechshunderter Mercedes. Oder ein Jeep.«

»Was denn nun – ein Mercedes oder ein Jeep? Das ist ein großer Unterschied. Können Sie uns wenigstens sagen, welche Farbe der Wagen hatte?«

»Woher soll ich das wissen?« Der Mann wurde wütend. »Das ist nicht mein Job.«

»Lassen Sie uns irgendwo etwas essen. Ich bin furchtbar erschöpft. Tja, da war ich eben zur rechten Zeit am rechten Ort. Ein merkwürdiger Zufall.« Borodin lächelte und setzte sich neben Jewgenija auf die Bank.

»Meinen Sie wirklich, das waren die beiden?« Jewgenija schüttelte den Kopf. »Und Sie sind sicher, dass sie Mama Isa erwähnten?«

»Ganz sicher. Mir ist sogar aufgefallen, dass sie voller Angst von ihr sprachen.« Borodin stand auf. »Wo gibts denn hier in der Nähe was zu essen?«

»Bei McDonald's, bei Pizza-Hut und bei mir zu Hause.« Sie nahm seinen Arm. »Ich habe gebackenen Zander im Kühlschrank, Leberpastete und Auberginensalat, zwar alles fertig gekauft, aber frisch und gut. Und vor allem liegen bei mir zu Hause die Aufzeichnungen meines Gesprächs mit Ljussja.«

»Sie laden mich zu sich nach Hause ein?« Borodin spürte, dass er verräterisch errötete.

»Also, wenn Ihnen das nicht recht ist …«

»Nein, nein, es ist mir recht, sehr sogar!«

Eine Weile liefen sie schweigend weiter. Borodin war so aufgeregt, dass er erneut in Atemnot geriet.

Du alter Dummkopf, schalt er sich im Rhythmus seiner Schritte, schau euch beide doch einmal an. Sieh dich bloß mal mit ihren Augen – was denkst du dir eigentlich? Was bildest du dir ein in deinem dummen Schädel?

»Ilja, wir müssen noch rasch einkaufen, ich habe kein Brot und keinen Kaffee mehr. Ich habe heute Nacht bestimmt einen Liter Kaffee getrunken bei meinen Nachforschungen über den guten Loa und den bösen Baka.«

An der Kasse zückte Borodin seine Brieftasche.

»Ich zahle, Ilja, wir sind hier nicht im Restaurant.« Jewgenija lächelte. »Sie trinken doch sowieso keinen Kaffee.«

»Wieso nicht?«, knurrte Borodin und zählte das Geld ab. »Sie kochen bestimmt einen ausgezeichneten Kaffee, den muss ich schließlich probieren. Moment« – er nahm ihr die Einkaufstüte ab –, »sagten Sie Vodoo?«

»Von Voodoo habe ich nichts gesagt. Ich musste mich durch einen ganzen Berg Literatur wühlen, um auf dieses unselige Voodoo zu kommen, und Sie können die beiden Namen sofort einordnen. Ist Ihnen die Voodoo-Religion im Zusammenhang mit anderen Fällen schon begegnet? Oder sind Sie so unglaublich gebildet?«

»Erstens haben Sie vorhin von Voodoo gesprochen, als wir zum Puschkinplatz rannten. Und zweitens habe ich dieses Wort vor kurzem schon einmal gehört.«

»Ach, darum sprachen Sie von merkwürdigem Zufall?«

»Nein, nein«, sagte Borodin rasch. »Mystisches ist eben neuerdings sehr populär, auch Voodoo. Lebende Tote, Zombies...«

Jewgenija nickte. »Stimmt, das ist sehr populär. Aber nicht erst neuerdings – schon immer. Erwachsene mögen Schauermärchen genauso gern wie Kinder. In jeder Folklore gibt es das Thema der Wiederbelebung von Toten. In unseren Märchen zum Beispiel haben wir das Wasser des Lebens und das Wasser das Todes. Wissen Sie, eigentlich klingt das alles mehr oder weniger logisch. Angenommen, irgendwo bei Moskau existiert ein privates Kinderheim. Sie haben es nicht finden können, weil es vielleicht gar nicht als Kinderheim registriert ist, sondern als kinderreiche Familie mit mehreren Adoptivkindern. Und zugleich ist es eine Art Sekte oder Geheimgesellschaft, wo allerlei Unfug getrieben wird, der die psychische Gesundheit gefährdet. Vermutlich mit ganz pragmatischen Absichten, fern von jeder Mystik: Absolute Macht über die Kinder und Ausnutzung dieser Macht zu kriminellen Zwecken. Im Prinzip hat jede terroristische Organisation Züge von Mystizismus.«

»Ja, da haben Sie wohl recht. Wenn die Kinder adoptiert wurden, hat Ljussja jetzt vermutlich einen anderen Familiennamen. Sie müsste ihn kennen. Was meinen Sie – würde sie Ihnen den verraten?«

»Das bezweifle ich. Ich habe es schon versucht. Natürlich muss sie ihn wissen, aber sie schweigt hartnäckig. Übrigens erwähnte sie noch einen Papa Wassili. Aber was erzähle ich Ihnen das? Lesen Sie lieber selbst. So, wir sind da.«

Jewgenija wohnte in einem düsteren, soliden dunkelgrauen Jahrhundertwendebau in einer Gemeinschaftswohnung. Die Nachbarn, ein altes Ehepaar, schauten sofort aus ihrem Zimmer heraus, um sich den Besucher anzusehen. Borodin grüßte und fragte Jewgenija nach dem Telefon.

»Hallo!«, rief er aufgeregt in den Apparat. »Hier ist Borodin. Ich brauche eine Auskunft: Wurden auf irgendeinem Landeseinwohneramt im Kreis Sawjolowoje Ausweise für Zwillinge ausgestellt und wenn ja, wann. Wieso, seit wann bekommt man einen Ausweis schon mit vierzehn? Na, jedenfalls, die beiden sind jetzt zwischen sechzehn und achtzehn, groß, hübsch, blond, mit blauen Augen. Die eine heißt Sweta, die andere Ira.«

Die Nachbarn standen noch immer an der Tür, die Hälse gereckt und die Münder offen – wie zwei Gänse. Borodin legte auf und sah Jewgenija fragend an. Sie lächelte, formte die Hände zu einem Sprachrohr und rief: »Es ist alles in Ordnung! Nichts Besonderes!«

Die Nachbarn nickten und verschwanden in ihrem Zimmer.

»Sie sind sehr lieb«, sagte Jewgenija, »aber schrecklich neugierig. Sie sind beide fast taub und stellen den Fernseher immer so laut, dass mein Sohn und ich uns die Ohren zustöpseln müssen und dann ebenfalls schreien, wenn wir etwas sagen wollen. Das mit den Landeseinwohnerämtern ist wirklich eine gute Idee. Sie hoffen, dem FSB zuvorzukommen?«

»Ja«, gestand Borodin. »Wenn das FSB die beiden verhaftet, werde ich Schwierigkeiten haben, sie zu meinem Fall zu vernehmen. Ich wäre auf die Freundlichkeit von Oberstleutnant Swiridow angewiesen oder müsste mich an meine Vorgesetzten wenden. Das mag ich nicht.«

In der blitzsauberen, geräumigen Küche schaltete Jewgenija den Wasserkocher ein, nahm mehrere Plastikboxen aus dem Kühlschrank und schnitt Brot. Borodin erzählte ihr indessen von der unglücklichen Alkoholikerin Marina.

»Wir haben zwar nach ihrer Beschreibung ein Phantombild von dem Mörder angefertigt«, sagte er traurig, »aber das Gesicht ist so unauffällig, dass wir ebenso gut nach dem Mann auf dem Brandschutzplakat suchen könnten.«

»Haben Sie es dabei?«, fragte Jewgenija.

»Selbstverständlich. Ich schleppe mehrere Exemplare mit mir rum, wie ein Amerikaner die Fotos seiner lieben Familie.«

»Ich fahre gleich heute in die Klinik und zeige es Ljussja, ich sage einfach, ich hätte Ruslan wieder getroffen, und er hätte mich gebeten, ihr das Bild zu geben.« Sie griff nach dem Phantombild. »Tja, in der Tat ein absolutes Plakatgesicht ohne jede besonderen Kennzeichen.«

»Warum hat er die Prostituierte vor fünfzehn Jahren nicht getötet, warum hat er die Zeugin am Leben gelassen?«, fragte Borodin nachdenklich. »Warum ist er plötzlich aus der Wohnung verschwunden? Als er ging, wusste er bereits, dass er nicht wiederkommen würde, sonst hätte er den Recorder, die Kassetten und die afrikanischen Masken nicht mitgenommen.«

»Das ist jetzt unwichtig.« Jewgenija stellte Teller auf den Tisch. »Vielleicht reizte es ihn nicht mehr, das halbtote Mädchen weiter zu quälen.«

»Möglich.« Borodin nickte. »Aber warum hat er die Zeugin am Leben gelassen?«

»Kaum ein Serientäter verwischt seine Spuren. Er wirft sein geschundenes Opfer einfach weg, im Wald oder sonstwo. Viele erklären später sogar, sie hätten sich mit besonderem

Vergnügen das Gesicht derjenigen vorgestellt, die das Opfer finden würden.«

»Mit anderen Worten – Sie halten ihn für krank?«

»Ja, natürlich.«

Borodin erstarrte mit der Gabel in der Hand. Er sagte nicht, dass sie das Phantombild bereits Unterleutnant Teletschkin gezeigt hatten. Er hatte es lange zweifelnd betrachtet und schließlich gesagt, die Wahrscheinlichkeit liege bei 50:50. Vielleicht war es derselbe Mann, vielleicht auch nicht. Wenn er ihn lebend sehen würde, dann könne er ihn bestimmt identifizieren, aber nicht nach einem vagen Phantombild.

»Ich weiß, Sie haben es satt, immer wieder in Sackgassen zu geraten.« Jewgenija lächelte. »Als ich in diversen Lexika nach diesen idiotischen Loa, Baka und Maman Brigitte suchte, hatte ich auch das Gefühl, etwas absolut Unsinniges zu tun, mir völlig umsonst die Nacht um die Ohren zu schlagen. Das einzige vernünftige Argument dafür war: Ich muss etwas tun! Na schön, ich habe herausgefunden, dass all diese Geister aus dem afrikanischen Voodoo-Glauben stammen. Nun weiß ich also, dass die Leute in Ljussjas Umgebung Spielchen treiben, die für die menschliche Psyche ziemlich gefährlich sind. Und weiter? Natürlich ist das alles zehnmal so schlimm, weil es in einem Kinderheim stattfindet oder in einer Familie mit mehreren Adoptivkindern.«

Borodin hob den Zeigefinger und murmelte etwas, die Augen weit geöffnet.

»Entschuldigung – wie bitte?«

»Die afrikanischen Masken!«, flüsterte er. »Es ist derselbe Mann! In der Wohnung, in der Marina gequält wurde, hingen furchteinflößende Masken an den Wänden. Er hat sie mitgenommen, als er ging.«

»Kein Grund zur Aufregung.« Jewgenija zuckte die Achseln. »Heute Abend werden wir genau wissen, ob er es ist oder nicht.«

»Von Ljussja?« Borodin lächelte traurig. »Meinen Sie nicht, dass das nur eine Illusion ist? Der Fall vor fünf Jahren wurde nie aufgeklärt, obwohl das Opfer noch lebt, und im Gegensatz zu Ljussja war Marina eine normale, zurechungsfähige Zeugin.«

»Sie vergessen den Sprengstoffanschlag und die Zwillinge.«

»Nein, das nicht, aber der Name ›Mama Isa‹ besagt noch gar nichts, so können viele heißen.«

»Nun sagen Sie bloß noch, bei uns wären haufenweise kinderreiche Familien Anhänger von Voodoo und schwarzer Magie.« Jewgenija zündete sich eine Zigarette an. »Wollen Sie wissen, warum er Lilja Kolomejez getötet hat? Sie wurde bei einem Besuch bei Ljussja Zeugin einer rituellen Scheußlichkeit, wollte das Mädchen natürlich dort wegholen und drohte vielleicht damit, das Ganze auffliegen zu lassen.«

»Moment mal«, Borodin schüttelte den Kopf, »Sie haben eben gesagt, er sei ein Psychopath. Wozu braucht er ein Motiv?«

»Aber Sie wissen doch, dass Serientäter fast immer als zurechnungsfähig eingeschätzt werden. Sie unterscheiden sich von normalen Menschen nur dadurch, dass sie ganz gelassen und mit Vergnügen töten. Manche Psychiater bezeichnen das als moralische Idiotie. Aber was zerbrechen wir beide uns darüber den Kopf? Klar ist doch, dass er die Obdachlose getötet hat, weil sie ihn gesehen hatte. Auch Unterleutnant Teletschkin hat er nicht einfach zu seinem Vergnügen überfallen. Der Obdachlosen hat er achtzehn Messerstiche zugefügt, weil er die Gelegenheit dazu hatte. Ich denke, dahinter steht nicht nur ein persönlicher Kick, sondern eine Art Ritual. Bei Teletschkin war ihm nicht nach Ritual. Und er handelte ziemlich clever, jeder glaubte, Teletschkin sei überfahren worden. Er ist verrückt, aber keinesfalls dumm. Nun, was ist, möchten Sie wirklich einen Kaffee? Oder doch lieber Tee?«

»Kaffee.« Borodin lächelte. »Stark und süß. Das habe ich mir schon lange gewünscht.«

»Eine Tasse Kaffee?« Jewgenija lachte. »Was hat Sie daran gehindert?«

»Nein, nicht doch – ich habe mir gewünscht, mit Ihnen Kaffee zu trinken, bei Ihnen zu Hause oder bei mir. Davon habe ich in letzter Zeit geträumt, dass wir beide zusammensitzen und reden, egal, worüber. Dass ich Sie ansehe, Ihre Stimme höre – mehr will ich gar nicht. Ehrlich gesagt, nicht einmal Kaffee.« Nach diesem hastig, in einem Atemzug und sehr leise gesprochenen kleinen Monolog verstummte er und verbarg die Augen unter den schweren, schläfrigen Lidern.

»Sie haben keine Ahnung, wie langweilig ich bin!« Jewgenija schüttelte den Kopf. »Kaffee trinken mit mir ist langweilig. Ich interessiere mich seit langem für nichts anderes als für meine jungen Patienten; mein Sohn meint, mein übertriebener Eifer mache die noch verrückter, ich …«

Ein Handy klingelte, und sie zuckten zusammen.

»Hallo, Warja«, sagte Borodin ins Telefon. »Was sagst du da? Im Ernst? Er sitzt wirklich da? Bist du ganz sicher? Und wo bist du jetzt? Wozu? Auf keinen Fall! Die Adresse, schnell! Ich informiere das zuständige Milizrevier, die sollen ihn überprüfen. Und du mach, dass du da wegkommst! Nein, halt – wie war das Gespräch? Warum sagst du das nicht gleich? Gut, ich ruf dich später zurück.«

Sofort wies er das zuständige Milizrevier an, eine Streife zu der bewussten Adresse zu schicken. Jewgenija erkannte an seiner Stimme, dass etwas Ernstes geschehen sein musste – und wusste es mit Sicherheit, als Borodin den Mann beschrieb, den die Milizionäre festnehmen sollten.

»Das Kaffeetrinken fällt aus«, sagte er. »Vielleicht haben wir jetzt endlich Glück.«

Der schwarze Jeep bog in der Nähe der Metrostation Sokol von der Chaussee auf eine stille, fast dörfliche Straße ab.

»Donnerwetter!« Ira stieß einen leisen Pfiff aus, als sie aus dem Fenster sah. »Was ist das denn für ein Dorf mitten in der Hauptstadt?«

Einzäunungen zogen sich die Straße entlang, morsche Bretterzäune und nagelneue Eisengitter. Dahinter lagen Einfamilienhäuser mit Schornsteinen und Satellitenantennen.

»Du hast doch gesagt, wir fahren nach Lobnja«, sagte Ira.

»Das kann dir doch egal sein, oder?« Gulliver legte einen Arm um Ira und presste sie an sich.

»He, Pfoten weg!« Ira verzog angewidert das Gesicht und zuckte mit den Schultern.

Der Jeep hielt vor einem hohen Eisentor. Es öffnete sich automatisch und ließ das Auto ein.

»Was wohnt denn hier für ein reicher Typ?«, fragte Sweta und betrachtete die Fassade des nagelneuen einstöckigen Hauses, das aussah wie aus einem Werbeprospekt. Auf der Treppe saß ein Gorilla im Tarnanzug mit einer MPi auf dem Schoß, rauchte und schaute zum Jeep. Ein zweiter riss die Tür auf – ein dumpfes Bullengesicht.

Gulliver sprang aus dem Auto und befahl: »Aussteigen, alle beide!«

»Nein, wir warten lieber im Auto.« Ira bleckte nervös die Zähne und presste sich in den Sitz.

»Was hast du denn?«, flüsterte Sweta ihr erschrocken ins Ohr. Sie verstand nicht, warum Ira nicht aussteigen wollte; normalerweise vertraute sie der Intuition der Schwester. So verrückt und unberechenbar Ira war – sie besaß ein erstaunliches Gespür für Gefahr.

»Da würdet ihr lange warten«, meldete sich Kalb, kicherte hässlich und versetzte Sweta einen Stoß. »Los, aussteigen, wir sind am Ziel.«

»Na ja, höchstens einen Schluck trinken!«, sagte Ira munter und hüpfte aus dem Auto.

Sie wurden in ein riesiges, luxuriös, aber ungemütlich eingerichtetes Zimmer mit Möbeln aus Glas und Metall geführt.

Aus Glas waren die Tische, ein großer Esstisch und ein kleiner Couchtisch. Um den Esstisch herum standen durchsichtige Stühle. Sofa und Sessel waren raffinierte Konstruktionen aus hellem Metall und lagen voller durchsichtiger aufblasbarer Kissen. Die eine Wand war ganz aus Glas, dahinter glitzerte unter grünen Palmen blau ein Pool.

»Jungs«, wandte sich Ira an ihre drei Begleiter, Gulliver, Kalb und den schweigenden Mann im Tarnanzug und mit der MPi, »wo ist denn hier bei euch das Klo?«

Keiner antwortete. Der Mann im Tarnanzug griff nach dem Riemen von Iras Tasche.

»He, was soll das!« Ira umklammerte die Tasche. »Willst du mich etwa berauben oder filzen?«

Swetas Tasche befand sich bereits in den Händen von Kalb.

»Also, Jungs, vielleicht erklärt ihr uns mal, was los ist? Zerr nicht so, du Idiot, hier, erstick dran!« Ira entriss ihre Tasche dem Griff des Tarnmannes und schleuderte sie ihm vor die Füße. Er lief rot an, holte mit der freien Hand aus, schlug jedoch nicht zu, sondern bückte sich rasch und hob die Tasche auf.

»Wir müssen wirklich aufs Klo!« Swetas Stimme klang heiser und klagend. Sie sah nur ihre Schwester an und wich den Blicken der anderen aus.

»Was denn, alle beide?« Gulliver lachte spöttisch.

»Ja, alle beide! Dringend!«

Die drei Männer sahen sich an, der Tarnmann wies mit einem Kopfnicken auf eine Tür unter der Treppe.

»Das hast du von deinem Chanelkleid«, flüsterte Sweta, »ich habs doch geahnt.«

»Von dem Kleid können sie gar nichts wissen!«

»Sie müssen nur in deine Tasche kucken!«

»Nun überleg doch mal, Sweta, mach keine Panik. Na schön, sie entdecken irgendeinen blauen Fetzen. Na und? Nein, es ist nicht das Kleid. Es ist was anderes, lass mich nachdenken ...«

»Da gibts nichts groß nachzudenken: Larissa! Sie hat alles gehört und gequatscht, sie kann denen sonstwas weisgemacht haben, zum Beispiel, dass wir ihr das selber erzählt haben. Klar, sie wird schließlich kaum zugeben, dass sie gelauscht hat. Wir beide haben doch sofort kapiert, dass Mama Isa nichts davon wissen darf, sonst hätten sie uns ja nicht abgeholt, als sie nicht da war, und nicht extra gesagt, wir sollten den Mund halten. Angenommen, Larissa hat alles Mama Isa oder Ruslan erzählt. Und wir beide sind schuld, schließlich kann sie die Information nur von uns haben. Bloß eins kapier ich nicht: Was hat sie davon?«

»Ganz einfach!« Ira lachte sarkastisch auf. »Sie ist neidisch, weil sie uns nehmen und sie noch nicht.«

»Und was haben die jetzt mit uns vor?«

Die Tür wurde aufgerissen; sie ließ sich nicht von innen verriegeln. Die Mädchen wurden ebenso wortlos durch das gläserne Wohnzimmer in die Küche geführt und von dort eine kurze Treppe hinunter in einen dunklen Keller. Es roch nach Öl und frischen Holzspänen. Ein Schalter klackte, brummend ging ein lebloses luminiszierendes Licht an. Auf dem Betonfußboden lag und stand Baumaterial herum – Fliesen, Bretter und Eimer mit eingetrockneter Farbe.

»He, seid ihr total bescheuert?«, rief Ira. »Sie werden uns suchen! Sie reißen euch allen die Köpfe ab!«

Die einzige Antwort waren ein schnappendes Schloss und Schritte auf der Treppe.

Achtundzwanzigstes Kapitel

»Nein, wir können unmöglich die ganze Zeit hier drin hocken und nicht aus dem Haus gehen.« Während dieses Monologs massierte Xenia ihrem Kind Beine und Arme. »Ach, deine Mama ist doch ziemlich dumm«, fuhr Xenia fort, »was hat mich da bloß geritten? Warja ist natürlich sehr nett, und ich bin ohne jede Kommunikation schon völlig verwildert, aber das ist keine Entschuldigung. Das war vielleicht die größte Dummheit meines Lebens – einem fremden Menschen mein intimstes Geheimnis zu erzählen. Wenn meine Schwiegermutter das erfährt – das verzeiht sie mir nie. Was mache ich jetzt nur? Auf Warjas Ehrenwort hoffen? Oder einfach auf alles pfeifen und weggehen?« Sie zog Mascha an. »Alles hier ist vom Geld meiner Schwiegermutter gekauft. Irgendwie sogar ich selbst. Ich kann nur splitternackt mit Mascha auf dem Arm von hier weg, sonst würde ich mich als Diebin fühlen. Ach, bin ich blöd, warum bin ich nur so furchtbar blöd!«

Das Telefon klingelte, und sie fuhr erneut zusammen aus Angst, den groben, abgehackten Bass ihres Mannes oder das unheilvolle Schweigen des Banditen zu vernehmen. Sie erwartete nichts Gutes. Doch eine freundliche Stimme sagte erstaunt: »Xenia, meine Liebe, warum bist du denn in Moskau?«

»Ach, Galina, wie schön, dass Sie anrufen!« sagte Xenia und errötete. »Ich will Mascha impfen lassen, wenigstens gegen Kinderlähmung.«

»Aber darüber haben wir beide doch schon mehrfach gesprochen, wir wollten das auf den Herbst verschieben.« In der Stimme der Schwiegermutter klirrte die gewohnte metallische Härte. »Wie geht es Mascha? Ist sie gesund?«

»Ja, sie ist vollkommen gesund.«

»Na Gott sei Dank, ich habe mir schon Sorgen gemacht. Aber erklär mir doch bitte, warum hast du es mit der Impfung plötzlich so eilig?«

»Die Säuglingsschwester hat mich auf der Datscha angerufen, es sei eine Epidemie ausgebrochen und ich müsse mein Kind entweder impfen lassen oder schriftlich bestätigen, dass wir darauf verzichten und die Verantwortung für eventuelle Folgen selbst übernehmen.«

»Und wer hat euch nach Moskau gefahren?«

»Wir sind mit der Bahn gekommen.«

»Mein Gott, Xenia, was soll denn das? Ich werde hier schier verrückt, rufe dauernd auf der Datscha an, aber das Telefon ist abgeschaltet. In Olegs Redaktion heißt es, er sei auf der Datscha. Und nun erreiche ich dich in Moskau. Was macht eigentlich Oleg? Warum ist er nicht mit euch in Moskau?«

Eine dümmere Frage war kaum denkbar. Dennoch scheute Galina nicht einmal die teuren Minuten des Auslandsgesprächs zur Fortsetzung des üblichen Familienspektakels mit dem Titel »Bei uns ist alles bestens!«

»Oleg geht es nicht gut«, sagte Xenia, »er hat zu viel gearbeitet und ist erschöpft, außerdem hatte er auf der Datscha Besuch und hat die ganze Nacht nicht geschlafen. Ehrlich gesagt, bin ich mit Mascha auch deshalb weggefahren, damit er in Ruhe schlafen und sich ausruhen kann. Ach ja, eine Bekannte von Ihnen war hier, Warja, so eine Hübsche mit schwarzen Haaren und blauen Augen. Sie brauchte dringend das Voodoo-Buch, ich hab es ihr gegeben.«

Es folgte eine längere Pause. Galina fand diese Mitteilung merkwürdig, und sie sagte langsam: »Es freut mich, dass du Warja kennengelernt hast, ihr seid ja fast gleichaltrig. Du hast doch überhaupt keine Freundinnen. Ich hoffe, du hast ihr einen Tee angeboten?«

»Selbstverständlich.«

»Worüber habt ihr gesprochen?«

Xenia verspürte eine unangenehme Kälte im Bauch. Gut, dass Galina sie nicht sehen konnte.

»Wir haben einfach geplaudert, sie ist sehr nett.«

»Na schön. Wann willst du zurück auf die Datscha?«

»Morgen.«

»Sei so gut und bestell dir ein Taxi. Ich habe dir doch wohl genug Geld dagelassen. Hast du mich verstanden?«

»Ja. Und wie ist Ihr Urlaub? Haben Sie schönes Wetter?«

»Danke, mein Kind, es ist alles wunderbar. Gib Mascha einen Kuss von mir und richte Oleg aus, er soll mich unbedingt anrufen. Denk an die Alarmanlage, wenn du wieder wegfährst. Und sei bitte vernünftiger. Versprichst du mir das?«

Xenia hatte kaum aufgelegt, da klingelte das Telefon erneut.

»Hallo, hier ist Warja. Hör mal, ist eure Datscha nicht an der Leningrader Chaussee?«

»Ja, wieso?«

»Wann willst du wieder hin? Morgen?«

»Ja, morgen Abend.«

»Prima! Ich fahr euch hin. Dann musst du dich nicht mit dem Baby zur Bahn schleppen. Ich will morgen Abend sowieso nach Klin, ins Heimatkundemuseum. Das ist ein Weg.«

Als Xenia mit dem Kinderwagen aus dem Haus trat, schaute sie sich um und bemerkte nichts Verdächtiges. Auf dem Spielplatz, auf dem Rand des Sandkastens, küsste sich ein Pärchen. Eine alte Frau aus dem Nachbaraufgang führte ihre beiden Zwergpinscher aus. Die Hunde trugen wie zwei Brüder gleiche hellblaue Strickjacken.

»Guten Tag!«, rief Xenia und ging auf sie zu. »Die beiden sehen aber heute hübsch aus!«

»Guten Tag, mein Kind.« Die Alte nickte majestätisch. »Warum bist du denn in Moskau?«

Xenia hielt es nicht für nötig, zum hundertsten Mal die Lüge über die Impfung zu wiederholen und fragte mit zuckersüßem Lächeln: «Sind Sie schon lange draußen?«

»Seit zwei Stunden, meine Kleinen müssen viel spazieren gehen, der Doktor sagt, in ihrem Alter seien frische Luft und Bewegung das Wichtigste. Lorik hat einen unguten Husten, und Garik wackelt ständig mit dem Kopf.« Sie bückte sich schwerfällig und nahm die Hunde auf den Arm. »Schau nur, wie schlecht beide aussehen.«

»Nicht doch, sie sind beide so niedlich.« Xenia streichelte den zitternden Kopf des einen Hundes. »Ist das Lorik oder Garik?«

»Garik. Sie sind ganz leicht zu unterscheiden. Die Flecke auf Gariks Brust haben die Form einer Schleife, und bei Lorik sind sie rund wie zwei Medaillons. Und Gariks Nase ist heller, und überhaupt sind ihre Schnäuzchen ganz verschieden.« Sie küsste die Hündchen zärtlich auf die kleinen rosa Nasen, erst Garik, dann Lorik. »Ihre Mama war dreimal Siegerin in einem Schönheitswettbewerb, sie war ein prächtiger Hund, schön und klug. Aber der Vater, der war ein richtiger Gauner, er hat die eigenen Herrchen gebissen, bis ins hohe Alter Schuhe zernagt und in die Wohnung gemacht. Er ist tragisch umgekommen. Er war gerade sieben, als er aus dem zehnten Stock fiel. Er hatte die schreckliche Angewohnheit, vom Balkon herunter zu bellen, und eines Tages geriet er von seinem Gebell so in Rage, dass er durch einen Spalt im Balkongitter rutschte. Seine Herrchen waren vollkommen fertig.« Sie seufzte tief und verdrehte die dick geschminkten Augen. »Aber im Grunde sind sie selber schuld. Sie hätten den Hund richtig erziehen müssen. Andererseits ist das nicht nur eine Frage der Erziehung, sondern auch der Gene. Zum Glück kommen Garik und Lorik nach ihrer Mutter. Die beiden sind wirklich Prachtkerlchen. Wir haben nämlich gerade einen echten Schock erlebt.«

»Entschuldigen Sie, haben Sie hier auf dem Hof zufällig einen jungen Mann in hellblauen Jeans und weißen Turnschuhen gesehen?«, fragte Xenia rasch in die Pause hinein. »Blond, mittelgroß, etwa fünfunddreißig.«

»Von dem rede ich gerade!«, rief die Nachbarin und bleckte das bläuliche künstliche Gebiss. »Dieses Scheusal werde ich nie vergessen!« Sie packte den Griff des Kinderwagens und flüsterte Xenia unheilverkündend ins Gesicht: »Menschen, die fähig sind, ein Tier zu verletzen, sind überhaupt keine Menschen, die gehören vor Gericht gestellt und erschossen, jawohl!« Die Hunde auf ihrem Arm pflichteten ihr mit empörtem dünnem Gewinsel bei.

»Sie haben ihn also gesehen?«, fragte Xenia.

»Er hätte Garik beinahe totgetrampelt«, verkündete die Alte triumphierend. »Weiße Turnschuhe, hellblaue Jeans, dunkle Sonnenbrille. Er saß auf der Bank dort, hat geraucht und die Zigarettenkippe in den Sandkasten geworfen. Ich bin hin und habe ihn gerügt, und er wurde grob, ja obszön. Ich sagte, er sei ein Flegel und solle von unserem Hof verschwinden, sonst würde ich die Miliz rufen, und dann müsse er sich wegen Rowdytums und Beleidigung verantworten. Er wurde erneut grob und wollte mich sogar schlagen. Zum Glück bastelte Wassja Postyschew aus unserem Aufgang gerade an seinem Auto; er hat immer ein Mobiltelefon dabei. Ich rief ihm zu, er solle sofort die Miliz rufen, in unserem Hof sei ein Krimineller. Und stell dir vor, da ging dieser Mistkerl auf meine beiden Kleinen los! Zum Glück habe ich sofort reagiert und sie zurückgezogen. Aber Garik hat er trotzdem getreten. Da waren wir natürlich außer uns. Und der Mistkerl ist verschwunden.«

Vor Aufregung und Erschöpfung fragte die Nachbarin gar nicht, warum Xenia eigentlich nach dem Mistkerl mit den weißen Turnschuhen fragte.

»Danke.« Xenia fröstelte. »Auf Wiedersehen.«

Die Hunde kläfften freundlich, ihre Halterin nickte gleichmütig. Xenia rollte den Kinderwagen am Haus entlang, bog um die Ecke in eine Gasse und von dort auf eine belebte Straße.

Er will das Messer, nicht uns, wiederholte sie im Stillen immer wieder, wie eine Beschwörung. Warum sollte er uns töten, wenn er nur das Messer will?

Neunundzwanzigstes Kapitel

»Warja soll herkommen!«, befahl Pnyrja, sobald er in seinem bescheidenen Haus in Sokolniki eingetroffen war.

Vorsichtige Andeutungen, der Boss sei nicht mehr ganz richtig im Kopf, wurden in seiner Umgebung immer häufiger.

Viele waren überzeugt, dass der Alte nur noch wenige Monate an der Macht bleiben würde; die Weitsichtigsten suchten die Freundschaft des Sicherheitschefs Pjotr Prichodko, eines fähigen, ernsthaften Mannes, der nach Meinung vieler als Einziger in alle Geheimnisse des Bosses eingeweiht war.

Neben den Bankkonten gab es noch etliche andere Geheimnisse. Zum Beispiel wusste niemand, was den Alten mit der schwarzhaarigen jungen Schönheit Warja Bogdanowa verband. Die einen behaupteten, Warja sei die letzte Liebe des Alten, andere meinten, sie sei in Wirklichkeit seine Tochter oder Enkelin, und sahen in ihr quasi die potentielle Erbin seines gewaltigen Kapitals. Sie war bei sämtlichen Festen in Sotschi dabei, wo der Alte manchmal Urlaub machte, weil er ausländische Ferienorte ablehnte.

Keiner seiner engsten Vertrauten wusste, wo Warja wohnte und mit wem sie zusammenlebte. Sie trug am Mittelfinger der rechten Hand einen schmalen Weißgoldring mit einem winzigen Brillanten, der aussah wie ein Ehering, woraus manche Neugierigen schlossen, dass sie verheiratet sei. Was allerdings der These vom Verhältnis mit Pnyrja widersprach.

Natürlich registrierten seine Leibwächter das besondere, gerührte Lächeln, mit dem der Alte Warja jedes Mal empfing. Seine Augen füllten sich mit warmer Nässe, seine Stimme wurde weich, seine Wangen röteten sich, und in solchen Momenten konnte man sich mit Fragen und Bitten an ihn wenden, für die er sonst jeden in Stücke gerissen hätte.

Deshalb wunderte sich niemand über seinen Befehl, die Schöne herzuholen. Doch keiner außer Pnyrja selbst hatte ihre Telefonnummer, was einer der Leibwächter dem Alten vorsichtig mitteilte. Pnyrja streckte die Hand aus, und der Leibwächter legte ein Handy hinein.

»Wo bist du gerade, Mädchen?«, krächzte Pnyrja in den Hörer.

»Im Auto«, erwiderte Warja erstaunt. »Ist etwas passiert?«

»Wo genau bist du jetzt?«

»Auf dem Prospekt Mira«, log sie für alle Fälle. Tatsächlich befand sie sich am Ende der Twerskaja, in dem stillen Hof des Hauses der Solodkins. Sie wollte wissen, ob die merkwürdig verschreckt wirkende Schwiegertochter der Solodkina das Haus verlassen und wie ihre Begegnung mit dem weißblonden Banditen verlaufen würde, der solche Ähnlichkeit mit dem Phantombild hatte.

Im Gegensatz zu Unterleutnant Teletschkin hatte Warja die Ähnlichkeit sofort entdeckt. Sie hatte nämlich ein besonderes Faible für Porträtmalerei. Absolut sicher war sie sich jedoch nicht. Sie glaubte plötzlich, diesen Mann schon einmal gesehen zu haben, aber die vage Erinnerung wurde nicht klarer – sie sah ein Haus außerhalb von Moskau vor sich, eine üppige, lächelnde Dame mit Grübchen auf den Wangen und sportliche Jugendliche, und merkwürdigerweise war auch Pnyrja dabei.

Das dumme Déjà-vu-Gefühl störte ihre Konzentration. Das Durchschnittsgesicht auf dem Phantombild vermischte sich mit einem vagen Bild in ihrer Erinnerung. Sie war beinahe sicher, dass der blonde Flegel, der sich geweigert hatte, ihr Auto anzuschieben, nicht nur mit dem Phantombild identisch war und dass sie ihn deshalb so schnell erkannt hatte.

Nach einer Runde um den Häuserblock kehrte sie auf den Hof zurück und wählte einen idealen Beobachtungspunkt zwischen den Wellblechgaragen, so dass sie durch eine Lücke den Hauseingang im Blick hatte.

Der Weißblonde saß auf der Lehne einer kaputten Bank. Sie musste nur noch Xenia anrufen, sich überzeugen, dass sie noch nicht weg war, und ihr anbieten, sie auf die Datscha zu fahren. Warja wollte zu gern mal einen Blick auf Solodkin werfen.

Nach dem Telefonat mit Borodin war sie nicht wie versprochen weggefahren, sondern geblieben, um zu sehen, was weiter geschah.

Auf dem Hof war alles still. Warja lehnte sich im Sitz zurück und schlief unversehens ein. Doch plötzlich vernahm sie ganz in der Nähe hysterisches Hundegebell. Eine alte Frau in einem bunten Seidenrock, mit einem koketten Spitzenhütchen auf dem Kopf und zwei zitternden Zwergpinschern in hellblauen Strickjäckchen an der Leine trat an Warjas Auto heran, starrte sie aus ausgeblichenen, dick geschminkten Augen an und sagte hochmütig: »Guten Tag!«

Warja lächelte und nickte. Die Alte entfernte sich majestätisch. Die Hunde waren verstummt und trippelten ihr hinterher. Nach einer Weile aber hörte Warja die Alte empört kreischen und die Hunde verzweifelt jaulen. Eine Verrückte, entschied Warja, die gibts auf jedem Hof. Im selben Moment sah sie den Rücken des Weißblonden vorüberhuschen.

Genau in diesem Augenblick rief Pnyrja an.

»Was machst du auf dem Prospekt Mira?«, fragte er mit krank klingender Stimme.

»Eine Dozentin von mir hat Geburtstag, ich muss ein Geschenk kaufen.« Warja verstummte, weil sie Xenia mit dem Kinderwagen aus dem Haus kommen sah. Der Weißblonde war aus ihrem Blickfeld verschwunden, aber sie wusste, dass er ganz in der Nähe war.

»Du musst herkommen, sofort«, bellte Pnyrja in den Hörer. »Es ist dringend.«

»Was denn, zu dir nach Hause?«, fragte Warja erstaunt, stieg vorsichtig aus dem Auto und schaute hinter der Garage hervor, um zu sehen, in welche Richtung Xenia ging.

»Ja. So schnell wie möglich. Es geht mir sehr schlecht, Mädchen. Ich habe großen Kummer. Ich erzähle es dir, wenn du hier bist.« Er legte auf, Warja steckte das Telefon weg und sah Xenia und die Alte mit den beiden zitternden Zwergpinschern miteinander reden.

Warja wartete nicht länger, sondern stieg ins Auto und fuhr zu Pnyrja nach Sokolniki.

An der Wand stand eine sehr breite Liege mit einem karierten Plaid. Ira ließ sich darauf fallen, legte die Hände hinter den Kopf und starrte an die Decke. Sweta inspizierte den Keller, hob eine kleine Schaufel mit Holzgriff, eine Maurerkelle, vom Boden auf, wischte sie mit einem Lappen ab und schob sie wortlos unter die Matratze.

»Gute Idee.« Ira schloss die Augen. »Kuck doch mal nach, vielleicht können wir noch mehr gebrauchen. Hier liegt ja alles Mögliche rum. Zum Beispiel die Bretter da mit den Nägeln drin.«

»Wozu sollen wir das denn gebrauchen können?«, fragte Sweta spöttisch. »Die haben MPis!«

»Wenn sie uns umbringen wollten, hätten sie das längst getan. Das ist nicht ihr Auftrag. Ist dir klar, wem das Haus hier gehört?«

»Nein.«

»Hier wohnt Pjotr. Er geruht gerade in einem europäischen Ferienort Urlaub zu machen, und wir sollen hierbleiben, bis er zurückkommt.«

»Woher weißt du das alles?«

»Erstens habe ich gute Ohren, und zweitens – Intuition. Und die sagt mir, dass wir hier nicht lange schmoren werden. Wenn Larissa wirklich gequatscht hat, dann haben sie uns eingesperrt, weil Pjotr uns verhören will. Wir erklären ihm, wie's war, das wird er verstehen, er ist ja nicht blöd.«

»Und das Kleid?«, fragte Sweta leise und setzte sich auf die Liege.

»Wieso das Kleid? Wir wissen doch jetzt, dass es gar nicht darum geht.«

»Vorerst nicht.« Sweta seufzte. »Aber wenn Pjotr es sieht?«

»Warum sollte er? Du willst dich ja wohl nicht in unser himmelblaues Chanelstück hüllen und Pjotr verführen, oder? Ich finde ihn nicht gerade süß.« Sie zog die Nase komisch kraus. »Er ist einer von denen, die ihren angeborenen Bocksgestank mit teurem Parfüm überdecken, dreimal am Tag die Unterwäsche wechseln und trotzdem stinken, besonders im Bett, wenn sie schwitzen wie die Schweine.«

»Du hast wohl Erfahrung?«, fragte Sweta spöttisch.

»Ich hab dieselbe Erfahrung wie du, und die ist groß und ekelhaft. Garantiert genug fürs ganze Leben.«

Sweta ließ sich neben ihre Schwester fallen und lachte. Ihr Lachen klang ohrenbetäubend und unheimlich und hallte von den nackten Betonwänden wider.

»Weißt du, es geht mir nicht aus dem Sinn, dass Ruslan unsere Mama eine Nutte genannt hat«, sagte Ira plötzlich, stützte sich auf dem Ellbogen auf und beugte sich über ihre Schwester. »Unsere Mama war keine Nutte«, knurrte sie.

»Ist doch egal, was sie war, wir haben sie so oder so noch nie gesehen«, murmelte Sweta und fragte nach einer langen Pause: »Was meinst du, was werden sie mit Larissa machen?«

»Die kriegt ihr Fett weg, und nicht zu knapp. Wenn sie uns glauben, und nicht ihr.«

»Und wenn nicht?«

»Sie werden uns glauben. Schon, weil sie von uns mehr haben. Wir bieten bessere Perspektiven. Larissa ist ja debil, weißt du das nicht?«

»Wer, Larissa?« Sweta hob die Brauen.

»Na klar, sie hat eine offizielle Diagnose. Das hat sie mir selber vor kurzem erzählt.«

»Also, die Diagnose haben wir beide auch. Erinnerst du dich an die Psychiaterin im Heim?«

»Und ob!« Ira lachte. »Dieses Miststück vergesse ich mein Lebtag nicht. Weißt du noch, das faule Ei in ihrem Stiefel?« Ira zwinkerte, und ihr Gesicht wurde weich bei der schönen Erinnerung an die sieben Jahre zurückliegenden Ereignisse.

»Klar«, erwiderte Sweta, »hinterher gabs ein Riesentamtam, wir mussten nur im Schlüpfer und barfuß die ganze Nacht in Reih und Glied in der Turnhalle stehen, und zwar alle, die dieses Aas für debil erklärt hatte. Gut, dass keiner was gestanden hat. Es ist nie rausgekommen, wer das war.«

Ira seufzte und sagte mit sanfter Stimme: »Ich hatte dieses Ei in einer Glühbirnenschachtel und hab immer überlegt, was ich damit machen könnte. Ach, das war ein Spaß, als ich während des Unterrichts in die Lehrergarderobe gegangen bin. Ich musste mal auf die Toilette, und unterwegs hab ich die offene Tür gesehen. Sie hatte sich die Stiefel gerade gekauft, ich hab in der Pause gehört, wie sie damit vor den Lehrern angegeben hat. Sie standen im Schrank, nagelneu, hellbraun, unten Leder, der Schaft aus Wildleder, mit echtem Fell gefüttert. Und auf dieses Fell hab ich mein faules Ei gelegt.«

»Das ist ein Witz, oder?« Sweta sprang von der Liege.

»Ich habs getan«, sagte Ira. »Sie sollte büßen für die gemeine Diagnose, die sie uns verpasst hat, sonst hätte ich die Achtung vor mir selber verloren. Wir sind nicht debil. Und wir lassen nicht zu, dass einer uns das ganze Leben versaut, niemals.«

»Warum hast du mir das damals nicht erzählt?« Sweta erblasste vor Empörung.

»Gerade weil ich es dir schrecklich gern erzählt hätte, verstehst du?«

»Blödsinn.« Sweta winkte ab. »Sag ehrlich: Du hattest Angst, dass sie mich kleinkriegen. Das ist schließlich ihr Job. Aber gegen Mama Isa und Ruslan waren die Kinderheimtanten noch harmlos, und im Grunde bin ich ihnen sogar dankbar. Für die Abhärtung.«

»O nein, meine Liebe!« Ira schüttelte den Kopf. »Bedanken musst du dich nur bei dir selber. Wir beide sind Waisen, nicht die. Die Tanten haben uns misshandelt, die haben an uns ihren ganzen Frust ausgelassen, ihre Einsamkeit oder den Suff ihrer Männer, ihre Wut auf den Staat wegen des lächerlichen Gehalts und der miserablen Wohnung, ihre Wechseljahre, ihre Hämorrhoiden und ihre Eierstockentzündungen.«

»Und was lässt Mama Isa an uns aus?«, fragte Sweta kaum hörbar. »Was hat sie für Probleme?«

»Ü-ber-haupt keine.« Ira grinste. »Mama Isa verdient mit uns Geld. Gutes Geld. Ihr winkt ein schönes, gesichertes Alter. Aber Ruslan, der wird garantiert nicht alt, das verspreche ich dir.«

»Klar, wir hängen ihn auf!« Sweta lachte. »An der Eiche in unserem Wäldchen. Wir veranstalten eine Diskothek mit ihm, die sich gewaschen hat. Und wenn er sich dann in Todeskrämpfen windet wie ein Wurm, dann verzeihe ich ihm die gemeinen Reden über unsere Mutter. Aber nur die, alles andere niemals.«

Dreißigstes Kapitel

Xenia schob den Kinderwagen die belebtesten Straßen entlang zu den Patriarchenteichen. Die grelle Sonne blendete selbst durch die dunkle Brille hindurch. Sie hoffte, der Weißblonde würde in ihrer Abwesenheit in die Wohnung einbrechen, sich das verdammte Messer holen und für immer verschwinden. Aber sie spürte, dass er ganz in der Nähe war, dass er ihr folgte. Sie drehte sich um und schaute in die spiegelnden Schaufenster, konnte ihn jedoch nicht entdecken, und das machte ihr noch mehr Angst.

Sie fürchtete sich so sehr, dass sie sogar ihre Eltern anrufen wollte. Sie hatte sie seit fast zwei Monaten nicht gesehen, seit einem schlimmen Streit, an dem beide Seiten schuld waren.

»Was außer dem Geld bindet dich an diese Familie?«, hatte ihre Mutter mit solcher Verachtung gefragt, dass Xenia sie am liebsten geschlagen hätte. Das tat sie auch, wenngleich nicht physisch, sondern mit Worten: »Ich will nicht in der Scheiße leben wie ihr, so kann ich mein Kind nicht großziehen. Ihr seid Bettler, ihr seid schlimmer als Penner, trotz eurer Doktortitel.«

»Du hast dich verkauft. Weißt du, wie man das nennt?«, fragte ihre Mutter mit eisigem Lächeln. Xenia stockte der Atem – das war ein Schlag in die Magengrube.

»Meinst du nicht, dass du mir wehtust, Mama?«, fragte Xenia, an ihren Tränen würgend.

»Nicht mehr, als du dir selbst wehgetan hast. Ich sage nur, was du selber genau weißt.«

»Ich will nicht ehrlich sein und dafür bettelarm«, schrie Xenia. »Ja, ich liebe ihn nicht, na und?«

»Wenn du ihn nicht liebst, dann verlass ihn.«

»Wo soll ich denn hin? Zu euch? Lieber sterbe ich!«

Der Vater hatte schweigend auf dem Balkon gestanden und geraucht. Natürlich hatte er alles gehört, denn die Tür war offen. Er rauchte stinkende Belomor-Papirossy. Xenia hatte ihm zwei Stangen Parlament-Zigaretten mitgebracht. Überhaupt hatte sie die Eltern mit Geschenken überschüttet. Zusammen mit ihrer Schwiegermutter hatte sie für ihre Mutter ein wunderschönes Sommerkostüm aus hellblauem Leinen gekauft und Parfüm, für den Vater ein Hemd und eine Krawatte von Versace. Galina geizte nicht, sie wollte die neuen Verwandten für sich einnehmen. Xenia war mit dem Taxi gekommen, mit einer riesigen Tasche, die außer den Markenklamotten Büchsen mit schwarzem Kaviar sowie abgepackten Stör und Lachs enthielt. Mit Mühe hatte sie die Tasche bis zur Wohnung geschleppt. In der Babytrage schlief die winzige, gerade einen Monat alte Mascha. Xenia hoffte sehr, ihre Eltern milder zu stimmen, sie sollten sich über die Geschenke freuen und vor allem die Enkelin bewundern. Aber sie blieben unbeugsam.

»Nimm das ganze Zeug wieder mit! Und merk dir: Du kannst nur unter einer Bedingung herkommen: Wenn du hierbleiben willst«, sagte der Vater.

Natürlich ließ sie die Geschenke da, die Tasche blieb im engen Flur stehen – ihre Eltern hatten nicht einmal einen Blick hineingeworfen.

Danach hatte sie einige Male angerufen, aber wenn Xenia die Stimme ihrer Mutter hörte, verkrampfte sich ihre Kehle, und sie brachte kein Wort heraus.

»Du musst uns verstehen«, brummte der Vater unsicher. »Stell dir vor, was du empfinden würdest, wenn Mascha eines Tages genauso handelte? Ich bitte dich sehr: Komm her, Mama und ich möchten so gern unser Enkelkind sehen.«

Ohne sich recht bewusst zu sein, was sie tat, kaufte Xenia an einem Kiosk einen Chip, ging in eine Telefonzelle und wählte die Nummer ihrer Eltern. Das Amtszeichen löste in ihr unerträgliche Wehmut aus. Die Eltern waren nicht zu Hause. Sie hatte niemanden auf der ganzen Welt, nur den weißblonden Bastard, der sie verfolgte.

Schließlich entdeckte sie ihn. Er stand vor dem Schaufenster eines Sportgeschäfts und wartete, dass sie den Hörer auflegte.

Als Warja auf Pnyrjas Haus zufuhr, schaltete sie ihr Handy aus, falls Borodin zurückrief – sie konnte ja schlecht in Pnyrjas Gegenwart mit ihm reden.

Sie war noch nie bei dem alten Kriminellen zu Hause gewesen, kannte aber die Adresse und fand mühelos die hohe Betonmauer in der stillen, menschenleeren Gasse in der Nähe eines Parks. Das Tor öffnete sich. Warja sah eine weißblaue Villa im alt-englischen Stil vor sich. Der Wachmann nickte ihr düster zu und brachte sie ins Wohnzimmer. Pnyrja saß vorm brennenden Kamin. Sein Gesicht war grünlich, seine Augen gerötet – er sah aus wie aus dem Jenseits zurückgekehrt.

»Willst du was trinken?«, fragte er heiser.

»Nein danke.«

Sie setzte sich in den Sessel ihm gegenüber und blickte fragend in seine kranken, eingesunkenen Augen. Das Schweigen dauerte einige endlose Minuten; der alte Mann schaute Warja an, und sie bemühte sich, dem Blick standzuhalten, ohne zu zwinkern oder sich abzuwenden. Endlich senkte er die Lider, und Warja wagte sich umzusehen. Durch den Spalt zwischen den schweren dunkelblauen Vorhängen fiel ein goldener Streifen, gerade und scharf wie eine Rasierklinge. Das Sonnenlicht ließ das Kaminfeuer durchsichtig wirken. In einem riesigen Aquarium lag in trübem grünem Wasser ein kleiner Baumstamm unter einer Borkenkruste oder dickem Schimmel. Mit leisem Entsetzen erkannte Warja, dass es ein lebendes Krokodil war. Direkt über Warjas Kopf lärmte etwas, und eine komische mechanische Stimme sagte: »Wo ist das Geld? R-rache!«

Auf einem Bücherschrank stand ein Käfig mit einem fetten bunten Papagei. Der Vogel musterte Warja aus seinen glänzenden runden Augen.

»Gena ist tot«, hauchte Pnyrja.

Warja versuchte vergebens, sich zu erinnern, wer dieser Gena war.

»Du musst nichts sagen, Mädchen«, sagte Pnyrja, krampfhaft schluchzend. »Bleib einfach bei mir. Vor dir kann ich weinen, vor Fremden darf ich das nicht. Gib mir deine Hand.«

»Auge um Auge!«, kreischte der Papagei und brach in ein unheimliches menschliches Gelächter aus. »Wo ist das Geld? R-rache, du Aas!«

Warja rückte ihren Sessel näher an seinen und streichelte Pnyrjas knotige, eiskalte Hand. Er drückte schwach die ihre.

»Pjotr kommt heute. Er wird den Kerl finden. Den nehm ich mir persönlich vor. Aber davon wird mir nicht leichter. Ich habe ihn geliebt wie einen Sohn.«

Warja stellte keine Fragen. Ihre Finger wurden unter dem Druck von Pnyrjas Hand taub, und eine seltsame, leblose Kälte breitete sich von dort über die Schulter im ganzen Körper aus. Es war heiß im Raum, aber sie fröstelte. Sie wäre am liebsten aufgesprungen und davongerannt, weit weg von dem Krokodil, dem Papagei mit dem menschlichen Lachen und von Pnyrja mit seinem eiskalten, leblosen Griff.

»Vielleicht solltest du ein wenig schlafen?«, fragte sie vorsichtig. »Wenn es mir schlecht geht, versuche ich zu schlafen.

Hinterher ist alles weniger schlimm, und der Kopf ist wieder klar. Leg dich hier aufs Sofa, ich setz mich zu dir. Ich gehe nicht weg, ich bleibe, solange du mich brauchst.«

Er hob die Lider und drückte Warjas Hand so fest, dass es knackte. Langsam wandte er den Kopf und sah ihr in die Augen.

»Meinst du das auch ehrlich, Mädchen? Du musst mich doch hassen. Nach dem, was ich dir angetan habe.«

»Nein, Pnyrja. Derjenige, der mir etwas angetan hat, hat seine verdiente Strafe bekommen«, sagte sie langsam und fest. »Dir aber bin ich dankbar, fürs ganze Leben. Wärst du nicht gewesen, würde ich diesen Dreckskerl womöglich noch immer lieben.«

»Ich hab dich mit Malzew verkuppelt«, erwiderte Pnyrja. »Du hättest einen guten Mann heiraten und glücklich werden können.«

»Hör auf!« Warja lachte nervös auf. »Du hast dir meinetwegen nichts vorzuwerfen. Ich habe mich an Malzew gewöhnt, es ist alles bestens.«

»Du hast dich an ihn gewöhnt, sagst du?« Pnyrjas Tränen waren getrocknet, seine Augen in den schwarzen Höhlen glänzten trocken. »Schade. Du wirst dich bald wieder entwöhnen müssen.«

Ein leises, schweres Klatschen ertönte. Das Krokodil im Aquarium hatte sich bewegt, wandte seinen Kopf nun Warja zu und starrte sie aus trüben Augen an. Das scheußliche Maul mit den vielen Zähnen war geöffnet, der Schwanz schlug dumpf gegen die Glaswand.

»Was hast du denn, Kleiner?«, fragte sein Besitzer zärtlich. »Hunger? Warte noch, mein Freund, du darfst nicht zu dick werden, das ist nicht gut für dich. Der Koch sagt, du hast heute Morgen ein Kaninchen gefressen, also gedulde dich bis zum Abend, mein Guter.«

Das Krokodil zog sich seitwärts zurück und legte sich auf den trüben Grund.

»Ist zwar nur eine Kreatur, aber er versteht alles genau.« Pnyrja nickte, und ein schwaches Lächeln umspielte seine Lippen. »Wenn er ein lebendes Kaninchen oder ein Küken verschlingt, weint er. Bittere Tränen. So mitfühlend ist er.«

»Sieht man denn die Tränen im Wasser?«

»Er frisst draußen.«

»Was, du lässt ihn raus?«, rief Warja erschrocken.

»Aber ja! Natürlich nicht auf den Teppich, er würde mir hier ja alles schmutzig machen. Aus dem Aquarium wird das Wasser abgelassen, und das Futter läuft auf dem Rand lang. Die Tür muss dabei natürlich zu sein. Weißt du, ich schaue ihm gern zu beim Jagen. Er kostet mich zwar eine Stange Geld, aber was solls?«

»Er frisst lebendige Küken und Kaninchen?« Warja verzog das Gesicht.

»Natürlich lebendig.« Pnyrja nickte. »Sonst schmeckts ihm nicht.«

»Aber er könnte doch auch einen Menschen beißen.«

»Klar doch. Ist schließlich ein Raubtier.« Endlich ließ er Warjas Hand los und strich ihr mit einem Finger über Wange und Hals. »Du bist mir also nicht böse, Warja? Recht so, Mädchen. Man darf nichts Böses in sich hegen, es wächst innen drin, nimmt dir die Luft und will raus. Ich sehe es jedem an den Augen an, wenn er Böses im Herzen trägt. Aber deine Augen sind klar und rein, darum liebe ich dich wie eine Tochter. Hörst du, Mädchen? Wie eine Tochter.«

Die Szene hatte etwas von einer Seifenoper. Warja war schon lange aufgefallen, dass Pnyrja ständig von diesem verlogenen süßlichen Hauch umgeben war.

Nun musste sie nur noch losheulen und ihm um den Hals fallen. Das in ihr aufsteigende verräterische Lachen kam ihr zupass – ihr traten Tränen in die Augen, und Pnyrja glaubte, sie halte nur mit Mühe ein Schluchzen zurück.

»Nicht doch, Mädchen, nicht doch«, flüsterte er heiser und streichelte ihr den bebenden Rücken. »Alles wird gut. Siehst du, so ist das, wen man liebgewinnt, den verliert man. Wie soll ich jetzt meiner Schwester in die Augen sehen? Er war ihr einziger Sohn.«

Der Neffe, dämmerte es Warja. Klar, er hatte von einer Schwester in Woronesh erzählt. Er wollte die beiden immer nach Moskau holen, die Schwester und den Neffen, aber sie sträubten sich. Er hätte sie hier bestens untergebracht, genau wie damals die kinderreiche Isolda, die Tochter seines umgekommenen Woronesher Kumpels Iwan. Sie hat sieben Kinder, und Pnyrja hat ihr ein riesiges Haus in der Nähe von Moskau gekauft. Sofort stieg aus Warjas Erinnerung erneut ein Bild auf, diesmal deutlicher. Eine sonnenbeschienene Wiese, ballspielende Jugendliche. Drei Mädchen. Zwei sich vollkommen gleichende Schönheiten mit glattem blondem Haar und eine dürre Rothaarige mit aufgeschlagenem Knie. Ein klarer, kalter, windiger Tag Anfang Mai. Auf der Wiese tobt ein erwachsener Mann mit den Kindern herum. Weiße Turnschuhe, weißer Trainingsanzug. Ein ehemaliger russischer Boxchampion treibt mit Isas Kindern Sport. Ein regelmäßiges Durchschnittsgesicht, helles, stoppelkurzes Haar…

»Wen man liebt, den verliert man«, vernahm sie Pnyrjas dumpfe Stimme. »Ich hab ihn geliebt und verwöhnt, ich hab ihm vertraut wie mir selbst, und er tut mir so was an!«

»Hat er sich umgebracht?«, fragte Warja vorsichtig.

»Er wurde in die Luft gesprengt. Er war auf einem Einkaufsbummel, wollte ein Geschenk für seine junge Frau kaufen, und da hats gerumst.«

»Wer wusste denn, wann und wo er einkaufen wollte? Wo ist es passiert?«

»In der Einkaufsgalerie am Puschkinplatz.«

»Die ist groß, da gibts eine Menge Geschäfte«, sagte Warja nachdenklich. »Schließlich wurde nicht die ganze Galerie in die Luft gejagt, oder?«

»Nein. Nur die Boutique ›Virginia‹. Gena war gerade nebenan im Antiquitätenladen. Der Kronleuchter ist runtergeknallt, ihm genau auf den Kopf. Wie soll ich meiner Schwester Galja jetzt in die Augen sehen? Er war ihr Einziger.«

»Weiß sie es schon?« Warja hob die feuchten Augen, hielt den Atem an und spürte, wie ihre Hände kalt wurden.

»Nein. Ruf du sie an, aber sag es ihr nicht gleich. Sie soll nach Moskau kommen. So was sagt man nicht am Telefon.«

»Ich soll deine Schwester anrufen?«, fragte Warja erstaunt. »Aber sie kennt mich doch gar nicht.«

»Wen soll ich sonst darum bitten? Selber kann es ich nicht, das schaffe ich nicht. Komm, ich wähle die Nummer, und du sprichst mit ihr.«

»Bitte doch deine – wie heißt sie gleich? Isolda, die Tochter deines Woronesher Kumpels Iwan. Die wir mal besucht haben, weißt du noch? Sie hat sieben Kinder, glaube ich. Und so ein Boxer war da ...« Das alles sagte Warja sehr schnell, in einem Atemzug, in der Hoffnung, Klarheit in ihre vage Erinnerung zu bringen.

»Wen soll ich bitten?«, blaffte Pnyrja. »Isa? Sie und meine Galja können sich nicht ausstehen. Und Isa ist für mich auch eine Fremde, ich war ihrem Vater etwas schuldig, meinem toten Freund Iwan, sie selber ist mir rein menschlich vollkommen fremd.«

»Na gut.« Warja seufzte. »Was soll ich sagen?«

»Sag: Hallo Galja. Dein Bruder Wowa hat mich gebeten, dich anzurufen. Du sollst sofort nach Moskau kommen. Die Tickets werden dir heute nach Hause gebracht.«

Er wählte auf seinem Handy eine Nummer und reichte Warja das Telefon. Lange ging niemand ran, schließlich meldete sich eine dumpfe Frauenstimme.

»Galja?«, fragte Warja vorsichtig.

»Die ist nicht da.«

»Und wann kommt sie?«

»Wer spricht da?«

»Ich rufe aus Moskau an, von ihrem Bruder.«

»Von Wowa? Na, dann richte ihm aus, dass er ein verdammtes Schwein ist!« Warja sah Pnyrja ratlos an.

»Was ist denn?«, fragte er. »Ist die Verbindung abgebrochen?«

»Nein. Aufgelegt. Galja war nicht da, eine Frau war dran.«

»Die Nachbarin«, folgerte Pnyrja. »Die mag mich nicht, das Aas. Was hat sie gesagt?«

»Willst du das unbedingt hören?« Warja zuckte die Achseln.

»Ach, was solls!« Er griff nach dem Telefon und wählte erneut. Diesmal wurde sofort abgenommen. Pnyrja lief dunkelrot an und brüllte: »Ja, ich bins! Wann? Wieso Krankenhaus? Schrei nicht so, dumme Kuh, sie kann unmöglich einen Herzinfarkt haben, ihr Herz ist vollkommen gesund! Ich werde selber mit den Ärzten reden, von wegen Herzinfarkt! Ich komme noch heute! Schluss!« Er schleuderte das Telefon zu Boden und saß eine ganze Weile schwer atmend da. Sein Gesicht wurde immer blasser.

»Sie weiß es schon«, zischte er leise.

In der Stille ertönte ein Klopfen, die Tür wurde einen Spalt geöffnet, und ein Leibwächter steckte den kahlgeschorenen Kopf herein.

»Verschwinde! Ich hab doch gesagt, ich will meine Ruhe!«, brüllte Pnyrja.

»Hier ist ein Untersuchungsführer, der will zu Ihnen«, verkündete der Leibwächter. »Sein Auto steht vorm Tor. Soll ich ihn reinlassen?«

»Was für ein Untersuchungsführer? Was redest du da?«

»Laut Ausweis vom FSB.«

»Was für eine Autonummer?«

»Die Nummer ist echt. Das haben wir schon überprüft.«

»Von welcher Abteilung kommt er?«

»Das hat er nicht gesagt.«

»Dann kriegt das raus! Und fahrt ihr Auto« – er wies mit einem Kopfnicken auf Warja – »schnell zum hinteren Tor.«

Der Leibwächter verschwand. Pnyrja sah Warja mürrisch an und sagte: »Mach, dass du hier wegkommst, meine Leute bringen dich zum Hinterausgang. Ich ruf dich heute Abend an.«

Ein Stück entfernt von Pnyrjas Haus hielt Warja an, schaltete ihr Handy ein, kippte den Inhalt ihrer Handtasche auf den Beifahrersitz und sah einen Stapel Visitenkarten durch, bis sie das Gesuchte fand. Auf dem glänzenden Viereck stand: »›Virginia‹ Exklusive Damenmode. Eduard Radtschenko. Geschäftsführer.«

Einunddreißigstes Kapitel

Xenia hatte bereits dreimal die Nummer ihrer Eltern gewählt, obwohl diese offenkundig nicht zu Hause waren. Der Weißblonde stand noch immer vorm Schaufenster und schaute zu ihr herüber.

Mascha regte sich und fing an zu quengeln. Xenia schaukelte den Kinderwagen und fühlte, dass sie gleich umfallen würde, so schwindlig war ihr. Plötzlich wählten ihre Finger wie von selbst eine andere Nummer. Erst als jemand abhob, begriff sie, wen sie da anrief, und wollte auflegen, doch ihre Hand war wie erstarrt.

»Hallo Mitja«, flüsterte sie und verlor fast das Bewusstsein.

»Mein Gott, Xenia! Ich hab schon nicht mehr gehofft, dass du dich meldest, deine Eltern sagten, du hättest geheiratet, und wollten mir deine neue Nummer nicht geben, und im Krankenhaus hieß es, du hättest gekündigt. Wo bist du? Warum klingst du so komisch?«

»Du hast mich wirklich gesucht?«

»Ja, natürlich.«

»Und deine… Die mit den Brillanten?«

»Wer?«

»Na, die große Brünette. Du hast dauernd auf ihren Anruf gewartet, und dann habt ihr euch versöhnt.«

»Ich weiß nicht, von wem du redest. Hör mal, wollen wir uns nicht heute Abend treffen? Komm gegen acht zu mir. Geht das?«

Mascha war nun endgültig wach und weinte laut.

»Warte mal kurz.« Xenia nahm Mascha auf den Arm.

»Weint da etwa ein Baby?«, fragte Mitja erstaunt.

»Ja, Mitja, ich habe ein Kind. Die kleine Mascha. Haben meine Eltern dir das nicht gesagt?«

»Nein. Sie haben gar nichts gesagt. Mascha also? Wie alt?«

»Drei Monate und zwei Wochen.«

»Warum rufst du an, Xenia?«

»Ich weiß nicht. Wenn ich dir sage, dass es mir schlecht geht, dann erklärst du mir, dass man nie klagen darf, dass man ein kaltes, rätselhaftes Biest sein muss. Also bin ich lieber ein Biest und sage, es ist alles bestens. Ich rufe nur so an, aus Langeweile. Weißt du, jetzt mit dem Baby hab ich eine Menge Freizeit. Weil ich nämlich klug bin und den Richtigen geheiratet habe. Ich habe eine Haushälterin und muss mich um nichts kümmern. Ich habe einen reichen Mann, eine tolle Schwiegermutter, die beiden lieben mich abgöttisch, ich habe Geld wie Heu und noch mehr Glück. Und ich bin heilfroh, dass du damals nicht gekommen bist. Erinnerst du dich, wir wollten ins Kino, aber da hast du dich plötzlich mit deiner Dingsda versöhnt, an die du dich angeblich nicht mehr erinnerst.«

Xenia war so aufgeregt, dass sie den Weißblonden einen Augenblick vergaß.

»Ja, ja, ich war ein Idiot, ich bin schuld, und ich hab mir selber damit mehr angetan als dir«, sagte er hastig. »Wenn das Kind nicht wäre, hätte ich noch Hoffnung, aber ich kenne dich zu gut. Wie lange haben wir uns nicht gesehen? Ein Jahr und zwei Wochen…«

»Das weißt du so genau? Ja, stimmt. Dann noch mal flüchtig im Krankenhaus, aber das zählt ja nicht.«

»Vielleicht kommst du doch her?«

»Ich weiß nicht. Vielleicht.« Sie legte auf. Das Herz schlug ihr bis zum Hals. Der Weißblonde stand noch immer da.

»He, was glotzt du so?«, rief Xenia ihm zu. »Denkst du, ich hab Angst? Hallo, Genosse Milizionär!«, schrie sie aus vollem Hals, obwohl sie nirgendwo einen Milizionär sah. »Hilfe! Miliz! Hilfe!«

Die Passanten drehten sich um, zwei Männer blieben stehen und kamen auf Xenia zu.

Für einen Augenblick verdeckten sie den Weißblonden, und Xenia wusste: Wenn sie sich nach ihm umdrehen würden, wäre er schon verschwunden, sagte aber trotzdem: »Der Mann mit der Sonnenbrille, hinter Ihnen, der verfolgt mich.«

»Wer, der hier?« Einer der Männer packte einen zufälligen Passanten am Handgelenk, einen kahlköpfigen Dickwanst mit dunkler Brille. Der wehrte sich empört, doch der beherzte Beschützer drehte ihm mit geübtem Griff den Arm auf den Rücken.

»Nein, nicht der, lassen Sie ihn los, der andere ist jünger, größer und dünner, er hat kurze blonde Haare und trägt hellblaue Jeans und weiße Turnschuhe, aber er ist schon abgehauen.«

Der freigelassene Dicke schimpfte laut und machte keine Anstalten weiterzugehen.

»Unverschämtheit! Mich mitten auf der Straße festzuhalten und mir den Arm umzudrehen! Dafür werden Sie sich verantworten! Zeigen Sie mir sofort Ihren Ausweis!«

Die jungen Männer lachten spöttisch, entfernten sich rasch und ließen Xenia allein mit dem empörten Dicken und einem Häufchen durch das Geschrei angelockter Schaulustiger.

Xenia ignorierte den aufkommenden Skandal, legte Mascha zurück in den Kinderwagen und wollte weitergehen, doch der Dicke versperrte ihr den Weg.

»Lassen Sie mich bitte durch«, sagte sie ruhig.

»Nein!«, brüllte er. »Du steckst doch mit denen unter einer Decke!«

»Sehen Sie mal nach Ihrer Brieftasche«, riet eine spitznasige dünne Frau mit einer riesigen Einkaufstasche dem Dicken. »Schauen Sie, Ihre Bauchtasche ist offen!«

Der Mann griff nach der Tasche und brüllte aus vollem Hals: »Man hat mich beraubt! Miliz!«

»Tja, die Kerle sind über alle Berge«, bemerkte jemand schadenfroh.

Xenia fuhr vorsichtig um den Dicken herum, während dieser den Inhalt seiner Bauchtasche untersuchte, und war schon fast an ihm vorbei, als die Spitznasige sie am Arm packte.

»Hiergeblieben! Da, die Komplizin! Sie arbeiten zusammen, mit einem Baby als Ablenkung. Keine ehrliche Frau kann sich heutzutage so einen Kinderwagen leisten!«

Schließlich kamen zwei Milizionäre.

»Also, Bürger, was ist hier los?«

»Dieser Mann hier wurde bestohlen, und das Mädchen ist die Komplizin der Diebe.«

»Kommen Sie mit, junge Frau, und Sie auch, Bürger Geschädigter. Und wer ist Zeuge? Sie kommen auch mit, gute Frau.«

Zehn Minuten später betrat die ganze Prozession das örtliche Milizrevier. Die Spitznasige kreischte noch immer, der Dicke dagegen schwieg beleidigt.

Auf dem Revier erfuhr Xenia, dass in diesem Bezirk seit langem eine Bande geschickter Taschendiebe operierte und dass sie, Bürgerin Solodkina, die Komplizin der Diebe sei. Die erste Hälfte der Information erhielt Xenia vom diensthabenden Oberleutnant, die zweite lieferte die spitznasige Zeugin, eifrig unterstützt von dem bestohlenen Dicken.

»Wie viel Geld wurde Ihnen gestohlen?« fragte der Diensthabende.

»Alles, was ich bei mir hatte«, erklärte der Dicke. »Hier, nur ein bisschen Kleingeld ist noch da.« Er schnallte die Bauchtasche ab und kippte deren Inhalt auf den Tisch: Schlüssel an einem Plastikanhänger mit einer Rose darin, Tabletten, ein Ausweis, eine Metrokarte, eine Handvoll Münzen. »Ich hatte dreitausend Rubel bei mir, genauer gesagt, dreitausendeinhundert, die Hälfte meines Monatsgehalts, verstehen Sie?«, brüllte der Dicke drohend. »Und wo ist das jetzt, frage ich Sie? Heutzutage jemandem Geld zu stehlen ist genauso schlimm wie im Krieg der Diebstahl der Lebensmittelkarte!«

»Für so was wurde man früher sofort an die Wand gestellt!«, kreischte die Alte, an Xenia gewandt. »Was kuckst du so? Glotz mich nicht so an, du Diebin!«

»Nun mal ganz ruhig, Bürgerin«, knurrte der Diensthabende und nahm dem Dicken die Tasche aus der Hand. »Sie gestatten? Hier ist noch eine Reißverschlusstasche, Bürger, schauen Sie da mal rein.«

»Die ist leer, meinen Sie, ich wüsste nicht mehr, wohin ich das Geld gesteckt habe?« Der Dicke zog den Reißverschluss auf und wurde puterrot. »Komisch ... Das verstehe ich nicht ...« Er holte einen Packen Geldscheine hervor und starrte ihn verwirrt an.

»Na, dann zählen wir mal nach, Bürger.« Der Diensthabende seufzte.

Der Dicke zählte mit zitternden Händen nach und flüsterte schließlich: »Dreitausendeinhundert ...«

»Also, dreitausendeinhundert waren drin, und genauso viel ist noch da.« Der Diensthabende nickte zufrieden. »Interessante Taschendiebe heutzutage. Wollen Sie sich nicht bei der jungen Frau entschuldigen? Und auch Sie, Bürgerin, seien Sie so gut und entschuldigen Sie sich, Sie haben hier nämlich eine Menge Blödsinn geredet.«

»Ich denke nicht daran, mich zu entschuldigen, dazu habe ich gar keinen Grund«, murmelte der Dicke und klaubte seine Habe vom Tisch.

Auch die Alte wollte sich nicht entschuldigen und erhob ein so ohrenbetäubendes Geschrei, dass ein Milizionär sie beim Arm nahm und auf die Straße hinausführte.

»Kann ich gehen?«, fragte Xenia leise. »Geben Sie mir bitte meinen Ausweis zurück.«

»Was war eigentlich los? Warum haben Sie um Hilfe gerufen?«, fragte jemand hinter ihr.

Sie drehte sich um und erblickte einen jungen Mann in Uniform mit ihrem Ausweis in der Hand.

»Geben Sie mir bitte meinen Ausweis zurück. Ich muss gehen«, sagte sie und spürte, dass sie gleich losheulen würde.

»Hauptmann Melnikow«, stellte sich der junge Mann vor. »Hier, Ihr Ausweis. Aber ich bitte Sie, noch einen Moment zu bleiben und mir ein paar Fragen zu beantworten. Keine Angst, es dauert nicht lange.«

Oleg fläzte sich auf der Couch vorm Fernseher, einen vollen Aschenbecher auf dem Fußboden neben sich. Raïssa stand an der Tür, die Arme vor der Brust gekreuzt. Die Luft war so verraucht, dass es in ihrem Hals kratzte.

»Du solltest wenigstens mal das Fenster öffnen und lüften«, sagte sie nach einem Hustenanfall. »Willst du was essen?«

»Nein.«

»Du solltest deine Frau anrufen, das ist doch keine Art. Dass du das Haus hier zum Puff machst und solche unanständigen Mädchen einlädst. Ruf sie an, bitte sie um Entschuldigung.«

»Wozu?«, blaffte Oleg und zündete sich die nächste Zigarette an.

»Warum hast du sie überhaupt geheiratet, wenn du sie gar nicht liebst?«

»He, was willst du eigentlich von mir?« Oleg setzte sich abrupt auf.

»Brüll hier nicht rum! Ich bin ein lebendiger Mensch, ich kann nicht die ganze Zeit schweigen und euch bedienen wie ein Roboter! Mir tut das Kind leid, und nicht nur die kleine Mascha. Du hast noch eine Tochter, Oleg, sie ist inzwischen schon vierzehn. Die Tochter von Olga, du hast sie bestimmt noch nie gesehen. Ich dumme Alte, auch wenn ich nicht schuld bin an euren Schweinereien, ich fühle mich wie ein Schwein, weil ich so viele Jahre schweigend zugesehen und mich nie eingemischt habe.« Nach dieser hastigen Tirade wurde sie rot und hielt sich den Mund zu.

Oleg sah Raïssa voll derart dumpfer Wehmut an, dass sie erschrak.

»Fünfzehn«, sagte er schließlich und lächelte eigenartig.

»Was?«, fragte Raïssa besorgt.

»Ljussja ist am Sechsten fünfzehn geworden.«

Raïssa riss den Mund auf und ließ sich auf einen Stuhl sinken. Oleg drückte die erst halb aufgerauchte Zigarette aus und warf dabei den Aschenbecher um. Raïssa sprang auf, lief hinaus und kam mit Besen und Kehrschaufel zurück.

»Bist gut dressiert«, spottete Oleg. »Mütterchen hat dich gut erzogen. Ja, das hat sie drauf. Ärgere dich nicht, ich bin ja auch dressiert.«

»Heb die Beine hoch, du bist im Weg. Du siehst das Kind also manchmal? Und was macht Olga? Wie geht es ihr?«

»Olga gehts gar nicht«, antwortete Oleg mit mechanischer Stimme. »Sie ist tot.«

»Mein Gott! Schon lange?« Raïssa fegte die Kippen zusammen, warf sie in den Kamin und wischte dann auf allen vieren mit einem Lappen die Asche auf.

»Lass das doch mal, setz dich hin. Olga ist schon lange tot, seit über zehn Jahren.«

»War sie denn krank?« Raïssa setzte sich mit dem Lappen in der Hand auf den Rand der Couch.

»So ähnlich.« Oleg lachte schief. »Sie ist aus dem Fenster gesprungen.«

»Aus dem Fenster?«, rief Raïssa. »Ach – dabei heißt es doch, wer damit droht, der tut es nie.«

»Was meinst du damit?«

»Dass ich sie einmal vom Fensterbrett geholt habe, als sie schwanger war.« Raïssa kniff die Lippen zusammen. »Weißt du, was sie damals zu mir gesagt hat? Sie hat gesagt, deine Mutter würde sie hassen und sie sowieso eines Tages umbringen, also wollte sie es lieber selber tun. Und davor war noch so eine Geschichte: Der eingeschaltete Föhn fiel in die Waschschüssel, als Olga darin einen Pullover wusch. Wie zufällig. Das heißt, natürlich war das Zufall, was rede ich denn da?«

»Der Föhn also. Eingeschaltet, ja? Sieh mal an.« Oleg zwinkerte ihr zu. »Mutter hat sie wirklich gehasst. Sie hat damals auch Vater eingeredet, Olga hätte mich an die Nadel gebracht, ihren unschuldigen Jungen. Dabei wusste sie genau, dass ich damals schon lange indisches Gras, Haschisch und Marihuana rauchte. Olga hatte anfangs panische Angst vor Drogen, aber ich hab ihr weisgemacht, es wäre nichts weiter dabei. Und sie hat mich geliebt, das Dummchen. Von allen meinen Weibern war sie die Einzige, die mich wirklich liebte. Wir haben alles ausprobiert und sind schließlich bei LSD gelandet.«

»Wo seid ihr gelandet?« Raïssa zwinkerte heftig.

»Das ist eine Droge. LSD.« Oleg lächelte.

»Was denn, Oleg, du nimmst Drogen?« Raïssa streichelte seine Hand. »Du Armer, das ist doch unheilbar.«

»Sag bloß, du hast echt nicht gewusst, dass ich drogensüchtig bin? Du lebst seit zwanzig Jahren bei uns, hast mich ständig vor Augen, und du hast nichts gewusst?«

»Ich dachte, du hast Zucker und zu hohen Blutdruck.« Raïssa zog den Kopf ein, als fürchte sie, er könnte sie schlagen. »Dabei war es also das ... Jetzt verstehe ich. Und sie ist tatsächlich aus dem Fenster gesprungen, obwohl sie ein kleines Kind hatte – schrecklich! Und was ist mit dem Mädchen?«

»Das Mädchen ist schwachsinnig. Ich sag doch, Olga und ich waren auf LSD, das ist eine Droge mit interessanten Auswirkungen auf die Chromosomen. Die Ärzte bezeichnen Ljussja als debil. Mutter hat Angst, dass irgendwer von Ljussja erfahren könnte.« Oleg lachte. »Man stelle sich vor: Galina Solodkina, die erfolgreiche, glänzende, wohlhabende Dame hat einen drogenabhängigen Sohn und ein debiles Enkelkind!«

»Wo lebt sie denn? Bei wem?«

»Das Mädchen?« Oleg hörte auf zu lachen und verzog das Gesicht zu einer seltsamen, schmerzerfüllten Grimasse. Raïssa betrachtete voller Angst und Mitgefühl sein hässliches stupsnasiges Profil. »Ich lebte so vor mich hin, ich wusste zwar, dass sie existierte, dachte aber nie an sie. Doch seit ich sie zum ersten Mal gesehen habe, ist plötzlich alles anders. Ich vermisse sie. Es zieht mich dorthin. Ich fahre mit der Videokamera hin, filme Ljussja und bewundere dann heimlich mein Kind. Mutter hätte fast einen Herzinfarkt gekriegt, als sie erfuhr, dass ich sie besuche.«

»Wo denn?«

»Im Heim. Kein normales Kinderheim, sondern das Beste vom Besten. Wie eine Familie. Ljussja lebt mit gesunden, netten Kindern zusammen. Zum Beispiel mit den fröhlichen Zwillingen, die mit dem Fotografen Nikolai hier waren.«

»Mein Gott, die spielen sie kaputt, sie ist doch behindert.« Raïssa schüttelte den Kopf. »Und die beiden sind so furchtbar frech.«

»Da mach dir mal keine Sorgen. Mutter sponsert das Heim großzügig, dafür wird Ljussja geliebt und gut behandelt. Sie wurde offiziell adoptiert, sie trägt jetzt einen anderen Namen. Für Geld kriegt man alles, tadellose Papiere, Fürsorge und ein behagliches Heim. Mutter hat ein reines Gewissen. Einerseits weiß niemand von unserer Schande, und andererseits ist das behinderte Kind bestens untergebracht, in einer Topeinrichtung.«

»Besuchst du sie schon lange?«

»Seit einem knappen Jahr. Mutter wollte mir einreden, Ljussja sei in Amerika, dort gebe es viele Kinderlose. Und weil gesunde Kinder nicht ins Ausland gelassen werden, adoptieren sie unsere Kranken und Behinderten. Ich hab diese Lüge bereitwillig geschluckt. Ich dachte, in Amerika hat es das Mädchen besser, dort behandelt man Behinderte ganz anders. Aber eines Tages rief mich Olgas Schwester Lilja an und fuhr mit mir zu Ljussja. Lilja besucht sie regelmäßig und nimmt sie manchmal mit nach Hause. Nach Olgas Tod konnte sie das Mädchen nicht bei sich behalten. Sie ist alleinstehend, arbeitet von früh bis spät, verdient miserabel und ist ganz auf sich allein gestellt – die behinderte Nichte war einfach zu viel für sie. Und da kam Mutter mit ihrem vernünftigen Vorschlag: Ein privates, familiäres Heim, spezielle Rehabilitationsprogramme und eine Pflege, die Lilja beim besten Willen nicht leisten konnte.«

»Warum hat sie das alles getan?«, unterbrach ihn Raïssa. »Du warst ja mit Olga nicht verheiratet, sie hätte sich doch einfach raushalten können.«

»Das hat sie offenbar nicht fertiggebracht.« Oleg lächelte. »Sie ist zwar hart und geschäftstüchtig, aber doch kein Unmensch. Sie wollte nur das Beste. Und vielleicht hatte sie noch andere Gründe, nicht nur moralische. Das weiß ich nicht, das hat sie mir nicht erzählt.«

Raïssa dachte mit gerunzelter Stirn angestrengt nach, dann fragte sie leise: »Weiß Xenia davon?«

»Dass ich eine schwachsinnige Tochter habe? Natürlich nicht.«

»Und dass du drogensüchtig bist?«

»Na, da bist du die einzige Naive hier.« Oleg bleckte die großen, verräucherten Zähne. »Aber Xenia wird sich noch anpassen. Jetzt weiß sie Bescheid, aber mit der Zeit wird sie lernen, es nicht zu wissen.«

»Wie konnte sie sich entschließen, ein Kind von dir zu bekommen?«

»Das hat sie gar nicht.«

»Was sagst du da?«

»Nichts weiter. Mascha ist nicht mein Kind.«

»Bist du verrückt?« Raïssa flüsterte. »Das glaube ich nicht, egal, was du mir erzählst!«

»Dann glaub es eben nicht«, sagte Oleg. »Was ändert das? Ich bin seit fast zwanzig Jahren auf Drogen. Ich kann schon lange kein Kind mehr zeugen. Selbst wenn ich es wollte. Und ich will auch schon lange nicht mehr. Aber das bleibt ganz unter uns, Raïssa!« Er zwinkerte ihr zu. »Verstanden?«

»Nein.« Raïssa schüttelte den Kopf. »Ich verstehe gar nichts und will es auch nicht. Du kleiner Mistkerl hast solches Glück gehabt, hast endlich ein gutes, reines Mädchen gefunden, und sie hat dir ein gesundes Kind geboren, die reine Augenweide. Du solltest deinen ganzen Willen zusammennehmen, die verfluchten Drogen aufgeben und endlich leben wie ein normaler Mensch. Und Ljussja aus dem Heim holen, egal, was deine Mutter davon hält. Mit solcher Sünde darf man nicht leben, Oleg, das darf man einfach nicht. Das Kind hat Vater und Großmutter und ist im Heim! Auch wenn Ljussja behindert ist, schwachsinnig, aber du sagst selbst, sie ist sehr lieb, und sie ist dein leibliches Kind. Sei ein Mensch, nimm sie zu dir.«

»Ljussja ist nicht schwachsinnig.« Oleg kniff die Augen zusammen und schüttelte den Kopf. »Sie ist eine Mutantin, ein geheimnisvolles Wesen, das nicht nach den üblichen idiotischen Regeln lebt, sondern nach ihren eigenen.«

Schritte näherten sich auf dem Kies, kurz darauf klopfte es an der Tür.

»Wer ist das denn noch?« Oleg fuhr zusammen.

»Vielleicht ist Xenia zurück?« Raïssa ging ächzend in die Veranda. Vor der Tür stand ein hochgewachsener sympathischer Mann in nagelneuen Jeans und hellblauem Hemd.

»Guten Tag. Hauptmann Kossizki. Kriminalmiliz.« Er zeigte ihr seinen aufgeklappten Ausweis.

»Oh!« Raïssa presste die Hand vor den Mund. »Was ist denn passiert?«

»Ich muss Oleg Solodkin sprechen.«

»Kennen Sie diese Personen?« Der höfliche junge Hauptmann, der stellvertretende Chef der Kriminalabteilung, breitete vor Xenia eine Patience Fotos aus.

»Nein«, antwortete sie, ohne auch nur einen Blick darauf zu werfen.

»So, nun beruhigen wir uns mal und unterhalten uns ohne Emotionen.«

»Ich bin ganz ruhig. Ich will bloß nicht mit Ihnen reden.«

»Aber wir haben uns doch in aller Form bei Ihnen entschuldigt. Ich bitte Sie nur, sich diese Phantombilder anzusehen und zu sagen, ob Sie jemanden darauf erkennen.«

»Ich weiß nicht.«

»Warum haben Sie um Hilfe gerufen?«

»Weil ich von einem Mann verfolgt wurde.«

»Wissen Sie, wer er ist?«

»Nein, keine Ahnung.«

»Warum hatten Sie dann Angst? Sie haben doch nach der Miliz gerufen, oder?«

»Ja, das habe ich, und ich bereue es. Wenn eine hysterische Alte mich als Diebin bezeichnet, ist das eine Sache, aber wenn Mitarbeiter der Miliz das tun, und zwar ohne jeden Grund, bloß weil mein Mann zwanzig Jahre älter und unsere Wohnung teuer eingerichtet ist … Kann ich jetzt gehen? Ich muss mein Kind stillen, und ich bin erschöpft. Also, auf Wiedersehen.«

»Nun warten Sie doch, Ihr Kind schläft ja ganz ruhig.«

Hauptmann Melnikow berührte ihre eiskalte, zitternde Hand. »Erst ist ein Mann in Ihre Wohnung eingebrochen, dann hat er Sie auf der Straße verfolgt. Denken Sie doch wenigstens an Ihr Kind! Sehen Sie sich diese Personen an. Vielleicht ist der Einbrecher darunter.«

»Ich würde ihn kaum erkennen. Er trug eine dunkle Brille.«

»Aha, das ist schon mal was. Also, versuchen wirs der Reihe nach. Wie groß war er?«

»Nicht sehr groß. Etwa einsfünfundsiebzig. Hager, aber breite Schultern. Kurze, blonde Haare. Die Augen ... Ich glaube, braun, aber ich bin nicht sicher. Ohne Brille habe ich ihn nur einige Sekunden lang gesehen. Das Gesicht – ziemlich regelmäßig, ein Durchschnittsgesicht, wie auf einem Plakat, bestimmt kann er sein Äußeres mühelos verändern.« Während sie redete, betrachtete sie die Phantombilder, ließ die Augen über die Bilder gleiten und verstummte plötzlich mitten im Wort, als sei sie über eines davon gestolpert. »Ja, er ist sehr unauffällig, das ist vielleicht sein wichtigstes Kennzeichen. Alles ist Durchschnitt – seine Größe, sein Alter, sein Körperbau. Er trug ein blaues T-Shirt, hellblaue Jeans, nagelneue weiße Turnschuhe ...«

Ihr Blick war auf eins der sieben Phantombilder gerichtet. Der Hauptmann sah, auf welches, drängte sie aber nicht, sondern wartete schweigend.

Die Information über den Serientäter, der zwei Personen getötet und einen Unterleutnant der Miliz verletzt hatte, war gestern reingekommen. Und vor knapp einer Stunde hieß es, er sei auf einem Hof in der Nähe gesehen worden, und zwar genau auf dem Hof des Hauses, in dem diese nervöse junge Mutter mit dem Baby wohnte. Gut möglich, dass die nächtliche Einsatzgruppe im Irrtum gewesen war mit ihrer Einschätzung, es habe sich um falschen Alarm gehandelt. Hauptmann Melnikow wusste, wie sein Kollege, Hauptmann Smatschny, nicht nur Verdächtige, sondern auch Geschädigte behandelte. Natürlich nicht immer, nur, wenn er sich mit seiner Frau gestritten hatte. Und wenn die Wohnung, zu der sie gerufen wurden, schick und teuer eingerichtet war, hatte man von Hauptmann Smatschny nichts Gutes zu erwarten.

»Der hier«, flüsterte Xenia Solodkina und wurde so blass, dass Melnikow erschrak. Ihr Finger zeigte auf das Phantombild des Serientäters.

»Wer ist das?«, fragte sie und hob die großen blauen Augen, die so erschrocken wirkten, dass Melnikow sich für seinen flegelhaften Kollegen schämte, der der Geschädigten wer weiß was unterstellt hatte, statt sich ernsthaft mit der Sache zu befassen, und für die widerliche Alte, die das Mädchen als Diebin beschimpft hatte, einfach so, aus Lust und Laune.

»Wir fahnden nach ihm«, antwortete der Hauptmann unbestimmt. »Und wir brauchen dringend Ihre Hilfe.«

»Er hat eine Pistole«, sagte Xenia leise. »Er hätte uns beinahe getötet. Er kam in der Nacht in die Wohnung, er muss einen Schlüssel gehabt haben, denn mit einem Dietrich lässt sich das Schloss nicht öffnen. Er hat sich seelenruhig im Bad gewaschen. Ich habe ihm Deospray in die Augen gesprüht, das Licht ausgemacht, die Badtür von außen abgeschlossen und bin weggerannt. Natürlich kam er ziemlich schnell raus. Aber steht das nicht alles im Protokoll? Ich habe das Ihren Leuten heute Nacht ausführlich erzählt. Doch sie haben mir nicht geglaubt, und Ihr, wie hieß er noch – Smatschny oder so ähnlich.« Sie lachte bitter auf. »Ja, dieser Smatschny hat gesagt, ich hätte mir das alles ausgedacht, um meine Schwiegermutter heimlich zu bestehlen.«

»Das hat er gesagt?« Melnikow schüttelte den Kopf.

»Genau das. Er hat mich behandelt wie eine Kriminelle.«

»Dafür bitte ich Sie nochmals um Entschuldigung. Also, wenn ich Sie richtig verstanden habe, verließ der Einbrecher das Bad und kam zu Ihnen auf den Hof gerannt? Und Sie sahen eine Pistole in seiner Hand?«

»Ja. Und am Morgen kam er wieder, klingelte an der Tür und gab sich als Milizionär aus. Wissen Sie, irgendwie bin ich Ihrem Smatschny sogar dankbar. Hätte er sich in der Nacht wie ein normaler Mensch benommen, hätte ich am Morgen vielleicht die Tür geöffnet. Aber nicht nur die schlechte Erfahrung mit ihm hielt mich davon ab. Als ich durch den Spion schaute, war da alles dunkel. Ein Milizionär hätte wohl kaum Kaugummi darauf geklebt.«

»Warum haben Sie nicht noch einmal die Miliz angerufen?«

»Das fragen Sie lieber Smatschny. Nach der Bekanntschaft mit ihm beschloss ich, nie wieder bei der Miliz Hilfe zu suchen.«

»Na ja, auch bei uns gibt es solche und solche. Der Einbrecher ist also entkommen. Und dann sahen Sie ihn auf der Straße wieder und riefen um Hilfe? Aber woher wussten Sie, dass er es war, wenn Sie gar nicht sehen konnten, wer vor der Tür stand?«

»Mein Gott, wer soll das denn sonst gewesen sein? Er kam wieder, weil er sein Messer im Bad liegengelassen hatte.«

»Was für ein Messer?«

»Ein ziemlich seltsames Messer. Möglicherweise gehörte es auch meiner Schwiegermutter, sie handelt mit Antiquitäten, und er war deswegen eingebrochen und hat es in der Eile im Bad vergessen. Aber vielleicht ist es auch seins, und er hat damit die Schmuckschatulle aufgebrochen.«

»Und wo ist das Messer jetzt?«

»Immer noch im Bad. Ein teures antikes Stück, mit Intarsien auf dem Griff, und die Klinge ist rhombenförmig wie eine Ahle.«

»Oha!«, rief eine Stimme im Kopf des Hauptmanns. Die Information über den Serientäter enthielt auch eine ungefähre Beschreibung seiner Tatwaffe: Ein Messer mit rhombenförmiger Klinge.

»Das Messer liegt also in Ihrem Bad, und der Mann hat einen Schlüssel zu Ihrer Wohnung?«, vergewisserte sich der Hauptmann. »Könnten Sie mir vielleicht Ihre Wohnungsschlüssel leihen?«

»Sie hoffen, den Mann am Tatort zu stellen?«

»Bitte, geben Sie mir die Schlüssel. Sie bleiben noch eine Dreiviertelstunde hier, und dann bringen wir Sie nach Hause.«

Zweiunddreißigstes Kapitel

Oleg erhob sich nicht einmal von der Couch, als der Milizhauptmann hereinkam.

»Oleg, der Herr will zu dir«, flüsterte Raïssa ihm zu und richteten ihren erschrockenen Blick auf den Hauptmann. »Setzen Sie sich doch, möchten Sie vielleicht Kaffee?«

»Danke« – Kossizki lächelte –, »da sage ich nicht nein. Oleg Wassiljewitsch«, wandte er sich an den blassen, aufgedunsenen Mann auf der Couch, »wann haben Sie Lilja Kolomejez das letzte Mal gesehen?«

»Wieso?«, fragte Solodkin ohne jede Emotion. »Wer sind Sie überhaupt und was wollen Sie hier?«

»Ich habe mich bereits vorgestellt. Hauptmann Kossizki, Kriminalmiliz. Hier ist mein Ausweis.«

»Stecken Sie sich Ihren Ausweis an den Hut. Warum fragen Sie nach Lilja? Was ist mit ihr?« Er schien zu sich gekommen zu sein und starrte den Hauptmann aus hervorquellenden schokoladenbraunen Augen an.

»Lilja Kolomejez wurde in der Nacht vom sechsten auf den siebten Juni in ihrer Wohnung brutal ermordet. Mit achtzehn Messerstichen.«

»O Gott!«, schrie Raïssa leise auf und erstarrte auf der Türschwelle.

»Was ist mit dem Kind?« Oleg sprang auf und stürzte sich auf den Hauptmann. »Wo ist das Mädchen?«

»Setzen Sie sich bitte«, befahl Kossizki. »Ljussja ist im Krankenhaus, in der Jugendabteilung des Serbski-Instituts.«

»Was ist mit ihr?« Er sank schwerfällig auf einen Stuhl.

»Irgendwer hat sie dazu gebracht, den Mord an ihrer Tante auf sich zu nehmen.« Kossizki zündete sich eine Zigarette an und inhalierte einen tiefen Zug. »Ihre Tochter war im dritten Monat schwanger. Sie hatte im Krankenhaus eine Fehlgeburt. Ich brauche die Adresse des Heims, in dem Ljussja lebte«, sagte er laut.

»Nja… lop«, krächzte Oleg, plötzlich aschfahl im Gesicht. Er wollte aufstehen, verlor das Gleichgewicht, warf den Stuhl um, wich zurück zur Couch, schaffte es aber nicht bis dort und sank zu Boden. Seine Lippen färbten sich blau, als hätte er Tinte getrunken.

»Lanrus… nja… gro… Fam… acht… zwei…«, sagte er laut und ziemlich deutlich und sah den Hauptmann aus irren Augen flehend an.

»Ist Ihnen nicht gut?«, fragte Kossizki leise.

»Lop… Ruslan…«

Raïssa rannte zu ihm. »Oleg, mein Junge, tut dir das Herz weh? Nun zitter doch nicht so, was soll ich tun, sag mir, was?«

»Rufen Sie den Notarzt.« Der Hauptmann hockte sich vor die Couch und maß Olegs Puls. Mindestens hundertzwanzig. Seine Haut war kalt und nass. »Haben Sie eine Hausapotheke? Irgendein Herzmittel, Esmolol oder wenigstens Nitroglyzerin?« Er zog sein Handy aus der Tasche und wählte den Notruf.

Oleg zitterte, atmete keuchend und heiser und öffnete den Mund, brachte aber keine Worte hervor, sondern nur sinnlose Laute.

»Was kann ich tun, bis Sie kommen?«, fragte der Hauptmann den Mann am Notruftelefon. »Er hat Krämpfe, kalte Schweißausbrüche, blaue Lippen, einen Puls von hundertzwanzig, starke Atemnot, und seine Sprache ist gestört. Er ist drogenabhängig. Ja, ich habe verstanden, danke.«

Borodin betrat den Hof und entdeckte an der Einfahrt zwei Milizwagen.

»Und, wie siehts aus?«, wandte er sich an den Oberleutnant am Steuer und zeigte ihm seinen Ausweis.

»Sie sind gerade erst hochgegangen«, erwiderte der Oberleutnant, »sie suchen noch.«

»Wohin sind sie gegangen?«

»Wohin schon, in die Wohnung natürlich.«

»Moment mal, in welche Wohnung? Ich hatte doch nur gebeten, den Hof zu überprüfen.«

»Das müssen Sie mit den Chefs klären.« Der Oberleutnant zuckte die Achseln. »Ah, da sind sie ja schon.« Mehrere Männer in gepanzerten Westen und mit MPis in der Hand kamen aus dem Haus.

»Wieso wart ihr in der Wohnung?«, fiel Borodin über sie her. »Untersuchungsführer Borodin«, stellte er sich den erstaunten Milizionären vor und schwenkte seinen Ausweis.

»Hauptmann Melnikow«, erwiderte ein hochgewachsener junger Mann und gab Borodin die Hand. »Alles umsonst. Da ist natürlich kein Messer mehr, die Tür steht sperrangelweit offen, im Bad brennt Licht, und nirgendwo ein Messer mit rhombenförmiger Klinge und einem Totenschädel auf dem Griff.«

»Moment – Sie haben in der Wohnung der Solodkins nach der Mordwaffe gesucht?«, fragte Borodin entgeistert.

Auf dem Weg zur Wache erklärte ihm Melnikow in Kürze alles, was er wusste. Borodin betrat mit ihm zusammen das Büro und erblickte ein dünnes junges Mädchen, das ein Baby stillte.

»Entschuldigen Sie«, sagte er verlegen.

»Und, das Messer ist natürlich weg, oder?«, fragte das Mädchen.

»Ja«, antwortete Melnikow.

»Das dachte ich mir.«

»Und wer sind Sie?«, wandte sie sich an Borodin.

Er stellte sich vor, noch immer auf der Schwelle zögernd.

»Was denn, genieren Sie sich?« Sie lächelte. »Haben Sie noch nie gesehen, wie ein Baby gestillt wird? Das ist nichts Unanständiges.« Xenia zog ihr T-Shirt herunter, und das Baby auf ihrem Arm schmatzte schläfrig. »Was ich Ihnen noch sagen wollte: Während ich hier saß, ist mir klargeworden, von wem er die Wohnungsschlüssel haben kann. Von den Zwillingen, zwei bildhübschen Mädchen um die Achtzehn.«

Das Krokodil im Aquarium schlug mit dem Schwanz gegen die Scheibe, und der FSB-Ermittler blickte immer wieder voller Abscheu zu dem räuberischen Reptil. In der Scheibe spiegelte sich das Gesicht des Besitzers, und der Ermittler registrierte eine gewisse Ähnlichkeit zwischen beiden. Das Krokodil hatte Hunger. Das verkündete der ins Zimmer gekommene Koch mit der steifen weißen Mütze.

»Abendbrotzeit für den Kleinen«, sagte der Koch, den Ermittler ignorierend, in einem Ton, als ginge es um ein zärtlich geliebtes Baby.

»In zwanzig Minuten«, beschied ihn der Hausherr, stand auf, trat zum Aquarium, klopfte mit den Fingerknöcheln gegen die Scheibe und fragte: »Hältst du noch so lange aus, Schätzchen?«

»Was frisst es denn?«, erkundigte sich der FSB-Mann.

»Lebende Kleintiere«, antwortete Pnyrja und setzte sich wieder in seinen Sessel. »Kaninchen, Küken, manchmal auch Fisch, ebenfalls lebend. Stör mag er gern und Forelle. Mein Kleiner ist verwöhnt.«

Die Augen des Krokodils wirkten so furchterregend, dass es dem FSB-Mann schien, als würde es mit seinem Blick jeden Moment ein Loch in die Scheibe bohren, mit einem Schwall Wasser herausgeschwappt kommen, auf seinen kurzen, krummen Beinen über den Perserteppich kriechen und ihn ins Bein beißen. Pnyrja verschlang auch dauernd Leute bei lebendigem Leib. Der Ermittler fand es merkwürdig, diesem hartgesottenen Kriminellen gegenüberzusitzen und sich friedlich mit ihm zu unterhalten, ohne ihn verhaften zu können – obwohl er wusste, was dieser dürre, kranke Alte alles auf dem Gewissen hatte. Im Augenblick wurde er lediglich als Angehöriger eines Opfers befragt; der einzige greifbare Anlass für ein Gespräch mit ihm war der Tod seines Neffen bei dem Bombenanschlag in der Einkaufsgalerie am Puschkinplatz.

Dass der Tote, der Woronesher Bürger Gennadi Lartschikow, ein Verwandter des legendären Pnyrja war, hatten sie rasch ermittelt. Bis zum Eintreffen des FSB-Teams und des Notarztes hatten zwei kahlgeschorene Gorillas die Leiche bewacht. Ihre Papiere wurden überprüft, unter anderem ihre Waffenscheine. Beide Leibwächter hatten bei ihren Wiederbelebungsversuchen das Jackett abgeworfen, ohne daran zu denken, dass sie darunter Pistolentaschen mit nagelneuen Waffen trugen. Ihre Papiere waren in Ordnung. Die Jungs arbeiteten für die private Firma »Skorpion« – dem FSB und der Miliz bekannt als der persönliche Sicherheitsdienst von Pnyrja.

»Sie behaupten also, Ihr Neffe sei ganz zufällig in der Nähe des Explosionsortes gewesen?«, fragte der Ermittler zum dritten Mal und bekam zum dritten Mal dieselbe Antwort.

»Ja, das behaupte ich. Es war ein Terroranschlag, niemand sollte damit gezielt getötet werden.«

Der Ermittler wusste, was diese Antwort bedeutete: »Steck deine Nase nicht in meine Angelegenheiten, darum kümmere ich mich selbst«.

Der Ermittler blieb hartnäckig. »Und Sie hatten ursprünglich nicht vor, Ihren Neffen bei seinem Einkaufsbummel zu begleiten? Soviel wir wissen, war Gennadi zum ersten Mal in Moskau, er kennt sich in der Stadt nicht aus. Da lag es doch nahe, dass Sie ihn begleiten.«

»Du willst sagen, ich sollte umgebracht werden?« Pnyrja zwinkerte ihm zu. »Klar, ihr würdet in dieser Scheiße viel lieber rühren, wenn es ein gewöhnlicher Auftragsmord wäre. Nein, mein Freund, das waren Terroristen, das war ein spezieller Gruß an euch.«

Über ihnen raschelte und knackte es.

»Wo ist das Geld, ver-r-dammt?«, schrie der Papagei an der Decke. Der Ermittler zuckte zusammen und hob den Kopf.

Der Papagei saß auf dem Kronleuchter. Die Käfigtür stand offen.

»Dieser Teufel, hat er wieder mit dem Schnabel die Tür aufgemacht!« Pnyrja lachte, legte den Kopf in den Nacken und rief: »Ab nach Hause, du Spaßvogel. Fliegt wie ein Huhn, aber kanns nicht lassen. Pass auf, du Trottel, du fällst noch runter oder zerschlägst mir den Kronleuchter.«

»Auge um Auge!«, antwortete der Papagei und versetzte den Kronleuchter in Schwingungen.

»Was soll ich nur mit ihm machen?« Pnyrja hob die Achseln. »Na schön, gönnen wir ihm ein bisschen Bewegung.«

Der Papagei musterte indessen aufmerksam den Ermittler und erstarrte plötzlich eigenartig. Im nächsten Augenblick klatschte etwas Flüssiges, Schwarzweißes auf die Schulter des Mannes. Pnyrjas schwerfälliges, heiseres Lachen erfüllte den Raum.

»He, du Schlingel!« rief er dem Papagei lachend zu. »Was ist das für ein Benehmen? Ich rufe gleich den Koch, der verfüttert dich zum Abendbrot an den Kleinen. Verzeihen Sie bitte dem dummen Vogel, Sie gefallen ihm, da wollte er Ihnen was schenken.«

Der Ermittler rückte seinen Sessel ein Stück weg, um weiteren Geschenken auszuweichen, holte eine Packung Papiertaschentücher hervor, wischte sein Jackett ab, räusperte sich gezwungen und fragte: »Warum haben Sie eigentlich Gennadi eine Leibwache mitgegeben?«

»R-rache, du Aas!«, versprach der Papagei fröhlich.

»He, benimm dich, du Dummkopf«, sagte Pnyrja stirnrunzelnd, »eine Frecheit reicht, jetzt halt gefälligst den Schnabel, sonst nehm ich an dir Rache, dann ist Ruhe im Karton.« Er drohte dem Papagei mit dem Finger und wandte sich wieder dem Ermittler zu.

»Warum ich Gena Leibwächter mitgegeben habe, fragst du? Damit er nicht so allein war. Was denkst du denn? Dass mein Neffe nicht unbehelligt in Moskau rumlaufen kann? O nein, mein Lieber, ich habe schon lange vor niemandem mehr Angst. Ich bin unsterblich, kapiert? Das weiß jeder.«

Pnyrjas Gesicht war puterrot angelaufen, die letzten Worte hatte er so laut herausgebrüllt, dass das wieder eingedöste Krokodil sich erneut regte.

»Schon gut, beruhigen Sie sich.« Der Ermittler seufzte und zündete sich eine Zigarette an. »Niemand zweifelt an der Unsterblichkeit Ihrer Seele.«

»Klar, ihr seid ja heutzutage nicht mehr durch die Bank Atheisten wie früher.«

»Ihr seid auch nicht mehr wie früher.« Der Ermittler lächelte.

»Das ist wahr.« Pnyrja nickte. »Aber bei uns war Religion immer eine freiwillige Angelegenheit, ihr dagegen braucht sogar für den Glauben an Gott die Erlaubnis eurer Vorgesetzten. Hätte früher ein KGB-Mann sein Kind taufen lassen, wäre er in hohem Bogen rausgeflogen, aus dem KGB und aus der Partei. Jetzt ist das erlaubt, ja, sogar erwünscht, und nun rennt ihr in die Kirche und betet um Vergebung für eure Sünden.«

»Tja, dann seid ihr eben besser als wir.« Der Ermittler lachte. »Ich will mich nicht mit Ihnen streiten.«

»Richtig, weil du nämlich keine Argumente hast. Also, mein Junge, sucht nach Terroristen. Davon gibts mehr als genug bei der jetzigen politischen Lage. Noch Fragen?«

Der Ermittler blickte nachdenklich in die schwarzen Augenhöhlen, die so tief waren, dass sie bei bestimmtem Licht wie bodenlose leere Löcher wirkten. Er hatte noch viele Fragen, aber keine davon hatte mit dem Bombenanschlag in der Einkaufsgalerie und dem Tod von Pnyrjas Neffen zu tun. Vorerst jedenfalls.

Auf der Visitenkarte des Geschäftsführers der Firma »Virginia« Eduard Radtschenko stand mit Bleistift eine Handynummer. Warja schwirrte der Kopf. Sie hätte schrecklich gern geraucht, steckte sich aber statt einer Zigarette ein Bonbon in den Mund und wählte die Nummer.

»Ja!«, dröhnte ihr eine Männerstimme ins Ohr.

»Hallo, Eduard, was ist denn mit Ihnen los?«, zwitscherte Warja freundlich und erstaunt. »Geht es Ihnen nicht gut?«

»Wer spricht da?«

»Warja Bogdanowa.«

»Ah ja, hallo, Entschuldigung, ich habe Sie nicht erkannt.«

»Eduard, ich rufe wegen des Chanel-Kostüms an. Aus dem Katalog, Sie erinnern sich? Ist die Kollektion schon da?«

»Was für ein Kostüm?«, fragte er nach einer langen Pause mit metallischer Stimme.

»Na, das Chanel-Kostüm aus blassgrüner Seide, ein Dreiteiler aus Rock, Top und Jacke. Sie hatten auch noch passende Schuhe dazu und eine Krokodilledertasche. Sie wollten mir alles zurücklegen. Kann ich zu Ihnen in die Boutique kommen? Ach ja, einen schönen Gruß von Pjotr soll ich ausrichten.«

Es folgte eine erneute, endlos lange Pause.

»Ich habe verstanden«, sagte Radtschenko schließlich leise und erschrocken. »Ich bin bereit, mich mit Ihnen zu treffen. Sagen Sie, wann und wo.«

Warja hatte heftiges Herzklopfen. Sie holte tief Luft, verschluckte dabei unversehens den Bonbon, musste husten und sagte dann streng: »In Sokolniki, vor der Kirche, in einer Stunde. Sie kennen mein Auto – ein weißer VW.«

Im nächstgelegenen Einkaufscenter erwarb sie ein kleines Diktiergerät, Kassetten, eine leichte Leinentasche und einen durchsichtigen Seidenschal. Anschließend setzte sie sich in ein Straßencafé und bestellte ein Glas Saft. Sie musste sich beruhigen. Radtschenko war ein ganz guter Psychologe – zeigte sie sich auch nur im Geringsten aufgeregt, konnte sie alles verderben. Sie kam sich vor wie jemand, der mit verbundenen Augen und in Absatzschuhen auf einer dünnen Stange einen Abgrund überqueren will, ohne die geringste Garantie, auf der anderen Seite, sollte er sie denn erreichen, nicht erschossen zu werden.

Vor einer Woche hatte Pnyrja in einem Vorortrestaurant wieder einmal ein Gelage abgehalten, aus irgendeinem gewichtigen Anlass, es waren eine Menge Leute da. Sie hatten das ganze Restaurant gemietet, alle fünf Säle.

In letzter Zeit wollte der Alte Warja bei solchen Gelegenheiten meist um sich haben und pfiff darauf, dass Malzew früher oder später Wind davon bekommen würde, dass sie engen Kontakt zu einem berüchtigten Kriminellen unterhielt. Er sorgte sich um seine Gesundheit, misstraute den Ärzten, schrieb alle Krankheiten bösen Blicken und Hexerei zu und betrachtete Warja als eine Art immunitätsstärkendes Vitamin.

Zu diesem Bankett zu gehen widerstrebte ihr besonders, denn sie wusste, dass auch einige bedeutende Unternehmer eingeladen waren, Bekannte ihres Mannes. Malzew flog an diesem Tag zu einer internationalen Konferenz nach Belgien, doch Wohlmeinende konnten ihm durchaus hinterher stecken, dass seine junge Frau direkt vom Flughafen zu einem zweifelhaften Gelage gefahren sei. Um sich abzusichern, erzählte Warja Malzew auf der Fahrt zum Flughafen munter, eine Kommilitonin hätte sie für den Abend in ein Vorortrestaurant eingeladen.

Malzew sah ihr separates Leben gelassen und interessierte sich nie sonderlich dafür, mit wem sie sich traf und wo. Misstrauen empfand er als demütigend – für sich und für Warja. Doch diesmal horchte er auf und erkundigte sich nach dem Namen der Kommilitonin.

Habe ich etwa das Lügen verlernt, fragte sich Warja erschrocken, begriff aber dann: Das Vorortrestaurant hatte einen schlechten Ruf.

»Melde dich bitte gleich bei mir, wenn du nach Hause kommst«, bat Malzew sie vor der Zollkontrolle.

»Selbstverständlich; um die Zeit bist du ja gerade gelandet.«

»Trotzdem – du solltest da lieber nicht hingehen.« Er strich ihr eine Haarsträhne hinters Ohr. »Erfinde eine Ausrede, sag, du hast Kopfschmerzen, oder mein Flug hatte Verspätung und du sitzt noch mit mir auf dem Flughafen.«

»Klar, ich würde gern mit dir auf dem Flughafen sitzen.« Warja nickte. »Aber ich muss in ein leeres Haus zurück. Und Sweta wäre beleidigt, sie ist schrecklich leicht gekränkt. Was ist denn eigentlich los? Was hast du dagegen, dass ich in dieses blöde Restaurant fahre?«

»Das ist ein unguter Ort«, murmelte Malzwew mürrisch. »Vor ein paar Monaten gab es dort eine Schießerei, einen Bandenzwist.«

»Im Ernst?« Warja machte erschrockene Augen.

Natürlich wusste sie von der Schießerei. Pnyrja selbst hatte sie initiiert. Er hatte einen übermütig gewordenen jungen Konkurrenten eingeladen, einen Provokateur zu ihm an den Tisch gesetzt, und der Streit zwischen beiden war zur Schießerei eskaliert.

Malzews Flug wurde aufgerufen. Warja umarmte ihren Mann und flüsterte ihm ins Ohr: »Nach der Wahrscheinlichkeitstheorie dürfte das mindestens für ein Jahr der sicherste Ort in Moskau und Umgebung sein.«

»Sind Drogen im Haus?«, fragte Hauptmann Kossizki nach dem Telefonat mit dem Notarzt.

»Ich weiß nicht ... Ich habe keine Ahnung.« Raïssa gestikulierte erschrocken. Oleg grunzte Unverständliches.

»He, ich will dich nicht verhaften, aber der Notarzt hat gesagt, du brauchst was, du hast Entzugserscheinungen, kapiert? Du könntest sterben.«

Oleg zeigte mit zitternder Hand auf seine Kehle, versuchte sich aufzurichten, schüttelte den Kopf und krümmte sich vor Schmerzen. Die Krämpfe wurden heftiger.

»Na schön, wo ist die Hausapotheke?« Der Hauptmann sah zur Uhr. »Haben Sie irgendwelche Herzmittel?«

Raïssa besann sich und rannte zur Anrichte. Zum Glück waren einige Ampullen Esmolol vorhanden.

Kossizki gab Oleg eine Spritze, und sein Atem wurde ruhiger, das Zittern hörte fast auf.

»Na, kannst du jetzt reden? Die Adresse des Kinderheims, schnell!«

»Lob-nja«, brachte Oleg unter großer Anstrengung heraus, zeigte auf den Fernseher und vollführte dann mit einem Finger energische Kreisbewegungen in der Luft.

»Ach, es gab eine Fernsehsendung über das Heim?«, mutmaßte Kossizki.

Oleg nickte, zeigte an die Decke, ließ wieder seinen Finger kreisen und sagte: »Kass... Kass... Kam...«

»Ah, ich verstehe!«, rief Raïssa verwundert. »Ich weiß Bescheid! Er hat mir erzählt, dass er seine Tochter mit der Videokamera gefilmt hat. Sie ist oben, im ersten Stock, ich hole sie gleich!« Sie stürzte davon und kam mit einer kleinen Videokamera zurück. Aber Kassetten waren nicht da, keine einzige.

»Die Mä...! Mä... Zwi... Zwinge...«

»Die Zwillinge waren hier, zwei freche Mädchen, sie haben die Kassetten gestohlen. Wer sonst«, sagte Raïssa, verblüfft von ihrer eigenen Kombinationsgabe.

Der Notarzt traf ein. Der muntere mollige Doktor erklärte, es bestehe keine Lebensgefahr, Olegs Zustand sei nur mittelschwer, es handle sich um Entzugserscheinungen plus reaktive Psychose.

»Was ist mit seiner Sprache los?«, fragte Kossizki.

»Motorische Aphasie. Perseveration. Er kann uns hören und verstehen, aber nichts sagen, er bleibt an einer Silbe hängen. Kommt vor bei Durchblutungsstörungen im Gehirn. Ein klassischer Fall. Na, mein Lieber, ein bisschen Metadon?« Der Doktor tätschelte Oleg die feuchte Wange.

»Sind Sie hier, um ihn zu verhaften, Hauptmann?«, erkundigte sich der Dokotor freundlich.

»Nein. Ich will ihn vernehmen.«

»In vierundzwanzig Stunden, frühestens.«

Warja parkte vorm Kirchenzaun, packte das Diktiergerät aus, legte eine Kassette ein, steckte es in die neue Leinentasche, drückte auf Aufnahme, sagte rasch ein paar Worte und überprüfte die Aufnahme. Sie war passabel. Dann band sie sich den Seidenschal um den Hals und stieg aus. Bis zur verabredeten Zeit blieben noch zehn Minuten. An einem Kiosk auf dem Kirchhof, gleich am Tor, wurden Ikonen, kleine Kreuze und Bücher verkauft. Die Sonne schien Warja in den Rücken, durch die Fensterscheiben des Kiosks hatte sie einen guten Blick auf ein Stück Straße jenseits des Zauns, ohne dass man von ihr selbst mehr erkannte als eine vage weibliche Silhouette.

Radtschenko kam vor der Zeit. Warja erkannte seinen hellblauen Toyota, überzeugte sich, dass er allein im Wagen saß, und wollte schon aus ihrer Deckung treten, als sie einen schwarzen Wolga mit verdunkelten Scheiben und einer Antenne auf dem Dach entdeckte. Sie griff zum Handy, wählte Radtschenkos Nummer und sagte, nachdem er sich mit einem heiseren »Ja!« gemeldet hatte: »Zum Abendmahl sind Sie zu spät, aber gehen Sie trotzdem in die Kirche, und vergessen Sie nicht, das Telefon abzuschalten.«

Sie fürchtete, dass jeden Moment jemand anrufen und ihm einen echten Gruß von Pjotr ausrichten konnte.

Sie sah, wie Radtschenko eine halb aufgerauchte Zigarette wegwarf, das Telefon einsteckte, das Autofenster schloss und ausstieg. Rasch, beinahe rennend, überquerte er den Kirchhof, ohne Warja zu bemerken. Sie stand noch immer in ihrer Deckung und beobachtete den Wolga.

Das können nicht Pjotrs Leute sein, dachte sie, das ist das FSB. Aber warum so schnell? Wer ahnt schon, dass der Bombenanschlag in der Boutique vom Geschäfsführer selbst arrangiert wurde? Terroristen, Konkurrenten, wer auch immer, aber er? Wie sind sie auf ihn gekommen? Irgendwas hat Pjotr falsch gemacht. Seine größte Schwäche ist Geld. Hat er sparen wollen und billige, unerfahrene Vollstrecker geschickt? Die sich an Ort und Stelle erwischen ließen und schon ausgesagt haben? Aber sie können unmöglich den Auftraggeber kennen. Trotzdem wird der jetzt überwacht.

Gut möglich, dass Radtschenkos Handy abgehört wurde und man ihr Telefonat mit ihm mitgeschnitten hatte. Ein vollkommen unschuldiges Gespräch über ein grünes Seidenkostüm. Radtschenko hatte ihre Worte auf seine Weise verstanden. Schließlich hatte er den Anschlag wegen eben jener Kollektion bestellt.

Warja hatte den Geschäftsführer der Boutique vor fast einem Jahr kennengelernt. Sie war mit Malzew in der Einkaufsgalerie am Puschkinplatz gewesen und in die Boutique »Virginia« gegangen. Sie hatte sehr lange nach einem Abendkleid gesucht und war vom Geschäftsführer kundig und geduldig beraten worden. Am Ende hatte sie nicht nur das Kleid gekauft, und der Geschäftsführer gab ihr seine Visitenkarte. Einen Monat darauf brauchte sie dringend ein Hochzeitskleid, hatte aber weder Zeit noch Lust, durch Geschäfte zu laufen. Kurzentschlossen rief sie Radtschenko an. Er kam liebenswürdigerweise mit seinen Katalogen zu ihr nach Hause, half ihr bei der Auswahl und brachte das Kleid am nächsten Tag persönlich vorbei. Seitdem nutzte sie Radtschenkos Dienste häufig. Sie war es auch, die ihn mit Pnyrjas Sicherheitschef zusammengeführt hatte.

Pjotr hatte sich aus Wladiwostok eine neue Geliebte mitgebracht. Die achtzehnjährige Miss Ferner Osten war fremd in Moskau und beklagte sich bei Warja: »Ich hab keinen Schimmer von Klamotten. Du hast immer so krasse Outfits, echt.«

Warja nutzte jede Gelegenheit, zusätzliche Informationen über Pjotr zu bekommen, und obgleich sie wusste, dass die

Miss bald durch ein anderes, ebenso junges, dummes Provinzgör ersetzt werden würde, war sie bereit, dem Mädchen bei der Auswahl ihrer Sommergarderobe zu helfen, und fuhr mit ihr natürlich in die Boutique von Herrn Radtschenko.

Wie sich die Beziehungen zwischen Pjotr und Radtschenko weiter entwickelten, wusste Warja nicht, war aber nicht erstaunt, als sie Radtschenko vor einer Woche bei dem Bankett in dem Moskauer Vorortrestaurant traf. Die Miss Ferner Osten war inzwischen durch eine Schönheit aus Sotschi ersetzt worden, die ihr ähnelte wie eine leibliche Schwester.

Pjotr empfing Radtschenko herzlich wie einen alten Freund. So freundlich lächelte er nur, wenn es etwas zu verdienen gab. Warja war schrecklich neugierig, auf welche Weise er dem Geschäftsführer der Boutique Geld aus dem Kreuz leiern wollte. Als die beiden den Saal verließen, folgte sie ihnen vorsichtig. Zum Restaurant gehörte ein überdachter Innenhof, auf dem hinter einer Glaswand Ponys auf einer sattgrünen Wiese grasten. Pjotr und Radtschenko setzten sich auf eine stilisierte Bank aus dicken Baumstämmen, Warja drehte von außen eine Runde um den Hof und gab die Hoffnung auf, etwas von ihrem Gespräch zu erhaschen. Doch da begann Radtschenko heftig zu niesen, stand auf und sagte etwas zu Pjotr. Offenbar hatte er eine Allergie gegen Tierhaare, also würden die beiden wohl an die frische Luft gehen.

Die Terrasse war voller Leute. Dahinter lag ein dichtes Eichenwäldchen. Neugierig und dickköpfig, wie Warja war, ging sie dorthin und setzte sich unter einer dicken Eiche ins Gras.

Wenn sie mich entdecken – halb so schlimm. Ich wollte nur ein bisschen Luft schnappen.

Doch die beiden Männer waren so in ihr Gespräch vertieft, dass sie Warja nicht bemerkten, so dass sie einen Teil mit anhörte.

»Ein Glück nur, dass der Chef gerade auf einer Safari ist«, sagte Radtschenko erregt. »Er dreht mir den Hals um, wenn er das erfährt. Was soll ich bloß machen? Was soll ich machen, Mann?«

»Moment mal, das verstehe ich nicht, du bist doch Profi. Sag bloß, du kannst echte Markenklamotten nicht von chinesischem Fake unterscheiden?«, fragte Pjotr mit hinterhältigem Spott.

»Der Fake war klasse gemacht, Firmenschilder und alles Drum und Dran absolut echt. Bis zur ersten Wäsche, da läuft das Zeug ein oder fällt ganz auseinander.«

»Und der Preis?«

»Ich hab die ganze Partie zum Höchstpreis gekauft, wie echtes Chanel«, stöhnte Radtschenko. »Und auf allen Papieren und Lieferscheinen ist meine Unterschrift.«

»Na und, was machst du dir solche Sorgen?« Pjotr klopfte ihm auf die Schulter. »Ist doch nicht deine Schuld, du bist reingelegt worden.«

»Was soll der Chef mit einem Geschäftsführer, der sich so reinlegen lässt?«, schrie Radtschenko und griff sich an den Kopf. »Für ihn gibts nur zwei Varianten: Entweder, ich bin ein Idiot, dann schmeißt er mich einfach raus, oder ich bin ein Dieb, dann bringt er mich um. So siehts aus. Etwas Drittes gibt es nicht.«

»Tja, das sieht übel aus. Aber mach dir nichts draus, es gibt Schlimmeres. Vor ein paar Wochen sind in einem Einkaufszentrum im Stadtzentrum gleich zwei Geschäfte in die Luft geflogen. Ein kleiner Scherz von rotznasigen Extremisten, hieß es. Und letzten Monat ist im Möbelsalon an der Ringstraße ein halbes Kilo TNT hochgegangen. Das warn angeblich Tschetschenen. Ist direkt in Mode gekommen, Läden in die Luft zu jagen.« Pjotr legte Radtschenko die Hand auf die Schulter. »Mach dir also keinen Kopf.«

Radtschenkos Antwort konnte Warja nicht mehr hören, die beiden waren schon zu weit weg. Sie sah nur, wie sie stehenblieben und Radtschenko in die Innentasche seines Jackets griff. Radtschenko war offensichtlich kein Idiot, im

Gegenteil. Er zahlte Pjotr einen Vorschuss. Nach einer Weile drehten die beiden Männer um und gingen zurück zum Restaurant. Warja versteckte sich rasch und hörte das Ende ihres Gesprächs.

»Kein Problem, Hauptsache, du hast es flüssig, wenn der Auftrag erledigt ist. Jemand wird dich anrufen, dir einen Gruß von mir ausrichten und ein Treffen mit dir vereinbaren.«

»Wer denn? Das muss ich wissen, bei der Summe …«

Sie betraten die Terrasse, und Warja hörte nichts mehr.

Damals, vor einer Woche, hatte sie dem Ganzen keine besondere Beachtung geschenkt. Sie wusste zwar, dass Pnyrja es nicht leiden konnte, wenn seine Leute sich nebenbei auf eigene Faust etwas verdienten, aber sie hatte keine Beweise gegen Pjotr.

Nun wusste sie, dass sie nicht umsonst ein solches Risiko eingegangen war. Pnyrjas einziger Neffe war getötet worden. Jetzt besaß sie genügend Informationen, um in ihrem eigenen Interesse zu handeln.

Sie nahm den dünnen Seidenschal vom Hals, warf ihn sich über den Kopf und betrat die Kirche, wo der aufgeregte Radtschenko sie vor der Ikone des Wundertätigen Pantelejmon erwartete. Außer ein paar alten Frauen, die nach dem Abendgottesdienst saubermachten, war niemand in der Kirche. Warja kaufte fünf Kerzen, schritt bedächtig die Reihe der Ikonen ab, blieb vor der rechten Vorhalle kurz stehen, suchte Radtschenkos Blick und wies mit einem Kopfnicken auf die offene Tür. Aus der Vorhalle gelangte man in den hinteren Kirchhof, und von dort konnte man durch eine Pforte unbemerkt verschwinden.

»Ich hab geahnt, dass Sie das sind«, flüsterte Radtschenko, als er zu ihr kam.

»Wir müssen hier weg«, zischte Warja, »Sie werden verfolgt. Ein schwarzer Wolga mit Antenne.«

Er starrte sie aus erschrockenen runden Augen an. Warja packte seine feuchte Hand und zog ihn nach draußen. Sie waren schon auf dem Hof, als in der Kirche eine wütende Greisinnenstimme rief: »So was Schamloses! In Unterhosen in ein Gotteshaus! Raus hier, los, raus, sag ich!«

Warja riss so heftig an Radtschenkos Hand, dass er beinahe gestürzt wäre. Sie musste sich nicht umdrehen, um zu wissen, wer da in Shorts, von der Alten als Unterhosen bezeichnet, in die Kirche gestürmt war.

Dreiunddreißigstes Kapitel

Durch das Zugfenster die vorbeieilende Moskauer Vorortlandschaft betrachtend, erblickte Ferdinand Lunz plötzlich das Gesicht von Lilja, blass wie Nebel, aber vollkommen lebendig. Er wusste, dass er nun, egal, wie lange er noch zu leben hatte, ein paar Stunden oder ein paar Dutzend Jahre, die Welt nur noch durch Liljas hellgraue Augen sehen würde, weil er seine eigenen Augen nicht mehr brauchte.

Drei Milizionäre liefen langsam durch den Wagen. Ferdinand krümmte sich und hörte auf zu atmen.

Idiot, beschimpfte er sich im Stillen, dir steht doch nichts auf der Stirn geschrieben. Feiger Schwachkopf.

Auf Liljas durchsichtigen Lippen zitterte ein trauriges, schuldbewusstes Lächeln. So lächelte sie immer, wenn sie keinen Ausweg sah.

»Nein, Lilja, nein«, wandte er sich flüsternd an das schmutzige Fenster. »Diesmal kläre ich die Sache selbst.«

»Was sagst du, mein Sohn?« Die Alte ihm gegenüber beugte sich vor. »Sags noch mal, ich habs nicht gehört.«

»Wie? Ach, nichts, entschuldigen Sie.« Ferdinand begriff, dass er laut gesprochen hatte, und fuhr in Gedanken fort, bemüht, die Lippen nicht zu bewegen. *Sieh mich nicht so an, ich weiß, du hast allen verziehen, sogar ihm. Du brauchst nichts mehr. Aber ich brauche das, versuch das zu verstehen. Erinnere dich, was du empfunden hast, als du durch das Kellerfenster schautest. Ich habe dieses Fenster gesehen. Es ist jetzt mit schwarzer Farbe übermalt. Hat wirklich niemand geahnt, was in dieser glücklichen kinderreichen Familie vorgeht? Scharen von Journalisten haben das Heim besucht, die Lehrer kamen jeden Tag ins Haus, und alle waren hellauf begeistert. Erinnerst du dich, wie du geweint hast, als du von Ljussjas Schwangerschaft erfuhrst? Sie klagte über Übelkeit und Erbrechen, und du warst mit ihr in einer privaten Poliklinik, um ihren Magen und ihren Darm untersuchen zu lassen, und nach einer Ultraschalluntersuchung erfuhrst du die Neuigkeit. Da wusstest du, dass du nicht verrückt warst, dass du nicht in Ohnmacht gefallen warst und keine Halluzinationen und Albträume gehabt hattest. Alles, was du durch das Kellerfenster gesehen hattest, war wirklich geschehen. Du hättest vernünftig und umsichtig handeln müssen, aber deine Erschütterung war zu groß, du hast dich in den Kampf gestürzt, du hast alle Vorsicht vergessen und wolltest nicht auf meinen Rat hören. Statt dich um deine eigene Sicherheit zu sorgen, hast du dir Gedanken darüber gemacht, wie Ljussja eine Abtreibung verkraften würde. Am schlimmsten war für dich das Gefühl der eigenen Ohnmacht, du hast geweint, weil du dieses sonderbare unglückliche Wesen nicht beschützen konntest, das einzige lebende Wesen, das du geliebt hast, seit Olga und deine Mama tot waren.*

»Nächste Station Lobnja«, verkündete eine mechanische Stimme.

Ferdinand stand auf, ging hinaus auf die Plattform und zündete sich eine Zigarette an.

Ja doch, ich sehe, dass meine Hände zittern. Halb so schlimm. Wenn ich erst an der frischen Luft bin, beruhige ich mich wieder. Ich habe keine Wahl. Ich kann mich nicht auf Hauptmann Kossizki verlassen oder auf Borodin. Für die bin ich der Verdächtige Nummer eins. Sie wollten mir allen Ernstes einreden, dass ich dich getötet hätte, Lilja. Da siehst du, wie dumm und unfähig sie sind. Sie haben Klaras Wohnung durchsucht und auch meine eigene Höhle, aber da, wo sie hätten nachsehen sollen, haben sie nicht reingeschaut. Sie sind nicht auf die Idee gekommen, dass man eine Pistole einfach in mehrere Schichten Zellophan einwickeln und auf den Boden einer Schüssel mit fremder Wäsche legen kann. Und die französische Zeitschrift hatte ich in der Nacht auf dem Müll verbrannt.

An der Bahnstation wartete er nicht auf den Bus. Er wollte zu Fuß gehen. Wie eine eigene Erinnerung durchlebte er, was Lilja vor weniger als einem Monat widerfahren war.

Zwei Tage nach der Beerdigung von Tante Julia hatte Lilja Ljussja besucht, sie aber nicht mitnehmen können, weil sie einen dringenden Auftrag erledigen musste. Ljussja wollte sie lange nicht gehen lassen. Erst nachts um halb zwölf erreichte Lilja die Bahnstation und erfuhr, dass die letzten beiden Züge ausfielen und der nächste erst um sechs Uhr morgens fuhr.

Es war eine kalte Nacht. Die legalen und illegalen Taxifahrer vorm Bahnhof verlangten wegen der ausgefallenen Bahnen Wucherpreise. Lilja beschloss, zurückzugehen und bei Isolda zu übernachten. Unterwegs fing es an zu regnen. Sie wurde klitschnass, fror und dachte nur noch daran, endlich ins Warme zu kommen. Als sie auf das Haus zuging, brannte nirgends Licht, und das Tor war verschlossen. Sie wollte nicht klingeln, um die Kinder nicht zu wecken. Sie beschloss, die Pforte auf der Rückseite, zum Wäldchen hin, zu benutzen und leise an Isoldas Fenster zu klopfen.

Als sie auf dem Hof stand, hörte sie ein schweres, pulsierendes Dröhnen, das von unter der Erde zu kommen schien. Dann vernahm sie wildes, durchdringendes Kinderkreischen. Sie erstarrte, versuchte zu begreifen, was hier vorging. Das Schreien wiederholte sich und wurde übertönt von Hardrockrhythmen. Sie entdeckte einen zitternden Lichtschein, der auf den Rasen vor dem Haus fiel. Mit angehaltenem Atem schlich sie zu dem kleinen Kellerfenster, legte sich auf die Erde und schaute hinein.

Sie erblickte einen geräumigen Keller – von dort kamen die Rockmusik und die Schreie. Im Raum brannten unzählige Kerzen. In der Mitte stand ein niedriger breiter Tisch mit einer Art Altardecke aus Brokat darauf. Auf dem Tisch wanden sich drei nackte Körper, ein männlicher und zwei weibliche, genauer gesagt, kindliche, denn die siebzehnjährigen Zwillinge Ira und Sweta waren für Lilja noch Kinder. Daneben stand ein hohes, thronartiges Gestell. Darauf saß Isolda, in ein weites schwarzes Gewand gehüllt, rauchte und beobachtete schweigend das Geschehen. Zu ihren Füßen lag etwas Rosiges, das Lilja im ersten Moment für ein zerstückeltes Baby hielt. Bei genauerem Hinsehen erkannte sie, dass es eine Puppe war. Dann entdeckte sie auf einem Strohhaufen in der Ecke ein weiteres Knäuel ineinander verschlungener nackter Leiber. Zwei Jungen und zwei Mädchen. Eines davon war Ljussja. In diesem Augenblick explodierte etwas in ihrem Kopf. Sie hörte nur noch einen seltsamen dumpfen Knall, dann wurde es dunkel, als sei ihr Gehirn durchgebrannt wie eine Glühlampe.

Als sie zu sich kam, lag sie im Bett, in schneeweißer gestärkter Bettwäsche. Durch das offene Fenster flutete Sonnenlicht herein, der hellblaue Vorhang flatterte, Blätter rauschten, Vögel sangen. Neben ihr saß Isolda in einem weißen Frotteemantel und mit nassen Haaren. Ihr Gesicht glänzte frisch eingecremt. Mit den Fingerspitzen klopfte sie sich die feisten Wangen.

»Wie geht es Ihnen?«, fragte sie, als sie sah, dass Lilja die Augen geöffnet hatte. »Sie haben uns einen furchtbaren Schreck eingejagt. Wie konnten Sie nur?«

»Was war denn los?«, fragte Lilja, mühsam die Lippen bewegend.

»Erzählen Sie mir erst einmal, woran Sie sich erinnern«, entgegnete Isolda lächelnd. »Oh, ich sehe, das Sprechen fällt Ihnen schwer. Möchten Sie ein Glas Wasser oder Saft? Oder einen Tee?«

»Wasser.« Lilja schloss die Augen. Sie hatte Kopfschmerzen, ihr war übel, und es tat weh, ins Licht zu blicken.

»Immer noch so schlimm? Der Arzt sagt, es ist keine Gehirnerschütterung. Die Verletzung ist weniger ernsthaft, als wir dachten. Die Ohnmacht kam von einem heftigen Krampf der Blutgefäße im Gehirn.«

Lilja trank gierig das Wasser und fühlte sich etwas besser.

»Mich hat ein Arzt untersucht?«, fragte sie und schaute forschend in Isoldas ruhige blaue Augen.

»Sagen Sie bloß, Sie erinnern sich nicht?« Die Brauen hoben sich, die Augen wurden rund.

»Wo ist Ljussja?«

»Sie sieht sich im Wohnzimmer Trickfilme an. Ich habe ihr nicht erzählt, was Ihnen passiert ist. Ich habe nur gesagt, Sie seien zurückgekommen und hätten hier übernachtet. Warum das Kind unnötig aufregen, nicht wahr? Sie wartet darauf, dass Sie aufwachen. Ich habe versprochen, sie dann zu rufen. Sie erinnern sich also an nichts?«

»Nein, an nichts«, sagte Lilja ganz langsam und schloss die Augen.

»Im Ernst? Gut, dann erzähle ich es Ihnen. Ein Wachmann fand sie heute Nacht auf dem Hof am Zaun. Sie waren bewusstlos. Sie waren gestürzt und mit dem Hinterkopf auf den Asphalt gefallen. Ich habe Ruslan geweckt, wir brachten Sie ins Haus, Sie erwachten, konnten sich aber nicht bewegen. Also rief ich den Notarzt. Er hat uns beruhigt und gesagt, Sie müssten nur eine Weile liegen, es sei halb so schlimm. Ja, das ist eigentlich alles. Nein, warten Sie, Sie sollten noch nicht aufstehen. Sie sind ganz blass, bleiben Sie lieber noch eine Weile liegen.«

Doch Lilja hatte sich schon aufgerichtet und war vorsichtig aufgestanden. Ihr war schwindlig, ihr Körper zitterte vor Schwäche, die Knie knickten ihr ein. Sie trug ein fremdes weißes T-Shirt.

»Ihre Sachen waren klitschnass«, erklärte Isolda, »aber inzwischen sind sie bestimmt trocken. Möchten Sie duschen?«

»Ja, gern.«

»Kommen Sie, ich begleite Sie.«

Unter der heißen Dusche wurde ihr langsam besser. Sie entdeckte in ihrer Armbeuge zwei kleine blaue Flecke mit roten Punkten in der Mitte, Spuren intravenöser Injektionen. Auf dem Hinterkopf ertastete sie eine große, schmerzende Beule.

Als sie ins Zimmer zurückkam, fiel Ljussja ihr um den Hals. Sie gingen zusammen ins Esszimmer, wo Isolda den Frühstückstisch gedeckt hatte.

Als sie ein paar Tage später, wie versprochen, Ljussja erneut besuchte und die ruhige, freundliche Isolda und die gesunden, sportlichen Kinder sah, glaubte sie fast, dass das, was sie in jener Nacht gesehen hatte, nur ein Albtraum gewesen war. Sie versuchte vorsichtig, mit ihrer Nichte darüber zu sprechen, doch Ljussja antwortete, sie schlafe nachts sehr fest, sie habe nur manchmal böse Träume, aber an die erinnere sie sich am Morgen nicht mehr.

Zu Hause klagte Ljussja plötzlich über Übelkeit und konnte nichts essen. Zwei Tage hintereinander wurde sie von furchtbarem Erbrechen gepeinigt. Lilja ging mit ihr zum Arzt und erfuhr von der Schwangerschaft. Im Krankenhaus von Lobnja sagte man ihr, dass Isolda in der fraglichen Nacht tatsächlich den Notarzt gerufen hatte; die Patientin Kolomejez habe aufgrund eines Gefäßkrampfes und gestörten Schädelinnendrucks eine Bewusstlosigkeit erlitten sowie eine Kopfverletzung infolge eines Sturzes.

Sie beschloss, Isolda ein Ultimatum zu stellen: Entweder, Sie geben mir Ljussja, oder ich mache publik, was nachts in Ihrem Keller passiert. Natürlich antwortete Isolda, in ihrem Keller passiere gar nichts. Dort lagerten alte Möbel und anderes Gerümpel, hin und wieder müssten sie Rattengift ausstreuen. Und Ljussja werde sie nicht herausgeben. Lilja könne das Mädchen gern holen, wann immer sie wolle, für zwei, drei Tage oder für eine Woche, aber nicht länger. Und die Schwangerschaft – ja, das sei leider passiert. Schlimm, aber was sollte man machen? Geistig zurückgebliebene Kinder neigten nun mal zu früher, übermäßiger sexueller Aktivität; das Vernünftigste sei, eine Abtreibung zu arrangieren und das Ganze zu vergessen.

»Ich rate Ihnen dringend davon ab, jemandem von Ihren Halluzinationen zu erzählen, das könnte Zweifel an Ihrer Zurechnungsfähigkeit auslösen und dazu führen, dass man Ihnen offiziell, per Gerichtsbeschluss, das Recht entzieht, Ljussja zu sehen«, sagte Isolda zum Abschied.

Galina Solodkina hatte ausgerechnet in dieser Zeit furchtbar viel zu tun und konnte sich nicht mit Lilja treffen. Am Telefon erklärte sie, sie wolle keine Klagen hören, das hätte Lilja sich früher überlegen müssen; sie ihrerseits vertraue Isolda wie sich selbst, Ljussja sei bei ihr bestens aufgehoben, und damit sei das Thema für sie erledigt. Der Anwalt, den Lilja konsultierte, sagte, die Sache mit den gefälschten Papieren sei problematisch, und was die Orgien im Heim angehe, so ließe sich das kaum beweisen. Dafür brauche man die Aussagen der Kinder, und die würden bestimmt schweigen.

»Sind Sie wirklich sicher, dass Sie das alles nicht doch geträumt haben?«, fragte der Anwalt mit einem mitleidigen Lächeln.

Selbst Ferdinand hatte ihr erst endgültig geglaubt, als ihm Hauptmann Kossizki mitteilte, dass sie ermordet worden war.

Ihre letzte Begegnung war nicht gut gelaufen. Nach der Beerdigung von Tante Julia hatten sie sich nur noch einmal gesehen. Da hatte sie ihm alles erzählt. Er hatte eingewandt, das könne nicht sein, satanistische Orgien gebe es nur im Kino, und sie solle nichts überstürzen, sondern sich beruhigen und überlegen, wie sie allein mit dem behinderten Mädchen zurechtkommen wollte, falls sie ihren Kopf wider Erwarten durchsetzen sollte.

Unversehens hatte Ferdinand die Stadt hinter sich gelassen, betrat das Wäldchen, ging ein Stück weiter, hob den

Kopf und schaute durch die reglosen Eichenblätter in den Himmel. Der Wind hatte sich gelegt. Er hörte keinen Laut, bis auf das gleichmäßige Knirschen seiner eigenen Schritte auf dem Sandweg.

Nachdem Borodin über zwei Stunden mit Xenia gesprochen hatte, spürte er, dass sie zutiefst gebrochen war, mehr, als er es je bei anderen, Unglücklicheren und vom Leben heftiger Gebeutelten gesehen hatte. Er begriff, dass dieses Mädchen den vierzigjährigen Drogenabhängigen Solodkin nicht aus Berechnung geheiratet hatte, sondern aus Trotz, vor allem gegen sich selbst. Ausführlich hatte sie ihm den Besuch der Zwillinge auf der Datscha geschildert, ihre eigene Flucht von dort und die nachfolgenden Ereignisse – das alles mit einer merkwürdigen Heiterkeit, als erzählte sie eine Filmkomödie nach.

Borodin unterhielt sich noch immer mit ihr, als Kossizki ihn auf dem Handy anrief und ihm mitteilte, dass er für Solodkin den Notarzt rufen musste.

»Entzug«, erklärte er, »und eine heftige seelische Erschütterung. Ljussja ist seine Tochter. Von dem Mord wusste er nichts.«

»Er muss die Adresse kennen«, sagte Borodin hastig und leise, »er hat Videoaufnahmen gemacht, du musst unbedingt die Kassetten finden.«

»Die sind weg. Zwei Mädchen waren hier, blonde Zwillinge um die achtzehn. Die Haushälterin behauptet, nur sie könnten die Kassetten genommen haben. Solodkin hat im Augenblick eine Sprachstörung. Der Arzt sagt, er kann erst in vierundzwanzig Stunden vernommen werden. Er hat deutlich ›Lobnja‹ gesagt, mehr war nicht zu verstehen.«

»Dann ruf sofort dort an, beim dortigen Revier.« Borodin hob die Stimme. »Gib eine Beschreibung der beiden Mädchen durch und ihr ungefähres Alter. Ich habe schon eine Anfrage ans Informationszentrum geschickt, aber bislang ohne Erfolg.«

»Ich hab schon dort angerufen. In einer Stunde wollen Sie Bescheid geben.«

»Gut. Wo bist du jetzt?«

»Im Auto. Auf dem Weg nach Lobnja.«

»Was hast du vor?«

»Das entscheide ich vor Ort. Ich denke, wir sollten Mama Isa vernehmen und das Haus überwachen lassen.«

»Ja, richtig. Andere Möglichkeiten sehe ich vorerst nicht. Den Durchsuchungsbefehl faxe ich an das Milizrevier in Lobnja. Nimm ein paar Leute von dort mit.«

»Xenia, ich habe eine unangenehme Nachricht für Sie«, sagte Borodin und legte das Telefon beiseite. »Ihr Mann wurde ins Krankenhaus gebracht. Mit schweren Entzugserscheinungen.«

»Ist er in Lebensgefahr?«, fragte sie ohne jede Erregung.

»Die Ärzte sagen nein.«

»Gott sei Dank. Vielleicht hat er noch einmal Glück. Und wird geheilt. Wahrscheinlich sollte man seine Mutter benachrichtigen? Sie macht gerade Urlaub in Südfrankreich.«

»Ja, auf jeden Fall. Wie ist sie zu erreichen?«

»Per Mobiltelefon. Rufen Sie sie an?« Xenia sah Borodin kläglich an. »Ich schreibe Ihnen die Nummer auf.«

»Gut.« Borodin nickte. »Ich rufe an und bitte sie, herzukommen. Gehen Sie jetzt nach Hause?«

»Nein.« Xenia schaute rasch auf die Uhr. »Ich will jemanden besuchen.«

»Wo?«

»Sie meinen, dieser Bastard ist noch immer hinter mir her?« Sie lachte nervös. »Wollen Sie mir Leibwächter mitgeben?«

»Ich möchte wissen, wo Sie sich befinden, solange der Täter nicht gefasst ist. Hier ist meine Karte, da steht meine Handynummer drauf. Rufen Sie mich an, wenn Sie wieder zu Hause sind. Egal, wie spät es ist.«

Radtschenko keuchte und schnaufte, sein rundes Gesicht war schweißnass.

»Wo rennen wir denn hin?«

»Wir sind gleich da. Einen Augenblick, ich muss jemanden anrufen.« Ohne stehenzubleiben, griff Warja zum Telefon und wählte Pnyrjas Nummer.

»Bist du allein?«, rief sie in den Hörer.

»Ja, aber ich fahre gleich zum Flughafen. Ich muss zu meiner Schwester nach Woronesh.«

»Warte auf mich, ich bin ganz in der Nähe. Ich bin in einer Minute da, lass das hintere Tor aufmachen.«

»Mit wem haben Sie eben gesprochen?« Radtschenko sah Warja misstrauisch an. »Hören Sie, ich komme nicht mit. Hier, nehmen Sie das Geld – und auf Wiedersehen. Sie haben schon genug angerichtet. Ihr Vollstrecker hat ein Kleid geklaut und wurde gesehen.«

»Wer hat ihn gesehen? Wo?«

»Ein alter Sack in Zivil kam in die Einkaufsgalerie gerannt und hat mich mit Fragen über dieses blöde Kleid gelöchert. Die Verkäuferin hatte mich zwanzig Minuten vor der Explosion auf dem Handy angerufen und nach einem Preisnachlass dafür gefragt. Und dann hat dieser alte Sack das Kleid gesehen, er hat es ziemlich genau beschrieben, er wusste sogar den Preis und die Größe, verstehen Sie?«

»Noch nicht«, bekannte Warja. »Seien Sie nicht so nervös, wir klären das an Ort und Stelle. Da können Sie alle Ihre Vorwürfe loswerden, bei mir sind Sie damit an der falschen Adresse. Ich soll Sie bloß hinbringen.«

»Wohin? Warum so kompliziert?«

»Weil Sie verfolgt werden!«, rief Warja gereizt. »Weil Sie sich irgendwie verdächtig gemacht haben. Wenn ich jetzt das Geld von Ihnen nehme, werden wir beide verhaftet!«

»Von wem? Hier ist kein Mensch!«

Er hatte recht. Sie liefen eine schmale Allee im Sokolniki-Park entlang, und es war tatsächlich kein Mensch zu sehen.

»Kapieren Sie denn nicht? Das war das FSB! Die sind womöglich ganz in der Nähe und warten nur auf die Geldübergabe.«

Er blieb abrupt stehen und drehte sich zu ihr um.

»FSB-Leute laufen nicht in kurzen Hosen rum und gehen schon gar nicht so in eine Kirche. Also verarschen Sie mich nicht länger und nehmen Sie das Geld.« Er langte in seine Tasche, aber Warja packte ihn am Ärmel und sagte fest: »Werden Sie nicht hysterisch. Ich kann das Geld nicht nehmen, klar? Entweder Sie kommen jetzt mit, oder die Arbeit gilt als nicht bezahlt. Und Sie wissen, was einem Schuldner blüht.«

Plötzlich vernahm sie hinter sich eine hohe Stimme, die sie sofort erkannte.

»Stehenbleiben! Was machst du da, Miststück?«

»Ah, hallo Gulliver.« Warja wandte sich um und sah einen kurzbeinigen, kahlgeschorenen Mann in bunten Shorts vor sich. In der Hand hielt er eine Pistole. »Was ist das für ein Benehmen, he? Rennst in Unterhosen in ein Gotteshaus, bist frech und unverschämt und verfolgst einen Klienten. Was soll das?«

Sie langte unauffällig in ihre Tasche und schaltete das Diktiergerät ein.

Gulliver runzelte angestrengt die niedrige Stirn. Er war ein schwerfälliger Denker. Noch einmal sah sich Warja schadenfroh bestätigt: Pjotrs größte Schwäche war in der Tat das Geld, deshalb engagierte er selbst für anspruchsvolle Aufgaben billige Idioten. Gulliver hatte keine Ahnung, welche Position Warja in Pnyrjas Gefolge einnahm und in welchem Verhältnis sie zu Pjotr stand. Er wusste nur, dass sie ständig in Pnyrjas Nähe war, und das schien ihm genug, um sich ihrem Befehlston zu fügen.

»Aber … echt mal … Ich muss doch das Geld von ihm kriegen, das hat mir der Chef befohlen.«

»Was habt ihr mit den Vollstreckern angestellt?«

»Alles in Ordnung, echt, wir haben sie am Bahnhof abgefangen.«

»Steck die Kanone weg, du siehst doch, der Klient ist nervös. Ihr habt sie also auf dem Bahnhof abgefangen, und dann?«

»Alles wie befohlen, du weißt doch Bescheid, echt.« Gulliver zwinkerte nervös. »Auf dem Bahnhof abfangen, zum Chef bringen und bis zu seiner Rückkehr im Keller festhalten. Die waren sowieso nur für den einmaligen Gebrauch, auch wenns hübsche Weiber sind, echt.« Er verstummte und schielte erschrocken zu dem still gewordenen Radtschenko.

»Du bist eine Quatschbacke, Gulliver, überleg dir, was du sagst und wo.« Warja schüttelte den Kopf. »He, steh nicht da wie angewurzelt! Wir müssen. Wir haben keine Zeit.«

»Wohin?«, fragte Gulliver düster.

»Mir nach.«

Kurz darauf standen sie vor der Steinmauer von Pnyrjas Grundstück. Das hintere Tor stand ein Stück offen, der Wachmann ließ Warja ein, durchsuchte wortlos ihre Begleiter und nahm Gulliver die Pistole weg. Dann schlug das Tor zu.

Pnyrja saß im Wohnzimmer, im selben Sessel und in derselben Haltung wie vorhin.

»Ich hab hier einen Klienten, der will zahlen«, sagte Warja. »Ein ehrlicher Mann, er bringt das Geld für die Bombe in der Einkaufsgalerie. Das kriegt eigentlich Pjotr, aber der ist ja noch nicht da.«

Radtschenko und Gulliver standen mitten im Raum und starrten auf das Krokodil im Aquarium. Pnyrja öffnete langsam die Augen.

»Wo ist das Geld? R-rache, du Aas!«, rief der Papagei fröhlich.

»Na dann, Jungs«, sagte Warja, »packt mal aus, geniert euch nicht, wir sind hier unter uns. Ich komme gleich wieder.«

In der geräumigen Toilette zog sie ihr Telefon hervor, wählte Borodins Nummer und sprach rund fünf Minuten mit ihm.

Als sie ins Zimmer zurückkehrte, waren Radtschenko und Gulliver weg. Pnyrja saß noch immer im Sessel.

»Was verlangst du dafür?«, fragte er leise.

»Sag bloß, sie haben beide gleich ausgepackt?« Warja staunte. »So schnell?«

»Nicht alles. Aber einen Teil. Und ich sehe bei Verhören nicht gern zu.« Er verzog das Gesicht. »Pjotr ist gelandet, er hat vom Flughafen aus angerufen, er ist auf dem Weg hierher. Also, was verlangst du dafür, Mädchen?«

»Nichts.« Sie lächelte. »Das ist nicht mein Verdienst, reine Glückssache. Ich habe manchmal in der Boutique ›Virginia‹ eingekauft und zufällig mitgekriegt, dass der Geschäftsführer Geld sparen wollte und die gesamte Sommerkollektion auf dem chinesischen Klamottenmarkt gekauft und sich die Differenz in die eigene Tasche gesteckt hat. Dann hat er plötzlich Schiss vor den Folgen gekriegt und Pjotr um Hilfe gebeten. Du schuldest mir dafür also nichts, Pnyrja.«

Pnyrja streckte die Hand aus, strich ihr über den Kopf und sagte sehr leise: »Ich soll also in deiner Schuld stehen. Hmhm, sehr vernünftig von dir. Ich wusste immer, dass du ein kluges Mädchen bist.«

Ein Wachmann schaute zur Tür herein und sagte leise: »Es ist Zeit. Der Flug geht in einer Stunde.«

»Willst du nicht auf Pjotr warten?«, fragte Warja.

»Ich muss zu meiner Schwester nach Woronesh, ich will sie zu mir holen. Und Pjotr – wozu sollte ich noch auf ihn warten?« Pnyrja stand auf und reckte sich mit knackenden Gelenken. »Er wird nicht hier ankommen, Warja. Das sagt mir mein Gefühl, er wird nicht ankommen.«

Ira hatte die Hände hinterm Kopf verschränkt und starrte ins Dunkel. Sweta schlief zusammengerollt. Sie hatten kein Zeitgefühl mehr. Sie trugen keine Uhr, und der Keller war fensterlos. Ira wusste nur eines: Man würde sie nicht hier umbringen. Vermutlich würde man sie in der Nacht an den

Stadtrand schaffen, in einen Wald, und dort töten und verscharren. Je mehr sie nachdachte, desto klarer wurde ihr, dass es dazu keine Alternative gab.

Sie hatte es schon viel früher begriffen, nämlich als Ruslan sie für die Schlüssel mit dem Schmuck bezahlte, den er aus den Ohren von Ljussjas Tante gezogen hatte. Sie hatte es begriffen, aber nicht wahrhaben wollen. Dabei hatte er ihnen damit eine letzte Chance gegeben, einen Fingerzeig. Das heißt, nicht er, sondern Ljussjas Tante Lilja – sie hatte sie quasi aus dem Jenseits gewarnt: Haut ab, hier erwartet euch ein schlimmes Ende. Sie hätten nur mit den Ohrringen zur Miliz gehen müssen. Gruppensex im Keller, auf einer Altardecke und unter einem umgedrehten Kreuz war das eine, aber Mord – das war hundertmal schlimmer.

Ira wusste, dass Lilja Kolomejez im Mai eine Diskothek beobachtet hatte. Ein Wachmann hatte sie entdeckt, als sie auf dem Boden vor dem Kellerfenster lag, und sie mit einem Schlag betäubt; anschließend hatte Mama Isa die Sache auf ihre gewohnte Art gedeichselt. Aber Lilja glaubte nicht, dass sie nur einen Albtraum gehabt hatte. Eines Tages fing sie die Zwillinge am Teich ab und stellte ihnen eine Menge Fragen, redete ihnen zu, keine Angst zu haben und die Wahrheit zu sagen. Sie schauten sie mit großen Augen an und stritten alles ab. Dann hatte sie sich Larissa vorgenommen, und die war natürlich gleich zu Mama Isa gerannt.

Ira und Sweta sollten um jeden Preis die Videokassetten beschaffen, die Oleg Solodkin aufgenommen hatte. Es war nichts Verdächtiges drauf, aber Mama Isa war echt in Panik geraten. Dann hatte Ruslan sie am Teich angesprochen und ihnen Geld angeboten, wenn sie auch die Schlüssel zu Solodkins Stadtwohnung besorgten. Fünfhundert Dollar wollte er ihnen dafür zahlen.

Doch als er ihnen anstelle des Geldes die Ohrringe gab, wusste Ira, dass Lilja tot war. Sie bekam echte, ernsthafte Angst. Die sie weder sich selbst noch ihrer Schwester eingestehen wollte. Sie gab sich munter und stritt mit Sweta um eine Tafel Schokolade, ob Ruslan wirklich zwischen den Wollknäueln herumgewühlt und die Schätze gesucht hatte, von denen Ljussja ganz im Vertrauen jedem im Heim erzählte. »So blöd ist er nicht«, behauptete Sweta, »ist doch klar, dass Ljussja sich das mit den Schätzen bloß ausgedacht hat. Sie ist verliebt in Ruslan, und er soll sie für eine reiche Braut halten.«

Sie lachten beide. Je lauter sie lachten, desto leiser schluchzte tief in Ira eine klägliche, widerliche Stimme: »Ich hab Angst. Wir müssen zur Miliz gehen und Ruslan anzeigen. Er ist ein gefährlicher Sadist, und Mama Isa ist genauso, wir müssen zur Miliz, bevor es zu spät ist!«

Doch was erwartete sie, wenn das Heim geschlossen wurde? Armut? Der Strich? Im Heim hatten sie satt zu essen, was Anständiges anzuziehen und eine gewisse, wenn auch vage Perspektive. Kriminelle in schicken Autos kamen sie besuchen, Pjotr mit seinem Gefolge, und sie beide, zwei so hübsche Mädchen, mussten sich bestimmt keine Sorgen um ihr Auskommen machen. Das hatte man ihnen versprochen.

Und dann hatten die Jungs ihnen überraschend die erfreuliche Gelegenheit geboten, schnell Geld zu verdienen. Wer hätte schon auf dreitausend Dollar verzichtet? Zu einer festgesetzten Zeit in eine schicke Boutique gehen und dort in der Umkleidekabine eine Tasche stehenlassen – das war schließlich nicht weiter schwer. Warum waren sie so blöd und hatten nicht gleich kapiert, dass Pjotr ihnen nie im Leben dreitausend Dollar geben würde? Das würde er einfach nicht tun, niemals.

Ira sprang auf, lief zur Tür und trat mit den Füßen dagegen. Sweta erwachte und rief erschrocken: »He, spinnst du?«

Ira ignorierte sie, traktierte weiter die Tür und schrie: »Aufmachen, ihr Scheißkerle! Lasst uns raus! Ich hasse euch!«

Bei einem ungeschickten Fußtritt rutschte Ira an der Tür ab, glitt zu Boden und winselte leise. Sie glaubte, ihr großer

Zeh sei gebrochen. Sweta rannte zu ihr. Ira krümmte sich auf dem Boden und sagte unter Tränen immer wieder: »Ich kann nicht mehr, ich kann nicht mehr!«

Plötzlich presste Sweta ihr die Hand auf den Mund. Ganz in der Nähe krachte ein Schuss, dann noch einer. Sie hörten Füßetrappeln, eine MPi-Salve, dann war ein paar Sekunden Ruhe, und schließlich kamen schwere, rasche Schritte die Treppe heruntergepoltert. Sweta zerrte ihre Schwester von der Tür weg. Sie verkrochen sich in einer Ecke, aneinandergepresst, zitternd und weinend, genau wie vor siebzehn Jahren, als sie, zwei Monate alt, in eine zerlumpte Decke gewickelt, von einer Putzfrau auf der Toilette einer Frauenarztpraxis am Stadtrand von Moskau gefunden wurden.

Schwere Fußtritte krachten von draußen gegen die Tür, dann rief eine Männerstimme: »Ich hab einen Schlüssel!«, die Tritte hörten auf, und das Schloss schnappte. Zwei breite Silhouetten standen in der Tür, und die Schwestern schrien beim Anblick der schwarzen Gesichtsmasken mit Mund- und Augenschlitzen auf. Ira kniff die Augen zu und schlug die Hände vors Gesicht. Sweta begriff als Erste, dass dies nicht die Gestalten ihrer nächtlichen Orgien waren, sondern Männer der Spezialeinheit der Miliz.

Vierunddreißigstes Kapitel

Sowie ich ihn sehe, schieße ich. Ich darf nicht warten, er reagiert blitzschnell, er war schließlich mal Boxer. Und eine Waffe hat er bestimmt auch. Er darf gar nicht zur Besinnung kommen. Isolda hat gesagt, er ist jetzt da und bereit, mir ein Interview zu geben. Nein, Lilja, ich werde nicht danebenschießen. Dazu will ich ihn viel zu gern töten.

Ferdinand trat auf einen schmalen Betonweg. Er verlief parallel zur Chaussee und führte direkt zum Tor. Rechts davon lag das Eichenwäldchen, links, zwischen dem Weg und der

Chaussee, standen hohe, dichte Jasminsträucher. Ihr Duft erinnerte ihn an das Parfüm »Diorissimo«, das Lilja viele Jahre benutzt hatte, und das verlieh ihm Ruhe und Sicherheit. Nur noch ein kleines Stück, noch hundert Meter, nur zweihundert Schritte, und er wird am Tor klingeln, Isolda freundlich anlächeln und das Haus betreten.

Es raschelte im Gebüsch, und vor ihm stand plötzlich, wie aus dem Erdboden gestampft, Hauptmann Kossizki. Ferdinand erstarrte kurz und rannte dann nach links, zum Wäldchen. Es gab einen Umweg zum Haus, er hatte das Gelände genau studiert. Er wollte zu der kleinen Pforte laufen, durch die Lilja in jener verregneten Mainacht gegangen war.

»Halt! Fjodor, bleib stehen!«, rief Kossizki ihm nach. Doch Ferdinand sah den Zaun des Heims schon vor sich und konnte sich nicht mehr bremsen. Die Pistole in der Tasche seiner leichten Windjacke schlug gegen seine Hüfte, er öffnete im Laufen die Tasche und presste die Hand um den kalten Griff. Die Pforte war weit offen, darin stand, wie erstarrt, eine kleine, dünne Silhouette, von hinten von einem Scheinwerfer angestrahlt, so dass ihr Kopf von einem feurigen Strahlenkranz umgeben war.

Ferdinand war schon ganz nah, nur noch drei Schritte entfernt, als etwas dumpf gegen seine Brust schlug und ihn umwarf; er fiel auf den Rücken, ohne den Schuss gehört zu haben.

Xenia war mit sich zufrieden. Am liebsten wäre sie Mitja, als sie seine Wohnung betrat, heulend um den Hals gefallen und hätte ihm alles erzählt, von dem Abend an, als sie im Regen auf dem Puschkinplatz auf ihn gewartet und sich anschließend um ein Haar vor die Metro geworfen hätte, bis zu dem heutigen Albtraum mit dem Psychopathen. Doch sie verschloss sich in Gedanken den Mund mit einem Pflaster.

Mitja prahlte mit seinen Erfolgen im Studium und klagte über seine Einsamkeit und seine sinnlosen, vulgären Beziehungen zu Mädchen. »Kühl und langweilig. Ich weiß immer schon im Voraus, wie's weitergeht. Und wie gehts dir so?«

»Mir gehts ausgezeichnet«, antwortete Xenia und spürte, wie schwierig es war, mit einem Pflaster auf dem Mund zu lächeln, selbst wenn man sich das Pflaster nur einbildete. »Ich bin rundum glücklich.«

»Liebst du deinen Mann?«, fragte Mitja heiser und wurde rot.

»Aber ja! Und er mich auch, sehr sogar. Außerdem verstehe ich mich prächtig mit meiner Schwiegermutter. Wir haben eine Haushälterin, eine Fünfzimmerwohnung und eine Datscha.«

»Toll!« Er nickte. »Gratuliere. Du bist übrigens hübscher geworden. Du hast etwas Geheimnisvolles an dir, das hattest du früher nicht.«

»Früher gehörte ich ganz dir, jetzt bin ich eine Fremde.«

Jedesmal, wenn das Gespräch stockte, schickte Xenia sich an aufzubrechen und fürchtete nichts mehr, als dass er sagte: »Ja, geh nur.« Aber er ließ sie nicht fort; er schaute sie flehend an.

»Ich habe keine Fünfzimmerwohnung«, sagte er zusammenhanglos. »Weißt du, was der allererste Verrat war?«

Xenia schüttelte schweigend den Kopf. Ihr Magen krampfte sich zusammen. Sie wusste: Wenn er jetzt bereute und sie um Verzeihung bat, war sie verloren.

»Adam hat Eva verraten«, sagte er mit einem dümmlichen Lächeln. »Sie hat ihn schließlich nicht gezwungen, in den Apfel zu beißen, sie hat ihn ihm nur hingehalten. Und als Gott sie erwischte, sagte Adam: ›Die Frau, die Du mir gabst, gab mir eine Frucht von dem Baum, und ich habe sie gegessen.‹ Mit anderen Worten: Du bist schlecht, Du hast mir die falsche Frau gegeben, sie ist schuld, das Miststück, und Du bist auch schuld, ich aber bin klein und schwach, sie hat mir die Frucht gegeben, und ich habe sie gegessen. Ein Denunziant war er, der erste Mensch. Und der Letzte wird genauso sein.«

»Wie kommst du jetzt darauf?«, fragte Xenia erstaunt.

»Ach, nur so. Hör mal, wie konntest du dich so schnell neu verlieben und gleich heiraten?«

Mitja stand auf, nahm Mascha hoch und verließ wortlos die Küche. Mascha reagierte auf die unbekannten Arme vollkommen ruhig, lächelte, tippte mit einem Finger an Mitjas Schnurrbart und plapperte rasch und aufgeregt, als wollte sie ihm etwas Wichtiges mitteilen. Er setzte sich aufs Sofa und erzählte ihr flüsternd das Märchen vom Pfannkuchen, ohne Xenia zu beachten. Xenia setzte sich ihm gegenüber in einen Sessel. Ihr fielen die Augen zu. Sie gestand sich ein, dass sie sich nur hier bei Mitja geborgen und zu Hause fühlte. Sie wollte gehen. Sie hatte für halb zwölf ein Taxi bestellt, sie musste langsam aufbrechen. Mascha war auf Mitjas Arm eingeschlafen, und er wiegte sie schweigend.

»Es ist schon nach elf, das Taxi kommt bald«, flüsterte sie, stand auf und bückte sich nach Mascha.

»Das Taxi kann warten. Ich bezahle die Wartezeit, keine Angst«, flüsterte Mitja zurück.

»Ich kann selber zahlen. Das ist nicht das Problem.«

»Sondern?«

»Meine Schwiegermutter kommt heute Nacht zurück, da muss ich zu Hause sein.«

»Das hast du schon erwähnt«, erwiderte Mitja. »Sie landet um fünf Uhr fünfzehn, plus die Fahrt von Scheremetjewo nach Moskau, macht sechs Uhr fünfzehn. Plus Zoll und Passkontrolle. Keine Sorge, vor halb acht ist sie nicht zu Hause.« Er schaute Mascha an; sie schmatzte und lächelte im Schlaf. »Fütterst du schon irgendwas zu?«

»Nein. Bis jetzt kriegt sie nur Muttermilch.«

»Gut so. Du kannst ihr auch schon geriebenen Apfel geben, erstmal einen halben Teelöffel.«

»Das weiß ich selber. Aber von Apfel kriegt sie Blähungen.«

»Dann versuchs mal mit Aprikose. Sie ist zu früh geboren, sagst du?«

»Ja, ein Achtmonatskind.«

Sie schwiegen. Wieder wurden sie verlegen, wie vor drei Stunden, in den ersten Minuten.

»Ich will mich auf Pädiatrie spezialisieren«, sagte Mitja ganz langsam, als denke er laut nach. »Kinderärzte haben immer zu tun. Erwachsene gehen heutzutage, wo die Medizin Geld kostet, nur im äußersten Notfall zum Arzt, aber mit ihrem Kind rennen sie beim kleinsten Niesen zum Doktor. Für Arbeit ist also gesorgt.«

»Vernünftig.« Xenia nickte.

»Aber jetzt kommen mir Zweifel, ob ich ein guter Kinderarzt werde.« Mitja seufzte traurig. »Du sagst, Mascha ist ein Achtmonatskind, aber ich erkenne keinerlei Anzeichen dafür, und wenn du mich totschlägst. Doch wenn du es sagst, muss es ja wohl stimmen. Armes Kind.« Mitja strich über Maschas dunkelblondes Haar.

»Es ist überhaupt nicht arm. Im Gegenteil, es ist reich«, blaffte Xenia. »Oxford, Cambridge, Urlaub auf den Kanaren, Klamotten von Pierre Cardin. So, Mitja, wir müssen jetzt. Ich hab mich sehr gefreut, dich wiederzusehen.«

Xenia ging zum Sofa und wollte Mitja ihr Kind aus dem Arm nehmen, doch er gab es nicht her.

»Was soll das? Wir müssen wirklich los.«

»Setz dich!«, befahl Mitja. Xenia setzte sich brav neben ihn aufs Sofa und murmelte hastig: »Na gut, das Taxi ist ja noch nicht da, fünf Minuten haben wir noch.«

»Schluss jetzt mit dem Theater«, füsterte Mitja. »Nein, dreh dich bitte nicht weg, sieh mir in die Augen. Im Krankenhaus hat man mir von deinem Mann erzählt. Er ist ein Junkie. Das mit der Fünfzimmerwohnung, der schicken Datscha und der millionenschweren Mama, das stimmt alles. Sieh mir bitte in die Augen! Warum hast du das getan?«

»Was denn, Mitja?«

»Das weißt du selbst. Warum hast du mir damals nicht gesagt, dass du schwanger bist?«

»Wieso hätte ich es dir sagen sollen?« Xenia Lächeln war ein klägliches Zähneblecken. »Vielleicht damals im Krankenhaus, als wir uns das letzte Mal gesehen haben? Aber erstens waren da lauter fremde Leute, darunter auch deine aufregende Brünette, zweitens hast du mich nicht einmal bemerkt, und drittens wollte ich eigentlich einen Termin für eine Abtreibung, und wäre da nicht der Haufen Studenten gewesen, hätte ich ihn mir auch geholt. Gib mir das Telefon, ich will fragen, wo das Taxi bleibt.«

»Mit dem Taxi ist alles in Ordnung. Als du Mascha gestillt hast, hab ich angerufen und den Wagen für eine Stunde später bestellt, für halb eins.«

»Warum?«

»Weil wir reden müssen. Als du heute angerufen und gesagt hast, dass dein Kind drei Monate und zwei Wochen alt ist, hab ich nachgerechnet. Dich selber kannst du belügen, so viel du willst, aber mir machst du nichts vor. Selbst wenn dein Solodkin ein herzensguter, grundanständiger Mensch wäre – trotzdem ist Mascha meine Tocher und nicht seine. Und daran wirst du dein Leben lang denken müssen.«

»Und weiter?«, fragte Xenia leise.

»Das musst du entscheiden. Damit das ein für allemal klar ist: Ich brauche niemanden außer dir und Mascha. Es ist dein gutes Recht, mir das nicht zu glauben. In jedem Mädchen, mit dem ich nach dir zusammen war, habe ich dich gesucht. Allerdings konnte ich mir das nicht sofort eingestehen. Also, Folgendes: Ich liebe dich und kann ohne dich nicht leben. Hast du gehört? Das sage ich nicht noch einmal.«

»Was?« Xenia legte die Stirn in Falten und hielt sich die Hand ans Ohr. »Ich höre nichts. Sags noch mal!«

»Ich kann ohne dich nicht leben«, rief er im Flüsterton, den Mund komisch aufgerissen.

»Ich höre immer noch nichts!« Xenia schüttelte den Kopf.

»Ich liebe dich!«

Die rothaarige Larissa war auf Ferdinand zugegangen und hatte ihm in den Kopf geschossen, wie Mama Isa es befohlen hatte. Ein Schuss in die Brust, ein zweiter zur Kontrolle in den Kopf. Die Pistole hatte sechs Schuss. Dreimal konnte sie auf die Bullen schießen. Die letzte Patrone hob man für sich selbst auf. In welchem Film hatte sie das gesehen?

Sie kamen auf sie zu, in kugelsicheren Westen, mit MPis, und sie schrien, das sah sie, konnte es aber nicht hören. In ihrem Kopf dröhnte Hardrock, ihr Schädel war ein Kassettenrekorder. Sie drehte sich um, um auf diejenigen zu schießen, die sich von hinten näherten, aber der Scheinwerfer blendete sie, und alle drei Schüsse gingen ins Leere. Sie erstarrte mitten auf der Wiese mit der letzten Patrone im Lauf und führte die Mündung langsam an ihre Schläfe. Ihr Arm war schwer wie Blei und wollte sich nicht bewegen, doch sie musste sich beeilen. Sie waren schon ganz nah, und sie waren alle noch am Leben, allesamt. Im Film war das immer anders, da traf der Held auf Anhieb, und die toten Feinde sanken zu Boden. Gut, dass sie Mama Isas wichtigsten Auftrag ausgeführt und den falschen Franzosen erledigt hatte. Wen wollte er hinters Licht führen, der unselige Bulle? Bevor man sich als französischer Journalist ausgibt, sollte man seine Zähne in Ordnung bringen lassen. Kein Ausländer lief mit derart verrotteten Zähnen rum. Larissa war sehr stolz, dass sie das als Erste bemerkt und es Mama Isa gesagt hatte, sobald er zum Tor hinaus war.

Der dröhnende Hardrock in ihrem Kopf hinderte sie, sich daran zu erinnern, wie der Film hieß, den sie gerade nachspielte. Der Abzugshahn war so etwas wie die Stoptaste auf dem Rekorder. Ein Druck – und es wird still. Wenn sie ehrlich war, hatte sie das Dröhnen furchtbar satt. Aber ihr Finger verkrampfte sich, gehorchte ihr nicht, und sie wusste, dass sie den richtigen Moment verpasst hatte. Sie hätte sofort abdrücken sollen – bumm! – und aus. Nun würde sie nie werden wie ein richtiger Held. Sie hatte also nur so getan, in

Wirklichkeit gehörte sie in einen ganz anderen Film. Sie wollte weinen, die Hand mit der Pistole war schwach und schlaff, und das war falsch. Richtige Helden weinten nie.

Die Pistole wurde ihr aus der Hand geschlagen, aber trotzdem ertönte ein Schuss. Aus einem dunklen Fenster des Hauses. Die Kugel flog über den Kopf von Hauptmann Kossizki hinweg, genau in dem Moment, als er das rothaarige Mädchen zu Boden geworfen hatte und die für die dünnen Ärmchen viel zu großen Handschellen zuschnappen ließ.

Isolda Kusnezowa wurde im Keller gefunden. Sie saß auf einem hohen Stuhl vor einem umgekehrten Kruzifix. Sie trug ein weites schwarzes Gewand. Bei der Verhaftung lachte sie schallend, fluchte, spuckte jedem ins Gesicht und beantwortete keine einzige Frage.

Neben ihr lag eine Pistole. Vielleicht hatte sie sich umbringen wollen, als die Kellertür aufgebrochen wurde, es aber nicht fertiggebracht.

Das später erstellte psychiatrische Gutachten befand sie für zurechnungsfähig.

Fünfunddreißigstes Kapitel

Unterleutnant Nikolai Teletschkin war beim Blättern in alten Sportzeitschriften in der Krankenhausbibliothek auf ein Interview mit dem russischen Boxmeister im Leichtgewicht von 1991 gestoßen. Es enthielt viele Fotos – im Ring und auf dem Siegerpodest mit dem Pokal in den erhobenen Händen. Teletschkin rief sofort Borodin auf dem Handy an. Der heuchelte Erstaunen und Freude – weil er Teletschkin nicht enttäuschen wollte, sagte er ihm nicht, dass sie den Täter bereits identifiziert hatten. Sollte Nikolai ruhig denken, er wäre der Erste gewesen.

Von sieben Uhr abends bis Mitternacht hatte die Miliz in Moskau und Umgebung einhundertzwanzig Männer festgenommen, die Ähnlichkeit mit Ruslan Krawtschuk hatten. Und wieder freigelassen. Totenschädel (so nannten die Kriminalisten den Täter intern) war wie vom Erdboden verschluckt.

Borodin saß bei Jewgenija in der Küche, trank die dritte Tasse ausgezeichneten Tee mit Kardamom, ging alle zehn Minuten zum Telefon im Flur, wählte eine Nummer, lauschte auf das Amtszeichen und kam wieder in die Küche.

»Wollen Sie sich mit Madam Solodkina treffen?«, fragte Jewgenija.

»Noch nicht.«

»Sie halten es für ausgeschlossen, dass Galina Solodkina bei Olgas Tod vor zehn Jahren nachgeholfen hat?«

»Ja, absolut. Sie befand sich vom achtundzwanzigsten Juni bis zum sechsten Juli 1989 auf einer Urlaubsreise in Griechenland.«

»Und der Brief?«

»Olga Kolomejez war manisch-depressiv, sie wurde deshalb von der örtlichen psychiatrischen Beratungsstelle betreut. Seit ihrem dreizehnten Lebensjahr hatte sie acht Selbstmordversuche unternommen und dabei jedes Mal einen Brief hinterlassen. Der letzte Versuch gelang. Vielleicht, weil keine Zuschauer in der Nähe waren. Galina hatte bei all ihrem Hass auf Olga bei der Sparkasse ein Konto für sie eingerichtet und überwies ihr regelmäßig Geld. Und zwar beträchtliche Summen. Ich habe mit der Dame nichts zu besprechen. Um die Bestechung und die falschen Papieren kümmern sich andere.«

»Warum hat sie ihre Enkelin verleugnet?«

»Das hat sie nicht, sie hat sich freigekauft. Sie hat das Heim mit großzügigen Spenden unterstützt. Damit hatte sie ein reines Gewissen, und niemand wusste, dass ihr einziger Sohn, ihr Stolz und ihre Freude, drogensüchtig und ihr Enkelind debil ist. Lilja Kolomejez wurde vor allem deshalb getötet, weil Isolda Kusnezowa fürchtete, diese großzügigen Spenden zu verlieren. Aber das spielt nun keine Rolle mehr. Was in der Familie Solodkin vorging, ist ein ganz gewöhnlicher, alltäglicher Albtraum.«

»Wenn Sie mich fragen, war Lilja Kolomejez als Einzige unschuldig. Warum musste gerade sie sterben?«, fragte Jewgenija leise.

»Tja, Pech, Schicksal, wie ein Tornado. Sie war einfach zur falschen Zeit am falschen Ort.« Borodin zuckte die Achseln. »Und der Täter läuft noch immer frei herum, weil ich ihn nicht erwischt habe.«

»Sie haben getan, was Sie konnten.«

»Ich habe gar nichts getan. Ich bin ein schlechter Ermittler.« Borodin streckte die Hand aus und zog eine Zigarette aus Jewgenijas Schachtel.

»Sind Sie verrückt?« Jewgenija sprang auf, Borodin klackte mit dem Feuerzeug, setzte die Zigarette in Brand, nahm einen Zug und musste husten.

»Wir beide sehen uns nicht so oft, dass Sie gleich meine schlechten Gewohnheiten übernehmen müssen.« Sie wurde rot und wandte sich ab.

»Sie haben recht. Schmeckt scheußlich.« Er drückte die Zigarette aus, sah zur Uhr und lief erneut in den Flur, zum Telefon. Wieder lauschte er nur dem Amtszeichen.

»Wen rufen Sie da eigentlich dauernd an, Ilja?«, fragte Jewgenija.

»Xenia Solodkina. Sie ist nicht zu Hause, und ich mache mir Sorgen. Was meinen Sie, wo kann sich eine junge Mutter mit einem drei Monate alten Baby um diese Zeit rumtreiben?«

Xenia schlief im Taxi ein. Sie schlief so fest, dass der Fahrer ganz besorgt war, als er sie weckte.

»Soll ich Sie zu Ihrer Wohnung bringen?«, schlug er vor, während er den Kinderwagen aus dem Kofferraum nahm.

»Ja, danke.«

An der Hausecke entdeckte sie ein Milizauto. Auf der Bank vor ihrem Eingang saßen rauchend zwei Männer in Zivil.

In der Wohnung angelangt, verriegelte sie sämtliche Schlösser, schaltete das Licht ein und sah sich mit einem Abschiedsblick im Flur um. Dann brachte sie die schlafende Mascha ins Bett und ging duschen.

Durch das Wasserrauschen hindurch hörte sie das Telefon hartnäckig klingeln und erinnerte sich, dass sie Borodin versprochen hatte anzurufen, wenn sie wieder zu Hause war. Das war bestimmt er – aber nun stand sie unter der Dusche. Sie streckte die Hand nach dem Duschbad aus und stellte fest, dass das Regal leer war. Sie schaute hinter dem Vorhang hervor. Im Bad hatte sich etwas verändert. Bevor sie begriff, was es war, wurde sie von Entsetzen gepackt.

Das französische Deo war verschwunden, ebenso alle anderen Flaschen und Spraydosen – Shampoo, Balsam, Parfüm, Lotions.

Das Telefon im Flur klingelte noch immer. Xenia konnte plötzlich nicht mehr richtig atmen, als befinde sie sich in einem Vakuum. Lautlos ging die Tür auf.

Hätte der weißblonde Psychopath vor ihr gestanden, wäre sie womöglich in Ohnmacht gefallen. Doch es war ein Geschöpf mit kahlem schwarzem Kopf, riesigen roten Augen, kurzen dicken Hörnern, Hakennase und gelben Hauern, das langsam ins Bad kam.

Noch ehe sie wusste, was sie tat, langte ihre Hand schon nach den Wasserhähnen. Sie drehte das kalte Wasser ab, öffnete den Heißwasserhahn bis zum Anschlag und richtete die Dusche auf das abscheuliche Gesicht. Der Mann wich zurück und prallte mit dem Hinterkopf gegen das Marmorregal. Das Bad füllte sich mit heißem Wasserdampf. Ohne etwas zu sehen und zu begreifen, rannte Xenia zu ihrem Kind, schlug die Tür zu, verriegelte sie, überzeugte sich, dass mit Mascha alles in Ordnung war, und hörte näher kommende schwere Schritte und wütendes Fluchen. Jemand rüttelte an der Tür.

Xenia sah sich im Zimmer um und versuchte vergebens, eine antike Eichenkommode von der Stelle zu rücken. Auf dem dicken weichen Teppich ließ sich kein schweres Möbelstück vor die Tür schieben. Mascha erwachte und fing an zu weinen. Xenia nahm das erstbeste T-Shirt aus einer Schublade, zog es sich über den nackten Körper, riss das Fenster auf und schrie, so laut sie konnte: »Hilfe!« Doch sie brachte nur ein heiseres Krächzen zustande. Auf dem Bett lag die Babytrage. Mühsam gegen ihr Zittern ankämpfend, legte Xenia sie an, setzte Mascha hinein und zog die Riemen fest. So hatte sie wenigstens die Hände frei.

Die Tür bebte unter heftigen Fußtritten. Ein Schuss krachte, und wenige Zentimeter neben dem Türgriff splitterte ein Stück Holz ab.

»Er hat also das Mädchen ganz offen verfolgt und verschwand erst, als sie Krach schlug?«, resümierte Jewgenija. »Er wollte das Mädchen, dann erst sein Messer?« Sie sprang auf und rannte in der Küche auf und ab. »Sie müssen sofort hin! Rufen Sie einen Einsatzwagen, unternehmen Sie etwas, schnell!«

»Da sind fünf Männer im Einsatz, sie haben alles unter Kontrolle. Sie ist gerade mit dem Taxi gekommen und in ihre Wohnung gegangen. Wahrscheinlich geht sie nicht ans Telefon, weil sie unter der Dusche war und sich dann schlafen gelegt und das Klingeln leise gestellt hat.«

»Setzen Sie sich mit den Männern in Verbindung, sie sollen hochgehen und bei ihr klingeln.«

»Aber das ist doch Unsinn. Die Wohnung wurde durchsucht. Er hat sich das Messer geholt und ist wieder gegangen.«

»Das Mädchen hat ihn gedemütigt, das erträgt er nicht. Er ist ein Psychopath, er wird sich erst beruhigen, wenn er das

Mädchen getötet hat! Was sitzen wir hier noch herum? Wir haben keine Zeit für Erklärungen, ich bitte Sie, setzen Sie sich mit Ihren Leuten in Verbindung, schnell!«

Borodin griff zum Telefon. Kurz darauf wurde ihm mitgeteilt, dass in der Wohnung alles ruhig sei.

»Sie sollen klingeln!«, rief Jewgenija.

Im Hörer ertönte das dumpfe, entfernte Zwitschern einer Türklingel.

»Sie schläft längst«, sagte Borodin. »Nach all der Aufregung.«

»Sagen Sie ihnen, sie sollen die Tür aufbrechen!«

»Das ist unmöglich, erstens ist es eine Stahltür, zweitens kriegen wir gewaltigen Ärger mit Madam Solodkina, und außerdem …« Doch nach einem Blick in Jewgenijas Gesicht verstummte er und sagte rasch in den Hörer: »Versucht die Tür aufzubrechen, verschafft euch so schnell wie möglich Zutritt. Über den Balkon, die Feuertreppe, egal wie. Beeilt euch!«

Nach dem Schuss herrschte Stille. Auch Mascha hatte aufgehört zu weinen. Sie zitterte und schluchzte leise. Aus der Ferne, wie von einem anderen Planeten, hörte Xenia das Zwitschern der Türklingel. Der Mörder verhielt sich still, er wartete vermutlich, bis wieder Ruhe eintrat.

»Sie dürfen nicht weggehen. Aber sie können auch nicht in die Wohnung«, flüsterte Xenia, die Lippen an Maschas Wange gepresst. »Gleich begreift er, dass er keine Zeit mehr hat, und dann rastet er aus.«

Das Klingeln verstummte, und sofort krachte ein weiterer Schuss gegen ihre Tür. Das Herz schlug ihr bis zum Hals, aber ihr Kopf war erstaunlich klar. Sie ging zum Fenster. Unter ihr die steile Hauswand, rechts die Hausecke, links die Balkonbrüstung; den Fenstersims ersetzte ein Plastikkasten mit Vergissmeinnicht. Zwischen ihm und dem Balkon lag höchstens ein halber Meter. Die Balkonbrüstung war breit.

Der Blumenkasten war nur angeschraubt und würde das Gewicht eines Menschen keine Sekunde aushalten.

Die Balkontür führte ins Nebenzimmer und war von innen verschlossen, so dass man von dort unmöglich in den Flur und zur Wohnungstür gelangen konnte. Das war absoluter Wahnsinn! Sie zwang sich, den Blick von der Balkonbrüstung zu lösen. Neunter Stock. Blieb nur noch, sich im Schrank zu verstecken. Total sinnlos.

Trotzdem riss sie die Schranktür auf. Ihr Blick fiel auf ein großes, breites Bügelbrett. Die Türklinke zitterte und bewegte sich, als sei sie lebendig.

Er hat nur noch wenige Patronen. Er versucht, das Schloss mit dem Messer aufzubrechen, dachte Xenia mechanisch. Dabei zerrte sie schon das Bügelbrett aus dem Schrank. Ohne recht zu wissen, was sie damit vorhatte, schleppte sie es zum weit offenen Fenster.

In der Ferne heulte eine Sirene, aber das hörte Xenia nicht. Ihr dröhnten die Ohren vom eigenen Herzschlag und von Maschas verzweifeltem Weinen. Das eine Ende des Bügelbrettes fiel schwer auf die Balkonbrüstung, das andere lag auf dem Fensterbrett, über dem Blumenkasten. Das Brett lag schräg und ziemlich unsicher.

»Was tue ich da? Mein Gott, was tue ich?«, flüsterte Xenia und stieg aufs Fensterbrett.

Der nächste Schritt schien ein Schritt ins Leere. Ein paar Sekunden lang konnte sie die Augen nicht öffnen. Es war still. Mascha hatte aufgehört zu schreien. Xenia vernahm ein Knacken. Als sie sich auf dem gefliesten Balkonboden ein Stück aufrichtete, sah sie hinter der Glasscheibe das Gesicht des Mörders. Er versuchte, die Tür zu öffnen, und kam mit dem Schloss nicht klar. Mascha schluchzte krampfhaft.

Ich habe getan, was ich konnte, dachte Xenia erschöpft.

Mit einem Ruck wurde die Tür einen Spalt geöffnet. Xenia konnte dem Mörder nur noch den Rücken zudrehen, um ihn nicht zu sehen und damit der erste Schuss nicht Mascha traf.

Der Schuss ertönte im nächsten Augenblick, mit einem leichten Ploppen.

»He, mach die Augen auf, komm schon! Es ist alles vorbei. He, du Kaskadeurin, hörst du mich? Sergej, hast du Salmiak dabei?«

Ätzender Salmiakgeruch drang Xenia in die Nase. Sie öffnete die Augen und sah ein sommersprossiges Gesicht vor sich, einen roten Schnurrbart und grüne Augen. Sie lag auf dem Sofa im Wohnzimmer, mit einem Plaid zugedeckt. Um sie herum standen mehrere Männer in Tarnanzügen und kugelsicheren Westen. Einer hielt Mascha auf dem Arm.

»Na, kleine Kaskadeurin, wie gehts dir?«

»Wo ist er?«, fragte Xenia, mühsam die trockenen Lippen bewegend.

»Du willst ihn sehen? Davon rate ich dir ab. Wir mussten ihm einen Fangschuss verpassen. Und wir haben eure Tür ein bisschen beschädigt, tut uns leid.«

»Er ist tot?«

»Ja, beruhige dich. Hier, trink einen Schluck Wasser. Du zitterst ja, ist dir kalt?«

Xenia konnte nicht trinken, ihre Zähne schlugen heftig klappernd gegen das Glas. Vor ihren Augen verschwamm alles, und ein weiteres Gesicht beugte sich über sie, eine Frau mit einer grünen Mütze auf dem Kopf. Sie begriff, dass dies die Notärztin war, spürte, wie sie ihr den Puls fühlte und ein Augenlid anhob. Xenia hatte nicht die Kraft, sich zu rühren.

Eine vertraute Stimme sagte leise: »Wenn alles in Ordnung ist, geben Sie ihr lieber keine Spritze, sie stillt noch. Sie muss nur eine Weile liegen und wieder zu sich kommen. Ja, Sie können gehen. Doktor Rudenko und ich bleiben bei ihr.«

Xenia sank endgültig in einen schweren, ohnmachtartigen Schlaf.

Sie erwachte von einem lauten Schrei im Flur.

»O Gott! Was ist denn hier los?«

»Guten Morgen, Frau Solodkina, sehr angenehm. Untersuchungsführer Borodin. Hier ist mein Ausweis.«

»Was ist denn los? Würden Sie mir das bitte erklären, verdammt?«

»Das war ein kleiner Gruß aus dem Heim, wo Sie Ihre Enkelin Ljussja so günstig untergebracht haben.«

Xenia vernahm ein Poltern, und als sie sich aufrichtete, sah sie durch die geöffnete Tür, dass ihre Schwiegermutter auf ihren riesigen Koffer gesunken war und die Hände vors Gesicht geschlagen hatte.

»Aber Ilja! Das kann man doch nicht machen!«, tadelte die fremde Frau neben Borodin ihn leise.

»Nein, Jewgenija, Sie haben recht, wie immer. Das sollte man wohl nicht«, erwiderte er und legte ihr den Arm um die Schulter.

Epilog

»Das hier ist jetzt dein Zimmer. Gefällt es dir?«

»Ja.«

»Hier wirst du schlafen, und an diesem Tisch wirst du deine Hausaufgaben machen.«

»Und wem gehört das Bett hier?«

»Das nehmen wir raus, darin hat dein Papa geschlafen, als er noch klein war. Das brauchen wir jetzt nicht mehr.«

»Ich habe keinen Papa.«

»Doch, Ljussja, du hast einen Papa. Er liegt im Krankenhaus, wir beide fahren ihn heute besuchen. Hier, sieh mal, das ist für dich: ein Kleid, Schuhe, alles, was du brauchst. Kannst du dich allein anziehen? Oder soll ich dir helfen?«

»Ich kann mich allein anziehen. Ich brauche keine Hilfe. Wem gehört die Puppe? Haben Sie ein kleines Mädchen?«

»Nein, Ljussja, ich habe kein kleines Mädchen. Nur dich.«

»Ich bin schon groß, und ich gehöre nicht zu Ihnen. Wann kommt Tante Lilja?«

Die Krimi-Zarin Polina Daschkowa

Sie gilt als wichtigste Vertreterin des neuen russischen Spannungsromans. Dabei lagen ihre Anfänge auf ganz anderen Gebieten. Ende der 70er Jahre studierte Polina Daschkowa, geboren 1960 in Moskau, am renommierten Gorki-Literaturinstitut und veröffentlichte Gedichte. Später arbeitete sie für den Rundfunk, leitete die Kulturredaktion einer Wochenzeitung und war Parlamentsberichterstatterin. Daneben übersetzte sie Bücher aus dem Englischen und verfasste gelegentlich Tätergutachten für die Kriminalpolizei.

Geschult an Dostojewski und den englischen Klassikern Agatha Christie und Arthur Conan Doyle versuchte Polina Daschkowa sich Mitte der 90er Jahre an der großen Form des Kriminalromans. Nur widerwillig nahm der Pförtner eines Moskauer Verlags ihr Manuskript entgegen, das aber sofort angenommen und nur wenige Wochen später gedruckt wurde. Mit ihrem Mann, einem Dokumentarfilmer, und ihren zwei Töchtern lebt Polina Daschkowa in Moskau. Ihre ersten Romane entstanden noch am häuslichen Küchentisch. Mittlerweile hat sie ein eigenes Arbeitszimmer. Die zarte, elegante Frau, die an manchen Tagen bis zu zwanzig Seiten schreibt, bezieht ihre Kreativität, wie sie sagt, nicht aus dem Kommerz:

»Um mit Puschkin zu sprechen, ich schreibe für mich und verkaufe um des Geldes willen.«

aufbau

AUFBAU VERLAGSGRUPPE

Eine Autorin höchsten Ranges

»Polina Daschkowa erzählt filmreif.« F. A. Z.
»Unglaublich dicht und spannend.« Brigitte
»Sie ist die Königin des Krimis.« Die Zeit

Der ungeheure internationale Erfolg von Polina Daschkowa lässt sich mit einer einzigen Zahl illustrieren: 45 Millionen verkaufte Exemplare weltweit! Übersetzt ins Französische, Deutsche, Holländische, Spanische, Bulgarische, Rumänische.
In nur zehn Jahren hat sie sich eine riesige Fangemeinde erschrieben. In Russland, wo Kriminalromane in Warenhäusern, Kiosken und improvisierten Verkaufsständen allgegenwärtig sind, wird jede ihrer Neuerscheinungen zum großen Ereignis. Fasziniert sind die Leser nicht allein von Daschkowas hochspannenden und stets aktuellen Geschichten, sondern vor allem von ihren feinen Charakterstudien. So trifft man in ihren Büchern den skrupellosen Millionär genauso wie den armen Liedermacher oder die mutige Journalistin. Erscheinen ihre Stoffe auf den ersten Blick sehr russisch, so sind sie doch stets universell. Denn es geht um die großen tödlichen Dramen dieser Welt – um Liebe, Wahn und Geld.
In Deutschland wurde Polina Daschkowa unlängst mit dem Krimi-Preis von Radio Bremen ausgezeichnet.

Im Verhör: Polina Daschkowa

Was war für Sie der Durchbruch zum Schreiben?

PD: Das war ein langer Prozess. Als Mutter von zwei Töchtern musste ich ein paar familiäre Probleme lösen. Als meine jüngere Tochter drei war, wurde mir klar, dass ich zu Hause bleiben sollte, zumal ich mich auch um meine kranke Großmutter kümmerte. Da wollte ich etwas schreiben, das es in dieser Form in Russland noch nicht gab: etwas voller Abenteuer, Dynamik und geheimnisvoller Verbrechen. Es sollte leicht lesbar, aber trotzdem seriös sein. In Russland gibt es eine eigenartige Tradition. Viele glauben, dass der ernsten Literatur etwas Dumpfes und Verrücktes anhaftet. Dabei hatten Dostojewski und Tolstoi eine große Lesergemeinde und hohe Auflagen. Dostojewski ist ein Krimi-Autor. Das machte ihn bei Kritikern verdächtig. Literatur muss so beschaffen sein, dass sie von Menschen unterschiedlichster Herkunft und Bildung begriffen wird.

Wie reagierte Ihre Umgebung, als Sie zu schreiben begannen?

PD: Ich hatte zwei Geschichten im Kopf. Eine war aus dem Leben gegriffen und die andere fiktional. Ich erzählte meinem Mann und Freunden davon, die überrascht waren , dass es ein Krimi ist, und meinten, ich sei dafür als Dichterin zu intelligent. Mittlerweile kränkt mich diese Meinung nicht mehr. Zunächst arbeitete ich nachts in der Küche. Ich schrieb alles per Hand. Dann las ich verschiedenen Leuten meine Texte vor. Sie wollten immer wissen, wie es weitergeht. Als ich 100 Seiten geschrieben hatte, fühlte ich mich sehr erschöpft und legte die Blätter beiseite. Mein Mann meinte, dass ich es mir niemals verzeihen würde, wenn ich nicht weiterschreiben würde. Es wurden 300 Seiten. Das war im Sommer 1996. Ich beendete die Geschichte ganz schnell.

War es schwierig, einen Verlag zu finden?

PD: Ich habe mir einfach Verlage aus dem Telefonbuch herausgesucht. Da wurden mir Fragen gestellt wie: »Wie viele Cops gibt es in der Geschichte? Wir brauchen welche mit sieben Cops.« Das war kurios. Eine weitere Kopie habe ich einem anderen Verleger vorbeigebracht. Innerhalb von zwei Tagen rief er bei mir an. Ich konnte es kaum fassen. Man gab mir sofort einen ganzen Haufen Geldscheine, ich wusste gar nicht, wohin damit. Sie sagten: »Das veröffentlichen wir. Hier haben Sie schon mal Geld. Schreiben Sie bitte noch mal fünfundzwanzig Seiten für einen weiteren Roman.« Ich bekam einen Vertrag mit, den ich nicht kapierte, und eine Plastiktüte für das Geld. Damit ging ich heim. Mein Mann meinte, das sei gar nicht so viel Geld. Im übrigen müsse ich laut Vertrag innerhalb von drei Wochen einen weiteren Roman abgeben. »Dann werde ich es eben tun«, war meine Reaktion. Und tat's, weil ich bereits eine andere Geschichte im Kopf hatte.
Aus einem Gespräch mit Petra Kammann

aufbau

AUFBAU VERLAGSGRUPPE